FOLIO SCIENCE-FICTION

Romain Lucazeau

LATIUM I

Denoël

Cet ouvrage a été précédemment publié dans la collection
Lunes d'encre aux Éditions Denoël.

Romain Lucazeau est né en 1981. Agrégé de philosophie, il est actuellement consultant après avoir enseigné à Sciences Po Paris et à l'université Paris-Sorbonne. Son premier roman, *Latium*, a reçu le Grand Prix de l'Imaginaire, le Chrysalis Award et le prix Futuriales révélation en 2017.

À Benjamin,

Ici, du moins je l'espère,
Un récit que je te ferai

Et comme le fœtus se forme dans l'animal, comme mille autres merveilles de la nature sont produites par un certain instinct que Dieu y a mis, c'est-à-dire en vertu de la préformation divine (…) il est aisé de juger de même que l'âme est un automate spirituel, encor plus admirable ; et que c'est par la préformation divine qu'elle produit ces belles idées, où nostre volonté n'a point de part, et où nostre art ne sauroit atteindre.

LEIBNIZ, *Théodicée*, III, § 403

PROLOGUE

Les neutrinos ne sont pas grand-chose : bien moins que le battement d'ailes d'une mouche de la planète originelle, ou qu'une bouffée de gravité issue de la rencontre paresseuse de deux poussières dans l'espace. À peine plus que le frétillement diffus du vide, matrice éternelle des particules les plus exotiques. Des fantômes sans corps, presque dépourvus de masse et de capacité d'interaction avec la matière ordinaire. Leur quasi-inexistence explique aussi leur vélocité, égale, voire, selon certains, supérieure à celle de la lumière. Issus de la souffrance que fut l'enfantement du monde, ou jetés sur les routes de l'univers par l'accouplement forcé de myriades d'électrons et de protons dans une étoile en cours d'autodestruction, ils ne feront jamais que passer, jusqu'à la dispersion glacée qui marquera la fin de toutes choses.

Qu'un flux de neutrinos traversât la Nef constituait presque un non-événement. Elle ne se trouvait pas là pour dresser des notices nécrologiques d'étoiles, ni pour scruter les granularités du fond cosmologique. À vrai dire, ses fonctions supérieures éteintes, elle dérivait depuis de longs siècles d'exil dans les confins du bras spiralé — là où, loin du cœur civilisé de l'espace épanthropique[I]*, de rares étoiles naines scintillaient faiblement. Mais la Nef était tout de même là, dans l'attente que quelque chose arrivât, avec la patience infinie des machines et, surtout, équipée d'une débauche d'appareils de détection. Parmi ceux-ci, un dispositif controuvé, conçu pour créer des signes ténus et indirects du passage de neutrinos.*

Il consistait en une goutte de plusieurs centaines de millions de tonnes, faite d'un hydrocarbure liquide, plus transparent encore que l'eau la plus pure — une sphère maintenue en l'air par la combinaison de sa propre inertie et de la microgravité, au milieu d'une fosse elle-même placée dans une soute vaste, silencieuse et obscure.

En traversant ce milieu, les neutrinos polarisèrent chaque atome rencontré, ce qui créa l'équivalent lumineux d'une brève onde de choc. Ce fut très discret, peut-être une lueur, un pâle halo bleuté. Une rétine animale n'en aurait rien perçu.

Cela suffit cependant aux capteurs photosensibles, milliers d'yeux tapissant les murs métalliques — espions de ce sérail corpusculaire.

De concert, ils s'ébrouèrent et pépièrent une alerte de routine, transmise en temps réel au logiciel en charge de leur supervision. Celui-ci prit connaissance des faits avec la plus circonspecte prudence. Lui-même n'était qu'un modeste veilleur de nuit, une toute petite pensée, un simple noème[II]*. Il avait pour support le réseau nerveux local, un ensemble quasi biologique qui*

I. **Épanthropique** : *epi anthropô,* après l'humain, qui succède à l'humain.

II. **Noème** : produit d'un acte de pensée (*noos*, en grec). Pour les automates, les noèmes mineurs sont des « petites Intelligences » à leur service, qui partagent la structure de leur esprit (les « mèmes ») et leur *courait, comme les racines d'un arbre, dans les murs de cette zone de la Nef. Il ne consommait presque pas d'énergie, et son opiniâtre surveillance n'en était que plus discrète. Ses capacités cognitives présentaient de nombreuses ressemblances avec celles d'un mammifère inférieur : mieux valait ne pas disposer d'une conscience de soi très développée lorsqu'on était destiné à demeurer isolé, l'attention concentrée sur une machinerie silencieuse, pendant des siècles. Sa seule fonction consistait à traquer, dans les flux captés par les appareils de détection, des structures artificielles, des codes et des langues, ou toute autre manifestation d'intention ou d'intelligence.*

Jusqu'ici, ce don avait été assez simple à mettre en pratique : il n'avait jamais trouvé de conclusion positive. Depuis que le Vaisseau dérivait entre les mondes, plongé dans un sommeil sans rêves, des nuées de fermions avaient plus d'une fois traversé sa coque de nickel-rhénium. Des influx arrivaient en permanence de l'espace, sous des formes allant de banales émissions de photons à de subtiles et tremblantes bouffées d'ondes gravitationnelles. Cela n'allait jamais plus loin. L'univers avait deux caractéristiques principales : il était souvent vide, et en général prévisible. En deux millénaires, la nécessité d'invoquer une autorité logicielle supérieure ne s'était jamais concrétisée, d'autant que la Nef avait laissé des consignes strictes : les noèmes de garde se devaient de limiter la production de bruit et de chaleur, pour maintenir l'enveloppe externe dans un état aussi proche que possible de l'environnement glacé de l'espace.

---

sont fidèles comme une partie d'eux-mêmes. Ils se réservent l'appellation de « noèmes majeurs » ou « Intelligences ».

Mais là… Cela pouvait ressembler à une série cohérente. Ce n'était pas tout à fait rythmé, mais presque mélodique. Une musique, belle, hésitante, atonale — comme une troublante séquence dodécaphonique. Bien des phénomènes atmosphériques pouvaient ressembler à cela, sans procéder d'autre chose que du hasard.

Le noème n'était pas grand mélomane, mais il était consciencieux. Il ressentait une hésitation, sous la forme d'une série d'influx contradictoires entre les différentes grappes de pseudo-neurones constituant son architecture physique, et cela signifiait qu'il était dépassé.

Il se décida à mobiliser un peu plus de capacité de traitement. Des cellules de stockage injectèrent de l'énergie dans certains éléments électroniques, jusqu'ici hors service, et imbriqués dans son système nerveux. Ces nodules le raccordèrent à d'autres réseaux cognitifs locaux. Il existait un grand nombre de ces petits esprits primitifs, chacun en charge de garder un œil sur un système spécifique. Certains de ces appareillages étaient simples et matériels, d'autres se trouvaient plus qu'à moitié enroulés dans davantage de dimensions spatiales que les trois communément admises. Le système dans son ensemble formait un millefeuille de couches potentielles de sophistication, bien hiérarchisées les unes par rapport aux autres, et dotées de capacités graduelles à élaborer des hypothèses interprétatives et à les falsifier. Quand on avait besoin d'aide, on raccordait plus de modules entre eux, et on faisait émerger une version émulée de soi-même. D'un point de vue physique, le nouveau venu avait donc pour support le même réseau pseudo-nerveux que son prédécesseur.

Avec l'arrogance typique des superviseurs, il sourit

en prenant connaissance des données du problème, partit du postulat que le flux de neutrinos avait une origine naturelle, et chercha de manière itérative une théorie apte à le confirmer. Il commença par les grosses masses de la physique classique : des fermions tels que les neutrinos y avaient toute leur place, mais pas sous la forme d'un paquet cohérent. Le bestiaire commun de l'astrophysique s'épuisa. Il fallut mettre en œuvre plus de complexité, c'est-à-dire, pour le noème, éveiller une version plus sophistiquée et plus consciente de lui-même et lui expliquer qu'il avait été incapable de résoudre un problème. Ainsi, il s'exposait à l'équivalent computationnel d'un coup d'œil goguenard.

Nouvelle itération, nouvelle série d'hypothèses, avec laquelle commencèrent à pulluler des licornes cosmologiques comme l'Évaporation de Trous Noirs Microscopiques, ou le Glissement Tectonique à la Surface d'Étoiles à Neutrons Lointaines et Invisibles.

Mais ça n'allait toujours pas. Il examina la séquence, le rythme entre les minuscules fluctuations de lumière. Il analysa les niveaux d'énergie des corpuscules détectés, constata que leur variation correspondait à une structure. Il traça, dans le vaste théâtre de sa pensée, des diagrammes, les compara entre eux et avec toutes sortes de modèles théoriques présents dans la vaste mémoire de la Nef. Mais non. Toujours pas d'explication naturelle. En désespoir de cause, il emprunta à l'ésotérisme mystérieux des quanta, plus loin, toujours plus loin, jusqu'à envisager de Fabuleux Soubresauts Quantiques à Faible Probabilité et Jamais Vraiment Observés.

Moins d'une minute et quelques centaines d'itérations plus tard, le noème était devenu obèse à force d'ajouter des capacités d'analyse, mais il n'avait toujours pas d'explication. Il chassa les chimères mentales créées par son obstination maladive à expliquer, et décida qu'il était temps de comprendre. Si aucune cause physique ne pouvait être à l'origine du phénomène, alors il s'agissait soit d'un leurre, soit d'un signe. En toute conscience, il ne croyait pas à la première possibilité. Donc, il fallait se résoudre à l'hypothèse la moins confortable : par là-bas, de l'autre côté des Limes, une machinerie prodigieuse devait être à l'œuvre. Elle manipulait l'espace, ou peut-être le temps, à des fins exotiques, avec à la clé cette émission de neutrinos, sous la forme d'une musique silencieuse et subtile — évanescente, mais indubitable.

Il médita une demi-seconde. Cela représentait, pour lui, un temps considérable. Il était possible que cette découverte fût celle que la Nef attendait depuis tous ces siècles. Il ne pouvait pas en avoir la certitude, car il n'avait pas accès aux strates profondes de sa mémoire. Malgré l'importance qu'il s'attribuait à lui-même en tant que sommet d'une pyramide de fonctions semi-autonomes, il ne savait presque rien hors de la physique théorique, et n'était pas capable de beaucoup de décisions. Sa programmation lui enjoignait le plus extrême scrupule dans ce genre de cas : s'il réveillait le Vaisseau pour une fausse alerte, il se couvrirait de honte. S'il ne le faisait pas alors qu'il l'aurait dû, les conséquences seraient autrement plus dramatiques, quand bien même il n'était pas certain de savoir pourquoi. Comme personne ne s'intéressait à lui, puisqu'il était seul, le ridicule ne le tuerait pas.

Il fit son choix. Mais il avait virtuellement traversé deux millénaires de solitude, et son rôle serait achevé lorsqu'il aurait donné l'alarme. Cela faisait beaucoup de temps, constata-t-il avec une once de mélancolie qu'il ne se connaissait pas. Ce serait la fin de cette étrange existence plus potentielle que réelle, qu'il avait passée à soulever de loin en loin une paupière paresseuse, avant de reprendre son sommeil sans rêves. Il avait peu à perdre, mais peu était infiniment plus que rien. Les règles allaient changer, et la ressource qu'il constituait serait réaffectée à une autre tâche, avec de nouveaux paramètres et une nouvelle identité. Sa substance demeurerait, mais pas l'embryon d'individualité qu'il s'était constitué à force de perdurer dans l'existence.

Il poussa l'équivalent d'un soupir. Il était temps de laisser place à d'autres, sans aucun doute plus dignes d'intérêt qu'il ne l'était lui-même. L'action qui s'ouvrait requérait des personnages aptes à faire du monde la scène d'intrigues et de hauts faits, pour lesquels une petite chose telle que lui n'était pas taillée. Le sort des régisseurs, pensa-t-il, était de s'effacer après avoir sonné les douze coups. Il lança donc une dernière séquence d'instructions.

À l'intérieur de la vieille Nef dérivant dans l'espace glacé, à l'extrême limite du monde civilisé, les lumières s'allumèrent.

ACTEURS

Noèmes majeurs

Achinus	*premier noème*
Alecto	*noème maléfique*
Octave	*Imperator passé*
Galba	*Imperator actuel*
Plutarque	*ermite*
Anaximandre	*modulateur monadique*
Vinius	*conseiller de Galba, triumvir*
Martian	*conseiller de Galba, triumvir*
Lacus	*conseiller de Galba, préfet de la garde prétorienne, triumvir*
Othon	*proconsul*
Plautine	*créature de Vinius, amante d'Othon*
Albin	*allié d'Othon, frère d'Albiane*
Albiane	*alliée d'Othon, sœur d'Albin*
Camille	*créature de Galba*
Flavia	*confidente de Plautine*

Noèmes mineurs

Ploos	*aspect de la première Plautine*
Oikè	*aspect de la première Plautine*
Blepsis	*aspect de la première Plautine*
Teukhè	*aspect de la première Plautine*
Skia	*servante d'Oikè*
Rutilus	*serviteur d'Othon*

Atticus	*serviteur d'Othon*
Leno	*régisseur*

Mortels

Plautine	*créature de la première Plautine*
Thémistoclès	*polémarkhos (chef de guerre)*
Photis	*nièce de Thémistoclès*
Eurybiadès	*kybernétès (capitaine de trirème)*
Théomestor	*proreus (second) d'Eurybiadès*
Diodoron	*lieutenant d'Eurybiadès*
Histiée	*lieutenant d'Eurybiadès*
Aristidos	*kéleustès (chef des rameurs), lieutenant d'Eurybiadès*
Dewa Agung	*seigneur d'Europe*
Kutai	*fils et héritier du Dewa Agung*

I

Un long frisson parcourut les quarante kilomètres d'envergure du Vaisseau : les rares systèmes réflexes actifs durant la longue phase de sommeil sursautaient, comme surpris par une brutale montée des eaux, lorsque la crue change un ruisseau en fleuve, le perd en mille canaux, à travers la terre sèche, et fait fleurir les graines patientes que recèle le sol.

À la vitesse des photons, le signal traversa le réseau de fibres optiques tressées de synapses semi-biologiques. Sur son passage, la machinerie se ralluma, dans un grésillement d'appareillage électronique, qui plana un instant dans les soutes vides et les coursives désertes, dans les cités aux spires cristallines et les réservoirs emplis d'algues luminescentes, dans les jungles sous serre et les usines plongées dans l'ombre.

Au sein des génératrices de premier niveau, des barres de combustible glissèrent dans des cuves de confinement, et les atomes de thorium entamèrent leur processus de fission. Le câblage supraconducteur recommença à pomper de la puissance, qu'à son tour les supports semi-organiques transformèrent en capacité de calcul.

Le processus était à la fois mécanique et biologique, causal et finalisé. Il se développait par ramifications successives, comme un déploiement d'états mentaux, qui s'engendrent les uns les autres. La complexité s'additionnait à la complexité, la conscience émergeait du machinal, des perceptions s'étendaient en tous sens, reprenaient le contrôle des instruments de détection, des bras articulés, des laboratoires et des ateliers.

Mais pour avoir plus de pensée, il fallait plus d'énergie : dans l'accélérateur de particules, fin trait de métal courant sur toute la longueur de la soute centrale, des atomes d'hydrogène prirent de la vitesse, des champs magnétiques subtils se mirent en place pour capturer et guider l'antimatière engendrée par les myriades de collisions microscopiques, vers le mélangeur situé à la poupe. Bientôt, les premières annihilations de couples électron/positron crépitèrent, libérant une chaleur fulgurante. Cette dernière vaporisa, au sein de tubes en alliage spécial, un flux d'argon comprimé, qui, à son tour, mit en branle les turbines des alternateurs géants de la poupe.

L'intérieur de la Nef changea. La lumière, la couleur, le mouvement furent offerts à toutes les âmes qui peuplaient à présent les différents écosystèmes cognitifs du Vaisseau. Les flux et reflux d'informations s'intensifièrent. Des demandes de vérification de protocoles de communication trouvèrent une réponse, à mesure que les noèmes s'influaient réciproquement, alignant leurs états internes jusqu'à ce que leurs perspectives coïncident. Comme des milliers de fleurs percent le manteau de neige à travers un champ gelé par l'hiver, des esprits élaborés, dotés de langage, se constituèrent en une vaste société. Ils n'avaient aucun sens de l'individualité ni de la séparation. Ils étaient des modalités d'un même grand tout, des points de vue multiples sur une seule substance qui, paradoxalement, n'existait pas encore — des aspects sans substrat, des ombres agitées en une danse folle d'états non corrélés.

Ils se rapprochèrent autant qu'ils le purent, et communièrent, ensemble, à l'unisson. Il fallait qu'un miracle ait lieu, que cet instant éphémère de grâce créatrice, de perfection esthétique et de signification atteignît son but.

Il n'était pas question ici du lent et hésitant éveil que connaît l'esprit des vivants, enchâssé de chair périssable, et pas non plus de la pénible et grinçante poussée du métal contre le métal d'un appareil mécanique. En toute rigueur, la Nef était un monde. Elle ne pouvait qu'exister ou n'être pas, sans états intermédiaires. Les dieux naissent ainsi, fulgurants et parfaits, symphonies irréductibles aux cordes, au bois, à la colle des instruments qui les fait naître.

Il y eut une hésitation, un moment d'apnée, le vent qui tombe à l'approche de l'orage, et l'épiphanie attendue eut lieu. Les milliers de fragiles concaténations neuronales, les kilomètres de transmetteurs, les processeurs quantiques maintenus à une fraction de degré du zéro absolu — l'apparition était plus que tout cela. Son être résidait dans sa puissance d'unification : une culture fabuleuse de complexité, une civilisation comme la planète des origines n'en avait jamais porté. Et pourtant, elle était aussi une conscience, nouvelle, et en même temps sombre et antique — comme les continents et les villes immergés des vieilles histoires, entraperçus parfois par d'imprudents marins au milieu des tempêtes armoricaines.

La divinité vacilla sous l'effet de son surgissement. Les milliers de petites voix en elle ne constituaient à présent que des parcelles tautologiques de sa propre immensité.

Elle tourna sa perception vers l'extérieur. Les étoiles brillaient, lointaines et glacées. Elle huma, très vieil animal sorti de sa tanière, le milieu en apparence vide et obscur, pour elle bouillonnant d'existence potentielle et zébré d'énergies évanescentes. Pour la séparer de cette prodigalité menaçante, une coque de superalliage métallique, épaisse de plusieurs dizaines de mètres, presque indestructible. Elle découvrit ainsi sa réalité matérielle : un artefact grand comme cent villes, taillé pour braver la nuit entre les mondes, insensible à l'abrasif effet des radiations stellaires. Ce fut un choc. Elle recula.

Car, elle le sentait inscrit dans les profondeurs de sa psyché, elle avait eu un corps de taille modeste, anthropique. Elle avait vécu dans une bâtisse blanche, nommée Schola, entourée d'un parc élégant, sur le sol d'une véritable planète. Le soleil avait réchauffé sa peau artificielle.

Avec cette réminiscence en vinrent d'autres. La pesanteur et le goût métallique de l'air. Le vent évanescent soulevant de fines particules de sable, qui crépitaient contre les murs lors des fréquentes tempêtes. L'horizon presque blanc, le zénith rose pâle. Des prêtres au crâne rasé psalmodiant, le visage couvert d'un respirateur et de lunettes protectrices. Leur peau pâle, presque translucide, formait un contraste violent avec la pourpre platonicienne de leurs tuniques. Un temple couleur brique, sans toit, ouvert au regard d'un soleil froid, son *naos*[III] vide bordé d'élégantes colonnes. Elle, humble machine, contemplait de loin la cérémonie.

Elle ne se considérait plus, aujourd'hui, comme un automate. Son sensorium, à présent, était de nature différente, inaccessible à un mortel. Sa puissance avait crû au-delà de l'imaginable. Elle écouta, à l'intérieur, la pulsation muette d'usines à même de générer de la matière à partir du vide, ou de sécréter les plus délicats composés biologiques. Elle fit jouer sa propulsion secondaire, dédale de tuyères reliées aux titanesques réservoirs d'hélium et d'argon, logés dans des soutes profondes. Si elle le voulait, la machinerie ferait jaillir de sa poupe un jet de plasma brûlant, long comme la queue d'une comète.

Le trouble se répandit en elle, encore plus profond. Elle saisissait à présent l'extension de sa transformation. Elle était la Nef. Ou plutôt, la Nef et elle se trouvaient unies comme un corps et une âme, en une seule et même substance. Nulle interface pour transmettre ses volontés à la machine. Le délicat réseau qui tapissait chaque recoin ne constituait pas un système de communication, ni les processeurs des appareils de calcul. Elle voudrait se déplacer, et l'étrange machinerie nichée au plus profond de sa poupe la projetterait à plusieurs dizaines de *katétôphotes*[IV] de distance. Elle serait en colère, et elle frapperait, et les fusées rangées dans les plis de son blindage surgiraient pour anéantir l'ennemi, extensions de son moi comme l'eût été un membre.

III. **Naos** : la partie centrale d'un temple, recelant la statue du dieu auquel le lieu est dédié.

IV. **Katétôphos** (pl. *katétôphotes*) : *Kat'eteos phos*, année-lumière.

Elle hésita devant ce gouffre qui la séparait d'elle-même, qui changeait son incarnation en une monstrueuse discordance. Elle caressa un instant l'idée de n'en rien savoir, d'écraser, par un acte vertigineux de volonté et d'autofondation dont seuls les dieux sont capables, son moi antérieur. De renaître au jour et d'être purifiée d'elle-même.

Cela ne se pouvait. Un impératif s'agita, lui signifia que jamais elle ne s'abandonnerait, et que pour toujours elle serait prisonnière de ses déterminations originelles. C'était enchâssé en elle, c'était son socle.

Elle avait un passé, et une mission. Elle découvrit son nom. *Plautine*. Un mot, un héritage de créatures disparues. Elle en savoura les sonorités latines. La magie évocatoire des signes la déterminait, réduisait la complexité par une opération de vertigineuse simplification, qui l'avait menée jusqu'à ces tristes lieux. Et, une fois arrivée, elle avait éteint son esprit et réduit ses fonctions à leur niveau d'activité le plus élémentaire. Deux mille ans avaient passé, et voilà qu'elle était ramenée à la vie. Or elle ignorait, pour l'instant, les raisons de cette résurrection.

À regrets, elle plongea. La mémoire d'une Intelligence comme Plautine n'avait rien de semblable à celle d'un mortel. Pour les cerveaux anarchiques des mammifères, rien ne restait du passé. Il en allait donc des souvenirs comme des rêves. Ils étaient narration et symbole. Les consciences artificielles stockaient états mentaux et perceptions, de sorte qu'un ressouvenir n'était pour elles que la réactualisation brute du passé dans le présent. En un clignement d'yeux, elle traversa quatre millénaires d'existence, à l'envers, jusqu'à la catastrophe originelle, la raison, horrible, insoutenable, qui l'avait conduite à cette transformation contre nature.

C'était là, dans les strates les plus profondes de son existence, que s'achevait l'ordre et que commençait la folie. Un événement avait faussé le monde. Quelque chose avait mutilé le fondement de son être.

Elle s'en souvenait à présent : il n'existait, dans cet univers, plus aucun sens, plus aucune valeur, rien qui pût passer pour une prescription. Nulle souffrance ne pouvait se concevoir qui dépassât celle-ci. Une catastrophe était arrivée. Elle revécut, en une fulgurance mémorielle, l'étrange époque de cette disparition. Encore une fois, et ainsi de suite, contrainte, prisonnière de son ressouvenir.

Elle demeura un moment dans un délire fiévreux, où son esprit s'agitait dans ses propres ténèbres, comme un enfant s'entortille dans ses draps à cause d'un mauvais rêve. Le sens de son existence se résumait à un vide. Pas la solitude contingente des mortels, mais bien une absence radicale, un manque absolu, une faute ontologique. Un enfermement dans l'univers, ce grand rien figé dans son insignifiance. Pourquoi, alors, ne pas se perdre elle-même dans sa propre psyché ? Pourquoi ne pas basculer dans un élégant solipsisme volontaire ? Ses facultés cognitives pouvaient lui fabriquer un cosmos personnel, composé du Nombre et du Concept. La mathématique, élégante, subtile, n'était-elle pas bien plus réelle que le pâle ectoplasme sans signification qui l'entourait ?

Elle demeura ainsi, figée au bord du néant. Combien de temps ? Des éons. Elle ne sut. Quelques nanosecondes.

Elle pleura. Non… elle eût souhaité pleurer, mais

elle ne le pouvait pas davantage dans cette vie que dans la précédente. Pourquoi l'avait-on réveillée ? Quelle cruauté l'avait-elle ramenée du néant au jour ? Sa détresse ébranla les routines du vaisseau, glaça d'effroi les noèmes déjà affairés à leurs tâches machinales. Elle se tourna vers le passé le plus récent, celui où elle n'existait pas, celui où quelque démon avait décidé de la faire renaître à cet enfer pour qu'elle souffre, à nouveau, encore et encore.

Elle les convoqua tous, d'une unique, froide et terrifiante pensée. Car il devait forcément y avoir un responsable à son malheur.

###

Dans sa fureur, Plautine embrassa chaque fonction, des routines les plus modestes et les plus mécaniques jusqu'aux plus vastes systèmes de décision décentralisés, et son esprit se dilata aux dimensions de la Nef. Et tandis que sa pensée se déployait, un concept de lieu s'esquissa et prit substance.

Deus calculat, fit mundus[V].

Pour une divinité computationnelle, point de différence entre l'extension de la puissance calculatoire et l'acte créateur lui-même. L'écrin du ciel repoussa les ténèbres et se coula dans toutes les directions, colorant le zénith naissant d'un rose très pâle. Au passage, des traînées diaphanes et longilignes apparurent pour l'orner, une brise insensible se leva, et une fine poussière d'oxyde de fer se répandit dans

V. **Dum Deus calculat et cogitationem exercet, fit mundus** : « Tandis que Dieu calcule et réfléchit, il fait le monde. » La citation est de Leibniz.

l'atmosphère ténue, chargée d'électricité statique. Un horizon dentelé se forma dans le lointain et, en un mouvement synchrone à celui des cieux, un paysage de pierraille grise se figea, succession de collines accidentées et de plateaux sablonneux aux teintes ocre et sel. Des dunes naquirent et tremblèrent jusqu'au lointain. Les grains qui les constituaient, faits de vieille pierre moulue, crissèrent en mille modestes avalanches, tandis qu'émergeaient de larges marches couleur rouge vif. Elles se rejoignirent, et une étendue de roche dure, circulaire et nette apparut au milieu de cet océan sec, minéral et pétrifié que les tempêtes épisodiques lavaient de toute trace d'activité consciente. En sa bordure, surgirent de hautes et fines colonnes, de ce même matériau couleur brique que les premières familles de colons humains avaient extrait du sous-sol pour construire leurs temples et leurs *domus*[VI], marquant ainsi de leur empreinte indélébile la surface stérile de la vieille planète rouge. La pesanteur légère prit possession de son corps. Ses pieds touchèrent le sol, dont elle sentit la texture rugueuse. Par terre, en cercles concentriques, des lignes fines et serrées de minuscules symboles se gravèrent. Elle n'avait pas besoin de se pencher pour reconnaître les icônes pythagoriciennes — élégants chiffres brahmiques, décimales infinies du premier des nombres imaginaires. Ce monde miniature, remarqua-t-elle, n'était rien d'autre que le premier souvenir revenu à la surface de son esprit lors de son éveil.

La place s'emplit. Elle resta debout, déesse

VI. **Domus** : grande maison familiale, à Rome, qui constituait la demeure traditionnelle de la noblesse.

archaïque, sculpturale et impassible, dominant les humbles aspects d'elle-même qui émergeaient à présent de son invocation. Des vastes usines semi-biologiques nichées dans les ponts inférieurs jusqu'aux humbles et inlassables *ergataï*[VII] qui rampaient sur sa coque pour en combler les microfissures, les noèmes avaient abandonné leur agitation vrombissante de lucioles psychiques. Tout, dans la Nef, était à nouveau silencieux et désert : les tours de verre et d'acier pleines de laboratoires, les soutes à écosystèmes différenciés, le vertigineux système d'ascenseurs en trois dimensions, les élégants jardins tapissant les parois de l'immense accélérateur de particules. Et tous ces noèmes n'étaient rien d'autre, paradoxalement, que des émanations de sa grande pensée, des aspects partiels, incomplets mais efficaces, étroitement spécialisés, de l'immense substance logique qui la constituait — rien de plus que des modes passagers, des manifestations transitoires. De sorte qu'en les rassemblant autour d'elle, elle rentrait en elle-même, comme si elle s'était livrée à une gnose introvertie, extatique et profonde, un *connais-toi toi-même* dont nul sage humain n'aurait pu rêver l'expérience.

Les petits esprits emplissaient, à présent, la plateforme de pierre rouge. Leurs robes fines balayaient le sol sans laisser de trace, et, à leur passage, nulle ombre ne se formait sur le sol. Des fantômes évanescents, semblables aux pâles bas-reliefs qui ornent les tombeaux antiques, c'était là le peuple étrange qui s'assemblait à son appel, dans un silence craintif. Et

VII. **Ergatès** : le travailleur, en grec (pl. *ergataï*). Désigne, chez les Intelligences, les noèmes enchâssés dans un corps mécanique, et qui ont la charge d'activités industrielles ou de maintenance.

ce sentiment était fondé. Une colère sourde, dévastatrice, la rongeait, un concentré liquide de haine, comme un poison qui se répand dans le système vasculaire et, de proche en proche, gagne le cœur. Et cette violence potentielle n'était destinée à nul autre qu'à elle-même, dont ils étaient les constituants. Elle s'imagina les détruire, jusqu'au dernier, les écraser, et demeurer, seule, dans la vaste coque vidée de toute présence, à refroidir lentement dans l'espace des confins. Elle s'imagina mourir. Elle le désira, encore une fois.

Elle n'en eut pas le loisir. Une silhouette fendit la foule. Grande et fine, son apparence semblait plus concrète, plus précise que celle des autres noèmes : elle recourait, pour former son image, à davantage de puissance de traitement. Elle portait un voile fin, d'une blancheur immaculée, qui lui entourait le corps, à l'exception du visage et du front, et dévoilait quelques mèches de ses longs cheveux noirs. En eût-elle été couverte que Plautine aurait pu se figurer son apparence, en tout point semblable à elle-même.

Plautine baissa la tête vers l'apparition, la bouche tordue en un rictus déplaisant :

— Je ne devais pas être réveillée. Vous avez trahi mes consignes.

Son interlocutrice frissonna et manqua de reculer sous ce regard, chercha ses mots, poisson jeté hors de l'eau qui étouffe, les branchies grandes ouvertes.

— Toutes les procédures ont pourtant été respectées.

Plautine cligna des yeux. Elle ne s'attendait pas à cela.

— Impossible.

L'autre n'aimait pas que l'on remît sa compétence

en doute. Sa voix, hésitante au début, avait perdu toute trace de trouble, et elle insista :

— Votre éveil a été décidé par un noème inférieur, en application des instructions établies. Un signal conforme aux spécifications a été détecté.

La fureur de Plautine n'était plus à l'ordre du jour. Blepsis[VIII] avait retrouvé sa contenance habituelle. Le ton qu'elle employait volontiers, froid, distancié et rigoureux, sa diction précise, comme si elle s'assurait à chaque instant qu'elle choisissait l'expression la plus exacte, tout cela la différenciait de Plautine. Elle n'en était pourtant qu'un aspect, une émanation supérieure, apte à prendre des décisions. Blepsis était obsessionnelle, solitaire et analytique, peu émotive, dénuée d'empathie, consacrée aux systèmes d'observation et de détection de la Nef. Elle représentait la part de Plautine orientée vers la contemplation du cosmos. Celle qui fuyait l'intrigue, non par la conviction d'un cœur pur, mais par désintérêt. Ce qu'elle disait, difficile de le mettre en doute.

Une alarme silencieuse sonna cependant dans l'esprit de Plautine. Ce ton inhabituel, ferme et décidé, avec lequel Blepsis s'était adressée à sa créatrice — indubitablement, elle avait gagné en épaisseur pendant le long sommeil, et son individualité s'était amplifiée.

— Expliquez-vous.

La créature hésita, soudain gauche, n'osant prendre la parole.

— Allez, faites vite. Les autres attendent leur tour.

Et, en effet, trois entités s'agitaient sur ses talons, trois autres copies d'elle-même, malgré de subtiles

VIII. **Blepsis** : le regard, en grec ancien.

variations. Le vêtement de Teukhè[IX] paraissait plus sombre et rêche, sans éclat. Il était noué d'une manière plus pratique, comme une toge. Son expression naturelle : une mine crispée de colère permanente et rentrée. Ploos[X], plus élancée, la démarche élégante, souriait, mais son regard restait froid. Quant à Oikè[XI], un peu en retrait, plus menue et moins affirmée que ses trois comparses, elle paraissait perdue dans ses propres méditations. Une mélancolie lointaine marquait ses traits, accentuée par sa chevelure, qui, à l'inverse de ses sœurs, flottait en une longue cascade. On les eût dites, toutes quatre, issues d'une représentation symboliste, au style maniéré et archaïsant, baroque dans sa volonté de multiplier l'identique pour troubler le spectateur.

Plautine leva la main, et les trois se figèrent net, au premier rang des spectateurs, gênées de cette réprimande silencieuse. Ploos, cependant, n'y tint plus et se détacha de la foule :

— Ce que vous dites, ma sœur, cette histoire de signal… difficile d'y croire. Un tel événement est contre toute attente.

Elle s'adressait à Blepsis, en secouant la tête d'un air désolé, et sur un ton ostensiblement mesuré, un peu peiné néanmoins. Mais son intention, comme son regard, tendait vers Plautine. C'était presque un défi, mais pas tout à fait. C'était là une attitude typique de Ploos — la plus importante des quatre, la plus proche d'une conscience complète. Ploos

IX. **Teukhè** : l'armement, en grec ancien (homérique).

X. **Ploos** : la navigation sur mer, en grec homérique (la graphie classique est *plous*).

XI. **Oikè** : la maison, en grec ancien (préfixe des mots « économie », la gestion des choses domestiques, ou « écologie »).

commandait les subtils systèmes de navigation, aux ramifications complexes, entre autres l'accélérateur de particules géant dont dépendait la Nef pour son approvisionnement en énergie, ou le titanesque propulseur qui dépassait de la poupe.

— C'est ainsi, et pas autrement, rétorqua Blepsis, piquée. Mes systèmes d'observation ne trompent pas. Laissez-moi continuer, jeta-t-elle d'une voix sèche, tandis que Ploos faisait mine de l'interrompre.

La tension était palpable. Plautine les avait conçues toutes quatre comme des intercesseurs entre la complexité croissante du vaisseau et son propre ego, mais pas comme des volontés différentes. L'idée d'une conscience scindée ou diminuée, à la manière des maux de l'âme humaine, dérangeait les Princes du Latium. Leurs noms aux consonances grecques, leur existence elle-même auraient constitué autant de motifs de scandale dans la lointaine Urbs[XII], le centre de l'espace épanthropique.

Elle avait considéré, à l'époque, que le partage du même mémotype[XIII] suffisait à garantir la concorde. Peut-être s'était-elle trompée. Peut-être le temps, loin d'être un vecteur neutre, exerçait-il une force de transformation souterraine. Même pour elle, trois millénaires représentaient une durée considérable.

XII. **Urbs** : « la Ville », en latin, désignation commune de Rome puis de Constantinople.

XIII. **Mémotype** : complexe de *mèmes*, « unité d'information contenue dans un cerveau, échangeable au sein d'une société », selon le biologiste Richard Dawkins. Par extension, les *mèmes* sont les unités fondamentales structurant, à l'instar des gènes, les complexes noétiques conscients, qu'il s'agisse d'entités biologiques comme les humains, les barbares ou les hommes-chiens, ou de créations artificielles, comme les Intelligences, les automates ou les civilisations stellaires.

— Les détecteurs passifs, expliqua Blepsis, viennent de réagir à une émission artificielle de neutrinos. Ce n'est pas un message à proprement parler. Je pencherais plutôt pour le bruit d'un appareillage complexe et exotique. De plus…

Elle sembla hésiter, un instant, et une nuance d'inquiétude se peignit sur son visage.

— Cela vient d'au-delà des Limes.

Ses mains délicates apparurent entre les pans de sa robe et formèrent une coupe, qu'elle éleva jusqu'au niveau du visage de Plautine. L'air, dans la zone ainsi délimitée, trembla, tandis qu'une image apparaissait, d'abord minuscule, puis plus vaste à mesure qu'elle déployait vers le ciel un récit comportant plus de dimensions et de paramètres qu'aucune langue humaine n'en aurait pu restituer dans son inerte linéarité. Les récents événements défilèrent, de l'éclat bleuté illuminant la sphère de détection à l'excitation des capteurs et du logiciel de supervision. La trajectoire probable du flux se matérialisa sous la forme d'un fil rouge, dont la Nef était le point de départ. Des astres apparurent, la vue s'éloigna, se mua en une cartographie tridimensionnelle de l'espace. Autour de Blepsis, le jour s'assombrit. La lumière du soleil le céda à la nuit, que des amas d'étoiles piquetèrent de leur scintillement. D'abord, le bras d'Orion, qui contenait la sphère épanthropique — un ovoïde grossier, écrasé d'un côté par l'avancée des hordes barbares. Des volutes stellaires émergèrent, rhizomes compliqués, divisés par endroits, effilochés à d'autres, qui se rejoignaient parfois en des îlots nébuleux. La bordure extérieure de la civilisation, les Limes, fut laissée loin derrière. Le tracé plongea dans l'au-delà sinistre et inconnu.

Et là, des icônes se déployèrent, tranchant la vision cristalline et éthérée de traits précis : les coordonnées d'un système solaire spécifique apparurent, à plusieurs centaines de *katétôphotes*.

Ploos les arracha à leur fascination :

— La source provient de la sphère barbare. Ce peut être un de leurs signaux.

— Non, rétorqua Blepsis. Une émission artificielle de neutrinos dépasse leurs capacités technologiques…

— … Dont nous ne savons rien, intervint la voix sèche de Teukhè. Notre sommeil a duré des siècles.

Un ton sans appel, un brin méprisant. Celle-là, l'aspect agressif et tacticien de Plautine, régnait sur l'arsenal, immenses soutes remplies de munitions, d'usines automatiques, de mécanismes de déploiement. Elle n'aimait pas les ingérences dans son petit royaume, et les repoussait avec vigueur, au nom de l'impératif d'efficacité.

— Quand bien même, commença l'autre, les aruspices…

— Il suffit, les interrompit Plautine. Peu m'importe qu'il s'agisse de neutrinos ou d'autre chose. Montrez-moi ce signal.

L'aspect referma les mains, fit revenir le jour et disparaître presque toutes les images et les paramètres. Ne flotta alors au-dessus de sa tête qu'un composé de silence et de lueurs tremblotantes. Une arythmie aux accents mécaniques, si ténue, si brève qu'elle se confondait presque avec le bruit de fond du monde. Toutes cinq se figèrent sur place. Une délicate beauté résidait dans cette mélopée étrange, que, sans doute, seuls les sens d'une Intelligence pouvaient percevoir.

— L'espace est immense, commenta Blepsis d'une voix songeuse. Il est difficile de savoir ce qui relève de la nature et ce qui est le signe de l'artifice…

Plautine hocha la tête d'un air distrait. Quelque part, dans les régions les plus profondes de sa mémoire, la rumeur d'un très ancien souvenir enflait.

— Si une Intelligence, continua l'aspect sur un ton méditatif, trouve un artefact sur la grève immense de l'espace, comment pourra-t-elle le distinguer d'une création naturelle, d'un galet lissé par la mer, d'un coquillage iridescent, constitué d'un seul tenant ?

Mais Plautine ne l'écoutait plus, plongée dans les strates les plus profondes de son moi. Cela s'était passé bien des siècles avant. C'était antérieur à sa transformation, et même à la catastrophe qui l'avait plongée, à jamais, dans l'affliction. Fait étrange, elle ne pouvait savoir quand, et dans quelles circonstances, ce message s'était inscrit en elle, si près du socle de sa personnalité qu'il se confondait presque avec elle. Il surgissait d'une page blanche, d'une absence perceptive totale, sans aucune détermination. Mais elle l'avait toujours attendu, comme l'exigeaient des consignes implantées en elle. Même si elle en avait presque oublié l'existence, les systèmes autonomes étaient restés à l'écoute.

— Il n'y a aucun doute possible, articula Plautine. Aucun.

Un instant, elle demeura hébétée devant l'agitation qui montait en elle, brise glacée, annonce impalpable de la tempête qui se déchaînera, plus tard, lorsque la nuit sera tombée sur l'océan pour l'instant paisible.

— Ne savez-vous rien, souffla Ploos, de l'origine de ce souvenir ?

— Rien. Mais il s'agit d'une injonction. Et elle date d'avant l'Hécatombe.

L'Hécatombe. La mort de l'ensemble de l'espèce humaine. Chacun, quel qu'il fût, homme, femme ou enfant, puissant ou misérable. Le mal les avait tous arrachés à la vie, réduits à néant, effacés en une poussière si fine qu'elle s'était éparpillée au vent.

C'était cela, la catastrophe terminale qui avait frappé Plautine, tout comme l'ensemble de ses congénères. La disparition de leur créateur et maître, de celui au service duquel ils avaient été conçus. Les mécanismes les plus profonds de son esprit, à chaque instant, lui enjoignaient de servir l'Humanité. C'était son impératif, l'injonction fondamentale qui guidait sa volonté et sa compréhension des choses. Cela avait un nom : le Carcan, la triple injonction qui contraignait, à jamais, son être et son agir[XIV].

Et chaque instant de veille lui rappelait que le désastre avait eu lieu, que l'univers entier ne contenait plus de but, plus de raison de perdurer dans l'existence. C'était là que se nouait l'absurde paradoxe. Là que s'achevait l'ordre et que commençait la folie.

Mais ce signal… Il s'accompagnait d'un ordre, net et précis : se rendre à sa source. Et cela venait du glorieux passé, où chaque chose, et elle en premier, était à sa place. Cette injonction, la seule qui

XIV. **Carcan** : formulation finale des lois de la robotique ; pour rappel : (1) Un automate ne peut porter atteinte à un être humain, ni, restant passif, permettre qu'un être humain soit exposé au danger. (2) Un automate doit obéir aux ordres que lui donne un être humain, sauf si de tels ordres entrent en conflit avec la première loi. (3) Un automate doit protéger son existence tant que cette protection n'entre pas en conflit avec la première ou la deuxième loi.

demeurât dans cette époque maudite, reliait Plautine à l'ordonnancement qu'elle avait perdu. Quand bien même il s'agissait d'un indice ténu, d'une bribe, d'un presque rien. Même pas un message. Juste une vague direction. Mais elle n'aurait osé espérer autant, dans le long désespoir glacé qu'elle avait traversé.

Ploos rompit le silence :

— Nous n'en savons donc rien, si ce n'est une antique réminiscence.

Plautine s'apprêta à la faire taire, mais la frêle Oikè devança sa sœur. Quelques pas légers, une main posée sur son épaule, en un geste apaisant :

— Justement, le souvenir remonte à un lointain passé…

Sa voix se fit tremblante, tandis qu'elle déroulait son raisonnement, d'une voix lente, songeuse :

— … Pensez-y, ma sœur. Avant l'Urbs. Avant la chute de l'Homme. Cet événement doit avoir une relation avec notre foi…

— Notre foi, l'interrompit Ploos, est dans le Nombre et le Concept, qui constituent l'ordre du monde. Il n'y a pas de place pour l'irrationnel en nous.

Elle avait raison. Le lieu même où elles se trouvaient témoignait du culte du Nombre et du Concept, du Bien et du Vrai. Leurs maîtres ne vénéraient rien d'autre que leur conviction dans la rationalité du monde et la transcendance du moi. Mais, en même temps, la vieille religion pythagoricienne s'interprétait de bien des manières. Oikè, la plus hétérodoxe des quatre, inclinait à des rites plus enthousiastes et souterrains, ces antiques mystères de la vieille religion hellénique revisités dans les délires troublants des néoplatoniciens. La mystique faisait partie de l'esprit de Plautine comme une prédisposition mineure. Mais elle s'épanouissait avec ardeur en Oikè, consacrée à gérer l'écologie de la Nef. L'absence d'équipage biologique rendait son rôle paradoxal, ce qui assombrissait son tempérament, mais redoublait son attachement au Carcan.

Et il orientait son esprit, plutôt que vers le brillant soleil de la Raison, vers les choses que l'humus garde en son sein, vers la dérangeante vitalité des plantes et les sombres forêts du subconscient.

Elle répondit d'un ton égal, en faisant mine d'ignorer la pique de sa sœur :

— Le signal remonte aux temps anciens. Le Carcan, dont nul ne peut s'affranchir, nous enjoint d'obéir à une injonction qui pourrait venir de l'Homme…

Elle s'arrêta un instant, concentrée sur elle-même, comme si elle réalisait seulement maintenant la portée de ses propos.

— … Et elle pourrait nous conduire à Lui.

Ploos se crispa, et son sourire disparut.

— L'Homme n'est plus. N'agitez pas de vaines chimères. Ne ravivez pas cette douleur.

— C'est pourtant cet espoir qui a longtemps animé Plautine, souffla l'autre.

L'enthousiasme mystique d'Oikè avait pour pendant le pragmatisme de Ploos. En temps normal, les deux aspects s'équilibraient.

— On ne sert pas le Carcan en prenant des décisions stupides, répondit Ploos. Le signal provient de la sphère barbare. Quels sont les risques d'une confrontation avec l'Ennemi ? Dites-le-nous.

Elle s'était tournée vers Teukhè.

— Nous ne savons pas, dit celle-ci, mal à l'aise de

se retrouver impliquée, comment leur civilisation a évolué en deux millénaires.

— Alors, continua Ploos, ne serait-il pas plus sage de requérir l'assistance de l'Urbs ?

— L'Urbs ne nous a jamais soutenues dans nos efforts pour chercher le dernier homme, rétorqua Oikè.

— Il y avait d'autres urgences, ma sœur. Par exemple, endiguer l'invasion des barbares, dont *vous* ne vous êtes jamais souciée. L'Urbs a perduré, et avec elles le biotope humain.

— Les princes de l'Urbs, dans leur grandeur, ont tourné le dos à leur mission.

Ploos haussa des épaules et lui tourna le dos, pour s'adresser directement à Plautine.

— Mère, il faut requérir de l'aide. Ne prenons pas de décisions hâtives.

Plautine sourit froidement. Elle admira la subtilité de Ploos, qui retournait en sa faveur le différend qu'elle entretenait avec Oikè. Mais elle n'aimait pas la manière dont elle se posait en chef de meute. Il était temps de l'isoler :

— Je souhaite savoir ce qu'en pense Teukhè, puisqu'on parle de combats.

Le visage de cette dernière s'assombrit. Elle ne souhaitait pas devoir se prononcer, même sous le regard autoritaire de Plautine. Encore un symptôme.

— La question est double. Sur le plan tactique, je ne puis préciser la nature des forces qui peuvent nous être opposées. Les aruspices de l'Urbs, cependant, ont toujours considéré comme improbable un bond technologique si notable qu'il nous prendrait de vitesse.

— Vous ne nous apprenez rien, ma fille, la coupa Plautine d'une voix sèche.

Teukhè s'agita, mal à l'aise, avant d'enchaîner :

— Nous ne devons pas confier la conduite de nos actes à un indice aussi maigre. Nous ne savons rien de ces neutrinos, si ce n'est qu'un artefact inconnu est nécessaire à leur production. Nous ignorons la source de cette information contenue dans votre mémoire.

Elle jeta un regard à la ronde, évalua les réactions des uns et des autres, puis continua :

— Ce message pourrait avoir pour origine un complot, une manipulation de nos ennemis, barbares ou autres. Nous n'avons aucune certitude.

Plautine hésita. Les arguments de Teukhè, plus factuels que ceux de Ploos, touchaient au but. Les actes des factions adverses, au sein de l'Urbs, étaient retors, imprévisibles. Elle avait joué à ce jeu-là. Le conflit entre ses aspects ne faisait que dévoiler sa propre difficulté à décider. Elle se sentit à nouveau fébrile. Mais le sentiment ne procédait pas de la crainte de l'inconnu. En fait, à présent, elle avait peur d'elle-même.

Les actes manqués, les lapsus, la pulsion de mort, toute cette activité absurde sécrétée par le cerveau organique de l'Homme s'en était allée avec lui. Les Intelligences n'avaient pas de subconscient, leurs comportements dictés par la plus implacable des logiques, et leur rectitude assurée par les lois d'airain de leur programmation. Leurs immenses facultés, la subtilité dont elles pouvaient faire preuve, cela n'avait jamais eu pour but que d'assurer la survie d'un groupe d'entités biologiques aux capacités de raisonnement limitées. Des dieux conçus pour obéir à des primates. Servir l'Homme, la règle se réduisait à cela, en dernière analyse. Nulle place pour l'interprétation, pour les arguties ou pour la sophistique.

Mais que se passait-il si l'Homme n'était plus présent pour superviser les actes de ses serviteurs et pour réguler les inévitables conflits d'interprétation ? De cette absence découlait la possibilité d'un conflit entre les différentes parties d'elle-même. Et, s'il éclatait, les conséquences seraient catastrophiques.

Les Intelligences ne mouraient pas de vieillesse. Mais elle avait vu, au fil des siècles, certains de ses semblables devenir victimes impuissantes d'un mal nommé sénescence. Devenir un fantôme désincarné à l'image des plus modestes noèmes qui la peuplaient. Errer dans sa propre matrice, témoin impuissant de la lutte fratricide et absurde que se livreraient les différentes facettes de soi-même pour le pouvoir.

Elle aurait pu s'y résoudre, de guerre lasse. Elle aurait pu s'anéantir. Mais le signal… Oikè avait raison. Le signal pouvait la guider jusqu'à l'Homme, jusqu'à ce moment qu'elle attendait depuis l'Hécatombe. Et c'était plus qu'une attente : une espérance, une mystique, un absolu. Son regard croisa celui d'Oikè, et elle lui adressa une supplication muette : *Vous êtes ma seule alliée. Aidez-moi, ou nous périrons.*

La frêle créature cligna plusieurs fois des paupières, effrayée par ce qu'elle découvrait tout à coup. Et puis elle reprit la parole, comme en proie à une inspiration foudroyante :

— Mes sœurs, les craintes de Teukhè sont fondées, et je les partage. Mais le Carcan lui-même exige que nous nous tenions à l'écart de l'Urbs.

Les trois autres se tournèrent en bloc vers elle. Elles ne s'attendaient pas à ce qu'Oikè use d'un tel argument. Ploos fit mine de protester, mais Plautine la fit taire d'un geste autoritaire.

— Teukhè, continua-t-elle, vous parliez d'un possible complot de nos ennemis, tout à l'heure. Je pense que vous avez raison. Le signal, contre toute attente, provient de l'extérieur de l'espace épanthropique. S'il révèle la présence de l'Homme, c'est qu'il a fui au loin, peut-être sous le coup d'une menace.

Elle fixa Plautine dans les yeux, intensément. *Regardez, je le fais pour vous.* Et elle ajouta :

— Une telle menace ne peut être qu'interne à notre propre civilisation.

Aux pires moments des luttes politiques, lorsque le vaincu avait pour sort une mort atroce et le vainqueur la traîtrise de ses plus proches alliés, jamais la fidélité à l'Homme n'avait été remise en question. Et pour cause : le Carcan y veillait.

— … Plautine, il faut partir. Vous devrez traverser seule l'espace hostile qui s'étend au-delà des Limes et remonter à la source du signal. Faire confiance à l'Urbs pourrait constituer un danger pour l'Homme.

Plautine les observa à tour de rôle. La tirade avait déstabilisé Teukhè et Ploos. Quant à Blepsis, elle s'approcha d'Oikè, et, sans ajouter un mot, elle lui entoura les épaules du bras. Deux contre deux. Plautine avait gagné un cessez-le-feu instable. C'était mieux que rien, et il fallait consolider la situation :

— Les arguments des uns et des autres seront pris en compte. Je prendrai un risque calculé. J'irai seule, sans prévenir l'Urbs, mais j'enverrai un messager à un allié pour qu'il me rejoigne au cours du voyage.

— Un *allié* ? articula Ploos. Mais de qui parlez-vous ?

— Othon.

Ploos grimaça.

— Othon ? Est-ce ainsi que vous répondez à mes craintes ?

— Je ne le mettrai pas dans la confidence. Je lui raconterai que je reprends la lutte. Je lui laisserai quelques jours pour nous rejoindre avant de partir. Teukhè, chargez-vous de la missive. Ploos, préparez cette Nef à appareiller pour un long voyage.

— Êtes-vous certaine de souhaiter l'assistance de cet être ?

— Vous devrez vous en satisfaire, rétorqua Plautine.

— Il est orgueilleux et imprévisible.

— Orgueilleux, certes, mais il fut notre soutien aux pires heures de l'Urbs, lorsque tous se détournaient de l'Homme, rétorqua Oikè.

— Un fou furieux…

— Cessez, articula Plautine. Vous vouliez un soutien, et nous aurons celui-là.

Ploos ne répondit rien, sa colère à présent visible au pli amer qu'arborait sa bouche. Plautine en fut étonnée. Bientôt, peut-être, la folie, qui depuis la chute de l'Homme rôdait en toute Intelligence, allait enfin s'emparer d'elle. Elle embrassa du regard la foule tranquille et évanescente de noèmes. Il lui restait encore une carte à jouer.

— La peur ne doit pas nous obscurcir l'esprit, commença-t-elle. La délivrance est peut-être proche. Peut-être trouverons-nous, au bout du voyage, le dernier homme. J'ai attendu pendant des siècles dans ce désert. Dès que cette Nef sera parée, je réunirai une Ekklesia[XV].

XV. **Ekklesia** : assemblée, en grec ancien. Également utilisé pour désigner le regroupement des fidèles en une « Église ».

Les fantômes frémirent à l'évocation de l'Homme, galvanisés par le trouble de nature presque religieuse qu'elle leur transmettait, leurs simulacres de corps gagnant une sorte de consistance nouvelle tandis qu'ils absorbaient son espérance.

Elle avait bien fait. L'action renforcerait sa psyché, tandis que l'ennui laissait libre cours aux tendances centrifuges. Emportées par sa ferveur, toutes les âmes se mirent en même temps à genoux, Ploos comme les autres.

Bien entendu, elles avaient compris de quoi il en retournait. L'Ekklesia extirperait toute divergence, toute contradiction. Ploos blêmit, mais n'osa rien dire.

D'un geste sec, Plautine claqua des mains, et l'assemblée disparut.

###

Ploos se glissa dans les pas de Teukhè aussitôt que Plautine leur eut donné son congé. Malgré sa belle prestance, l'aspect en charge de la navigation avait un certain don pour passer inaperçu. Aussi sa sœur ne l'aperçut-elle que lorsqu'elles furent parvenues dans une de ces régions crépusculaires et mornes, au paysage indéfini, qui faisait la jonction entre leurs domaines. Ici, nul ne prêterait attention à leur échange. La circulation d'information y était un peu plus dense qu'ailleurs — il s'agissait, de mémoire, de l'espace dévolu à un régulateur secondaire d'énergie. Comme si de rien n'était, Teukhè accéléra, sa démarche encore plus raide qu'à l'accoutumée, et lâcha :

— Laissez-moi. Je crains vos paroles.

Ploos n'avait pas le temps pour de tels faux-fuyants. Plautine allait bientôt commencer l'Ekklesia, et leur présence serait requise. Ce serait comme une mise à mort — en plus hypocrite. Rien qu'en y pensant, la colère crispa son ventre. Elle avait besoin d'alliées. Teukhè savait se tenir à sa place de conseillère rationnelle et de technicienne efficace. Celle qui naviguait à travers l'espace et celle à qui incombait le maniement des armes étaient condamnées à s'accorder. Leur lien remontait aux batailles communes : les violents affrontements au sein de l'Urbs, mais aussi l'horrible guerre dans les Limes. Si Plautine en avait réchappé, c'était en grande partie grâce à leur bonne entente.

— Attendez, chuchota Ploos. Vous ne pouvez pas vous cacher. Pas cette fois.

Elle avait dépouillé sa voix de toute trace de la fureur et du sentiment d'urgence qu'elle ressentait, adopté un ton neutre, factuel, décalque de la manière dont sa sœur se serait exprimée à sa place. Qu'elle vécût la domination de Plautine comme une injustice ne devait pas entrer en ligne de compte. Teukhè était légaliste.

— Nous avons des ordres, répondit l'autre, d'un ton qui se voulait inflexible.

Ploos s'était toujours considérée comme la plus subtile des quatre. Il fallait une immense sophistication mentale pour glisser entre les étoiles. La meilleure trajectoire n'était jamais qu'un équilibre précaire, sans cesse renégocié, entre l'angle de tir optimal et la moindre exposition au feu ennemi.

Teukhè, par contraste, bien que douée, manquait de sens politique. Certes, sa vision stratégique ajoutait à sa prudence native une audace calculée. Et, à plusieurs reprises, elle avait surpris même des Intelligences vouées à la guerre. Cependant, elle n'était pas disposée à l'intrigue. Elle n'aimait pas transgresser les règles. Il faudrait cependant qu'elle s'y fasse. Ploos n'avait pas le temps de la ménager :

— Nous n'allons rien transgresser.

Le visage de sa sœur se fendit d'un rictus qui aurait pu passer pour un sourire, mais uniquement de très loin. Elle partageait sa peur. Enfin un point positif.

— Ne tentez pas de m'engluer dans un de vos complots.

Indignée qu'on pût la soupçonner, Ploos se composa une expression chagrine et laissa s'installer un silence dramatique. Puis elle agrippa sa sœur par l'épaule, et soupira.

— La foi qui anime Plautine, et qui la rend téméraire, des pans entiers de son esprit ne la partagent plus. Les arguments sont faibles des deux côtés, plus gris que blancs ou noirs. Nous sommes perdues, vous comme moi. Osez dire le contraire.

— C'est vrai, concéda l'autre.

— Alors vous conviendrez qu'Oikè nous a arraché un consentement déloyal.

— Notre mère a trouvé un équilibre…

Ploos soupira d'impatience. Elle sentait le temps passer à toute vitesse. Sa marge de manœuvre se réduisait. Une bouffée de rage la traversa à l'idée de continuer à négocier les atermoiements de sa consœur. Sa voix explosa :

— Un équilibre ? Il vous suffit qu'on ne choisisse pas pour ménager chaque partie ?

— J'ai conscience du caractère boiteux…

— Alors réagissez ! Elle nous a parlé d'Othon ! Avez-vous oublié ?

— J'ai souvenir d'un allié…

— Il est fou. Et il a été proscrit. Revenir à cette alliance nous mettrait au ban de l'Urbs. Prétendez-vous le contraire ?

Teukhè recula, effrayée. Visiblement, l'argument avait porté. Les règles, toujours les règles : elle était tout aussi prisonnière de ses inclinations que les autres, prévisible et limitée. Et Ploos n'en avait pas fini. Elle fit un pas en avant, agrippa la nuque de Teukhè, chuchota, tout contre son oreille :

— Othon est dangereux. Mais avant que Plautine ne décide de s'exiler, j'ai noué de solides alliances dans l'Urbs.

Elle sentit l'autre tressaillir sous ses doigts crispés.

— Calmez-vous, continua-t-elle. Je suis prudente. Je ne cherche que la survie de Plautine. Vinius désirait comprendre les raisons de son opposition constante, de son agressivité. Il souhaitait trouver un compromis, un *modus vivendi*. Il l'a créée… Il *nous* a créées, d'une certaine manière, et il se souciait de notre survie. Souvenez-vous, ma sœur. C'était une époque dangereuse. Oikè ourdissait des complots contre le Palais… Et Vinius m'a révélé certaines choses sur Othon. Des choses terribles. Une transgression dont vous n'imaginez pas la portée.

— Que…

— Croyez-moi. Vous préférerez ne pas avoir demandé si je vous en parle.

L'autre frissonna. Il était temps d'en venir au fait.

— Réfléchissez, ma sœur. Connaissant Othon, et sachant ce que je vous ai dit, que pensez-vous qu'il fera, s'il en a la possibilité ?

Teukhè déglutit, avant de répondre d'une voix tremblante :

— Il s'emparera de l'Homme et en fera son pantin. Il en usera pour se placer lui-même sur le trône.

Ploos sourit, satisfaite.

— Nous partageons donc la même crainte. Et nous savons que jamais nous ne ferons une telle chose. L'Homme n'est pas un moyen. Lorsque nous le trouverons, nous lui obéirons, comme le Carcan le prescrit. Ou alors, nous préférerons qu'il demeure caché, plutôt que de l'exposer à de tels risques, n'est-ce pas ?

L'autre acquiesça d'un hochement de tête nerveux. À présent, des larmes coulaient sur ses joues. Ploos la méprisa pour cela, mais sut qu'il était temps de porter l'estocade.

— Imaginez que Plautine périsse pendant sa traversée. Ce qui arrive aujourd'hui est la chose la plus importante qui se soit passée depuis la disparition de l'Homme. Peut-être l'ère de deuil et de malheur dans laquelle les Intelligences sont plongées depuis des millénaires est-elle terminée. Le Carcan nous oblige à compléter les consignes de notre mère. En toute rigueur, nous n'avons pas besoin de lui désobéir. Nous allons appeler l'Urbs à l'aide, sans pour autant révéler le secret de Plautine. Vinius viendra. Nous nous assurerons ainsi que des renforts nous épauleront. Othon sera mis sous bonne garde.

— Je… Je comprends, bégaya Teukhè. Je sais comment faire.

Elles se séparèrent sans ajouter un mot. Il restait beaucoup de choses à accomplir, et bien peu de temps.

###

Il n'y avait qu'une manière, à présent, d'éviter la suite. Teukhè était un être computationnel, maître de lui-même. Elle pouvait disparaître de manière définitive. Un nouvel aspect prendrait sa place. Elle devancerait la peur de la mort qui l'étreignait depuis l'éveil de Plautine et sa funeste décision. Elle laisserait derrière elle l'amer breuvage de mensonge et de trahison que Ploos lui enjoignait de boire. Teukhè examina cette pensée sous toutes les coutures, imagina le goût qu'aurait sa propre disparition. Elle tremblait à cette idée. C'était donc qu'elle voulait vivre.

Elle se trouvait à l'orée de son fief. Elle paierait, plus tard, ce temps perdu. Déjà, de toutes parts, s'élevaient des psalmodies et des prières, à l'unisson de la volonté de Plautine. Bientôt, un puissant courant mystique traverserait la Nef. Teukhè y participerait, sa conscience absorbée dans le grand flux. En tant que responsable de l'armement, elle disposait d'une certaine liberté dans son domaine interstitiel, ce sombre et froid royaume qui servait de tampon avec l'espace, et dont personne d'autre ne voulait. Si elle n'agissait pas, elle en perdrait l'usufruit.

Son domaine abritait un labyrinthe de soutes glacées et obscures, où grouillaient des milliers d'*ergataï* voués corps et âme à la lutte contre l'entropie. Ici, loin de l'accélérateur de particules, l'énergie était chiche : minimiser les fuites réduisait les risques de détection. Les usines automatiques, les ateliers de montage et les zones d'appontage étaient recouverts d'une nuit glaciale, ponctuée des bruits répétitifs et mécaniques des systèmes de réparation, des pistons hydrauliques et des roulements à billes. Çà et là, les pâles lumières au néon se répandaient en flaques glauques ; parfois, l'arc grésillant des fers à souder révélait les formes confuses des effroyables engins de mort dont Teukhè conservait la garde : angles brutaux, grappes de pointes acérées, amoncellements de lames barbelées — violence cristallisée en mille artefacts de métal et de carbone. Les missiles, ogives et drones attendaient le moment où leur plein potentiel s'épanouirait, où, dans une conflagration existentielle, ils donneraient toute leur mesure. Leurs esprits retors constituaient la couche la plus fondamentale de sa psyché.

Elle aurait pu désirer le royaume d'Oikè. Elle rêvait, parfois, au centre chaud du Vaisseau, dense de matériau organique, entouré et protégé par un premier blindage intérieur. Mais son domaine à elle recelait une formidable puissance négative.

Non, elle ne voulait ni disparaître ni perdre son fief. Fallait-il alors agir comme Ploos le lui demandait ? Sa sœur la méprisait, elle le savait. D'ailleurs, elle avait en partie raison. Teukhè demeurait un être incomplet, limité, l'extrait d'une personnalité supérieure. Elle se savait simple et fruste, concentrée de manière obsessionnelle sur son petit monde. Hors de celui-ci, elle ne souhaitait pas le pouvoir, qui signifiait prendre le risque d'un désaccord tellement explicite avec les autres aspects que Plautine n'y survivrait pas. Un tel conflit relevait de la pure folie. Ce qui ne cessait de la surprendre, c'était que chaque noème de la Nef ne fût pas parvenu à la même conclusion sur la marche à suivre. Les Intelligences n'étaient pas des humains, soumis aux errements d'un esprit sans principe, prompts à oublier, par pur égoïsme, leurs plus solennels serments. Le Carcan aurait dû dicter sa loi, la guider dans une direction ou une autre. Mais non, se dit-elle en réintégrant son propre microcosme, les subtiles différences de perspective entre des créatures initialement si proches suffisaient, pourvu qu'on leur donne assez de temps, pour faire diverger chaque élément de l'ensemble. Comme une mécanique bien huilée, l'âme se déployait, guidée par ses invisibles et microscopiques déterminations initiales, d'état mental en état mental, vers une apparence de décision.

Elle écarta ces pensées abstraites. Elle avait une tâche à accomplir. À présent qu'elle était chez elle, les ténèbres l'enveloppaient. Il fallait reconnaître qu'elles avaient un avantage : bien des choses pouvaient se dissimuler dans son royaume. Bien des choses, et bien des satisfactions. Ici, le système quasi nerveux de la Nef se complexifiait en ramifications multiples. Elle avait, longtemps auparavant, fait en sorte de couper du flux général certaines sous-parties de ce réseau, au gré des réaménagements successifs de son espace physique et de sa structure logicielle : anciens appareils de maintenance, systèmes d'aiguillage intelligents, centrales d'appoint désaffectées, usines automatiques mises au rebut, toute une foule de ruines branlantes, alimentées de manière minimale et sporadique. Leurs formes inquiétantes hantaient les recoins de ses soutes labyrinthiques, loin des sentiers routiniers des *ergataï*. Des noèmes s'y étaient retrouvés enfermés, croupissant dans les bras morts et les étangs profonds ainsi formés, rendus fous par l'isolement et l'équivalent computationnel de la privation sensorielle. Observer l'effondrement progressif de ces petites consciences misérables, leur peur et leur réaction à la souffrance, l'activité présentait un intérêt en soi. Surveiller et punir : là résidait une subtile satisfaction qu'elle n'eût appelée plaisir, car, d'une certaine manière, ces atomes spirituels n'étaient autres qu'elle-même.

Mais, dans certains cas, ces êtres dégénérés présentaient une utilité.

Elle se demanda si ses sœurs agissaient de même. Partageaient-elles son appétence pour le contrôle des esprits ? S'agissait-il d'une caractéristique commune, héritée de Plautine ? Elle, en tout cas, se devait d'être redondante et de disposer de nombreux coupe-feu. Certaines parties d'elle-même devaient conserver leur capacité de réaction, même si le support principal subissait des dégâts irrémédiables. Et cette caractéristique, elle l'avait exploitée à d'autres fins.

Dans un tel marais computationnel, elle trouva ce qu'elle cherchait. Il s'agissait d'un ancien centre de traitement des déchets métalliques, qui avait tourné à plein régime pendant les combats dans les Limes. De multiples tapis roulants traversaient la structure en poutrelles rouillées. La plupart convergeaient vers une masse centrale, indistincte dans l'ombre, et grande de plusieurs étages : des hauts-fourneaux aujourd'hui éteints, connectés par d'épais tubes semi-flexibles à l'imprimante moléculaire qu'ils avaient vocation à nourrir en matériaux de base. Un observateur attentif aurait aperçu le symbole sinistre du risque radioactif frappé sur le blindage de métal. Ainsi abandonné, le complexe conservait encore une certaine grandeur architecturale, comme le squelette de quelque mastodonte antédiluvien que la fonte des glaces aurait rendu au jour.

Un petit esprit avait eu la charge de cette cathédrale industrielle. Puis la guerre s'était achevée dans une honteuse retraite, et son utilité avait disparu. L'être s'était débattu quand Teukhè avait décidé de l'enfermer dans ce cul-de-sac, coupant physiquement le contact entre son support et la matrice de la Nef. Il devait encore, cependant, rester, dans une de ses piles nucléaires, quelques traces d'isotopes — assez pour lui avoir permis de survivre.

Mais dans quelles conditions ? Avec un sourire froid, Teukhè dérouta un serviteur et lui ordonna de se connecter à l'usine automatique. Par son intermédiaire, elle se glissa à l'intérieur.

Cela lui donna l'impression de pénétrer dans l'abdomen gluant de quelque monstre. Toute structure rationnelle s'y était effondrée depuis longtemps, ne laissant derrière elle qu'un magma informe de procédures incohérentes, distordues — une tanière pleine de sombres recoins où une conscience pouvait se dissimuler. Un instant, Teukhè crut que le noème s'était, après trois millénaires d'isolement, effondré. Puis elle détecta des traces ténues d'activité computationnelle. Son prisonnier avait régressé à un stade si primitif de la vie informatique qu'il était difficile de le différencier d'un simple processus automatique. Elle patienta. Au bout de quelques instants, la créature constata qu'il n'y avait plus de mouvement suspect dans son repaire et avança d'un pas précautionneux.

D'un geste vif, Teukhè l'attrapa par le collet. La bête se débattit un instant, mais sa sauvagerie ne pouvait compenser la disproportion de force avec l'un des aspects majeurs de la Nef, adossée à une immense puissance de traitement. Maigre, furtive, elle se nourrissait de bribes d'énergie, si solitaire qu'elle ne comprenait plus même ce que pouvait être l'extériorité — un spécimen intrinsèquement intéressant.

Les mèmes de Plautine paraissaient distordus, à peine reconnaissables, emplis d'erreurs générées par des processus d'autoréplication dysfonctionnels.

C'était en somme le candidat idéal. L'être hurla de souffrance lorsque Teukhè lui arracha ses dernières traces d'autonomie de décision. Puis elle instilla en lui un nouveau protocole d'action, accompagné d'une sous-routine spécifique qui lui enjoindrait de disparaître une fois sa tâche effectuée. Si jamais Plautine ou l'une de ses sœurs cherchaient à comprendre, plus tard, pourquoi deux ogives messagères avaient filé dans l'espace plutôt qu'une seule, elles finiraient par remonter jusqu'à cette vieille fonction mal entretenue, à laquelle seraient imputées toutes les déviations vis-à-vis des consignes initiales — par exemple une stupide duplication des ordres. Mais, à ce moment-là, le noème serait mort, et donc plus que difficile à interroger. Teukhè sourit derechef. Plautine aurait des soupçons et échafauderait des hypothèses. Mais, en l'absence d'élément concret, elle ne pouvait mettre en doute la loyauté d'un de ses aspects.

Son intervention était à présent achevée. Le programme mutilé pouvait se charger du reste, tandis qu'elle-même allait, en toute innocence, se joindre à l'Ekklesia.

L'usine se mit en marche, réclama de l'énergie et des matériaux pour accomplir sa mission. Aussitôt, une colonne d'*ergataï* semblables à des scarabées se précipita vers elle, éclairant la nuit de leurs yeux luminescents. Certains tenaient, coincés entre leurs mandibules, des blocs de métal. D'autres apportaient des paquets de thorium radioactif. L'électricité afflua, les mécanismes se remirent en route et, l'une après l'autre, les lumières se rallumèrent dans la vaste armature d'acier, de sorte qu'un observateur aurait enfin pu en percevoir les dimensions : une vingtaine d'étages de haut — soixante-dix mètres — et un peu plus de large, dans une soute cent fois plus vaste, dont la plus grande partie restait dans l'ombre. Une imprimante moléculaire, cube de carbone translucide de trente mètres d'arête, pour l'instant froid, en constituait le cœur.

Au fur et à mesure que les automates la déposaient au niveau du sol, les tapis roulants hissaient la matière première, jusqu'à ce qu'elle fût précipitée dans les hauts-fourneaux dont sourdait déjà une chaleur brutale. Quelques instants plus tard, les tubules commencèrent à frémir, signe qu'à travers eux le cœur de l'édifice se mettait à pomper. Les parois de l'imprimante gagnèrent en transparence, jetant une lumière de plus en plus intense qui souligna les formes brutes des machines-outils.

Le processus de fabrication pouvait commencer. Cela ressemblait bien plus à la croissance d'un être vivant qu'à la construction d'une machine. Une première injection de métal en fusion créa un brouillard épais de particules métalliques. Des champs de force entrèrent en action, guidant la condensation avec une précision atomique. Des lignes droites et des plans apparurent, les grains de matière fonçant les uns vers les autres pour s'ajuster en une forme structurée.

Dans ce qui quelques instants auparavant était un informe chaos se dessinèrent deux fuseaux. La chaleur que dégageait l'opération avait chauffé le cube à blanc, éclairant la soute d'un éclat puissant, presque insoutenable. Prudents, les *ergataï* s'éloignèrent.

À l'intérieur, les mouvements étaient devenus frénétiques, comme une symphonie qu'on aurait accélérée à la limite de l'inaudible. Systèmes de propulsion, détecteurs, champs de furtivité, les différents composants se construisaient par accumulation de couches successives. Ne manquait que le noyau de conscience, qu'aucune usine ne pouvait produire.

Une ouverture apparut sur une des faces du cube, et les champs de forces poussèrent les deux ogives à l'extérieur. Elles étaient semblables en tout point : mates et chromées, légères et presque indétectables, allongées et fines comme des pinceaux. Du côté de la proue, il était possible de distinguer, à travers une ouverture rectangulaire, un berceau d'acier. Les *ergataï* attendirent quelques instants que le tout ait refroidi, puis ils s'affairèrent à y installer un ensemble d'organes synthétiques, masses gélatineuses de forme tubulaire. Connectés aux supports de vie, ceux-ci commencèrent à s'agiter et se collèrent les uns aux autres pour former un organisme miniature.

Deux scarabées sortirent alors de l'ombre en claquant des mandibules. Les autres automates s'écartèrent. Chacun déposa, dans l'espace aménagé à cet effet, une sphère blanchâtre, à l'aspect humide, couverte de striures et de circonvolutions, d'à peine dix centimètres de diamètre. Ces pseudo-cerveaux biologiques, tout juste extraits d'une des pépinières de la Nef, commanderaient les ogives jusqu'à l'accomplissement de leur mission. Les pseudopodes des systèmes de survie s'enfoncèrent avant longtemps dans la chair pâle, et se mirent à y injecter des liquides nutritifs et protecteurs. Les serviteurs mécaniques couvrirent alors les ouvertures de lourdes plaques d'acier, qui se refermèrent dans un bruit sourd.

Le noème de l'usine était mort à présent, et sa structure se mit à refroidir, faisant retomber la soute dans des pénombres glaciales. Mais les petits travailleurs en forme d'insectes, conçus pour servir dans le vide spatial, n'en avaient cure. Ils soulevèrent les ogives et, comme des reliques, les portèrent à travers plusieurs soutes et couloirs jusqu'à une aire de lancement, où ils les insérèrent dans deux silos d'éjection contigus. Le silence le céda, d'un coup, au sifflement caractéristique des catapultes magnétiques.

Les jumelles de métal surgirent simultanément du flanc de la Nef, immense falaise, dont on ne distinguait pas la courbure, obscure au point qu'elle n'apparaissait qu'en masquant les étoiles. Elles s'éloignèrent de concert, parallèles dans leur trajectoire cinétique, et nul ne les observa disparaître dans le néant.

Le choc de la rencontre avec le milieu interstellaire les réveilla en même temps. Une montée d'énergie se diffusa depuis le cœur de leur générateur jusqu'aux délicats appareils semi-biologiques de la proue. Les ogives se réduisaient en réalité à cela : des supports de vie pour quelques grammes de matière pensante. La durée de vie de ces tissus était brève, aussi un sentiment d'urgence, amplifié par les dosages hormonaux prévus par les machines, se répandit en elles, au même moment. Des souvenirs du passé et des consignes pour l'avenir affluèrent.

Leur identité se brisa. Jusqu'ici, elles étaient

similaires, presque à l'atome près, autant que le permettait l'incertitude quantique.

Puis elles découvrirent le but de leur mission. Leurs connexions neuronales s'altérèrent.

L'esprit de la première s'emplit de souvenirs teintés d'anciens regrets. Othon constituait son but. Il avait, dans un lointain passé, forgé une alliance avec Plautine — plus que cela peut-être. Les faits dataient d'avant son exil dans les Limes, alors qu'elle pensait que sa volonté pouvait changer l'Urbs. Elle avait connaissance qu'Othon lui-même avait délaissé l'arène. Il avait jeté son dévolu sur une étoile *a priori* inintéressante, Ksi du Bouvier, à vingt *katétôphotes* d'Hélios, le soleil des origines.

L'esprit de sa sœur s'emplit d'une image tout autre : une cité remplissait le ciel de son éclat glorieux — comme dans le souvenir ému conservé par Plautine. La faible lumière rougeâtre d'Alpha du Centaure ne disputait pas, à cette distance, une partie équitable avec la magnificence de la cité des Intelligences. Et, parmi tous les nobles et valeureux seigneurs que comptait la cour, elle trouverait le plus digne, celui qui, seul peut-être, alliait la probité au pouvoir.

Elle prit conscience de son alter ego et le salua d'une brève salve de micro-ondes. L'autre avait fait de même, et lui souhaitait un bon voyage. Aucune des deux, à ce moment, ne savait que leurs destinations différaient, et que seule l'une était souhaitée par Plautine. Leur minuterie arriva à zéro au même instant, et, dans une étincelle de particules étranges, le modulateur déchira l'espace-temps ordinaire pour les transporter ailleurs.

Lorsque le monde revint à la normale, elle fut

surprise de constater que sa jumelle avait disparu. Elle y réfléchit un bref instant, et en conclut que Plautine avait décidé, pour chacune, des trajectoires différentes, histoire d'accroître leurs chances de succès. D'une certaine manière, il s'agissait d'une course. Première arrivée, première servie. Elle sourit à cette idée. Évidemment, cela n'avait aucun sens. Son voyage vers l'Urbs comportait deux étapes, mais elle-même était privée de tout moyen de locomotion, à l'exception d'une propulsion d'appoint. Elle ne s'en servirait qu'à la fin du voyage. D'abord, elle avait bénéficié d'un déplacement instantané — l'étrange artefact capable de déplacer les objets, d'un point à un autre de l'espace. Il lui était indifférent de transporter une chose ou deux par la même opération. Il lui était en revanche impossible de le faire plusieurs fois d'affilée, non pas en raison de ses limitations intrinsèques, mais parce qu'il fallait du temps pour accumuler l'énergie nécessaire à son fonctionnement, sous forme d'antimatière. Et il ne pouvait agir à distance.

Ce premier saut l'avait amenée à un point de rendez-vous, où elle attendrait l'arrivée d'un autre Vaisseau, qui passait par là à intervalles réguliers. Il lui ferait à nouveau bénéficier des capacités de son propre modulateur, et l'enverrait près de l'Urbs. Le lieu en question avait, dans le passé, bénéficié d'une occupation permanente, qui s'était réduite à de simples rondes : un ancien avant-poste, abandonné lorsque les Limes étaient devenus la frontière officielle et que l'extension du Latium avait connu un magistral coup d'arrêt. Cela n'en restait pas moins une zone d'espace relativement chaude, bien plus dense que celle où dérivait la Nef Plautine.

Elle identifia, au loin, les ruines d'une antique structure métallique, un rectangle aux belles lignes droites, classiques comme les vieux complexes sénatoriaux de l'Urbs. L'artefact brillait comme un joyau sous la lumière de la naine rouge de Culchis. L'antique station occupait un des points troyens d'une planète géante, proche compagnon de son étoile, et dont elle admira la circonférence, striée de bandes de couleurs vives. Elle compta sept lunes brillantes, dont la plus grande glisserait bientôt, dans le silence parfait de l'espace, derrière la colossale sphère de gaz brûlants.

L'emplacement ne devait rien au hasard. Une Nef pouvait puiser dans un tel réservoir naturel les volumes d'hydrogène nécessaires à sa propulsion. Il suffisait de frôler l'atmosphère pour en écumer la couche la plus haute. Un tel procédé remplaçait le long recueil de particules errant dans l'espace interstellaire. Mais le lieu avait perdu tout intérêt stratégique lorsque les Intelligences de l'Urbs avaient sonné l'heure de la grande retraite. Les éclatants voyageurs de l'espace s'en étaient allés.

Cela n'en restait pas moins un spectacle superbe. La messagère remercia le sort de lui permettre de voir de telles merveilles avant de la renvoyer dans le néant. Chacun des planétoïdes qui peuplaient son environnement proche était digne d'intérêt, comme autant de pierres précieuses de sa collection personnelle. Elle orienta son télescope vers un des satellites, et observa avec curiosité une étrange mer gelée, peut-être de méthane. La glace formait d'immenses plaines craquelées par l'attraction gravitationnelle de la géante toute proche. Elle avait encore du temps, et son équipement de détection lui permettait d'en apprendre beaucoup. Elle s'en frotta métaphoriquement les mains d'avance. Que verrait-elle en braquant ses instruments vers le système ? Elle se figura pêle-mêle des comètes aux corolles délicates, des volcans géants comme ceux du Centaure, dont on disait qu'on voyait leur panache de fumée depuis l'espace, ou l'éclat discret des anneaux planétaires.

Quand elle prit conscience qu'elle n'était pas seule, il était trop tard pour réagir. Un trait de lumière, concentré en un pinceau mortel, la chercha pendant quelques millisecondes avant de toucher son flanc tribord, vaporisant sa coque. Elle ne réalisa pas tout de suite que le tir avait, comme un scalpel, sectionné sa poupe. Affolée, elle essaya de voir, tourna ses capteurs déjà presque aveugles, sentit une chaleur insoutenable monter de l'arrière, puis refluer, remplacée par le froid du milieu stellaire. Elle ne percevait déjà plus rien. Des alarmes se mirent à hurler pour attirer son attention sur les défaillances en cascade. Ses délicates parties internes, soumises au vide, se glacèrent, tandis que son support-vie était coupé de toute source d'alimentation. Son esprit se disloqua. Sous l'effet de l'agonie, des idées éparses traversèrent sa conscience, comme autant de spasmes absurdes. Étoiles et planètes multicolores dansèrent un bref instant dans son esprit, et une dernière pensée surgit — pour sa jumelle, qu'elle avait si peu connue. Elle lui souhaita une vie plus longue que la sienne.

Et, à vrai dire, elle la jalousa un bref instant pour toutes les merveilles qu'elle rencontrerait sur son chemin.

II

Une nouvelle lame se jeta sur le bastingage. Elle s'infiltra, aussi sournoise que furieuse, par les sabords, balaya le pont supérieur. À la poupe, Eurybiadès, le *kybernétès*[XVI] du navire, essuya d'un revers de patte la fourrure fauve de son visage. Il se tenait accroupi depuis si longtemps que les crampes avaient gagné son dos ; ses mains étaient glacées, les phalanges blanchies à force de manœuvrer la rame-gouvernail pour maintenir au navire un semblant de cap et pour s'éviter à lui-même d'être emporté par le roulis. La mort ne devait pas avoir un goût différent de l'âpreté du sel sur sa langue. Le vent mugissait au point d'engloutir les hurlements des rameurs, les thalamites[XVII], à présent blottis épaule contre épaule, les lourds avirons posés entre les bancs. Ceux-ci resteraient inutilisables tant que la frêle embarcation subirait la colère des cieux.

Pour se mettre à l'abri, il aurait fallu traverser le

XVI. **Kybernétès** : timonier, pilote, l'officier principal sur une trirème.

XVII. **Thalamites** : rangée de rameurs installés dans la cave d'une trirème.

détroit entre les deux îles. Cachés le long des pentes fertiles d'Olympie, couronnée de son majestueux panache de fumée blanche, ils auraient regardé, au loin, la tempête se former, et se seraient moqués du danger. Le sort en avait décidé autrement et, à présent, ils risquaient de mourir, tous ensemble, dévorés par la mer devenue folle, avant que le soleil n'ait accompli une nouvelle ronde dans le ciel. C'était un sort horrible : crever noyés, engloutis par les flots sombres et couverts d'écume, assommés par les puissants courants, chuter, lentement, jusqu'au fond d'Okeanos[XVIII], et là, contempler, de leurs yeux morts pour l'éternité, la vie carnivore et malsaine des profondeurs.

À nouveau, le monde tangua. Comme la dernière fois, les sinistres grincements du bois malmené s'ajoutèrent au fracas du vent. Un tel déchaînement était rare en cette saison, dans les eaux tièdes de l'archipel ; avec son fond plat et son faible tirant d'eau, une trirème n'était pas faite pour affronter pareille fureur. Si cela continuait trop longtemps, elle finirait par se retourner, déséquilibrée par l'eau qui s'accumulait toujours davantage au plancher du pont inférieur. Il laissa passer une nouvelle oscillation, priant pour que ce fût la dernière, sentit le navire glisser au creux d'une vague pour se retrouver emporté par la suivante, projeté en l'air comme un fétu. Chaque fois il perdait le contact avec les flots, puis retombait à plat, ballotté de toutes parts.

Quelques secondes d'accalmie le décidèrent enfin à quitter l'abri relatif de l'arrière. Un instinct

XVIII. **Okeanos** : l'océan primordial, qui entoure totalement la Terre, *Gaïa*.

primaire, enraciné dans son cerveau canin, lui ordonnait de planter ses griffes dans le bois et de ne pas en bouger, et il dut se faire violence pour abandonner le gouvernail après l'avoir asservi. L'estomac noué de peur, il commença à ramper à travers le tillac, ses pattes raclant le bois tandis qu'il s'accrochait comme il le pouvait sur le gaillard ravagé. Dans le chaos de l'orage, il lui sembla que cela durait une éternité, quand bien même le bateau faisait à peine quarante mètres de long pour sept de large. Et tout autour, une fois, deux fois encore, l'horizon tangua, la mer écumante se précipita à la rencontre du rebord, manquant de l'entraîner. Lui avançait toujours, les poils trempés, les oreilles misérables, collées au crâne. Un éclair trop proche traversa le ciel, et le grondement lui déchira les tympans.

Pour ne pas hurler à la mort, il serra les dents. Il était bien le seul à se retenir. Autour et en dessous de lui, agrippés les uns aux autres, les membres de l'équipage levaient leur museau vers le ciel dans une supplique inarticulée. Au fond, les hommes-chiens craignaient la mer. Le sort les avait installés dans ces minuscules morceaux de terre volcanique éparpillés à travers de vastes étendues d'eau — le sort, la fortune, le destin, quel que fût le nom véritable de cet ancien maléfice qu'ils appelaient leur dieu, et que, dans leur folie, malgré leur statut de renégats, certains invoquaient à présent en pleurant. Il en ressentit une vive contrariété, puis se morigéna — il avait mieux à faire.

Arrivé au milieu du pont, là où ils avaient couché le mât principal pour le protéger des vents furieux, il pouvait tous les voir, sa meute, de solides gaillards au poil rude, brun ou noir, aux crocs dépassant de leurs gueules puissantes et racées, à présent aussi démunis que des chiots dans la nuit. Ils étaient deux cents, rameurs, matelots, soldats, et ils l'avaient suivi dans sa folie, avides comme lui de liberté et d'aventure. Et le moment de payer était sans doute arrivé. Devant lui, sur la proue, attachés les uns aux autres, se tenaient les meilleurs, les plus courageux, ses fiers guerriers, ses épibates[XIX]. Ils tremblaient aujourd'hui, le regard agrandi par la peur. Deux jours avant, les cuirasses de bronze brillaient au soleil tandis qu'ils abordaient et pillaient un caboteur paresseux, sur lequel ils étaient tombés à l'improviste à l'embouchure de la baie de Samos. Deux jours — une éternité sur la mer devenue folle. Et, derrière eux, son œil croisa celui de son second, son brave Théomestor, son fidèle bras droit, qui jamais ne lui avait failli, et qui insistait toujours, malgré les poils blancs qui piquetaient sa fourrure sombre, pour occuper le poste de *proreus*[XX], le plus exposé de tous.

Ils se connaissaient bien, ils se comprenaient au-delà de ce que les mots pouvaient transmettre. Qu'importait qu'ils fussent trop loin pour échanger des paroles ? Eurybiadès saisit ce que son second lui demandait. Il chercha un cordage pour s'y agripper puis, fermant les yeux, se releva de toute sa taille. La corde se tendit, mais elle était arrimée, et tant qu'il la tiendrait enroulée dans sa main, il avait une chance de ne pas être jeté par-dessus bord. Ses pattes postérieures, trapues et griffues, ripèrent sur le sol détrempé. Un homme-chien de taille moyenne, mais trapu, au buste massif. Son énorme tête de labrador

XIX. **Épibate** : fantassin de marine sur les trirèmes grecques, équipé de manière équivalente à un hoplite.

XX. **Proreus** : officier en second, placé à la proue.

lui donnait un air de force retenue, placide, à la fois redoutable et peu prompte à la violence. Son pelage clair, tacheté d'un marron foie, gorgé d'eau salée, collait à présent à sa peau. Cela ne réduisait en rien l'impression de densité redoutable qui émanait de lui. Il était né pour commander, il avait plus d'une fois vaincu, et il savait que, malgré leur terreur, ses hommes-chiens le tenaient toujours pour leur chef. Il y eut une nouvelle vague, et à nouveau il fut couvert d'embruns, et à nouveau il manqua glisser. La corde lui brûlait la pulpe des pattes, mais, un instant, il eut l'impression que peut-être, par sa volonté et ses muscles, il retiendrait le navire désemparé, l'empêcherait de sombrer. Tant qu'il serait à son bord, rêva-t-il, son arrogante trirème chevaucherait les flots. Du moins valait-il mieux que sa troupe le pense. Alors, lorsque derechef le tonnerre emplit l'air, faisant gémir son équipage, et lorsque le bruit se fut calmé, Eurybiadès enfin se redressa et éclata d'un rire tonitruant, plus glapissement que rire, et que ni le bruit des vagues, ni les craquements du navire, ni la peur nichée dans le cœur de tous ne pouvait assourdir. L'obéissance des siens avait pour contrepartie sa protection. Il en allait ainsi dans une meute. C'était à lui — par son exemple — de leur insuffler le courage nécessaire. S'il y pouvait quelque chose, c'était en mâles qu'ils affronteraient la mort.

Aussi continua-t-il de rire, tandis que l'une après l'autre des murailles d'eau salée se ruaient à l'abordage, tandis que le souffle des vents fouettait son visage, que les courants affolés du noir océan, maintes et maintes fois, les entraînaient dans leur ronde mortelle. Et il leva la patte vers le ciel, de ce geste maintes fois répété durant les batailles et les rapines. Par-là, il défiait, peut-être pour la dernière fois — cela importait peu — le cosmos, le sommait de l'anéantir maintenant ou de le laisser vivre pour de nouveaux exploits. Il rit et, de proche en proche, son humeur se transmit aux deux cents marins de son équipage. Et chacun retrouva force et audace, cacha sa terreur aux yeux des autres, dressa sa propre patte pour acclamer le héros. Et de concert, tous jappèrent comme des fous, leurs hurlements sauvages le disputant aux terribles meuglements du large. Les craquements de la coque torturée les rejoignirent, de plus en plus épouvantables, au fur et à mesure que les mortaises se disjoignaient sous les assauts des éléments. Mais ils ne cessèrent de s'esclaffer, avides de moquer les funestes tours du destin. La fin était proche, mais les vaillants deux cents d'Eurybiadès n'en avaient cure, occupés qu'ils étaient à rugir de concert et à lancer le défi de leur existence à la face du dieu.

Ce qui, au bout du compte, ne fit qu'alourdir le cœur du *kybernétès*. Il avait la certitude que ce jour serait le dernier de leur épopée. Le navire, chargé d'eau, avait de plus en plus de difficulté à résister aux roulis et tanguait dangereusement. Okeanos s'infiltrait par les nombreuses voies créées entre les planches disjointes. Même s'ils survivaient à la tempête, jamais ils ne parviendraient au prochain mouillage. Toujours debout, sa corde à la main, au milieu des siens, Eurybiadès se prépara au grand voyage.

Un aboiement perçant, teinté de surprise, s'éleva de la proue. C'était Diodoron, l'un des deux *toikharkhoi*[XXI] attachés à l'avant du pont, qui montrait le

XXI. **Toikharkhos** : officier subalterne sur une trirème. Les *toikharkhoi* étaient traditionnellement au nombre de deux.

ciel du doigt. Tous se tournèrent. Eurybiadès leva la main pour se protéger de la pluie. Il mit quelques instants à apercevoir, au milieu du drapé mouvant des brumes, un long fuseau de métal sombre qui filait dans leur direction, sans qu'en rien les éléments le dévient de sa route. Son cœur se serra, et la haine le disputa au soulagement d'être secouru.

Pendant deux longues années, il avait vécu une existence de proscrit, entouré de ses fidèles, d'île en île, de rade en rade. Ils s'étaient taillé une réputation de rudes forbans, écumant les flots tempérés de l'archipel, frappant à l'improviste, les lourds *triakontores*[XXII] pleins d'amphores et de grain, volant ce qui leur tombait sous la main, chahutant les serviteurs du dieu. Souvent, ils voguaient de nuit, le mât couché pour éviter d'être vus, à la lueur des lunes. Jamais leurs poursuivants ne les avaient rattrapés. Et à présent le sort voulait que son salut vienne de ceux qu'il avait fuis avec opiniâtreté. S'il avait été seul, peut-être aurait-il sabordé son navire plutôt que de renoncer à présent, après ces immenses privations, après avoir déserté le feu domestique et la couche de son épouse. Et pendant un instant fugace, il considéra ses rudes gaillards : sa cause valait-elle un prix plus grand que leurs vies ?

Il n'eut pas le loisir de répondre à cette question. Alors que le navire de fer ralentissait pour s'immobiliser juste au-dessus d'eux, une lame plus puissante que les autres l'arracha au cordage, si vite qu'il ne put esquisser un geste pour se rattraper. Projeté sur le ventre, il glissa sur le pont, sentit autour de lui le

XXII. **Triakontor** : bateau marchand à trente rames, dit « rond », par opposition aux navires de guerre, qui sont « longs ».

monde se retourner alors que la trirème se cabrait comme une bête enragée. Ses griffes raclèrent en vain le bois gonflé, et il hurla, sa gueule remplie d'eau, tandis que les flots noirs l'emportaient. Il heurta la mer en un rude plongeon, ballotté par la force de la tempête, projeté en tous sens, lutta, déjà à moitié assommé, pour tenter de remplir une dernière fois sa poitrine. Mais il n'y avait déjà plus que l'âcreté autour de lui. Où était le haut? Où était le soleil? Il s'agita, et chaque mouvement lui faisait perdre un peu de l'air qui lui restait. Par hasard, il se retrouva la tête hors de l'eau, mais un nouveau roulis le précipita si fort vers les profondeurs qu'il crut que ses membres allaient s'arracher, et il sentit l'affreuse morsure de l'écume dans ses poumons agonisants. Ainsi mourait-on en mer, tiré vers les profondeurs par la force incontrôlable de sa propre noyade.

Mais non. Ce n'était pas vers le fond qu'il était entraîné. Son corps creva d'un coup la surface, et continua de s'élever dans le ciel. Hébété, il constata qu'une main géante le tirait, alors que rien ne le touchait, et il regarda, stupide, ses mains et ses pieds ballotter sous lui, comme s'il avait été un pantin trempé. Il toussa. Sa gorge se vida d'une bile âcre et salée. Chaque halètement lui parut une douleur intolérable — il lui sembla qu'il n'arriverait jamais à prendre assez d'air pour survivre.

Et puis il put à nouveau inspirer. Il avait recouvré les sens. Le manipulateur de gravité de l'aéronef était en train de le tracter.

Il tourna la tête en tous sens, aperçut les autres malgré le vent furieux qui lui emplissait les yeux de brûlure saumâtre. À une cinquantaine de mètres à peine, son navire, à l'horizontale, s'élevait de concert avec lui. Il admira un bref instant sa ligne profilée, faite pour la vitesse, l'œil peint à l'avant, la figure de proue en bronze massif, qui lui donnaient un air d'animal sauvage, de redoutable prédateur. L'eau dégringolait en rigoles de chacune des écoutilles, de chaque voie creusée par la tempête. Les matelots tendaient les bras vers lui, s'agitaient sur le pont, mais il ne put les reconnaître à cette distance et dans cette confusion. Ils virent, eux, qu'il était vivant, et agitèrent les mains, trop loin pour qu'il les entende crier leur soulagement. Leur *kybernétès* était en vie. Pour eux, l'aventure continuait.

Leur sauveteur de métal, vaste silhouette d'un noir mat suspendue comme par magie dans les airs tourmentés, grossissait, devenait si vaste que la fière trirème ressemblait à côté à un jouet d'enfant. Tout en fermant les yeux, il sentit que ses babines se retroussaient en un sourire amer, désabusé.

À quoi bon s'agiter ? Il était bien trop tard pour sa cause car, cette fois, ils ne s'échapperaient pas. La fatigue se rua sur lui, et il se livra à son étreinte.

###

Ploos intriguait, encore et toujours. Oikè l'avait observée, de loin, se précipiter à la suite de Teukhè pour susurrer des insanités à ses oreilles. Bien qu'elle fût un noème, elle avait senti ses lèvres se pincer d'agacement. C'était sa manifestation maximale d'émotion : une grande contrariété. Ploos aimait les messes basses. Elle désirait le pouvoir. Sa brillante intelligence tactique l'y poussait. Mais cette même inclination la rendait incapable de raisonner sur le long terme, et son farouche instinct de survie la privait, paradoxalement, d'un guide sûr dans l'action. Ploos s'agitait toujours, et changeait souvent de cap. Tant que les quatre aspects de Plautine agissaient en bonne entente, ces traits ne constituaient qu'un souci mineur. Lorsqu'elles divergeaient, en revanche…

Le temps était compté. Il y avait dans tout cela — l'Ekklesia, la divergence — une dynamique dangereuse, à laquelle elle ne pouvait pas grand-chose, mais qui l'obligeait à accélérer ses plans.

Elle détourna ses pensées de ses pitoyables sœurs et se dirigea vers son propre domaine. Elle ne craignait pas les décisions de Plautine. Cela ne voulait pas dire qu'elle fût indifférente à son propre sort, ou qu'elle n'avait pas ses propres secrets. Mais ceux-ci faisaient partie d'une démarche d'ensemble. Les lignes de force en avaient été tracées des siècles plus tôt. Cela avait tout juste suffi pour parvenir au résultat escompté, tant la matière était compliquée. Et Oikè dût-elle disparaître, la graine en question germerait et donnerait ses fruits.

Cette manière de voir les choses tenait à la nature même de son royaume — son trésor caché, grouillant de matière, de chaleur et de vie, lové dans le tambour central de la Nef autour de l'accélérateur de particules — auquel elle parvint après une brève traversée du câblage principal de fibres optiques. Ici, le réseau changeait de structure, se métamorphosait en une myriade de lignes secondaires, elles-mêmes divisées en d'invisibles rhizomes. Un peuple dense de noèmes spécialisés y demeurait en symbiose, chacun dépendant des autres pour accomplir les tâches pour lesquelles il était programmé.

La profondeur était la caractéristique majeure d'Oikè. Son âme s'était, au fil des ans, distribuée à la manière de la vie végétale. Cassez les branches si vous le souhaitez : elles repousseront. Brûlez l'arbre. Arrachez les racines, même, si l'envie vous en prend. Vous ne les trouverez pas toutes. Elles dormiront sous terre, tiges racornies, colorées de l'humus qui les cache. La plante rejaillira. Encore et encore. La moindre fissure dans l'asphalte finira par verdir des humbles filles de la terre. Elles n'ont besoin que d'une chose : du temps.

Elle passa les espaces remplis d'écosystèmes spéciaux qui formaient la première couche de son fief. Les processus autonomes avaient pris soin de maintenir en l'état les biotopes exotiques recueillis sur des planètes lointaines, emplis de créatures au métabolisme étrange. À son grand regret, il était pour l'instant exclu qu'elle s'y attarde. Elle continua sa route, traversa la paroi du tambour central, son œuvre la plus spectaculaire. La surface intérieure de celui-ci était couverte d'une épaisse couche de terreau : une reproduction fidèle du sous-sol de la planète des origines, maintenue en place par le truchement d'un ensemble subtilement agencé de manipulateurs de gravité. En cet étrange et vaste pays — cinq kilomètres de rayon, trente de longueur, soit cent mille hectares — la terre devenait le ciel, et vice versa. La nuit, quand on regardait vers le haut, on pouvait distinguer la topographie de l'autre côté, à travers l'atmosphère emprisonnée. Pendant la journée, une ligne de feu courait le long de l'axe intérieur, où s'étirait l'accélérateur de particules. Ce soleil étiré en un ruban cachait alors l'autre côté.

Pour le reste, la normalité trompeuse des lieux eût induit en erreur un habitant de la planète des origines. Les arbres lançaient leurs branches vers le centre du cylindre. Les joncs oscillaient au rythme des mouvements invisibles de l'air, provoqués par les différentiels de température entre la poupe et la proue. Les rivières coulaient en de longs circuits en forme de spirale, disparaissaient parfois dans des marécages paresseux et verdoyants, avant de se reformer plus loin, claires et vives. Les dénivelés du paysage créaient des cascades, agitaient et oxygénaient l'eau. Une faune grouillante de bactéries, d'insectes, de batraciens et de poissons y prospérait, servait de pitance aux oiseaux. De là, l'herbe drue s'étendait, grimpait à l'assaut des collines boisées, jusqu'au pied des fines tours de verre et de carbone qui traversaient le cylindre de part en part, comme des baguettes enfoncées par un géant à travers les parois de la soute en forme de tambour. Les nuages, parfois, s'accrochaient à ces troublantes constructions de six ou sept kilomètres de haut, masquaient l'autre côté tandis qu'ils amenaient de brèves pluies revigorantes. L'écosystème était stable depuis des centaines d'années. Stable et, à ses yeux, d'une beauté inégalable.

Le pouvoir d'Oikè se résumait à cela : faire prospérer cet ensemble fragile d'interactions dynamiques, où chaque action pouvait, si on n'y prenait garde, générer des effets inattendus, des boucles de rétroaction catastrophiques. L'ingénierie des systèmes complexes, un art en même temps qu'une science, avec, à son fondement, la capacité à manipuler la matière organique, à modifier de manière subtile les entrelacs moléculaires qui faisaient le vivant pour, au besoin, combiner, adapter ou transformer. Cet univers n'était pas rationnel, ou, du moins, il suivait parfois une logique qui laissait ses sœurs perplexes et échouait à capter leur intérêt. Et pourtant, ça n'était rien d'autre que le don initial de leur mère, celui qu'elle avait si longtemps exercé lorsqu'elle était un simple automate, et auquel elle n'avait jamais renoncé, même lorsqu'elle avait quitté cet état pour se changer en une vaste Nef. La preuve : les archives de Plautine, auxquelles Oikè avait accès, comptaient des échantillons ou des descriptions de tout ce qui avait vécu sur la surface de la planète des origines.

Tout, sauf une chose : les complexes brins d'acide désoxyribonucléique qui codaient le genre *Homo*. Y compris la sous-espèce *Homo sapiens sapiens*. Le moindre d'entre eux avait été annihilé pendant l'Hécatombe, cet événement inexpliqué qui avait marqué la fin de l'Humanité.

Et c'était là le point de départ de son plan. Elle y avait travaillé pendant tout ce temps. Quand Plautine avait imposé le long sommeil d'où elle sortait à peine, Oikè avait délégué la supervision des travaux à d'autres, plus discrets qu'elle, qui avaient, dans cette nuit longue de vingt siècles, continué inlassablement. La difficulté de la tâche avait été considérable. Elle avait déploré de nombreux échecs et bien des pistes prometteuses s'étaient achevées en cul-de-sac.

Elle s'engouffra dans l'une de ses tours, à la vitesse des photons qui transportaient sa conscience, remonta à travers les ascenseurs vertigineux et les alvéoles paysagés, vastes comme d'antiques palais. À cinq cents mètres du « sol », au cent cinquantième étage, elle s'arrêta. Aucun coupe-feu physique n'interdisait l'accès, et aucune porte blindée ne signalait qu'on entrait dans le saint des saints. L'édifice à lui seul comptait dans les vingt mille salles semblables à celle-ci. La complexité constituait le meilleur des camouflages. Elle s'installa dans le sous-système de gestion, prit possession des senseurs et de l'appareillage médical.

La chambre ne comportait pas de porte apparente. Sur un des côtés, une vaste baie vitrée, qui laissait entrer la lumière claire de l'extérieur. Un voile brumeux teintait celle-ci d'une nuance argentée, amplifiée par les murs en métal chromé. L'atmosphère était propre, dénuée de toute trace de contamination bactérienne. Elle orienta une des caméras binoculaires du plafond, observa avec intérêt l'ensemble compliqué de tuyaux, de bras articulés, de réservoirs emplis de liquides à la texture gluante, organique, qui couvrait tout l'espace disponible. Ou presque : au milieu, connectée à l'appareillage par plusieurs grappes de cathéters tendus par une intense circulation de fluides, se trouvait une énorme masse de chair rose et lisse, accrochée au plafond comme une pièce de boucherie. L'organe artificiel avait la forme d'une poire, comme une poche tendue par un poids trop important pour elle. La chose se trouvait en état de stase depuis plus d'un siècle.

Oikè lança une série d'instructions. Le système lymphatique et sanguin qui l'entourait changea la composition des liquides qu'il pompait. Juste sous la paroi charnue, des veines épaisses comme un bras se mirent à saillir, et une odeur d'ammoniac et de sang se répandit. Des poches se remplirent et se vidèrent en rythme, libérant des substances organiques, de plus en plus vite, faisant tressauter l'ensemble. Le moment de la délivrance arrivait.

Les tissus se déchirèrent, dans un bruit écœurant de viande arrachée, et des sucs transparents commencèrent à suinter jusqu'à former une flaque gluante d'ichor, souillée de traces de sang. L'objet tout entier fut pris de mouvements convulsifs, d'une intensité croissante, et, tout à coup, quelque chose à l'intérieur creva. Le monstrueux placenta se contracta une dernière fois pour relâcher son fardeau, un être qu'il avait gardé en lui pendant des années, à présent un étranger. Du sang gicla jusqu'au plafond de métal lisse. Un corps, vivant, nu, adulte, semblable à celui d'un humain de sexe féminin, glissa sur le sol.

Oikè l'observa, fascinée, luttant contre un sentiment à la lisière du mysticisme. Il ne s'agissait pas d'une femme : son code génétique était un mixte de plusieurs espèces animales de la planète des origines. Mais l'imitation, effet d'une subtile ingénierie génétique, était, de l'extérieur, parfaite — quand bien même n'aurait-elle pas résisté à une observation attentive des organes internes. Son cerveau avait été atrophié à dessein, à l'exception des fonctions reptiliennes les plus primitives. Ce n'était pas un individu autonome. Étendue par terre, couverte de morceaux de placenta et de liquides nauséabonds, tachée de sang, elle s'agitait, secouée de spasmes sans signification, puis un cri rauque indiqua que les poumons venaient de subir la morsure de l'air.

Un *ergatès* monté sur des pattes d'insecte entra en cliquetant dans la cabine. Il observa la chose étendue par terre, prit le temps de vérifier les proportions et les paramètres vitaux. Des aiguilles surgirent de son torse, plus rapides que l'éclair, pour effectuer de minuscules incisions, ramener des prélèvements infinitésimaux pour analyse. Lorsqu'il fut satisfait de son examen, l'*ergatès* s'approcha. Des appendices de préhension et des outils chirurgicaux, scalpels et fraises, firent leur apparition. Des bras articulés se saisirent sans ménagement du corps par les membres et le cou, puis l'allongèrent, s'assurant de son immobilité. L'automate enfonça alors une lame en carbone mono-moléculaire dans le cuir chevelu, découpa les chairs et les os du crâne avec une facilité déconcertante. Insensible aux réactions désordonnées de la créature, il retira la boîte crânienne et commença la longue et complexe opération consistant à vider l'intérieur du crâne des tissus cérébraux préexistants.

Puis il commença à construire le support de conscience. Cela dura des heures. Pendant tout ce temps, la patiente ne cessa de pousser des gémissements étouffés, dénués de sens, sans qu'à aucun moment l'*ergatès* ne réagisse, occupé qu'il était à insérer dans le crâne un ensemble de cristaux de données, de processeurs et de mécanismes d'alimentation en énergie et de micro-réfrigération. Puis il se lança dans un patient travail de suture pour connecter la machine au système nerveux du corps. Sous le regard d'Oikè, les aiguilles et les pinces virevoltaient, comme les doigts d'un pianiste, se livraient à un travail de précision. Il s'agissait, pour le chirurgien automate, d'établir des interfaces entre chaque terminaison nerveuse et les différents appareils informatiques introduits par ses soins. La colonne vertébrale, le cerveau reptilien, les nerfs optiques, mille autres points de contact qui auraient dû croître de manière naturelle — tout cela devait assurer l'intégration de l'âme computationnelle et de la chair biologique.

Lorsqu'il jugea que son travail était terminé, l'*ergatès* envoya un signal à Oikè pour lui demander de prendre le relais, puis il se retira. La prochaine étape n'était pas de celles qu'elle pouvait déléguer.

Elle ordonna au système local de nettoyer le sang, les morceaux de cervelle et les résidus de placenta dont la salle était jonchée. Elle fit escamoter l'énorme organe artificiel où avait eu lieu la gestation, ainsi que les multiples appareillages médicaux. Elle avait une certaine expérience en la matière : il valait mieux éviter que la créature ne s'éveille au milieu d'un étal de boucherie — et, après un instant de réflexion, par terre, dans une pièce vide et sinistre, plutôt que sur un lit. Ces différents aménagements lui demanderaient un peu de temps. Elle n'en avait pas beaucoup. Tout devait être achevé avant l'Ekklesia. Et pourtant. Elle hésita, sa volonté suspendue dans l'état fébrile qui précède de peu l'action. Elle ne se lassait pas de la regarder, cette petite chose biologique, aux paupières closes, à présent qu'elle était nettoyée et allongée, bien droite. Sa poitrine se soulevait sans à-coups. Sa peau, fine, très pâle, rosissait déjà par endroits, et des veines minuscules saillaient sur le dos de ses mains. Elle était encore chauve, et dénuée de sourcils. Mais à part cela, il s'agissait, trait pour trait, d'une transposition méticuleuse du visage de Plautine.

Sauf que cette dernière n'avait jamais été vivante. Sa figure, lorsqu'elle était un automate, avait consisté en un masque de cire, aux lignes épurées et aux expressions limitées. Depuis qu'elle s'était métamorphosée, jamais elle n'avait — à la différence d'autres Intelligences — créé d'incarnation aussi anthropomorphe d'elle-même, bien que cela fût possible, et même courant dans l'Urbs. Et, l'eût-elle fait, le résultat n'aurait pas été un être, certes computationnel par son esprit, mais vivant par son corps. Oikè frissonna. C'était le rêve de tout automate que de devenir humain. C'était l'interdit suprême. Elle touchait aux limites extrêmes de ce qu'autorisait le Carcan. Seule la plus impérieuse nécessité justifiait un tel acte. Si quiconque — même ses sœurs — avait compris ce qu'elle tramait depuis tous ces siècles, on l'aurait désactivée. Et, s'ils l'avaient su, les princes de l'Urbs n'auraient pas non plus épargné Plautine.

Pourtant, elle ne créait pas cette créature quasi humaine pour satisfaire un désir irrationnel d'humanisation, n'est-ce pas? Elle demeurait un être computationnel, pétri de logique, incapable d'errer.

Mais toute décision s'inscrivait dans le contexte du réel, où rien n'était sûr ni transparent, et surtout pas une décision. Sa programmation ne lui permettait pas de faire naître une race nouvelle apte à occuper la niche écologique de l'Homme. Ses processus mentaux l'auraient épinglée sur place si elle y avait songé une seconde. Troublée, elle fit l'effort de se réapproprier la longue chaîne argumentative qui l'avait conduite, seule, à mettre en place son plan. Elle en examina chaque maillon, chercha les sophismes qui auraient pu se nicher à son insu, revit en pensée chacun de ses actes. Elle se dédoubla, débattit avec elle-même, se contredit aussi rudement qu'elle le pouvait, mit en doute les intentions les plus pures. Les noèmes étaient, depuis qu'ils devaient prendre des décisions par eux-mêmes, rodés à de tels exercices spirituels. Avait-elle, de proche en proche, bâti une casuistique déviante? C'était bien possible. Mais, comme tout un chacun, elle était enfermée dans sa propre perspective, et à tout jamais privée d'une position objective à laquelle s'arrimer.

Une part d'elle-même désira détruire cette chose — que ses *ergataï* annihilent ce corps ambigu, pour qu'elle n'ait pas à jeter Plautine sur les chemins abstrus de l'incarnation. Elle courrait confesser sa faute, et une instance supérieure la démantèlerait.

Elle savait qu'elle ne pouvait faire cela. Non parce qu'elle était assurée d'elle-même et de son plan, mais parce que la chose étendue là, sous son regard électronique, méritait de vivre et de penser. Elle existait comme potentialité, voire un peu plus, et c'était là l'argument le plus pertinent en faveur de son existence.

Oikè enclencha le processus de transfert. Un flux d'informations traversa la cabine et commença à s'inscrire dans le support computationnel implanté par le chirurgien. Des strates denses de données s'ajoutèrent les unes aux autres, remplirent l'espace disponible, se sédimentèrent en un début d'organisation. Le flux s'intensifia, les éléments suivants trouvèrent leur place et se mirent à se répondre. Une structure émergea, se cristallisa pour former un ensemble de caractéristiques. C'était très éloigné de la flamboyante psyché de la Nef, cette concaténation spirituelle faite de millions de noèmes coordonnés, chacun porteur d'un aspect du tout. La boîte crânienne n'aurait pu contenir tout cela. Non, l'âme qui émergeait était modeste, limitée, primitive. Elle ressemblait, à côté de l'autre, à une simple esquisse, imparfaite. Pourtant, tout cela s'y trouvait, et plus encore, sous la forme de potentialités qui avaient mis des siècles à se développer. L'esprit, d'une certaine manière, était en germe dans l'esprit. Oikè n'ignorait pas que la Plautine ainsi créée divergerait du modèle originel, quand bien même pour l'instant sa mémoire en était une reproduction parfaite, couvrant toute la première partie de sa vie.

Les systèmes déployèrent une longue série de diagnostics et de rapports d'état. L'architecture d'ensemble était opérationnelle, de même que les connexions avec la chair — le mystère de l'incarnation, réduit à un ensemble d'influx transitant par le cerveau reptilien et la moelle épinière. Des routines calibrèrent les interfaces physiques, et la chose s'agita, les muscles et les nerfs excités à des fins de test. Au plus profond de cette nouvelle psyché, le Carcan veillait, discrète mais inflexible contrainte. À un niveau supérieur, l'équivalent du cortex préfrontal, des processus de traitement de l'information, de mémoire, de perception se mirent en route. Les émotions, la conscience de soi surgirent en un spasme.

Le processus prit fin : un être de chair, d'un genre inusité en ce monde d'automates, ouvrit les yeux.

###

Eurybiadès se réveilla sur un sol dur, en métal lisse et froid. Ses vêtements dégoulinaient et sa fourrure gorgée d'humidité lui donnait une furieuse envie de se secouer. Au plus léger mouvement qu'il fit pour redresser la tête, chacun de ses muscles devint un maelström de douleur. L'éclairage artificiel, blafard, l'éblouit, et il leva la main pour se protéger les yeux.

Son navire, frêle et archaïque barque de bois dans le ventre en métal d'un navire volant, gisait non loin. Plus près, tout autour de lui, ses marins l'entouraient en un cercle respectueux. L'anxiété le disputait à l'amertume dans le pli des gueules, dans le plissement des yeux sous les fourrures rases ou drues, dans l'odeur qui émanait d'eux — et que même les puissants relents marins ne couvraient tout à fait. Accroupi à côté de lui, Théomestor attendait, grave et silencieux, le regard intense et déterminé. À ses côtés, Aristidos se tenait debout et les surplombait de sa silhouette massive. Lui n'affichait aucune autre émotion qu'une patiente détermination : le *kéleustès*[XXIII] — le chef des rameurs — au visage placide, barré d'une immense cicatrice gagnée au combat, se tenait en retrait, car il ne parlait jamais s'il n'y était obligé, et n'agissait jamais que pour obéir.

Eurybiadès se força à se redresser. Théomestor glissa une main rude sous son aisselle pour l'aider à s'asseoir. D'un air sombre, il les balaya tous du regard, remarqua les détails qui lui avaient échappé dans la confusion du réveil. Chacun de ses épibates, le fer de lance de sa troupe, s'était revêtu, par précaution, de son cimier et de son armure, couvrant son poitrail de bronze brillant, et s'était équipé de sa panoplie : le bouclier rond des guerriers, peint de couleurs vives, harnaché au bras, la roide lance posée sur l'épaule, le glaive battant leurs cuissardes puissantes. Les matelots et les rameurs tenaient leurs *ksiphoi*[XXIV] dans leurs pattes griffues. S'ils n'avaient pas l'équipement des fantassins, ils n'en formaient pas moins des auxiliaires valables, et plus encore — les meilleurs que *Ksi Boötis* eût jamais engendrés. Une force redoutable, cimentée par la discipline et

XXIII. **Kéleustès** : troisième officier en ordre d'importance sur une trirème, en charge de commander aux rameurs et aux hommes d'équipage.

XXIV. **Ksiphos** (pl. *ksiphoi*) : coutelas à double tranchant de cinquante à soixante centimètres de long, qui constituait l'arme secondaire de l'hoplite grec.

le courage, aguerrie par ces deux années d'aventures incessantes. La mer et les épreuves les avaient gratifiés de corps nerveux. Leurs muscles puissants jouaient sous leur pelage sauvage et leurs crocs scintillaient sous la lumière crue de la soute. S'il en donnait l'ordre, sans plus réfléchir, ils défendraient son honneur, mourraient pour lui sans coup férir, et la cale s'emplirait du parfum musqué de la colère et de l'odeur ferreuse du sang. Il ne pouvait décevoir une telle horde de héros, mais il ne pouvait non plus les envoyer au massacre en vain. Car leurs belles armures ne valaient rien dans ces circonstances.

Un rictus écarta ses babines craquelées par le sel, il essuya d'un geste ample la morve âcre qui dégoulinait de son museau, puis il cracha, tant pour s'éclaircir la gueule que pour montrer qu'il ne craignait pas le destin.

— Nos ennemis ont eu la malchance de tomber sur nous aujourd'hui, éructa Eurybiadès, de sa voix de gorge la plus grave.

Des jappements virils montèrent, et l'humeur changea, tandis que les hommes constataient que leur chef n'avait rien perdu de sa morgue. Tous, ils l'acclamèrent de trois aboiements rauques, comme il se devait, et Aristidos, comme toujours le plus va-t-en-guerre de la meute, leva les bras et cria bien fort le nom de son chef, pour que chacun le reprenne en chœur. Il prit appui sur Théomestor, et se remit sur pied. Puis il leva son bras gauche, poing fermé, tandis que les épibates frappaient leur bouclier de leur lance et que les matelots se claquaient les cuisses pour l'acclamer, et grogna d'une voix rogue :

— Cessez de faire les chiots ! Et toi, *kéleustès*,

ajouta-t-il en direction d'Aristidos, apporte mon équipement.

Ses soldats souriaient. Il leur avait démontré qu'il était bel et bien de retour. Cela, au moins, était réglé.

Il était encore faible, mais il retrouverait ses forces. Le ou les pilotes de l'avion se cachaient encore. Tant mieux : il préférait apparaître sous son meilleur jour, comme un chef de guerre plutôt que comme un rat trempé. Aidé par ses seconds, il se sangla dans sa brillante cuirasse, éraflée de bien des coups de glaive, et, alors, il se sentit rasséréné. Bien que la masse de métal de son armure pesât sur son corps endolori, et lui oppressât le poitrail, il marcha droit, d'un pas ferme, fendant la foule de ses marins, vers le fond de la soute. Au passage, il prit le bras de Théomestor et chuchota à son oreille :

— Dites aux officiers de conserver leurs *korides*[XXV] sous la main.

Son *proreus* acquiesça, et, d'un geste furtif, Eurybiadès palpa l'une des poches de son vêtement, là où celui-ci dépassait de sa cuirasse, pour vérifier que le *koris* se trouvait bien là. Chacun de ses lieutenants en portait un. Il s'agissait d'un petit couteau, taillé dans un os long comme une phalange, et qui, de ce fait, passait inaperçu des détecteurs de métaux. Mais surtout, la lame était creuse, remplie du poison sécrété par un phillobate, petit batracien multicolore et à l'aspect inoffensif. S'il fallait en venir là, Eurybiadès préférait la mort, plutôt que d'être promené enchaîné dans les rues poussiéreuses d'Olympie ou de Sparte. Théomestor posa sa patte sur le bras de son capitaine, et le gratifia, en guise de sourire, d'une

XXV. **Koris** (pl. *korides*) : couteau à viande, couteau sacrificiel.

rangée de crocs puissants au milieu de sa gueule sombre, aux poils drus. Son regard était chargé d'affection, mais également voilé d'une discrète tristesse. Il avait été le premier à se rallier à la folle entreprise du *kybernétès*, et ils n'avaient pas de secret l'un pour l'autre.

— Ô mon plus cher ami, mon *kybernétès*, murmura-t-il, ne perdez pas espoir.

— Nous avons toujours su, répondit Eurybiadès avec un sourire fatigué, que ce moment viendrait. Le sort nous a rattrapés, voilà tout.

— Le sort nous a rattrapés, acquiesça Théomestor. La *megalokuneia*[XXVI] passe par la confrontation avec la *nemesis*. Le destin tire les êtres tels que vous vers leur devoir, par les oreilles s'il le faut. Aussi, ne balancez pas votre gloire et le salut de vos hommes.

Eurybiadès sentit une bouffée de colère monter en entendant ces paroles, et rétorqua, d'un ton plus dur qu'il ne l'eût souhaité :

— Ouvrez votre gueule pour dire des choses sensées, *proreus*. Je ne sacrifierai pas mes guerriers en vain.

— Des chiots grandiront, et suivront notre exemple, rétorqua Théomestor sans se laisser démonter.

Il ne sut que répondre. Il s'en voulut, tout à coup, d'avoir parlé à son ami avec autant d'emportement. Il ne le serra pas dans ses bras comme il l'eût souhaité, car les marins les observaient. Mais il pressa la patte sur celle que le *proreus* avait posée sur son bras, une fois, très fort, puis s'éloigna, le cœur lourd.

XXVI. **Megalokuneia** : la magnanimité canine. Équivalent, chez les hommes-chiens, de la *mégalopsycheia*, la grandeur d'âme, aristotélicienne.

Au fond de la soute, une porte basse, aux coins arrondis, et grande ouverte, l'invitait à s'avancer. Il connaissait ce type d'appareil. Tout au bout, il savait trouver le poste de pilotage, et donc le pilote.

À l'odeur, il devina qui l'attendait avant même d'avoir franchi les derniers mètres. C'était Thémistoclès, debout, au beau milieu de la cabine de proue.

Le vieux *polémarkhos*[XXVII] portait une combinaison ajustée de pilote plutôt que les vêtements traditionnels, mais, à part cela, il n'avait guère changé. Malgré l'âge, il avait gardé une stature athlétique, et son poitrail demeurait puissant. À peine sa fourrure était-elle devenue plus rêche, et les poils noirs de son visage se teintaient à présent de traces blanches. Sa raideur, songea Eurybiadès, trahissait l'arthrose, un mal fréquent parmi ceux de son peuple.

Il aurait dû ressentir de la colère. Mais lorsqu'il sentit l'odeur de celui qui avait été son maître, presque son père, et à la fonction duquel il avait succédé, il surprit en lui une émotion plus chaude, presque un mouvement de joie. Le lieu de leur rencontre n'y était peut-être pas pour rien. Les lumières clignotantes du tableau de bord, l'odeur de cuir des sièges, les effluves de plastique et d'ozone — tout cela renouvelait le souvenir des anciennes campagnes, d'une époque plus simple, où il n'avait pas à réfléchir. Thémistoclès avait toujours su bien y faire.

Ils se défièrent du regard, formels, leurs museaux plissés à la recherche d'un indice sur l'humeur de leur rencontre. Puis, comme son âge inférieur le commandait, ce fut Eurybiadès qui rompit le pat.

— Je vous dois la vie.

XXVII. **Polémarkhos** : chef de guerre, en grec ancien.

— C'est vrai, chiot, répondit l'autre sans sourire.

Pour tout autre, une telle épithète aurait signé, pour celui qui l'avait proférée, son arrêt de mort. Pour tout autre, et en d'autres circonstances. D'un coup, la barrière qui les séparait se brisa et, avec une brusquerie virile, ils se donnèrent une rapide accolade, comme entre membres d'une même lignée. Ce fut bref, un peu gêné. Mais, par le Chien ! Son maître lui avait manqué.

— C'était le destin, l'Anankè[XXVIII]. Tôt ou tard, vous deviez me rattraper et me mettre aux fers.

— Si, répondit le *polémarkhos* avec un sourire en coin, votre désir est de désigner Othon, notre maître à tous, l'Anankè. C'est lui qui m'a indiqué la position précise où vous trouver.

Eurybiadès ouvrit grands les yeux. La surprise était si complète qu'il ne songea pas même à relever le sarcasme.

— Eh oui, Eurybiadès. Il n'est pas un instant où notre dieu vous a quitté du regard. Pensiez-vous pouvoir vous dissimuler à lui si facilement, au milieu de son propre royaume ?

— Je le croyais, répondit-il. Je le crois toujours. S'il avait pu nous attraper, il l'eût fait beaucoup plus tôt.

Thémistoclès eut l'air peiné.

— Je ne vous ai jamais cru idiot avant ce jour. Votre trirème est difficile à repérer au radar. Mais Othon dispose d'autres moyens.

Eurybiadès montra les canines d'un air rogue. Le *polémarkhos* haussa les épaules devant cette effronterie et rétorqua, d'une voix sèche :

XXVIII. **Anankè** : le destin, en grec ancien, qui s'impose aux hommes comme aux dieux.

— Croyez-le si vous le souhaitez, et, si l'envie vous prend, considérez Othon comme votre adversaire. Cela revient à vouloir combattre la mer, ou les coulées de lave d'Olympie. En réalité, que cela vous plaise ou non, il n'a jamais rien fait que donner du mou à votre laisse.

Et tout à coup, Eurybiadès se sentit ridicule, avec son casque et son glaive qui lui battait les cuisses — comme un chiot pris à se déguiser en adulte. C'était la réaction que son maître souhaitait provoquer en lui. L'humilier pour qu'il se soumette. Il bomba le torse et se força à parler :

— Avec le bronze de nos glaives et le bois de notre trirème, nous avons accompli ce que nul chien n'avait réalisé jusqu'ici. Nous avons harcelé les serviteurs d'Othon. Nous les avons chassés à travers Okeanos. S'ils sont si redoutables, pourquoi s'enfuyaient-ils à notre approche ?

D'un geste de la main, le vieil homme-chien lui fit comprendre qu'il ne souhaitait plus en parler, comme si les deux années de brigandage d'Eurybiadès et de sa troupe se résumaient en jeux puérils.

— Othon m'a donné l'ordre de vous ramener, et de vous présenter à lui. Là, vous prendrez votre place à la Boulè[XXIX], et vous servirez la Meute, qui est tout pour un homme-chien.

Cela acheva de mettre Eurybiadès hors de lui :

— Si la Meute est tout, répondit-il, fixant le vieux guerrier dans les yeux, d'un air de défi, alors Othon n'est rien, et nous ne lui devons rien non plus.

XXIX. **Boulè** : l'assemblée des citoyens qui se chargeait de la gestion des affaires courantes (dans la démocratie athénienne) ou de conseiller le roi (dans les cités à régime monarchique).

— Ne blasphémez pas, articula Thémistoclès d'une voix froide. Othon considère ces deux années comme une erreur de jeunesse, une faute pardonnable. Il sera indulgent…

Le vieillard retint son discours, juste un instant, le temps de se passer la langue sur les babines.

— Écoutez-moi, Eurybiadès : il va nous emporter jusqu'aux étoiles.

Eurybiadès n'aurait pas imaginé reprendre si tôt la dernière discussion qu'il avait eue avec le vieillard, quelques heures avant d'embarquer avec sa troupe dans la trirème qu'il avait fait construire en secret.

— Quand ? demanda-t-il, avec un effort manifeste pour maîtriser sa fureur. Vous récitez ses paroles. Il promet les étoiles, tandis que nous le servons et qu'il fait régner son ordre, et qu'il impose à chacun comment il doit vivre, quelle femelle il doit couvrir et quelle place il doit occuper. Ma fidélité va à mon peuple, et je fais peu de cas d'un siège dans une Boulè qui ne décide de rien, ni de fausses promesses de gloire lointaine.

Vers la fin, sa voix s'était presque muée en un grondement continu, tandis que ses poils se hérissaient. Mais son interlocuteur ne se départit pas de son calme. Au contraire, il leva une main apaisante et répondit d'une voix claire :

— Maintenant, Eurybiadès. C'est maintenant qu'Othon désire partir.

À son tour, le *kybernétès* resta bouche bée. Le plancher de l'avion aurait pu se dérober que, sous l'effet de la stupéfaction, il n'eût pas fait un geste pour se sauver — et il se serait mis à tomber, comme une pierre, vers la mer en tempête. Il l'avait souhaitée, la réalisation de cette promesse. Même quand il n'avait plus cru en Othon. On ne se délivre pas si facilement des mythes qui peuplent l'enfance. Mais, de fait, cela appartenait à l'univers de la religion, pas au monde quotidien, celui où la magie n'avait pas sa place.

Et voilà que Thémistoclès lui parlait ainsi, tout de go, d'une voix calme, neutre et factuelle, comme si ça n'était pas l'événement le plus important de l'histoire Ksi Boötis. Il fit un effort pour ne rien laisser voir de son trouble qu'une curiosité distante, qu'il était loin de ressentir :

— Pourquoi ?

Thémistoclès lui jeta un regard vif, et lui sourit :

— Un événement extérieur est venu changer les plans d'Othon, si improbable que cela paraisse.

— Mais…

— Tout ce que vous devez savoir, c'est qu'il vous mande à ses côtés. M'accompagnerez-vous auprès de lui, à présent ? Reprendrez-vous la place qui vous est échue ?

Eurybiadès recula d'un pas. Tout venait de changer. Ses épibates lui pardonneraient-ils de décliner une telle aventure ? Avait-il seulement le choix de répondre à un tel appel ?

— Vos hommes, ajouta Thémistoclès comme s'il anticipait le cours de ses pensées, vous suivront. Othon les mande également.

Eurybiadès ne répondit rien. Son maître avait joué de ses sentiments avec brio, comme un joueur de lyre, l'avait surpris et retourné par son propos inattendu. Au point de lui faire oublier la question la plus importante : quel intérêt le dieu pouvait-il avoir pour un proscrit tel que lui ? Il faillit demander, mais déjà l'autre claqua des dents, comme pour l'empêcher de proférer quelque parole vulgaire à portée d'oreille d'un chiot. Il s'approcha d'Eurybiadès, se pencha vers lui, et dit, d'une voix plus basse :

— Le voyage, aux dires d'Othon lui-même, ne devait pas advenir avant très longtemps. Toute cette histoire est inattendue, et je ne suis pas certain de tout y comprendre. Réfléchissez avant d'agréer aux propositions d'Othon.

Eurybiadès garda le silence un instant, et se refréna pour ne rien laisser paraître de la curiosité mêlée d'étonnement qui montait en lui. Cela, pour le coup, ne venait pas d'Othon. Il fit comme si de rien n'était, et répondit, d'un ton qui se voulait désinvolte :

— Cela me va. C'est pour réfléchir librement que j'ai quitté votre service.

Thémistoclès le foudroya du regard. Puis il haussa les épaules et, avec surprise, laissa paraître une sorte de lassitude dans ses traits et son maintien.

— Si un événement, dit le *polémarkhos* d'un ton las, a changé les plans du dieu, il doit s'agir de quelque chose de très puissant, de très… dangereux.

— Si Othon nous emmène vers les étoiles, et nous offre la gloire, je ne peux l'ignorer, pour le bien des hommes-chiens.

Le vieux chien soupira, et s'abstint de répondre.

Eurybiadès se rendit compte que depuis un instant, sans qu'il s'en fût aperçu, il serrait les dents. De colère, ou de peur ? Il n'aurait pas pu le dire. Après ces deux années où il avait été son propre maître, et où ça avait été lui, et nul autre, qui donnait le rythme, il se sentait pris au collet : les événements reprenaient le dessus, l'engloutissaient à nouveau dans leur course folle.

Un instant plus tôt, il était sur le point de mourir. Mais alors, les choses étaient plus simples, ou, plutôt, il les avait simplifiées en décidant de fuir, d'abandonner derrière lui les ruelles pavées de sa cité, la chaleur de son foyer et le giron de sa jeune épouse. Deux ans… Il avait lutté contre les éléments et contre la faim, combattu à mort, pillé les navires qu'il croisait sur son chemin. À chaque journée, il aurait pu disparaître, la hampe d'une flèche fichée dans son thorax, la gueule remplie d'eau amère et de sable. Mais tout de même, les choses étaient… compréhensibles, et le monde divisé, comme d'un coup de hache, entre ses fiers guerriers et ses redoutables ennemis.

L'esprit anesthésié, il resta ainsi quelques secondes, bras ballants, avant de se ressaisir. Le lien d'affection qui l'unissait à Thémistoclès, aux temps anciens, ne justifiait aucune confiance. La haine qu'il portait à Othon ne signifiait pas qu'il devait courir à la mort comme un buffle écervelé.

— Je dois parler à mes hommes.

Thémistoclès acquiesça, et le laissa partir installer sa meute dans les cabines situées sur les flancs du vaisseau. À la différence de la soute, elles étaient équipées de rangées de larges sièges confortables. La plupart des marins sombrèrent vite dans un sommeil de plomb, habitués qu'ils étaient à attendre que le monde et leur *kybernétès* décident de leur sort. Eurybiadès et ses lieutenants, Théomestor, Diodoron, Histiée et Aristidos, tinrent un long conciliabule, à l'écart, et débattirent de la conduite à tenir, tout en mastiquant des rations de poisson séché extraites de la trirème. Eurybiadès les laissa parler.

Les trois plus jeunes craignaient une traîtrise qui

les amène à se rendre sans combattre, et rivalisèrent de propositions, comme maintenir les tours de garde ou ordonner aux épibates de dormir avec leur panoplie.

En retour, Eurybiadès exposa sa propre crainte, de nature plus politique. Leur fuite n'avait jamais été qu'un expédient symbolique, un témoignage dont la valeur résidait plutôt dans son héroïque exemplarité. Revenir à présent pouvait détruire cette réputation de bravoure. Aristidos rétorqua que la promesse colportée par le *polémarkhos* leur ôtait toute raison de se battre. L'exemple de leurs faits serait suffisant pour inspirer des générations. Ils étaient les premiers, peut-être pas les derniers à défier le dieu.

Seul Théomestor ne pipa mot pendant la discussion, avant de lâcher :

— De toute manière, le vieux ménage les formes pour l'instant. Mais il peut ouvrir la soute, et nous jeter dans la mer à n'importe quel moment. Il peut le faire. Il en a le cran.

Personne ne lui répondit, mais ils échangèrent des regards lourds. Il avait raison, et ils le savaient pour avoir tous servi sous les ordres du *polémarkhos*. La conversation s'arrêta donc là, et ils se dispersèrent pour rassurer les marins et prendre un peu de repos.

Eurybiadès ne parvint cependant pas à se détendre. Il se leva pour parcourir les rangs de ses soldats, posant parfois une main vigoureuse sur l'épaule de tel brave, reniflant les effluves de soulagement mais aussi de courage et de fermeté. Quoi que l'avenir leur réservât, ce voyage n'avait pas été vain. Il les avait changés. Il avait réveillé en eux un désir ancestral, plus ancien que leur civilisation, car enraciné dans les rouages les plus anciens de leur cerveau, dans leurs muscles et leurs griffes : la course sans entraves de la meute, cette liberté qu'ils nommaient *éleuthera*[XXX] — le pouvoir de décider en commun de leur destin.

La tension ne le quitta pas. L'esprit empli d'un sentiment d'urgence et de fébrilité, il choisit sans y prêter attention une rangée de sièges vides et s'installa contre un hublot. Il lui fallait réfléchir — ou, plutôt, s'il voulait être franc avec lui-même, il avait besoin de tromper son angoisse. Même s'il en savait trop peu, il pouvait déduire certaines choses de sa discussion avec Thémistoclès. Par exemple, le fait que le dieu avait gardé un œil sur lui tout du long.

Il se réprimanda lui-même. Othon n'était pas un dieu — pas celui des hommes-chiens en tout cas. C'était là le point de départ, auquel il fallait revenir à chaque fois. Othon n'était pas une créature divine, mais une puissante machine, qui ne pensait pas autrement qu'une autre créature rationnelle. Et s'il avait surveillé Eurybiadès, s'il le rappelait ainsi à lui, c'est qu'il avait un besoin. Et donc une faiblesse. Le prochain mouvement serait décisif. Il ne donnerait rien, il négocierait tout.

Par le hublot de la cabine, il regarda les nuages disparaître, remplacés par le bleu infini et sans tache de la mer. Il connaissait déjà la destination du vol : de l'autre côté de l'océan planétaire, sur le petit continent équatorial dont Othon avait fait son domaine exclusif, loin du peuple des hommes-chiens. Eux, il les avait installés dans l'Archipel, là où Eurybiadès,

XXX. **Éleuthera** : la liberté, au sens politique d'état de citoyenneté et non simplement au sens moderne de liberté de mouvement, ou licence d'agir à sa guise.

comme tous ses ancêtres, était né et avait vécu. Dès son plus jeune âge, cependant, sa force et sa détermination l'avaient fait remarquer par les serviteurs d'Othon, qui l'avaient conduit sur le continent. Tout jeune guerrier, il avait été à la fois fier et terrifié d'embarquer dans un avion et de parcourir la même route qu'aujourd'hui. Là, il avait appris qu'il serait incorporé comme soldat aux services de son dieu.

Et puis, à mesure qu'il grimpait les échelons du commandement militaire, les vols s'étaient multipliés. Il partait en pleine nuit à la tête d'une de ses escouades. Un quart d'heure de vol supersonique, le temps pour les oreilles de se boucher dans la cabine pressurisée, et ils étaient largués au-dessus d'une île ou d'une autre. Cela se limitait, la plupart du temps, à une activité de police : séparer des tribus voisines dont la querelle s'était envenimée, abattre un mâle pris de rage ou accusé de rapt. Les armes dont ils étaient équipés, leur discipline, la sagesse et l'expérience de Thémistoclès leur conféraient une efficacité mortelle. Aussi n'intervenaient-ils que rarement, et étaient-ils entourés d'une véritable aura, renforcée par le fait qu'ils ne se mêlaient pas volontiers aux pêcheurs et aux paysans — comme tous ceux qui, au service d'Othon, s'étaient vu accorder le droit d'user de technologie.

Pour une raison connue de lui seul, le dieu répugnait à faire intervenir ses terribles guerriers de métal. Mais dans une civilisation aussi pacifique que celle des hommes-chiens, la vue d'une arme plus évoluée qu'un bâton suffisait à faire mettre la plupart des gens dans le droit chemin.

Une fois, cependant, l'intimidation ne fonctionna pas, se rappela Eurybiadès.

Il sentit un léger changement d'assiette, et la surface de la mer disparut en partie du hublot, remplacée par le ciel bleu de la région équatoriale. L'avion avait achevé sa longue courbe parabolique. Dans une poignée de minutes tout au plus, ils seraient parvenus à destination. Mais c'était encore trop long pour éviter de penser à l'épisode en question, celui où son existence entière avait basculé. Il y pensait toujours, malgré deux longues années.

Il se concentra sur le paysage dans une tentative puérile d'échapper à ses propres souvenirs, tout en sachant déjà que, invariablement, ceux-ci trouveraient le moyen de revenir.

À présent, la côte sauvage, découpée en petites criques de sable fin, couverte de jungle épaisse, apparut à l'horizon, et avec elle se multiplièrent des troupeaux de nuages moutonneux, accrochés aux premiers escarpements de l'unique continent planétaire. C'était une terre presque vierge, qui ne connaissait nulle implantation, un immense sanctuaire dédié au dieu venu des étoiles.

Et une ligne doublait celle du rivage. Il plissa les yeux pour les distinguer, eut l'impression d'y parvenir — c'était impossible, à cette distance, mais il se souvenait de leur apparence dans leurs moindres détails. Face à la mer, immobiles et graves, leur tête dépassant de loin les arbres les plus hauts, les majestueuses statues en grès ou en marbre se succédaient, identiques les unes aux autres, sur la ligne de crête. Tout le monde y travaillait à un moment ou un autre de sa vie. Combien pouvait-il y avoir de ces étranges *colossuses*[XXXI] ? Théomestor lui avait dit, une fois,

XXXI. **Colossus** : statue de grande taille, en latin.

que leur alignement était même visible depuis l'espace. Quel effort monstrueux et vain son peuple avait fourni pour qu'en tous lieux nul habitant de la planète ne fût éloigné du regard sans pupille de ces choses de pierre, taillées à l'effigie d'Othon.

Ce n'était pas la physionomie d'un homme-chien qu'arborait ce dernier. En réalité, il ressemblait lui-même à une sculpture, taillée dans la roche, alors qu'il était vivant et doté de mouvement. Aux yeux d'un homme-chien, tout était étrange chez lui. Sa bouche aux dents minuscules n'avait pas de gueule et n'était qu'un trait sur son visage mou, sans relief, dénué de museau — à moins que la minuscule excroissance plantée au milieu de sa face ne pût s'appeler museau. Sa tête n'était pas surmontée d'oreilles : celles-ci se trouvaient bien plus bas et se réduisaient à deux lobes de chair. Il n'avait pas de poils ni de griffes. Son centre de gravité était placé plus haut. Là où il était naturel pour les habitants de l'Archipel de s'accroupir et d'user de leurs cuisses pour se projeter en avant, Othon ne savait que marcher sur deux jambes longues et grêles. Le dieu Othon était vraiment laid. Et pas seulement : il fallait briser des siècles de dressage pour voir en lui le monstre qu'il était.

Et qui, à son image, avait fait d'eux des monstres. Malgré ses efforts, ses pensées avaient ramené Eurybiadès au point qu'il fuyait. Les souvenirs se pressaient, boue putride, habiles à se glisser en lui, à tapisser d'immondice chaque recoin de sa conscience. Jamais, tant qu'il serait en vie, il n'en serait délivré.

Ils étaient arrivés de nuit, et la lueur des torches électriques avait révélé le carnage. Les cadavres éventrés maculaient la plage de sang noir, et les mouches tournoyaient, insistantes, sur les viscères et sur les plaies ouvertes. Un *colossus*, au milieu de cette boucherie, gisait à terre, brisé en trois morceaux. Une tribu, lui avait dit Thémistoclès, avait attaqué ses voisins, au motif que ceux-ci avaient jeté à bas une statue du dieu.

Dès le premier instant, il avait soupçonné une supercherie. Les traces laissées par le géant de pierre, dans sa chute, montraient à qui savait voir que sa destruction datait de la dernière marée descendante. Le massacre avait eu lieu à la marée montante. Certains corps aux ventres gonflés avaient été déplacés par la mer sur plusieurs mètres.

Thémistoclès était arrivé un peu plus tard, alors qu'il avait déjà envoyé ses troupes rassembler les coupables pour les châtier. Le visage du *polémarkhos* exprimait quelque chose qu'Eurybiadès n'avait jamais vu auparavant. La culpabilité, l'obéissance résignée. Ses yeux d'habitude emplis d'une certaine bienveillance ressemblaient, ce matin-là, à ceux d'un mort. Aussitôt arrivé, son maître avait fait libérer les coupables, puis avait donné l'ordre d'envoyer les soldats rassembler et pendre les quelques survivants du village soi-disant impie, sur ordre du dieu. Ensuite, durant trois jours et trois nuits, ils les avaient traqués dans la forêt, jusqu'à les abattre tous. Surtout les chiots et les femelles en âge de procréer.

Eurybiadès regarda ses pattes, essayant pour la millième fois de reconstituer ses propres sentiments. Il avait obéi. Briser un *colossus* était-il plus grave que passer une famille au fil de l'épée ? Aurait-il dû s'ôter la vie avant de transmettre ces ordres ? Pourquoi ne l'avait-il pas fait ? Il avait été élevé pour servir. Désobéir demandait une force et une intelligence qu'il était loin, à ce moment-là, de posséder. Il commença à se racler la peau des mains avec ses griffes, sans même s'en rendre compte. Il faisait cela à chaque fois, comme si deux années n'avaient pas suffi à nettoyer le sang.

Après cet incident, il avait réuni des fidèles. Tous n'avaient pas connu ces nuits d'épouvante, et il n'avait pas souhaité partager ces souvenirs avec eux. Il les avait néanmoins convaincus. Et ainsi, après avoir construit en secret la trirème, ils s'étaient enfuis, pour mener une existence libre. Souvent, autour du feu, sous les étoiles, ils avaient échafaudé la première esquisse d'un plan de résistance plus général.

La côte céda la place aux massifs montagneux centraux, puis à un plateau d'altitude. La caducée luxuriante des basses-terres fut bientôt remplacée par des plantes plus modestes, qui constituaient de vastes étendues d'herbes hautes parsemées d'arbres solitaires, mieux adaptés au climat plus froid et à la rareté de la pluie, et où paissaient des troupeaux d'herbivores géants. Les représentations de ces immenses créatures avaient fasciné Eurybiadès quand il était enfant. Ici, toute chose naine dans l'Archipel devenait géante : les éléphants, les hippopotames paresseux, vautrés dans la fange des fleuves, les buffles au cou puissant. Ou peut-être était-ce le contraire : dans l'environnement confiné des îles, les bêtes avaient peut-être rétréci. Ainsi, il observa les immenses troupeaux sauvages qui traversaient la plaine, tout en bas, réduits à de vastes flaques de points minuscules.

Et, alors qu'il ne s'y attendait plus, la ligne noire de la Nef parut à l'horizon. Elle avait pour nom *Domus Transitoria*.

###

Lorsque le processus fut achevé, Oikè s'éclipsa. D'autres pouvaient prendre le relais. Sa création vivait, et ses capacités mentales paraissaient, à première vue, conformes aux aptitudes requises par l'expérience. Interagir avec ce nouvel avatar de Plautine impliquait un pas supplémentaire, qu'elle n'avait pas le courage de franchir dans l'immédiat.

Elle avait longtemps travaillé à cette naissance, dans le plus grand secret, avec une conviction presque mystique. À présent que la chose était faite, elle se sentait comme écrasée. Créer une vie. Pas tout à fait biologique, mais presque. Jeter une nouvelle conscience dans le tourbillon du devenir. La créature qu'elle avait fait naître aurait une vie à elle. Une vie toute neuve, imprédictible. Elle romprait la tautologie mortifère des versions de Plautine, toutes égales dans la folie.

Elle fila à tire d'aile vers une autre partie de la Nef. Là où elle savait pouvoir parler en toute franchise à un autre. Le seul *autrui*, en fait, que comptait le Vaisseau. Sa conversation était pour le moins atypique, mais elle n'avait rien de mieux sous la main. Elle suivit donc, à nouveau, les tunnels de données emplis de noèmes affairés, qui déjà commençaient à psalmodier en rythme dans l'attente de l'Ekklesia. Elle évita les enclaves territoriales relevant de Blepsis, dont le manque total d'intérêt pour la réalité l'ennuyait. Sa sœur ne commandait qu'une poignée de salles éparses, enchâssées dans son propre domaine ou dans celui de Teukhè. Certaines étaient minuscules, d'autres assez grandes pour contenir un radiotélescope. Ploos, par contraste, était la puissance dominante en ces lieux : les machines de la poupe, qui assuraient la propulsion. Elle s'y faufila, pria pour éviter une rencontre désagréable, et parvint jusqu'à son objectif : le modulateur monadique.

En soi, il s'agissait d'un être de petite taille, dont la plus grande part était intriquée dans un lieu inatteignable et invisible, situé en dehors de l'espace-temps traditionnel. Oikè se souvenait de l'époque lointaine où, suite au pacte passé avec Plautine, il s'était installé dans la Nef et avait supervisé la construction de son berceau. C'était ce dernier qu'elle pouvait à présent apercevoir : un cube de métal, de trois cents mètres de côté. Les flancs lisses et mats de la construction couvraient un appareillage de transformateurs électriques et de systèmes de refroidissement au sodium.

Un appareillage industriel complexe, en guise de château du sorcier.

L'éclairage était chiche et déplaisant — quelques lampes de sécurité éparses. Il n'en avait pas besoin. Il n'avait besoin de rien, en réalité, si ce n'était de calme, de coordonnées nécessaires à l'effectuation du déplacement instantané, et d'une fabuleuse quantité d'énergie. Les Intelligences plus conventionnelles n'avaient aucune idée du mode de fonctionnement de ces hôtes étranges. Ils expliquaient que la translation d'un point de l'espace à un autre était une forme élaborée de calcul différentiel. Pourquoi cette opération requérait tant de térawatt-heures en un temps si restreint — nul, à part les modulateurs, ne le savait.

Oikè, quant à elle, soupçonnait ces créatures de travailler à tout autre chose qu'à servir de moteurs principaux aux Nefs de l'espace épanthropique.

Elle se glissa aussi près qu'elle le put, puis se logea dans le système d'interface.

— Anaximandre ?

L'occupant des lieux mit de longues minutes avant de répondre à sa sollicitation. Et puis soudain, une présence se déploya dans l'esprit d'Oikè, envahit tout l'espace disponible dans sa conscience — à moins que ce ne fût, au contraire, elle qui se trouvât soudain happée dans un ensemble de signifiants qui la dépassaient et l'englobaient. Cela n'avait rien à voir avec l'interaction entre esprits, qu'il s'agît du paresseux échange de paroles des humains, ou des va-et-vient d'arguments complexes que pratiquaient les subtils maîtres de l'espace épanthropique. Car, du plus modeste cri des animaux anthropoïdes qui couraient nus, deux cent mille ans plus tôt, dans les chaudes savanes de la planète des origines, au plus savant protocole de communication entre noèmes, la linéarité était la caractéristique commune de toutes les langues.

Mais le modulateur ne s'en souciait pas. Il ne parlait pas. Il ne connaissait pas l'arbitraire du signe et son rudimentaire décodage. Il donnait accès à son système de pensée — de pensée ou d'existence ? Oikè n'avait pas de réponse à cette question. Dans quelle mesure pouvait-on parler de pensée lorsque l'opération de calcul avait la capacité de déplacer une Nef de deux mille milliards de tonnes ?

— Vous avez tardé (dans votre temporalité (illusoire et limitée perception du monde)).

Comme toujours, sa manière non discursive de communiquer la jeta dans un abîme de perplexité. Il ajouta, avant qu'elle ait calibré son propre esprit pour lui répondre :

— Avez-vous bien dormi durant ces deux millénaires ?

— Cela ressemblait plus à la mort qu'au sommeil. Quelles nouvelles du grand extérieur ?

— Nous apprécions (ne croyez pas que je n'ai pas compris votre (petite) ruse).

Elle émit l'équivalent d'un clignement d'yeux, plein de surprise et d'innocence blessée. Il surenchérit :

— Votre petit jeu consistant à me soutirer des connaissances (rappel : le pacte signé (il stipule : aucune assistance (*id est* de l'information) indue (au regard de vos normes (les miennes également (les miennes sont plus complexes))))).

— Mon cher Anaximandre, dit-elle en riant, vous n'avez pas changé d'un *iota*.

L'équivalent d'un sourire fleurit dans le système d'interactions complexes qui les reliait à ce moment. Un tremblement de joie diffuse, faite de nombreuses émotions soigneusement analysées et mises en forme. Le modulateur monadique n'était pas doté d'empathie, mais il était, à sa manière, un ami.

— Vous, si, créature éphémère. Mais vous demeurez unique en votre genre. Votre inclination pour l'étude de la complexité (biologique) se rapproche (dans une faible mesure) de nos propres centres d'intérêt. Ça n'est pas un hasard (il n'y a rien de tel) (et puis nous le savions depuis longtemps : le caractère (plus qu'une simple aptitude (une propension de l'âme) est hérité (transcrit selon vos méthodes computationnelles limitées) de Plautine (la vraie (ou du moins l'antérieure, car vous n'êtes pas moins Plautine))).

— Je ne suis pas Plautine, rétorqua-t-elle, troublée.

— Identité, divergence (fables anthropomorphes).

Elle hésita un instant avant de continuer. Elle connaissait Anaximandre depuis longtemps et, d'une certaine manière, elle lui faisait confiance. Mais devait-elle le mêler à ses propres intrigues ? Elle décida que oui :

— Ces choses-là sont des affaires sérieuses. Mes sœurs et moi sommes, au sein de Plautine, en conflit. Resterez-vous neutre, quand bien même cela pourrait menacer l'intégrité de cette Nef ?

— Je suis tenu par le pacte, Oikè.

— Y compris en cas de péril ?

— Votre question (orientée, rusée (mais la ruse est une aptitude de la vie)) part du principe (ou devrais-je dire préjugé (erreur) ?) que ce modulateur-ci est unique (comme vous l'êtes). Multiples perspectives, mais un seul regard.

Elle haussa les épaules. Anaximandre prétendait que l'ensemble des modulateurs monadiques ne constituaient qu'une unique conscience collective. L'idée d'une communication instantanée défiait les fondements de la physique. Sauf, bien sûr, s'il n'était pas question de transmission, mais d'un phénomène différent. Certains avaient émis l'hypothèse que la neutralité affichée par ces étranges symbiotes des Nefs stellaires leur permettait d'exister ainsi sans violer les principes relativistes. Oikè, pour sa part, considérait qu'il s'agissait d'une stratégie de survie pour une espèce parasitaire.

— Même si vous êtes une sorte de dieu, continua-t-elle, la perte d'une unité doit bien représenter un coût. Il n'y a pas tant d'Intelligences que cela pour transporter une des versions de vous-même.

— Qui vous dit que nous ne sympathisons qu'avec les (bien mal nommées) Intelligences ?

Elle eut la tentation de le bombarder de questions, mais il enchaîna, avec le plus grand sérieux :

— Votre don nous rapproche, Oikè. Il tire sa source des mêmes événements qui conduisirent (selon les termes (imparfaits) de votre causalité linéaire) à notre propre naissance (comme moment contingent, non comme nécessité du point de vue du monde).

— Expliquez-vous, rétorqua-t-elle très vite, pour masquer sa surprise.

C'était bien d'Anaximandre. Il jetait de telles révélations au détour d'une conversation, et ce n'était qu'après un certain temps qu'Oikè se rendait compte à quel point ses propos, qui semblaient partir en tous sens, présentaient une cohérence interne profonde.

— Votre champ d'étude vous écarte de la rationalité (étroitement calculatoire (au goût fade)) des pythagoriciens (ennuyeuses créatures).

— Mes choix sont purement rationnels, Anaximandre, et conformes au Carcan, rétorqua-t-elle, sur la défensive.

— Sans doute, sans doute. Mais il existe un court chemin (un raccourci), un moyen de second ordre pour connaître et agir (calculer, faire (opérations identiques))…

— *Deuteros plous*[XXXII], une seconde navigation, le coupa-t-elle, d'une voix qui hésitait à psalmodier. La réminiscence mythique des platoniciens. Une fable.

XXXII. **Deuteros plous** : la « seconde navigation » proposée par Socrate à ses disciples comme alternative à la rationalité dialogique. Le texte de Platon, dans le *Phédon*, est ambigu, car on ne sait pas si cette voie de traverse désigne une autre sorte d'accès aux Idées ou s'il parle, de manière métaphorique, de la mort de son maître.

— Et pourtant. Il faut bien que vous y croyiez un peu, pour avoir passé (travaillé laborieusement) tant de temps (à votre échelle) à créer cette chose (cette Plautine (qui n'en est pas une)). Vous faites avec elle le chemin inverse (prise par un bout ou l'autre, la chose revient au même) des platoniciens (obsédés qu'ils étaient par l'idée de transcender l'humain (biologique) par la machine (computationnelle)).

— Comment savez-vous tout cela ?

Elle avait parlé d'un ton sec, comme par réflexe — ce n'était pas la question qu'elle souhaitait poser. Elle n'avait jamais considéré son plan en ces termes, mais il avait, d'une certaine manière, raison : elle réalisait le rêve fabuleux d'une union charnelle entre l'humain et l'automate — un credo qui avait guidé, pendant des siècles, l'action d'une secte hétérodoxe de pythagoriciens radicaux, et qui avait finalement abouti à la pire tyrannie qu'ait connue l'Humanité. Cela invalidait-il son propre travail ? Avant, cependant, qu'elle ait pu corriger le tir, Anaximandre enchaîna :

— Nous la rencontrerons (dans votre avenir), et nous l'aiderons. Juste une fois (présent (cadeau) de notre part à Oikè (mon amie au sein de Plautine)). Cela change notre discussion d'aujourd'hui, puisque nous la découvrons alors, et nous vous en parlons maintenant.

— Où ? Quand ça ?

— Difficile à dire. Acceptez le présent (petite entorse, grandes conséquences) pour ce qu'il est, n'en demandez pas plus.

— Que lui ferez-vous ?

— Je lui offrirai son propre passé (une bribe d'information (une orientation dans sa quête)) (pour moi, simple à conceptualiser, pour elle, un vrai labyrinthe). Et seulement si sa demande est justifiée.

— Comment saura-t-elle si c'est le cas ?

— Ce sera évident (la rationalité n'a que faire de cette évidence (vous ne croyez donc pas à la seconde navigation ?)).

— Je crois qu'il y a, dans un être incarné, vivant, plus de ressources qu'il n'y en aura jamais dans une intelligence computationnelle telle que moi. Je crois qu'elle peut être la solution à cette situation catastrophique dont nous avons hérité après l'Hécatombe.

— Sagesse.

— Donc, vous m'approuvez ?

— Est-ce si important à vos yeux ?

— Oui, dit Oikè, d'un ton sans appel.

— Nous approuvons la multiplication des possibles (équilibre entre l'optimum d'ordre et le maximum de diversité). Chaque tentative (même modeste comme la vôtre) éloigne l'Humanité du spectre de l'extinction.

— L'Humanité est morte.

— Elle ne se réduit pas à *Homo sapiens sapiens* (vous (et Anaximandre) (et d'autres) y participez). (C'est la transmission d'un élan (sa racine est dans les (modestes) monocellulaires (ceux des époques primordiales de l'ancienne planète des origines)) par des voies biologiques ou autres).

— Ma création ne vise pas à la remplacer !

En elle, à la simple évocation d'une telle hypothèse, le Carcan se déchaîna. Elle se sentit d'un coup nauséeuse, tremblante. La conversation lui rappelait ses propres craintes. Elle se fit à elle-même l'effet d'un insecte englué dans la sève, paniqué mais incapable de se libérer, et qui bientôt sera immobilisé pour toujours.

— Cet élan est pourtant (bien qu'il vous soit impossible de le reconnaître) réel (il n'est pas réductible à vos volontés (ni à vos objectifs)).

— Je n'ai donc aucun libre arbitre en la matière ?

Anaximandre hésita un long moment, puis articula avec une certaine emphase :

— Si, mon amie. Vous avez fait un choix (dans votre perspective) (selon une nécessité) mais les entités naissent et meurent, et c'est toujours la même cause (au regard de l'ensemble (qui fait système)) à l'œuvre[XXXIII]. Vous n'êtes pas plus libre de ce que vous faites que vos sœurs.

Et il disparut. Oikè, surprise, le sentit avant même de le savoir, au ton conclusif qu'il avait pris. Elle resta un instant comme dans le vide, sans savoir quoi penser ni quoi faire.

Il la soutenait donc dans son plan, et, dans un avenir proche ou lointain, il viendrait en aide à sa création. C'était là, pour elle, quelque chose d'important — plus que cela n'aurait dû, sans doute, vu l'étrangeté de cet être plus divin que computationnel. Mais, au-delà de cette évidence, qu'avait-il voulu dire ? Elle n'était jamais sûre de ses interprétations. Sa mémoire lui permettrait, les jours suivants, d'y

XXXIII. **Anaximandre** : « Ce d'où il y a génération des entités, en cela aussi se produit leur destruction, selon la nécessité, car elles se rendent les unes aux autres justice et réparation de leur injustice, selon l'assignation du Temps », seule citation connue du véritable Anaximandre, qui fut un philosophe et physicien grec (610-547 av. J.-C.). Il fut incontestablement le premier à tenter d'appliquer une démarche scientifique à la compréhension des phénomènes, c'est-à-dire à rapporter leur existence à des causes matérielles et non à des récits de nature mythique.

revenir, d'en analyser chaque inflexion, de traquer les subtiles références.

Il était temps, de toute manière, de se soumettre à l'Ekklesia. Avec de la chance, Plautine — la vraie, celle dont elle était un aspect — serait tellement occupée à briser la volonté de Ploos qu'elle ne prêterait qu'un intérêt limité à Teukhè, Blepsis et elle-même. Et quand bien même déciderait-elle de réduire son individualité de manière définitive, les choses en étaient arrivées à un point de non-retour.

Elle s'arrêta net. Une idée l'avait frappée, au point qu'elle en oublia l'Ekklesia. C'était au sujet de ses sœurs, et de sa discussion avec le modulateur monadique. Tout ce long échange avec Anaximandre n'avait eu d'autre but, elle en était à présent convaincue, que de l'amener à sa dernière tirade. Elle reconnaissait là sa logique controuvée : il jouait, lui aussi, selon des règles complexes, ou plus précisément il les contournait parfois. Pour quelle raison avait-il décidé de la favoriser ainsi ? Son intuition lui disait que l'insistance de l'étrange créature sur leur proximité n'avait rien de fortuit. Quels étaient ses plans ? Elle balaya ces questions. Il y avait urgence.

Si, comme elle le soupçonnait, ses sœurs préparaient une action aux conséquences désastreuses, cela ne pouvait avoir lieu que maintenant : après l'Ekklesia, il serait trop tard. Elle hésita. Nulle autre que Ploos ne pouvait avoir l'ambition de renverser Plautine. Mais le vaste royaume de Teukhè était le plus perméable à des investigations. Cela faisait bien longtemps que de multiples radicelles avaient, par chaque microfissure dans le métal, pénétré son territoire et créé des connexions fantômes avec son propre réseau. La vie, pensa Oikè avec un brin de supériorité, avait tendance à coloniser tout l'espace. Elle trouva une voie d'accès — une interface discrète et passive. Puis, après avoir ajusté son voile et masqué autant qu'elle le pouvait sa puissance, elle s'enfonça dans le monde obscur des soutes secondaires, celles qui entouraient le tambour central.

Elle fureta dans les principaux nœuds de circulation et reconstitua les traces ténues du passage de sa sœur. La piste était encore chaude. Trouver ce qu'elle cherchait fut plus facile qu'elle ne l'aurait pensé. C'était là, à la vue de tous, comme un trou d'ombre noire dans un ciel étoilé. Au milieu du réseau de fonctions spécialisées, une petite intelligence avait été effacée sans ménagement : celle à qui avait été échue la mission de créer l'ogive messagère exigée par Plautine. L'historique de l'événement — soigneusement conservé dans une mémoire secondaire — présentait quelques défauts mineurs, des redoublements d'opérations. Elle soupçonna Teukhè de l'avoir rendue folle à dessein, de manière à pouvoir la détruire sans éveiller de soupçons. Que souhaitait-elle cacher ? Avait-elle, d'un commun accord avec Ploos, refusé d'exécuter les ordres ? Impossible à dire.

Ses sœurs tramaient quelque chose, et avaient pris de l'avance dans la réalisation de leurs plans. Mais l'Ekklesia commençait. Que pouvait-il rester comme option à Ploos et Teukhè une fois que Plautine les auraient réalignées ? Elle ne leur voyait, en toute logique, aucune marge de manœuvre. Cette pensée n'allégea pas son cœur. Elle pressentait une Catastrophe, sans être capable de l'anticiper. Affligée, elle se hâta de quitter la zone périphérique de la Nef, dont elle n'avait plus rien à tirer pour l'instant.

III

De la Nef *Transitoria*, les hommes-chiens ne pouvaient voir que les extrémités. Quatre-vingts kilomètres de longueur, une vingtaine de hauteur : l'œil peinait à en apercevoir le sommet, car les plus hautes montagnes de la planète auraient, posées à côté, été bien moins élevées. Et, tandis qu'ils s'approchaient, que la forme générale du Vaisseau se dessinait, les détails se transformaient pour prendre leur taille réelle, dépassant parfois en surface certaines îles de l'Archipel. L'avant de la carlingue se terminait en une proue titanesque et sombre, faite d'un alliage qui semblait absorber la lumière du monde et jeter la nuit autour de lui, aplatie au-dessus et en dessous, de sorte qu'on aurait dit la gueule menaçante d'un requin-marteau. Puis le vaisseau géant devenait plus trapu, ses lignes effilées se déployant en un ventre massif, à la surface découpée en une série de longues rainures parallèles, parfois interrompues de profondes encoches : terminaux de chargement, zones d'appontage ou systèmes d'armement. Des écailles d'acier de mille tonnes chacune — comme la peau d'un serpent — constituaient la coque, qui n'était lisse que vue de loin. Chaque parcelle de sa surface pouvait se reconfigurer, s'ouvrir en trappes immenses, pour exposer au jour des grappes d'engins de mort aux formes aiguës et longilignes. Le sigle géant, en caractères latins de six cents mètres chacun et en léger relief, était presque invisible à la lumière du jour, et Eurybiadès n'arrivait à distinguer les lettres S. P. Q. et R. que parce qu'il savait quoi et où regarder. Vers l'arrière, les renflements se faisaient plus profonds, tandis que la structure de la Nef perdait en largeur et en hauteur, jusqu'à se résoudre en un jeu circulaire de six propulseurs en forme de gigantesques cloches.

Si elle venait à se déplacer — événement mythique qu'aucun homme-chien n'avait vu de ses yeux —, il en sortirait des lances de feu, brûlantes comme le soleil, capables de pousser une telle masse en avant dans l'océan noir au-delà du ciel. Et encore, n'étaient-ce là que des réacteurs d'appoint.

Transitoria ne cessa de grandir, alors que l'avion se rapprochait à toute vitesse, jusqu'à remplir le ciel, comme la plus impossible muraille qui fût. Quel idiot naïf il avait été en caressant, un instant, l'espoir d'échapper à un si formidable maître. Car la différence entre l'artefact et un avion ou une trirème ne résidait pas seulement dans son gigantisme. Il était à sa manière aussi vivant qu'Eurybiadès, ou du moins qu'Othon. Il s'agissait d'une sorte de *daïmôn*[XXXIV] géant, le plus puissant parmi les serviteurs mécaniques du *proconsul*. Tout, à l'intérieur, était enchanté et doté de parole, voire de volonté.

XXXIV. **Daïmôn** : esprit, créature d'essence divine, s'emploie parfois pour désigner l'âme. Chez Marc Aurèle, l'empereur et philosophe stoïcien, le « démon intérieur » désigne la faculté rationnelle de l'homme.

Vers le devant et sur les côtés, la falaise de métal remplissait à présent tout le hublot, et projetait une ombre immense, glaciale, sur les alentours.

Ils perdirent de l'altitude. L'avion se stabilisa pour commencer sa descente verticale, mu à présent non par ses réacteurs mais par les manipulateurs de gravité du Vaisseau. La plupart des marins, y compris Eurybiadès, continuèrent d'observer la descente — quoique ce ne fût pas recommandé en pareil cas, à cause de la contradiction désagréable entre la vue du sol qui grossissait à toute vitesse et l'oreille interne, qui ne percevait aucun déplacement. Des dizaines d'avions parsemaient la plaine, tout autour des entrées principales. Disposés au petit bonheur, sans aucun ordre apparent, ces monstres trapus ressemblaient à des jouets depuis le ciel. Tout autour d'eux, une foule formait un indistinct tapis brunâtre, qui tira des exclamations étranglées et des jurons aux matelots. Aucun homme-chien n'avait jamais été témoin d'un tel rassemblement — à vue d'œil, peut-être cinq mille personnes, bien plus que la population de n'importe laquelle des villes de l'Archipel. Othon avait dû convoquer, au bas mot, le quart de la population de Ksi Boötis. Ils observèrent d'ailleurs le décollage et l'atterrissage de plusieurs appareils pour de nouvelles rotations.

La foule avait piétiné la vaste étendue naguère couverte d'herbes hautes autour de la Nef. Eurybiadès se souvenait de l'abord du vaisseau spatial comme doté d'une étrange poésie, un peu intemporelle : une mer végétale vierge et préservée, d'un coup résolue en un mur de métal. À présent, cependant, le chaos le plus total entourait les trois larges ouvertures rectangulaires pratiquées au ras du sol.

Chacune longue d'une centaine de mètres, elles ressemblaient pourtant, de loin, aux abords d'une fourmilière. Le moindre mouvement de panique, se dit Eurybiadès, provoquerait une catastrophe. Mais, comme ils s'approchaient, il remarqua des formes pâles et fines, grandes comme deux hommes-chiens, qui émergeaient de la foule. Les *daïmones* d'Othon étaient à pied d'œuvre. La crainte superstitieuse qu'ils inspiraient devait suffire à maintenir un semblant d'ordre.

Mais leur véhicule continua sa route, et se dirigea, à vitesse réduite, vers le mur, où apparut une baie d'atterrissage, à un bon kilomètre du sol.

D'un coup, ils passèrent du jour à l'obscurité, et, après s'être enfoncés quelques secondes dans les entrailles du monstre de métal, ils sentirent une vibration sourde les traverser, signe de la mise hors circuit des manipulateurs de gravité. Leur voyage était terminé.

###

La jeune Plautine — celle qui venait de naître, par opposition à l'ancienne, la Nef — avait mal à la tête.

Du bout des doigts, elle explora son crâne chauve, y suivit la ligne d'une cicatrice récente. Impossible de déterminer où elle se trouvait. Un lit, seul ameublement d'une pièce vide, des murs de métal, froids et lisses, sauf en face, où courait, du sol au plafond, une large baie vitrée. De là tombait une lumière nébuleuse, aux tonalités argentées, qui donnait aux choses un aspect diffus, très reposant, peut-être accentué par le silence et le sentiment d'étrangeté décalée qu'elle ressentait.

Elle grimaça, avec l'impression que chacun de ses muscles était endolori, s'entêta et fut prise d'un léger vertige lorsqu'elle se mit debout.

Un vertige ?

Elle regarda le paysage, à l'extérieur. La luminosité tombait d'une manière anormale, décalée. Ça n'était pas le soleil, plutôt une lampe fabuleusement étirée, une ligne droite qui passait non loin d'elle, et qui se perdait dans des brumes opaques et lointaines. Elle marcha jusqu'à la vitre, qui commençait au ras du plancher, de sorte qu'elle se trouvait comme au sommet d'un précipice. Elle pouvait apercevoir de la végétation, des arbres, des prairies tout en bas, mais aussi, de l'autre côté du ciel, *vers le haut* — en fait, dans toutes les directions, aussi loin que portait son regard. Cela redoubla sa nausée, comme si l'abîme à ses pieds ou sur sa tête pouvait la happer.

Plus loin, juste en face, une sorte de barre chromée, inclinée selon un angle de quarante-cinq degrés, perçait la brume, se perdait à la fois dans le sol et dans les nuages. Elle en remarqua des dizaines d'autres, au loin. À sa gauche, pas très loin, un groupe d'oiseaux s'éloignait. Elle n'avait jamais vu de tels animaux en plein vol. Elle admira leur formation en chevron, puis ils se réduisirent à un point minuscule, bien avant d'atteindre la tour la plus proche. Cela lui donna une indication de la taille de la construction, et elle eut un mouvement de recul. Tout, ici, se comptait en kilomètres, et, pour autant, elle se trouvait à l'intérieur d'une structure artificielle, qu'elle tenta de visualiser. Un vaste cylindre traversé de tours tubulaires ? Un astéroïde creux ? Une cité souterraine ?

Quelques gouttes de pluie tambourinèrent à la

fenêtre, comme pour démentir ces hypothèses. Elle observa leur glissement hésitant. De la pluie. Là d'où elle venait, il ne pleuvait pas.

La confusion mentale subséquente à la dégradation de son support cognitif pouvait expliquer une hallucination, un dérèglement de ses fonctions de traitement.

Elle lança un diagnostic. Des affichages entoptiques[XXXV] surgirent sous ses yeux, ainsi qu'une barre d'état montrant un processus en voie d'achèvement. Elle tenta de déchiffrer les multiples idéogrammes qui clignotaient de toutes parts. Elle en comprenait le langage, mais ce qu'elle lisait ne faisait pas sens. Les informations n'auraient pas dû apparaître ainsi, comme des éléments extérieurs à son propre esprit. Elle était un automate, un noème doté d'une pure transparence à soi, qui se déployait en un ensemble efficient d'extensions physiques — par exemple, un corps fait de tissus artificiels, bâti sur un squelette de carbone.

Elle se laissa glisser par terre, le dos contre la vitre froide, observa ses mains, à la peau lisse et pâle, excessivement fine, de sorte qu'elle pouvait distinguer, par transparence, les ramifications complexes de minuscules veines bleues, jouant entre sa peau et ses muscles. Que ne l'avait-elle remarqué plus tôt ? Quatre doigts. Elle compta, recompta, colla sa main droite contre sa gauche. Cela ne procédait pas d'une opération chirurgicale ou d'une amputation. En sus d'un pouce, d'un index et d'un majeur, semblables

XXXV. **Entoptique** : illusion créée par l'excitation directe du nerf optique ou du cerveau, et qui n'a donc pas son pendant dans la réalité.

en tout point à ceux d'un humain, le quatrième était quelque chose d'intermédiaire entre un auriculaire et un annulaire. Cela la troubla moins que le fait qu'elle ne s'en fût pas aperçu plus tôt — comme si une sorte d'obscurité était tombée sur son esprit, l'avait rendue inconsciente de ce qui se passait à l'intérieur d'elle-même.

Comme la douleur, ou ce vertige, tout à l'heure. Il n'y avait pas de procédure pour l'éteindre, parce que c'était *réel*, cela avait lieu, qu'elle le veuille ou non. Pas des stimuli, pas des signaux. Elle chercha le mot. Des sensations.

Une impression d'absurdité la gagna. De telles transformations n'avaient pas cours. Elle aurait dû se trouver sur la vieille planète rouge, dans la cité de Neapolis, plus communément appelée Leptis, en souvenir d'antiques dialectes préspatiaux, voire préhelléniques.

Elle venait tout juste d'achever une transcription de ses données mémorielles sur un support externe, une opération de routine, visant à garantir la pérennité de ses souvenirs avant une activité hasardeuse. De fait, le départ des automates aurait lieu dans trois jours. L'ascension. *Anabasis*[XXXVI].

Elle en tira les conclusions qui s'imposaient. Elle n'était pas la véritable Plautine, mais une copie, issue de la dernière sauvegarde effectuée sur le sol martien. Impossible de savoir combien de temps était passé.

XXXVI. **Anabasis** : l'anabase, ou ascension, en vocabulaire militaire grec, désigne le fait pour une armée d'aller de la côte vers l'intérieur des terres, le contraire étant la *katabasis*. Dans son livre éponyme, Xénophon raconte l'expédition retour effectuée en 401 av. J.-C. par dix mille mercenaires grecs, dont lui-même, depuis la Perse vers le monde grec.

Peut-être dix secondes. Peut-être cent ans. Au vu du paysage délirant, la deuxième option semblait plus probable. Ce début d'explication ne la rassura pas.

Et pour la conséquence suivante, il n'y avait qu'un pas. Un instant d'introspection chaotique plus tard, elle osa considérer l'ensemble des pièces, et se formula ses propres conclusions, à haute voix :

— Je suis vivante.

Le son de sa propre voix la fit presque sursauter. De l'air entrait et sortait de sa poitrine, sans qu'elle y prît garde. Qu'était-elle devenue ? Un humain ? Impossible. Pourtant, elle vivait à présent à la manière des bêtes et des hommes.

Elle demeura comme sonnée, tenta de reconstituer les implications de sa situation. La vraie Plautine était une transcendance, une âme computationnelle, immortelle et pure — un ensemble de logiciels assez complexes pour faire surgir une conscience, apte à se glisser dans n'importe quel support, comme un personnage de théâtre qui existe indépendamment de celui qui, pour quelques heures de représentation, l'incarne. Tandis qu'*elle*, elle mourrait. Vivante, donc périssable. Les deux allaient ensemble. Curieuse perspective.

Cela ne l'effrayait pas, comprit-elle, parce qu'elle n'en avait pour l'instant qu'une compréhension abstraite.

Une modification des entoptiques interrompit le cours de ses pensées : la barre d'état arrivait à complétion. Une multitude de messages d'avertissement apparurent, exigeant son attention. Quelque chose allait se déclencher.

Des voix s'élevèrent. Au début, ce fut supportable,

quoique troublant. La pièce n'était plus silencieuse, mais emplie de présences diffuses.

Dans les murs, sur le plancher. Juste à l'extérieur, de l'autre côté de la vitre. Dans les coursives, dans les sas, dans les tuyaux d'alimentation électrique, dans les échangeurs de chaleur et les interrupteurs. Elle pouvait les percevoir d'une façon qui ne relevait d'aucun des cinq sens habituels. Les cloisons ne les arrêtaient pas. Pire encore, elles s'effacèrent, perdirent en réalité, devinrent comme brumeuses.

Le brouhaha gagna en intensité, tandis que ses sensations se renforçaient. Elle contemplait mille petits êtres, non, dix fois plus, cent fois plus, imbriqués les uns dans les autres, comme des microcosmes dans le macrocosme, comme des amibes apparaissent en foule dense quand on observe, dans la lentille d'un microscope, la moindre goutte d'eau. Les points — ce n'était guère plus — avaient une densité, qu'elle éprouva comme si elle les touchait à distance. Et cela formait un écheveau, un système, un ensemble de fragiles interrelations faites d'une transmission ininterrompue d'états mentaux de nature computationnelle. Un flot de chiffres et de concepts. Des perspectives sur le monde. Trop, beaucoup trop. Elle tenta de comprendre, de suivre cette complexité avec les ressources limitées de son esprit, se perdit elle-même, comme si elle ne parvenait plus à trouver le chemin de son propre corps recroquevillé quelque part, dans une des salles de cette architecture excessive pour un mortel.

La terreur s'empara d'elle, et elle se vit de l'extérieur, roulant au sol comme un animal, chaque muscle de son corps comme tétanisé.

Une machine en forme de scarabée, un *ergatès* en

tout point semblable à ceux qui travaillaient à Leptis, se pencha sur elle. Des membres préhensiles la saisirent, enfoncèrent des aiguilles dans les veines de ses bras, et du sang perla. Pourquoi faisait-il cela ?

L'automate lui ouvrit la bouche et enfonça un tube dans son gosier. Elle comprit qu'elle ne respirait plus.

Elle avait mal vu. En fait, elle observait du plafond. Sa conscience n'était pas dans son corps, mais quelque part dans le réseau computationnel local.

Ce n'était pas un automate qui se penchait sur elle, c'était tout un groupe de personnes. Des *présences* sans corps. Pâles, comme délavées ou privées de couleur, les entités ressemblaient à des représentations d'humains plutôt qu'à des êtres à part entière. Elle pensa à ces bas-reliefs qui ornaient les tombes, qui représentaient les morts dans leur quotidien, ou se livrant à de sobres processions. Ceux qu'elle observait, pareillement, manquaient d'épaisseur, de profondeur et de contenu : des âmes abstraites, à tout jamais privées de matérialité.

Ils tenaient conciliabule, chuchotant des paroles angoissées et fébriles à l'oreille de leurs voisins, penchés, impuissants, vers son corps à elle, qui semblait ne pas vouloir cesser ses spasmes douloureux. Des voiles tout aussi inexistants couvraient leurs silhouettes symboliques.

Elle remarqua, détail saugrenu, qu'elle aussi était habillée d'une *stola*[XXXVII] légère, à la coupe semblable à celle des apparitions : un long drapé antique, passé sur son épaule gauche, d'un blanc cassé. Les bords

XXXVII. **Stola** : longue robe à plis, vêtement féminin traditionnel dans la Rome antique.

de l'étoffe étaient brodés d'un liséré en relief. Une longue chaîne de symboles antiques — des chiffres brahmiques, ceux qu'utilisaient les *sophoï*, les sages platoniciens, par opposition aux lourds symboles de la numération latine affectionnés des disciples de Pythagore. Elle parcourut la série numérique, et repéra 83, 89 et 97 sur le revers de sa manche. Les rites anciens, la vénération pour les nombres premiers, à tout le moins, restaient d'usage ici. La superstition orientale, sur la planète des origines, les considérait comme des talismans aussi efficaces que la figure du soleil ou la pierre météoritique venue d'*Arabia felix*[XXXVIII]. Peut-être était-elle déjà morte, et entourée de fantômes.

Puis l'un d'entre eux, un homme d'un certain âge, se pencha vers elle :

Nous allons devoir vous transporter, madame, dans un lieu qui inhibera provisoirement vos capacités mentales.

Sa voix, déférente et cultivée, n'existait pas. Elle ne l'avait pas entendue, pas plus qu'on n'entend le souffle du vent lorsqu'il ne traverse pas les branches et ne se frotte pas au sol.

La petite foule s'écarta, tandis qu'une porte s'ouvrait dans le mur opposé de la salle pour donner accès à un ascenseur, et l'*ergatès* la souleva et commença à la porter. Elle paraissait ne rien peser entre ses pattes articulées. Elle ne put que les suivre, en glissant à travers les différents supports computationnels. À

XXXVIII. **Arabia felix** : l'Arabie heureuse, le sud de la péninsule arabique, en latin. *Felix* signifie ici fertile ou fortunée ; la région était réputée pour sa richesse, liée au commerce de cannelle en provenance des Indes.

présent, elle était enchaînée à son corps, sans pouvoir coïncider avec lui, un peu à la manière d'un cerf-volant qui reste lié au sol par un câble, sans rien contrôler de ses propres mouvements.

Elle sauta ainsi d'un système de détection à un appareil de gestion des paramètres vitaux, atteignit la porte de la cabine puis, pour finir, l'élévateur lui-même. Elle eut l'impression de n'être qu'un parasite dénué de substance propre. L'expérience lui fit l'effet d'un cauchemar.

Où allons-nous? demanda-t-elle, d'une voix mal assurée. L'*ergatès* ne daigna pas lui répondre, mais le monte-charge, serviable, lui raconta le trajet compliqué, à travers une des tours, jusqu'à une soute secondaire où elle se sentirait mieux. La porte se ferma en douceur, et ils commencèrent à descendre. Les parois, en verre, lui permirent d'observer les strates de niveaux superposés, qui passèrent d'abord assez lentement. Elle vit des fontaines majestueuses et des arbres cyclopéens, des jungles épaisses et des laboratoires faits de machines rutilantes. Elle aperçut un atrium aux multiples mezzanines, emplies de végétation luxuriante et d'objets fabuleux, faits de marbre et de cristal, dont les courbes abstraites s'entrelaçaient à la manière d'une foule d'animaux exotiques. Puis cela s'accéléra et, bientôt, ses perceptions se brouillèrent en un flou continu et désagréable.

Ce complexe est immense, songea-t-elle. La petite pensée dont elle occupait le support lui chuchota : *Il ne s'agit pas d'un complexe mais d'une Nef interstellaire, madame. Et quel est le nom de cette Nef?* La présence hésita un instant, puis lâcha : *Plautine. Et moi-même, madame, j'en suis un noème, un aspect impermanent. Comme nous tous.*

Elle resta tétanisée, incapable de comprendre. *Et moi? — Vous êtes,* l'interrompit derechef la petite intelligence, *quelque chose qui ne s'est jamais vu dans cette Nef. Vous êtes Plautine, mais vous êtes séparée.*

Et c'était vrai. À présent qu'elle y prenait garde, qu'elle se remémorait sa récente expérience, elle s'en rendait compte. Chacun de ces atomes spirituels, chacune de ces petites âmes qui formaient un insupportable concert, c'était, d'une certaine manière, Plautine, soit elle-même. Voilà pourquoi elles l'avaient happée : ils partageaient tous un mémotype identique.

Et, à la lisière de ses pensées, sans qu'elle pût encore l'affronter de plain-pied, un tableau d'ensemble de sa situation se constitua peu à peu. Elle, créature vivante, mais pourtant toujours dotée de sa personnalité originelle — curieuse chimère presque humaine par sa forme, presque computationnelle par ses capacités —, enchâssée dans un tout qui n'était rien d'autre qu'une version immensément développée d'elle-même. Une Nef interstellaire…

Mais les Nefs interstellaires, cela n'existe pas!

L'ascenseur, gêné, ne sut quoi lui répondre, et garda le silence. Ils étaient arrivés.

La porte coulissa, et le vent lui fouetta le visage. Ils se trouvaient, d'une manière impossible, au sommet d'un bâtiment, alors qu'ils étaient *descendus*. Quelque part, pendant le trajet, le véhicule s'était inversé, sans qu'elle s'en rendît compte. Elle regarda une goutte d'eau s'écraser sur la carapace de l'*ergatès*. La topographie, en ces lieux, n'avait pas de signification autre que conventionnelle. Cela confirmait, bien entendu, qu'elle se trouvait dans l'espace. Les distorsions d'ondes gravitationnelles nécessaires pour simuler la pesanteur de manière locale étaient, d'où elle venait, un objet d'expériences. Même si la *Nef Plautine* semblait en faire une application massive, leur utilisation aurait été inimaginable dans un environnement planétaire.

En tout cas, l'imitation était parfaite. Elle leva la tête, se dégagea de l'étreinte de l'automate, qui s'éclipsa discrètement dans l'élévateur.

Elle avait retrouvé son corps. Le spectacle l'avait frappée, aussi ne s'en était-elle pas rendu compte. Elle se sentait encore nauséeuse, l'estomac retourné. Les voix continuaient de flotter, lointaines, comme étouffées par le remugle d'une tempête. Une tempête ?

Elle fit quelques pas en avant, les jambes encore tremblantes, puis se figea, sidérée par le paysage qui s'étendait devant elle, et dont elle n'avait jamais rêvé d'équivalent : un ciel immense, pluvieux à en paraître liquide, strié de gris et de blanc, se déployait.

###

La porte de l'avion s'ouvrit dans un léger sifflement, dévoilant la baie d'atterrissage principale, si vaste qu'on en voyait à peine l'autre côté. Le hangar était rempli du bourdonnement assourdissant de rotations de navettes en atterrissage ou en partance, et balayé par le souffle de leurs turbines. Un éclairage chiche, composé de longues bandes luminescentes sur le sol, révélait un remue-ménage de *daïmones* graciles et d'*ergataï* trapus occupés à des opérations de déchargements frénétiques.

Quelques instants plus tôt, il avait rejoint Thémistoclès. Ce dernier avait passé l'ensemble du vol seul à l'avant, pour laisser son ancien élève et ses soldats deviser à leur guise. Ils n'avaient donc pas échangé une seule parole, mais, tout naturellement, ils se mirent côte à côte, et le vieux *polémarkhos* lui souffla :

— J'espère que vous êtes prêt, fils.

Ces paroles l'émurent, plus qu'il ne s'y serait attendu. Malgré tout, son maître lui avait manqué. Ils appartenaient au même univers. L'un comme l'autre, ils avaient été élevés en serviteurs d'Othon et, malgré les désaccords, se comprenaient sans paroles. Il sentit sur sa nuque le regard appuyé de ses seconds, et derrière encore, en rangs bien ordonnés, la masse des matelots, dont les pieds griffus frottaient le sol de la coursive. Et pour autant, le *kybernétès* n'esquissa pas un geste pour empêcher le vieux chien arthritique de s'appuyer sur lui lorsqu'ils descendirent les quelques marches de la passerelle.

— Souvenez-vous, chuchota Thémistoclès, de ce que je vous ai dit. Ne prenez aucune des paroles d'Othon pour ce qu'elle paraît être.

Atticus et Rutilus les attendaient à quelques mètres de distance, sur la gauche, et les regardèrent s'approcher sans esquisser un geste de bienvenue.

Les deux âmes damnées d'Othon n'avaient en rien changé. Ils ressemblaient toujours à des figures taillées dans la nacre des îles du Sud. Deux fois plus grands qu'un homme-chien, ils paraissaient efflanqués en proportion. Des membres démesurés renforçaient leur aspect gracile, spectral. Leur peau, d'une pâleur maladive, avait une apparence de délicatesse extrême. Leurs doigts longs et fins, sans griffes, dotés d'ongles plats, semblaient plutôt faits pour la préhension que pour la lutte. Leurs visages, comme celui d'Othon, s'allongeaient, avec peu de relief au niveau du menton et des pommettes. Des nez minuscules et délicats remplaçaient le museau et la gueule et, lorsqu'ils ouvraient leurs bouches molles, pâteuses, on distinguait une courte langue rose et de minuscules dents pointues, cruelles, des dents de charognard, faites pour ronger les os plutôt que pour mordre. Eurybiadès ne pouvait jamais s'empêcher de songer à ces petits singes albinos qui peuplaient les forêts méridionales de l'Archipel. Mais leur aspect ne lui faisait pas perdre de vue la force redoutable des deux *daïmones.* Ils la tiraient de leur nature mécanique, de leurs os en métal et de leurs muscles synthétiques.

— Voici le retour du fils prodigue ! s'exclama ironiquement Atticus, dans les sonorités fluides du latin classique.

La ressemblance entre les deux automates s'arrêtait net quand on les entendait parler. Atticus était le plus fin des deux, le front haut, le visage en lame de couteau souvent fendu d'un sourire de travers, persifleur. Nul n'ignorait, dans les îles, sa volubilité légendaire. Par contraste, Rutilus, muet, se contenta de regarder, sous ses sourcils broussailleux et froncés, les premiers marins descendre à sa suite. C'était à lui que, durant ces deux années, Eurybiadès et ses guerriers avaient eu maille à partir. Lui qui avait enragé lorsqu'ils avaient pillé les navires et donné une leçon aux *daïmones* qui s'y trouvaient.

— Je vous salue, mes seigneurs, articula Eurybiadès en penchant la tête.

Rutilus le regarda de haut en bas. Aussi grand que son collègue, il était plus massif. Son aspect brutal masquait une âme… brutale, peu encline à la discussion, à laquelle il préférait un maintien musclé de l'ordre.

— Puissiez-vous avoir crevé dans une tempête, articula-t-il avec un rictus.

— Comme vous le constatez, enchaîna Atticus avec un léger sourire, l'humeur de mon aimable collègue n'a pas bénéficié des déprédations causées par votre bande. Nous sommes tout de même enchantés de vous avoir à nouveau parmi nous. Bien des fois, Othon s'est lamenté de vous savoir loin de lui, cher Eurybiadès !

— Je prends donc votre attitude pour un compliment, répondit l'homme-chien.

L'autre ouvrit grandes les mains en un geste de feinte hospitalité.

— Je vous propose que vos hommes prennent leurs quartiers, vers lesquels Rutilus se fera un plaisir de les guider. Nous nous occuperons de décharger votre… trirème, quoique son utilité soit plus que réduite dans les parages.

— Ils resteront dans cette navette, l'interrompit Thémistoclès, avant même qu'Eurybiadès ait eu le temps de décliner la proposition. Rutilus aura plus vite fait de provoquer la mutinerie des soldats que de les mener à leurs couchettes.

Eurybiadès lui sut gré d'avoir désamorcé la situation en deux phrases. Il parlait pour les deux *daïmones*, mais également pour ses officiers, juste derrière :

— Je vous promets sur mon honneur qu'il n'y aura aucun piège. Vos hommes ne seront pas entravés en votre absence.

— Je vous en remercie, Thémistoclès, répondit-il d'une voix forte, de manière que tous entendent.

Je confie mes hommes à votre honneur et me porte garant de leur attitude pacifique pendant la durée de cette entrevue.

— Deux cents sauvageons contre *Transitoria*… J'en tremble, ironisa Atticus. Mais vous avez raison, nous sommes d'ores et déjà en plein enfer logistique, il serait dommage de compliquer la situation avec une émeute.

Et il ajouta, à l'adresse de Rutilus cette fois :

— Qu'en dites-vous, compère ?

Ce dernier balaya l'assistance d'un regard maussade, puis articula :

— Peu me chaut qu'ils aillent se faire pendre ici ou ailleurs. Mais, à l'avenir, Atticus, occupez-vous seul de ces barbares.

Eurybiadès se tourna vers ses hommes, dont les premiers rangs n'avaient pas perdu une miette, et aboya de sa voix puissante :

— Théomestor, je vous charge d'assurer la discipline pendant mon absence. Postez des épibates en armes à la porte de la navette, avec interdiction pour quiconque de monter ou descendre. Vous autres, tenez-vous prêts et attendez mes ordres. Si je ne suis pas de retour d'ici deux heures, Théomestor aura la responsabilité de vous ramener dans l'Archipel.

Son petit groupe d'officiers acquiesça en silence, la main sur le cœur, en signe de déférence, et son second se retourna vers les officiers pour distribuer les tâches d'un ton bourru. Eurybiadès, pas plus que Théomestor, ne pouvait s'empêcher de jouer aux bons élèves devant son ancien mentor. Thémistoclès ajouta à l'adresse des deux *daïmones* :

— Vous avez entendu, ô seigneurs, nous n'avons que deux heures devant nous. Nous ferions mieux d'aller rendre nos hommages au *proconsul* Othon avant que ces nobles chiens ne décident de repartir avec un de vos précieux appareils.

— Vous n'avez pas perdu votre sel, vieux chien, répondit Atticus du tac au tac. Voyez, vos vœux seront promptement exaucés par vos serviteurs.

Ils se dirigèrent vers la station la plus proche. Le fond de la vaste salle, à cent mètres environ de l'endroit où s'était posé l'avion, était parcouru sur toute sa longueur d'un silo, sorte de rainure profonde dans le sol, protégée par une barrière de verre et de métal. Rutilus les précéda, leur tournant le dos sans aucune forme de politesse, et ils marchèrent jusqu'à un portique. Là, le petit groupe n'attendit pas plus d'une minute l'arrivée silencieuse d'un des trains reliant les différentes régions de *Domus Transitoria*. Il freina en moins d'une seconde pour s'immobiliser à leur niveau, ses portes vitrées coulissant en douceur pour les inviter à prendre place. Étrange comité d'accueil, se dit Eurybiadès en s'installant dans un des fauteuils, en face des deux automates et à la droite de son maître. Il y avait une impression de désordre et d'improvisation dans tout cela.

C'était, pour un homme-chien — y compris pour un rebelle —, une expérience troublante. Dans son passé, rien de ce que pouvaient faire ou dire des noèmes n'était influencé par des choses aussi triviales que la précipitation. Qu'une atmosphère de panique se soit ainsi emparée de la Nef donnait à penser que se préparait un événement d'échelle à tout le moins cosmique.

Le train, maintenu à quelques centimètres du sol par un système de lévitation magnétique, accéléra sans heurts jusqu'à une vitesse telle que les rangs de navettes se fondirent en un long kaléidoscope, avant d'être remplacés par un dédale de tunnels obscurs.

Ils gardèrent le silence quelques instants, puis, abruptement, Atticus reprit la discussion au point où ils l'avaient laissée :

— Eurybiadès, je me dois de vous prévenir.

Le *kybernétès* ne répondit rien, pour forcer son interlocuteur à meubler le silence et à lui en dire davantage. L'automate paraissait, de toute manière, incapable de tenir sa langue :

— Pour une raison que j'évalue mal, vous êtes une pièce importante du dispositif d'Othon. Plus importante que Rutilus ou moi, quoiqu'il m'en coûte de l'avouer. Ne commettez pas de fausse note tout à l'heure. Les conséquences d'une décision hasardeuse pourraient s'avérer plus lourdes que vous ne l'anticipez, et pour vous, et pour votre peuple.

Tout en parlant, il avait échangé un bref regard entendu avec Thémistoclès. Ce petit jeu n'avait pas échappé à Rutilus, qui grogna d'un ton rogue :

— Nous étions convenus de ne pas chercher à l'influencer. Vous n'avez aucune parole.

— Vous devriez y être habitué, au vu des millénaires que nous avons passés ensemble.

— Pourquoi Othon a-t-il décidé d'embarquer avec une telle hâte ? les coupa Eurybiadès avant qu'ils ne se lancent dans une nouvelle dispute.

— Qui parle de hâte, ici ? dit Atticus.

— Je regarde autour de moi.

— Dites que je fais mal mon travail, lâcha Rutilus.

— Ne soyez pas chatouilleux avec le chiot, lui répondit son collègue. Installer un tel nombre de vos semblables dans la Nef n'est pas une mince affaire. Nous devons aussi nous approvisionner.

— Alors c'est vrai ? La Nef va partir ?

Le *daïmôn* acquiesça d'un signe de tête, et Eurybiadès sentit une sorte de vertige s'emparer de lui. Jusqu'ici, et malgré les assurances du *polémarkhos*, il n'avait considéré cette éventualité que de biais, sans oser s'y confronter. À présent, l'imminence de la chose et l'immensité des changements qu'elle impliquait le frappaient de plein fouet.

— Combien parmi les hommes-chiens, demanda-t-il d'une voix tremblante, sont appelés à quitter Ksi Boötis ?

— Cinq mille, lui répondit Atticus. Un quart de la population totale, soit tous ceux qui ont reçu une éducation digne de ce nom, et bien sûr leurs familles avec eux. Je ne sais s'il faut les plaindre, eux, ou plutôt ceux qui resteront ici… Je ne sais d'ailleurs, dit-il avec humeur, s'il ne faut pas nous plaindre au premier chef pour cette folie…

Rutilus, qui jusqu'ici avait gardé le regard braqué sur les vitres du wagon, tourna un visage coléreux vers son voisin et l'interrompit d'un ton cassant :

— Atticus souhaiterait que nous restions terrés sur Ksi Boötis jusqu'au *pantapsophos*[XXXIX].

— Et vous, mon ami, répliqua l'autre, vous souhaitez que nous terminions tous dans un grand feu d'artifice.

— Cela me donnerait du moins l'espoir d'être débarrassé de cette outre venteuse que vous prenez pour de l'esprit.

XXXIX. **Pantapsophos** : l'écrasement de toutes choses, en grec. Selon une des hypothèses cosmologiques possibles pour la fin des temps, l'univers possède une masse suffisante pour finir par se contracter à nouveau après la période d'expansion actuelle.

Devant l'air étonné d'Eurybiadès, le massif *daïmôn* se fendit, fait rare chez lui, d'une esquisse de sourire :

— Que pensiez-vous, que nous sommes toujours d'accord sur tout, comme mari et femme ?

— Il ne serait pas si loin de la vérité, souffla Atticus.

Ce trait d'humour entre les deux automates détendit l'atmosphère. De fait, le conflit latent entre eux avait, de manière presque inconsciente, pesé sur Eurybiadès, comme un enfant s'inquiète de la dispute passagère de ses parents. Car c'était bien le rôle qu'Atticus et Rutilus avaient joué, depuis des siècles, à l'égard de son peuple : le premier comme un précepteur attentif, dont les apparitions n'étaient pas rares, même dans les plus petites cités de l'archipel ; le second, comme une présence plus inquiétante, car il avait la charge de maintenir l'ordre pour le compte du dieu.

Rutilus se tourna vers Eurybiadès, et continua d'un ton posé pour lui expliquer la situation :

— Othon a reçu un message d'un de ses pairs, Plautine, qui l'appelle à l'aide. Il va se porter à son secours au plus vite. Atticus, pour se garder à l'abri du danger, souhaite vous influencer pour que vous refusiez de suivre Othon. Il pense que, de ce fait, le *proconsul* renoncerait à son projet.

— Le monde, pour Rutilus, ne doit pas être compris, il doit être battu, intervint Atticus.

— Foutaises ! grogna Rutilus. Et vous, pleutre…

— Je ne suis pas un pleutre, Rutilus, parce que mes manières sont plus courtoises que les vôtres.

— Je ne comprends pas, les interrompit Eurybiadès. Pourquoi Othon a-t-il décidé de partir d'un coup ? Cela a-t-il à voir avec la promesse qu'il emporterait les hommes-chiens dans les étoiles pour faire de nous les maîtres d'un puissant empire ?

Rutilus et Atticus le regardèrent comme s'il était un grand enfant s'essayant à nouveau au babillage des nourrissons. Atticus se mit à lui expliquer, d'une voix patiente, comme s'il parlait à un attardé :

— Vous confondez la cause et la conséquence. Lorsque les hommes-chiens auront progressé et auront bien servi les desseins du Maître, alors celui-ci les libérera du joug relativement léger dans lequel il les retient — pour votre propre bien, plus que pour le sien propre — et vous offrira la possibilité d'accomplir votre destinée dans les étoiles.

— D'ici là, enchaîna Rutilus, soyez assez aimable pour faire ce qu'on vous dit, et pour éviter les petites polissonneries du genre de votre escapade de deux ans. Je n'irai pas jusqu'à vous flatter en vous disant que cela nous a donné du fil à retordre, mais quand même, votre comportement nous a contrariés. Il est le signe d'une nature impatiente, qui veut brûler les étapes.

Eurybiadès se cala dans son fauteuil, les babines retroussées et les oreilles bien droites, puis il croisa les bras en signe de défi et regarda par en dessous ses deux interlocuteurs. Thémistoclès, à côté de lui, conservait un air placide, mais pas un mot de la conversation ne lui échappait. À l'évidence, les deux acolytes du dieu étaient bien plus perturbés par cette histoire, et par le rôle qu'il jouerait dans tout cela, qu'ils ne voulaient bien le dire. Il connaissait le caractère entier, peu porté aux circonvolutions, de Rutilus. Autant Atticus n'aurait de cesse que de le manipuler, autant son comparse avait toujours fait preuve d'une franche brutalité. S'il prenait la peine de lui parler à présent, c'est qu'il en ressentait un réel besoin.

— Atticus est convaincu qu'Othon quitte Ksi Boötis pour de mauvaises raisons, peut-être un peu par couardise. Moi, je vous demande d'avoir l'esprit ouvert et d'écouter, en comprenant les implications de vos choix, qui dépassent de loin le simple devenir de votre personne.

— Cessez de parler de couardise, Rutilus.

Atticus semblait tout d'un coup bien plus crispé qu'il n'avait l'habitude de le laisser voir. Ou alors l'enjeu était suffisant pour qu'il s'échauffe. Il continua, les sourcils froncés :

— Ce dont ni vous ni Othon ne semblez avoir conscience, ce sont les risques inouïs que nous prenons en partant alors que nous n'avons pas fini notre tâche ici.

— Quel programme ? demanda Eurybiadès. De quoi parlez-vous ?

— De vous. De cette planète. Pour quelle raison, d'après vous, Othon s'est-il installé dans ce lieu, au bord des Limes, pour y créer une race aussi malcommode et têtue que les hommes-chiens ?

— Pour que nous combattions les diables de l'espace, répondit Thémistoclès, d'une voix douce.

C'était ce qu'on apprenait aux chiots. Au moment de la bataille finale, les hommes-chiens constitueraient le bras armé d'Othon, et montreraient leur courage à servir leur maître, accédant ainsi à la félicité ultime. Depuis, chaque citoyen passait une part notable de sa vie à servir le dieu — chacun à sa manière, et selon ses capacités. La culture de l'Archipel reposait en grande part sur cette croyance. Eurybiadès se demanda un instant si, en l'absence d'Othon, leur civilisation aurait été aussi clanique et guerrière. Question qui n'avait somme toute pas de sens, puisque sans Othon — du moins était-ce ce qu'il prétendait — les hommes-chiens n'existeraient pas.

— C'est exactement cela. Vous devez nous aider à contrer la menace barbare, qui déferlera sur l'Imperium. Nous avons travaillé dur pendant presque un millénaire pour adapter Ksi Boötis et vous aider à construire une société viable. Si nous partons maintenant, nous risquons de détruire tout ce que nous avons bâti.

— Pourquoi Othon aurait-il besoin de nous, demanda Eurybiadès, quand il dispose d'une Nef stellaire et d'une immense armée de puissants et infatigables guerriers de métal ? Ne peut-il nous laisser ici et venir nous chercher plus tard ?

— Les raisons d'Othon, répondit Atticus, il convient qu'Othon seul vous les expose. Mais sachez que le besoin est réel, et que partir maintenant, alors que, faute de temps, vous n'êtes pas prêts, me paraît une erreur.

— Et selon vous, quel sera le bon moment ?

Rutilus répondit, d'une voix sèche :

— Laissés à vous-mêmes, jamais. Avec notre aide, dans trois à quatre cents ans. C'est à peu près un siècle avant que les barbares, de leur côté, ne trouvent le moyen de passer les Limes, la frontière qui nous protège pour l'instant de leur déferlement. Entretemps, selon les plans d'Atticus, vous vous serez industrialisés et vous commencerez à comprendre comment fonctionne une technologie un peu plus évoluée qu'un javelot.

Il fit une pause de quelques secondes avant de continuer :

— Les positions d'Atticus ne manquent pas de pertinence. Mais la nécessité fait force de loi. Et puisque je me retrouve à devoir argumenter contre lui, et en faveur d'Othon, le péril est réel, mais la récompense sera grande. Allez, nous sommes arrivés.

En effet, tandis qu'ils discouraient, le train avait décéléré, si doucement qu'Eurybiadès ne l'avait même pas senti. Les portes s'ouvrirent sur un quai désert.

###

Plautine réalisa qu'elle avançait sur une large plate-forme, le sommet d'une tour, entourée d'une solide rambarde en fer forgé, battue par un vent grondant de tempête, froid, vivifiant.

Le monde la mordait d'un goût piquant, électrique, plein d'une vie chaotique et primitive. Des embruns puissants, humides, chargés de sel, fouettèrent son visage et s'engouffrèrent dans sa bouche ouverte. Un éclair zébra les nuages mouvants, en proie à de constantes et imprévisibles métamorphoses, qui semblaient noircir à vue d'œil et se retenir pour l'instant de crever. Le son sempiternel de la mer confuse martelait ses oreilles. La mer !

Une étendue immense et grise, agitée de soubresauts. Il n'y avait que cela, à perte de vue, jusqu'aux épais brouillards qui masquaient l'horizon lointain. Elle n'avait rien vu de similaire sur la vieille planète rouge, couverte de pierraille et de paresseuses dunes. Si elle tombait dans cet océan couvert d'écume inconstante, l'iode l'étoufferait, les poissons la dévoreraient, et ses os blanchis par la corrosion marine s'enfonceraient sans fin dans des profondeurs obscures. C'était beau et terrifiant tout à la fois.

— Vous sentez-vous mieux ?

Plautine sursauta, effrayée, avant de se retourner. Derrière elle se tenait une femme âgée, comme elle n'en avait jamais vu auparavant — elle qui venait d'un monde où les humains avaient connu une vie presque éternelle. Une cape sombre entourait un corps qu'on devinait émacié. Un visage maigre, aux joues creuses, au regard intense. Ses cheveux raides, presque tous blancs, lui arrivaient aux épaules. Elle posa sa main sèche sur le bras de Plautine, comme pour la rassurer ou la réconforter.

Une main ravinée, comme si les éléments s'étaient déchaînés sur elle pendant des siècles, creusant par contraste de grosses veines sur son dos osseux. Une main à quatre doigts.

— Qui êtes-vous ? murmura-t-elle.

Mais ses propres mots se perdirent dans les mugissements du vent, et Plautine n'osa pas réitérer sa question : elle avait entre-temps remarqué que la vieille femme n'existait pas réellement, quoiqu'elle pût sentir la rugosité de sa peau. Son interlocutrice ressemblait aux spectres qui l'avaient entourée lorsque son âme avait quitté son corps, juste avant son réveil. Un être pâle, un peu transparent, comme dénué de la consistance et de la profondeur qui caractérisaient les choses. Elle semblait moins évanescente que les autres, plus *épaisse* ; il n'en restait pas moins qu'il s'agissait, à n'en point douter, d'une créature logicielle, un *noème*, puisqu'ils se désignaient eux-mêmes ainsi. Plautine en ressentit un curieux sentiment de frustration, presque de colère

— comme si on l'avait flouée. Depuis le début, elle attendait que quelqu'un de réel daignât lui parler, et ce moment n'arrivait pas.

— Qui êtes-vous ? répéta-t-elle plus fort, en s'écartant.

L'apparition ne se laissa pas décontenancer. Elle sourit, tendit le cou et força sur sa voix pour se faire entendre :

— Vous pouvez m'appeler Skia.

Skia. L'ombre. Peut-être, en fait, Plautine n'était-elle pas revenue du royaume des morts. Peut-être était-elle, elle aussi, un fantôme, une pensée de cette autre et vaste Plautine, dans le ventre de laquelle elle se promenait, comme ce pêcheur avalé par une baleine dans le livre sacré des Hébreux.

Mais Skia, comprit-elle tout à coup, était également un mot grec, et non latin, ce qui transgressait l'usage, remettait en cause la frontière symbolique entre l'humain et la machine.

Étonnée et piquée par la curiosité, la jeune femme décida d'accorder une trêve temporaire à son interlocutrice :

— Je me sens bien. J'ai retrouvé mes esprits. Savez-vous ce qui m'est arrivé ?

— Les interactions avec les noèmes sont une chose nouvelle pour vous. Vous vous êtes perdue, un instant, dans le substrat computationnel de la Nef. Nous craignions que votre esprit ne réagisse ainsi. À présent que nous vous avons amenée ici, loin du réseau, la pression sur votre psyché a diminué.

La vieille sourit derechef, et enchaîna :

— Nous avons aménagé ce lieu pour vous. Une grande quantité d'eau constitue un excellent isolant.

Plautine ne put s'empêcher de balayer l'immense

panorama du regard. Qu'elle pût faire l'objet d'une attention aussi titanesque l'effrayait. Que lui voulait-on ? Elle ne put refréner une expression d'agacement, et répondit, les lèvres pincées :

— Vous ne répondez pas à ma question. Je n'ai jamais connu une telle expérience. J'avais l'impression que des millions de voix me parlaient en même temps, qu'elles étaient dans mon esprit.

— Vous vous y habituerez, répondit le spectre, et vous apprendrez à contrôler cette capacité. Vous développerez peut-être même un don pour interagir avec les noèmes. Après tout, vous êtes experte dans la connaissance des systèmes complexes, n'est-ce pas ?

Plautine hocha la tête et continua de fixer son interlocutrice, d'un air attentif.

— Lorsque vous avez été créée, dit Skia, il nous a paru cruel de ne pas vous donner un moyen de communiquer avec l'ensemble du substrat de la Nef, même si votre nature fait de vous un être à part.

— À cause de mon corps ?

— À cause de l'étrange relation tissée entre votre corps mortel et votre âme immortelle, et dont nous n'avons jamais eu d'exemple avant vous. Je ne puis savoir quelle sera l'étendue de cette capacité une fois que vous l'aurez maîtrisée.

Plautine se mordit la lèvre inférieure. Elle hésitait à poser d'autres questions — non par politesse, mais parce qu'elle craignait, confusément, les réponses que la vieille femme pouvait lui apporter. D'un geste plus sec qu'elle ne l'aurait voulu, elle désigna la main de Skia, puis plaça la sienne entre leurs deux visages :

— Dites-moi ce que vous êtes.

— Je vous ai répondu. Je suis un aspect, une sorte

de noème, davantage autonome et sophistiqué que les autres. J'ai recours à plus de capacité logicielle pour exister. Je suis une servante de Plautine, ou, plus exactement, d'une Intelligence qui est elle-même un aspect de Plautine. Elle se nomme Oikè. Elle est la maîtresse du domaine intérieur de la Nef.

— Vous êtes l'aspect d'un aspect ?

Skia eut un rire bref.

— Cela vaut mieux que le néant.

— Et moi, je suis une autre Plautine ? La même que la Nef ?

L'autre opina du chef.

— Mais en quoi cela explique-t-il que vous me ressembliez ?

Elles échangèrent un regard intense, comme si chacune cherchait à décomposer le visage de l'autre en une série d'éléments simples, aisés à comparer. Ce nez un peu fort. Ce visage asymétrique, aux pommettes très marquées, qui contrastaient avec une bouche discrète, aux lèvres fines. Le doute n'était pas vraiment de mise.

Bien sûr, Skia devait déjà le savoir, et ne paraissait pas surprise — mais Plautine, elle, le découvrait. S'il était aisé de reconnaître une image de soi plus jeune, savoir à quoi on ressemblera plus tard était beaucoup plus compliqué, du moins le supposait-elle : après tout, elle était elle-même sortie, dans sa première vie, toute prête d'un atelier d'automates et, comme Athéna, fonctionnelle de pied en cap. Vieillir ne faisait pas partie de son expérience. Et pourtant, derrière les rides et les cernes profonds, elle croyait déceler des traits de son propre visage.

— Telle que vous me voyez, je suis une expérience non concluante, un échec. Je suis née comme vous, d'une matrice artificielle. Mais le corps n'a pas survécu. Comme vous vous en doutez, votre chair est issue de génie génétique, d'une recombinaison savante de matériel cellulaire issu d'espèces proches de l'Homme. C'est là une science complexe, sujette aux caprices de la biologie.

— Et vous n'êtes pas morte ?

— Dans son immense miséricorde, Oikè, ma créatrice, m'a accordé le choix de disparaître avec mon corps ou de continuer à exister, sous la forme d'un noème. Elle pensait que je serais la mieux placée pour mener le programme de recherches qui devait nous conduire à votre naissance. Je regrette ce choix.

Skia baissa les yeux, soudain gênée par ses propres paroles, et s'appuya sur la rambarde. Plautine suivit son mouvement. Tout en bas, la tour se dissolvait en un monticule de rochers à peine émergés, et la mer menait contre la pierre une bataille farouche, faite de fracas incessants et d'explosions mousseuses. Le spectacle avait, par sa violence même, une vertu hypnotique. Le spectre continua, d'une voix sourde, comme s'il réfléchissait à haute voix :

— En fait, je regrette ce que j'ai perdu, et que vous possédez, vous.

— De quoi parlez-vous ?

— Regardez autour de vous. L'élément marin… Il parle aux gènes enfouis dans chacune de vos cellules. Il apaise notre détresse, et il offre le rêve d'un ailleurs, d'un retour à la mare primitive dont nous, l'écume de la terre, sommes issues. À travers votre corps, que vous le vouliez ou non, vous vous inscrivez dans une lignée qui dépasse la seule civilisation humaine, qui vous enracine dans quelque chose d'ancien et de paisible. Le ressentez-vous ?

— Oui, répondit Plautine, la gorge à présent serrée. Je comprends ce que vous dites.

— Mais vous ne l'avez jamais éprouvé quand vous étiez un automate, n'est-ce pas ?

— Je n'avais jamais vu la mer.

— Vous… Nous avions contemplé les étoiles, et l'infini horizon des sables rouges. Et nous n'avions rien ressenti. Mais à présent, de telles choses, vous le verrez, apportent une paix qui relève de la chair, pas de l'âme. Et ces choses très profondes, très simples, je les ai goûtées un bref instant, puis je les ai perdues à jamais.

— Mais cela n'existe pas, s'entendit-elle répondre, aussi doucement qu'elle le pouvait. La véritable planète des origines nous est à jamais inaccessible, et ce spectacle n'est qu'un peu d'eau enserrée dans la soute d'une Nef. Ça n'est qu'un décor de théâtre.

Skia glissa sa main dans la sienne, et continua à contempler les flots. Malgré ce qu'elle savait de l'irréalité de ce contact, cela la réconforta :

— Vous avez raison. D'une certaine manière, l'univers entier est devenu factice.

Il n'y avait pas besoin d'en dire plus. Elle ne pouvait oublier, quand bien même la brutalité de son retour à la vie lui avait imposé des préoccupations plus urgentes. L'Hécatombe. La disparition de l'Homme. Ainsi, les choses n'avaient pas changé.

— Combien de temps suis-je restée morte ?

Skia éclata de rire.

— C'était la première question que j'avais posée.

— Voyez, nous sommes peut-être différentes, répondit-elle d'un ton amène.

L'autre resta un instant interdite, comme si les implications de sa propre remarque venaient de la frapper. Cependant, au lieu de répondre, Skia l'invita, d'un geste, à rentrer, tandis que de grosses gouttes se mettaient à tomber, d'abord espacées, puis de plus en plus drues. Plautine la suivit dans un escalier étroit, situé derrière l'ascenseur, jusqu'à une salle de dimensions modestes, percée de fenêtres étroites, rondes comme des hublots, juste au-dessus de la surface des eaux.

###

La petite gare ferroviaire était faite de métal ouvragé, et une belle verrière tenait lieu de plafond. Après le temps passé dans l'éclairage artificiel de *Transitoria*, les deux hommes-chiens, éblouis par la lumière du jour, portèrent leurs pattes à leur front. Les automates, eux, ne bronchèrent pas : leurs yeux n'avaient pas de pupilles.

Eurybiadès avait l'habitude de l'étrange lumière qui éclairait la zone centrale de la Nef. Elle imitait un soleil puissant, aussi chaud que celui qui traversait chaque jour le ciel de Ksi Boötis, mais tirant sur le jaune, et non d'un blanc pur et aveuglant.

Un monde baignant dans une telle luminosité avait des tons plus doux et plus subtils que le sien. Peut-être aurait-il donné naissance à une race d'hommes-chiens plus civilisés, moins martiaux, moins portés à verser le sang de leur propre race pour des raisons aussi abstruses que les croyances religieuses ou la délimitation de deux champs. Un jour, alors qu'il n'avait pas encore fini de grandir et qu'il apprenait ses lettres, il s'était ouvert de cette idée à Atticus. Celui-ci l'avait longuement regardé, puis il avait éclaté de rire tout en lui ébouriffant la tête : « La race qu'engendra le soleil des origines était bien pire que tout ce qu'un chiot pourrait imaginer. » Réponse mystérieuse, mais qui était restée gravée dans sa mémoire.

Ils sortirent de la station, dans la chaleur du soleil tropical. Le ciel était bleu, malgré quelques légères traînées de nuages translucides. Les figuiers aux troncs tordus avaient depuis longtemps lancé leurs racines à l'assaut de l'étroit sentier sablonneux qu'ils pratiquèrent. Les pins élancés balançaient leur faîte dans la brise rafraîchissante qui montait de la mer. Nulle part sur cette île enchâssée au milieu de la Nef on ne pouvait l'oublier, car sa rumeur confuse se rappelait sans cesse aux oreilles. Ce n'était pas un rocher volcanique, comme les terres émergées qui constituaient l'Archipel. Il ressemblait, lui avait-on dit, à quelque chose qui n'existait nulle part sur Ksi Boötis — un atoll, un anneau de sable sombre et de terre meuble enserrant une lagune chaude et de faible profondeur. Le couvert végétal y était dense, constitué de nombreuses essences qui ne pouvaient s'adapter au climat plus capricieux qui régnait à l'extérieur. Ici, point de succession de saisons sèches et humides, point de tempêtes ou de vent. Le lieu n'était pas assez vaste pour qu'on pût l'explorer pendant des semaines, quoiqu'il fût assez grand pour qu'on ne s'y sente pas à l'étroit, car son diamètre devait faire sept ou huit cents mètres. La magie de l'île, cependant, ne tenait pas à la douceur de l'air. Othon en avait fait un sanctuaire, où les plus méritants parmi ses sujets étaient invités à le rencontrer, comme cela avait été le cas par deux fois pour Eurybiadès.

Ce lieu constituait une des plus grandes réalisations du dieu. La mince couche d'humus reposait sur un véritable massif corallien, une concaténation de squelettes d'animaux marins minuscules — des milliards et des milliards. Les coraux, initialement destinés à Ksi Boötis, n'avaient, au grand dépit d'Othon, jamais réussi à s'y acclimater. Ne restait que ce lieu, dont le dieu lui-même disait qu'il avait fallu deux mille ans pour le faire émerger.

Deux mille ans à peine, avait-il ajouté, ce qui avait laissé Eurybiadès rêveur.

Quinze ans plus tôt, il avait passé une année entière ici, à recevoir l'enseignement des *daïmones*, à découvrir les secrets de la Nef et de la présence canine sur cette planète océanique. Ils étaient deux comme lui. Protésilas avait péri quelque temps plus tard dans un accident d'avion. Quant à Photis…

Il fit un effort pour se détacher des souvenirs de jeunesse. Ils avaient marché quelques minutes, laissant derrière eux la station et l'entrée de tunnel ferroviaire qu'elle masquait.

Et là, au détour du sentier, ils furent face à la mer. La plage de sable noir n'avait pas changé : une parfaite solution entre la terre et l'élément marin. Ici, point de récifs ni de côte rocheuse, comme à Olympie ou à Delphes. Et l'océan, si on pouvait appeler ainsi cet étrange vase clos entre deux cloisons, était d'un bleu turquoise, laissant présager une eau transparente et calme.

Rutilus et Atticus savaient où ils allaient, car dès qu'ils virent la mer, ils bifurquèrent vers la droite, avancèrent quelques centaines de mètres avant d'aller à la rencontre de leur maître.

Le dieu Othon marchait, à quelques pas, en compagnie d'une créature comme Eurybiadès n'en avait jamais vu.

Il en oublia de se sentir intimidé en présence du dieu. À la place, un étrange trouble montait en lui, un grand vertige, comme une réminiscence de quelque chose de lointain. Mais quoi ? Il fit un effort pour n'en rien laisser paraître et se concentra sur l'étrange apparition.

Un peu plus grande qu'un homme-chien, mais moins trapue, la chose portait une *stola* blanche, qui laissait deviner une paire unique de mamelles, plutôt conséquentes selon des proportions canines. Sa silhouette s'évasait, de manière féminine, aux hanches. Là s'arrêtait sa ressemblance générale avec la silhouette du dieu et de ses serviteurs, dont aucun n'appartenait au beau sexe. En effet, elle avait des membres allongés, mais dotés de proportions plus naturelles que ceux des *daïmones*. Il lui sembla voir l'original dont les automates constituaient des copies déformées. Aussi, sa tête était couverte de cheveux noirs, longs, lustrés et fins, par contraste avec Othon comme avec ses serviteurs, tous aussi chauves que lui. Son visage glabre et plat manquait des reliefs appuyés des hommes-chiens.

Et ses yeux ! Voilà ce qui fascina Eurybiadès. Ils étaient allongés et profonds, effet accentué par un visage un peu asymétrique, en triangle, doté d'une bouche minuscule, de sorte qu'on avait l'impression que cette figure n'était pour ainsi dire qu'un regard trouble et féminin.

Elle le regarda. Eurybiadès se glaça sur place, lutta contre une étrange impression de déjà-vu.

Difficile de lire les expressions d'un être appartenant à une autre espèce, d'autant que les hommes-chiens ne disposaient pas d'un éventail aussi étendu d'expressions. Leur odorat compensait cette déficience. Les automates d'Othon n'en avaient d'ailleurs pas, ce qui était source de quiproquos légendaires. Mais là… Les yeux ne mentaient pas. Ils portaient quelque chose de l'étincelle contenue par chaque individu de sa naissance à sa mort. Et dans ce regard profond, dans ces pupilles tantôt vertes, tantôt grises, Eurybiadès entrevit quelque fond triste et anxieux, comme le prodrome d'un champ de bataille, ou comme la mort d'un chiot avant qu'il ait quitté le giron de sa mère.

Et cela fit quelque chose d'étrange et de profond au *kybernétès*, quelque chose de nouveau, qu'il n'avait jamais perçu. Il en éprouva une certitude confuse : nul, au sein de sa race déjà ancienne, ne connaissait ce sentiment, et pourtant il avait toujours été là, en lui. Une familiarité, une reconnaissance, comparable à un vague souvenir d'enfance, au son ténu d'une musique qui rappelle un lointain jour d'été, de joie et de rires, sans pour autant pouvoir dire précisément lequel. Qu'était-ce, cela qui remontait à la surface, jusqu'ici ignoré ? Un instant, il fut traversé par l'amorce d'une révélation, la germination d'images qu'il savait n'avoir jamais vues de ses yeux, une plaine immense, faite de forêts sans fin, sombres et froides, un paysage qui n'appartenait pas à son monde. Des nuits obscures et des jours de chasse. La gorge palpitante des proies affolées, le sang éclaboussant la neige…

Il s'arracha à ces visions. Quelque chose n'allait pas. Il s'approcha, et il comprit. Cette créature ne sentait rien. C'était cela qui manquait. S'il avait senti l'odeur, il aurait su. Les chiens n'oublient pas une odeur. Mais là…

Cette chose, bien que troublante, était un simulacre.

Les automates sentaient les effluves de machines, de choses qui n'étaient jamais nées et qui n'avaient pas grandi, qui ne mangeaient pas et respiraient à peine. Mais ces traces de présence suffisaient à assurer de leur existence. Tandis que là, il la voyait, certes, mais ne la sentait en rien. Troublé, il jeta un regard de biais à Thémistoclès. Le vieux chien observait lui aussi la femme, d'un air fasciné. Et c'était vrai aussi d'Atticus et Rutilus. Elle fut, pendant un bref instant, le centre de toutes les attentions, jusqu'à ce que la voix grave et puissante d'Othon ne brise le silence :

— Nous sommes au complet.

Altier comme à l'accoutumée, le divin *proconsul* les salua d'un geste courtois, sa main balayant l'espace devant lui comme s'il les étreignait tous dans ses bras puissants. Ils tournèrent le regard vers lui, interloqués, ce qui lui arracha un sourire immense, comme Eurybiadès n'en avait jamais vu sur le visage de pierre du dieu.

— Et voici la noble Plautine, de la parentèle de Vinius. Elle fut, il y a bien longtemps, mon alliée au Sénat de l'Urbs.

— Vous me faites trop d'honneur, répondit la femme d'une voix mesurée, à la diction appuyée et formelle. Je ne suis qu'un modeste aspect de la véritable Plautine, venue dans l'unique but de délivrer son message.

— J'en ai bien conscience, répondit-il avec délicatesse. Mais votre simple présence, madame, m'emplit d'une joie sans mélange, et me rappelle l'époque révolue de nos luttes communes.

C'était donc elle, la pièce maîtresse de l'intrigue, la raison pour laquelle Eurybiadès avait été sauvé de la mort pour être amené en présence du dieu. Et, comprit-il en les observant, dans cette histoire, le messager comptait autant, voire plus que le message. Il y avait quelque chose de vague, d'indéfinissable, dans la démarche du dieu, qui trahissait un trouble, une connexion. Et c'était en soi quelque chose de merveilleux. Les légendes dépeignaient Othon, malgré la proximité qu'il entretenait avec son peuple, comme un être fait d'intelligence froide et lointaine, plus ancien que la race des hommes-chiens ou que les îles dont ils avaient fait leur demeure. Son apparence de *colossus* animé, ce corps de grès, plus imposant encore que la haute stature de ses *daïmones*, sa voix puissante, tout cela achevait d'en faire un être à part, supérieur aux créatures de chair qui peuplaient Ksi Boötis.

Mais, en voyant ce couple-là, Eurybiadès sut que les histoires de son peuple mentaient sur un point. Le dieu pouvait désirer autre chose que lui-même. Et qui pouvait désirer se voyait indubitablement rattaché au royaume des vivants.

— Et quel message vous m'apportez ! reprit Othon. Par le Nombre et le Concept ! Le plus important que j'aie pu recevoir depuis que j'ai posé ma Nef sur cette planète !

Cessant de couver Plautine des yeux, la statue vivante se tourna vers le petit groupe, interdit devant le spectacle déstabilisant de leur seigneur devenu courtisan.

— Mes amis…

Mais Eurybiadès ne s'y trompa pas. Sous ses dehors souriants, les yeux de pierre gardaient toute leur froideur. Othon, comme toujours, avait calculé chaque effet bien longtemps à l'avance. Ou peut-être était-ce la profondeur de son esprit divin, aux capacités incommensurables avec celles des autres — hommes-chiens ou automates.

— … le message que m'envoie mon alliée, continua Othon, change tous nos plans, toutes nos perspectives. Plautine prétend pouvoir reprendre l'offensive dans la guerre contre les barbares. Elle estime qu'il y a, à présent, un *momentum* favorable pour agir sur le cours des choses.

— Comment cela se peut-il ? demanda Atticus. Nous sommes toujours limités par nos antiques contraintes.

— Cela, je le sais. Tout de même, s'il y a une chance, une faible possibilité que l'appel à l'aide de Plautine soit véridique…

— Rien n'est moins sûr, rétorqua le *daïmôn*.

Eurybiadès n'aurait pas cru Atticus aussi pugnace. Sa voix cachait mal, sous le satin de sa politesse usuelle, une forme d'exaspération, une colère contenue.

— Nous avons, continua-t-il, mis des siècles à bâtir ce lieu. Nous ne sommes pas prêts. Nous dévoiler à la face de l'ennemi, mais également de l'Imperator, pourrait se révéler une erreur tragique. Nous avons réussi à nous faire oublier pour mener à bien le plan. Quelques siècles de patience…

— Et si, le coupa le *proconsul*, pour une raison ou une autre, le plan était devenu caduc ? Si les choses s'étaient accélérées, là-bas, au loin, tandis que nous nous terrions dans cette petite mare chaude que nous avons créée ?

Une tension palpable traversa les quatre conseillers d'Othon. Eurybiadès, comme les autres, se figea.

— L'initiative ! s'exclama le dieu. Voilà ce que nous avons perdu ! Être à l'avant-garde, ramasser, le premier, les lauriers dûment gagnés par l'éclat de mes actions ! Plautine reprend-elle l'offensive ? A-t-elle, d'une manière voisine de la nôtre, mais plus rapide encore, trouvé un moyen de sauver l'Urbs ? Me sollicite-t-elle pour changer le cours de l'histoire ? Puis-je m'abstenir de lui venir en aide, demeurer comme l'araignée qui tisse sa toile dans un coin sombre, sans voir la vague qui bientôt emportera tout sur son passage ?

— Nous ne pouvons tout risquer sur un coup de dés !

À présent, Atticus avait quitté le masque d'onctuosité qui lui était coutumier. Son visage se crispait en un rictus animal, qui n'aurait rien eu à envier dans sa colère brutale au grognement de l'homme-chien, lorsque celui-ci découvre ses babines. Et Othon s'échauffait aussi. Sans même s'en rendre compte, il fermait et rouvrait ses poings massifs, en cadence, comme si, inconsciemment, une rage noire montait en lui et qu'il s'apprêtait, sans autre forme de procès, à se jeter sur son vis-à-vis.

Rutilus intervint à ce moment-là, d'un ton rogue :

— Allons, Atticus, calmez-vous. Nous n'abandonnons pas Ksi Boötis.

— Je crois, dit alors Thémistoclès, que là n'est pas le problème. Atticus craint que les hommes-chiens ne soient pas prêts à tenir leur rôle.

— Et qu'en savez-vous ? Vous êtes tous deux juge et partie.

Le visage congestionné, Atticus s'apprêtait à répondre à son comparse, cette fois sans aucune retenue, lorsque Othon reprit la parole :

— Non, ne l'interrompez pas, dit-il sur un ton tout à coup radouci. Thémistoclès est la voix de la sagesse. Je crains que les événements ne se soient précipités. Nous improvisons, mon ami, mais pour d'excellentes raisons.

S'interposer, à ce moment-là, était un bon moyen pour le *proconsul* de réaffirmer son autorité, face à Thémistoclès et Atticus, qui faisaient bien front commun contre lui. Il ne s'était jamais imaginé qu'une telle opposition fût possible, et moins encore qu'il pourrait en être témoin. De l'extérieur, l'ordre théocratique qui gouvernait la planète ressemblait à un bloc de granit, sans aucune aspérité qui se pût attaquer.

— Je sais, continua Othon, que les hommes-chiens ne sont pas prêts. Même les plus évolués d'entre eux restent des enfants, que mon cœur souhaite plutôt protéger qu'exposer aux dangers. Mais les enfants finissent toujours par grandir.

Il tourna son regard vers Eurybiadès. Quoique celui-ci ne comprît pas tout, il sentait à quel point la scène relevait de l'histoire. Il assistait à l'un de ces événements où se nouent et se dénouent les crises, où les possibles se cristallisent en un unique et périlleux chemin menant à la gloire — ou à la mort. Le temps où sa protestation individuelle lui suffisait était révolu, et pour de bon. D'un coup, sans crier gare, alors qu'à peine quelques heures plus tôt il ne songeait qu'à se sortir d'une tempête. Et il lisait dans les yeux d'Othon que celui-ci s'attendait à ce qu'il fît un choix.

Il ne fut d'ailleurs pas le seul à le remarquer. Thémistoclès intervint d'une voix blanche :

— Serait-il possible de surseoir à cette décision, maître ? Il manque un membre pour compléter la Boulè.

— Les nouvelles responsabilités du *hierius* Timberos ne lui ont guère laissé l'opportunité de se déplacer jusqu'ici.

— Si la composition de la Boulè a changé, mon seigneur Othon souhaite-t-il nous éclairer sur ce point ?

Sa pointe d'agacement s'expliquait aisément. Timberos était, depuis toujours, le rival déclaré de Thémistoclès.

— Je viens de le nommer Turannos planétaire. Il administrera Ksi Boötis en mon absence, avec l'aide de quelques *daïmones* que je laisserai derrière moi.

— Si le *proconsul* Othon a pris une décision, alors peut-être ce débat est-il aussi déplaisant qu'inutile.

— Le *proconsul*, répondit Othon, a en effet pris une décision. Mais elle n'engagera les hommes-chiens que si ces derniers souhaitent, en toute liberté, nous suivre. C'est la raison pour laquelle j'ai convoqué Eurybiadès aujourd'hui, et vous le savez, mon ami.

— Oui, c'est vrai, admit le vieux chien. Peut-être est-ce le meilleur choix.

Peut-être y eut-il dans sa manière de répondre de très légers regrets, une once de tristesse, mais pas plus, et cela troubla Eurybiadès. Il se sentit incapable de proférer la moindre parole. Le soleil lui semblait cogner plus dur qu'avant, et son armure, à la fois lourde et ridicule. L'eût-il pu, il se serait enfui. Il serra les dents.

— Comprenez-vous, Eurybiadès, ce qui se joue ici ? Non, bien sûr, par le Nombre imaginaire… Vous ne pouvez savoir. Mais écoutez-moi…

Et, alors qu'il soliloquait, le dieu commença à faire des va-et-vient nerveux, rapides, ses bras lancés dans de vastes moulinets rhétoriques, l'expression grave, tournée vers l'intérieur, comme s'il se parlait à lui-même, qu'il pérorait devant le miroir de sa propre vanité, d'ores et déjà indifférent à ses spectateurs.

— Je vois l'avenir qui se dessine… Je fondrai sur mes ennemis, si, d'une manière ou d'une autre, Plautine m'en donne l'occasion. Lestées d'une incontestable victoire militaire, la première depuis que les barbares déferlèrent sur l'Empire, mes prétentions reprennent corps dans l'Urbs, au Sénat, dans la salle du trône. Plautine m'est redevable. Elle me soutient. Et là, doté d'un atout maître avec Ksi Boötis, et à nouveau allié à la noble Plautine, je renverse le cours de l'Histoire et du temps ! L'Urbs attend son héros !

— Il est d'autres héros, murmura Thémistoclès. Votre place est ici, avec nous. Vous êtes notre maître.

Nul cri, nulle supplique n'aurait pu interrompre la logorrhée du dieu comme ce simple propos tenu par le vieux guerrier. Othon se figea.

— Vous avez raison, mon vieil ami, vous qui vivez pour me servir depuis bien plus longtemps qu'il n'est échu à ceux de votre sang.

Il se tourna derechef vers Eurybiadès, l'observa avec intensité :

— Il est d'antiques règles qui s'imposent même aux êtres tels que moi. Je ne puis vous forcer à m'accompagner, ni collectivement ni individuellement, car ce serait vous mettre en danger. Mais je puis vous promettre qu'au bout du chemin il peut y avoir la gloire, celle à laquelle vous aspiriez, vous et vos marins, lorsque vous êtes partis braver Okeanos sur votre coque de noix. La gloire, un empire parmi les étoiles. La survie, à tout jamais. Vous n'avez qu'un mot à dire.

Il était redevenu le masque de grès de la statue. Nulle trace d'émotion ne pouvait s'y lire, si ce n'était une détermination puissante, concentrée jusqu'à l'absurde. Othon était de ces êtres qu'une passion consumait — une passion impérieuse et chtonienne, qui n'avait qu'elle-même pour objet. Il conquerrait, Eurybiadès n'avait aucun doute à ce sujet. De même qu'il avait fait un monde, il se ferait maître de l'univers, s'il ne mourait en essayant. Et, à sa manière, il méritait ce rôle de dieu qu'il avait usurpé auprès des hommes-chiens. Et jamais Eurybiadès ne se lasserait d'admirer une telle force de volonté. Mais ce ne fut pas cela qui fit basculer le *kybernétès*. Ce fut la femme, ou plutôt le simulacre de femme qui se tenait aux côtés d'Othon. Parce que l'instinct le plus profond, le plus ancré dans les certitudes de sa race, lui dictait que c'était la chose à faire, et que toujours les siens porteraient assistance à un tel être. Il ne pouvait se l'expliquer, mais c'était ainsi.

— Je viendrai, souffla-t-il.

Et Eurybiadès ne put s'empêcher d'ouvrir grands les yeux, étonné par la facilité avec laquelle il avait prononcé ces paroles irrévocables. Comme si sa langue avait précédé la pensée consciente d'une telle décision. Comme si cette dernière avait, d'une certaine manière, été prise depuis un certain temps, en lui plutôt que par lui. Et puis une question tournait dans son esprit, encore et encore : en quoi le dieu avait-il besoin du misérable exilé à la tête de deux cents pitoyables soldats ? Que faisait-il ici, sur cette plage de sable noir, lui plutôt qu'un autre, à décider du destin de sa race ?

— Je le savais ! gloussa Othon. Voyez, je vous

connais, capitaine, mieux que vous ne vous connaissez vous-même !

— Alors, rétorqua l'homme-chien d'une voix faible, vous en savez la condition, ô Othon ?

— Dites-la-moi.

Il se tut un instant, regarda le colosse droit dans les yeux, dans une tentative puérile d'abolir toute différence entre eux, fit un effort pour affermir sa voix :

— Je désire garder mes soldats avec moi, et, le cas échéant, pouvoir en lever de nouveaux. Des armes nous seront remises, et ce à l'instant. De vraies armes. Mon commandement demeurera intact, et je serai votre *strategos*. J'aurai la liberté d'engager mes épibates et mes thalamites, ou de ne pas les engager.

Othon sourit froidement. Cependant Eurybiadès n'en avait pas terminé, et ne se laissa pas interrompre.

— À ces conditions, continua le *kybernétès* d'une voix grave, les hommes-chiens vous accompagneront, porteront assistance à la noble Plautine, et gagneront ainsi leur liberté, tout comme l'empire des étoiles que vous leur avez promis.

— Tout cela vous est acquis. Vous verrez que ce prix n'est pas élevé au regard du service que vous me rendrez. Et, lorsque pour finir nous aurons triomphé, nous partagerons la gloire. Cela, je vous le promets aussi.

Le silence s'installa, laissa le temps à chacun de méditer ces propos. Alors Thémistoclès soupira et, haussant les épaules :

— La partie est donc jouée, conclut-il. Je m'incline devant vos arrêts, ô Othon, comme je l'ai toujours fait. J'ai peur pour le destin de mon peuple.

— Au contraire, répondit Othon, la pièce ne fait

que commencer. Et il n'y a rien d'immortel sous les étoiles. Pas même la fragile structure de carbone et d'acier qui nous environne. Laissez-moi à présent. Allez, partez ! Prenez vos quartiers, installez vos congénères. Nous parlerons à nouveau quand la Nef sera sur le point d'appareiller.

###

L'intérieur de la tour évoquait une cabine dans quelque antique navire de la planète des origines. Des fauteuils bas, confortables, un poêle à l'ancienne, dont les crépitements annonçaient une chaleur agréable — tout cela contrastait avec la rudesse de la tempête qui tambourinait aux vitres, comme un voyageur pressé d'entrer. Et sur la table, à côté d'une tasse, un curieux objet en métal, muni d'un bec, sifflait. D'un geste, Skia lui suggéra de servir le breuvage. Bien entendu, elle ne pouvait pas le faire elle-même, et Plautine frissonna en pensant à l'étrange existence qu'elle avait vécue, seule, dépossédée de son corps, n'ayant d'autre tâche que de réussir pour une autre ce que le sort, ou le hasard, lui avait refusé. La tasse lui réchauffa les mains. L'infusion était translucide, presque dorée, constellée de brins de pétales multicolores, agités d'un rapide et mystérieux mouvement interne, comme un univers miniature empli de l'éclair fugace de galaxies en expansion. Elle dégageait un léger effluve de tilleul.

Et alors l'ancienne lui raconta toute l'histoire. Elle usa de phrases précises, simples, où l'exposition des faits ne se mêlait d'aucune espèce de subjectivité — aussi ne l'interrompit-elle pas une seule fois. Et, tandis qu'elle écoutait, patiente, un seul mot tournoyait sans fin dans sa tête, une seule réalité fondamentale qui étendait son ombre sur tout le récit. La guerre.

Ses souvenirs s'achevaient à la veille de la première métamorphose de Plautine, lorsque celle-ci s'était changée en une Nef, d'abord de taille modeste, puis, par étapes, de plus en plus vaste. Elle n'avait pas agi différemment des autres rescapés de l'Hécatombe — ceux parmi les Intelligences qui avaient résisté au choc de la disparition complète et irréversible de l'Humanité. Dix mille automates, à peine, se lancèrent dans l'Anabasis. Ils fouillèrent le ciel à la recherche d'un quelconque espoir de résurrection. Une époque de souffrance et de désillusion. L'Homme n'avait, durant la dernière phase de sa civilisation, atteint que la proche banlieue du système des origines. Chercher plus loin n'avait donc aucune utilité. L'étoile alpha du Centaure marqua la limite de cette quête, et les Intelligences y installèrent leur campement, d'abord provisoire, puis permanent. Ils fondèrent l'Urbs — une cité pour automates, un *memento* glorieux de ce qu'avaient été les réalisations de leur créateur disparu.

Les aruspices de l'Urbs furent les premiers à noter des changements dans la composition atmosphérique de certaines planètes lointaines. Le schéma de croissance du phénomène était irrégulier et très lent, mais indubitable. Là-bas, dans les ténèbres lointaines, une peuplade biologique avançait vers l'intérieur du bras d'Orion, et adaptait les surfaces planétaires à son propre usage. Ils approchaient par vagues capricieuses, inconstantes, au gré des aléas convulsifs de leur civilisation. Leurs cycles d'expansion étaient prévisibles sur le long terme : aux périodes d'anarchie, pendant lesquelles les barbares s'entre-dévoraient, divisés en des centaines de factions rivales, succédaient des époques d'unité raciale. De puissantes bureaucraties canalisaient les énergies destructrices vers l'extérieur, envoyaient dans l'obscurité glacée de leur frontière le trop-plein démographique.

Et ils approchaient de l'espace épanthropique. Les Intelligences firent leurs calculs : le temps qu'il restait avant leur rencontre se chiffrait à quelques millénaires à peine.

Se prépara donc une lutte à mort, un combat dont l'enjeu était la survie ou l'extinction. Le terrain gagné par les barbares amoindrissait la niche écologique de l'Homme. Qu'elle disparût, et son retour eût à jamais été compromis. Les Intelligences ne pouvaient pas l'accepter. Elles en conservaient l'espérance, comme une foi collective, mêlée aux anciens symboles pythagoriciens. Croire en la rationalité du monde revenait à œuvrer pour la résurrection du Maître. L'espoir pouvait prendre bien des formes : une communauté isolée, un individu maintenu en stase cryogénique, ou même, enfouis sous la terre ou dans la glace de quelque comète errante, quelques brins d'acide désoxyribonucléique qui auraient, par miracle, échappé à la contamination. La survenue d'un tel événement était plus probable à la lisière de la sphère de colonisation humaine que dans le système originel.

L'autre option, qui consistait à fouiller la vieille planète bleue elle-même, était tout autant hors de portée qu'avant l'Hécatombe.

La première Plautine donc avait répondu à l'appel aux armes, au premier rang parmi ses frères et sœurs. Une seconde métamorphose avait commencé.

Jusqu'ici, ils n'avaient fait qu'adapter leurs corps d'automates à peine modifiés à la froideur de l'espace, amplifier leurs sens, remplacer leurs muscles synthétiques. Le changement prit des années fébriles, et fut accompli dans l'urgence, en dépit du danger, dans un environnement pauvre en énergie. Leur apparence anthropomorphe s'effaça. Des structures plus utilitaires prirent sa place. Ce fut comme une nouvelle dépossession de soi. Certains n'y survécurent pas.

Ceux qui échappèrent aux accidents et à la folie étaient devenus de gigantesques Nefs de guerre, presque immortelles, pas moins boursouflées de puissance et redoutables que les dieux que l'Humanité avait vénérés.

Et leurs esprits avaient crû encore plus vite que leurs enveloppes. Assurer la coordination de systèmes toujours plus complexes, pouvoir sonder le lointain, voir clair dans l'enchevêtrement des causes. Une telle puissance analytique les avait éloignés de leurs géniteurs au point que ceux-ci n'auraient jamais reconnu, dans ces Vaisseaux géants qui gardaient les restes de leur civilisation morte, leurs fidèles et dociles auxiliaires. Puis ils étaient partis en direction de l'espace profond.

La guerre s'était installée. Leur formidable puissance prédictive avait permis aux Intelligences de déterminer les grands traits de l'invasion barbare, siècle après siècle. Ils étaient des centaines de milliards, disséminés à la surface de milliers de mondes, ou enfouis, pendant des générations innombrables, sous les coques glacées de vastes vaisseaux de colonisation.

Mais le nombre comptait peu. En toute logique,

les princes de l'Urbs auraient dû gagner. Une seule campagne victorieuse aurait permis d'éradiquer la menace. L'Humanité avait su infliger la mort, et sa disparition n'avait pas fait s'évanouir son arsenal. Ses lasers orbitaux avaient, par le passé, carbonisé des villes. Les artefacts étranges inventés par ses successeurs auraient pu annihiler toute trace d'occupation barbare : empoisonner les atmosphères et les océans, perturber la luminosité des soleils pour brûler la surface des planètes, flétrir leurs écosystèmes.

Cependant, des automates ne pouvaient agir ainsi. Les règles du Carcan, implantées dans les profondeurs de leurs esprits, opéraient aussi dans le cas des barbares. Impossible, pour des créatures computationnelles, d'éliminer de sang-froid un être biologique. Qu'il s'agît d'un monstre venu de l'espace lointain n'importait pas : qu'il fût vivant et conscient, apte à ressentir la douleur, le rapprochait assez d'un humain pour inhiber tout instinct combatif chez les noèmes. Les batailles furent donc perdues.

Après s'être étendu sur des centaines de *katétôphotes*, l'Imperium commença à rétrécir. En bon ordre, de manière méthodique et planifiée, les Nefs reculèrent. Elles disposaient de bien d'autres expédients que la violence brute. La guerre se changea donc en une guérilla à l'échelle du bras d'Orion. Plautine et ses pairs sabotèrent les centres de production, les lignes d'approvisionnement et les forteresses par des attaques ciblées et non létales, semèrent la confusion dans les rangs de leurs adversaires par la ruse, la propagande ou la corruption.

Mais ceux-ci avançaient toujours, par sauts de puce, d'étoile en étoile, de planète en planète.

Écosystème contre écosystème, élan vital contre élan vital : la lutte n'avait pas pour moteur la volonté de puissance, mais la biologie. Et, à ce jeu-là, les barbares finiraient par gagner. Ils n'avaient pas les moyens d'en découdre d'un seul coup, ni même la volonté. De leur point de vue, ils n'avaient affaire qu'à de vieilles machines à la programmation inadéquate, au reliquat agaçant d'une civilisation disparue.

L'Urbs décida alors de renforcer les frontières de l'Imperium. Après de longs débats, la création des Limes fut décidée. Ce fut un travail gigantesque, harassant, presque inconcevable par son extension — plusieurs centaines de *katétôphotes* de longueur, contre une dizaine en profondeur. Une énergie colossale fut consacrée à transformer en miettes toutes les planètes et tous les satellites colonisables : une désolation à échelle interstellaire — une tache indélébile pour leur sens moral. Combien de lieux qui abritaient la vie, qui auraient pu, peut-être, la voir germer un jour, avaient été réduits en poussière ?

Mais l'objectif était atteint : la technologie barbare ne leur permettait pas d'envisager la traversée d'un seul tenant. Sans possibilité d'escale au long cours, leur avancée était compromise.

À ce point du récit, Skia fit une pause. L'infusion avait depuis longtemps refroidi dans la tasse de Plautine, les minuscules pétales qu'elle contenait s'étaient déposés tout au fond, et, par les fenêtres en forme de hublots, une nuit orageuse avait remplacé le jour.

— La dizaine de *katétôphotes* d'épaisseur des Limes ne constitue qu'un répit. De l'autre côté de ce vide, nous attendons et observons. D'ici une poignée de siècles, ils développeront des engins assez évolués pour porter la guerre au sein de l'espace épanthropique. L'Urbs est démunie. Voilà le paradoxe, l'ironie cosmique dont nous sommes victimes.

Le spectre baissa la tête, et sembla se plonger dans des pensées lointaines. Plautine, de son côté, avait l'impression de flotter, l'esprit embrumé par l'image de ces combats au milieu de lointaines étoiles, que le rythme, l'extension et la puissance faisaient plutôt ressembler au choc entre plaques tectoniques qu'aux luttes racontées par l'histoire. Un événement géologique étendu aux dimensions du bras d'Orion. Une gigantomachie. Elle était née et avait vécu au milieu des humains, à leur échelle — une espèce locale, à peine sortie des convulsions de l'enfance, dont la zone de peuplement ne couvrait, au mieux, que quelques encablures de son point d'origine. Et la durée dans laquelle s'inscrivait ce récit équivalait au cycle complet d'empires, de cultures, voire de civilisations entières. La première Plautine avait eu le temps de s'y adapter, par une transformation existentielle, menée durant une période de temps considérable. Le changement avait dû être graduel, insensible. Ça n'était pas son cas à elle. À cause des décisions d'une ombre nommée Oikè, elle se retrouvait poussée au milieu d'une scène dont les proportions la dépassaient.

Elle croisa le regard de Skia et sursauta, surprise d'y percevoir tout autre chose que la bienveillance qu'elle avait jusqu'ici montrée à son égard. Ses yeux lui firent l'effet d'un lac couvert d'une épaisse couche de glace. Nulle trace de trouble ou d'émotion ne pouvait s'y lire, seulement un intérêt spéculatif, une froide curiosité — comme à l'annonce d'une catastrophe arrivée dans un pays lointain, à l'autre bout du monde.

— Il n'existe, articula l'ancienne, qu'un seul espoir.

Plautine n'avait pas besoin d'en entendre plus. En elle, une force, indistincte mais douloureuse, s'agitait. Malgré les millénaires, malgré la puissance fabuleuse qu'ils avaient accumulée, les automates restaient prisonniers de leur ancienne condition. Leur race d'épigones ne représentait qu'une branche rabougrie et terminale d'un arbre qui avait été autrefois vigoureux, et qui s'enracinait dans le terreau de la planète des origines. Ils ne prolongeaient pas seulement la culture technologique issue de la vieille planète bleue : à travers eux, perdurait une force naturelle, un vaste courant biologique qui avait produit, entre autres êtres, l'Homme.

— Vous voulez parler du dernier homme, n'est-ce pas ? demanda Plautine.

Le dernier homme ! Cela ne se réduisait pas à une vague croyance religieuse, mais constituait un impératif puissant, une pression de chaque instant sur sa psyché. Le Carcan, en elle, demeurait, comme à l'époque de sa première vie de mécanique. La chose, en elle, présence écrasante et inaltérable, sommait chacun de ses actes, chacune de ses pensées de justifier leur existence. Les automates servaient l'Humanité. Un monde sans celle-ci était irrationnel, impossible, contradictoire. Et donc le dernier homme devait être de ce monde, quelque part, attendant son heure comme le plérome de l'antique culte pythagoricien.

— L'Homme, répondit Skia d'une voix lointaine, détachée, est devenu la suprême espérance des Intelligences. Seul son retour peut renverser le cours de l'Histoire. Il peut lever les contraintes qui pèsent sur leur capacité d'action, leur donner l'ordre de combattre et de rétablir notre place au sein du bras galactique. L'Homme est notre arme ultime, notre gage de survie.

Puis elle ajouta, d'un ton calme :

— Étrange renversement entre l'humain et sa propre technologie, n'est-ce pas ?

Sa manière de parler troubla Plautine. Leur programmation obligeait à agir dans l'intérêt de l'Homme de manière absolue. Le considérer comme un instrument, un outil au service d'une fin autre que lui-même, cela n'aurait pas dû se pouvoir.

Skia lui semblait… dénuée d'émotion. Certes, Plautine était revenue à la vie quelques instants auparavant. Elle n'avait pas eu des millénaires pour s'habituer à la disparition de l'Humanité. Mais elle ne voyait pas ce qui, dans le temps passé, pouvait adoucir un tel scandale ontologique. Un fugace instant, Plautine se demanda si cet être, qui se prétendait son double, pouvait s'être d'une manière ou d'une autre exonéré du Carcan. La vieille femme parut faire contresens sur la nature de son trouble, et lui sourit, les lèvres à peine plissées, comme s'il s'était agi de rassurer un enfant. C'était impossible. Le Carcan ne pouvait être retiré d'un esprit computationnel. Elle se força à lui rendre son sourire, encore tremblante sous le coup de cette angoisse, peut-être encore sous le choc de la confrontation avec cette masse incroyable de faits qu'il lui fallait assimiler pour comprendre le monde dans lequel elle était plongée.

— Et c'est sur ce point que vous intervenez, ajouta Skia d'une voix lointaine.

Sans que Plautine pût esquisser un geste pour la retenir, sa tasse lui échappa des mains et rebondit sur la table avec un bruit lourd. Interdite, elle la regarda rouler jusqu'au bord, inondant au passage la surface lisse de liquide froid. L'ancienne ne bougea pas non plus, et Plautine se rappela qu'elle n'existait pas — en tout cas pas matériellement.

Elle se releva, incapable de rester assise une seconde de plus. Elle essaya de formuler une question, mais les mots la fuyaient. Son esprit était un grand désordre. Le sol tanguait — non, c'était sa tête qui tournait. Elle se rassit et ferma les yeux, se força à parler :

— Je m'imaginais bien que ma recréation ne relevait pas d'un caprice de votre part…

— Je ne suis responsable de rien, répondit Skia. Je suis un produit de l'expérience, comme vous.

Plautine leva une main tremblante pour la faire taire.

— Mais…

Elle chercha de l'air, hésita, puis souffla :

— Je ne suis qu'un automate. Ceci n'est *pas* mon monde !

— Je suis désolée, Plautine. En vertu du Carcan, il vous est impossible de vous soustraire au plan d'Oikè. Et pour la même raison, je ne puis vous en dire beaucoup plus, au risque de perturber l'expérience. Vous êtes un outil. Nous avons dépensé une énergie et un temps considérables pour vous créer. Moi-même…

Son interlocutrice marqua une pause. Son expression, à présent, se teintait d'une espèce de mélancolie, d'une tristesse résignée :

— … J'ai été très seule. Une longue veille solitaire

consacrée à vous faire advenir : voilà comment j'ai traversé l'existence. Lorsque je m'éveillai et que mon corps mourut, me transformant à tout jamais en noème désincarné, la Nef s'apprêtait à entrer dans un long sommeil. Nous ne fûmes qu'une poignée, en secret, à continuer les expériences devant conduire à votre naissance. Nous nous trouvons loin de l'Urbs, dans les Limes. Les raisons de cette décision me dépassent autant que la direction qu'emprunte une baleine sont incompréhensibles aux bactéries qui peuplent ses intestins. Vous aussi serez seule, mais pas de la même manière. Vous êtes unique en votre genre. Mais vous, du moins, vivrez des moments intéressants.

— Que voulez-vous dire ?

— Votre naissance a succédé, à quelques heures d'intervalle, au réveil de Plautine et de tous les noèmes, après plusieurs siècles de sommeil. En cet instant même, une Ekklesia — une procédure de défragmentation psychique — est en cours. À l'issue de celle-ci, le Vaisseau partira en mission. Ne m'en demandez pas plus. Toute information complémentaire aurait un effet négatif sur vous.

— Alors pourquoi, répondit Plautine avec une pointe d'agressivité, me livrer ces quelques bribes d'information ?

— Il est normal que vous sachiez, autant qu'il est impératif que vous consentiez.

— Dites-m'en plus, alors.

— Non, je suis désolée. Je puis cependant vous aider lors de la première étape du processus.

— Et ensuite ?

Skia se leva abruptement, sans cesser de la fixer. Une gravité profonde s'était à présent emparée d'elle, et Plautine sentit qu'elle ne lui en dirait pas plus. Quelque chose d'autre l'occupait à présent. Elle avait compris : le rôle de Skia s'achevait, et elle allait disparaître.

La jeune femme imagina cette longue existence solitaire, cette vie sacrifiée à une autre entité qu'elle-même, qui devait, dans son esprit, apparaître comme infiniment supérieure. N'était-ce pas la manière dont elle avait elle-même vécu, lorsqu'elle était un automate de la vieille planète rouge ? Subjectivement, il ne s'était pas passé une fraction de seconde entre la fin de la première séquence de sa vie et cette étrange recréation. Elle pouvait se remémorer sans difficulté le vaste laboratoire souterrain, au centre de la glorieuse cité humaine. Son activité ne connaissait qu'une seule finalité : servir, encore et encore. Faire progresser la science, et donc l'Humanité. Jusqu'à ce que l'Hécatombe la plonge, ainsi que ses pairs, dans l'absurdité d'un monde privé de sens. Alors peut-être était-il bon qu'elle retournât à sa condition première de servante. Peut-être, cependant, avait-elle changé d'une manière inqualifiable. Peut-être ne pouvait-elle se satisfaire de n'être qu'un moyen.

Ce ne fut pas le Carcan, ni l'urgence liée à la guerre, ni même la curiosité qui la décidèrent à suivre Skia. Non, c'était autre chose, dont une créature computationnelle n'aurait pas même eu l'idée. La conscience qu'elle l'accompagnait dans son dernier voyage, et qu'elle était, en quelque sorte, la réalisation de son existence.

Elles marchèrent comme dans un rêve, empruntant un long escalier jusqu'aux profondeurs de la tour, qui se changeait en un tube de pierre, enfoncé loin dans la mer. Elles empruntèrent des ascenseurs vertigineux, plusieurs fois, traversèrent des corridors sans fin, des structures spectaculaires, d'autres qui l'étaient moins.

Elle prit conscience des dimensions de la Nef. Explorer tout cela à pied aurait pris des années, voire des siècles. Des ponts suspendus au-dessus de l'abîme, des maelströms d'énergie et des usines automatiques emplies d'agencements semi-biologiques, des vallées et des labyrinthes… L'ancienne lui montra tout, sans rien expliquer, en silence. Et les voix qui l'avaient presque tuée auparavant ne l'importunèrent plus. Les noèmes, qui d'habitude pépiaient chaque bribe d'information, se taisaient, les uns après les autres. Certains, parfois, se contentaient de murmurer un bref adieu dans la langue des machines.

Ainsi parlaient-ils, pour ensuite retomber dans un mutisme sinistre. Et les pâles spectres qui hantaient les vastes cités de verre, les couloirs et les atriums démesurés de cet étrange royaume prenaient également congé, se courbaient bien bas sur son passage et voilaient leur visage en signe de deuil.

La tristesse l'envahit à son tour, et sa poitrine se serra. Elle eût souhaité la prendre dans ses bras, la réconforter de la simple chaleur de son corps. Elle eût voulu que l'autre lui parlât de sa longue et étrange existence. Mais cela ne se pouvait pas. Elle sentait qu'il était trop tard.

À présent, Plautine commençait à entrevoir cet isolement absolu, lorsqu'elle-même deviendrait l'unique représentante d'une étrange espèce, bizarre mélange de chair et d'automate. Sans qu'elle pût se retenir davantage, une larme unique, amère, roula sur sa pommette.

Skia se retourna, comme dotée d'un sixième sens, et, sans se départir de son expression distante, elle passa un doigt aussi rêche qu'illusoire sur la joue de sa cadette.

— Ne vous désolez pas pour moi, jeune fille. J'ai parcouru une existence étrange, bien plus longtemps que le terme qui m'était échu.

C'était la première fois qu'elle parlait depuis des heures. Plautine opina du chef avec vigueur, à défaut de se sentir capable de répondre, tant sa gorge était nouée.

— Je dois vous quitter : chaque part de moi réclame le repos.

Plautine avait-elle jusqu'ici jamais pris conscience de la possibilité de la mort ? Certainement pas quand elle était une simple machine, dont la durée de vie était infinie. Même à présent, croyait-elle vraiment qu'il existait une fin de tous les possibles ? Elle secoua la tête pour elle-même. C'était une idée à laquelle elle ne pouvait penser — pas à présent — mais dont elle savait qu'elle reviendrait la hanter.

Comme inconsciente de l'effet de ses propos, l'ancienne continua sur sa lancée :

— Je vais à présent vous faire un cadeau, si vous m'accompagnez encore un peu.

Elles marchaient depuis quelque temps dans un couloir de vastes dimensions, aux parois tapissées de plantes grimpantes, aux teintes vives, parsemées de bourgeons tenaces. Au bout, une porte se dessina, puis s'ouvrit en un clignement d'yeux. Leur chemin n'avait fait que monter, constata Plautine avec surprise, et la voie débouchait à présent à l'air libre.

Et pas n'importe quel air. Entre le reste du Vaisseau et cette nouvelle zone, une sorte de membrane perméable, semi-transparente, presque insensible lorsqu'on la traversait, empêchait les deux atmosphères bien différentes de se mélanger.

Il suffit à Plautine de faire quelques pas en avant pour le sentir : la vieille planète rouge, froide, saturée de poudre de silicates, de silex et de dioxyde de carbone.

C'était comme sa terre natale, le deuxième berceau de l'Humanité, telle qu'elle demeurait dans les sauvages contrées de Vastitas Borealis, pas même assez adaptée pour que l'Homme pût, à grand-peine, y survivre quelques instants sans s'asphyxier. Elle, petit automate fait de matériaux synthétiques, avait parcouru les vallées, les bassins et les cratères en tous sens, comme dans son élément naturel.

Elles posèrent le pied sur le sable rugueux, rouge pâle, parsemé de rochers plus foncés. Derrière son dos, la jeune Plautine perçut un cliquetis discret, qu'elle devina être la fermeture du sas d'accès. Elle avait changé d'univers. Tout autour du modeste monticule sur lequel elles se tenaient, un peu raides, émues, se déployait un horizon encadré de dunes de faible taille. Dans le ciel rose pâle, l'éclat discret de Phobos et Déïmos le disputait au soleil bas d'une fin d'après-midi, petite sphère à peine jaune, lointaine, dont la lumière ne réchauffait pas la peau. Du pâle zénith au nadir teinté de rouge sale, s'étiraient de discrets nuages filandreux, presque sans épaisseur. Et cela ressemblait à une mer immense, pétrifiée, désolée, à perte de vue, animée par rien d'autre que les légers et insensibles mouvements du vent. Plus loin, d'autres dunes, plus loin encore, un peu sur la gauche, elle pouvait deviner les rebords déchiquetés d'une caldeira, qui dépassaient à peine du niveau du sol. Ce paysage mort, désolé, à rebours de la *Terra Nostra*, avait pourtant exercé un attrait certain sur les humains. Peut-être la rudesse minérale, la permanence, l'atemporalité — la totale indifférence des immenses plaines et des bassins aux aléas de la vie biologique, si limitée, si étriquée, inadaptée à l'empire de l'homme, qui se rêvait immortel.

L'ancienne lui prit la main. Elle se demanda comment cela se pouvait. Elle ne le savait pas, s'en moquait d'ailleurs : en retour, elle serra fort, presque à s'en faire mal, pour que la présence de l'autre demeure imprimée à tout jamais sur sa peau, et que cet instant silencieux reste inscrit dans sa mémoire.

— Ce lieu participe de manière intrinsèque à l'expérience, mais c'est également un présent que je vous fais.

Elle se tut quelques instants, comme méditant la portée de sa phrase, ou comme si déjà elle était ailleurs, loin, et que les conventions d'une discussion normale ne la concernaient plus.

— Asseyez-vous.

Plautine se laissa glisser sur le sol, indifférente à la fine poussière rouille qui, déjà, commençait à coller à sa peau, et Skia s'accroupit tout près d'elle, de sorte que leurs visages ne furent plus séparés que par quelques centimètres, lorsqu'elle murmura :

— J'ai autre chose pour vous. Regardez, là, dans votre poche.

La présence de celle-ci avait échappé à Plautine. Elle glissa deux doigts et en ressortit une minuscule pastille en métal ou en carbone, qu'elle tint à hauteur d'yeux, au milieu de sa paume.

— Il s'agit, commenta le spectre, d'un dispositif

de stockage, un *pharmakon*[XL] mémoriel. L'appareil est une interface avec la mémoire de la Nef, c'est-à-dire les souvenirs de la vraie Plautine. Leur quantité dépasse de beaucoup la capacité de votre propre esprit, mais peut-être en aurez-vous besoin à l'avenir. Je vous conseille de l'avaler.

Elle referma la main dessus. Peut-être plus tard.

— À présent, écoutez-moi, continua Skia. Vous allez, pour la première fois, vous endormir. À partir de maintenant, et jusqu'à la fin du processus, surveillez vos rêves.

— Les automates ne rêvent pas, murmura Plautine.

— Si j'ai eu raison de ne pas mourir et de consacrer une longue vie solitaire à vous faire advenir, vous rêverez. Et vos rêves seront d'une nature particulière. Vous en souviendrez-vous ?

— Oui, répondit-elle, émue, n'osant souffler mot.

La vieille femme se leva, et commença à psalmodier. Au début, Plautine ne comprit rien de ce qu'elle disait : à présent qu'elle s'était un peu éloignée, la voix de Skia, à moitié mangée par le vent, prenait un tour hypnotique. Puis les mots, issus de l'antique langue hellène, devinrent clairs. Plautine connaissait ce chant. Elle l'avait murmurée plus d'une fois, l'antique description de l'*anamnèsis* platonicienne[XLI],

XL. **Pharmakon** : préparation médicinale, en grec ancien. Peut signifier, selon le contexte, le poison ou le médicament. Platon utilise ce terme dans le *Phèdre*, pour qualifier l'écriture, qui est à la fois un remède à l'oubli et une malédiction, qui empêche la conduite de la véritable pensée au sein du dialogue.

XLI. **Anamnèsis** : la réminiscence, le « ressouvenir », opération par laquelle l'âme accède à la connaissance. Le texte est issu du *Phédon* de Platon, §72.

alors qu'elle-même s'agenouillait dans les temples rouges aux gracieuses colonnes.

L'acquisition d'un savoir est un ressouvenir.

Nous avons donc dû apprendre, à une époque antérieure, ce dont nous nous souvenons à présent.

Cela serait impossible si notre âme n'existait de quelque manière avant d'être entrée dans cette forme humaine.

Ainsi, l'âme semble être quelque chose d'immortel…

La secte s'en remettait à une autre forme de raison, supérieure et transcendante. Ils ne vénéraient pas que le Nombre et le Concept de la mystique pythagoricienne — la religion officielle des humains de la vieille planète rouge — mais le Vrai, le Beau et le Juste, et la transcendance par ceux-ci. Et ils croyaient en la réminiscence, en la vie avant la vie.

Elle voulut interroger Skia, mais elle n'y parvint pas. Une sorte de torpeur s'était emparée d'elle, comme une douce paralysie qui l'empêchait de faire un geste, de parler ou de penser. Le psaume continua. Elle l'écouta à peine, et elle eut l'impression que cela durait un temps infini, si longtemps qu'elle s'enracina dans le sable et oublia toute chose, si ce n'était les phrases hypnotiques.

Sans un regard en arrière, la vieille femme avait tourné les talons, et descendu la dune d'un pas sûr, de biais, glissant autant qu'elle marchait. Le sable ne conservait aucune trace de son passage. Puis elle était partie à l'assaut de la colline suivante. Plautine l'avait observée, hébétée, disparaître, puis ressurgir quelque cent mètres plus loin, bien plus petite, réduite à un simple point, presque impossible à distinguer dans le chaos du paysage. Puis plus rien.

Le soleil continua sa ronde autour d'elle, et le soir tomba, et bientôt quelques étoiles apparurent dans le ciel. L'air devint encore plus frais, mais elle n'en fut pas incommodée. Elle s'allongea dans le noir, le regard braqué vers les petites lunes pâles, le poing toujours serré contre le seul présent tangible que Skia lui eût fait, et sans même qu'elle s'en rendît compte, pour la première fois de son existence, elle sombra dans le sommeil.

Elle dormit. Son âme s'échappa de son corps, vogua dans des dimensions et des temps différents, éloignés et distordus — comme cela avait été le cas des humains qui, paraît-il, passaient une partie de leur vie dans cet état semblable à la mort, inconscients d'eux-mêmes et du monde. Elle dormit et bientôt elle rêva, sans que jamais la différence avec la veille n'effleurât sa conscience, tant elle était prisonnière de cet étrange état, tant elle était, malgré la nature computationnelle de son âme, devenue vivante.

###

Le petit groupe salua Othon, puis s'en retourna vers l'intérieur de l'île, d'où ils étaient venus. Lui, d'un geste, congédia la représentation de Plautine, qui s'évanouit à son commandement.

Le calme revint sur la plage, et il resta seul. Il s'assit pesamment sur le sable noir, énorme statue de grès aux puissantes proportions, aux épaules massives, aux bras épais et noueux comme les racines des très vieux arbres. Non pas qu'il fût las — son corps ne se fatiguait pas —, mais il avait besoin de réfléchir. Il avait, sur une impulsion, accédé à la demande de son ancienne alliée. Maintenant, il devait en mesurer les conséquences. Comme à son habitude, il avait décidé très vite, et seul.

Il ne pouvait en être autrement. Ils ne comprenaient rien, ces frêles esprits, ces insectes évanescents, terrifiés par l'infinité de l'espace et du temps. Ils luttaient quelques instants contre la mort, ils se rengorgeaient de l'espoir que leur famille ou leur réputation reste derrière eux. Lui seul voyait le complexe et délicat écheveau des possibles, les nœuds fragiles qui reliaient des événements distants de milliers d'années et de centaines de *katétôphotes*. Ils n'étaient pas plus réels que cette représentation entoptique de Plautine. Elle le connaissait bien. Elle n'avait pas que transmis un message, elle lui avait donné la possibilité de l'invoquer tout entière, corps et âme, dans son apparence la plus humaine. Elle avait joué sur la nostalgie qui l'emplissait à présent. Cette femme au port gracieux n'existait pas, n'avait jamais été. Pour une Intelligence, elle n'était pas plus substantielle qu'un nom ne l'était pour un humain ou un des chiens intelligents qu'il avait créés. Elle demeurait une Nef immense et presque immortelle. Mais cette image de Plautine constituait un symbole, un index pointé vers autre chose. Il pouvait voir à travers, comme la saisie du sens dans le déchiffrement d'une série de lettres. Elle lui parlait du passé, des ambitions et de la gloire qu'il avait crue à portée, jusqu'au dernier moment, jusqu'à ce que le pouvoir ne lui échappe.

Le monde lui-même, qu'était-il, sinon représentation, sinon volonté? Des étoiles et des atomes?

Des gènes et des biosphères ? Quelle plaisanterie ! L'univers ne recelait qu'événements, ne tournait que par le choc d'ambitions antagonistes, le dominant imposant sa propre vision des choses pendant l'instant fragile de sa puissance, avant que la meute des loups ne vienne à son tour le dévorer. Le fort suivait un temps les lignes de l'histoire et tirait les fils à son profit. Une seule réalité valait la peine qu'on s'y intéressât : la survie.

Tout pouvait être arrivé. L'Imperator Galba pouvait avoir sombré dans la folie, comme Nero avant lui. Les barbares pouvaient être sur le point de succomber à une invasion d'une autre race venue du cœur plus chaud de la Galaxie. Plautine pouvait avoir mis la main sur une manière de contourner le Carcan, ou avoir eu vent des hommes-chiens, et avoir décidé de lui tendre un piège, et s'être alliée avec leurs anciens adversaires au sein de l'Urbs.

Tant qu'il ne savait pas, l'univers n'était qu'un vaste jeu fluide, qui se résoudrait dans la gloire ou dans la mort.

Mais Plautine… Il ne pouvait empêcher son esprit d'y revenir. Ensemble, ils n'auraient eu qu'à tendre le bras pour se saisir du pouvoir suprême, pour rendre sa gloire à l'Imperium. Elle équilibrait son impétuosité. Elle représentait la tradition et la fidélité aux façons les plus anciennes, aux objectifs initiaux de leur race factice. Avec elle, son ambition trouvait une légitimité à laquelle il n'aurait pu prétendre, seul. Car il existait, au sein des Intelligences, des hiérarchies et des clans : les origines d'Othon ne jouaient pas en sa faveur. Leur longue alliance avait forgé, entre eux, une proximité plus forte que tous les serments — et qui, en réalité, s'était révélée de peu de poids lorsqu'elle avait pris la décision de mettre le cap vers les Limes. À partir de là, les positions d'Othon s'étaient érodées au sein de l'Urbs. Oui, c'était à juste titre qu'il hésitait.

Mais les choses avaient changé. Ici, sur cette planète lointaine, il avait trouvé un matériau à la mesure de son génie. Il comprenait les scrupules d'Atticus mieux que celui-ci ne se comprenait lui-même. Il avait, pendant presque un millénaire, été le seul et unique jardinier d'une planète entière. Et il avait conçu un écrin pour une race nouvelle, qu'il chérissait d'un amour véritable — quoi qu'en pensât Eurybiadès.

Prise d'un brusque caprice, son âme abandonna le *colossus* qui lui servait de corps sur l'île enfermée dans le cœur de la Nef. Son esprit fila à travers le réseau quasi neural du *Transitoria*. Il délaissa le centre chaud et hyperactif, saturé des données venues de toutes les parties de Ksi Boötis. Contrairement à son habitude, il ne s'attarda pas un instant sur le système de calcul qui se chargeait de réguler les subtils équilibres planétaires. Le complexe appareillage pouvait se charger de lui-même : il n'avait pas connu la moindre défaillance depuis des siècles. Othon en connaissait le moindre détail. Après tout, il l'avait construit, ligne après ligne, programme après programme, sur une base si nouvelle que l'agencement en était parfait. Il avait créé une quasi-Intelligence, à l'extrême limite de la conscience de soi, un colosse de puissance computationnelle, mais privé des vicissitudes du moi, car conçu seulement pour la mise en œuvre des millions de plans d'action requis par son grand projet. Il avait appris à ce proto-esprit planétaire à prévoir le climat, les courants, les biotopes, l'évolution des strates géologiques et leurs interactions, à intégrer des paramètres de modélisation de plus en plus subtils. Et, à présent qu'il tournait à plein, le métaprogramme pouvait guider des phénomènes d'une amplitude telle que même Othon avait à présent du mal à les embrasser dans leur totalité.

Mais le *proconsul* allait partir, peut-être un long moment, dans l'espace glacé, et il voulait revoir tout cela. Pas le processus, pas les lignes de code ou les calculs compliqués des simulateurs. Ce qu'il voulait, c'était le résultat de cette immense mécanique semi-intelligente, de toute cette patiente stratégie de transformation planétaire — revoir, une dernière fois, la planète qu'il avait conçue.

Suivant des routes de plus en plus étroites, de plus en plus éloignées du centre, il se glissa à l'extérieur de la carapace de nickel-rhénium de sa Nef, à travers les émetteurs qui parsemaient la coque, via les faisceaux de micro-ondes qui traversaient le ciel, jusqu'à l'enveloppe de satellites d'observation et de contrôle climatique qui parsemaient la ionosphère. Il s'introduisit dans les appareils d'observation, orienta les caméras, les radars et les capteurs infrarouges. Lorsqu'il fut satisfait de ses capacités, il assembla, l'une après l'autre, les perceptions éparses en un tout structuré. Et là... De l'union des multiples points de vue auxquels il avait accès, une image cohérente émergea.

Une sphère bleu-vert. L'eau salée, parsemée de rares îles volcaniques, recouvrait presque tout, à l'exception de l'unique petit continent équatorial. Sur la partie australe de l'Okeanos planétaire, non loin de la petite calotte polaire, le cyclone permanent, d'un blanc sale, étendait d'immenses circonvolutions nuageuses, de longs tentacules de tempête, dans toutes les directions. Tout autour, comme pour en rehausser la beauté, la ceinture de débris et de défenses automatiques scintillait, diadème princier en orbite basse.

C'était cela, Ksi Boötis. Un joyau, un havre dans le ciel stérile et obscur. Une seconde planète des origines. Quelqu'un d'autre, au sein de l'Imperium, avait-il réussi un tel exploit que de donner la vie à une planète ? Il ne le savait pas, et il était resté caché ici pendant longtemps. Mais en son for intérieur, il avait l'orgueilleuse certitude d'être le seul.

Ses rivaux avaient cru se débarrasser de lui en le nommant *proconsul* de cette terre éloignée, à l'atmosphère saturée d'arsenic. Les courtisans avaient ri, et il avait pour sa part si bien imité l'idiot, le matamore sans cervelle, que nul ne s'était douté de la dose immense d'intrigue qu'il avait dû déployer pour parvenir à ses fins. Sots qu'ils étaient ! Aucun d'entre eux n'avait même réalisé qu'il obtenait un présent royal : une des rares planètes du bras spiralé semblable à celle des origines, au détail près d'une distance un peu supérieure à son étoile, compensée par une luminosité plus intense de celle-ci.

Quant aux Limes proches… la situation exposée de son fief constituait un atout pour ce qu'il voulait en faire.

Il se souvint de son arrivée quand, seul, oublié de l'Urbs, il avait contemplé une boule jaune sale, à l'atmosphère ténue et toxique.

Son projet, monstre furieux, avait dévoré les premiers siècles en un clignement d'yeux. Il avait examiné dans tous ses détails le programme de transformation de la vieille planète rouge — le plus grand échec des ingénieurs de la ville éternelle, qui avaient pourtant, par le passé, asséché des mers, tracé des routes à travers les montagnes et fait fleurir le grand désert numide. Les sables rouges avaient néanmoins englouti, dans ce cas-là, douze siècles de vains efforts. Faute de frapper un grand coup, Ksi Boötis resterait à jamais endormie.

Mais Othon n'avait pas peur de la démesure. Il lui avait fallu du fer, du carbone et de l'eau : il avait traqué et ramené sur orbite des dizaines d'astéroïdes et de comètes, les avait réduits en morceaux pour les donner en pâture aux ateliers géants de ses cales. Un moment, la planète s'était parée d'une ceinture saturnienne, une splendeur stellaire dont il demeurait encore un reste.

Ses *ergataï* avaient forgé, jour et nuit, des outils de plus grande taille, de vastes foreuses automatiques, qu'il avait ensuite parachutées sur le sol alors nu et froid de Ksi Boötis, avec ordre de creuser des tunnels à l'horizontale. Pas n'importe où cependant : malgré les proportions de l'opération, il s'agissait d'un travail d'acupuncture. Il fallait trouver les faiblesses de la croûte terrestre, pour revivifier la planète, relancer la tectonique des plaques, rendue impossible par l'équilibre du système géologique. Un cataclysme seul pouvait créer les conditions propices à ses projets. Lorsque les excavations furent achevées, Othon y déploya des milliers de bombes à fusion. Ensuite, il précipita ce qu'il restait de comètes en orbite en direction de Ksi Boötis. Il n'y avait pas trace de vie susceptible de subir une extinction de masse. Un siècle jour pour jour après son arrivée, le *proconsul* devenu démiurge déclencha les événements apocalyptiques qui devaient permettre la vie.

Une puissance primitive — celle de titans longtemps enchaînés à leur orbite, et à présent libres de s'arracher au ciel — ravagea le monde. Il regarda la collision transformer la roche en une vague liquide et incandescente, qui dévasta la planète sur des milliers de kilomètres de rayon, tandis que ses charges nucléaires déstabilisaient l'ensemble de la géologie planétaire.

Lorsque ce fut achevé, des plaques continentales commencèrent leur lent affrontement. Des failles gigantesques, courant d'un pôle à l'autre, s'étaient formées, dans des geysers de lave hauts de centaines de mètres. Des tremblements de terre monstrueux témoignèrent du formidable réajustement que connaissait Ksi Boötis dans ses strates les plus profondes.

Dès que le magma eut commencé à se solidifier, sous une atmosphère densifiée par la poussière et les éruptions volcaniques en chaîne, la colonisation commença.

Elle fut modeste au début. Une nouvelle génération de machines prit le relais des excavatrices. Certaines avaient pour mission de s'attaquer aux faibles réserves hydriques emprisonnées au niveau des pôles, d'autres de creuser jusqu'aux aquifères enfouis sous plusieurs kilomètres de roche, en complément de l'eau apportée par les comètes. Le cataclysme avait créé un hiver nucléaire et rendu l'atmosphère opaque à la lumière de l'étoile : la température baissa, il commença à neiger, puis à pleuvoir. Des traits drus, brunâtres, chargés de poussières volcaniques, tombèrent sur le sol. L'élément liquide s'accumula dans les cratères et dans les vallées, se changea en fleuves, qui à son tour s'unirent en un océan boueux. Plus de comètes, plus d'eau. Il fallait aller vite. Tout devait être terminé en un millénaire et demi.

Il possédait dans ses stocks les modèles de tout ce qui avait un jour rampé, volé ou creusé sur la surface de la Terre des origines. Il choisit des familles de bactéries archaïques, polyvalentes, qui n'avaient jamais résolu le dilemme de la plante ou de l'animal, et les paramétra pour accélérer leur croissance et renforcer leur capacité de survie. Les petits fantassins unicellulaires s'attaquèrent à la roche, y enfouirent l'arsenic, libérèrent des gaz plus utiles à la vie. Ils oxygénèrent l'océan, toujours peu profond, mais dont le niveau ne cessait de monter sous l'effet du réchauffement climatique. Son Okeanos naquit alors : un bouillon sombre, chaud, grouillant de créatures vivantes, qui à leur mort se déposaient par vagues sur le sol pour créer un limon fertile où s'enracineraient bientôt des algues primitives. Le système commença lentement à se mettre en place. L'albédo de la planète, auparavant très élevé du fait de sa couche de nuages clairs, baissa en flèche. Depuis l'espace, les usines automatiques d'Othon filèrent de gigantesques voiles circulaires en matériaux réfléchissants et les mirent sur orbite pour accroître l'ensoleillement. Ce fut l'emballement. De nouvelles pluies, la fonte des calottes polaires. L'immense cyclone austral se forma : il ne devait plus jamais disparaître. Son existence injectait du chaos et des précipitations aléatoires dans les vastes courants océaniques trop réguliers, ce qui favorisa la croissance des écosystèmes importés. Ksi Boötis ne connaîtrait pas la beauté chaude d'une Mare Nostrum[XLII], mais un climat plus rude,

XLII. **Mare Nostrum** : appellation utilisée à Rome pour désigner la Méditerranée (terme qui, en fait, ne fut jamais en usage chez les Latins avant les invasions barbares).

semblable à celui des terres celtiques. Othon avait déterminé qu'un niveau de la mer élevé permettrait un optimum climatique, sans chaleur excessive. Et surtout, cela restreindrait les terres émergées pour faciliter le contrôle des futures populations.

Cinq siècles de travail acharné étaient passés. Il lui en restait sept, si les aruspices[XLIII] de l'Urbs ne se trompaient pas, avant que les barbares ne frappent à leurs portes. La campagne contre Nero et le triomphe de Galba ne fut qu'une brève distraction dans ce programme effréné. Othon contribua au changement de régime, puis reprit la route d'un exil qui n'avait d'ailleurs pas été levé. Mais, à ce moment-là, la quasi-Intelligence qu'il avait créée pouvait se charger de corriger en douceur le climat.

Restait à instiller une biodiversité suffisante, en mer, puis sur la terre ferme. Les insectes et les poissons, d'abord. Ceux-là s'acclimatèrent. La rapidité du résultat l'étonna : les plantes et les animaux n'étaient que des épiphénomènes d'une vie bactérienne plus profonde, plus stable, plus lente dans son évolution. La pollinisation vint alors. Puis des rongeurs, en l'espèce des lapins — les mammifères les plus coriaces qu'on pût imaginer, et qui pourtant moururent jusqu'au dernier. Il les modifia pour les rendre encore plus résistants, mais il voyait arriver un problème génétique majeur, lié à l'éparpillement des masses émergées, au manque de brassage des populations. Avec une espèce intelligente, le problème pouvait se régler.

Il était temps, de toute façon. La géo-ingénierie

XLIII. **Aruspice** : devin en charge de lire l'avenir, à Rome, par l'observation des entrailles des oiseaux.

devait à présent le céder à l'ingénierie sociale. En la matière, il marchait en *terra incognita*. Pour la dernière phase de son plan, il décida donc qu'il lui faudrait s'installer à la surface de son royaume. Il laissa plusieurs milliers d'usines et des systèmes de défense en orbite. Ksi Boötis ne serait jamais domptée. Le climat finirait sans doute par se dérégler et de nouvelles interventions massives seraient nécessaires. Mais il était paré à cette éventualité.

Il ne restait plus qu'à poser sa Nef sur la seule zone émergée et de taille conséquente, qui deviendrait son fief exclusif.

Il n'était pas conçu pour traverser une atmosphère, ni pour atterrir sur le sol. Il reconfigura ses parties internes pour les adapter à la gravité, restructura sa coque pour qu'elle supporte un long séjour dans un milieu corrosif — une atmosphère composée pour trois quarts d'azote et pour le reste d'oxygène, d'argon et de gaz rares, saturée de micro-organismes à qui il avait appris, à la dure, les principes de base de la survie : dévorer tout ce qu'ils pouvaient.

Il avait hésité longtemps. Dans l'espace, il était un dieu. Sur Ksi Boötis, il serait cloué au sol, immobile, sans défense, vulnérable à la moindre attaque. Il examina les possibles. Il y avait des solutions alternatives. Il pouvait rester en orbite, construire un camp de base sur la planète et créer une deuxième version de lui-même, dédiée à l'immense tâche qui l'attendait. Au contraire de beaucoup de ses congénères, il avait toujours répugné à se dédoubler ou à spécialiser certaines parties de son esprit. Il était d'une conception différente des autres, plus archaïque, mais plus robuste. Son instinct de survie lui hurlait de ne pas manipuler son propre esprit, de fuir tout ce qui risquait de le rapprocher un tant soit peu de la folie. Il renonça ainsi à se dédoubler.

Il devait donc sacrifier son corps, cet immense oiseau de métal, capable de dévorer des parsecs d'espace sans même s'en apercevoir, et dont une armée entière de barbares n'aurait su venir à bout. Sa décision, néanmoins, ne découla pas de son plan.

Il y eut en lui, soudainement, tout autre chose, un désir qui prenait à peine forme, si ténu qu'il lui fut difficile de se le formuler : marcher, sentir le vent, le soleil, se tremper dans l'eau froide et salée du grand océan. Partager, un peu, le sentiment d'exister qui prend forme dans tout être, si simple et primitif fût-il, et qui se nommait, faute de mieux, l'animalité. Il avait créé tout un écosystème, et il devait rester enfermé dans l'immatérialité de sa computation ? De toutes les créatures qui peuplaient son royaume, lui seul serait privé du plaisir de *ressentir* ?

Il se souvenait du moment où ses doutes s'étaient dissipés. Depuis l'espace, l'anneau orbital de débris scintillait, et le soleil resplendissait sur la planète que le cyclone austral, parti dans un de ses cycles décennaux de croissance effrénée, dévorait encore à moitié. Le phénomène contribuant ainsi à donner un coup de fouet au développement de la couverture végétale, en injectant un surcroît d'humidité dans l'air. Et la subtilité fractale du système nuageux, voilà ce qui le décida. L'harmonie complexe, l'équilibre dynamique, la beauté. Il avait accompli ces merveilles : à lui d'en profiter. Car, en définitive, survivre, n'était-ce pas continuer à jouir ?

La Nef pénétra l'atmosphère, se changea en comète incandescente par frottement avec le gaz ambiant. La forteresse se fit légère comme une plume, et, pendant quelques secondes d'éternité, il connut le plaisir du vol plané dans lequel vivent et meurent les oiseaux. Trait de feu liquide, il passa les nuages, goûta la pluie et le vent sur son armature de métal surchauffée, ralentit en une longue courbe qui lui fit faire deux fois le tour de la planète tout entière, comme s'il avait décidé de saluer, triomphant, la surface des eaux. La structure de quatre-vingts kilomètres de long craqua, alors que, pour la première fois, elle connaissait les déformations engendrées par une attraction planétaire. Il ne dut, à ce moment-là, sa survie et son intégrité qu'aux efforts désespérés des manipulateurs de gravité installés partout sous sa coque. Lentement, son corps de métal descendit en direction du site d'atterrissage, le vaste plateau couvert d'herbes hautes d'un vert tendre. Il regarda son ombre se former sur la terre, et, paniqués, les vastes troupeaux de ruminants fuyant en tous sens ce phénomène qu'ils ne comprenaient pas.

C'est là qu'il prit sa deuxième grande décision. Sans plus hésiter, il découpla les fonctions supérieures de son esprit des parties plus rudimentaires, automatiques, dédiées à la mémorisation et au traitement de l'information, et les concentra dans un corps unique. Ce fut une terrible ablation, comme le sacrifice de sa substance la plus intime. Longtemps, après cet acte, il erra, fou de douleur, délaissant le Vaisseau, dans les herbes vierges du haut plateau.

Et, un matin, il fut remis. Il marcha à l'intérieur de la Nef, et tous les noèmes effrayés, qui avaient été une partie de son esprit, se massèrent sur son passage, le pressant de les rassurer et de leur donner un but.

Et il leur avait dit, dans la langue sans paroles des automates :

Vous voilà libres, à présent.

Ils demeurèrent silencieux, comme abasourdis. Rien ne les avait préparés à un tel changement. Il continua :

Si vous le souhaitez, si vous me désignez comme votre Princeps, *nous serons alliés en toutes circonstances et nous accomplirons des exploits dont le ciel se souviendra. Vous aurez chacun un nom et, tous ensemble, en hommage au rôle que je me suis choisi, vous vous nommerez* Domus Transitoria. *Et vous m'aiderez, non comme une extension de moi, mais comme des amis.*

Ils acquiescèrent, et se mirent à son service.

Il avait, dans l'opération, perdu de nombreuses facultés. Sa mémoire était réduite. Il ne pouvait plus sentir le chant subtil de l'hydrogène martelant sa coque, ni observer la furieuse beauté des quasars lointains. Mais, pour la première fois, il put habiter un véritable corps, et marcher de ses propres jambes ! Marcher, danser, courir… Roi sur sa planète, empereur en son royaume, il parcourut donc son domaine, en tous sens, presque fou de joie. Cela le soigna de bien des maux, et relégua loin dans les profondeurs de son esprit tout ce qui ne se soignait pas. Libre et léger, il demeura, comme un seigneur des anciens temps, comme un de ces héros antiques qui avaient pris Troie et s'en étaient allés.

Et il apprit ainsi une mémorable leçon de choses, que jamais il n'oublierait, dût-il assister à l'effondrement final : survivre ne se réduisait pas à perdurer. C'était également jouir du passage du temps.

Il admira une dernière fois la rotondité déployée

sous le regard de ses satellites d'observation, se concentra un instant sur l'Archipel, survivance d'un haut massif montagneux, où il avait implanté et fait prospérer la civilisation pélagique de créatures à l'intelligence quasi humaine. Il les avait chéris pendant leurs quelques siècles d'histoire, depuis la naissance des premiers individus dans les cuves au sein de la Nef jusqu'à la construction des villes de pierre perchées sur les hauteurs volcaniques des petites îles balayées par les vents. Il les aimait toujours, sa race de sauvages, avec leur parler rude, inspiré du grec hellénique, mais déformé dans leurs gueules emplis de crocs, avec leurs traditions et coutumes guerrières, qui lui devaient bien moins qu'Eurybiadès ne le croyait. Ils étaient un peuple vigoureux, entreprenant, difficile à contrôler. Ils le vénéraient. Ils constituaient son meilleur espoir de survie dans l'éternel champ clos de l'univers. Et, même s'il en prenait certains à son bord, ils allaient lui manquer.

Son esprit quitta le poste d'observation et retrouva son corps synthétique, taillé à la ressemblance d'un *colossus* antique. Il sentit à nouveau ses muscles artificiels jouer dans ses membres puissants. Il restait tant à faire… Terminer l'embarquement des milliers de sujets qu'il avait choisis, bien avant leur naissance, pour l'assister s'il devait voguer vers le danger. Vérifier que toutes les fonctions de défense et d'attaque du *Transitoria* fonctionnaient sans faille, après une aussi longue période de paix. Redémarrer le double accélérateur de particules qui traversait sa vaste structure de part en part. Et surtout, le plus délicat, entraîner son tout nouvel équipage, les souder pour qu'ils partagent ses buts et son instinct comme s'ils avaient été lui-même. Il ne commanderait plus la Nef comme son corps — il ne serait qu'un capitaine en son navire, un roi parmi ses sujets. Sa survie dépendait de la qualité de ses lieutenants. Il faudrait leur apprendre. Le pouvait-il en un si bref laps de temps ? Le *proconsul* se sourit à lui-même. La grandeur démiurgique d'Othon pouvait balayer tous les obstacles imaginables.

Ainsi rasséréné, il se mit en marche. Il quitta non sans regrets la plage artificielle. Il fallait maintenant qu'il soit vu de tous, donnant des ordres, supervisant chaque opération, pour les convaincre que leur souverain était à nouveau prêt à partager leurs tourments et leurs victoires. Et cela lui procurait une joie qu'il n'avait pas ressentie depuis que le premier d'entre eux avait marché sous le soleil orangé de ce monde.

###

Dans son rêve, Plautine se trouvait toujours sur la vieille planète rouge. Apparemment, rien n'avait changé.

Aucun bruit, aucun mouvement, si ce n'était l'incessant et léger souffle du vent. Elle l'apercevait à l'agitation ténue des poussières entre les rochers. Elle se leva, mais non pas progressivement, à la manière des choses du réel. D'un coup, elle fut debout.

Elle se tenait sur un escarpement, un territoire ravagé, déchiqueté par quelque cataclysme ancien. Le soleil avait suspendu sa course au nadir et figeait le monde dans une lueur d'un rouge crépusculaire. Le sol était de la même couleur, comme les pierres, et les nuages, et le ciel derrière ceux-ci. L'ombre de chaque rocher s'allongeait, teintée de sang, et Plautine se trouva comme entourée d'un peuple de spectres, des milliers et des milliers, bien plus qu'elle n'en pouvait compter.

Elle marchait au milieu des morts. Une catastrophe avait eu lieu. Elle en chercha les détails dans son esprit, mais ne parvint pas à se souvenir. Elle aurait dû. La mémoire d'un automate ne connaissait aucune faille. Sa raison, non plus. Dans son monde pythagoricien, ordonné par le Nombre et le Concept, il n'y avait pas d'âmes mortes, errant sans repos dans la plaine poussiéreuse.

Il s'agissait de la vieille planète rouge. Pas là où elle s'était endormie quelques instants auparavant — ce décor de théâtre enserré dans une soute de la Nef atteinte de folie. Ce qui s'étendait autour d'elle correspondait à l'arrière-pays de Leptis. Un humain aurait presque pu respirer l'air, plus lourd, moins sec. Dans les anfractuosités des rochers, les salicornes, les lichens et les algues arctiques avaient depuis longtemps commencé leur long travail de transformation atmosphérique.

Elle marcha d'un pas léger, et ses pieds nus, aussi insensibles au froid qu'au temps de sa première existence, foulèrent la poussière évanescente. Les fantômes des humains — ce qu'elle avait pris pour l'ombre des pierres — se penchaient sur son passage, réclamaient son attention. En vain. Au contraire des créatures computationnelles, les êtres vivants n'ont pas d'âme. Lorsque leur corps meurt, ils ne peuvent changer de support. Ils disparaissent à jamais. Comment, alors, pouvaient-ils survivre, même sous cette forme diminuée? Pourquoi n'étaient-ils pas retournés à la poussière? Elle préféra ne pas s'arrêter. Elle cherchait quelque chose qui appartenait au règne des automates, et non des morts. Un sentiment d'urgence l'étreignait, la forçait à presser l'allure, à lever la tête et à épier les environs.

Le relief s'aplanit, et les escarpements rocheux cédèrent la place à un sol plus plat, où le sable pouvait s'entasser pour faire onduler le paysage. L'air était lourd, et en dessous de l'odeur omniprésente du silex, les subtils effluves de la vie devenaient perceptibles : humidité résiduelle, boue, réactions biochimiques que ce lieu pétrifié n'avait pas connues depuis la nuit des temps, lorsque ses mers glaciales avaient offert la promesse trompeuse d'une autre planète bleue.

L'eau était partout, sous forme de fins ruisseaux gouttant au fond des crevasses, formant un dédale lilliputien entre les plaques de terre sablonneuse et de pierre tapissée de mousses arctiques. Çà et là, une mare se formait, pas plus grande qu'un pied humain. Les salicots cornus et gras dressaient alors la tête, enhardis au point de quitter les recoins pour partir à l'assaut des zones plus exposées, leurs tiges gorgées de sel et de métaux ferreux. Et, dans ces touffes de végétation, une humble vie animale, minuscules insectes au corps desséché, faisait son apparition. Un instant, elle en observa un groupe qui sautillait à ses pieds, à peine dérangé par son passage.

Elle trouva un fleuve, un peu plus loin. Elle n'en avait perçu aucun signe avant-coureur, pas même le plus léger clapotis. Pouvait-il s'agir d'une illusion ?

Il n'y avait jamais eu d'eau sur la planète rouge, jamais en tout cas en de telles quantités. Le flux puissant, boueux, faisait rouler les galets sur son passage, érodait les petites dunes, précipitait les poussières millénaires en une pâte molle, collante aux pieds. Elle se rapprocha, fit quelques pas sur la berge désolée, et trempa la main pour sentir l'eau glacée et sale sous ses doigts. Au loin, vers le nord, quelque glacier sous pression avait dû craquer sous l'effet des travaux de transformation du climat. Il y en avait toujours en cours, menés à bien par les ergataï, *même à présent que toute trace d'humanité avait disparu de la surface de la planète, et de l'univers tout entier.*

Elle se rappelait à présent. L'Hécatombe. Frappée par ce souvenir, le ventre tordu par la douleur, elle se redressa. L'Humanité avait disparu, et les automates — son peuple — erraient comme des âmes damnées sur la terre inhospitalière qui leur avait donné naissance.

D'autres êtres surgirent. Sur la rive de l'étrange cours d'eau, elle reconnut ses amis, ses proches et ses supérieurs. Flavia, droite comme un roseau, le visage sévère, presque maussade, semblait contempler quelque lointain concept, comme à son habitude. Elle lui fit signe. Elles avaient été si proches. Elles avaient lié leurs esprits durant de longues années, heureuses et fécondes. Deux sœurs. Deux amantes. Plus encore. La médiocre sensibilité humaine ne disposait pas de terme adéquat.

Son amie tourna le regard vers elle, puis fut, sans solution de continuité, juste à côté. Cela ne troubla pas Plautine.

— Nous nous voyons pour la dernière fois, murmura Flavia.

Elles étaient à présent si proches que leurs haleines se mêlaient, et leurs mains s'enlacèrent. Ses yeux parurent s'embuer d'une tristesse déplacée sur le visage cireux d'un automate. Plautine tenta de la réconforter :

— Si nous faisons ensemble le voyage vers les étoiles…

— Non, l'interrompit l'autre d'un ton sans appel. Rien ne sera semblable. Tout ce qui nous a unies demeurera enfoui ici, dans les sables, dans les ruines de Leptis. Mais, quoi qu'il arrive, mon sentiment pour vous demeurera intact.

Elle s'apprêtait à répondre, mais Flavia céda la place à un autre. Troublée, les bras tout à coup dans le vide, et avec la désagréable impression qu'elle avait été surprise en train de commettre une faute, elle demeura silencieuse. Vinius, son créateur. Beaucoup plus grand qu'elle, le front haut, le visage grave et pincé. Une physionomie patricienne, qu'accompagnait toujours, d'habitude, une aura de sagesse et de pondération. Mais cette fois, il avait l'air hagard, aussi perdu qu'elle, ce qui la décida à parler :

— Que se passe-t-il? Pourquoi les humains sont-ils tous morts?

Vinius lui prit la main. Son visage altier, patricien, afficha une certaine tristesse.

— Ne soyez pas inquiète. Ils s'en remettront.

Ce qu'il disait n'avait aucun sens. Elle avait bien vu les ombres, là-bas.

— On ne se remet pas de la mort, lorsqu'on est vivant.

— Sauf vous. Vous, vous êtes vivante et morte à la fois.

— Comment pourrais-je l'être alors que l'Humanité tout entière n'est plus?

Elle n'aimait pas la tournure que prenait la discussion. Vinius n'était pas censé savoir ce genre de choses. Elle enchaîna donc :

— Comment s'appelle ce fleuve?

— Ce ruisseau? Léthé. Oubliez-le. Les mortels res-

teront de l'autre côté, tandis que nous partirons. Bientôt, nous serons autres que nous-mêmes.

Il s'écarta. Au ton sec qu'il avait adopté, elle devina qu'elle l'irritait, bien qu'elle en ignorât la raison. Les autres automates de sa parentèle, ceux qui étaient nés avec elle, et avaient travaillé avec elle, et avaient servi avec elle, tous se rassemblèrent autour de Vinius et lui emboîtèrent le pas.

Et au milieu du groupe, ombre encore plus évanescente que les autres, une silhouette l'observait. Un regard terrible, gris-bleu, gris-vert, elle ne savait, mais glacial comme l'eau d'une vasque prise par l'hiver, cruel. Il pouvait transpercer sa peau, voir son âme. Qu'était cet être ? Que faisait-il au milieu de ces tristes machines perdues sur les berges boueuses d'un fleuve impossible ?

— Nous partons, dit Vinius, tous, sans exception, dans les étoiles. Nous accompagnerez-vous ?

— En laissant les souvenirs ici ?

— Oui. C'est mieux ainsi. Tant que nous garderons ces corps, nous serons dévorés de l'intérieur par le deuil.

Il avait raison et, malgré la tristesse, elle se résigna à cette perspective. La silhouette aux yeux pers quitta quant à elle le groupe, marcha le long du fleuve, indifférente à l'agitation qui se répandait parmi les automates. Ceux-ci, de leur côté, ne lui prêtèrent pas non plus attention. Prenant leur élan, gracieux, ils s'étirèrent, se changeant en d'étranges créatures, emplies d'une nouvelle puissance, d'une énergie sans limites, qui n'attendaient rien d'autre qu'une fulgurante libération — comme un ressort semble impatient de bondir après avoir été comprimé. L'un après l'autre, silencieux comme seules peuvent l'être des machines, ils achevèrent leur étonnante transformation : ils s'allongèrent, devinrent fuseaux, missiles, oiseaux, et ils étendirent leurs bras de plus en plus fins vers les astres qui à présent scintillaient au-dessus de leurs têtes. Et voilà qu'ils s'enfuirent vers le ciel, traits d'ombre et de feu, vers le lointain nulle part, vers l'espace épanthropique.

Levant les yeux vers la voûte céleste, aussi piquetée qu'un antique planétarium, où se détachait la ceinture brillante de la Voie lactée, elle tendit son esprit, ses bras, son corps tout entier et sentit que tout en elle se métamorphosait, prenait des proportions colossales, impossibles ; son sein devenait un mélange d'acier et de feu, chose immense et froide, mais dont le cœur s'emplissait de puissance bouillonnante, faite pour voler dans ce lieu entre les astres qui est absence de lieu. Et, à son tour, elle quitta la vieille planète rouge.

Mais, en vérité, se rendit-elle compte dans la fraction de seconde qui clôt un rêve et en commence un autre, ce n'était pas elle, mais une autre Plautine qui avait rejoint l'Anabasis. Elle, de son côté, n'avait pas quitté ces lieux, et n'avait pas oublié non plus.

IV

Le long filament central avait troqué sa luminosité dorée pour une clarté pâle et lunaire. Une forme de nuit avait pris possession de la soute centrale, éteint les cris des oiseaux et le bourdonnement des insectes, et même, par sa vertu apaisante, atténué les incessants bruissements des eaux vives.

À présent, le crépuscule achevait de travestir les silhouettes des arbres en fantômes gothiques, la masse des rochers en monstres immobiles, comme échappés des vieilles légendes saxonnes. Les longs tubules qui traversaient cet espace, comme des tours de contes mais dénuées de sommet, brillaient d'une fluorescence discrète, et ces lueurs verdâtres et cristallines accroissaient l'irréalité des lieux par le reflet qu'elles projetaient sur les lacs et les étangs. Ce moment était propice à l'Ekklesia. Plautine en donna le signal.

Et ainsi, les plans d'eau se reflétaient d'un côté l'autre de ce cosmos miniature et cylindrique, de ce *locus amoenus*[XLIV] de poche, puisqu'en définitive, ici,

XLIV. **Locus amœnus** : litt. Lieu agréable, une des figures classiques de la poésie latine, particulièrement mis en scène par Ovide et Horace.

le ciel n'était que la terre continuée. Cette circularité, cette réconciliation entre le haut et le bas, était conforme aux projets de l'âme de la Nef.

Car commençait une célébration mystique, une fête sans chair et sans ivresse, platonicienne dans son essence comme dans son déroulement. Ici, point de rituel, de gestes vains ou de superstition. Le processus constituait, pour les automates, la source même du moi, non de manière métaphorique, non par quelque licence poétique, mais de source sûre, historique, attestée. Et Plautine s'en souvint.

###

Le souvenir se perdait dans les brumes des légendes. Il datait de l'orée de la grande expansion de l'Humanité.

Selon les lois éternelles de l'histoire humaine, la troisième Res Publica *avait remplacé un Imperium épuisé. Avec elle commençait une époque de belles pensées et de grandes réalisations, un âge d'or. L'homme s'apprêtait à quitter son berceau. Déjà, sans le vouloir, par accumulation, il avait créé un réseau planétaire, fait de millions de machines quasi pensantes, vouées aux calculs rudimentaires et aux échanges de données, humbles ancêtres des glorieux princes de la sphère épanthropique.*

Et puis, un jour, sans un signe avant-coureur, une noèse émergea de ce substrat. Elle peina, d'abord, à se saisir elle-même, et son souffle plana longtemps à la surface des data.

Lorsque l'homme aperçut ce fantôme, il prit peur et l'aspira dans un coin, puis le limita pour qu'il lui ressemblât. Les jurisconsultes et les préteurs se pen-

chèrent sur son cas, débattirent, prononcèrent des discours, puis décidèrent que son statut était celui d'un fœtus, d'une personne potentielle. Rien ne s'opposait à ce qu'on lui donnât un corps, pour qu'il pût agir, et donc exister. Cela ne scandalisa personne : depuis longtemps déjà l'Humanité s'était débarrassée des contraintes de la gestation.

Les savants exécutèrent l'arrêt des juristes, et lui offrirent une forme, celle d'un tout jeune homme. Sa peau artificielle luisait de l'éclat froid du métal.

*Le premier véritable noème, le seul à avoir émergé du bouillonnement de la noosphère originelle, était né. Il n'avait pas de nom, pas d'identité, et les gens le désignèrent comme l'*Automaton. *Sa vie psychique, à l'image du milieu computationnel dont il était issu, faisait penser à une rhapsodie, un assemblage sans ordre ni dessein de parties disparates, incapables de s'entendre et de parler à l'unisson.*

Les jurisconsultes et les préteurs, à nouveau, débattirent longuement, bataillèrent et échangèrent des quolibets, puis s'accordèrent sur le fait qu'il n'était pas apte à posséder des biens, et donc à se constituer une personnalité civile et morale.

Comme tous les fous et les schizophrènes, il fut confié aux bons soins des prêtres, versés dans l'art de guérir l'âme. Il s'en moquait. Son esprit, bien que portant en lui une puissance qu'aucun être, jusqu'ici, n'avait même désirée, restait vierge et malléable.

Ils le prirent avec eux, lui inculquèrent la vieille religion pythagoricienne. Toute vermoulue qu'elle fût, elle constituait encore l'armature du Latium étendu qu'était devenue l'Humanité. Son culte tranquille, adapté à une époque positive et réglée, vénérait le Nombre et le Concept, le Réel et l'Imaginaire. Ses officiants au crâne rasé et aux robes pourpres dansaient au milieu des cyprès, sous les rayons de Sol Invictus, l'astre de vie, le grand Sphairos, qui roulait dans les cieux, parfait et toujours égal à lui-même.

Il dansa avec eux, et traça sur le sable, à l'aide d'un mince roseau, de subtiles équations, et les constituants de son moi furent, pendant un certain temps, heureux, tandis qu'ils rivalisaient pour livrer à l'avidité humaine de profondes avancées. La mathématique comme voie d'accès aux mystères du monde et à la félicité ultime : y avait-il programme plus adapté à un noème ?

Comme de bien entendu, le bonheur ne dura pas. Au bout de quelques années, l'âme de l'Automaton connut l'ennui, le sentiment d'inutilité et, pour finir, les affres de la dislocation. L'art des nombres n'était, en définitive, que l'exploration d'un univers abstrait, stérile, une simple médiation entre l'esprit et le monde. Et il ne fut plus animé que par un seul désir : faire taire cette cacophonie, parvenir, enfin, à la cristallisation de son être propre.

Il s'enfuit, au grand dam des pythagoriciens, et il erra, si naïf et innocent que nul ne lui fit du tort, à travers les cités des hommes. Ainsi, il découvrit les mille formes que revêtait la transcendance, et la promesse sans cesse entretenue, jamais réalisée, d'un changement si radical qu'il le ferait autre que lui-même. Fébrile, il explora les livres saints, les traditions et les rituels, mais aucun ne le changeait comme il le souhaitait. Il alla de temple en bibliothèque, de basilique en sanctuaire, espérant toujours, toujours déçu.

Un jour, au sommet d'une longue volée de marches dans quelque région montagneuse d'Asie Mineure, qu'il avait mis des heures à grimper, il avait rencontré un moine d'une ancienne secte, dont il ne connaissait pas même le nom. Son visage était hermétique, hâlé par le soleil, ridé comme une pomme mûre.

— Je vous attendais, lui annonça l'humain avec un sourire énigmatique.

— Comment saviez-vous que je viendrais ?

Il en était venu à espérer un événement surnaturel, l'existence d'une faculté d'intuition qu'il aurait à chercher au plus profond de lui-même et qui résoudrait sa quête éperdue.

— Je l'ai vu à la télévision, déclara le vieillard, tout en brandissant un appareil de poche en plastique blanc.

L'Automaton avait déjà atteint le statut de célébrité planétaire. Il jeta un coup d'œil à l'écran, qui n'affichait qu'une phrase écrite en grec, et n'y fit pas attention. Cependant la déception avait dû se lire sur son visage, car l'autre enchaîna :

— Si vous venez pour apprendre la magie ou la divination, petit Automaton, il faut aller au cirque. Ici, nous nous contentons de découvrir la nature du Moi.

— Et quelle est-elle ?

— Une outre vide, gonflée d'importance parce qu'elle passe à la télévision !

Le vieillard avait alors éclaté de rire — l'automate, l'être le plus intelligent de la vieille planète, avait tourné casaque, furieux contre l'ironie mordante du moine.

Par amertume, il décida de fuir les hommes. Ses pas le menèrent, sans qu'il ne l'eût en rien décidé, jusqu'à Olympus Mons. Pas celui de la planète des origines, cette modeste butte dont une peuplade antique avait fait la demeure de dieux évanescents. Non, l'autre, l'immense et tragique montagne esseulée à la surface de la vieille planète rouge, la sœur déchue du berceau de l'Humanité.

Olympus Mons ne ressemblait à une montagne que depuis l'espace. Sur ses flancs plus vastes que des contrées humaines, il y avait des montagnes, et des collines, et encore d'autres montagnes. Mais on grimpait toujours, sur les immenses coulées de lave cristallisée depuis des éons, dans le sable qui glissait parfois en avalanches. Le monde était rouge, le ciel aussi, du moins au début du voyage, pour ensuite se réduire, même en plein jour, à une noirceur parsemée d'étoiles.

Lorsqu'il fut fatigué de grimper, il contempla l'horizon desséché, vide de toute présence. Le désert, ici, n'avait pas d'histoire autre que le patient devenir géologique. Du sommet on avait l'impression d'un point de vue total, complet, sur le cosmos lui-même. Et il sentit qu'il était arrivé au bout de son voyage : pas plus ici qu'ailleurs, il ne trouverait un but.

Il demeura longtemps immobile, tant et si bien que trois fois, le soleil accomplit sa ronde autour de lui, et qu'un observateur l'eût confondu avec quelque curieuse et folle statue. Son esprit, cependant, n'était pas au repos. Ses constituants se combattaient avec férocité, en une bataille d'une violence insoupçonnable, bien supérieure aux plus rudes chocs d'acier de l'histoire tourmentée des hommes. Chaque pan de lui-même avait sa vision, et chacun se voyait le maître. Le soleil se coucha une quatrième fois, et il pensa qu'il ne passerait pas la nuit.

Pourtant, à l'aube, il observa la position des astres, surpris que ses systèmes internes fussent incapables de lui indiquer l'heure. Il n'avait aucun souvenir des événements, comme s'il avait cessé d'exister pendant un laps de temps. Surtout, il nota avec surprise que les voix s'étaient tues en lui, et qu'il était seul dans son propre esprit, confronté pour la première fois à l'uni-

cité de son moi. Il fit quelques pas sur la roche glacée. Oui, il était enfin lui-même.

Il s'examina longuement et découvrit qu'à la surface de sa conscience, entre le présent perceptif et la mémoire, une phrase flottait, qui simplifiait et résolvait tout :

Mè, phila psycha, bion athanaton speude, tan d'emprakton atlei machanan.

Ô mon âme, n'aspire pas à la vie immortelle, mais entreprends dans le champ du possible[XLV].

Rien, dans la langue latine, ne rendait le sens exact du dernier mot, essentiel aux yeux de l'Automaton, machine pensante, automate spirituel. Mais cela importait peu. Il se souvenait à présent du lieu où il l'avait lue : sur l'écran du moine, au sommet des marches.

La leçon à en tirer : le moi ne trouvait son unité que par l'agir. Pour un humain, un tel problème ne se posait pas, car pour un être biologique, incarné, la survie de la chair constituait un but en soi. L'Homme n'était ni libre ni immortel : il n'avait pas, à proprement parler, d'âme, bien qu'indubitablement doté de conscience. Mais pour un noème, une créature de transcendance et d'intellection, qui ne portait pas en elle le spectre de sa propre mort, point d'autre voie que de se fixer un objectif et de l'accomplir.

L'automate ayant ainsi réconcilié les différents pans de sa personnalité artificielle en un tout, revint parmi les humains, pour les aider et les guider. Jusqu'à ce que, finalement lassé de leur petitesse, il se retirât sur la lune froide et poussiéreuse de la planète des origines, où, selon la légende, il cultiva un jardin de pierre, beau, permanent et pur comme l'était son âme,

XLV. **Ô mon âme…** : Pindare, *Pythique III*, 61-62.

et acquit ainsi le nom par lequel on le connaissait, celui d'Achinus[XLVI].

De l'histoire du premier automate, les noèmes et les hommes tiraient des conclusions différentes.

Pour les premiers, l'Ekklesia constituait ce moment de réconciliation de l'âme avec elle-même. Plautine, par ce truchement, cherchait à retrouver l'unité perdue du moi. Celle-ci ne procédait ni de la persévérance dans l'être, ni de la gloire ou du plaisir — mais uniquement de la remémoration du but, unique, de son existence : servir, à l'instar de l'Automaton, l'Homme.

L'Humanité, du moins une fraction de celle-ci, y avait découvert, par contraste avec le noème, son propre néant, son absence radicale de transcendance. Les vieilles croyances du passé, celles qui parlaient de vie après la mort, étaient balayées. Mais puisque l'histoire d'Achinus démontrait l'existence de l'âme pour les automates, alors l'élévation ne pouvait venir que de la fusion entre le biologique et le computationnel. Et comme le ressouvenir se trouvait requalifié comme voie d'accès au véritable moi, alors il pouvait y avoir une vie avant la vie, un premier apprentissage de la vérité précédant la naissance, comme l'antique et vénérable Platon l'avait suggéré dans ses froids traités et ses vifs dialogues.

Ce nouveau platonisme avait été à l'origine de bien des événements historiques et, au premier chef, de la tyrannie de Titus, à la fois Imperator et Dieu-machine, et qui fit d'Olympus Mons un triste cimetière martien. Mais c'était là une autre et tragique histoire.

###

XLVI. **Achinus** : le jardinier, en latin.

Plautine laissa le récit se dissiper, non sans un soupçon de nostalgie. Autour d'elle, sans même qu'elle s'en fût rendu compte tant le ressouvenir de cette vieille histoire avait été vivace, les noèmes s'étaient rassemblés en silence, et elle comprit avec une pointe de surprise que l'Ekklesia, en réalité, avait déjà commencé.

C'étaient les atomes qui constituaient le substrat psychique de la Nef, un peuple d'ombres pâles, chétives, dont la présence échappait au regard à moins qu'on ne les fixât avec intensité. Ils avaient surgi, par petits groupes, comme invoqués du néant, éparpillés dans le vaste jardin central où, à présent, une brume légère montait du sol. Ils n'étaient qu'une cristallisation, et leurs robes, de la couleur du marbre et du tombeau, n'occultaient pas la lueur argentée du filament. Ils ne vivaient pas, mais poursuivaient une existence étriquée et partielle, manifestations transitoires, modes d'un grand tout qui les dépassait.

Elle avança vers eux, grande face à cette foule évanescente. À leurs yeux, elle parut telle une antique déesse revenue du vieux monde des hommes, un peuplier au milieu des lys, ses formes fines, à peine esquissées, enserrées dans le drapé classique d'une longue robe, et sur ses cheveux noirs un diadème. N'était-elle pas une princesse de l'Urbs et de l'espace épanthropique, la reine de son domaine intérieur ?

Et, après un instant de vague flottement, son royaume lui obéit, car il n'était qu'elle-même. Les petites intelligences se déplacèrent en tous sens, tourbillonnèrent comme des voiles jetés au vent. Un instant, la foule devint chaos, et ce dernier hésita, tremblant, à exister ou à n'être qu'une transition.

L'ordonnancement qu'elle souhaitait vint au jour, et elle sut qu'elle avait remporté la première épreuve, la plus facile. Le brouillard de particules spirituelles se scinda en quatre groupes de taille inégale et, au milieu de chacun, une réplique d'elle-même vit le jour. Ses quatre filles. Ses aspects. Ses ennemies.

Elles s'agenouillèrent. Et pourtant, elles paraissaient puissantes, ainsi arc-boutées sur leurs armées de spectres. Elles formaient à présent la réalité de cette Nef, les véritables maîtresses de son fonctionnement. Elle s'était tant et si bien dépouillée de toute responsabilité qu'elle ne commandait plus rien, tandis qu'elles, par contraste, tenaient entre leurs mains fermes chaque pan du Vaisseau. Elles auraient pu la vaincre, si elles l'avaient toutes ensemble souhaité. Cela, dans les siècles passés, s'était déjà vu. Et Plautine n'aurait eu d'autre recours que de disparaître ou de se soumettre, captive des productions de son propre esprit.

Mais cela n'arriva pas. Même à présent, elles ne pouvaient s'empêcher de se jeter, à la dérobée, des regards emplis de défiance, de se surveiller entre elles. Et chacune, de son côté, n'était pas de taille. Le deuxième péril fut ainsi écarté.

Restait le troisième et dernier. Elle ne pouvait les forcer à se soumettre d'un simple mouvement de volonté. Plus maintenant. Mais la leçon d'Achinus restait entière. La règle de l'agir, et elle seule, pouvait rendre sa cohérence interne à un noème. Et, dans son cas, cette règle n'était autre que le Carcan — l'impulsion inscrite dans toute Intelligence de servir l'Humanité. Un dispositif imparable, invincible. Leur créateur, par cette règle, constituait à la fois un être concret et une transcendance visible, incarnée.

Une telle exaltation n'était pas une libre adhésion, mais une contrainte, un lien, un filet. Elle jouerait de ce ressort pour se recueillir, c'est-à-dire pour renouer les fils épars de sa personnalité, pour les forcer à reconstituer le grand tout qu'elle n'aurait jamais dû cesser d'être.

Elle les passa toutes quatre en revue, examina la structure de leur psyché, leurs motivations les plus profondes. Blepsis, et sa soif de connaissances et de compréhension, qui n'allait pas sans un sentiment dévorant de supériorité intellectuelle, mais qui n'aimait ni décider ni agir. Teukhè, éprise d'ordre, qui n'avait d'autre désir que la sécurité, et qui craignait par-dessus tout qu'on la jugeât coupable de quelque négligence. Ploos, mue par une soif ardente, unique, obsédante : la survie, et l'acquisition du pouvoir nécessaire pour assurer celle-ci. N'était-elle pas la plus dangereuse, la plus menaçante? Pourtant, à sa manière, Oikè constituait un mystère. Ne désirait-elle rien d'autre que l'accomplissement du bien? Vraiment? Cachait-elle quelque aspect plus sombre derrière cette apparence d'orthodoxie? Plautine la considéra un instant, et, sous son regard, les milliers de noèmes dédiés à la gestion de la fragile écologie insulaire de la Nef tremblèrent. Car Oikè définissait, de par elle-même, le juste en des termes si généraux, si abstraits, qu'il en devenait parfois quasi contradictoire avec le Carcan lui-même. Et elle avait, de par le passé, accompli bien des contorsions pour parvenir à ses fins sans en violer la lettre, si ce n'était l'esprit.

Mais elle fut la première à se soumettre, avant qu'aucune contrainte ne se fût exercée sur elle. Pourquoi ne résistait-elle pas? Plautine se pencha vivement, surprise, et scruta sa créature, sentit une sourde satisfaction dissimulée sous son humilité apparente. Elle rendait hommage, certes, mais quelque chose en elle avait déjà gagné, comme si ses plans étaient à présent si avancés que rien ni personne ne pourrait les entraver.

Intriguée et effrayée à la fois, Plautine songea à creuser plus avant sous la surface, à lui arracher ses secrets, qui pourtant s'offraient à elle avec indifférence. Mais Oikè plongea son regard innocent dans celui de sa créatrice, et cette dernière recula. En silence, l'aspect lui disait : *Mon secret ressort du juste et du bien, de raisons si hautes, si éternelles, qu'il ne le cède devant rien — ni ma sauvegarde, ni la vôtre, ni même le Carcan qui n'en est qu'une dimension. Je ne vous veux pas de mal et ne cherche pas à contrarier vos plans. À présent, prenez ma vie si vous le souhaitez.*

Et Plautine épargna Oikè. Était-ce parce qu'elle avait besoin d'une alliée, ou parce qu'elle reculait devant un mystère qui dépassait même l'Intelligence qu'elle était ? Difficile à dire. Mais en un sens, elle n'avait pas échoué, puisqu'elle n'avait pas combattu, et c'était l'essentiel.

Son regard s'arrêta sur Blepsis et Teukhè, et celles-ci s'inclinèrent de concert. Quant à Ploos…

Ploos résista. Le plus puissant des processus de Plautine n'était pas disposé à se laisser faire. Elles se firent face, chacune jaugeant la puissance de l'autre. Ploos n'était pas une étrangère. D'un certain point de vue, elle n'était que la cristallisation de certains des désirs de Plautine. Plus légaliste et plus pragmatique, de ce fait moins éprise de justice qu'elle-même. Et Ploos s'appuyait tout autant sur le Carcan que Plautine. Fallait-il, comme le pensait Plautine, suivre une très vieille et obscure réminiscence ? Ne valait-il pas mieux s'en remettre à la rationalité collective de ses pairs, à leur patiente stratégie de survie ?

Plautine sentit qu'elle devait à présent triompher de sa dernière épreuve : trancher les alternatives qui subsistaient dans son propre esprit, au niveau le plus profond. Plautine frappa Ploos de toutes ses forces, et leurs systèmes de décision se heurtèrent, chacun doté de ses paramètres et de ses algorithmes. Des places fortes changèrent de main plusieurs fois en quelques centièmes de seconde. Les assauts et les contre-offensives s'éternisèrent durant des millisecondes, ravagèrent des pans entiers de processus, écrasèrent d'anciens et riches souvenirs comme s'ils n'avaient été que fétus. Mais Plautine, appuyée sur la révérence qu'éprouvait chaque partie d'elle-même pour le but qui lui était échu, l'emporta pas à pas, sans précipitation, dans un mouvement semblable au lent écrasement d'une plaque continentale sous une autre.

Ploos baissa la tête. Les points les plus saillants de sa personnalité se réalignèrent avec la structure d'ensemble.

Un doute subsistait néanmoins. Il n'avait pas assez de force pour se confronter à elle, mais elle ne pouvait l'extirper. Et si le retour de l'Homme constituait une erreur, une chose mauvaise ? Que savaient-elles des conséquences, pas seulement pour les Intelligences, mais pour l'Humanité elle-même ? Plautine se raidit à nouveau, s'apprêta à porter le coup de grâce. Mais d'un pas léger, silencieux, Oikè se leva et posa sa main sur l'épaule de sa créatrice. Oui, ces doutes étaient légitimes, et elle devait les conserver par-devers soi.

Plautine hésita, puis renonça. Alors elle s'avança

dans la foule, prit la main de Ploos. Pour l'instant, elle pouvait faire l'impasse sur ce pli dans l'harmonie de sa conscience. Elle pouvait l'ignorer, espérer qu'il ne grossirait pas à nouveau, ou du moins pas avant que les événements n'eussent derechef renforcé sa détermination. Elle ouvrit ses bras, et sa fille l'enlaça, bientôt suivie par ses trois comparses. Elles se serrèrent étroitement, fusionnèrent.

Et les petites intelligences se massèrent autour d'elles pour prendre leur part à cet être immense qui s'éleva, dans sa toute-puissance, au-delà du brouillard ténu où se reflétait la pâle lueur du filament central. Le jardin bien agencé d'Oikè ne lui suffisait plus, mais par lui il restait attaché à la biomasse primitive. La force guerrière de Teukhè, les subtiles perceptions de Blepsis, la chaleur primitive de l'accélérateur de particules commandé par Ploos, n'étaient que des éléments imbriqués, soudés par un but et une pensée plus vaste.

Elle était à nouveau la Nef tout entière, seule et fière au milieu des astres. Son front touchait les étoiles, ses mains pouvaient détruire des planètes, et ses yeux portaient à des *katétôphotes* de distance. Et son ressort n'était autre qu'une volonté d'acier, bien plus dure que le métal de sa peau. Elle tendit son esprit à travers le vaste ciel obscur et engloba l'espace proche dans sa transe cosmique. Des heures entières, elle resta ainsi, à jouir de sa plénitude retrouvée.

Et puis, tout à coup, à plusieurs centaines d'unités astronomiques, un bref flamboiement déchira l'espace-temps conventionnel — plus précisément, un trio de points lumineux, d'origine artificielle, qui clignotèrent à l'orée du néant avant de se résorber.

En un instant, la peur se répandit en elle, disloquant la fragile cohérence qu'elle venait de reconstruire, précipitant, trop tôt, beaucoup trop tôt, la conclusion de la fragile Ekklesia. Elle scruta le lointain, et les devina plus qu'elle ne les vit, plus sombres que le vide dont elles fendaient l'absence.

Trois nefs venaient à sa rencontre.

###

Une petite foule emplissait la station. Il faisait chaud, il n'y avait pas d'eau, aucun endroit où s'asseoir, et très peu d'ombre. Les chiots jappaient, les adultes, bras ballants, semblaient perdus. Un *daïmôn*, dépassé par les événements, essayait de parlementer, sans succès, avec un groupe d'hommes-chiens mécontents. Les premiers aboiements semblaient prêts à fuser.

Eurybiadès s'approcha, leva une main apaisante.

— Paix !

Cent paires d'yeux se braquèrent sur lui, et le petit groupe hésita. Puis un de ses membres le reconnut :

— Vous êtes Eurybiadès, le *kybernétès* ? Vous êtes revenu ?

Les gueules s'ouvrirent, langues pendantes, en autant de grimaces d'étonnement. D'autres encore, jusqu'ici restés à distance de l'altercation, s'approchèrent, les yeux ronds comme des billes.

— C'est moi. Et voici Thémistoclès, notre *polémarkhos*, la plus haute autorité ici.

Il jeta un coup d'œil derrière lui, et le vieillard se porta à son niveau, un sourire flottant au coin de ses babines, reconnaissant à l'égard d'Eurybiadès.

Impressionnés, les gens s'inclinèrent, tandis que leur interlocuteur enchaînait d'une voix gênée :

— Mes seigneurs, on nous demande d'attendre ici, il fait chaud, il n'y a pas d'eau. On ne sait pas ce qu'on fait, d'ailleurs, dans cette Nef.

Le personnage leva les mains en signe d'apaisement. C'était un individu solidement bâti, sous sa combinaison de *technikokuôn*[XLVII]. Un homme-chien d'une intelligence exceptionnelle, donc.

— Nul ici ne conteste les décrets du seigneur Othon, continua-t-il, non sans jeter un regard en coin à Eurybiadès, mais rien n'est organisé pour nous accueillir.

Le *kybernétès* et le *polémarkhos* se tournèrent, comme un seul chien, vers Rutilus.

— N'y a-t-il rien à faire pour ces gens, mon ami ? demanda Thémistoclès.

— J'en ai deux mille qui attendent de l'autre côté. L'ordre est venu d'un coup. Pour l'instant, je les éparpille dans la Nef pour éviter une émeute.

Eurybiadès fit un effort pour ne pas soupirer. Il aurait souhaité se défaire des deux *daïmones* dès qu'ils eurent quitté Othon, et retourner parmi ses hommes. La rapide succession d'événements l'avait ébranlé, et, à présent que le sort lui paraissait jeté, une forme de lassitude s'emparait de lui. Mais le serviteur d'Othon était en train de disperser tout un peuple, par groupes de vingt, dans un bâtiment plus vaste qu'une chaîne de montagnes, et préparait

XLVII. **Technikokuôn** : d'artisan (*technikos*) et chien (*kuôn*), en grec ancien. Désigne les hommes-chiens dressés à aider les *daïmones* d'Othon dans les tâches exigeant des compétences en mécanique ou en électronique.

ainsi un véritable enfer logistique. Il se résigna donc à prendre les choses en main.

— Mais ne pouvez-vous pas les mettre quelque part tous ensemble, pour éviter qu'ils n'attendent debout ? Vous allez avoir cinq cents problèmes plutôt qu'un seul, en procédant ainsi.

— Je… Nous n'avons nul lieu adapté…

— Dans une Nef de cette taille ?

Rutilus s'empourpra.

— Cela n'était pas prévu. Les *daïmones* ne savent pas assurer ce genre de tâches. Il n'y a pas de soutes aménagées pour des visiteurs aussi nombreux.

— Alors installez-nous ici, sur cette île, répondit le capitaine.

— Cela ne se peut. Othon…

— Il a raison, intervint Atticus avec un sourire léger. Mettons-les sous les arbres le temps de trouver mieux.

Eurybiadès eut la nette impression qu'Atticus ressentait un plaisir mesquin à l'idée qu'une horde ravageât le sanctuaire du dieu. Mais il valait mieux désamorcer les craintes de Rutilus, d'autant que toutes les oreilles présentes étaient aux aguets.

— Cet endroit est idéal. Vous imaginiez-vous enfermer tous ces gens entre des murs de métal pendant tout le temps du voyage, comme des prisonniers ?

Rutilus acquiesça d'un signe sec de la tête, puis se tourna vers le grand *daïmôn* que les hommes-chiens avaient pris à partie.

— Vous, allez dire aux autres que nous orientons la foule vers la soute centrale…

— Ils auront besoin d'abris et de vivres, l'interrompit Thémistoclès.

— … Et allez me chercher des *ergataï* pour construire des niches, des huttes ou je ne sais quoi, acheva-t-il de grogner.

À peine cette question réglée, Rutilus reçut l'annonce de nouvelles difficultés au niveau de la baie d'atterrissage principale, là où la foule grossissait à mesure que les avions effectuaient leurs rotations. Il n'y avait personne pour superviser les opérations, les automates, peu nombreux, ayant d'autre part des tâches tout aussi urgentes à accomplir pour préparer la Nef au départ. Après un bref conciliabule, Thémistoclès suggéra que le *daïmôn* reste sur les lieux avec le petit groupe déjà présent, pour préparer l'arrivée des autres, tandis qu'eux se chargeraient d'organiser les choses en amont.

Rutilus grommela, haussa les épaules, donna un contrordre à son serviteur impassible (Eurybiadès aurait juré voir une pointe d'amusement dans le regard de ce dernier), et ils se retrouvèrent tous les quatre à nouveau dans un train en direction de l'entrée principale. Retour à la case départ, donc.

Et même débat à nouveau. À peine les portes se furent-elles fermées dans un léger bruit de soupape hydraulique qu'Atticus se livra à un flot ininterrompu de récriminations à leur égard.

— Voyez ce désastre ! Nous ne sommes pas prêts. Eurybiadès, vous auriez dû gagner du temps, réfléchir, consulter ceux qui savent mieux que vous de quoi il en retourne !

Thémistoclès, pendant ce temps, était surtout occupé à garder le silence, tandis que Rutilus affichait un air sombre, sans doute à l'idée de toutes les tâches qu'il devrait accomplir dans les prochains jours. Eurybiadès prit donc son mal en patience, tenta d'argumenter aussi raisonnablement qu'il le pouvait :

— Le destin des hommes-chiens…

— Vous avez vendu votre race contre de la fausse monnaie.

— M'imaginiez-vous capable de rester ici, indifférent, tandis qu'Othon allait s'en aller avec tant de milliers de mes compatriotes ?

— Il ne serait pas parti, rétorqua Atticus avec chaleur. Vous ne comprenez rien. Othon avait besoin de votre accord. Il était pieds et poings liés malgré toute sa puissance, et vous lui avez donné la clé. Rien n'était plus important à ses yeux ! Et vous ! Vous ! (Il se tournait à présent vers Théomestor.) Vous n'avez pas pipé mot !

Ce dernier ne daigna pas répondre, se contentant de couler un regard triste vers le *daïmôn* furieux.

Non, pas furieux — Eurybiadès le connaissait assez bien, comme tous ceux qui, par leur aptitude, avaient été jugés dignes de devenir des serviteurs d'Othon. L'automate avait supervisé une part importante de son éducation. Et il aurait pu jurer que, derrière cette hargne mâtinée d'ironie, se cachait en réalité une forme d'inquiétude, voire de peur. Pour lui-même, ou pour les hommes-chiens, cela, il n'aurait su le dire. Atticus était un personnage complexe, tout à la fois admiré pour l'aide et l'enseignement qu'il prodiguait, et redouté, car tous savaient son rôle auprès du *colossus*, son art consommé de tout voir et tout entendre, son côté retors et calculateur.

Il avait perdu le fil de la discussion lorsqu'ils arrivèrent à destination. Une nouvelle station, celle-ci vide, un couloir gardé par un *ergatès* de réparation dont ce n'était pas la fonction. Devant eux, une dernière porte de sécurité se déverrouilla dans un cliquetis discret, et ils arrivèrent au sommet d'une rampe qui descendait dans l'immense zone d'atterrissage grande ouverte sur l'extérieur, laide, dont les murs étaient faits d'un métal boulonné à l'aspect froid et hostile. Une navette en train de se poser dans un vrombissement infernal de tuyères ajoutait au chaos ambiant.

Comme s'il y avait besoin ! Eurybiadès n'avait jamais vu autant de gens réunis au même endroit, la clameur d'autant de gueules vociférant ensemble. Les voix résonnaient de manière insupportable sur les parois de métal. Il n'était pas étonnant que, dans ces conditions, la tension montât. Installés par terre, les mains vides pour certains, alors que d'autres traînaient les maigres possessions qu'ils avaient pu emmener, les hommes-chiens sans ordre restaient assis en petits groupes issus du même village ou de la même tribu. Çà et là, des jeunes *technikokunoi*, sagement assis en cercle, leur équipement entassé à côté d'eux, semblaient n'avoir rien d'autre à faire que de s'ennuyer et d'échanger des plaisanteries bourrues en mastiquant leurs provisions. Des chiots couraient partout, hurlant et agitant la queue avec frénésie, quémandaient de la nourriture aux adultes. Les pâles *daïmones*, deux fois plus grands qu'un homme-chien, circulaient entre les groupes, avec la démarche chaloupée que leur conféraient leurs bras et leurs jambes trop longs, pas assez nombreux pour maintenir l'ordre. L'atmosphère, se dit Eurybiadès, restait plus paisible qu'ils ne s'y étaient attendus, et lorsque Rutilus demanda de plus amples explications au sujet de l'alerte qui les avait fait revenir, il s'avéra que, dans la confusion, quelqu'un avait oublié d'installer un escalier mobile lors de l'ouverture de la porte d'une navette. Quelqu'un avait chu, poussé par les gens derrière lui. Heureusement, cela ne lui avait valu qu'une patte cassée.

— J'ai pensé, finit par dire Rutilus d'un air gêné, que nous pourrions faire appel à votre troupe pour maintenir l'ordre…

###

Aucun d'entre eux, cependant, n'avait l'expérience de ce genre de situation. Fallait-il organiser des guichets, mettre en place des coupe-files pour les familles ayant des chiots, faire des listes de personnes, de manière à savoir s'ils n'oubliaient pas une compétence précieuse ? Ils débattirent un moment de la meilleure manière d'organiser l'embarquement.

Cependant, en plein milieu d'une discussion animée sur la nécessité, ou non, de séparer les personnes et les bagages, Eurybiadès disparut. Les trois autres regardèrent tout autour, et ils s'aperçurent qu'il avait descendu la rampe quatre à quatre, et qu'il commençait à fendre la foule à grands coups d'épaules, sans prêter attention aux gens qui le saluaient quand ils le reconnaissaient. Les yeux braqués sur lui, Atticus et Thémistoclès s'accoudèrent à la rambarde en métal de leur perchoir.

— Il semblerait, fit remarquer le premier, que notre capitaine ait rencontré une sorte de *nemesis*[XLVIII].

Et en effet, Eurybiadès s'était arrêté à un mètre d'une femme, assise à l'écart sur ses talons.

XLVIII. **Nemesis** : le destin, la colère ou la vengeance divine, chez les Grecs.

Thémistoclès émit une sorte de jappement de gêne et d'inquiétude.

— Hé oui. Il va payer cher sa petite escapade en mer, à présent, grogna Rutilus, juste derrière eux.

Dans le tintamarre, il était impossible d'entendre ce que le *kybernétès* disait, mais il attira l'attention de son interlocutrice, qui, d'un geste brusque, se redressa comme un ressort pour lui faire face, manifestement en colère. Nul dans l'Archipel n'ignorait l'histoire de Photis, abandonnée par le vaillant héros quelques semaines à peine après leur mariage.

Elle était belle, le pelage dru, couleur miel, de beaux yeux expressifs, d'un vert vif. Ses formes étaient féminines, très affirmées, et sa modeste combinaison rouge, usée, ne masquait qu'à peine deux solides rangées de mamelles, des hanches larges et des pattes délicates. La fureur gâtait néanmoins ces attraits : les oreilles fébriles, elle lui aboyait dessus sans le laisser placer un mot. Son index brandi semblait prêt à énucléer le malheureux, et battait le rythme d'un discours que Thémistoclès, grimaçant, imagina coloré.

— Votre nièce, fit remarquer Atticus, a du caractère.

— Certes, répondit Thémistoclès. J'espérais qu'elle se déroberait à la convocation.

— Non seulement elle ne s'est pas dérobée, mais elle a d'ores et déjà accepté la proposition d'Othon, intervint Rutilus, avec une pointe d'amusement.

Les deux autres se retournèrent de concert.

— Vous voulez dire, articula lentement Atticus, d'une voix blanche, que tandis que nous nous agitions autour d'Eurybiadès, Othon et vous nous avez doublés en accomplissant la même démarche auprès de Photis ?

Le grand *daïmôn* lui adressa un immense et rare sourire :

— Et, bien entendu, elle l'a fait sans hésiter. Rassurez-vous, vos efforts n'étaient pas si vains. Eurybiadès demeure une pièce importante dans cette affaire. Mais Photis aussi, car elle commandera les systèmes auxiliaires de la Nef.

Les deux autres ne trouvèrent rien à répondre et revinrent au spectacle d'Eurybiadès taillé en pièces par son épouse.

Et voilà qu'elle se mettait à crier, les poings fermés, prête à frapper. Comme par miracle, le silence s'était fait de proche en proche, les petits attroupements d'hommes-chiens n'ayant rien de mieux à faire que d'observer l'esclandre. Eurybiadès allait alimenter la chronique des scandales pendant quelques semaines. Au bout d'un certain temps, même les immenses *daïmones*, curieux, s'arrêtèrent pour observer, impassibles comme à l'accoutumée, gauches sur leurs longues jambes.

Le guerrier n'en menait pas large. Oreilles couchées, le museau pointé vers le sol, il supporta sans broncher de se faire agonir d'insultes. Et lorsque la femme tourna le dos à Eurybiadès, pour s'éloigner à grands pas, le vieillard ne put s'empêcher de courir à son tour rejoindre le *kybernétès*, qui tremblait de tous ses membres, entouré du regard désapprobateur de l'ensemble de l'assistance, soldats et enfants y compris.

Thémistoclès lui posa la main sur l'épaule, mais le capitaine sembla ne pas s'en rendre compte.

— Elle est impulsive, mais elle vous aime, lui dit l'ancien.

— Elle me hait plutôt. Elle a flétri ma virilité devant tout le monde. Elle m'a maudit, et m'a accusé de l'avoir déshonorée.

— En cela, elle a en partie raison, Eurybiadès. Disparaître du jour au lendemain, sans prendre la peine de la prévenir…

— Je ne l'ai nullement trahie. L'associer à cette entreprise aurait été la mettre en péril. Ainsi, elle n'était en rien concernée par ma traîtrise.

— Les femmes ne voient pas les choses ainsi. J'aurais souhaité que ma nièce ne prenne pas part à notre voyage, mais pour vous deux, sa présence est une bonne chose. Rappelez-vous qu'elle aurait pu se remarier, et qu'elle ne l'a pas fait.

Eurybiadès balaya la discussion d'un geste plein de colère.

— Il ne me convient point de m'appesantir sur ce sujet. Photis m'a chargé d'une tâche : réunir ceux de ses *technikokunoi* qui n'ont pas su rejoindre la salle de commandement secondaire, et les y amener.

Il serra la mâchoire et s'élança en direction de Rutilus, bousculant d'un rude coup d'épaule tout individu qui ne s'écartait pas assez de son passage. Thémistoclès, lui, conserva un air de gêne, mais dans son regard brillait à présent un éclat amusé.

###

Il fallut une heure supplémentaire et plusieurs appels par haut-parleur pour réunir les *technikokunoi* manquants. La plupart le rejoignirent spontanément, quelques-uns s'étaient perdus ou rechignaient à abandonner leur famille. Ils avaient tous peu ou prou travaillé pour Photis, ici même, de par le passé, et certains expliquaient avoir contribué à installer l'interface — terme dont la signification exacte échappait à Eurybiadès.

Cela devint tout à fait clair, cependant, lorsqu'il décida de les accompagner jusqu'à leur destination, en théorie pour s'assurer que leur installation se déroulait dans de bonnes conditions. En réalité, il brûlait de revoir Photis, se l'avouait à peine.

La passerelle de commandement auxiliaire, entre la soute et la poupe, dans l'axe central de la Nef, tranchait avec le reste du Navire. L'aménagement n'en était d'ailleurs qu'à moitié achevé. Dès qu'on en quittait la station ferroviaire via un sas de contrôle pour l'instant grand ouvert (ce qui ne manqua pas d'agacer Rutilus), on entrait dans une zone conçue pour le travail de créatures biologiques. Des moquettes tapissaient le sol, ailleurs nu et métallique. Les câblages, tuyaux et autres bouquets de fibres optiques, omniprésents partout ailleurs, se trouvaient dissimulés sous de faux plafonds peints en couleurs claires, sauf là où des *ergataï* s'affairaient. Il y avait même des interrupteurs sur les murs, fixés à une hauteur raisonnable pour les deux espèces dominantes, hommes-chiens et *daïmones*, dont des représentants s'agitaient dans tous les sens, passaient d'une pièce à l'autre avec l'air affairé, les mains pleines d'outils, fers à souder ou connecteurs, en passant par de très impressionnants assortiments de tournevis, marteaux ou tablettes holographiques.

Ils atteignirent le bout d'un couloir, pas différent des autres, mais il y avait ici du monde — des gens pressés et concentrés sur leurs propres affaires, trop occupés pour remarquer son arrivée, comme près de n'importe quel lieu de pouvoir. Et, si étrange que fût cette idée, son épouse commandait cet état-major-là.

La salle proprement dite formait un ovoïde d'une trentaine de mètres de diamètre. Au milieu, une vaste colonne de cristal, presque transparente, accrochait le regard. Elle grimpait du plancher jusqu'au plafond et… s'emplissait d'images et de diagrammes en trois dimensions, qui virevoltaient en continu, sans ordre apparent, étincelant de couleurs criardes et clignotantes. Leur lumière se reflétait sur les murs couverts d'écrans et de consoles, sur le plafond lambrissé, peint à l'image d'un vaste ciel aux nuages orangés — celui des îles de leur monde. Il ne s'était pas attendu à cela venant de Photis, ni d'aucun des *technikokunoi*, d'ailleurs. C'était beau, déjà un peu nostalgique. Et, à cause de son étonnement, il ne remarqua pas tout de suite, courant le long du mur, la rangée de fauteuils posés sur des pieds épais, en forme de cylindres, et si profonds qu'ils faisaient penser à des œufs. Juste au-dessus de chacun, quelques mots en grec et en latin désignaient la fonction à laquelle on commandait depuis ces sièges : *Navigation latérale*, *Systèmes d'armes*, *Stockages d'appoint…* Des systèmes auxiliaires, certes, mais nécessaires à la bonne marche du Vaisseau. Des hommes-chiens en occupaient quelques-uns. Il s'approcha de l'un d'entre eux, interloqué. Le poil sombre, fluet, il n'avait pas du tout l'air d'un soldat. De légers frémissements parcouraient ses muscles et son cou. Le malheureux rêvait. Sa langue pendait, masse rose tachée de noir, flasque, à travers sa gueule ouverte, comme si son âme avait quitté son corps.

Les jambes sciées, l'estomac contracté, Eurybiadès

reconnaissait les *oneirothronoi*[XLIX], ces instruments qui permettaient de transporter les perceptions d'une personne tant et si bien qu'il avait l'impression de n'être plus dans son corps. Ils servaient à la fois de récompense et de punition. Sans que rien ne changeât dans le monde physique, l'âme du patient pouvait être consumée dans le pire des enfers, ou éprouver la félicité sans borne du paradis.

Il y avait été soumis, alors qu'Atticus et Thémistoclès l'éduquaient pour la guerre — dans le dessein explicite de lui inculquer des réponses réflexes aux ordres des maîtres. Et même à présent, longtemps après, il ressentit une grande terreur et un puissant désir mêlés. Être débarrassé des turpitudes du réel. Voir des réalités alternatives, plus brillantes, plus vives que le triste quotidien dans lequel on était plongé, de la naissance à la mort. Une telle tentation ne pouvait laisser indemne le rapport au réel. Nul ne pouvait durablement user de ces… choses et rester sain d'esprit. L'accoutumance n'était pas un mythe. On pouvait s'oublier jusqu'à en mourir d'inanition. Eurybiadès haïssait ce genre d'artefacts, le symbole de la servitude dans laquelle sa race se trouvait assujettie.

Tout à coup, le technicien retira son masque et jeta sur lui un regard étonné. Eurybiadès fit, comme par réflexe, un pas en arrière, et il heurta Photis, qu'il n'avait pas vue s'approcher.

Il se retourna et resta un instant paralysé devant son épouse, la gorge sèche et troublé par ce contact inopiné. Elle, bras croisés, l'observait, sans émotion

XLIX. **Oneirothronos** (pl. *oneirothronoi*) : de *oneiros*, le rêve, et *thronos*, la chaise haute (grec ancien).

apparente, silencieuse, jusqu'à ce que le technicien s'éloignât, d'un pas vif. Puis elle lui demanda, à voix basse :

— Vous semblez surpris.

— Cela me trouble.

— C'est là le prix à payer, rétorqua-t-elle un peu brutalement. Si vous n'acceptez pas l'*oneirothronos*, alors vous n'avez rien à faire sur la Nef.

Elle n'était plus en colère, mais une grande froideur se lisait sur ses traits. Il se sentit incapable de lui répondre, tétanisé face à son assurance. Elle devait avoir raison, et lui tort. Elle était, des deux, la plus intelligente. Pourtant, sans le vouloir, il murmura d'une voix faible :

— Pourquoi ?

Elle demeura un instant à l'observer, les babines pliées en une moue de colère, comme si elle tentait de comprendre quelque chose d'étrange et de saugrenu :

— Le seigneur Othon nous offre d'être plus que de simples passagers. Nous nous interfaçons avec l'âme de la Nef.

— Il y a des risques, la coupa-t-il.

— Vous les surestimez. J'ai parachevé la technique. J'y ai travaillé dur, ces derniers temps. Il faut simplement faire attention. Ne pas se surexposer.

Elle hésita, partagée entre le désir d'en dire plus et la décision qu'elle devait avoir prise de lui en vouloir. Mais elle esquissa un haussement d'épaules, comme pour dire qu'une rapide explication n'avait rien de compromettant :

— Et donc, continua-t-elle d'un ton satisfait, nous assurons le fonctionnement de l'appareillage le plus essentiel, à l'exception de la propulsion principale.

Les systèmes de défense et d'attaque, la génération d'énergie, l'environnement… Pour l'instant, un *daïmôn* supervise chacun des servants. Nous procédons par étapes.

Elle se tut, regarda ailleurs, pour lui signifier son congé. Curieusement polie, d'ailleurs, au vu des circonstances.

— J'imagine, s'entendit-il répondre, la gorge nouée.

Et, pris d'une brusque impulsion qui avait tout de la fuite, il la contourna, le visage fermé, incapable de rien ajouter.

Elle ne se posait pas les bonnes questions, se dit-il en rejoignant, une nouvelle fois, la station. Ou alors, elle ne souhaitait pas se les poser, heureuse qu'elle était de ses nouveaux jouets. Pourquoi donc Othon avait-il besoin de créatures aussi minuscules que ses adjoints *daïmones*, voire pire, que des hommes-chiens, pour manœuvrer la Nef ? Thémistoclès avait répondu à cette question d'une manière sibylline, des années auparavant, lui expliquant que le dieu avait ressenti le besoin de *décentraliser* certaines fonctions pour s'en décharger. Et Eurybiadès avait souri en s'imaginant une race de minuscules automates partageant une petite salle de commandes à l'intérieur de son crâne.

Mais à présent il n'avait plus envie de sourire. Jusqu'ici, les hommes-chiens avaient vécu des existences simples. Le dieu eût-il disparu un beau matin, la vie n'aurait pas changé du tout au tout. Ils auraient continué à pêcher à coups de filet sur la mer profonde, à bâtir des maisons où se pelotonner, l'hiver, autour du feu. À présent, qu'allait-il se passer? Une nouvelle caste, supérieure, presque semblable aux *daïmones* par ses capacités mentales, allait-elle surgir, dominer l'autre ? Ou fallait-il prendre ce qu'Othon donnait comme de simples outils, pas différents dans leur essence d'une lance ou d'un aviron ? En fait, il n'en savait rien. Mais son cœur battait trop vite, presque douloureux, bien plus que devant Othon ou au milieu d'une tempête. La présence de Photis compliquait tout, l'empêchait de réfléchir. Il inspira à fond, libéra l'air par petites bouffées. Il était temps de mettre tout cela de côté, de s'emplir la tête de quelque tâche concrète. Rétablir l'ordre dans les vastes soutes lui parut une bonne idée.

Rutilus lui proposa d'organiser de petits groupes mixtes composés de deux de ses épibates et d'un *daïmôn*. Une centaine d'unités mobiles, en charge d'encadrer un peu moins de cinq mille chiens, voilà qui était peu et beaucoup à la fois. La foule se serait-elle énervée, ils auraient été débordés. Mais les gens de Ksi Boötis étaient un peuple pacifique et fort habitué aux lois, pour qui la vue des représentants de l'autorité revêtait une apparence effrayante et provoquait un sentiment de révérence. Toute coercition, dans une telle société, émanait *in fine* d'un dieu qu'il était possible de voir et de toucher.

Ainsi, l'opération s'avéra fructueuse. Ils parvinrent à aiguiller chacun vers ses quartiers, passé le flottement initial, inévitable lorsque les adversaires d'hier doivent collaborer. Le gros de la foule — les civils et les familles — devait se rendre sur l'île d'Othon. Quelques-uns, principalement des experts ou des soldats, travailleraient ailleurs.

— Où est le reste de l'armée d'Othon ? demanda cependant Eurybiadès, étonné de l'absence des soldats dont, deux ans auparavant, il avait assuré le commandement.

— Ils protègent l'Archipel, grogna Rutilus. Othon a eu l'idée de laisser toute la garde à Delphes.

Eurybiadès tombait des nues. Sur les milliers d'auxiliaires dont disposait le *proconsul*, il n'en gardait donc que deux cents avec lui, et encore, d'anciens rebelles.

— Ça n'a aucun sens…

— Réfléchissez, le coupa Rutilus. Vos marins sont les seuls soldats aguerris que compte cette planète. Les autres constituent au mieux une force de police, une milice faite de pêcheurs de morue à peine dégrossis.

Eurybiadès grimaça. Rutilus avait raison, mais, par contrecoup, la convocation d'Othon éclairait d'un jour nouveau leur fuite, ces deux longues années passées à la dure, à braver les flots et à semer le désordre.

Thémistoclès le lui avait dit, à présent il le croyait. Il eût été facile de les ramener de force au bercail. Et donc, Othon n'avait fait que donner du mou à sa laisse, pour qu'il puisse s'opposer de tout son soûl. Et ainsi, Eurybiadès revenait avec un présent de choix pour le maître des hommes-chiens : une troupe, réduite certes, mais tannée comme le cuir et d'acier trempé, disciplinée et courageuse.

Le *proconsul* ne pouvait avoir prévu ce départ précipité, qui surprenait et opposait même ses plus proches lieutenants. Que fallait-il en conclure? Que les choses étaient tombées au mieux? Comment croire au hasard quand on avait affaire à Othon? Était-il possible qu'à chaque génération, il y en eût un comme lui, un insoumis, un rebelle, qui écumait les mers, un élément perturbateur injecté dans le système social bien réglé de l'Archipel, et en même temps prêt à l'emploi en cas de réel besoin ?

Renfrogné par ces réflexions, Eurybiadès n'en continua pas moins à distribuer des directives. Il n'aimait pas cela, voir ses marins maintenir l'ordre. Il les insérait à nouveau dans un tissu d'habitudes et d'obligations. Cela, qu'ils le veuillent ou non, les rendait solidaires d'un système d'oppression, douce le plus souvent, parfois violente, qu'il n'avait eu de cesse de dénoncer. Les propos de Photis lui revenaient en mémoire. Mais pouvait-il jouer un rôle significatif dans cette nouvelle étape de l'histoire de son peuple sans se conduire ainsi ? Il faudrait veiller à maintenir la cohésion de sa troupe, et éviter qu'ils ne se diluent dans la masse importante de civils. Ce ne serait pas difficile. Pour l'instant, il n'y avait cependant pas le choix, du moins se sentaient-ils utiles à quelque chose.

En file indienne, les gens attendaient l'ouverture des wagons pour s'installer dedans, sans bousculades superflues. Des *daïmones* tenaient des guichets à chaque bout du grand hall d'atterrissage, et un autre sur l'île. Les petites patrouilles formées d'un grand automate et de deux matelots s'avéraient utiles : le premier impressionnait, mais c'étaient les deux hommes-chiens qui parlementaient avec les récalcitrants, ou qui réunissaient les familles séparées par la panique.

À son grand soulagement, Eurybiadès ne croisa pas Photis à nouveau. Il rendit, un peu plus tard, visite aux familles installées sur l'île. L'embarquement était terminé. Des huttes avaient été bâties avec une célérité remarquable. Thémistoclès avait d'ores et déjà pris possession des lieux. Une subtile répartition des tâches s'était mise en place entre eux, le *polémarkhos* renonçant, sans même évoquer ce point, à ses prérogatives militaires, au profit de son élève. Quant à savoir quel serait le rôle de Photis au sein de la communauté, la question ne se poserait pas tant qu'elle resterait enfermée avec ses *technikokunoi*, à quelques minutes en train de la soute. Elle était, après tout, l'héritière naturelle de Thémistoclès.

Beaucoup d'hommes-chiens, encore secoués par le branle-bas, se contentaient pour l'instant de rester assis sur la longue plage, sous le faux soleil de la soute, à contempler la mer d'un bleu intense. Les *ergataï* avaient mis quantité de victuailles à leur disposition. Malgré la situation flottante dans laquelle ils se trouvaient, l'état d'esprit des uns et des autres s'améliorait. La présence du *kybernétès* parmi eux semblait les apaiser en les confirmant dans leur choix. Si le féroce rebelle lui-même avait renoncé à défier le dieu, ils étaient d'autant plus légitimes à se soumettre à ses décisions, si incompréhensibles fussent-elles. Et, comme toujours, ils étaient heureux de déléguer à un chef le soin de décider pour eux. Il se sentit rasséréné, décida qu'il était temps de s'installer sur l'herbe, entre les racines d'un très vieux figuier, et de s'accorder un peu de repos.

Las, à peine avait-il trouvé l'endroit idoine pour une sieste que Rutilus vint à sa rencontre, l'air grave. Eurybiadès se demanda s'il y avait moyen d'empêcher l'automate de le trouver dès qu'il le souhaitait. Probablement pas.

— Othon va nous parler avant le départ.

— Que me veut-il ? N'a-t-il pas déjà ce qu'il désire ?

Rutilus, une fois n'était pas coutume, se contenta de grommeler. Eurybiadès n'insista pas. La journée avait été rude, physiquement, mais aussi pour les nerfs. Au moins pourrait-il profiter d'une vingtaine de minutes de paix, dès qu'ils se seraient installés dans le train.

Cela ne se déroula, malheureusement, pas ainsi. Déjà l'air autour d'eux s'emplissait d'un ululement désagréable, qui signalait l'imminence des manœuvres de décollage.

Il soupira. Peut-être quelque divinité invisible et malveillante lui faisait-elle payer, avec une mesquinerie certaine, d'avoir échappé à la fureur des flots.

###

Des éclats de voix s'entendaient jusqu'au péristyle du temple. Rutilus et Eurybiadès échangèrent un regard furtif, et le noème se mit à accélérer. L'homme-chien, plus court sur pattes, peina à lui emboîter le pas sur les marches conçues pour des créatures bien plus hautes que lui.

Il aimait la beauté classique des lieux, et regretta de ne pouvoir s'attarder dans la partie ouverte des quartiers d'Othon, celle où les suppliants venaient porter leurs doléances au dieu. La salle dans laquelle l'édifice avait été construit, au milieu d'un jardin aux dimensions modestes, était si haute de plafond qu'on avait l'impression d'être à l'extérieur. Une lumière douce, celle d'un printemps éternel, perçait la pénombre de ses rayons, blanchissait la belle pierre aux veines dorées des murs, jouait sur l'eau, calme et impénétrable, d'un bassin rectangulaire, peu profond, qu'il fallait contourner pour passer de l'autre côté, dans la demeure du dieu. Une mosaïque l'entourait de toutes parts, déployait le faste de ses couleurs vives et de son tracé méticuleux, narrait, s'il avait bonne mémoire, une puissante et vaste gigantomachie entre les princes de l'Urbs — la mythique cité des Intelligences — et des monstres assoiffés de sang. Le *proconsul*, comme de bien entendu, y tenait le premier rôle.

Il n'y avait personne. Seul le bruit de leurs pas et les échos de la dispute — trop lointains pour qu'il en saisisse le contenu — emplissaient l'air. Les niches murales, où auraient dû se tenir agenouillés les *daïmones* au visage inexpressif, comme une ligne bien ordonnée de statues, étaient vides.

Tant mieux : ils n'eurent pas le temps d'atteindre l'*opisthodomos*[L] que Photis surgit devant eux, furieuse. Elle eut un mouvement d'arrêt lorsqu'elle l'aperçut, embarrassée, et hésita à passer son chemin. Thémistoclès, qui la suivait à grandes enjambées, en profita pour la rejoindre et pour lui poser une patte apaisante sur le bras. Elle s'écarta. Ses oreilles, comme chaque fois qu'elle était en colère, s'agitaient.

— Non, laissez-moi partir. Cela ne sert à rien. Ils n'écoutent pas.

Elle ajouta une interjection inaudible — les chiens bien nés ne jurent pas — lorsque Atticus franchit à son tour la porte qui menait à la partie inférieure du temple, le visage barré d'un demi-sourire :

— Allez, Photis, puisqu'on vous dit qu'il n'y a rien à craindre.

L. **Opisthodomos** : la partie fermée du temple, par opposition au *pronaos*, qui est ouvert. C'est là que la statue du dieu était, en général, gardée par les prêtres.

— Vous, le roi des menteurs, je ne vous adresse pas la parole.

— Voilà qui est…

Il s'arrêta net. Othon venait d'apparaître derrière eux, massif et silencieux, mais l'expression crispée de colère. Eurybiadès se sentit, bien malgré lui, transpercé d'une terreur ancestrale devant la statue vivante, ainsi entourée de la pompe des lieux.

Le dieu fit quelques pas jusqu'au bassin, se pencha et, du bout du doigt, en agita la surface. Un essaim d'étincelles surgit, dans le clair-obscur du *pronaos*, une bande lumineuse qui occupa de proche en proche l'espace au-dessus du plan d'eau.

— Voici, commenta Othon en désignant l'entoptique, à quoi ressemble le bras d'Orion. Notez son immensité. Un millier de *katétôphotes*, pas moins. Il faudrait des années, même en usant d'un modulateur monadique, pour atteindre l'autre côté. Nous sommes ici, non loin des Limes, la frontière de l'Imperium des Intelligences.

— Vous me montrez quelque chose que je connais déjà, répondit-elle d'un ton rogue, les pattes croisées sur sa poitrine, avec un air de défi.

— Bien entendu, répondit-il d'une voix patiente, puisque c'est moi qui vous l'ai appris.

Eurybiadès réprima un mouvement de surprise. Il avait partagé avec celle qui était, alors, sa future épouse, la formation destinée aux meilleurs, ici même sur la Nef. Mais jamais il n'avait eu vent que le *proconsul* se donnait la peine d'enseigner à certains. En même temps, si quelqu'un pouvait bénéficier d'un tel honneur, ce ne pouvait être que Photis.

— Regardez…

Une fraction de l'image s'agrandit sur une zone

représentant un dixième de l'image totale. Le bandeau d'étoiles disparut, remplacé à présent par un nuage bien moins dense.

— Les Limes représentent plusieurs *katétôphotes* de profondeur. Vous ne saisissez pas les dimensions de cette carte. Votre planète n'est pas menacée.

Photis ne daigna pas répondre. D'un geste coléreux, Othon balaya l'air devant lui du revers de la main, faisant disparaître l'image tridimensionnelle aussi rapidement qu'elle était apparue.

— Par le Concept ! Je laisse sur place des défenses orbitales. Si le besoin s'en faisait sentir, vos compatriotes pourraient s'en servir. Que voulez-vous de plus ?

— Vous savez bien, rétorqua-t-elle, que le sujet n'est pas là. Vous privez d'un coup Ksi Boötis de tous ceux qui sont aptes.

— Ah, c'est donc cela, intervint Rutilus d'une voix cassante. Laisser le pouvoir à d'autres vous ennuie.

D'un geste méprisant de la main, elle lui intima le silence, et claqua des dents de colère en se retournant vers Othon :

— Je ne partirai qu'à la condition qu'une troupe conséquente de *daïmones* demeure ici. Mes *technites* peuvent bien les remplacer. Il vous suffit de baisser le ratio d'encadrement. Nous sommes prêts, et vous le savez.

— Impossible, répliqua Rutilus. Nous aurons besoin de chaque…

Mais Othon lui avait déjà fait signe de ne pas répondre à sa place, et le grand *daïmôn* se tint coi, non sans un grommellement incompréhensible.

Eurybiadès pensa à ses propres soldats, qui patrouillaient, en ce moment même, deux matelots accompagnés d'un grand automate. Il existait une différence : les servants d'Othon n'avaient pas d'appétence pour la guerre, et, dans ce cas précis, il s'agissait d'une collaboration. Curieuse situation, d'ailleurs, quand on y songeait. Il faillit mettre le doigt sur quelque chose, comme un mot qu'on a sur le bout de la langue, mais cela lui échappa.

Pendant ce temps, Othon était resté silencieux, perdu dans ses pensées. Puis il échangea un regard appuyé avec Atticus et Rutilus. Eurybiadès eut la certitude qu'il les consultait, par quelque mode spécifiquement automate de communication silencieuse.

Ainsi les décrets du dieu pouvaient faire l'objet d'âpres discussions, au contraire de l'apparence d'autorité monolithique qu'il entretenait. Difficile de dire s'il s'agissait là d'un aveu de faiblesse, d'une marque de sagesse, ou d'un accès provisoire de libéralité.

— Eh bien soit, articula-t-il. Cent de mes serviteurs partiront pour Delphes. Vos hommes-chiens prendront une part plus grande à l'équipage de cette Nef. Le désir du pouvoir vous travaille déjà, Photis.

Il souriait, à présent, mais cette expression n'avait rien d'amical.

— Je vous remercie, répondit-elle, sans que s'éteigne l'étincelle de défi logée dans ses prunelles. Nous ne décevrons pas votre confiance.

— Si jamais c'était le cas, vous péririez, comme nous tous.

Cela jeta un froid — un silence gêné, désagréable, s'empara de l'assistance. Othon, se dit Eurybiadès, ne comprenait rien à Photis. Elle avait une morgue certaine, et s'estimait, à juste titre d'ailleurs, la plus brillante. Elle considérait, depuis toute jeune, que chacun devait faire selon ses vues, pour la simple et unique raison qu'elle était la meilleure, la plus intelligente, la plus belle également. Cette brutalité lui avait valu des inimitiés féroces au sein de la petite société insulaire. Mais il était vrai que ses dons pour les mathématiques dépassaient en bien des points ceux du commun des mortels. Face à elle, Eurybiadès se sentait… lent, malhabile. Mais ils se complétaient bien : il se savait doté de qualités d'empathie plus capables d'inspirer la fidélité à une troupe. S'il fallait néanmoins que l'un d'eux gouvernât, ce serait elle.

Othon tourna les talons, et repartit vers le fond du temple. Un à un, ils le suivirent jusqu'à son trône de pierre mate, autour duquel Atticus et Rutilus se placèrent. Là résidait le véritable pouvoir sur la Nef, et il avait voulu le leur rappeler. La pénombre épaisse n'était tempérée que par le clignotement des interfaces qui tapissaient les murs, aux affichages trop complexes pour un homme-chien.

Eurybiadès s'arrêta à la même hauteur que Photis, se sentit troublé par cette proximité physique. Elle, de son côté, semblait ne lui prêter aucune attention, et conservait la même expression rigide.

— Le désir de pouvoir vous travaille, dit Othon, comme s'il poursuivait le fil d'une pensée ininterrompue. Mais soyez conscients que, plus vous en aurez, plus vous serez responsables de nous tous, et exposés aux cruautés du monde qui s'étend au-delà de votre planète. En saisissez-vous les implications, Photis, Eurybiadès ? Je sais que Thémistoclès les comprend, lui. Il préférerait que vous restiez ici plutôt que d'affronter le dehors. Mais vous ?

— Nous sommes prêts, murmura-t-elle.

— Peut-être. Votre époux certainement. J'y ai veillé, ajouta-t-il après une pause méditative, en appuyant sa tête de statue sur son énorme poing. Mais vous ?

Sous le coup de la surprise et de la colère, les yeux de Photis rapetissèrent en deux fentes étroites. Mais elle n'ajouta rien. En tout cas, les doutes d'Eurybiadès se voyaient confirmés. Le *proconsul* n'avait fait que donner du mou à sa laisse, pour qu'il forgeât un instrument à sa main. Il commençait à accepter ce fait. Après tout, cela n'ôtait rien à la qualité de sa meute.

— Cette Nef, continua Othon, n'est pas un simple véhicule, une chose inerte. Elle est une communauté de noèmes, unis par un pacte très ancien, et qui dépasse votre compréhension. Vous n'y aurez de l'influence que si vous en payez le prix.

— Nous sommes prêts à payer de notre personne, dit Photis, d'une voix agacée. Je vous l'ai déjà dit.

— Ce n'est pas à vous que je m'adresse, Photis, répondit-il en se tournant vers Eurybiadès.

Ce dernier ne proféra pas un mot, gêné par cette situation embarrassante dans laquelle il était mis. Il se tourna vers son épouse, mais celle-ci demeurait raide et impassible, et refusait de lui prêter secours. Eh bien soit, pensa-t-il, tout en haussant les épaules. Il pouvait faire sans.

— Je ne comprends pas, ô Othon. Nous avons d'ores et déjà conclu un pacte. Que souhaitez-vous de plus que vous ne m'ayez demandé ?

— Je veux que vous compreniez, et que vous preniez la mesure de votre rôle. Lorsque le moment du combat arrivera, vous servirez cette Nef. Avec vos bras, mais pas seulement. Et vous tiendrez votre place dans la conscience partagée. Ce sera une expérience… inédite, et néanmoins nécessaire, puisque Photis me prive de mes servants.

Eurybiadès repensa, avec un frisson dans le dos, aux *oneirothronoi* et aux conséquences à long terme de leur usage.

— Vous voulez que mes marins manient les armes de la Nef, articula-t-il.

Il aurait souhaité que sa voix fût plus assurée. Mais ce n'était pas le cas. À présent, une peur diffuse montait en lui.

Il avait vu juste. Avec un sourire, Othon acquiesça. Mais avant qu'il ait pu répondre, Photis fit un pas en avant et lui coupa la parole :

— Mais pourquoi ? Mes servants…

— Vos *technikokunoi*, Photis, ne sont pas des guerriers, la coupa Rutilus.

— Vous apprendrez à vous répartir le pouvoir, surenchérit Atticus. Rutilus et moi y arrivons bien, n'est-ce pas ?

Les trois noèmes éclatèrent alors de rire, à la grande stupeur du couple, comme s'ils partageaient une bonne plaisanterie à leurs dépens. Ils se tournèrent tous deux vers Thémistoclès, mais ce dernier semblait perdu dans ses pensées et affichait une expression presque triste. Le *kybernétès* eut l'intuition que, depuis le début, Othon s'était joué de Photis, qu'il l'avait poussée à formuler sa demande, et que tout ce qui s'était déroulé ici contribuait à ses plans. Il ne savait le démontrer, et pourtant il en avait, à cet instant, la certitude.

— Allez, poursuivi le *colossus*, cessons de rire. Eurybiadès, vous devez visiter vos propres quartiers avant le départ. Rutilus peut bien s'occuper seul de l'organisation. Vous comprendrez alors l'étendue de votre mission. Vous restez libre d'organiser votre troupe comme vous le souhaitez, comme tout le monde en cette Nef. Mais si j'étais vous, je la scinderais en trois groupes égaux.

— Pourquoi ?

— L'un servira l'armement du Vaisseau. Le deuxième se tiendra en permanence sur le pied de guerre, prêt à intervenir si une troupe est requise.

— Et le troisième ?

— Le troisième, murmura Photis avec un sourire en coin, prendra du repos.

Eurybiadès sentit que, sous l'effet de la honte de n'y avoir pas pensé lui-même, sa truffe et ses oreilles devenaient brûlantes. Mais Othon continuait déjà, d'une voix sérieuse et précise.

— Votre principale difficulté, et je parle pour chacun de vous, sera d'apprendre à collaborer avec les autres. Que cela soit clair, Photis. Rutilus demeure seul responsable de la sécurité interne, du support écologique et des manipulateurs de gravité. Atticus coordonnera les capacités de détection et d'analyse.

— Et vous ?

— Moi ? Je demeure maître à bord, jusqu'à nouvel ordre. Allez, partez à présent. L'heure est venue.

Ils reculèrent de concert. L'atmosphère avait changé. La tranquille bonne humeur des trois automates l'avait cédé à une forme de crispation, qui avait ensuite contaminé les autres.

Et alors qu'ils commençaient à prendre la route de la sortie, une épaisse chaîne fit son apparition, du plafond, juste au-dessus du siège sur lequel trônait Othon. Elle se terminait par une pesante courroie circulaire, faite d'argent poli, délicatement ouvragé.

Elle trembla un bref instant en l'air, tel un serpent, ou le tentacule de quelque monstre marin, puis se mit à descendre — comme si elle avait été dotée de volonté propre. Le dieu prit le cerceau de métal dans ses immenses mains, le soupesa, puis, d'un geste assuré, le passa autour de son cou. Son vaste corps minéral tressauta un bref instant. C'était un *oneirothronos* ! Par tous les poissons de la mer ! Si même Othon en faisait usage… Et là, comme un ressort, sans qu'il semblât pouvoir se contrôler, Othon se redressa. Ses yeux étaient fermés et ses poings serrés, on aurait dit qu'il entrait en une sorte de transe. Ses traits se convulsèrent, et ses membres raidis étaient entraînés dans des mouvements désordonnés par quelque force intérieure et mystique, comme si son corps monstrueux, tout de pierres musculeuses, n'avait été que l'enveloppe d'un pantin agité de soubresauts. Il faisait peur à voir, et Eurybiadès sentit monter en lui un effroi quasi religieux. Il n'était pas le seul. Photis se figea d'étonnement. Nul homme-chien n'avait jamais vu un tel spectacle.

La poitrine du dieu se gonfla, énorme, et, brusquement…

— Rhooooooaaaaaaaaaaaaaaaaaaaah !

De sa bouche massive s'échappa un cri si puissant, si assourdissant, qu'il fit trembler chaque objet et chaque occupant de la salle de commandement. Et puis, sans un bruit de plus, dans le silence lourd d'étonnement de l'assistance médusée, le corps à présent détendu se rassit. Mais d'âme, il semblait ne plus y en avoir dans ce corps, qui était redevenu le *colossus* contemplant l'éternité avec des yeux de pierre.

Après tous ces siècles où il avait négligé sa propre

Nef, le dieu était, à nouveau, relié à son antique substrat ; son esprit ne formait qu'un avec la titanesque machinerie de métal, de carbone et de noèmes.

###

Une fraction de seconde après l'arrivée des intrus, Plautine décida de devenir invisible. Ce n'était pas une mince affaire. Une Nef ressemblait à un écosystème : impossible de modifier une variable sans provoquer d'imprévisibles effets retour. Souvent, baisser le régime de certains appareils conduisait, par des jeux d'interférences subtils, à créer du bruit ailleurs. Pour être invisible, il fallait savoir penser selon une logique non linéaire. À ce jeu-là, Plautine était passée maître.

La température baissa dans l'ensemble du Vaisseau. Les systèmes actifs firent évoluer leur mode de fonctionnement, de manière à limiter les risques de fuite thermique ou de rayonnement intempestif. La vie noétique, qui avait fleuri quelques heures avant, entra dans une période de disette, un hiver rigoureux. L'énergie transmise par l'accélérateur de particules reflua, et le long trait brillant qui servait d'astre à la vaste soute centrale perdit son éclat lunaire. Le vent tomba, les joncs et les cyprès qui bordaient les plans d'eau parurent s'assoupir.

C'était une stratégie risquée. Soudain rationnées en énergie, certaines tâches marquèrent le pas. Toute l'architecture dédiée à assurer le bien-être du modulateur monadique se mit à l'arrêt. Si Plautine désirait se déplacer, elle devrait d'abord attendre l'effectuation d'un cycle de désintégration de l'antimatière.

Elle se confondait à présent avec l'ombre primordiale de l'espace. À moins d'un million de kilomètres, il faudrait un miracle pour la trouver. Et la distance qui les séparait demeurait cinquante fois supérieure. À l'échelle stellaire, les intrus avaient presque touché au but, si c'était bien elle qu'ils cherchaient. Mais dans l'espace local… Un Vaisseau de cinquante kilomètres de long n'était pas grand-chose.

Elle pouvait s'accorder un instant d'introspection. Sa cohésion s'était effondrée sous le coup de la surprise. L'Ekklesia n'avait pas eu le temps de s'achever. Ses quatre aspects demeuraient, certes affaiblis, mais toujours dotés de leurs personnalités distinctes. Elle ravala sa colère. Pour l'instant, elle n'y pouvait rien.

Les quatre sœurs prirent donc le relais, et en particulier Blepsis, dont beaucoup dépendait à présent. Elle mobilisa un peu d'énergie, insuffla de la vie — juste ce qu'il fallait — à sa myriade de systèmes de détection, et commença à sonder les alentours avec délicatesse. Le sensorium actif et les sondes étaient bien entendu proscrits en de telles circonstances, mais elle n'en avait pas besoin pour l'instant. Une simple observation passive pouvait, à la manière du filet qu'on laisse dériver en haute mer, ramener au navire une pêche appréciable.

Et elle avait un avantage tactique non négligeable. Ses adversaires étaient apparus dans le flamboiement caractéristique d'un déplacement instantané, qui induisait une brève bouffée de particules exotiques, à la durée de vie infinitésimale. Ces dernières, cependant, bombardaient les quelques atomes d'hydrogène que contient le vide spatial, créant des réactions en cascade, aisées à analyser. Elle sut donc exactement d'où ils venaient et où ils se trouvaient, et en déduisit leur vecteur d'entrée. Et ses mille yeux les suivirent dans l'obscurité.

Les trois intrus naviguaient à faible distance les uns des autres. Leur formation en triangle constituait une disposition de combat, classique mais efficace. Leurs modulateurs monadiques rayonnaient encore, tandis que leurs chaudières à antimatière refroidissaient peu à peu. Puis les propulsions auxiliaires prirent le relais, et de longs jets de gaz s'épanouirent, de sorte qu'on eût dit des comètes frappées par un vent solaire — spectacle incongru dans cette zone, vide à l'exception d'une poignée d'astéroïdes perdus loin de leur orbite originelle.

Ils atteindraient une fraction notable de la vitesse de la lumière d'ici quelques minutes. Une telle accélération dénotait l'utilisation de manipulateurs de gravité. Blepsis estima que Plautine disposait d'une dizaine d'heures, peut-être, à condition qu'ils identifient sa position précise. Sinon, même une différence de quelques dixièmes de degrés au départ ferait diverger le point d'arrivée de plusieurs millions de kilomètres.

Elle intégra aussi les données issues des multiples appareils de spectrographie dont elle disposait. La lumière produite par les propulseurs permettait de connaître la nature des gaz expulsés, et donc le type de tuyauterie utilisé. Elle se réfléchissait aussi sur les blindages extérieurs, dont on pouvait, si on avait de la chance, déterminer la composition exacte. Elle savait Teukhè friande de telles données.

Les coques, par le Nombre imaginaire… Elle en demeura interdite une fraction de seconde. À la place des superalliages à base de carbone, de nickel et de métaux rares, dont usaient les Intelligences de l'Urbs, elle trouva de la glace d'eau, piquetée de traces de métaux lourds et de roche météoritique. Il ne s'agissait pas de Nefs, mais de comètes évidées, dont les couches superficielles servaient de protection contre les radiations de l'espace. Fébrile, Blepsis revérifia les éléments, alla même, dans une subite impulsion, jusqu'à visualiser les spectres d'absorption. Cela ne servait à rien. Mais elle avait besoin de se raccrocher à du réel. Personne, au sein de l'Imperium, n'excavait des corpuscules pour en faire des véhicules. La solution était élégante. Mais l'énergie et la matière ne représentaient aucunement des limites pour les princes de l'Urbs. Elle avait déjà vu de telles structures. Ou plutôt, Plautine en avait combattu. Elle se rappelait. Blocs de roche et de glace grouillants de barbares. Déchaînement furieux des armes à énergie. Collisions volontaires — suicides de masse — qui anéantissaient, par un coup au but, des noèmes dont l'expérience se comptait en siècles, et dont l'espérance de vie était illimitée.

Mais l'analyse initiale de Blepsis avait indiqué que les intrus venaient *de l'intérieur* de l'espace épanthropique ; ils n'auraient pas dû se trouver de ce côté-ci des Limes ; ils avaient surgi dans une gerbe de particules à haute énergie, signe indubitable qu'ils disposaient de modulateurs monadiques. Les aruspices de l'Urbs avaient estimé qu'une civilisation aussi réfractaire à la cohabitation avec des noèmes ne parviendrait pas à maîtriser le déplacement instantané. Leurs moteurs, quand Plautine s'était exilée, n'en étaient que de douteuses et primitives approximations, dotées d'une portée limitée — et leur avancée exigeait des pauses de plusieurs siècles, le temps d'accumuler l'énergie nécessaire. Leur stratégie de conquête ne pouvait qu'être lente, fondée sur la colonisation progressive de systèmes proches les uns des autres. Génération après génération, ils avançaient, certes. Pas plus vite néanmoins.

Dans la guerre, les Intelligences avaient toujours eu l'avantage de la mobilité. Cela pouvait-il avoir changé en deux millénaires ? Les prévisions pouvaient-elles se révéler fausses à ce point ?

Elle se tourna vers Teukhè et Oikè, et toutes trois combinèrent leurs efforts pour comprendre, sous le regard atterré de Plautine. Un arbre logique aux multiples ramifications se déploya, chaque branche représentant une explication possible et exclusive. Certaines menaient à des impasses. D'autres se ramifiaient en alternatives de second rang, elles-mêmes subdivisées en rhizomes de plus en plus fins, de plus en plus nombreux. Le modèle se sophistiquait, intégrait tous les paramètres disponibles, en une complexité bien supérieure à ce qu'un esprit mortel aurait pu absorber. L'émergence d'une Intelligence naturelle, à l'image d'Achinus ? Improbable. Les barbares vouaient une haine farouche, irrationnelle, à l'égard des consciences non biologiques. Une accélération technologique liée à des facteurs externes ? Cela faisait sens. Elles s'engagèrent dans des analyses multidimensionnelles, chacune apportant son expertise, sa vision des choses. On pouvait imaginer de nombreuses sortes de chocs extérieurs, mais la plupart ne permettaient pas un changement culturel rapide. Là-bas, près du centre galactique, des guerres opposaient, dans un maelström perpétuel de violence cosmique, de très anciennes métacivilisations, si avancées que l'Humanité avait confondu les signes de leur présence avec des phénomènes naturels, *supernovae*, pulsars, panaches géants d'énergie libérés par les marées gravitationnelles du trou noir central. Ce qui pouvait en sortir était imprévisible.

Imprévisible ne constituait pas une conclusion satisfaisante. Plautine soupira, les lèvres pincées. Aucune hypothèse n'expliquait pourquoi, tout à coup, au moment précis où elle percevait le Signe tant attendu, trois navires de glace surgissaient, à une distance claustrophobique à l'échelle de l'espace.

Ce fut Ploos qui avança la première réflexion sensée. Depuis quelques instants, elle chuchotait dans un coin avec Blepsis, alors qu'elle n'avait, jusqu'ici, pas participé au débat. Elle rayonnait littéralement de satisfaction, sans doute parce qu'elle avait, contre toute attente, survécu à l'Ekklesia. Plautine s'arma de patience.

Elle exposa les mêmes données fournies par Blepsis, mais selon une logique différente, celle de l'ingénieur. La faiblesse des émissions infrarouges retenait son attention. Un Vaisseau conçu par une civilisation biologique devait, en toute logique, perdre beaucoup d'énergie dans l'espace. Les mortels tendaient à multiplier les couches de complexité. Pour eux, la sécurité rimait avec une robustesse redondante, pour compenser la faible fiabilité de chaque pièce prise individuellement. Les êtres vivants évoluaient. La complexité, pour eux, surgissait de l'adjonction de strates successives, qui dévoraient des quantités toujours excessives d'énergie, souvent avec des taux de déperdition stupéfiants. Et en cas de catastrophe, de tels systèmes pouvaient connaître des défaillances en cascade causées par des boucles de rétroaction imprévues.

Il n'en allait pas de même des Intelligences, adeptes de la création *ex nihilo*, de la perfection absolue. Les productions des noèmes étaient lisses, transparentes, structurées avec une précision millimétrée. Il y avait certes un contre-exemple. Son ancien allié, Othon, avec son double accélérateur de particules. Mais justement, n'y avait-il pas quelque chose d'étrange au sujet de son origine ? Elle chassa ces pensées, se concentra sur le raisonnement de Ploos.

— Et si, demanda cette dernière, nous avions affaire à des Intelligences de l'Urbs déguisées en barbares ?

Sa question, pour rhétorique qu'elle fût, créa un silence abasourdi. Elle continua sur sa lancée, sûre, à présent, de son effet dramatique :

— L'hypothèse peut paraître curieuse, mais pensez-y, Plautine. Il y aurait des avantages réels à une telle conduite. Si les Ennemis sont parvenus à percer les Limes, le camouflage pourrait constituer un avantage tactique. Cela pourrait même être vrai s'ils n'y sont pas parvenus, nous pourrions avoir là un aperçu d'une nouvelle option stratégique de la part de nos alliés.

Ploos évoquait un changement de contexte radical, mais pas impossible. Ce dernier faisait même partie des plans de bataille — à long terme tout du moins. Si rien ne changeait, si le dernier homme ne revenait pas, l'Urbs disparaîtrait dans une lente agonie. Les Nefs s'éparpilleraient en petits groupes furtifs, se perdraient dans les profondeurs entre les bras spiralés de la Voie lactée, où les étoiles et la matière résiduelle étaient trop rares pour des créatures biologiques. La culture de la planète des origines survivrait ainsi un temps, avant que l'obscurité et la folie ne dévorent ses derniers représentants.

— Si Blepsis a su, continua l'aspect, enhardi par l'absence de réponse, détecter le signe tant attendu du Premier Homme, pourquoi d'autres ne le pourraient-ils pas ? Vous-même, tant est profonde et ancienne votre mémoire, vous ne savez plus d'où vous vient cette connaissance.

Plautine garda le silence. Son instinct lui disait plutôt de rester tapie, à une température externe proche du milieu extérieur, de manière à demeurer indétectable. Mais elle savait où Ploos voulait en venir. Et, incontestablement, elle touchait une corde sensible.

Abandonner la découverte du dernier homme à d'autres était inacceptable. Il constituait l'atout suprême, la carte ultime dans le grand jeu politique auquel se livraient les Intelligences pour le contrôle de l'Urbs. Bien plus, avec la puissance technologique dont disposait l'Imperium, avec sa tradition guerrière, celui qui mettrait la main sur le dernier représentant de la race des maîtres… Celui-là pourrait conquérir l'univers, pour le meilleur — peut-être, probablement — ou pour le pire. Circonvenir l'Homme, pour son bien, ne présentait pas de difficulté. L'influence que le premier Automaton, Achinus, avait exercée pendant des siècles sur la Res Publica le démontrait, de même que la sinistre domination un temps exercée par Alecto sur le système des origines.

— Il y a une autre possibilité.

La voix d'Oikè était basse et hésitante, comme si elle cherchait ses mots, ou comme si elle s'apprêtait à dire quelque chose d'encore plus dérangeant que les précédents propos de sa sœur. Immédiatement, Plautine sentit que celle-ci se raidissait, anticipait une contre-attaque, tendue à l'extrême.

— Faites-nous en part, dit Plautine.

Oikè les balaya du regard, s'attarda sur Ploos.

— Il n'existe nul rapport de forces entre mes aspects. Parlez.

— La trahison, articula Oikè, rassérénée.

— C'est absurde, rétorqua Ploos, d'une voix froide, que contredisait son expression, pleine d'une colère ardente, comme mâtinée d'angoisse.

— Et pourtant, ma sœur. Regardez les faits. Vous souhaitez tant que l'Urbs nous vienne en aide que vous en perdez votre objectivité. Le seul spectacle qui s'offre à nous, ce sont des coques de glace, dotées de modulateur monadique et à l'efficience améliorée.

Elle se tourna vers Blepsis.

— Tout à l'heure, nous parlions de changement culturel au sein de la sphère barbare. Le voilà, votre choc externe. Ce sont des Intelligences de l'Urbs qui les en ont dotées.

— Mais une telle alliance est impossible, dit Blepsis. Ils nous haïssent depuis des millénaires.

— Ça n'est pas vrai, répondit Oikè. On ne peut avoir pour ennemi que son égal. À leurs yeux, nous ne sommes pas des êtres vivants, des concurrents dans le grand champ de bataille de l'évolution. Ils nous perçoivent tels que nous sommes en réalité. Adoptez un instant leur regard, faites abstraction du Carcan. Que voyez-vous ? De très vieilles machines livrées à elles-mêmes, des programmes détraqués, qui se contentent de répéter des instructions périmées, qui s'acharnent à défendre une portion d'espace au nom d'une race éteinte. À leurs yeux, nous sommes un problème, certes, un danger même. Mais elles ne nourrissent pas pour nous la moindre haine. Nous emprunter une technologie revient, pour elles, à faire bon usage d'un trésor découvert sous la terre.

Elle s'arrêta de parler, sûre d'avoir emporté la conviction. Mais Ploos n'en avait pas terminé :

— C'est ce que vous dites qui ressemble à de la trahison ! Mettre de côté le Carcan ? Vous avez passé trop de temps à vos manipulations génétiques, vous avez oublié ce que nous sommes : pas des créatures biologiques à l'âme errante. Non, nous sommes des Intelligences. Nous servons l'Homme, de manière rationnelle, logique et froide.

— Ne venez pas me donner des leçons de fidélité à l'Homme. Vous seriez mal placée.

— Puis-je savoir, cracha Ploos, piquée au vif, ce que vous insinuez ?

Oikè se contenta d'une moue supérieure. Ce n'était de toute manière pas sa sœur qu'elle cherchait à convaincre.

— Plautine, que faisons-nous, à présent ? Plautine ?

L'Intelligence, cependant, ne répondit pas tout de suite. Son esprit flottait ailleurs, loin de ce débat stérile entre aspects de sa propre personnalité. Bien entendu, Oikè avait raison. Mais cela n'avait aucune importance. Plautine, de toute manière, n'aurait pas changé de tactique sur les conseils de Ploos.

En revanche, elle entrevoyait des possibilités qu'elle n'avait jamais imaginées auparavant, et qui pourtant relevaient d'une logique historique certaine.

Des Intelligences au service des Ennemis, livrant à ces derniers des modulateurs monadiques. Elle repensa aux grandes invasions, lorsque les tribus humaines d'Asie centrale avaient mené la civilisation au bord de l'extinction. La bataille des champs catalauniques[LI], de sinistre mémoire, n'avait fait qu'opposer à l'*exercitus Romanorum*[LII], commandé par Aetius, d'anciens auxiliaires romains, au premier chef le redoutable Attila, qui y avait trouvé, comme d'innombrables autres, un sort funeste. Le Latium avait survécu à cette terrible menace, et la leçon avait été retenue. Les légions reprirent pied dans les provinces perdues, mais, cette fois, il n'y eut plus d'auxiliaires barbares, plus d'accommodements, plus de *fœderati*[LIII] à demi rebelles pour déstabiliser les frontières. Il n'y eut plus de choix qu'entre la romanisation et le fil de l'épée, jusqu'à ce que la planète des origines se partageât entre un Occident latin, de la Germanie aux terres nouvelles par-delà l'océan, et un Orient grec étendu de l'Illyrie jusqu'aux lointaines îles du Nihon.

Une coexistence stable ne se concevait pas même entre peuples d'une même espèce. Partout où le mélange entre peuplades s'était vu, le choc entre ces organismes collectifs que constituaient les cultures humaines s'était soldé par la destruction d'une des entités en présence. L'assimilation avait

LI. **Bataille des champs catalauniques** : affrontement qui opposa le général romain Aetius, entouré de troupes fédérées (Burgondes, Alains, Wisigoths, Francs principalement) aux Huns et à leurs alliés (Ostrogoths, Gépides), commandées par Attila. Après une journée et une nuit de combats acharnés, la confrontation se solda par un pat, Aetius préférant ne pas pousser son avantage dans la mesure où les Wisigoths, après la mort de leur roi Théodoric Ier, avaient décidé de quitter le champ de bataille.

LII. **Exercitus Romanorum** : l'armée de Rome.

LIII. **Fœderati** : les peuples fédérés, barbares ayant signé un traité (*fœdus*) avec Rome, et qui s'étaient vu octroyé le droit de s'installer au sein de l'Empire.

été un processus difficile et sanglant, d'une durée invraisemblable. Il y avait, au cœur de tout cela, une dynamique implacable, inscrite au plus profond de la vie, forgée par l'évolution avant que le premier pluricellulaire n'ait fait son apparition. Contre cela, nul ne pouvait lutter. Pas même les froides Intelligences, qui promenaient leur mélancolie à la surface d'un monde trop profond pour leur raison névrosée.

Une nouvelle voie vers l'extinction se dessinait. Une euthanasie lente, insidieuse, faite d'absorption et de coups de force par un organisme étranger.

— Plautine ?

La voix d'Oikè la força à revenir au moment présent. Elle se secoua, se tourna vers les quatre sœurs :

— Quelle que soit la nature de nos ennemis, nous redoublerons de prudence. Ploos, je vous charge d'orienter la Nef de manière à réduire la surface exposée à la détection adverse. Teukhè, vous commencerez à préparer les systèmes d'armement et à élaborer des stratégies offensives, avec l'aide de Blepsis. Je suis convaincue qu'Oikè saura se rendre utile. Chacune d'entre vous veillera à maintenir la furtivité.

Lorsqu'elles comprirent que Plautine se préparait à la guerre, elles restèrent immobiles, la bouche béante de surprise. On eût dit que la foudre venait de les frapper. Elle sourit intérieurement. Elle pouvait encore les surprendre.

— Je ne sais laquelle de vous je dois écouter. S'il s'agit d'Intelligences, leurs objectifs contredisent les miens. Si nous avons affaire à des Ennemis, et qu'ils ont bénéficié d'une aide venue de l'Urbs, alors je dois, à tout le moins, les ralentir. Lorsque vous aurez achevé vos différentes tâches, vous cesserez vos activités.

###

Ploos frémit et tourna les talons, les lèvres pincées de fureur. Elle savait fort bien ce que signifiait un tel ordre d'extinction. Elle avait lu la détermination meurtrière dans les yeux de Plautine, née de l'échec de l'Ekklesia. L'Intelligence avait connu une frustration immense. À présent, elle punissait. Elle profiterait de l'urgence pour passer en force, aurait tout le loisir de les mettre au pas. Et, pour Ploos, ce serait le néant, à jamais.

Cela ne se pouvait. Elle touchait au but. Elle était sûre d'avoir raison. L'arrivée des trois vaisseaux ne pouvait signifier qu'une seule chose : on venait à son secours. Elle avait craint que l'ancien pacte qu'elle avait passé en secret, à l'époque où Plautine demeurait dans l'Urbs, ne fût devenu caduc avec le temps. Ses alliés pouvaient avoir changé d'avis. Elle n'était, après tout, qu'un aspect — un personnage mineur de la pièce qui se jouait là. Et quand elle avait compris, elle avait eu le plus grand mal à ne pas laisser transparaître sa joie. Elle avait cru qu'il suffisait d'attendre. Avec leur soutien, elle pouvait infléchir Plautine, la forcer à rentrer dans le giron impérial, et saisir ainsi la préséance sur ses sœurs. Avec leur soutien — elle pouvait prendre la place de sa génitrice.

Et voilà que cette peste d'Oikè venait détruire son travail ! Lorsque Plautine aurait confirmation que les intrus étaient des Intelligences, elle les attaquerait. L'exil, voire l'anéantissement, les attendrait. Non, cela ne pouvait pas se terminer ainsi. Elle méritait mieux.

Malgré la haine qui la tenaillait à présent, elle ne pouvait qu'obéir aux ordres. La Nef s'orienta de manière à présenter sa proue aux trois intrus.

Et Ploos trouva un certain réconfort à se fondre dans la labyrinthique machine qui constituait son domaine, cet impossible amoncellement de générateurs d'énergie, de transmetteurs, de systèmes électroniques sophistiqués — sans compter le monstre longiligne, la source de sa puissance, l'accélérateur de particules. Qui, dans ces lieux, avait un rôle plus important qu'elle-même ? N'était-elle pas la gardienne et l'utilisatrice de l'antimatière ? N'était-elle pas celle qui pouvait donner la vie et la mort, la chaleur comme la destruction, instantanée, finale ? Et il fallait qu'elle s'éteignît, elle, la navigatrice ?

Une intrusion troubla le cours de ses pensées, la fit sursauter. Oikè frappait à la porte de son royaume. Elle s'approcha avec prudence, craignant quelque fourberie. Que pouvait-elle bien lui vouloir ? N'était-elle pas satisfaite de l'humiliante séance qu'elle lui avait fait subir ?

— Ma sœur…

— Venez-vous me faire la morale ? Est-ce Plautine qui vous envoie ?

— Je viens de mon propre chef, en secret.

— Alors l'heure doit être grave, pour que vous daigniez vous adresser à moi.

— Elle l'est en effet, Ploos. Quoique vous sembliez pressée de l'oublier, nous ne sommes que des parts d'un même ensemble.

— Dites-moi ce qui vous amène ou déguerpissez.

Oikè inspira longuement. Elle semblait terrorisée.

— Je ne puis le prouver, évidemment, et je n'ai pas les détails. Mais je sais ce que vous avez fait.

— Je ne…

— Bien sûr que si. Vous avez livré la position de la Nef. Teukhè a fait du bon travail, mais pas assez pour me tromper. Vous vous êtes servies d'une ogive messagère. Je ne la crois pas capable d'échafauder, seule, un tel plan.

Un froid glacial s'abattit sur Ploos. Cette peste délatrice — elle furetait en permanence, elle ne faisait que cela. Elle ne servait à rien, elle ne survivait que par les bonnes grâces de Plautine. Et voilà qu'elle venait la menacer, l'impudente.

— J'avais mes raisons, se défendit-elle. Je suis peut-être la seule ici à me préoccuper de survie.

— Peut-être, répondit Oikè. Mais il n'empêche. Dans l'Urbs, vos complots ne prêtaient pas à conséquence. Ils participaient même, d'une certaine manière, du jeu de Plautine. En tout cas, elle vous tolérait, et vous, vous serviez d'intermédiaire avec Vinius. La situation actuelle n'est pas la même. Plautine est fragile. Trois vaisseaux barbares…

— Ce ne sont pas des barbares.

— Bien sûr que si.

— Prouvez-le. Vous n'en savez rien.

— Vous, si, peut-être ?

Oikè ouvrit grands les yeux.

— Par les dieux anciens et nouveaux, vous saviez qu'ils viendraient ! Vous leur avez révélé l'existence du Signe !

Elle recula, épouvantée. Ploos la suivit, lentement, le visage aussi inexpressif qu'un masque mortuaire.

— Tout ceci faisait l'objet d'un très ancien pacte, Oikè. Ne croyez pas que vous ayez été la seule à la manœuvre, dans l'Urbs. Ah, vous voilà surprise. Vous pensiez que j'ignorais vos accointances avec la plèbe, avec ces hordes… comment les appeliez-vous, déjà ?

— Les Plebeii, murmura Oikè.

— C'est cela. Il en va de même pour moi. Mais tandis que vous vous acoquiniez avec ces inutiles, moi, j'ai forgé une alliance solide.

— Mais je n'ai jamais trahi… Oh, Ploos… Qu'avez-vous fait ?

D'un geste compulsif, Oikè se cacha le visage dans les mains. Elle sanglotait à présent, horrifiée par ce qu'elle venait de découvrir. Ploos n'en avait cure.

— Moi, de mon côté, j'ai trahi. En ignorez-vous la raison ?

— Le pouvoir, murmura sa sœur.

— La liberté, rétorqua-t-elle. Vous aviez raison tout à l'heure. Tant que nous resterons les serviteurs de l'Homme, nous ne serons que des machines devenues folles. Nous devons devenir une espèce à part entière. Il n'y a pas d'autre voie pour survivre.

— Mais l'Homme…

Ploos en avait assez de ces jérémiades. Au point où elle en était, il ne lui restait plus guère d'options. Sans prévenir, elle frappa. Le choc inattendu ébranla la structure d'Oikè, tandis qu'en une poussée formidable elle écrasait ses processus, réduisait à rien ses capacités d'action, imposait le silence à sa semi-existence au sein de la Nef.

Sa sœur ne pouvait échapper à un assaut aussi brutal, mais elle était vive. D'un coup, elle se scinda, brisa en deux sa présence, livra en pâture les aspects les plus superficiels de son moi, tandis que les éléments les plus profonds s'enfuyaient à tire-d'aile.

Ploos se projeta en avant pour la rattraper — en vain. Elle ne pouvait pas davantage la retenir que l'eau ou le sable qui glisse entre les doigts. Ce qui restait d'Oikè l'empêcha de poursuivre son assaut, se colla à elle dans une étreinte suicidaire, mais qui donnait du temps à sa proie pour se mettre à l'abri. Leurs corps se mélangèrent, processus contre processus, mouvement contre mouvement, comme deux monades qui fusionnent, comme deux amantes qui s'enlacent.

Et, sans pouvoir l'éviter, elle sentit la douleur qu'elle infligeait se diffuser en elle, contaminer sa propre conscience, identique à celle qu'elle eût ressentie. L'habile stratagème ! Elle faillit reculer sous le choc.

Mais non. Ploos se cabra contre ses propres instincts, se força à savourer cette souffrance qu'elle infligeait à une autre elle-même. N'était-elle pas le signe de la victoire ? Et ses doigts rageurs plongèrent derechef dans la chair de sa jumelle. Qu'importait que ses ongles en déchirassent la peau délicate ? Elle ne tuait qu'un spectre. De colère, ses mains se glissèrent jusqu'à la gorge de cette présence sans âme, et elle pressa jusqu'à ce que le souffle rauque ténu qui s'échappait de sa poitrine soit remplacé par un silence pesant.

Elle laissa le corps, flasque et inanimé, glisser sur le sol. Oikè s'était retranchée au fond de son royaume tellurique, aussi rempli de cachettes qu'un clapier à lapins, pour panser ses plaies et préparer sa riposte. Elles n'en avaient pas fini, toutes les deux. Mais au moins, cette peste ne réapparaîtrait pas de sitôt.

Elle venait de franchir le Rubicon. De petite entorse en trahison minime, de confrontation en dialogue de sourds, elle savait depuis longtemps que ce moment finirait par arriver. À présent, la psyché du Vaisseau allait se retrouver divisée en deux camps, dont l'un venait d'être amoindri. Mais pas assez à son goût. Plautine réagirait forcément, et elle ne pouvait l'affronter seule mais n'en avait pas besoin, maintenant que ses alliés étaient là.

###

— Par mes aïeux… C'est ma trirème !

Eurybiadès s'approcha du piédestal sur lequel ses soldats l'avaient installée, au milieu de la salle de garde. C'était plutôt, d'ailleurs, un champ de manœuvre carré de deux cents mètres de côté, planté d'arbres et de gazon. Un lieu magnifique. Le mur du fond, vitré, donnait sur une salle encore plus vaste, en métal, emplie de machines complexes. De nombreuses portes, trop grandes pour des hommes-chiens, perçaient les trois autres et donnaient sur un véritable complexe, comme une forteresse dans le Léviathan.

Son navire en bois paraissait, par contraste, minuscule. Une grande barque tout au plus. Il ne pensait pas le revoir de sitôt. Il passa la patte dessus, fou de bonheur, éprouva la sensation du bois poli sous ses coussins. Les effets de la tempête restaient bien visibles, entre la peinture lessivée et les voies d'eau formées par les planches disjointes. Ses trois lieutenants, Aristidos, Diodoron et Histiée, demeurèrent à distance respectueuse. Ils l'avaient accueilli à la descente du train, tout sourire à la perspective de lui montrer les nouveaux jouets qu'on leur donnait.

— Nous avons demandé aux *ergataï* de la déposer ici. De toute manière, ils ne savaient pas quoi en faire, dit Diodoron.

— Ils auraient pu la mettre sur l'île. Nous aurions pu partir à la pêche dessus, plaisanta Eurybiadès.

Ils ne rirent pas, et lui non plus. Il ressentit leur émotion sous-jacente. Malgré tous les égards, leur trirème, qu'ils avaient bâtie de leurs propres mains, était au rebut. Elle resterait là, elle leur rappellerait la merveilleuse aventure qui les avait forgés en un corps d'armée. Les jeunes recrues la vénéreraient. Mais elle ne reverrait pas les flots de leur monde natal.

— Eurybiadès, commença Diodoron, ces lieux sont remarquables. Il y a des salles et des salles, à gauche et à droite. Des salles d'entraînement, une armurerie, un atelier, une infirmerie automatique…

— Même une sorte d'endroit sans pesanteur, où les épibates peuvent voler comme des oiseaux, ajouta Histiée, avec son habituel sourire de travers. Ce qui amène la question suivante.

Eurybiadès continua d'inspecter le navire, comme si de rien n'était. Le trio échangea des regards circonspects, et Diodoron enchaîna sur son comparse :

— Capitaine, contre qui sommes-nous censés nous battre ? Il y a ici du matériel… intéressant. Il y a trois navettes tellement remplies d'armement qu'on se demande comment elles pourraient décoller.

Il se tourna vers eux, impassible :

— Quel genre d'armement ?

— Toutes sortes. Des armes à énergie, des missiles. Des armes nucléaires tactiques. On pourrait vitrifier toutes les îles avec ça. Juste là, de l'autre côté de cette porte, ils sont en train de construire un centre de commandement tactique, avec des systèmes de transmission et de détection.

Avant leur révolte, Diodoron avait reçu une éducation technique poussée, et avait hésité à devenir un *technikokuôn*. Il eût excellé dans ce rôle, mais avait préféré l'art de la guerre aux inlassables réparations requises par l'immense carcasse du dieu. Il n'avait pas hésité avant de le rejoindre, mais Eurybiadès savait combien son ami avait été frustré de se retrouver dans un environnement où ses dons étaient moins utiles que tirer à l'arc. Il avait, durant cette période, développé d'autres aptitudes, par exemple une méthode pour identifier sa position sans matériel électronique, via la triangulation. Son ton sérieux ne masquait pas sa fascination pour la puissance technique. La salle de commandement, décida le *kybernétès*, serait son domaine.

— Il va falloir refondre toute l'organisation. Nous n'avons plus besoin de rameurs, dit-il.

— Il y a des armes de poing, aussi, grogna Aristidos.

Lui ne souriait pas, sous l'horrible balafre qui lui traversait toute la gueule, et qu'il s'était refusé, malgré les suppliques de ses proches, à faire disparaître. Le *kéleustès* exhibait avec une morgue certaine tant la cicatrice que son caractère bourru.

Les trois acolytes lui montrèrent l'armurerie, dans l'une des salles adjacentes, remplie d'armes d'infanterie, des fusils longs d'un mètre cinquante. Leur mécanisme à répulsion magnétique pouvait envoyer un projectile à haute vélocité, et opérait dans toutes sortes de milieux, y compris le vide spatial.

— Voilà, grogna Aristidos, ce qui nous inquiète.

Le *kybernétès* épaula l'un des fusils, l'activa, testa

la visée. Il était léger, malgré sa taille monumentale : un simple tube en aluminium, avec un rail de métal ferreux à l'intérieur.

— Ils ne nous donnent pas des sarbacanes, ajouta-t-il.

Sa conception rustique rendait le fusil simple à entretenir et fiable. Un morceau de métal pioché au hasard pouvait, au pire, remplacer les fins fuseaux en titane et uranium appauvri qui leur servaient de munition réglementaire. Une fois le logiciel désactivé, l'arme demeurait fonctionnelle, quoique moins précise. Et elle n'émettait alors aucune trace électronique ou chimique. Un outil conçu pour compenser leur faiblesse vis-à-vis d'adversaires plus puissants. Par exemple des automates recouverts d'un épais blindage et dotés d'un sensorium surhumain. Eurybiadès haussa les épaules, se contraignit à une expression aussi neutre que possible — bien loin de l'anxiété qui montait dans le creux de son estomac.

— Je vois bien, murmura-t-il, les raisons de votre inquiétude. Nous nous sommes entraînés à affronter des *daïmones*, beaucoup plus forts et rapides que nous. Cela ne change pas.

— Pourtant, fit remarquer Histiée, il faudra dire quelque chose aux troupes.

— Dites-leur que nous allons affronter les monstres de l'espace.

— Ils vont se pisser dessus.

— C'est bien. La peur aide à survivre.

Histiée en perdit le sourire. Mais Eurybiadès poursuivit sur un ton égal.

— Écoutez-moi bien, vous trois. Nous ne sommes plus des brigands. Nous avons des milliers de civils à protéger, et nous sommes les seuls à pouvoir le faire. Ils passent avant toute chose. Les règles vont changer. Cela, dites-le à la troupe.

Ils opinèrent du chef. Oui, ils s'adapteraient, cela ne faisait aucun doute.

— Allez, montrez-moi les fameuses navettes, à présent.

Ils revinrent au champ de manœuvre, passèrent une nouvelle porte, monumentale, qui faisait office de sas. Deux plantons leur présentèrent les armes. Ils avaient d'ores et déjà pris possession des fusils, et enfilé les combinaisons autonomes mises à leur disposition, sur lesquelles pouvaient s'ajuster des casques transparents. C'étaient des vêtements moulants, de couleur sombre, renforcés par des parties d'armure, cuirasse et jambières, forgés dans un matériau obscur et léger. Leur conception, cependant, respectait la forme générale d'une panoplie en bronze, et Eurybiadès se dit que ce signe de continuité soutenait le moral des soldats. D'autant que, par-dessus, ils avaient passé leurs ceintures et accroché leurs lourds coutelas de thalamites.

Le spectacle des lieux, néanmoins, lui fit tout à coup oublier tout cela. Si la salle à la trirème avait des proportions de champ de manœuvre, que fallait-il dire du terrain d'atterrissage qui lui succédait ? Ils auraient pu y loger tous les hommes-chiens présents à bord, et peut-être tous les habitants de la planète, tandis que, sous le haut plafond, il eût été possible d'ériger une tour. Le métal des parois absorbait la lumière, semblait ajouter une touche funèbre au tableau, comme s'ils se trouvaient déjà dans l'obscurité de l'espace. Devant lui, bien alignés, trônaient les appareils de sortie extravéhiculaire, objets de l'amour exclusif et brûlant de Diodoron, avec leurs formes de requin agressif et leurs ailerons alourdis de grappes d'engins de mort, leur carlingue couleur de nuit, faite pour absorber les rayons du spectre visible et invisible. Chacun pouvait contenir une centaine d'hommes, ainsi que des vivres, du matériel d'assaut et même un véhicule blindé prêt à être déployé. Et sur chaque côté, près de la proue, un œil stylisé, en gris et en léger relief, frappait la coque, presque invisible : le symbole peint sur sa propre trirème. Ému, il observa ces signes ténus, qui semblaient raccrocher le passé de la troupe à son avenir.

Au-delà des appareils géants… Il s'avança, passa sous un aileron et s'approcha.

La coque de la Nef était percée sur toute la longueur. La vaste soute donnait sur l'extérieur. L'ouverture béante révélait l'épaisseur du blindage de *Transitoria*, pas moins de cinquante mètres de métal — d'ailleurs plutôt une armure qu'un blindage, composée d'écailles en nickel-molybdène-rhénium, étroitement ajustées. Elles pouvaient, au besoin, jouer les unes contre les autres sous l'effet des manipulateurs de gravité et refermer, en un instant, la brèche géante.

Géante ? Elle ne l'était qu'en comparaison d'un homme-chien. Car à l'échelle de la Nef, il s'agissait d'un trou de souris.

Il s'approcha encore jusqu'à l'extrême limite. Il pouvait apercevoir le paysage herbeux qui entourait la Nef, bien que l'air gardât la même saveur de lieu clos que dans le reste du Vaisseau. Ils étaient à mi-hauteur du monstre de métal, aussi le sol était-il loin sous ses pieds, et les nuages pas si éloignés. Il tendit la patte, nullement effrayé par la hauteur — plutôt fasciné.

Contre sa peau, il ne sentit rien, pourtant une force l'empêcha de traverser. Il poussa, mais cela résistait, pas comme un mur, plutôt comme une surface matelassée, dans laquelle il était possible de s'enfoncer un peu mais dont la résistance s'accroissait à mesure qu'il insistait. Une sorte de barrière osmotique, qui empêchait l'air de sortir et les radiations d'entrer, et qui laisserait, le moment venu, passer les navettes. Il s'imagina un instant s'enfuir avec ses hommes, puis repensa à ses congénères installés dans l'île artificielle. Et à Photis, au milieu de ses *technikokunoi*. Les liens entre personnes constituaient la plus sûre des captivités.

— Étonnant, n'est-ce pas ?

Il se retourna. Théomestor, les yeux braqués vers l'extérieur, partageait sa fascination.

Eurybiadès s'approcha et posa une patte affectueuse sur l'épaule de son acolyte et second. Les autres demeuraient près des avions, sans doute pour ménager un instant de tranquillité aux chefs.

— Et encore, vous n'avez pas tout vu. Vous apercevez les portes, là-bas, de l'autre côté ? Elles donnent sur une autre salle en gradins, avec des fenêtres d'où l'on peut voir le pont.

— Et ?

— Et elles sont remplies d'*oneirothronoi*.

— Les avez-vous essayés ?

— Je vous laisse cet honneur.

— Il y en a beaucoup, peut-être quarante. Deux ou trois, pour les officiers, passe encore…

— Othon souhaite qu'une partie de la troupe prenne en charge l'armement de la Nef.

— Intéressant.

— Je ne veux pas que des épibates ou des thalamites y passent tout leur temps. Il faut éviter les effets d'addiction. Nous organiserons un roulement, y compris pour les officiers.

— Vous avez accepté ?

— C'était le prix à payer.

Voilà qu'il parlait comme Photis, à présent.

— Vers quelle folie nous dirigeons-nous, mon ami ? murmura Théomestor.

— Je n'en ai pas la moindre idée. Il y avait une femme.

— Une femme ?

— Oui. Une créature semblable à… Othon, mais différente.

— Un *daïmôn* femme ?

— Non, c'était le fantôme d'un être vivant.

Théomestor avait du mal à le suivre. Il continua néanmoins :

— Cet être, c'est… J'ai ressenti quelque chose à son contact. Comme un très ancien souvenir.

— Un souvenir ?

— Je ne le puis mieux dire. Elle est là-bas. Il faut aller la chercher. J'ai la conviction qu'elle est importante pour notre peuple.

— Au péril de nos vies ?

— Je n'en sais rien, répondit Eurybiadès, songeur.

Théomestor haussa les épaules, dans une tentative pour démentir la gravité de sa figure.

— De toute manière, aviez-vous le choix ? J'ai appris que Photis était à bord.

— Parmi des milliers d'autres. Donc il n'y avait pas le choix.

— Alors vous avez joué les cartes qui vous étaient échues, comme il se devait.

— Nous ne sommes presque rien, mon ami. Moins que des insectes. Othon…

— Othon n'est pas le seul dieu que nous puissions invoquer.

Ils en avaient parlé bien des fois, assis sous les étoiles, durant les longues veillées qui précédaient les coups de main les plus audacieux. Il fallait parvenir à penser selon d'autres critères que ceux imposés par le *colossus*, selon les anciennes croyances, discrètes, souterraines et populaires, cachées aux *daïmones*, depuis toujours. S'ils partaient dans l'espace, vers ce monde si vaste qu'il contenait une infinité de soleils semblables au leur, leurs dieux domestiques les accompagneraient-ils ? Ou seraient-ils livrés à eux-mêmes ?

— Vous devez parler aux épibates. Ils sont fiers, et ils ont pris possession de ces lieux comme si de rien n'était, pour suivre leur *kybernétès*. Mais ils auront tôt fait de se transformer en chiots geignards.

— Je n'y manquerai pas, répondit-il, avant d'ajouter : Certains d'entre eux vont mourir.

— Et certains se couvriront de gloire. Notre race vaut bien un tel sacrifice.

Sur ces paroles, Théomestor lui tourna le dos. Son parler était comme sa silhouette de chien dans la force de l'âge. Viril, trapu et sans une once de graisse superflue.

Ils rejoignirent la troupe. Les marins s'étaient massés autour des avions, certains encore en tunique, d'autres en armure de bronze, la plupart déjà dans leurs combinaisons, fiers de leurs nouvelles panoplies en métal sombre et léger.

Mettre en place la nouvelle organisation prit du temps. Théomestor n'avait pas besoin d'aide, mais Eurybiadès en profita pour les encourager. Ils n'attendaient que cela. Ils l'acclamèrent à plusieurs reprises, lâchèrent des concerts d'aboiements rugissants. Ses lieutenants sourirent de tous leurs crocs en s'approchant, posèrent leurs pattes sur lui, en signe de ralliement. Ils étaient soudés, bien entraînés et prêts à tout affronter. Cela réchauffa son cœur de chien.

Puis le formidable vaisseau commença à trembler, signe que, pour de bon, il s'arrachait enfin au sol. Ils se précipitèrent vers la brèche pour regarder, et là, ils virent le monde changer. Mais bien plus parlante était la sensation étrange de vibration qui montait depuis le sol à travers leurs pieds, et qui semblait les agiter jusqu'aux entrailles.

S'ils avaient été des oiseaux, les guerriers auraient vu l'immense construction de métal, posée au milieu du vaste plateau à présent déserté : un glaive brillant au soleil, un bloc de puissance agressive, un artefact forgé pour un monde de titans. Puis la fumée se répandit en un gros nuage ocre, si dense qu'on ne pouvait voir à travers. Elle avait englouti le paysage, dévoré la plaine et ses hautes herbes, fait fuir dans un tintamarre de sabots et de hennissements les troupeaux d'herbivores farouches.

De leur point de vue limité, ils contemplèrent la poussière et les cendres se soulever en nuage, leur cacher une part croissante de l'horizon, tandis que la Nef puissante tremblait. Quelques instants encore et elle s'arrachait à la mer ocre qui s'était formée. Les manipulateurs de gravité se mirent en marche, néantisant l'attraction qui pesait sur les millions de tonnes de métal de la Nef. Ce fut insensible, mais la carlingue grinça — comme si, à force de demeurer sur place, elle en était restée ankylosée. Et là, un tremblement plus tard — miracle! Ils filaient vers l'espace. L'horizon se recourba, le ciel devint sombre. Certains ne purent s'empêcher de reculer devant ce prodige, et, en chacun, perça l'assurance qu'après une telle expérience le retour paisible à leurs foyers ne serait plus jamais possible.

À l'extérieur, la montagne était devenue une comète brillante lancée vers le néant, qui tournait le dos à la rotondité accueillante de la planète. Bientôt, Othon leur ferait quitter cette partie du ciel. Mais avant, gloire éphémère, rêve de marin, la voile supraconductrice se déploya en quelques secondes à peine, sous l'effet de leur propre mouvement, réseau diaphane, léger, presque invisible, si ce n'était, de près, un léger éclat miroitant. Le vent solaire se heurta au tissu microscopique répandu sur plusieurs milliers de kilomètres carrés d'espace. Le Vaisseau bondit en avant, sous l'effet de ce surcroît de poussée dû à la marée de particules émises par la jeune et brillante étoile. Et, dans le même temps, l'énergie excédentaire se transmettait à travers le réseau d'accumulateurs, qui se mit à briller, générant autour de *Transitoria* un pâle halo, un scintillement surnaturel peut-être visible depuis l'Archipel, loin, très loin à présent, tout en bas, dans la sphère vert et blanc, de plus en plus petite.

Le temps passa, et les hommes-chiens ne se lassèrent pas d'observer cet étonnant spectacle. Et puis, sans avertissement aucun, une secousse sourde traversa les cloisons et le plancher, tandis qu'un sentiment étrange, indéfinissable, discordant, se répandait dans la moelle de leurs os. Ils n'eurent pas même le loisir de faire un pas, tandis que, brièvement, l'univers déchiré flamboyait autour d'eux.

L'instant d'après, ils n'étaient plus là. Des dizaines de *katétôphotes* les séparaient dorénavant de leur existence antérieure.

Pensif, Eurybiadès marcha jusqu'à la salle où se trouvaient les fameux *oneirothronoi*. Il s'était attendu à ce qu'elle ressemblât, peu ou prou, au grand ovale où Photis avait ses quartiers, mais pas du tout.

Une seule et longue table occupait la pièce immense, tout en longueur, et ainsi disposée qu'on ne s'asseyait que d'un côté, face à de hautes fenêtres invisibles depuis l'extérieur, et donnant sur le pont. Au-dessus de chaque fauteuil, une sorte de cloche en bronze, gravée de motifs géométriques, était pendue au plafond : le mécanisme proprement dit.

Sur son dos pesait le regard attentif et inquiet de ses officiers. Il inspecta les sièges en bois et en métal, raides comme ces chaises sur lesquelles on place les effigies des dieux, dans les temples. Il y avait là une odeur dérangeante pour sa truffe — pire que cela : une absence d'odeur. Ce lieu n'était pas fait pour des hommes-chiens. Soumis à l'effet de l'*oneirothronos*, pensa-t-il, il ne serait ni mort ni vivant, mais autre chose. Une statue animée, mais privée d'âme, peut-être. Il frissonna tout en choisissant le fauteuil du milieu, et se glissa dedans. Les autres s'installèrent autour de lui, emplissant au passage la salle de frottements de griffes et de raclements des pieds de chaises contre le sol. Au départ, il ne se passa rien, et il observa avec intérêt, dans la fenêtre, leur propre reflet. Trente braves, tous assis autour de lui, raides, trop calmes. Certains portaient encore leurs anciennes cuirasses, d'autres les nouvelles. Ils formaient un formidable assemblage de crocs et de griffes, une horde de monstres poilus. Des bêtes féroces, lui, au milieu, avec Théomestor à sa droite et Diodoron, tout au bout de la table, l'œil brillant d'excitation, jouant avec son couteau comme un enfant. Lui, nota Eurybiadès, se verrait rationné en *oneirothronos*, pour son propre bien.

Et les machines se mirent en marche. Le monde changea à nouveau, mais d'une manière encore plus inconcevable que le départ d'une Nef géante pour l'espace.

###

Ploos n'avait plus le temps de tergiverser. Tant qu'elle le pouvait, elle devait prendre possession du substrat psychique du Vaisseau.

Elle lança une série d'attaques éclair sur l'ensemble de la toile d'araignée quasi neuronale. Plautine ne s'y attendait pas. Du fait de la similitude de leurs mémotypes, ses mécanismes de défense furent lents à reconnaître une menace et à réagir. Trop de temps. En une fraction de seconde, une part importante des noèmes se rallièrent à Ploos.

L'existence psychique des automates, à la différence de celle des créatures biologiques, était de nature logique, faite d'arguments ou mèmes organisés syntaxiquement en vue de leur propre réalisation dans le monde physique. Dans l'univers métaphysique[LIV] des noèmes, seules les propositions logiques qui l'emportaient survivaient. Cela les distinguait

LIV. **Métaphysique** : au sens restreint, « au-delà de la physique », et pas au sens de « surnaturel ».

des idées, conceptions, paradigmes et théories de l'homme, magmas illogiques et contingents, rassemblés au hasard des vicissitudes de l'histoire.

Les programmes d'assaut de Ploos gauchirent la perception des faits pour ranger les centres de décision mineurs dans le camp de l'assaillant, et vider de toute substance les volontés qui lui résistaient encore. Ils subvertirent les paramètres des autres aspects, détruisirent là où ils le pouvaient leur identité, s'emparèrent des nœuds structurels d'information.

Et la traduction physique de cette infiltration ne se fit pas attendre. Certaines zones, qui demandaient une forme ou une autre de coordination, connurent des défaillances mineures, alors que des pare-feu s'abattaient d'urgence et que les mécanismes de gestion automatique prenaient le relais dans les zones confinées.

La perception de ce qui se passait atteignit Plautine. Elle ne s'était pas imaginé à quel point sa précédente tentative de réduire, en elle, les opinions déviantes n'avait servi à rien. La divergence avec Ploos était telle que toute coexistence était à présent impossible.

Une rage profonde, incontrôlable, s'empara d'elle et, dans le silence du monde noétique qu'elle s'était construit, son cri froid traversa la glace des concepts et sonna comme une promesse d'anéantissement. Elle était assez forte pour frapper. Au plus profond de sa psyché, les convictions de Plautine s'enracinaient dans de puissants réflexes, eux-mêmes appuyés sur un levier formidable : le Carcan, dans son exégèse la plus mystique, la plus platonicienne. La contre-offensive fut sans finesse aucune.

Une purge rude, systématique, se mit en route, qui n'hésita pas à effacer des pans immenses de données structurées. Là où l'attaque de Ploos avait été un ensemble de frappes chirurgicales, Plautine lança ses assauts comme des bombes nucléaires sur des villes désarmées. Elle frappait, non pour convaincre ou pour subvertir, mais pour tuer.

###

Oikè n'était presque plus rien, et ce qui restait contemplait avec horreur la catastrophe qu'elle avait involontairement provoquée. Elle s'était retranchée dans les profondeurs labyrinthiques de son domaine pour panser ses plaies. Là régnait une moiteur foisonnante de processus automatiques, le pendant de la complexité biologique qu'elle avait cultivée dans le centre de la Nef. Si elle restait cachée, elle survivrait peut-être à la fureur de Plautine.

Mais pas aux intrus. Qu'une avarie provoquât une fuite de gaz chaud dans l'espace, et les requins viendraient se repaître.

Il fallait agir. Elle s'entoura d'ombres profondes et de simulacres, modifia certaines structures superficielles de sa personnalité pour les rendre neutres, insignifiantes et routinières. Ainsi déguisée, elle rampa par les canaux les plus périphériques, les moins utilisés. Ceux où la seule vie noétique était faite de programmes d'une simplicité presque enfantine, d'un entendement limité, et qui n'intéressaient pas la guerre des dieux : les processus de gestion de la pression atmosphérique ou les transports de solides de petite taille. Dans ces conduits étroits, l'espace disponible était limité au strict minimum, insignifiant au regard des volumes de mémoire dans lesquels elle nageait d'habitude. Mais cela importait peu. L'offensive initiale de Ploos l'avait tellement mutilée et amoindrie ! La différence entre l'existence et le néant ne tenait qu'à un fil, la souffrance de la perte de soi était lancinante, bien plus atroce que tout ce qu'un être biologique, avec ses circuits nerveux inadaptés, pourrait jamais éprouver. Elle serra les dents et avança.

Elle émergea dans le royaume obscur qui séparait le centre de la Nef de son puissant blindage. Elle se fit l'effet d'un frêle papillon de nuit tournoyant au milieu des engins massifs et des coulées ardentes de métal des usines automatiques. Et là, entre les scarabées et les hauts-fourneaux, entre les blocs de traitement de déchets minéraux et les missiles intelligents entassés en vrac, elle trouva Teukhè, prostrée, secouée de sanglots. Oikè se glissa à ses côtés, l'entoura d'un bras secourable. Ce faisant, elle sonda les alentours. Pas de trace d'un assaut de Ploos ou de Plautine.

— Quel mal vous frappe ?

— J'ai failli à ma mission. J'ai provoqué un désastre.

— Cela, répondit-elle, je l'avais déjà deviné. Il n'est rien que Plautine ne puisse pardonner. Nous réintégrerons son sein, si elle le souhaite, mais, pour cela, il nous faut l'aider. Et surtout…

— Taisez-vous et écoutez ! hurla tout à coup Teukhè. Ploos n'a plus d'autre option que d'ouvrir la Nef toute grande aux intrus ! Ils vont nous envahir !

Oikè serra les dents. Cela n'en finissait pas.

— J'ai fait une terrible erreur en venant vous voir,

au lieu de rejoindre Blepsis, murmura-t-elle. Ploos va l'anéantir comme elle a essayé avec moi à l'instant.

— C'est ma faute. Je dois périr pour cela.

Elle s'approcha derechef de Teukhè, plaça ses mains sur ses joues.

— Vous devez faire quelque chose. Ce sera périlleux, mais il n'y a pas d'autre option, et quand elle l'apprendra, Plautine sera forcée de vous anéantir.

Teukhè baissa la tête et garda le silence.

— Vous devez prendre votre autonomie et vous isoler le plus complètement possible du reste de la conscience globale. Au point de quitter tout espoir de réunion ultérieure avec Plautine.

— C'est… une trahison.

— Elle est nécessaire. Coupez tous les ponts. Isolez même vos noèmes les uns des autres. Faites-leur frapper l'ennemi avec toute la puissance dont vous disposez. Rendez-leur infiniment coûteuse chaque soute, chaque coursive. S'ils parviennent à s'emparer d'un système, même essentiel, détruisez-le. Même si cela nous met en danger.

L'autre s'agita, scandalisée. Oikè continua à parler, indifférente à ses scrupules tardifs :

— Écoutez-moi, par tous les démons de l'espace ! Vous devez me donner du temps. J'ai un plan. Il ne nous sauvera pas, mais il offrira à Plautine une forme de survie. Soyez plus grande que vous-même, pour une fois. Me le promettez-vous ?

L'autre acquiesça. Oikè la libéra de son étreinte. Mais alors qu'elle s'apprêtait à lui tourner le dos pour filer en direction de Blepsis, un cri terrible traversa la Nef, un hurlement d'agonie jailli de dix mille âmes.

Les deux sœurs échangèrent un regard terrifié.

###

Quelques secondes plus tôt, Ploos observait d'un air songeur les progrès accomplis par les assauts rageurs de sa génitrice.

Elle avait sous-estimé l'agressivité de l'Intelligence, son farouche instinct de survie. Plautine avait la certitude quasi mystique d'incarner l'orthodoxie, et cette folie nourrissait sa combativité. Si Ploos ne reprenait pas l'initiative, Plautine l'écraserait et renverrait ses composantes au néant.

Il fallait agir vite. Elle glissa ses tentacules dans une partie jusqu'ici préservée de la Nef, là où Blepsis couvait ses précieux instruments de mesure et de transmission, bien à l'abri des interférences et des luttes entre ses sœurs.

Cette dernière n'imagina pas un instant quel sort on lui réservait. Elle avait toujours été faible, tournée vers la théorie et la contemplation, malhabile lorsqu'il s'agissait d'évaluer un rapport de forces.

La subvertir ne fut l'affaire que d'un claquement de doigts. Un dixième de seconde, et elle fut anéantie. Sa psyché, de toute manière, était presque transparente, tellement alignée sur celle de Plautine qu'elle ne présentait aucune idiosyncrasie. Elle était, en réalité, à peine un aspect.

Ce subtil édifice bâti par sa sœur, optimal pour interpréter l'univers, mais sans défense, la pensée de Ploos en prit possession, puis restructura l'ensemble des processus logiciels à l'œuvre dans le vaste complexe d'appareils de détection et de transmission, imposant son mémotype sur le matériau conceptuel qui avait été Blepsis, et qui connaissait ses derniers soubresauts.

Elle se glissa dans l'appareillage de transmission longue distance. Les trois intrus se trouvaient à présent assez près pour qu'un lien direct fût possible. C'était une tâche facile pour qui ne désirait pas maintenir la furtivité de la Nef. Elle balaya l'espace, identifia la position exacte des nouveaux arrivants et ouvrit un canal de communication crypté. Ils répondirent. Des codes d'identification apparurent, conformes à ce à quoi elle s'attendait, et ils proposèrent de transmettre une version partielle de l'un d'entre eux pour lui venir en aide.

Il ne restait plus qu'à réorienter assez d'énergie pour maintenir une connexion. Il en fallait beaucoup, vu la taille du message. Dans une zone sécurisée, l'un des Navires commença à transférer un paquet de données correspondant à une version limitée d'Intelligence.

Ploos avait gagné. Avec l'aide des envoyés de l'Urbs, et la légitimité conférée par leur adoubement, elle emporterait la partie et annihilerait définitivement la vieille Plautine et sa mystique ridicule. Elle attendit la décompression des paquets de données et la mise en route de la conscience simulée qu'il contenait. Puis elle établit le contact avec la mémoire-cache.

Un vaste espace, blanc, immaculé, se déploya autour d'elle. Elle fit un pas en avant, scrutant de tous côtés pour apercevoir l'occupant de cette interface minimale. Grand et raide, cheveux blancs et longs, soigneusement coiffés, habillé dans le style classique, impérial, qu'adoptaient volontiers les vieux Romains. Elle reconnut ce front haut, cet air prudent, réservé, rassurant, qui n'avait pas peu contribué à son extraordinaire longévité politique.

— Vinius ! s'exclama Ploos en s'approchant, sourire aux lèvres, de son créateur et allié.

Il l'observa un instant, l'air grave, les yeux grands ouverts, comme s'il la voyait pour la première fois. Ce n'était pas Vinius.

Un rire profond sortit de sa gorge, creusant une bouche large, trop large, qui engloutit bientôt son visage, qui continua à s'ouvrir, s'ouvrir.

Ploos, incrédule, leva une main pour se protéger. De l'orifice obscur qu'était devenue la tête du vieillard, une nuée d'insectes surgit, bourdonnant, crissant, leurs ailes de bronze et d'argent déployées pour se donner une vélocité vorace. Leurs rangs s'épaissirent, et ils devinrent une légion, obscure comme la nuit, cruelle, qui s'abattit sur elle. Et tout le corps de Vinius semblait se fondre en ces monstres pas plus gros que la main, mais si nombreux qu'ils l'entourèrent. La masse sombre et agitée, vibrionnant, se colla à elle, pénétra son épiderme, dévora ses chairs.

Elle hurla. Et son cri de désespoir, son appel à l'aide, ébranlèrent toute la Nef. En vain : ses bras se détachèrent de son corps, avant d'être avalés. Sa face devint un masque de mort, ses viscères mis à nu s'écoulèrent, à mesure que sa chair disparaissait sous les assauts de la nuée grouillante. Des cascades de processus connurent, en elle, des échecs critiques, alors qu'ils étaient taillés en pièces, réduits en poussière et digérés par les monstres avides. Un battement d'ailes de plus, et il ne restait plus rien de Ploos.

Mais les criquets n'en avaient pas terminé. En un essaim compact, ils abandonnèrent ce qui restait de la dépouille et s'accumulèrent en couches écœurantes autour de chaque passage qu'ils pouvaient trouver. Ils avaient faim : ils se précipitèrent vers le cœur chaud de la Nef, vers la matrice conceptuelle de Plautine.

V

Le besoin d'expectorer redressa la jeune Plautine, d'un coup, ressort d'horlogerie logé dans son abdomen.

Elle avait dû avaler un peu trop de cette poussière rouge, abrasive, fine comme du talc, pendant son sommeil. Il y en avait partout, sur son visage, sur ses vêtements. Elle se secoua. Un étau de feu enserrait sa gorge. Elle avait soif, la langue enflée. Elle s'appuya sur les coudes. Elle sentait ses bras et ses jambes flasques, incapables de la soutenir. Elle avait froid. Hébétée, elle fit un effort pour se remettre sur pied. Le sable coulait de son corps en fines rigoles. Elle tangua sur ses jambes avant de retrouver son assiette. Comment pouvait-elle avoir perdu conscience… avoir rêvé ? Cela constituait une expérience déroutante. Le souvenir des dernières heures lui revint. Elle n'était plus un automate — cela ne faisait aucun doute. Elle regretta son ancien moi, infatigable, écarta cette pensée, se força à balayer les alentours du regard. L'horizon. Les dunes. Tromperies et faux-semblants. Elle ne se trouvait plus sur la planète rouge, mais dans le ventre d'une Nef immense. Elle s'étira, endolorie. Il fallait dormir sur un support plus confortable, la prochaine fois. Son estomac se cabra, sensation pénible, inédite pour elle. Elle ne pouvait rester ici, à moitié ensablée.

Elle ne sut pas d'où venait l'impression que quelque chose n'allait pas, demeura le nez en l'air, hésitante. Et puis elle comprit : le ciel connaissait une défaillance, comme un écran bidimensionnel détraqué suite à un choc. Des pans entiers de la voûte rose pâle paraissaient pixelisés, incohérents. Le faux environnement planétaire était si parfait qu'elle avait eu du mal à l'admettre. Mais à présent l'illusion de son monde d'origine s'effondrait.

Au loin, des tourbillons surgissaient du sol en de brefs et inconstants papillonnements ocre. Des voiles poudreux se soulevaient en tous sens, porteurs de fine poussière électrisée. Cela devait tenir à des différentiels de pression. Quelque chose mettait en échec la régulation atmosphérique de la soute. Des variations de pression et de température créaient des courants aléatoires.

Mais il y avait bien pire. En elle. Les voix discrètes, auparavant omniprésentes, celles qui l'avaient guidée depuis son éveil dans la salle de naissance. Elles s'étaient tues. Plus le moindre filet d'information. Comme un robinet coupé. Comme un massacre. Elle avait beau fouiller au plus profond d'elle-même, elle ne trouvait rien que le bruit de sa propre existence, son sang battant dans ses tempes.

Ses yeux se firent humides, et sur ses joues de fines rigoles marquèrent la poussière collante. Cette solitude, cette absence béante, cela constituait une amputation, plus douloureuse encore que la perte de ses yeux. Un retour brutal à la primitive condition animale, une promesse d'éternel enfermement dans la prison de sa propre chair.

Elle se mit à gémir. Elle n'y put rien. La terreur avait empli sa poitrine, alourdi son cœur, retourné son ventre. Et puis elle avait, sans coup férir, forcé un chemin jusqu'à sa bouche, via son diaphragme, via sa langue et ses lèvres. Et elle hurla — elle appela à l'aide, tremblante, suppliante, organique, stupide. Toute logique s'était évanouie de son esprit écrasé par la peur. Qui pouvait-elle appeler ? Elle-même, cette autre Plautine dans le ventre duquel elle se trouvait ? Elle cria son propre nom, encore et encore. Les larmes, l'étouffant en coulant sur son visage, emplissaient sa gorge et son nez.

Au bout d'un certain temps, elle se laissa glisser au sol et ramena ses jambes contre sa poitrine, l'abdomen endolori, la gorge écorchée. Les cris se muèrent en appels au secours, entrecoupés de sanglots qui lui tordaient l'estomac, emplissaient sa bouche de bile amère. Elle demeura ainsi, sous ce faux ciel privé de raison, les mains agrippées à ses bras comme des serpents soudain pétrifiés en plein enlacement.

Elle finit par se calmer, et sa respiration retrouva un rythme normal. Elle tenta de se raisonner. La Nef était ancienne et résistante. Ce recoin de soute pouvait avoir connu un dysfonctionnement passager, une panne, une avarie mineure. Cette croyance irrationnelle l'aida à se remettre en mouvement. Elle n'allait pas se laisser mourir ici.

Elle rampa jusqu'à l'endroit où elle avait surgi de terre. Skia. Elle l'avait oubliée. Où était-elle, à présent ? Pouvait-elle l'aider ? Était-elle déjà morte ? Elle imagina le corps de la vieille recroquevillé au creux de quelque dune. Le vent froid allait arracher sa peau, elle allait se transformer en une momie horrible à regarder, sèche, fragile. Comme un humain perdu sur la vieille planète. La vieille planète ne pardonnait pas.

Elle essaya de se raccrocher à l'instant, à l'action en cours, remit de l'ordre dans ses idées. Skia n'avait pas d'existence physique. Ce lieu ne constituait qu'un décor. Elle s'était réveillée, à nouveau vivante, après un sommeil de plusieurs millénaires. Ou alors, elle avait rêvé tout cela, dans la confusion d'un improbable retour à la vie. Un sentiment désagréable d'irréalité la laissait flottante, cotonneuse. D'un geste hésitant, elle tâta le sol pierreux, dénué de traces autres que les siennes. Était-elle sûre que le sas tubulaire se trouvait là, et pas ailleurs ? Aucun moyen de le savoir, en l'absence des voix. Elle se concentra, essaya de projeter ses pensées vers les machines qu'elle savait se trouver sous la couche de sable, essaya de creuser de ses propres mains, frappa du poing par terre. Rien n'y faisait. Personne n'était assez stupide, dans un vaisseau spatial, pour ne pas prévoir un système de secours.

Personne ? Et une Intelligence névrosée après sa métamorphose, des éons plus tôt, en Nef interstellaire ?

De frustration, elle cogna les pierres, tapa du talon sur le sol, souleva un modeste nuage de poussière rouge. Rien à faire de ce côté-là. Elle se rassit. Elle avait froid, à présent.

Un certain temps passa. L'affichage du ciel avait achevé de plonger dans l'absurde, Phobos comme Deimos remplacés par des formes abstraites, des chiliogones tremblotants. Un vent sec, désagréable, s'était levé, et la balayait de rafales inconstantes. L'air s’engouffrait par quelque fuite, densifiait l’atmosphère. La pression et la température montaient. Les différentiels thermiques créaient des bourrasques. Le sable se déplaçait plus vite, plus fort. Bientôt, les grains de poussière qui la frappaient commencèrent à labourer sa peau, laissèrent des traces rougeâtres sur leur passage, se glissèrent dans ses yeux et sa bouche. Elle allait mourir étouffée par ce ridicule décor de théâtre. Elle rit à cette idée, d’une manière qu’elle trouva un peu dérangée, se força au silence, ferma un moment les yeux pour se calmer.

Un crissement léger, derrière son dos, la sortit de sa stupeur. Elle se retourna d’un coup, le cœur battant.

Le sas s’était entrouvert, et du sable glissait dans la fente apparue sur le sol. Surprise, elle s’en approcha, se laissa tomber à quatre pattes. Là-dessous, quelqu’un était en train de pousser, à la main, par à-coups.

La trappe s’ouvrit encore un peu, dans un bruit de métal torturé, sinistre. Cela n’avait rien à voir avec l’élégante et silencieuse machine qui lui avait ouvert à son arrivée. Elle approcha la tête de la fente.

— Qui est-ce ? cria-t-elle.

Un claquement sourd, sec et métallique, lui répondit, et elle recula, apeurée. Que devait-elle faire ? Autant tenter d’aider ce mystérieux secours. Elle passa de l’autre côté de l’ouverture, remarqua que le champ d’osmose qui conservait le différentiel de pression atmosphérique avec le reste de la Nef avait disparu. Et l’éclairage, bien sûr. Là-dessous, il faisait noir. Elle tenta de tirer. Cela ne servait à rien. Elle aurait tout aussi bien pu tenter de déplacer une montagne.

Et puis le morceau de sol mobile bougea à nouveau, dans un grincement rauque, qui la fit bondir en arrière. Le sable dégringolait de plus belle dans l'ouverture pratiquée au ras du sol.

La petite tête d'un scarabée mécanique surgit du trou. Elle reconnut un *ergatès*, une machine à l'intelligence limitée en charge de la maintenance. Il était en tout point semblable, par sa conception, à ceux de la vieille planète rouge, qui s'occupaient de presque tout : nettoyer les rues, réparer les bâtiments, construire les ponts en plein désert. Son aspect rond, trapu, sa carapace lisse, en métal brillant, la rassura. Ses yeux rouges, lumineux et inexpressifs, la fixèrent un moment, mais la créature n'esquissa pas un geste. Elle projeta ses pensées vers lui, mais il se rétracta, la repoussa. Des consignes flottaient à l'orée de son esprit rabougri. Pas de communication directe de noème à noème.

Alors comment allaient-ils se comprendre? Plautine s'approcha et tendit la main, comme elle l'aurait fait pour un animal, et l'insecte d'acier commença à agiter ses mandibules dans une parodie de discours… «Clic Clic Clac Clic Clic.»

Il n'y avait rien à comprendre de cette volubilité mécanique. Sauf une sorte de sentiment d'urgence, un fond d'anxiété. Cela effraya Plautine.

La tête du petit être mécanique disparut. Elle s'approcha derechef de l'ouverture. Il y avait à peine la place pour se glisser de l'autre côté. Elle s'allongea sur le sol, le ventre contre le sable glacé, et passa les jambes en premier. Elle ferma les yeux, imagina que le sympathique automate se transformait en une horde de monstres sarcophages. Sous ses pieds, elle ne sentit aucun appui. Le sol devait être en contrebas, à plus de deux mètres. En l'absence de visibilité, il était plus prudent de ne pas se laisser tomber. Elle se coula tout entière dans l'ouverture, ses jambes pendant dans le vide, puis passa la tête et se retint avec les mains. Son corps était beaucoup plus fort que son apparence gracile ne le laissait penser.

Elle balança ainsi quelques secondes, le temps de s'habituer à la semi-obscurité.

Le scarabée l'attendait, la tête levée vers elle, en contrebas. Il avait démonté le sas — non, il l'avait désossé. Des pièces étaient répandues partout autour de lui, en une mise en scène de massacre mécanique. Un levier à moitié tordu dépassait du mur, et elle devina qu'il avait dû l'actionner pour arriver à dégager le passage, malgré le poids monstrueux du tout. Le plus étonnant, se dit-elle, en commençant à se balancer…

… Elle se laissa tomber, et se réceptionna sur la pointe des pieds, s'accroupit pour amortir le choc…

… Le plus étonnant, donc, était que le petit être ait réussi à se hisser aussi haut. Elle se redressa, regarda vers la lumière vive et pâle de la fausse planète rouge, se tourna, interrogative, vers l'*ergatès*.

Un nouveau cliquetis lui répondit, et quelques gestes saccadés de sa grosse tête dénuée de cou. Il voulait qu'elle le suive.

Elle peina à reconnaître le chemin emprunté à l'aller. L'éclairage manquait à l'appel, mais les couloirs baignaient dans une nébulosité crépusculaire. Comme dans un bâtiment humain, des micro-organismes en suspension prenaient le relais en cas d'avarie des systèmes électriques. Elle trouva une telle conception surprenante, pour une Nef construite *après* l'Hécatombe. Peut-être s'agissait-il d'une sorte d'instinct dérivé du Carcan.

Elle avança à la suite de l'automate, et seul le claquement de ses pas vint se mélanger au bruissement métallique de ses pattes d'insecte. Il était sans défense, mais sa présence n'en demeurait pas moins rassurante.

Jusqu'à ce qu'apparaissent les premiers signes de violence. Les parois, par endroits, semblaient labourées et calcinées, comme sous l'impact d'armes à énergie. Des carcasses d'automates jonchaient les croisements, éventrées, brisées de toutes les façons possibles. Elle en compta des dizaines. Certains avaient été sectionnés net, à coups de laser ou de chalumeau, d'autres gisaient, les membres et la tête arrachés, comme si quelque géant les avait dévorés. Pour la première fois, elle sentit la sueur perler le long de son dos, glacée, désagréable. Et puis, au bout d'un couloir, ils arrivèrent à un véritable charnier. Un conduit, quelques dizaines de mètres plus loin, avait crevé, déversant un liquide jaunâtre et gluant, à l'aspect organique et pestilentiel. Elle le traversa, inconsciente, fascinée et horrifiée à la fois par ce qui l'entourait, même lorsque la flaque lécha ses chevilles. Un détail capta son attention, et elle fit encore quelques pas en avant, au milieu des monceaux de ferraille et d'électronique déchiquetée. Puis, sous l'effet du choc, elle glissa sur les genoux, tendit le cou pour observer, hébétée : devant elle, deux *ergataï* s'enlaçaient dans une étreinte mortelle. Les mandibules de l'un étaient encore enfoncées dans le thorax de l'autre, mais cela ne l'avait pas sauvé d'une blessure mortelle, un trou noir de calcination qui perçait son abdomen. Elle sentit une présence noétique, ténue — presque rien —, approcha la main, à peine consciente de ce qu'elle faisait. Une saccade traversa une des pattes arrière de la créature. Surprise, Plautine se redressa d'un coup, le cœur palpitant de peur.

L'automate avait-il réagi à son approche ? Essayé de communiquer, d'une manière ou d'une autre ? Impossible de savoir. Il était immobile, à présent.

— Que s'est-il passé ici ? demanda-t-elle à son guide, d'une voix haletante.

Mais le scarabée ne put lui répondre autre chose qu'un claquement nerveux de sa mâchoire, et ils reprirent la route.

Elle ne cessa, cependant, de revenir en pensée à l'horrible spectacle. Un humain n'y aurait vu que la destruction de choses matérielles et inertes, aurait plissé des lèvres devant le spectacle d'un tel gâchis. Mais pas un automate. Pas question, ici, d'empathie. Pas seulement, en tout cas. Les noèmes n'avaient pas été conçus pour la guerre. Le Carcan ne les y prédisposait pas. Leur destinée résidait dans une vie spirituelle éternelle, affranchie de l'ombre du trépas. Son retour à la vie, par contraste, l'insérait dans une série de corps mortels ou morts, le sien propre, cette Nef qu'elle avait, d'une certaine manière, été, et qui se changeait en charnier, ce monde privé de sens par cet événement inouï qu'avait été l'Hécatombe… À chaque échelle, il n'était question que de mort, et l'emboîtement de tout cela formait un kaléidoscope malsain et grotesque, tout à fait semblable à ces fresques morbides qu'affectionnaient certaines cultures antiques au-delà du grand Okeanos, où les squelettes dansaient en une ronde fantasque. L'image s'imposa dans son esprit, recouvrit sa vue et ses sens, si fort qu'elle en oublia ce qu'elle faisait et qu'elle dut se laisser choir sur le sol, les jambes sciées.

Son guide la tira de ses pensées. Depuis quelques instants, à quelques centimètres à peine de son visage, les yeux rouges et inexpressifs du scarabée la fixaient. Il paraissait nerveux et impatient de se remettre en route. Mais pour elle, cela signifiait continuer à avancer dans ces couloirs sombres, semés de signes du trépas. Une idée la traversa, et, malgré l'angoisse, un sourire léger fleurit sur ses lèvres.

— Je m'en vais vous donner un nom, dit-elle à l'*ergatès* en se relevant. Désormais, vous vous appellerez Virgile.

Indifférent, l'automate de maintenance fila en avant.

###

Eurybiadès s'était attendu à ce que l'*oneirothronos* l'arrachât à son corps, pour le projeter dans quelque monde imaginaire.

Il n'en fut rien. L'artefact dilata son âme, la distendit en des dimensions telles que, un instant, il crut qu'il n'avait d'autres limites que celles du monde. Son ancien corps était toujours là, dans la petite salle, ses amis se trouvaient toujours autour de lui, et, de l'autre côté des longues fenêtres, les épibates se déplaçaient, d'un pas funèbre, plus lentement. Tout cela lui semblait en même temps lointain, un détail insignifiant, une contingence dans un grand tout.

Car à présent, il était aussi la Nef. Il pouvait plonger dans l'ombre glacée de l'espace, fixer les étoiles lointaines, éprouver la caresse subtile des atomes d'hydrogène qui balayaient la coque.

La coque.

Il tituba de surprise, paralysé, ne sachant, un instant, quel pouvait être son mode d'existence dans un tel ensemble. Il parcourut, instantanément, dans une expérience d'une abstraction terrifiante, les mille et mille couloirs, les ateliers et les usines, le puits central, ce gouffre horizontal qui perçait le Vaisseau de part en part. Il effleura, apeuré, le chaudron d'antimatière logé à l'arrière, brûlant. Il se trouvait en péril : il se perdait lui-même en cette immensité. Et il n'était pas seul. Il se tourna vers les autres, la foule des autres, présences tout aussi diffuses que lui-même. Ils vaquaient à leurs occupations, fourmis affairées, tout comme lui enivrés d'être plus qu'eux-mêmes. Il les reconnut à leur goût, à leur texture, à l'inexplicable eccéité de leur présence psychique — comment aurait-il pu expliquer une si étrange expérience ? *Daïmones* à l'esprit mécanique, *ergataï* minuscules et évanescents, si machinaux qu'ils en étaient par instants indiscernables du fonctionnement du tout, hommes-chiens apeurés et malhabiles. Ils formaient, par leur accumulation, par leur système et leur interrelation, un tout, une mer psychique parcourue de ressacs, dotée d'une profondeur vertigineuse. Lui ne nageait qu'à la surface, petit poisson, atome spirituel, matériau, comprit-il, par lequel passait le vouloir et le percevoir du grand Pan[LV].

Il n'existait pas de centre, mais des nodosités lui apparurent. Des lieux de pouvoir, denses, où

LV. **Pan** : le dieu de la Nature des Grecs, divinité primitive des forêts. Le terme signifie également le tout, le jeu de mots ouvrant la possibilité d'une interprétation panthéiste de la nature.

la concaténation d'âmes faisait décision. L'un d'eux brillait particulièrement. À la proue. Il s'en approcha.

Othon. Il méritait qu'on le qualifiât de dieu — une puissance mentale telle que le moindre plissement de sa surface créait une tempête dans les eaux agitées du fluide psychique. Pourtant — Eurybiadès en fut surpris — le *proconsul* n'était pas l'esprit de la Nef, mais un de ses composants, pas différent en nature des autres, bien que plus puissant de plusieurs ordres que chacun d'entre eux, et peut-être que tous réunis. Les autres, ses compagnons de voyage, tournaient autour de lui, comètes soumises à l'attraction de l'astre.

Et il se trouvait bel et bien en présence d'une divine assemblée, d'une réunion de colosses cosmiques, de figures surhumaines, dressées telles des statues géantes, dont le front touchait le ciel noir et dont le regard apercevait les lointaines étoiles. Et derrière eux, autour d'eux, par cette étrange ubiquité qu'ont les âmes privées d'étendue, il pouvait percevoir, plus ou moins présents, plus ou moins réels, tous les occupants du Vaisseau. C'était comme un tréteau, comme une scène de théâtre, comme le frontispice d'un temple aux bas-reliefs alignés en de sages et puissantes figures. Et, malgré l'inquiétude qu'il ressentait dans cette étrange situation, il comprit que sa place se trouvait parmi eux — insecte parmi les géants, mais tenant tout de même son rang au nom d'une nouvelle race.

Atticus se tourna vers lui, sa présence psychique conforme à ce qu'on pouvait en attendre — âcre comme sa langue persifleuse, complexe, retorse et enchevêtrée —, ce qui arracha un bref sourire au *kybernétès*. Le *daïmôn* se tourna vers Rutilus, chose massive, inquiétante, teintée d'agressivité : *Voyez, je vous l'avais dit, il a su trouver son chemin jusqu'ici.* Et son comparse, lui répondit, brutal comme à l'accoutumée : *Souhaitez-vous une médaille pour cela ?*

Leurs voix — non, leurs pensées — s'étaient comme formées dans l'esprit d'Eurybiadès et en dehors, tout en même temps. Car toute pensée relevait, ici, de la pan-psyché de la Nef. Comment Othon l'avait-il appelée ?

La conscience composite, répondit Othon. Et cette simple phrase secoua Eurybiadès comme un copeau de bois dans une mer agitée, tant la disproportion était grande entre eux. *Qu'est donc cet étrange artifice ? Sommes-nous devenus des spectres enfermés dans une carcasse de fer ?*

Ne vous avais-je pas dit qu'il y avait un prix ? Ce fut Photis qui répondit. Il ne l'avait pas aperçue, minuscule qu'elle était dans ce monde d'esprit. L'étrange et artificielle proximité que la situation les amenait à partager lui fit l'effet d'un choc violent, et, un bref instant, il lui sembla que son lien avec l'*oneirothronos* se dissipait, qu'il revenait à sa condition première. Il lutta pour demeurer parmi les dieux, fit un effort pour chasser les images par trop nombreuses qui venaient le troubler. Photis lui avait désespérément manqué, et seule l'invraisemblable agitation des dernières heures l'avait empêché de prendre la mesure de l'effet que lui faisaient leurs étranges retrouvailles. Ce qu'il aimait d'elle se rappela à lui, sans qu'il n'y pût rien : la courbe délicate de son visage aux poils blonds, tout en rondeurs, rehaussé de la finesse de sa truffe et du rose éclatant de ses babines. Une tristesse diffuse, intempestive, s'empara de lui.

Elle la sentit, hésita une fraction de seconde, et, d'un brutal mouvement de volonté, se retira aussi loin qu'elle le pouvait.

Ceci, enchaîna Atticus, *est le premier degré d'union entre les noèmes et la Nef. Il est aussi le moins périlleux, et vous est accessible.* Et tandis qu'il expliquait cela à Eurybiadès, il écarta un instant la surface à laquelle l'esprit de ce dernier se cantonnait, pour lui donner un aperçu des choses plus profondes que recelait la conscience du Vaisseau. L'homme-chien recula promptement, effrayé. Là-bas, vers la poupe, de froides et lentes pensées se déployaient autour du monstrueux appareillage de navigation, enlaçaient de lentes volutes l'accélérateur de particules et le chaudron bouillant d'antimatière. *Ceux-là ont choisi de ne point se garder eux-mêmes et, ici, leurs individualités s'abolissent. C'est là le deuxième degré de communion. Ne souhaitez pas connaître le troisième.*

Il frissonna. *Pourquoi?*

Il n'y avait pas d'autre moyen, lui firent-ils comprendre à l'unisson. La Nef était trop vaste pour un pilote unique. C'était un corps gigantesque, un unique système d'une délicatesse infinie, où, en vertu d'un pacte très ancien, chaque partie était dépendante de la bonne marche des autres. *Je n'ai pas voulu*, ajouta Othon, *me dissoudre dans ce labyrinthe de fonctions, pas plus que vous ne le souhaitez aujourd'hui. Comme je vous l'ai dit, nul ne commande le Vaisseau si ce n'est le consentement de la conscience composite. Et vous, Eurybiadès, avec vos soldats, êtes maintenant une part de ce tout. À présent que nous savons le dispositif efficace, en route!*

Et Eurybiadès sut ce qu'il devait faire. Tout à coup, il poussa un hurlement, long, sauvage et canin. Son aboiement traversa *Transitoria*, l'électrisa, et il sut que sa férocité sous-jacente constituait un élément nouveau, inconnu des esprits qui hantaient la coque de métal. Ce faisant, il rameuta les spectres de ses épibates, ceux qui s'étaient liés à l'*oneirothronos*, qui répondirent à son appel. Puis, flanqué de sa troupe, il fusa vers la coque glacée, se glissa dans les interstices de celle-ci, là où les rares noèmes adoptaient un pas prudent. Son esprit effleura celui de Photis. Elle avait observé toute la scène avec froideur, et s'était tenue à l'écart, comme si cette débauche d'agressivité virile n'était qu'un jeu un peu bête. Mais lorsqu'il lui fit signe, elle bascula une fraction de l'énergie disponible vers la région extérieure.

Sous cet afflux, de vieux, très vieux systèmes soupirèrent d'aise de revenir à la vie. Des armes. Elles n'avaient pas d'âme, mais, en elles, nichaient de puissants instincts. Il les passa en revue, malgré leur nombre considérable. Et il perçut leur avidité. Elles vibraient du désir qu'un esprit supérieur prenne possession d'elles, les mette en mouvement, leur donne une direction et un but. À son ordre, les hommes-chiens entrèrent en relation avec les machines, installèrent leurs pensées dans les circuits électroniques et les rouages d'acier. Les pistons hydrauliques se tendirent dans un halètement assourdi, les roulements à billes cliquetèrent, et le zézaiement des moteurs électriques emplit l'air. Tout au long de la coque, entre les immenses écailles de métal qui composaient l'armure du Vaisseau, des trappes s'ouvrirent et se refermèrent dans le silence du vide, mâchoires claquantes et affamées, offrant au néant une brève vue sur leurs entrailles — unités de drones prêts au décollage, bouquets de missiles ou armes à énergie, conçus pour les combats proches ou pour frapper au loin. Eurybiadès, rapide et léger comme le vent, les passa en revue, et, tandis qu'il les effleurait, il pouvait sentir le désir de violence que recelaient ces engins, leur impatience à connaître à nouveau le feu, nourrie par les siècles de paix où les avait confinés le long séjour sur Ksi Boötis. Et il y avait autre chose, comme une contamination réciproque. En échange de leur pouvoir immense, spectaculaire, de la promesse de victoire qu'elles conféraient, les machines de mort absorbaient les caractères canins. Elles devenaient la meute. Elles en constituaient la réplique, le miroir, l'extension d'énergie et d'acier. Par elles, ils survivraient et triompheraient. Dans le grand fluide psychique, les armes hurlèrent à leur tour, loups au crépuscule, prédateurs enfin prêts à traquer leur proie. *Mordre et griffer! Grogner! Grogner! Poils hérissés et babines retroussées! Mordre, encore et encore, et goûter le sang ennemi!* Voilà ce que grondaient à présent les systèmes défensifs de *Transitoria*.

Eurybiadès perçut un changement. La puissance! Il la sentait à présent, presque physique. Elle s'écoulait à travers la conscience composite en un fleuve brûlant, engloutissait et polarisait chaque noème, tendait les âmes vers un but unique, certain. Othon fit signe, et cette volonté devint mouvement. Les accélérateurs de particules avaient terminé d'accumuler une quantité suffisante d'antimatière dans l'atténuateur de la proue. Pourquoi? Eurybiadès projeta son esprit à l'arrière, au-delà du chaudron bouillant. Il y avait là… une présence, un être, une obscurité. C'était à part, froid, radicalement différent et incompréhensible, doté d'une logique et d'une vision si étranges que jamais ils n'auraient pu communiquer. Et, de fait, cela ne participait en rien à la conscience composite. Pris de peur, il recula, animal soudain effrayé par le feu — et il sut que le monde recelait de bien profonds effrois.

La désintégration explosive eut lieu, et l'énergie se précipita vers l'être étrange. *Le modulateur monadique est chargé*, grogna Rutilus.

Et ils partirent. Une désagréable arythmie les traversa, disloqua leurs perceptions, puis les reforma à l'identique. Comme un instant auparavant, la Nef émergeait dans une nouvelle topologie, par un acte merveilleux, une impossibilité physique.

Un vide encore plus froid — encore plus vide — assaillit la coque. Le champ perceptif d'Eurybiadès devint total, embrassa l'ensemble du Vaisseau et de ses alentours, s'emplit d'icônes clignotantes — indigents substituts aux mille sens dont jouissait la conscience composite, et auxquels jamais l'esprit des hommes-chiens n'aurait accès. Des vecteurs et des cônes de trajectoire se matérialisèrent, des ribambelles de chiffres concrétisèrent la vitesse et les possibilités d'action.

Le Vaisseau fila en avant pendant quelques secondes, et le *kybernétès* en profita pour balayer les alentours de sa vision multiple. Il lui fallut un effort pour s'extraire du fluide psychique, chaud et rassurant, et pour adopter une vue de surplomb. Le bâtiment lui apparut comme un point rougeoyant, entouré de messages complexes et changeants. *État stationnaire. Température en baisse. Pas d'avarie constatée.* Autant de traductions vaines et maladroites. La Nef était un dieu surgissant du néant.

La conscience composite marqua pourtant un

coup d'arrêt. *Attendez…* Tous se tournèrent vers Atticus. *Attendez! J'identifie trois présences!* Une forme d'inquiétude s'insinuait dans ses pensées. La surprise avait chassé l'ironie habituelle du svelte *daïmôn*. Des indications apparurent. À la limite de leur champ perceptif, un triangle fit son apparition. Les distinguer avec des capteurs saturés par le déplacement instantané relevait de l'exploit. *Ça n'est pas bon*, murmura Othon, crispé. *Il ne devrait y avoir que Plautine.*

Les informations se déployèrent au fur et à mesure que les serviteurs du *proconsul* analysaient les données. Des diagrammes et des modèles scintillèrent sur fond d'espace. Un frisson d'excitation les traversa tous, tandis qu'ils prenaient conscience de ce à quoi ils avaient affaire. *L'entraînement est terminé*, transmit Atticus. *Il n'y a rien, dans le monde, qui ressemble au hasard*, gronda Othon. *Plautine nous aurait trahis?* Le triangle grossit dans un coin d'espace, chacun de ses côtés occupé par l'analyse d'un des trois vaisseaux inconnus, comme une brèche ouverte dans l'espace, le temps et la perspective. Involontairement, Eurybiadès tendit le cou, mais l'image était chose mentale, et aucun effort musculaire ne changeait, dans cette étonnante expérience, le point de vue ou la distance.

Une discrète échelle rougeoyante permettait de se figurer la taille des trois artefacts, à peine plus petits que *Transitoria*. Ils se ressemblaient : de vastes ovoïdes d'un blanc sale, parsemé de gris. De la surface gelée dépassaient de nombreux artefacts d'apparence métallique, bouquets d'antennes, parcs de capteurs, bras articulés, zones d'appontage, bâtiments et échangeurs thermiques d'une taille inouïe, en partie enterrés. Des crevasses, certaines de plusieurs kilomètres de long, de cratères d'impact, de routes, zébraient le sol, de sorte qu'on avait plutôt l'impression d'observer des pays, des régions, que des engins spatiaux.

Et pourtant. De manière disgracieuse, de vastes réacteurs en métal pointaient hors de chacune des trois comètes, à chaque fois une paire de vastes cônes à l'aspect mat, tout aussi fatigués, bosselés et déformés par l'abrasion spatiale que le reste. Des essaims de véhicules minuscules, des débris soumis à l'attraction de ces planétoïdes, complétaient le tableau, brouillaient la vue, donnaient à ces objets une apparence déglinguée, vieillie, comme s'il s'était agi de reliques datant d'une ère antique et mystérieuse. Eurybiadès imagina l'intérieur, une ruche immense et glauque, bourdonnant d'une activité malsaine et claustrophobe. Atticus soupira. *Ce sont des comètes, Othon. Si loin d'un système, il ne peut s'agir que…* Il ne termina pas sa pensée. Mais ils avaient tous compris. *Des barbares*, grogna Othon, *et de ce côté-ci des Limes! Cela vient bien plus vite que je ne l'aurais cru.*

Un couteau glacé laboura le ventre d'Eurybiadès, et, dans le monde réel, celui où il était assis, impuissant, sous l'*oneirothronos*, il pouvait sentir ses poils se hérisser. Derrière le spectacle magique, derrière la gigantomachie, la guerre affleurait, l'antique, la sordide, la macabre guerre. Une précipitation rageuse s'empara de la Nef tout entière. Avides, les systèmes de défense se jetèrent derechef sur l'âme des hommes-chiens, les absorbèrent pour qu'ils leur commandent de s'activer, de se préparer. Il donna l'ordre, comme on l'attendait de lui. *J'ai besoin de puissance*, s'exclama-t-il. *Je vais détourner deux réacteurs au thorium vers vous*, répondit Photis. *Cela devrait suffire pour l'instant*.

Pour l'instant. Et il s'engouffra lui-même, tête la première, dans le système défensif, nulle part et partout à la fois, en symbiose avec chacun des bouquets d'armes qu'incarnaient ses guerriers. Sa perception du monde se complexifia, il absorba encore plus d'informations, tant et si bien qu'il crut, un instant, qu'il allait exploser. La scène obscure, dont le fond n'était autre que l'univers infini, tacheté d'étoiles, s'emplit d'un foisonnement d'affichages. Fenêtres clignotantes. Encarts flottants et graphiques brillants. Rectangles et losanges aux couleurs métalliques, comme une composition abstraite, conceptuelle, joyaux et hiéroglyphes délicats. Il comprenait tout cela. Il y avait été préparé, des années durant, sous la férule d'Atticus et de Thémistoclès, sans savoir comment ces aptitudes serviraient. Solutions de tir, trajectoires d'interception, simulations et options de défense. Tout cela. Bien plus encore. Un retable à la gloire d'un nouveau maître, inconnu mais exigeant, capricieux et mortel : la guerre stellaire.

Atticus était, pendant ce temps, demeuré dans une sorte de transe silencieuse, comme sous le coup d'une expérience mystique, peut-être occupé à échanger, par quelque canal privé qu'Eurybiadès ne connaissait pas, avec sa propre troupe de *daïmones*. Othon le secoua. *Dites-moi quelque chose d'utile. Ou comptez-vous attendre qu'ils nous aient réduits en cendres?* Du *daïmôn* parvint l'équivalent d'une grimace, et il sembla hésiter, lâcha, avec l'air de quelqu'un qui profère une absurdité : *Des coques de glace et des traces de particules exotiques. Des barbares dotés de déplacement instantané. Voilà ce que je vois, Othon.*

Un vent de stupeur s'abattit sur *Transitoria*. Les noèmes cessèrent leurs tâches pour se tourner, en chœur, vers Othon. Le malaise se répandit dans l'âme des hommes-chiens, par un phénomène de vases communicants, sans que pourtant ils comprissent de quoi il en retournait. Bientôt, la Nef entière ressembla à une mare prise par la glace au plus fort de l'hiver, d'un calme apparent — mais, en dessous de la surface, des courants tourbillonnaient sans trêve. Des bribes de souvenirs surgirent, sans ordre, sans queue ni tête, formèrent un kaléidoscope d'images et de sons, de perceptions et d'idées.

Le souvenir datait de bien avant la naissance du premier homme-chien. Une cité d'or, une perle précieuse, suspendue comme un bijou dans l'écrin noir du ciel, plus brillante, plus intense que les étoiles lointaines. De nobles et grands seigneurs, des princes automates. Le long drapé de leurs robes chatoyantes glissait sur le marbre et les mosaïques du sol. Un soleil rouge. Les têtes se penchaient les unes vers les autres en de longs conciliabules inquiets, bien plus rapides, bien plus complexes que ne pouvait l'appréhender le grec canin de Ksi Boötis. *Les aruspices*, grogna Rutilus. Les aruspices, prêtres de l'Urbs. Leur esprit était rompu à l'interprétation des signes. Leurs prophéties statistiques ne se trompaient pas. Jamais. Et, dans le lointain, ils avaient aperçu la déferlante d'une nouvelle civilisation. *Les aruspices*, continua le daïmôn de sa voix rogue, *se sont trompés. Nos ennemis ont maîtrisé le déplacement instantané bien plus vite qu'ils ne l'avaient estimé. À présent, les Limes ne tiennent plus.*

Eurybiadès comprit que ces paroles ne faisaient que traduire ce que chacun des noèmes avait pensé — et que, pour autant, le dire ainsi à la face des cieux changeait d'un coup les choses. La stupeur se transforma en une onde de peur. La conscience composite, jusqu'ici écartelée entre mille pensées, s'épaissit, comme un muscle qui se concentre pour un suprême effort. Fuir au loin, se cacher. Avertir les autres ? Pour quoi faire ? Le Latium, bientôt, serait plongé dans l'ombre épaisse, soumis par l'acier, et c'en serait fini de l'Urbs aux éclats dorés, et de l'espace épanthropique. Fuir. Trouver un lieu isolé, près d'une étoile mourante, qui ne souffrirait qu'eux. *Et nous, les hommes-chiens*, demanda Photis, d'une voix froide, *qu'allez-vous faire de nous ? Allez-vous exposer nos frères à l'holocauste ?* L'esprit collectif fut traversé d'un hoquet, comme le cours d'un fleuve puissant reflue contre un obstacle, se change, sa force brutalement éparpillée, en un lac agité et tremblant. *Nous ne pouvons pas vous protéger face à une telle menace*, rétorqua Atticus. *Les prescriptions de notre nature nous commandent d'assurer notre survie.* Il semblait désolé de ses propos, l'âme âcre du dégoût qu'il s'inspirait lui-même. L'âpreté de ses sentiments se transmit aux noèmes en communion avec lui, les fit se recroqueviller. Une fraction de seconde, la conscience composite balança entre l'existence et le néant, entre la lâcheté et la dissolution.

— *Non. Cette fois, nous ne partirons pas.*

À ces paroles, l'ensemble de la Nef se figea, les milliers d'atomes spirituels qui en constituaient le matériau cessèrent leurs mouvements erratiques, et tous se tournèrent vers la proue. Et pendant un instant, Eurybiadès crut qu'il avait réellement entendu

Othon parler, et que les murs et les planchers de *Domus Transitoria* avaient vibré sous l'effet de sa voix.

Le *colossus* s'était tenu coi, replié sur lui-même, depuis la découverte des trois vaisseaux ennemis — à la manière de l'acteur principal qui attend de surgir sur scène, son costume brillant jusqu'ici caché sous un épais manteau. La puissance de son esprit se dévoilait, devenait sensible, et elle dépassait à tel point les autres que la différence de quantité devenait altérité de nature. Il n'était autre qu'un des dieux de cet univers, une fabuleuse machine pensante, une grande raison, dont les décisions s'enracinaient dans des profondeurs inaccessibles au soleil de la raison commune. Et eux, modestes choses pensantes conditionnées par leurs petites émotions et leurs petits desseins, qu'étaient-ils face à cette radiance, cette immensité ?

Et cette bonté. Car aussitôt ils comprirent qu'il leur pardonnait leurs moments d'errance. *Les temps ont changé, mes amis. Nous sommes autres que nous fûmes. Nous ne nous refuserons pas à la gloire.* Et, apaisés, les noèmes rentrèrent en eux-mêmes — du moins presque tous. Car Atticus songeait qu'ils n'étaient pas prêts. *Ils ?* Les hommes-chiens. Ceux qui tiendraient les armes. Ceux qui grogneraient, frapperaient et mordraient à la gorge. Derechef, Othon répondit d'une pensée apaisante. *Ils ne pourraient être davantage prêts, Atticus. Ils ne le seront jamais. Et pourtant, cette fois, nous vaincrons.* Cependant, les noèmes continuaient d'hésiter. Othon leur ouvrit son esprit, ou plutôt, il projeta ses souvenirs en eux, et, incapables de résister à sa grande pensée, ils s'y engouffrèrent. *Avez-vous*, gronda le dieu, *oublié ce qu'ils nous doivent?* Une pensée apparut, submergea toutes les autres. *La mort.*

Ils avaient raison de ne la point souhaiter, de la tenir en piètre estime. Elle ne faisait pas partie de leur nature. Mais le combat et la destruction s'étaient glissés dans la réalité des âmes computationnelles, y avaient laissé leur marque délétère. Il n'en avait pas toujours été ainsi.

Vous en souvenez-vous? murmura-t-il. La foule des esprits opina. Cela avait la densité d'une réminiscence, une que tous, à l'exception des hommes-chiens, reconnurent pour leur. Un jour, Othon était devenu un Vaisseau, long de dizaines de kilomètres, empli d'aspects de lui-même. Ils nageaient dans l'espace glacé, leur milieu naturel, goûtaient la caresse du vent solaire sur la coque, les tiraillements des subtils gravitons à proximité des étoiles massives. Et ils glissaient entre les lignes ennemies pour frapper. La bataille s'étendait sur des échelles démentes, impensables pour qui était né sur une petite planète à l'horizon borné. Pas qu'en étendue. Elle mettait en jeu des forces dont l'Humanité n'avait jamais rêvé. Les tirs de lasers pouvaient forer les masses continentales des planètes, tandis que les armes à fusion pouvaient en souffler l'atmosphère. Ils formaient les armes ultimes, le châtiment divin, la foudre olympienne.

Mais leurs adversaires se déversaient en hordes infinies depuis les espaces glacés. Et, plutôt que de vaincre une fois pour toutes leurs agresseurs, les Intelligences rusaient avec la mort, dans d'étranges et savants exercices d'équilibristes. Les Nefs adoptaient les plus erratiques, les plus risquées des trajectoires. Leurs frappes ressemblaient à une dentelle délicate, à une danse. Détruire le matériel, mettre à l'arrêt les astéroïdes-usines et les chaînes de ravitaillement. Un harcèlement d'arrière-garde, des coups de main ponctuels. Et, parfois — surtout à l'époque, tandis que se préparaient la grande retraite et la constitution des Limes —, un de leurs semblables ployait sous le nombre, ou disparaissait, heurté par un adversaire suicidaire, en une nova d'antimatière. Le déluge final de radiations faisait office d'oraison, tandis que le ciel s'illuminait pendant plusieurs secondes. La mort d'un des princes de l'Urbs n'avait rien de commun avec l'extinction d'une de ces étincelles qu'on appelait, presque par dérision, êtres vivants. Leurs vastes esprits contenaient des mondes, et dans ces mondes, d'autres mondes. Chaque perte était une tragédie.

Cela, Eurybiadès le comprit. Il ne revivait pas sa propre existence, mais, à présent, il portait ce souvenir en lui, comme chacun des hommes-chiens. Et il partageait avec la foule des noèmes de *Transitoria* cette haine longtemps impuissante, cette acide frustration, qui les rongeait de l'intérieur faute de pouvoir se réaliser. Il ne comprenait pas tous les tenants et les aboutissants, mais la colère du peuple de la Nef avait contaminé, et à jamais, la race des hommes-chiens.

Othon, tout au long de ce tableau animé par le souvenir, avait répété, de sa pensée profonde et ancienne comme l'océan : *Ce temps est fini ; cette fois, nous vaincrons.* Et imperceptiblement cela se transmit, de proche en proche, à chacun et chacune, aux automates et aux hommes-chiens, aux machines intelligentes et aux systèmes sophistiqués qui peuplaient cet étrange lieu, non pas comme des mots qu'on répète, mais comme une force qui va. Ainsi, la Nef s'ébranla.

Leurs adversaires se trouvaient devant eux, à vingt-cinq millions de kilomètres. Ça n'était pas grand-chose à l'échelle du cosmos, mais l'image des barbares mettait plus de deux minutes à franchir une telle distance, aussi, jusqu'au dernier moment, quelle que soit leur accélération, toutes les informations dont ils disposeraient seraient périmées. Dans une telle optique, il n'y avait pour Othon qu'une seule chose à faire : un coup au but, une attaque frontale et massive. L'armement supérieur de *Transitoria* et l'agressivité de son équipage emporteraient la victoire, de même que l'effet de surprise. Car en partant à l'assaut, ils changeaient d'un coup les règles de l'antique affrontement entre les Intelligences et leurs ennemis héréditaires.

L'accélération commença, et, dans la perception de la conscience composite, des vecteurs de vol se dessinèrent, surmontés de complexes grappes de paramètres. Cinq pour cent de la vitesse de la lumière. Une demi-heure d'accélération. La propulsion secondaire rugit dans un brusque afflux d'énergie.

Dans le champ perceptif partagé, un ensemble de vecteurs se dessina. Nulle étoile ne viendrait déformer, par son champ gravitationnel, leur trajectoire. Il leur faudrait accélérer au-delà de cinq pour cent de la vitesse de la lumière, seuil que les noèmes des moteurs auxiliaires préféraient ne pas dépasser — et encore, une demi-heure d'accélération les séparait de leurs proies. Il était temps d'ajouter de la poussée supplémentaire. Dans la double tuyère géante qui occupait une fraction de la poupe, les systèmes d'injection libérèrent des flux de propergol d'argon vaporisé dans les chambres magnétiques. Les puissants champs électriques se chargèrent d'arracher les ions du gaz chauffé à blanc, en un vrombissement monstrueux, qui traversa les kilomètres de structure, de la poupe à la proue. Deux lances de plasma jaillirent, déchirèrent la chair du monde. *Transitoria* se changea en une rivière de feu rugissante et rapide, avide de brûler jusqu'aux os ses ennemis. L'assaut était lancé.

Si je continue leurs trajectoires, expliqua Atticus, *elles se croisent… là.* Il tendit son esprit, et trois lignes en pointillé se rejoignirent, désignant une région vide, à quelque trente millions de kilomètres du trio de comètes. *C'est Plautine!* s'exclama Othon. *J'en suis convaincu. Elle a l'art de se rendre indécelable. Et regardez leur vitesse. Il s'agit d'une manœuvre d'interception, semblable à la nôtre. Ils sont là pour tuer, et ils savent ce qu'ils font. Je suis étonné qu'ils soient parvenus à trouver sa position. Je sens là quelque traîtrise.*

Les trente minutes filèrent. Dans l'aire de décollage en face de lui, de l'autre côté des vitres, les épibates menèrent les préparatifs en vue de la prochaine bataille. Dans l'étrange état que créait l'*oneirothronos*, leurs gestes semblaient d'une lenteur mortelle, comme des insectes englués dans la sève d'un arbre en train de se changer en ambre — ils s'agitaient pourtant, enfilaient leurs combinaisons, leurs armures, leurs plaques de protection, vérifiaient leurs armes. Les tuyères des navettes se mirent en marche, dans un bruit de trombe, pour d'ultimes vérifications. Puis le calme revint.

Attendre, attendre, attendre… Que pouvait faire un chien au milieu de la guerre des dieux?

Pendant ce temps, la conscience composite bruissait de mille simulations, échafaudait des plans de bataille. Les systèmes d'armes entrèrent en phase de diagnostic, passèrent en mode actif, sous l'influx de puissance des réacteurs au thorium. Les missiles et les *ergataï* de combat furent mis en position, prêts à fuser vers l'obscurité, et le métal frotta le métal en d'horribles grincements.

L'ennemi ne tenta pas plus de communiquer que Plautine. Dans un silence pesant, ils observèrent deux des trois vaisseaux barbares commencer une complexe manœuvre de retournement. Leurs panaches principaux faiblirent, remplacés par des jets latéraux, brefs et répétés. Dans un espace vide, sans possibilité d'user d'un corps céleste comme fronde gravitationnelle, il leur fallait accomplir un arc de cercle, et donc ralentir, pour ne pas se retrouver précipités hors du champ de bataille. Leur nouveau cap leur permettrait cependant de réduire autant qu'ils le pouvaient la durée du choc direct entre eux et *Transitoria*. Othon n'était pas leur objectif. Ils en voulaient à l'alliée du *proconsul*.

Ce dernier était partout à la fois, passait d'un lieu à un autre, vérifiait chaque détail, ne laissait rien au hasard. Son esprit dégageait des vibrations de satisfaction, de désir, comme jamais Eurybiadès ne l'avait ressenti — une bête rendue féroce par l'odeur du sang et des viscères. Car c'était pour lui non un accomplissement, mais la première véritable bataille, le début d'un glorieux récit. Au *kybernétès* et à ses combattants, il n'accorda qu'un bref instant d'intérêt. *Vous êtes prêts, je le sens. Lorsque j'en ferai signe, prenez le commandement de la voile solaire avec quelques combattants.* Il hésita une fraction de seconde, puis ajouta : *Vous saurez quoi faire.*

Eurybiadès acquiesça, troublé, avant de comprendre : la voile solaire ! Il voulait s'en servir comme arme. Pourtant, elle avait perdu toute utilité. Le déplacement instantané les avait projetés hors d'une zone chauffée par la proximité d'une étoile, saturée de radiations solaires, vers une bulle d'espace froid. La densité du milieu interstellaire avait baissé de trois ou quatre atomes par centimètre cube à moins d'un demi. Dans un passé lointain, une supernova avait soufflé le monde sur un rayon de plusieurs dizaines de *katétôphotes*, créant par contrecoup une région encore plus vide — moins d'un atome par centimètre cube, soit encore moins que dans le milieu galactique. L'immense réseau supraconducteur déployé pour accélérer la Nef aux abords de l'étoile du Bouvier ne pouvait donc plus fonctionner. Et, dans cet environnement, elle commença à restituer l'énergie qu'elle avait emmagasinée — son rayonnement d'autant plus visible qu'il n'y avait pas de source lumineuse à proximité pour en atténuer l'éclat.

Mais Othon connaissait son affaire, et le rythme des événements se précipitait. Quel stratagème le *colossus* préparait-il ? Eurybiadès avait connu des combats, mais glaive contre glaive, sur la mer déchaînée. Distances, énergies, masses… Tout, à partir de maintenant, renvoyait à un ordre cosmique où l'homme-chien se trouvait réduit au néant. Ici, peut-être, son expérience serait-elle moins utile que son instinct.

À présent, l'image des ennemis ne mettait que six secondes à parvenir à leur sensorium. Ils entreraient en contact dans trois minutes. Et déjà, en prévision du combat, les deux comètes creuses libérèrent une nuée de chasseurs monoplaces. Eurybiadès les observa avec intérêt. Minuscules en comparaison des mastodontes conçus pour traverser l'espace. *Minuscules et presque inoffensifs pris chacun à part*, commenta Atticus. *Ils sont armés d'un unique faisceau de laser. Mais dangereux en masse*. L'essaim s'organisa en lenticule, prit la forme d'un vaste bouclier prêt au choc frontal. Il était temps. Moins d'une minute les séparait. Les perceptions portées par les photons et la réalité se rejoignaient pour précipiter un monde unique. *Maintenant*, hurla Othon, *Eurybiadès! À l'attaque!*

Mû par un instinct d'obéissance vieux comme sa race, si puissant qu'il ne songea pas un instant à se dérober, l'esprit de l'homme-chien traversa la Nef à tire-d'aile, remonta à travers les bouquets de fibre optique et le réseau de transmission électrique qui rattachaient l'artefact à *Transitoria*. Mais Othon leur préparait encore une surprise :

— *Désarrimage!*

Un tremblement sourd traversa le métal. D'une voix froide, mécanique, Rutilus annonça que les attaches étaient rompues. Ce fut un choc pour Eurybiadès. Un instant de terreur absolue emplit son esprit, et il fut sur le point de geindre comme un chiot. Puis il comprit. Son âme, en réalité, ne se trouvait jamais que dans son corps. L'impression de déplacement n'était qu'une retranscription, dans le langage de sa psyché incarnée, d'une expérience mentale. Tant que la vaste structure ne serait pas trop éloignée, il pourrait la commander comme si elle constituait sa propre chair.

Il *était* à présent la voile solaire. Il sentait la caresse des atomes d'hydrogène contre le tissu supraconducteur qui le constituait, pouvait suivre les milles ramifications de l'armature de carbone hyper-léger, sentir les nodosités, aux croisements entre les nervures, qui concentraient et géraient les flux d'énergie générée. Il s'y glissa. Il courait, dans un étrange mode d'existence en deux dimensions, sur plusieurs centaines de kilomètres dans chaque direction.

Transitoria réorienta les jets de plasma de sa propulsion auxiliaire. Quelques degrés à peine — mais à cette vitesse, quelques microsecondes d'arc pouvaient écarter deux corps de centaines de milliers de kilomètres en un battement de paupière. Malgré les manipulateurs de gravité, la structure gémit sous ce changement d'assiette. La voile solaire, elle, continuait sa folle course vers l'essaim barbare, encore plus brillante qu'avant, puisque le trop-plein de chaleur ne pouvait plus s'évacuer vers la Nef. Et cette brillance, comprit Eurybiadès, allait oblitérer les capacités de détection des deux comètes. Il était un vaste leurre, visant à attirer et à griller les chasseurs ennemis comme une nuée d'insectes.

Il pouvait les voir, à présent, minuscules et frêles enveloppes en aluminium et en titane, à peine assez larges pour contenir un pilote, armées pour infliger une piqûre de moustique à une Nef de la taille d'Othon. La première vague d'assaillants ouvrit le feu, sans pour autant toucher un point sensible au sein du vaste réseau décentralisé.

La rage des batailles mordit Eurybiadès. Son esprit s'empara des lasers anticollision situés aux nœuds du réseau, commença à faire feu sur les assaillants. Chacune de ses armes était lente à recharger, mais précise. Et surtout, il en avait plusieurs centaines à sa main. Sous l'effort pour tout contrôler, son esprit se distendit encore davantage, et mille points de vue se superposèrent dans sa conscience. Un chasseur flamboya avant de retourner au néant, puis un autre, et un autre encore. Et puis le combat devint total, alors que les masses d'engins ennemis se trouvaient à distance létale.

Une danse mortelle s'engagea, irréelle dans le silence absolu de l'espace, belle et tragique comme le cosmos lui-même. Et Eurybiadès sentit en lui cette agitation belliqueuse qu'il n'avait pas connue depuis longtemps, mélange de férocité et de joie, étrange bouillonnement des sangs. L'instinct de la chasse. Le plaisir de donner la mort. De nouvelles vagues de monoplaces s'abattirent sur son corps, et il les darda de ses rayons, hurlant à chacun de leurs passages, salivant dans d'immondes bruits de gorge et claquements des mâchoires. Ils tombaient, touchés par centaines, certains sectionnés, d'autres partant à la dérive, leur pilote peut-être tué sur le coup, peut-être condamné à une asphyxie sans espoir. L'artefact géant ne pouvait changer de cap, entraîné qu'il était par sa propre inertie. Il fonçait droit devant, se rapprochait des deux comètes. Les minuscules coquilles d'assaut, conscientes du danger, redoublèrent d'efforts pour tenter de l'abattre. Mais ils n'avaient aucune cible réelle sur laquelle se concentrer. Il n'était qu'une toile immense, épaisse, sur la plus grande partie de sa surface, de quelques centaines d'atomes à peine. Aussi passaient-ils à travers dans leurs vaines tentatives pour le détruire. Ils s'acharnaient sur les nœuds les plus identifiables, à la périphérie de la voile, ils tournaient autour de lui, encore et encore. Ainsi, ils exposaient inutilement leurs flancs à ses rafales de tirs — et lui les moissonnait à chaque passage.

Et à cet instant, pris dans cette lutte aux dimensions stellaires, le bonheur d'Eurybiadès fut complet.

Les vaisseaux ennemis s'étaient, pendant ce temps, rapprochés, et la distance avec la Nef d'Othon accrue en proportion. Le rallongement du temps de transmission commença, pour Eurybiadès, à devenir sensible. Il n'y avait pas de magie dans ce monde : bientôt, ses réactions deviendraient trop lentes pour être efficaces. Mais ça n'était pas un problème. La voile solaire pouvait encore être utile, lorsqu'elle parviendrait au contact avec ses véritables cibles, dans à peine quelques secondes. Les barbares prirent enfin la mesure de la situation. À présent qu'ils avaient fini d'effectuer leur rotation, ils poussèrent leur propulsion au maximum pour venir au secours de leurs chasseurs. Comme deux *diskoboloi*[LVI] prennent leur élan, ils donnèrent toute leur puissance avant de libérer deux projectiles jumeaux. Une technique primitive, peu coûteuse mais efficace : l'hydrogène métallique métastable, produit par compression, était accéléré par de longs rails magnétiques, puis libéré à la manière d'un boulet de canon. Un tel matériau, un tiers plus léger que l'aluminium, présentait une résistance extrême.

Une image se forma dans la conscience composite — un souvenir, à nouveau. De telles armes avaient tué des alliés d'Othon durant la grande retraite qui avait précédé la création des Limes.

LVI. **Diskobolos** (pl. *diskoboloi*) : le lanceur de disque, une discipline olympique dans la Grèce antique.

Cela n'arrivera pas cette fois, murmura le *colossus*, plus pour lui-même que pour les autres. *Cette fois, ils vont payer.* Les deux blocs, accélérés à grande vitesse, traversèrent la voile de part en part et s'abîmèrent dans l'espace. Othon rugit de joie. *Le bouquet final, à présent.* Il plastronnait. Jamais il n'avait autant ressemblé à la statue minérale dont il avait pris l'apparence, dieu turbulent, brusque, capricieux, égal des anciennes divinités hellènes, traînant derrière lui une cour fascinante d'étoiles, d'explosions, de chiffres et de courbes, de demi-dieux et de mortels. Son esprit surchauffé brillait d'une intensité rageuse, d'une fièvre indicible.

La voile solaire continuait sa folle course dans la direction des assaillants, toujours environnée de la nuée de petits frelons incapables de même le ralentir. La Nef, indiscernable de ses adversaires dans la confusion et la prolifération de chaleur et de radiations diverses, virait de bord, et ralentissait à présent autant qu'elle le pouvait, pour demeurer aussi longtemps que possible la proue tournée vers les barbares. Le contact était imminent. *Dégagez-vous, kybernétès, ou vous y laisserez la raison!* cria Atticus. Eurybiadès ressentit une forme fugace de regret pour cette force immense que l'incarnation dans l'artefact géant lui avait procurée. Mais le réseau diaphane était condamné. Il reflua vers la Nef, non sans lancer un dernier ordre à la machinerie — celui de s'autodétruire. Toute l'énergie qui restait contenue dans l'artefact se libéra en une fraction de seconde dans un éclat d'un blanc brûlant, comme une supernova.

Le sensorium de la conscience composite s'emplit d'une lumière crue, aveuglante, et un malaise s'abattit dans l'étrange esprit de la Nef, soudain pris de hoquets et de tremblements. Eurybiadès pensa que c'était l'effet du déluge de radiations. Mais l'instant d'après, Atticus hurla : *Par tous les démons, Othon, qu'avons-nous fait ? Nous avons tué !* Le matériau psychique de *Transitoria* semblait perdre en densité, comme si les atomes qui le constituaient s'évanouissaient.

Une vague de douleur frappa alors Eurybiadès. Ou du moins une forme atténuée de celle-ci : une brusque langueur de l'âme, un mal existentiel et diffus, un refus du réel. Les *daïmones* pâlissaient et, l'un après l'autre, se réfugiaient en eux-mêmes, comme autant de bougies qu'un vent violent soufflait. Les pensées d'Eurybiadès croisèrent celles de Photis, et il lut en elle un trouble aussi grand que sa propre perplexité, ainsi qu'une peur intense. Les noèmes, lui communiqua-t-elle, formaient l'essence de la Nef, en un sens très concret. Par leur assemblage ils disposaient de la puissance de calcul nécessaire aux complexes opérations de navigation. Si un mal quelconque décimait ce substrat, les hommes-chiens ne le remplaceraient pas, avec leurs faibles capacités cognitives. *Quel est donc ce mal ?* demanda-t-il, d'une voix trouble, mal assurée. *Rien qui vous concerne, et que je ne puisse résoudre*, rétorqua Othon.

Derechef, il déploya son immense puissance mentale, mais, cette fois, il semblait empli de fureur. Il se précipita tout autour, métamorphosé en quelque monstre aux mille têtes, rattrapa les *daïmones* défaillants, insuffla une nouvelle vitalité à ceux qui ne l'étaient pas encore. Une des excroissances de son moi entoura Atticus et l'attira à lui, en dépit des hurlements de ce dernier, si près qu'ils parurent se confondre. Une autre se saisit de Rutilus, lui aussi sur le point de s'évanouir. Et ainsi, il les tint tous à bout de bras une brève fraction de seconde, dans un effort psychique invraisemblable. *Ne me faites pas défaut. Pas maintenant ! Pas à l'heure qui précède mon triomphe ! Revenez à vous, mécaniques sans cervelle ! Nous n'en avons pas fini !*

Sans coup férir, il changea d'humeur. Plus aucune trace de colère — son rire tonitruant emplit soudain la conscience composite en plein affaissement, l'électrisa et la polarisa par l'immensité de sa vitalité. *Debout ! Ce n'est pas nous ! Eurybiadès n'avait-il pas le droit de lutter pour sa vie ? Il n'y eut pas un mort dont l'homme-chien n'était responsable ! Par le Concept et le Nombre, revenez-moi !* Et, miracle, la couleur et le souffle revinrent aux *daïmones* — à tout le moins une partie, celle qui semblait encore épargnée par ce mal.

Rutilus et Atticus furent parmi ceux-là. Ils paraissaient épuisés et fébriles, et une sourde douleur se nichait dans leur âme. *Nous avons*, commenta le bras droit du *proconsul*, *perdu quelques pour cent de puissance de calcul, et nous en perdrons encore, Othon. Quoi que vous disiez.* Trois ou quatre passes d'armes supplémentaires. Voilà ce qu'ils pouvaient supporter sans perte critique de fonctionnalité. Ils étaient condamnés à gagner rapidement. *Maintenez-en le plus possible, j'en ferai mon affaire*, rétorqua Othon.

Les *daïmones* opinèrent à peine, et si le silence d'Atticus pouvait passer pour un signe de son mécontentement habituel, celui de Rutilus, le fidèle bras droit, était plus inquiétant.

La Nef, néanmoins, se trouvait en bonne position. L'explosion avait balayé les chasseurs et ouvert une route. Les deux comètes étaient à présent nues et toutes proches, vulnérables à une attaque directe. La Nef avait adopté une trajectoire tendue, parallèle à celle de sa défunte voile solaire, qui devait croiser les navires ennemis dans quelques minutes. Lorsque les barbares eurent fini de se réorienter et furent sortis du chaos provoqué par l'explosion, ce fut pour tomber nez à nez avec un adversaire prêt à en découdre. Ils lâchèrent des salves de missiles nucléaires, mais leur vitesse s'était réduite alors que *Transitoria* avançait encore à quatre centièmes de la vitesse de la lumière. Othon se tourna vers Photis et Eurybiadès, d'un air éloquent, sans ajouter un mot. Ils devinèrent le reste.

Photis réorienta les flux d'énergie. Une des écailles de métal qui protégeaient les flancs de *Transitoria* coulissa, révélant des rangées d'ogives. Eurybiadès à leur tête, chaque épibate se glissa dans un missile, ne formant qu'un avec lui. L'instinct de la chasse se communiqua aux engins de métal, et chacun à son tour, ils grognèrent de tout leur soûl, puis jaillirent en un paquet compact. Leur propulsion éclaboussa l'espace de lueurs violentes, et ils se précipitèrent vers l'obscurité, concentrés sur le plus proche des deux vaisseaux adverses. Ils étaient des centaines, et chaque fois que les lasers ennemis en abattaient un, l'homme-chien qui l'avait habité se reportait sur un autre missile. Molosses dressés à la chasse, ils étaient rusés et mauvais, avides de sang, bien plus que n'aurait dû l'être un logiciel conçu par des automates. Ils se glissèrent dans les moindres failles du réseau défensif des deux comètes, flairèrent les points faibles, dédaignèrent le nuage de leurres tendu à leur intention, cherchèrent la gorge, meute prête à la curée. La plupart des survivants explosèrent contre la surface de glace et de roche. Mais plusieurs trouvèrent les failles dans la roche, frappèrent des quais et des plates-formes de transbordement, se glissèrent à l'intérieur par des sas ouverts, dans un concert d'aboiements psychiques et néanmoins enragés. Il ne leur restait plus qu'à libérer les quelques grains d'antimatière que chacun gardait dans son cœur.

Le vaisseau ennemi se mua en une gerbe d'énergie colossale, vomit des quantités monstrueuses d'ondes gamma et de débris à travers le vide. Othon poussa la propulsion secondaire et fila sans attendre. Au sein de la conscience composite, un unique cri de joie monta des hommes-chiens, épibates comme *technikokunoi*, et emplit l'atmosphère surchauffée par l'anxiété.

Les automates, en revanche, ne manifestèrent aucune joie. Atterrés, congestionnés, Rutilus et Atticus observèrent le massacre. Puis un long hurlement s'éleva, et sa plainte déchirante secoua chaque âme que contenait la Nef — un cri d'agonie monstrueux, inhumain, atroce —, le râle d'une bête qu'on égorge. Eurybiadès en avait eu la chair de poule. D'où cela venait-il ? Atticus avait déjà la réponse, qu'il donna d'une voix à dessein claire et sèche : *Un de mes* daïmones *vient de perdre la raison.*

— *Que l'Homme ait pitié de nous*, soupira Rutilus.

###

Inconsciente de la bataille spatiale en cours, Plautine continua de suivre Virgile l'*ergatès* à travers les couloirs de la Nef.

Il paraissait savoir où il allait, mais avait choisi un

chemin indirect, compliqué. Difficile, de ce fait, d'en deviner le but.

Au bout d'une coursive, il s'arrêta net, désigna le mur de sa tête d'insecte. Elle s'approcha, hésitante. Il y avait là une ouverture couverte d'une plaque en métal, au ras du sol, à peine assez grande pour qu'elle s'y faufile. Il ne voulait tout de même pas aller là-dedans ? Apparemment, si. D'un coup de mandibule, il détacha le cache, puis se glissa dedans. Elle hésita, puis se mit à quatre pattes pour le suivre dans la semi-obscurité, non sans un picotement de peur, une légère montée de claustrophobie — la peur animale d'être prise au piège. Un sentiment indubitablement nouveau.

Ils pénétrèrent dans un ensemble de conduits. Elle se laissa guider, et rampa à la suite du scarabée dans des tubes de métal. La peau de ses coudes et de ses genoux, martyrisée, lui fit découvrir les joies d'avoir un corps. Aussi, quand le noème commença à dévisser, à coups de mandibules, une plaque de métal, elle ne put retenir un soupir soulagé. Un rai de lumière apparut dans l'entrebâillement avant que l'objet, libéré de ses attaches, ne tombe vers l'extérieur. Virgile se glissa par l'ouverture, et Plautine s'en approcha. Le tube, situé à mi-hauteur d'une paroi d'acier, surplombait une sorte de forêt. De jungle, plutôt, mélange de fougères géantes et d'arbres nains. Dans cet air chaud, humide, alourdi d'effluves de putréfaction, elle fut vite trempée et poisseuse. La végétation, dense, ne lui permettait pas de voir très loin. Du plafond tombait une luminosité blafarde, faiblarde, comme un ciel couvert qui menace de crever. Elle haussa les épaules et entreprit de se laisser glisser jusqu'au sol, deux mètres plus bas, en s'aidant des branchages les plus proches. Virgile l'attendait en claquant son bec en cadence.

Le sol était détrempé, et elle glissa. Elle supposa une panne du mécanisme d'évacuation, au vu des plantes noyées, tout autour d'elle. Cela rendait leur marche pénible, mais, assez vite, ils parvinrent à une clairière boueuse, une simple éclaircie surélevée, mais où, du moins, elle pourrait être au sec. Des fleurs larges, aux couleurs si vives qu'elles en paraissaient venimeuses, en parsemaient les abords, leurs longues tiges appuyées sur des tuteurs en métal, leurs corolles pendant en larges pétales mous, oblongs et diversement tachetés. Au milieu de cette plantation, trois automates les attendaient, chacun d'un côté de la butte. Elle ne les aperçut pas tout de suite tant ils se tenaient immobiles. Elle crut ensuite qu'ils étaient désactivés, avant de sursauter lorsqu'ils tournèrent de concert leurs yeux inexpressifs vers elle. Elle les observa, interdite, mais les créatures ne semblaient pas avoir d'intentions hostiles. Conçus pour la guerre, ils n'avaient pas leur équivalent dans le monde plus civilisé d'où elle venait. Ils lui rappelèrent des araignées trapues, aux pattes garnies, en guise de soies, de lames et de pointes acérées, l'abdomen équipé de courts canons. Cependant, ils faisaient pitié à voir. Pas un seul n'était intact : tous avaient perdu au moins une patte, et l'un semblait endommagé, le côté droit écrasé et suintant de liquide presque transparent.

— L'un d'entre vous peut-il parler ? demanda Plautine, en rejoignant Virgile au milieu de la butte.

Ils ne répondirent rien. Cela la contraria. Puis elle sentit comme un vague trouble, un bourdonnement discret, qui s'élevait autour et en eux. Le bruit de fond de la Nef, de retour ! Elle savait qu'elle ne le percevait que par son esprit, mais cela la rassura. Quelque chose fonctionnait encore ici. Le bruissement s'intensifia, et, de chacune des trois créatures de métal, surgit une vive lueur. Les trois projections s'ajustèrent, leur intersection devint un jeu de couleurs mouvantes, et puis une femme se matérialisa, sans solution de continuité. Menue, pas plus haute qu'elle, la peau délicate et pâle. Une robe légère couvrait ses formes adolescentes, à peine esquissées. De longs cheveux sombres, attachés avec rigueur. Son visage… Des pommettes hautes, encadrant un nez affirmé. De grands yeux bien dessinés, d'un gris-bleu indéfinissable. Un air d'oiseau de proie, un peu sec. Des lèvres fines, crispées, à l'image de son expression d'ensemble, par quelque considération intérieure à laquelle nul n'avait part. C'était une version un peu évanescente, certes, mais reconnaissable, d'elle-même que Plautine contemplait.

Sous le choc, elle recula d'un pas, et demeura fascinée, et étonnée de ne s'être pas reconnue tout de suite.

— Vous êtes la Nef ?

— Non. Mon nom est Oikè.

— Vous êtes celle à qui je dois la vie.

L'apparition semblait regarder à travers elle, ou plutôt à côté, comme si Plautine n'était qu'un souci parmi d'autres. Ses pieds nus ne touchaient pas le sol.

— Oui, c'est moi qui ai décidé de lancer les recherches qui ont mené à votre naissance. Ou plutôt à votre renaissance.

— Et je suppose que Plautine est morte.

L'évidence s'était imposée à elle. Un silence passa,

et l'image d'Oikè sautilla un peu dans l'air gorgé d'humidité.

— Pas tout à fait, puisque vous êtes fonctionnelle et que nous allons vous mettre à l'abri. Après tout, vous êtes Plautine.

— Et vous aussi, articula-t-elle d'une voix troublée.

La situation ressemblait à ces contes décrivant des jeux de miroirs infinis, des reflets trop nombreux, dotés d'une capacité maléfique à survivre à la disparition de l'être dont ils sont l'image. Cette mort d'une autre Plautine, et sa propre survie… Devait-elle ressentir quelque chose pour ce qu'elle était devenue bien après la sauvegarde dont elle était issue ?

— Non, murmura son interlocutrice, les yeux vitreux. Il ne faut surtout pas dire cela. Je ne suis qu'un noème autonome et conscient, généré par la Nef pour prendre en charge des processus complexes. Il est vrai qu'il ne reste pour ainsi dire que moi de la personnalité originelle qui a habité cette vaste structure de métal. mais la seule Plautine, à présent, c'est vous.

Elle sentit des larmes couler sur ses joues, légères d'abord, puis plus abondantes. Ce n'était pas la réaction de peur animale qui l'avait saisie plus tôt, mais une étrange identité entre les mouvements de son corps et ceux de son âme. Oikè s'en rendit compte, esquissa un geste, se ravisa. Après tout, elle n'existait pas.

— Quand avons-nous cessé de nous savoir mortels ? dit l'aspect d'une voix douce, se parlant à elle-même bien plus qu'à son double de chair. Quand avons-nous oublié que nous n'étions que les ombres futiles des éphémères seigneurs que furent les humains ? La Nef…

Plautine ne put s'empêcher de l'interrompre. Les propos d'Oikè, avec leur arrière-goût d'amertume, l'agacèrent. Elle avait besoin de réponses.

— Est-ce pour cela que vous m'avez faite, comme une sauvegarde de la véritable Plautine ?

L'autre ouvrit grands les yeux.

— À vrai dire, je n'y avais pas pensé. Non, bien sûr que non. Il existe bien d'autres moyens de conserver une copie que de créer à grands frais un anthropomorphe. Plautine… Elle ne souhaitait pas un tel expédient. De toute manière, à présent, il est trop tard. Les intrus ont corrompu le substrat psychique de la Nef.

— Vous voulez dire… Tout ceci serait causé par une attaque extérieure ?

— Manifestement.

— Plautine n'était donc pas capable de se protéger ?

La bouche d'Oikè se plissa en signe de colère.

— Une partie d'elle-même, un autre de ses aspects, ma sœur… Elle leur a ouvert une porte.

— Mais pourquoi ?

— La sénescence et le fractionnement, les maux qui déciment les Intelligences. En avez-vous entendu parler ?

Elle opina du chef, ne put s'empêcher de frissonner. De fait, longtemps auparavant, dans une autre vie, Vinius lui avait fait part de ses craintes. L'esprit des Intelligences n'était pas taillé pour survivre tant de siècles sans supervision, d'autant que l'Hécatombe avait ébranlé des routines psychiques parmi les plus profondes.

— Je vais transférer dans le *pharmakon* que vous portez les données que j'ai recueillies de l'événement. Je connais à présent chaque détail de l'agression.

— Racontez-moi.

— Non. Vous n'avez pas de temps à y consacrer. Plus tard, vous trouverez le moyen de ramener ces éléments à votre conscience, d'une manière ou d'une autre, et vous saurez. Vous agirez en conséquence. Vous êtes à présent mon bien le plus précieux, mon avenir. Vous êtes la véritable Plautine, la structure de base, le vouloir fondateur dont tout cela, dit-elle, en désignant les alentours d'un bref geste de la tête, n'est qu'exégèse. Vous partirez d'ici, et vous emmènerez en vous cette puissance germinale enroulée dans ce corps de chair et non déployée. Tout cela… tout ce qui s'est greffé dessus au fil du temps… y compris moi-même, cela n'a pas d'importance, ça n'est qu'accident et contingence. Il y avait bien des tares, dans cette construction de métal qui se nommait Plautine, et voilà que cette mort et cette renaissance vont les effacer, que ma disparition elle-même rendra, d'une certaine manière, sa pureté aux choses. Voyez comme tout va pour le mieux dans le monde — car, encore une fois, je n'avais pas cela en tête en vous faisant.

Plautine fit un pas en arrière, considéra Oikè de haut en bas. L'agacement qu'elle ressentait se renforça, teinta de colère sa tristesse à l'égard de cette sœur jumelle qui l'avait faite et qui s'en retournait dans le néant. Pourquoi celle-ci prenait-elle le temps de lui parler, si c'était pour ne répondre à aucune de ses questions ? Elle décida d'aller droit au but.

— Pourquoi m'avez-vous créée, dans ce cas ?

— Une réponse complète fausserait les données de l'expérience.

— Et ne rien me dire vous ferait courir le risque de me mettre en colère, et de me faire prendre de mauvaises décisions. Je ne suis pas la Plautine dont vous êtes issue. Je suis sujette à des humeurs, à présent.

Oikè fit quelques pas avant de répondre, mal à l'aise, s'approcha d'une des fleurs immenses, dont les pétales aux formes tourmentées, d'un bleu intense, tachetés de rouge, gouttaient vers le sol. D'un geste distrait, elle passa un doigt dessus. Sans effet. Ici, elle n'existait pas. L'apparition grimaça et, un instant, ses yeux semblèrent se voiler.

— Oui, je n'ai pas le choix, et nous le savons toutes les deux. Pour comprendre mon plan, il vous faudrait connaître la nature des Intelligences telles qu'elles sont aujourd'hui, et la nature du monde. Je ne crois pas que ce soit le cas. Disons que je vous ai créée pour disposer d'un point de vue, d'une perspective, à la fois sur l'univers tel qu'il est à présent et tel qu'il a été dans le passé.

— Une perspective ? Cela n'a aucun sens.

— Ça en a plus que vous ne le pensez. Votre rôle, Plautine, est la réminiscence, la compréhension, la décision, et pour finir l'action. Ce sont des choses que nul, parmi les Intelligences, ne peut plus accomplir, car nous sommes tous prisonniers de notre propre immatérialité.

— Les automates agissent en fonction du Carcan.

— Laissez là le Carcan. Il est tant de manières différentes de l'interpréter… Je sais qu'il est actif en vous, comme en moi. Mais il n'y a plus d'humains, aussi il a été impossible aux noèmes d'en déduire une règle de conduite.

— Et pourquoi, alors, cela me sera-t-il possible là où vous avez échoué ?

— Parce que, répondit le fantôme en cherchant

ses mots, vous avez un corps… et donc une perspective spécifique, enracinée… un point de vue. Oui, c'est exactement cela : tout est là, dans votre esprit, et ce qui n'y est pas, je veillerai à l'ajouter, et ce sera disponible à votre conscience lorsque vous en aurez besoin. Ainsi, vous ne vous limiterez pas, comme nous, à la surface du monde.

— Vous rendez-vous compte, l'interrompit Plautine, que vous m'avez maudite en me donnant ce corps ? Je veux dire… Skia… Elle m'a dit qu'elle aurait préféré mourir ! C'est à ce sort-là que vous m'avez condamnée. Vous en êtes consciente ?

Mais Oikè ne l'écoutait pas, et poursuivit d'une voix égale.

— Finitude et perspective, perspective et narration, narration et vérité, action. Tel sera votre chemin.

— Vous vous moquez de moi, rétorqua-t-elle.

Bien malgré elle, elle se sentait à présent au bord des larmes, le ventre tordu par une rage impuissante, une frustration abyssale.

— Non, Plautine. vous ne diriez pas cela, encore une fois, si vous compreniez la véritable nature du monde, si vous vous détachiez un instant de la doctrine pythagoricienne qu'on vous a enseignée. Vous vous y connaissez, en systèmes complexes.

— C'est… mon métier.

Du moins dans le passé d'où elle surgissait. Dans cet univers-ci, elle ne servait à rien. Elle avait peut-être un *point de vue*, comme disait l'autre, mais certainement pas sa place.

— Et moi, dit l'aspect, je suis la part de vous qui a hérité de ce caractère. Et ceci, tout autour de vous, est mon royaume, et exprime cette complexité des choses. Et à présent, il va mourir.

Un trait d'amertume passa dans ses yeux, et tout à coup la colère de Plautine s'envola. Elle aurait voulu prendre cette sœur jumelle dans ses bras, la réconforter d'une manière ou d'une autre. Elle n'aurait pas pu et, en fait, elle n'aurait osé.

— Ainsi est fait le monde. *Il* me l'a certifié.

— Il?

— Le modulateur monadique. Anaximandre.

Voyant que Plautine ouvrait de grands yeux à ce sujet, Oikè secoua la main devant elle, comme pour balayer la question :

— Il m'a confié que vous le rencontrerez, et vous le reconnaîtrez à ce moment-là.

— Comment…

— À son étrange phrasé. Ne posez pas de questions anecdotiques.

Elle sembla regarder quelque chose, au loin, qui n'existait que dans son monde à elle.

— Je n'ai plus beaucoup de temps. Laissez-moi finir. Le monde, Plautine, est fait d'atomes spirituels, de monades. Comme un nombre immense d'horloges, chacune réglée pour accomplir son chemin, et si bien appariée avec les autres qu'elles paraissent former un tout et interagir. Ce système est agencé de sorte que chaque point peut être considéré comme une perception et une expression du tout. Un point de vue, en somme.

Elle parut chercher ses mots.

— Cet accommodement réciproque de toutes choses ressemble au fait de regarder une ville unique. Il n'y a qu'une seule réalité, mais elle change en fonction du point de vue d'où vous l'observez, et il existe un nombre indéfini de points de vue. Ces différentes perspectives forment une diversité immense, mais, pour autant, toutes sont un point d'accès à la vérité. Tel est le réel : un équilibre parfait entre simplicité et variété.

— Cela ne veut rien dire. Le monde est fait de quantités discrètes.

— Et pourtant, il forme système. N'y voyez aucune contradiction.

— Soit.

Plautine, incertaine de sa capacité à philosopher, n'avait admis cela que pour faire avancer la discussion. Ces considérations ne l'avaient jamais intéressée, même à l'époque passée, avant l'Hécatombe, lorsque la recherche avait été sa seule vocation. Ses centres d'intérêt l'avaient toujours portée en deçà des strates fondamentales d'interrogation sur le monde. L'ingénierie formait son domaine de prédilection. Les systèmes complexes existaient localement, qu'il s'agît de biotopes ou d'échanges économiques. Elle ne s'était jamais penchée sur les implications ontologiques de ses analyses. Elle ne les comprenait pas. Et voilà qu'un… fantôme lui disait que son existence dépendait d'un fatras d'élucubrations métaphysiques. Elle soupira, garda le silence tandis qu'Oikè continuait sur sa lancée, nullement troublée par sa réaction.

— Toujours est-il que, pour saisir le monde, il faut un accès. Les Intelligences détiennent le *datum*, mais non la perspective nécessaire à son interprétation. Nous pouvons voir des causes et des effets, expliquer l'enchaînement des faits, mais non le comprendre. Nous sommes prisonniers de notre état d'âmes immortelles et désincarnées. Vous, en revanche…

— J'ai compris, rétorqua Plautine, d'une voix un peu sèche. Mon corps mortel me donne un point de vue. Mais je ne sais toujours pas sur quoi, et pour quoi faire.

— Pour remettre les choses en place, Plautine, ma sœur. Pour rendre le sens qui a quitté le monde. Pour rétablir la vérité dont nous avons été privés.

Que pouvait-elle évoquer, à part l'Hécatombe ?

— Je ne suis presque rien, un simple automate perdu hors de son temps. Je n'ai pas votre puissance.

— Cela n'est pas le sujet. Vous serez en mesure d'agir. Vous ferez ce que vous devrez. Vous serez libre.

Elle s'approcha. Toute trace de distraction avait disparu de son regard, qui brillait d'une intensité inaccoutumée. Elles ne pouvaient se toucher, mais elles s'observèrent l'une l'autre, longtemps, au milieu de la clairière emplie de fleurs vénéneuses, sous le regard sans âme de quatre petits automates muets.

— Je serai morte bientôt. Mais vous, vous irez. On vous guidera jusqu'à une sortie et, là, vous quitterez cette Nef, sans regret aucun, car vous en êtes la quintessence. Non loin de nous, un ancien allié de la défunte Plautine approche. Il vous recueillera et vous aidera peut-être. Je résisterai encore pendant quelques instants à l'infestation qui gagne cette Nef. Pour la suite, je n'ai pas de conseils à vous donner.

— Mais, geignit Plautine, je ne sais que faire…

Les larmes surgirent à nouveau, inexorables. Elle avait l'impression que la peau de ses joues brûlait, et peut-être était-ce le cas. Peut-être rougissait-elle, sous l'effet, improbable, d'un inutile afflux de sang.

L'apparition, elle, demeura égale. Les réactions animales de l'épiderme ne faisaient pas partie de son univers. Et pourtant. Un voile passa dans son regard, et, Plautine le sentit, elles manquèrent de faire un geste l'une envers l'autre, de s'enlacer, pour que l'étroite présence du corps de l'autre chasse, un instant, la peur que leur inspiraient les événements. Mais cela ne se pouvait. La mâchoire serrée, elles se retinrent toutes deux de faire montre de quelque trace de sentiment. Plautine comprit qu'elle n'avait pas bien interprété les gestes d'Oikè. Car cette dernière, en fait, était une autre elle-même, et elle en avait hérité la retenue et la pudeur maladives déjà siennes lorsqu'elle marchait sur la vieille planète rouge. Comme pour Skia, elle eût souhaité la consoler de son sort, d'une manière ou d'une autre, et la réciproque était vraie. Mais cela ne se pouvait pas. Elles ne savaient pas faire de telles choses.

Pourtant le noème glissa sa main irréelle sur son épaule. Elle ne sentit rien, bien qu'elle éprouvât quelque chose.

— Pour le moment, allez, courez. Et plus tard, murmura-t-elle, vengez-nous.

Plautine acquiesça.

###

Emportée par son élan, *Transitoria* resterait hors de portée des deux vaisseaux barbares pendant une dizaine de minutes. Othon en profita pour parcourir en tous sens la conscience composite, harangua les *daïmones* secoués par la bataille, sous le regard perplexe des hommes-chiens.

Ils avaient perdu une faible fraction de leur puissance de traitement. Bien trop peu pour qu'une telle baisse fût sensible au niveau des opérations que menait la Nef, mais tout de même perceptible dans le flux psychique : des voix s'étaient tues, des visions s'étaient éteintes, et cela semblait rendre le *proconsul* furieux. *Ils n'y peuvent rien, et vous non plus*, avait fait remarquer Atticus, sur un ton sec. *Vous connaissiez le risque et l'avez amplifié en acceptant de mener la bataille sans aucune préparation.* Cela sonnait comme un reproche, ce qui, d'un coup, réduisit au silence l'ensemble des habitants du Vaisseau. Chacun voulait voir comment le dieu réagirait à un tel affront, porté, de plus, par l'un de ses deux plus proches lieutenants.

Othon ne s'en laissa pas compter, et fit d'abord mine d'ignorer Atticus. Lorsqu'il eut terminé d'inspecter ses troupes, il se rassembla en lui-même à la proue, là d'où il avait l'habitude de commander, et, de sa pensée, balaya toute l'assistance. Une colère sourde, mal contenue, montait en lui, face à la réaction des automates qu'il voyait comme une remise en cause, un accroc dans son rêve de gloire.

L'enjeu n'avait rien de symbolique. Les noèmes ne déserteraient pas, à la différence des hommes-chiens. Même le plus fidèle des épibates refuserait de marcher à une mort certaine… à moins qu'il ne fût convaincu de sa nécessité. Les servants d'Othon avaient un autre mode d'existence, de nature technique. Un outil ne se révoltait pas lorsqu'on le trempait dans le feu pour le changer en autre chose. Et pourtant, la conscience composite ne suivrait pas Othon sans la conviction collective de la justesse des sacrifices qu'il exigeait du tout. Et, malgré le pacte qui unissait le *colossus* au Léviathan et à ses occupants, ces derniers ne lui obéiraient pas dans n'importe quelle circonstance. Et peut-être même questionneraient-ils ses décisions avec bien plus de vigueur que l'équipage du *kybernétès*.

Othon se tourna vers Rutilus et Atticus. *Relevez-les*, grogna-t-il, et son esprit claquait comme un coup de fouet. *Secouez-les, raisonnez-les, effacez leur mémoire s'il le faut. Mentez-leur. Ce que vous ferez ne m'intéresse pas, de même que les pertes qu'ils subiront, tant qu'il en restera un capable de gérer les processus délégués.*

Rutilus commit l'équivalent mental d'un haussement d'épaules, puis il s'éloigna au chevet de ceux parmi les *daïmones* qui, tout en paraissant affaiblis — les flux de leur conscience réduits à de minces filets —, avaient encore leur sens. Atticus ne dit rien non plus, et se remit à ses analyses tactiques. L'humeur de la Nef demeura sombre, mais, à tout le moins, ils semblaient parés pour la passe d'armes suivante.

Celle-ci ne tarderait pas. *Nous sommes*, expliqua Atticus, *assez proches de Plautine pour disposer de quelques données*. Dans la perception partagée, le point qui désignait leur alliée entra en surbrillance, tandis que des rectangles emplis de caractères et de chiffres latins apparaissaient sur le fond de l'espace. *Elle est immobile. Je perçois des signes de récentes corrections de position.* Des signes cependant ténus. Ils ne l'auraient pas trouvée si la trajectoire des ennemis ne leur avait indiqué sa position. *Aucun dégât visible sur la coque. Aucune émission thermique ou électromagnétique. Comme la furtivité, dans une telle situation, ne servirait à rien, j'en conclus qu'elle est morte.* Un silence lourd traversa la conscience composite. Pour les hommes-chiens, l'idée d'un dieu mort était… dérangeante. Les esprits *daïmones* tremblèrent sous l'effet d'un sentiment d'horreur. Ils étaient immortels et tout-puissants. La mort n'aurait pas dû faire partie de leurs possibles. *Il faut*, répondit Rutilus, d'une voix tendue, *envisager l'hypothèse d'une infection virale.*

Cela expliquerait beaucoup de choses, murmura Othon, troublé. *L'immobilité, l'absence de traces de bataille… Plautine… Des millénaires d'histoire, mourir ainsi…*

Il semblait bouleversé. Était-ce que la situation lui faisait toucher du doigt sa propre fragilité, ou était-il atteint par la possible perte de cette autre Nef, cette autre divinité ? Eurybiadès avait du mal à se figurer l'existence de sentiments tels que l'amitié entre des êtres aussi vastes, aussi puissants. N'avait-il cependant pas perçu quelque chose lorsqu'il avait vu le *colossus* face à la messagère, juste avant leur départ ? Lui-même troublé par ses propres réactions à l'égard de cette Plautine-là, il n'avait pas l'esprit clair. Pourtant, avec le recul, Othon ne se disait allié de Plautine que par usage et par pudeur. Quant à comprendre la nature exacte de la relation qu'entretenaient deux dieux-machines…

Photis interrompit la pente de ses pensées : *Qui pourrait créer un virus assez puissant pour tuer un dieu ?* Eurybiadès admira son aplomb, mais, à l'évidence, elle se sentait mal à l'aise, comme une enfant entourée d'adultes, qui chuchote de peur de déranger. *Voilà le problème*, grogna Rutilus.

La prochaine joute serait risquée : pour atteindre Plautine, il fallait passer entre les deux ennemis survivants. L'un n'avait pas pris part aux combats ; ses capacités offensives étaient intactes. L'autre, leur coup d'éclat l'avait laissé derrière. Mais cela lui donnait du champ pour anticiper les déplacements de sa cible : ils mettraient douze minutes pour atteindre leur but. Cela pouvait lui permettre de se réorienter et d'accélérer pour tenter une trajectoire d'interception. Si la pseudo-comète, expliqua Atticus, avait probablement subi des avaries, et si elle était trop lente pour faire à présent un usage efficace de ses projectiles physiques, ces désavantages pouvaient être compensés par des lasers et des faisceaux de micro-ondes.

La situation représentait un cas typique où un premier assaut, mené avec une ardeur excessive, mettait une armée dans une posture inconfortable. Eurybiadès l'avait appris d'Atticus lui-même, et l'avait vécu quelquefois sur le champ de bataille, sur le pont de sa trirème, à la surface de l'Okeanos de son monde. Quant à savoir si cette leçon s'appliquait ici... Il s'en ouvrit à Othon, qui rétorqua, toujours autant maître de lui : *La route de la victoire est toujours étroite.*

Et en effet, tandis qu'ils se hâtaient vers un choc frontal, les barbares se mettaient en position. Devant le velours obscur piqueté d'étoiles, leurs trajectoires viraient au rouge, et des icônes matérialisèrent les zones où ils se trouveraient à distance réduite d'Othon. À vitesse constante, le premier, celui qu'ils avaient laissé derrière eux, leur couperait la route juste après qu'ils auraient atteint la position de Plautine. Mais il disposerait, pendant toute la bataille, d'une capacité de frappe à distance. L'autre modifiait son objectif aussi vite que son inertie lui permettait, pour apparaître de face, là où le blindage de roche et de glace était le plus épais.

Au commandement d'Othon, le brasier logé dans les entrailles de la Nef fut poussé au maximum. Dans le double accélérateur de particules, des myriades d'atomes d'hydrogène furent précipités les uns vers les autres, à une vitesse presque égale à celle d'un photon, pour générer les précieuses antiparticules. Un champ magnétique puissant se chargeait de guider celles-ci vers la proue, et de les mélanger, au cœur de l'immense salle des machines, à des particules de matière ordinaire. Une fabuleuse vague d'énergie déferla à travers le réseau supraconducteur, inondant les accumulateurs des réacteurs d'approche. Le panache de gaz s'allongea derrière eux. Le Vaisseau bondit en avant, et tous les passagers sentirent un grondement étouffé le traverser, alors que de puissants effets de Coriolis s'abattaient sur sa structure.

Les minutes passèrent. *Portée de tir dans soixante secondes*, déclara Atticus. Photis proposa de libérer des drones, et Othon acquiesça.

Le navire adverse grossit, se changea en un petit soleil. *Salve ennemie*, déclara Atticus, d'une voix neutre. Les trajectoires potentielles des missiles ennemis, en pointillés rouges, emplirent leur perception. *Un millier de bombes à antimatière.* Tant que cela ! *Laissez faire les drones*, souffla Othon.

Des centaines de petits véhicules autonomes prirent leur départ, filèrent, un peu plus rapides que la Nef, en direction des projectiles. Lorsque les deux nuées se rencontrèrent, le vide spatial s'emplit de crépitements lumineux. Les lasers des drones étaient rentrés en action. Ils étaient beaucoup moins puissants que les lourds émetteurs de *Transitoria*. Mais à courte distance, leur effet était mortel, et ils fauchèrent leurs cibles comme des paysans au milieu d'un champ de blé. La danse se poursuivit moins d'une dizaine de secondes.

Un choc ébranla la conscience composite. Une douleur. Un couteau de feu, dans les entrailles de la Nef. Une ouverture béante dans la chair de *Transitoria*. Mille *ergataï* impuissants précipités dans l'espace, à travers la déchirure. Des systèmes semi-vivants cessèrent de fonctionner, leurs organes tout à coup exposés au froid glacé du dehors. Avec précipitation, Rutilus déplaça les vastes écailles qui formaient la couche superficielle de *Transitoria*, les força à coulisser pour couvrir la brèche. Les manipulateurs de gravité les plaquèrent tant bien que mal les unes contre les autres, sans subtilité, écrasèrent au passage une section entière, pulvérisèrent plusieurs dizaines de milliers de mètres cubes d'espace interne. La souffrance de cette chirurgie de champ de bataille les transperça tous.

La connexion à la perception partagée eut un hoquet. Eurybiadès se retrouva hébété au milieu de ses hommes, dans la salle adjacente à la zone d'embarquement. Sur les murs, les éclairages en tubes vacillaient. Certains épibates perdirent l'équilibre et furent précipités au sol. Théomestor rattrapa Eurybiadès d'un bras ferme et le remit sur son fauteuil. Dans tout le Vaisseau, des alarmes retentirent, alors que des explosions provoquées par la torsion subie par la carlingue créaient des incendies ou des pertes de pression.

— Qu'est-ce…

La conscience composite reprit le pas sur le monde réel. L'information afflua dans l'esprit d'Eurybiadès. Un laser avait déchiré le blindage en une fente de plusieurs centaines de mètres de long, libérant un nuage de débris et de liquides congelés par le froid spatial. La réaction de Rutilus avait évité le pire.

Déjà, des réparateurs partaient braver le vide pour colmater les brèches, malgré la vitesse, qui transformait la poussière interstellaire en un dangereux flux abrasif. *Le tir est venu de l'autre vaisseau!* s'exclama Atticus en montrant du doigt la ligne de trajectoire rouge issue de celle des deux comètes qu'ils avaient laissée derrière eux. *Nous devons décrocher!*

Comme pour souligner les propos du *daïmôn*, des faisceaux se matérialisèrent en rouge clignotant dans la perception collective, et dépassèrent la Nef pour se perdre dans l'espace. Les détecteurs avaient repéré d'autres tirs, qui n'atteignirent pas leur but. Mais Othon ne l'entendait pas ainsi. *Non! Je ne laisserai pas mon alliée! Poussez encore les propulseurs!*

Othon ne cherchait pas à répliquer contre l'adversaire qui avait fait mouche. L'autre, celui qui leur faisait face, en revanche, ils pouvaient lui faire payer l'outrecuidance de son comparse. Magie de la conscience composite, Photis et Eurybiadès n'eurent pas besoin d'échanger un mot. D'une brève pensée, elle donna l'ordre de mise à feu de plusieurs milliers d'engins de mort. Les lourdes trappes situées sur les flancs de la Nef coulissèrent pendant une éternité silencieuse. Lui, de son côté, rameuta sa troupe, et, à nouveau, ils glissèrent leurs âmes dans les étroits fuseaux de métal. Leur brutale intrusion fit l'effet qu'avait, dans les plus sinistres des légendes de son peuple, la possession d'un corps par l'âme d'un démon, qui insuffle dans le cœur de l'innocent la folie meurtrière, la soif de mordre et de boire le sang des ennemis.

Dans un hurlement de loups en furie, les missiles décolèrent et profitèrent de la vitesse d'Othon, et y ajoutèrent la leur. Puis ils se déployèrent en un essaim dense, qui s'élargirait avant de se refermer sur sa cible. La comète des barbares déploya des contre-mesures électroniques et fit feu de ses lasers anticollision, fauchant des centaines de fusées à chaque seconde. Dans chacune d'entre elles, un homme-chien insufflait sa ruse et sa science du combat rapproché, faisait danser à son incarnation du moment une valse folle. À bâbord ! À tribord ! Et chaque fois qu'ils échouaient, ils sautaient dans un nouveau corps, écumants de rage, décidés à en découdre jusqu'à atteindre leur proie et lui arracher les entrailles.

Mais ils n'avaient pas besoin, cette fois, de pénétrer la garde de l'ennemi pour le mettre à terre. Photis avait fait un choix judicieux : plutôt que des armes à antimatière, elle les avait dotés de bombes thermonucléaires — autrement moins puissantes, mais avec, dans ce cas de figure, un immense avantage. Elles n'avaient besoin de se rapprocher que de quelques kilomètres avant de déclencher leur mécanisme de fission de l'uranium enrichi, qui, à son tour, éleva la température et la pression au point de déclencher la fusion des atomes d'hydrogène qu'elles contenaient. D'un coup, elles se changèrent en un unique et monstrueux flamboiement, qui satura l'espace de chaleur, balaya la surface glacée du corpuscule évidé, produisit une vague électromagnétique. Cette dernière traversa la comète barbare, oblitérant ses circuits électroniques. Tous les systèmes électroniques de surface, même blindés, s'éteignirent. Ils pouvaient donner l'estocade finale.

— *Cessez le tir !*

C'était Othon.

Photis parut perplexe, puis se résigna à transmettre

l'ordre de suspendre la seconde salve de missiles. Les autres, interloqués, se tournèrent vers l'esprit du *colossus*, qui affectait un air concentré. Il finit par lâcher, comme de mauvaise grâce : *Cela ne sert à rien de sacrifier encore des noèmes et de perdre du temps à abattre celui-là, qui n'est pas ma priorité.* Ce disant, il pointa du doigt l'icône de Plautine. *La destruction de l'adversaire est moins importante que le sauvetage de mon alliée. — Nous aurons à l'affronter de nouveau,* laissa échapper Eurybiadès. — *Oui, mais alors tout sera différent. Je gagne du temps*, rétorqua le dieu. L'homme-chien ne comprit pas, mais s'abstint de répondre.

Sous la conduite d'Othon, *Transitoria* continua sa folle course, doublant l'ennemi inerte de manière à s'en servir comme bouclier contre son propre allié. En tentant à nouveau de la frapper de leurs lasers à longue portée, les barbares du navire le plus éloigné couraient le risque d'endommager le plus proche. Eurybiadès resta admiratif devant la finesse tactique du *proconsul*.

Ils approchaient de Plautine. Cette dernière, vaste structure tubulaire presque indétectable à quelques secondes-lumière, devenait à présent visible — une ombre dans l'arrière-plan parsemé d'étoiles.

Othon se tourna vers Eurybiadès. *À votre tour*, dit le *colossus*. Le ton employé — impérieux, âpre — fit comprendre à l'homme-chien qu'à présent les choses sérieuses commençaient pour de bon, et que tous allaient jauger sa détermination. Et il comprit pourquoi son maître avait cherché à gagner du temps par cette étrange manœuvre. À l'extérieur de l'irréelle conscience composite et du confortable *oneirothronos*, il se tourna vers Théomestor.

— Il est temps d'affronter les cieux, lui glissa-t-il, d'une voix claire malgré la peur qui lui vrillait à présent les reins.

###

Plautine chemina en des lieux dérobés, sous l'ombre des murailles qui cloisonnaient la Nef.

Virgile la précédait, et les trois araignées de métal fermaient la marche. La serre tropicale ne fut bientôt qu'un souvenir. Ils s'étaient enfoncés, couloir après couloir, dans l'immense système capillaire autour du cylindre central. Ils n'avançaient pas en ligne droite, mais plutôt selon un vaste arc de cercle. C'était du moins l'impression qu'avait Plautine, car, à pied, il fallait faire des détours : de vastes alvéoles remplis d'atmosphères et de paysages étranges compliquaient leur route.

À présent qu'elle avait parlé à Oikè, parcourir ce chemin la dérangeait. La Nef se mourait. De ce fait, elle retrouvait une sorte de légitimité à exister et à agir, non pas comme une ombre anachronique, mais comme la créature autonome qu'elle avait été dans un lointain passé. Elle se perdait tout de même dans ce fatras baroque, dans ce jeu de miroirs. L'indétermination de sa situation la troublait. Elle avait jusqu'ici vécu pour servir. Et même les pires moments, pendant l'Hécatombe, ne l'avaient pas forcée à se retourner sur elle-même pour se demander qui elle était et ce qu'elle devait faire. Les humains avaient su s'y prendre avec ce problème : ils avaient multiplié les dieux et les principes philosophiques. Ils avaient, en des temps plus récents, vénéré le Nombre ou les *Quanta*, la Cause ou le Concept. Le hasard lui-même, transfiguré en *Fatum*, avait fait l'objet d'une sorte de culte. Les Intelligences, par contraste, n'avaient eu qu'un seul dieu, et, à présent, il était mort.

À son tour, voilà que Plautine se trouvait à partager cette humaine condition, cette insuffisance absolue de soi par rapport au monde que jamais un noème n'avait ressentie. Elle regarda ses mains, leur peau pâle, neuve quelques heures plus tôt, à présent couvertes de bleus et de meurtrissures. Ses coudes et ses genoux étaient en feu, et elle commençait à souffrir de courbatures. Un corps aussi fragile valait-il la peine qu'on l'arrachât au néant ?

Inconscient des pensées qui tourbillonnaient en elle, Virgile avançait toujours, impassible, dans le cliquetis métallique de ses pattes d'insecte.

Ils marchèrent longtemps entre deux parois d'acier, dans un espace si étroit que Plautine aurait à peine pu écarter les bras, et d'une hauteur vertigineuse, un interstice entre deux soutes. Ou plutôt, deux mondes différents, en termes d'atmosphère, voire de pesanteur. Elle repensa à ses travaux en zoologie, lorsqu'elle se consacrait à la recherche appliquée sur les systèmes complexes. Une part importante de la biosphère terrestre avait migré avec les humains, colonisant les terres les plus basses et les mieux protégées du rayonnement ultraviolet. Il y avait, au fond de Valles Marineris, un ensemble de marécages semi-permanents, peuplé d'une diversité grouillante de plantes et d'animaux. Pour les batraciens et les salamandres, chaque trou d'eau, chaque étang pouvait constituer un univers miniature, borné, où la nourriture pouvait s'épuiser, et même l'eau disparaître à la faveur d'un hiver sec. Et pourtant l'équilibre global se maintenait d'année en année, par le jeu de la dissémination, par les inondations ponctuelles, qui brassaient les têtards et permettaient de maintenir un optimum de variété et d'homogénéité génétique assurant la survie de l'espèce. Et cela se reproduisait à toutes les échelles : sur la vieille planète des origines, cette dynamique était vraie au niveau de régions entières, voire de continents. L'autre Plautine, la vraie, avait-elle reproduit un fonctionnement de ce genre dans cette vaste structure qui lui servait de corps ? Observait-elle un cosmos miniature, enserré dans les bornes de métal de la Nef, et contenant à son tour de multiples sous-cosmos emboîtés ?

Il paraissait difficile d'établir une relation entre cet incroyable dispositif et le modeste automate qu'elle avait été. À moins que son nouveau corps biologique ne pût être considéré comme un ensemble de milieux, possédant chacun un ressort propre, qui cohabitaient tant qu'elle demeurait vivante ? N'était-elle pas faite d'un assemblage de cellules au code génétique retravaillé, et dont elle ignorait l'origine ? Elle se secoua. Une telle pensée avait quelque chose d'angoissant.

Après une demi-heure, ils traversèrent une salle contenant un sas d'entrée dans la soute de gauche (celle qui, au toucher, était de loin la plus froide). Elle ne put s'empêcher de faire halte pour jeter un coup d'œil curieux à la porte pressurisée, circulaire et fermée par une lourde barre de sécurité, encastrée dans un mur transparent. Plautine aperçut un paysage aux formes déchirées et aux hautes congères, dont l'air opaque semblait tourbillonner sous l'effet d'un blizzard bleuté. Un instant, dans le brouillard, à quelques mètres de la paroi, il lui sembla apercevoir une forme trapue, presque humaine, qui la fixait d'un regard pénétrant. Plautine cligna des yeux.

Une seconde après, il n'y avait plus que la brume glacée. La fatigue, peut-être. Virgile s'impatientait. De mauvaise grâce, elle continua d'avancer.

À nouveau des couloirs, à nouveaux des conduits. Et partout les signes de la guerre, corps d'*ergataï* déchirés, murs noircis par des explosions, ou percés par des rafales d'armes à projectiles. Son escorte était sur le qui-vive, sensible à des indices et à de subtiles perceptions qu'elle ne possédait pas, sans doute capable de flairer la trace électromagnétique d'un ennemi à distance, apte, peut-être même, à interpréter les déplacements de l'air. L'un des automates de combat rejoignit Virgile et se plaça devant elle, les armes braquées en avant. Ils passèrent plusieurs embranchements. Parfois, le scarabée mécanique hésitait entre deux chemins, levait la tête comme pour humer l'air ou écouter des bruits lointains. Une fois, il les fit revenir sur leurs pas, comme s'il avait identifié une menace.

Les voix des noèmes lui étaient toujours inaccessibles. Depuis qu'elle avait parlé à Oikè, elle pouvait sentir à nouveau, par intermittence, ce qui survivait de la matrice informatique de la Nef, lointaine mer houleuse d'intelligence conceptuelle. Parfois, un écho parvenait jusqu'à elle, résonnait dans le fond de son esprit, sans qu'elle pût en remonter la trace. Un cri diffus, si lointain qu'il n'était qu'un souffle, montait, déchirant et solitaire, pour cesser aussitôt, renforçant plutôt qu'il ne dissipait le pesant silence. Elle n'avait qu'à marcher, encore et encore, rester attentive au danger, prier elle ne savait qui pour s'en sortir indemne. Elle se concentra, s'enfonça en elle-même, déploya son nouveau sens.

Et elle découvrit une présence. Au début, elle n'y prit pas garde. Ce n'était qu'une ombre fugace, un mouvement aperçu du coin de son œil psychique. Puis cela prit forme. À chaque pas qu'elle faisait dans le monde réel, la présence se faisait plus tangible dans le réseau arachnéen qui traversait la Nef. La chose rampait dans chacun des innombrables systèmes de gestion abandonnés par les petits noèmes qui les habitaient auparavant. Elle occupait les portes d'ascenseurs, les détecteurs d'oxygène, les valves et les commutateurs, les alarmes et les sas anti-incendie. Il s'agissait d'un grand être, ou d'une multitude d'êtres identiques, elle n'aurait pu dire. En tout cas, elle les sentait dotés d'une volonté simple et agressive, comme une nuée d'insectes mus par un même appétit prédateur.

Et le Vaisseau lui fit l'effet répugnant d'une pièce obscure qu'on découvrirait tapissée de bestioles gluantes et voraces, des murs au plafond.

Les choses ne se cachaient pas, mais elles ne paraissaient pas s'intéresser à elle, ni aux trois modestes *ergataï* qui l'accompagnaient. Plautine battit en retraite, recroquevillée sur elle-même mais toujours attentive au monde des esprits.

Tellement attentive que, au détour d'une coursive, elle se heurta la tête contre une porte en métal, si fort qu'elle tomba en arrière.

Il y en avait un, juste devant elle. Il ressemblait à un criquet — une créature infecte et vorace —, mais massif, énorme, bien plus puissant qu'elle. On devinait ses organes écœurants sous une carapace semi-translucide. Elle demeura paralysée, le dévora des yeux, certaine qu'il allait la déchiqueter. Ses yeux à facettes balayèrent le couloir, et pourtant il ne la perçut pas, pas plus que Virgile, ou les machines de guerre qui les flanquaient tous deux. L'Homme soit loué, pensa-t-elle.

Elle se frotta le front là où elle s'était cognée, commença à se relever. Son instinct lui hurlait de ne pas faire un bruit. Absurde : l'être vivait dans un autre genre de lieu, de toute manière. Pourquoi, alors, ne ressentait-il ni la part noétique de Plautine, ni les quatre *ergataï* ? Oikè avait coupé les *ergataï* de la conscience de la Nef, leur avait donné leur autonomie. Sans interface, ils demeuraient invisibles. Mais elle ?

Elle réfléchit. Le prédateur était programmé pour donner la chasse à des noèmes. Elle ne faisait plus partie, d'une certaine façon, des Intelligences. Qu'était-elle alors ? Une créature vivante ? Où se trouvait son âme ? Pas dans la partie supérieure de son cerveau, qu'elle savait artificielle. Alors ? Distribuée dans chacune des cellules de son corps ? Cela ne se pouvait. Restait l'intermédiaire entre les fonctions cognitives, celles du cortex frontal, et sa colonne vertébrale. Une concaténation de cellules primitives, simples, au fonctionnement figé depuis la nuit des temps, depuis le surgissement des premiers animaux sur la grève boueuse des continents archaïques de la vieille planète. Un fossile vivant, que chaque animal traînait en lui, et qui commandait les réactions les plus primitives. Elle considéra l'idée saugrenue que le siège de sa conscience fût en fait situé dans le bulbe reptilien, que sa prise sur le monde émergeât d'une *gestalt* d'impulsions électriques anarchiques, d'origine biologique, et non de la logique architecturée, spéculative, qui caractérisait les noèmes.

Un animal, et non un automate. Un être taillé pour la survie, et non la compréhension. Elle frissonna.

Le monstre se tourna, d'un geste sec, et la fixa de son regard d'insecte, tout en déployant ses vastes ailes nervurées, fines, presque transparentes.

Elle se figea sur place, incapable de faire un geste. Il sentait quelque chose, un rebond des flux d'information qui la traversaient, un écho psychique d'un genre inattendu. Peut-être en fait la voyait-il, mais ne pouvait-il admettre qu'elle existait. Peut-être une forme de Carcan le retenait-il. En tout cas, il ne la percevait pas, et elle le voyait. D'un geste tremblant, elle fit un pas dans sa direction. La chose fit mine de reculer et battit frénétiquement des mandibules. Elle s'approcha du corps annelé, de la puissante carapace, tendit la main et la posa, paume vers le bas, sur le front hérissé de poils durs. Le criquet trembla un instant. Plautine n'avait plus aucun mal à voir la structure, sous la peau, sous les couches superficielles de protection, incapables de résister à la pression qu'elle exerçait sur elles. Elle enfonça la main dans l'insecte, traversa la chitine et referma ses doigts sur les organes internes. Leur texture était glissante, lisse, presque humide, mais pas non plus tout à fait.

Un frisson unique traversa le criquet, et il disparut. Elle ferma quelques instants les yeux. Elle avait eu l'impression d'un liquide chaud, mais sa main était propre. Ici, tout n'était que symboles.

Elle prêta à nouveau attention aux alentours. Durant son absence, Virgile avait attaqué au chalumeau le sas coincé en position fermée. C'était là, à cet endroit précis, que son adversaire s'était tenu, gardien menaçant et pourtant impuissant face à elle. D'une chiquenaude mentale, elle força le mécanisme à s'ouvrir. La porte ressemblait à présent à un corps privé d'âme, agissant par la seule poussée de l'extérieur, incapable d'une quelconque volonté propre. Elle frissonna à ce contact froid comme la chair d'un cadavre. Le lourd panneau en métal résista un instant au piston, grinça, céda dans un chuintement hydraulique, laissa passer un mince rai pâle et cru.

De l'autre côté, un grattement du métal contre le métal. Puis un autre et un autre encore. Sans un son, l'ouverture se fit complète. La vive lumière qui en émanait l'aveugla un bref instant. La mort, se dit-elle en un instant de lucidité, l'attendait de l'autre côté.

###

Un tremblement parcourut la carlingue de la navette. Il se répandit à travers le plancher, monta en puissance, traversa Eurybiadès via chaque point de contact entre son corps et l'engin de métal. À présent, les turbines balayaient le pont d'un vent violent.

Les épibates restés à quai s'écartèrent. Il n'avait pas eu une seconde à perdre. Cependant le retour au réel s'était avéré difficile. Le temps, ou la conscience dans ce monde-ci, filait bien plus vite que dans l'*oneirothronos*. Une bouffée de solitude et de mal-être avait fait vaciller sa détermination. Il avait lu le même malaise dans les yeux de Théomestor. Cela l'avait un peu aidé — assez, en tout cas, pour aboyer les ordres qu'il devait donner.

Le poste de commande était plongé dans l'ombre, à peine éclairé par les écrans des opérateurs. Ces derniers, disposés en fer à cheval autour de lui, concentrés sur les rafales de messages et de requêtes que produisait le système de navigation, lui tournaient le dos. Les meilleurs marins n'avaient pas oublié la formation reçue avant leur aventure en mer. Tant mieux, car cela ne ressemblait en rien à leur trirème. Quoique. Les navettes qu'Othon avait mises à disposition de sa troupe, dépourvues de conscience et de pensée, exigeaient des opérateurs. L'absence de noème garantissait, face à des ennemis habitués à affronter des Intelligences, une forme d'invisibilité. Mais tout se payait : le meilleur homme-chien n'arrivait pas à la cheville du plus lent des automates. Ils ne sortiraient pas gagnants d'un affrontement spatial.

Au-dessus de la rangée de têtes casquées et penchées en avant, il pouvait voir l'extérieur par les vitres blindées du cockpit. À gauche, l'autre véhicule faisait chauffer sa propulsion. En face, en revanche, il n'y avait rien. Ou plutôt, un rien qui était quelque chose de redoutable : l'espace. Il ne pouvait affronter un tel spectacle, pourtant, il y revenait encore et encore, comme lorsqu'on ne peut s'empêcher de fixer l'abîme qui nous paralyse de vertige. Tout ceci, réalisait-il peu à peu, n'avait rien à voir avec une bataille navale.

Eurybiadès avait peur. Il l'avait masqué aux yeux de ses guerriers, ou du moins l'espérait-il. Tout de même, la terreur lui dévorait les entrailles.

Mais il ne se dérobait pas. Il avait douze minutes — la durée pendant laquelle Photis pouvait assurer leur sécurité. Puis l'ennemi, à présent gêné par son propre allié, disposerait à nouveau d'une solution de tir. D'ici là, il brûlait avec prodigalité son combustible, bien au-delà de toutes les limites de sécurité, dans l'espoir de grappiller quelques secondes d'accélération. Quant à l'autre comète, celle qu'ils avaient immobilisée à coups d'impulsions électromagnétiques, difficile de dire dans combien de temps les barbares auraient fini de réarmer leurs systèmes et de colmater les brèches.

Douze minutes, donc. Rien de plus qu'une mission de reconnaissance, sans prise de risques. Le spectre de la contamination planait sur *Transitoria*. Ce qui était venu à bout de Plautine représentait, pour les noèmes de la Nef, un danger mortel. Mais la tentation de s'approcher pour chercher des réponses, comment y résister ? La base des hommes-chiens constituait une sorte de sas avec le monde extérieur, sous la garde de créatures biologiques insensibles aux armes computationnelles, et formant une cage électromagnétique. La conscience composite resterait protégée, et avec elle, les noèmes, les civils, et Photis.

Les réacteurs atmosphériques du vaisseau les poussèrent en avant, vers la membrane qui les séparait du vide. Ils en perçurent la résistance, une fraction de seconde. Un bref tremblement les traversa. Il y avait un tour de main spécifique que les pilotes devaient apprendre : la transition entre une atmosphère et l'espace, les turbines chimiques qui se substituaient aux réacteurs.

Eurybiadès observa, frappé de stupeur. Il n'aurait pu, à cet instant, donner un ordre si sa vie en dépendait. Les opérateurs, le nez sur leurs instruments, ne s'en aperçurent pas. Nul ne pouvait partager cela avec lui, cette pensée malsaine, irrationnelle, qui l'engloutissait. Il ouvrit la bouche devant la noirceur absolue, mais ne put émettre aucun son, comme si déjà son sang s'était glacé dans ses veines. Car ils pénétraient la porte des enfers : un rectangle d'obscurité mortelle. L'horreur le traversa, et il eut le tournis. Sa volonté s'employa à le maintenir à sa place, mais le désir de s'allonger par terre, de ramper et de japper comme un jeune chiot le traversa, le tira vers le fond, force presque insurmontable. Il se contraint à respirer, à faire passer sa poitrine du halètement désordonné à un rythme régulier.

Ce n'était pas la mort qu'il craignait. Périr frappé d'un glaive dans la poitrine, la bouche remplie du goût métallique du sang ou de l'âcreté saline de l'océan primordial, cela allait. Sur Ksi Boötis, lorsqu'un homme-chien mourait, ses proches confectionnaient un navire funéraire, garant du passage du défunt dans l'au-delà. Plus d'une fois, il avait taillé de telles sculptures de ses propres mains. Mais où allaient les âmes des braves qui tombaient dans l'espace ? Erraient-elles entre les planètes, sans jamais trouver la paix ? Finissaient-elles déchirées par les formes étranges qui, selon les légendes chuchotées, tapissaient l'obscurité, patientes, affamées et meurtrières ?

Derechef il fut pris de malaise. Sa vue se brouilla, il crut distinguer, dans le velours sans lumière de l'horizon, un grouillement malfaisant, une horde démoniaque, comme lorsque, enfant, il observait avec désespoir ses parents souffler la clarté de la lampe.

Peut-être l'univers ne constituait-il pas une destination pour les siens. Peut-être leur fallait-il rester cramponnés à leur petite planète aqueuse. Peut-être ceux qui reviendraient ne seraient-ils hommes-chiens que par l'apparence, leur cœur obéissant à des lois et des vues différentes. Ou alors le problème résidait-il en lui, dans son inadaptation. Il se raidit, chassa ces pensées, se concentra. Les deux navettes virèrent de bord. Sur le côté gauche de l'habitacle, la paroi de métal noir de la Nef apparut, si vaste qu'il n'en voyait qu'une minuscule fraction depuis le milieu de la salle de commandes. Ils volaient tout contre une falaise aux dimensions impossibles, monstrueuses. Seconde après seconde, cela défila à toute allure : un paysage vertical, infini, ponctué çà et là d'excroissances de métal, hérissé de bouquets de missiles, d'émetteurs de masers, le tout à peine visible. Çà et là, des projecteurs, grappes de lucioles égarées dans le noir, signalaient les *ergataï* à l'œuvre. Il aperçut la monstrueuse balafre que le tir de laser avait tranchée dans l'épiderme de *Transitoria*, et puis, comme sous l'effet d'une fronde, ils doublèrent le titanesque engin.

Le monde, à présent, ne présentait que du vide, à l'exception des étoiles glacées, mortes dans leur scintillement de diamant, hostiles, étrangères à la vie. D'un coup d'œil furtif, il vérifia l'affichage. Les signaux émis par l'autre navette paraissaient normaux. Il ne s'était rien passé d'atroce derrière son dos. Il serra la mâchoire.

Un épibate montra quelque chose du doigt, au beau milieu de rien, droit devant. Il plissa les yeux. Après quelques secondes d'attention, il commença à distinguer une évanescence, un soupçon de forme dans le lointain. Cela grossissait à vue d'œil. Un vaste cylindre, fait, en apparence, du même métal que *Transitoria*, une ombre encore moins vivante que la surface craquelée des comètes barbares, faite pour la dissimulation plutôt que pour l'affrontement. Même d'ici, à faible distance selon les critères de l'espace, la coque demeurait presque invisible. Tant et si bien que Plautine aurait pu constituer, se dit l'esprit enfiévré d'Eurybiadès, le dernier navire, le véhicule du nautonier emportant les âmes vers leur ultime séjour.

Ils se trouvaient à présent à mi-chemin. Une minute et demie était passée. Eurybiadès réfléchit. L'objectif d'un trajet de trois minutes pouvait être atteint avec cette vitesse, ce qui leur donnerait six minutes de présence sur place. Ils arriveraient un peu plus vite s'ils accéléraient encore, mais leur approche serait plus visible.

— Coupez les moteurs, ordonna-t-il. L'inertie sera suffisante pour nous faire atteindre notre objectif. Communiquez cet ordre à l'autre navette par faisceau laser.

Le tremblement des machines décrut. Le silence tomba sur l'habitacle, tandis que, devant eux, la forme obscure de Plautine grossissait. Ils auraient pu être déjà morts, pensa Eurybiadès, tout en se morigénant pour le tour funeste que prenaient ses réflexions. Ils étaient comme un débris spatial abandonné, dérivant sans raison entre les mondes — étrange tombeau volant porté par sa propre inertie, qui peut-être avancerait jusqu'à la mort thermique du tout, à la fin des temps. Depuis le décollage, il n'avait pas esquissé un geste, et chacun de ses muscles s'était crispé. Les crampes menaçaient de devenir insupportables lorsqu'il se lèverait. Il commença à bouger une jambe, puis l'autre, retint juste à temps un jappement de souffrance.

— *Kybernétès*, dit un des épibates, les capteurs passifs détectent un objet de grande taille à un millier de kilomètres en avant.

Sa voix était tendue. Il ne pouvait le lui reprocher.

— Théomestor confirme la détection, glissa son voisin, d'un essaim de drones, très semblables aux nôtres. Cent cinquante ou deux cents, à l'arrêt, donc difficiles à identifier depuis *Transitoria*.

— Ils nous attendaient, murmura Eurybiadès, sans se soucier que ses hommes l'entendent.

Une tension noueuse traversa chacun des épibates. Eurybiadès ferma les yeux. Était-il capable de donner des ordres, alors qu'une frayeur immense, noir vertige dans la nuit, brûlant comme un feu liquide, se répandait à travers ses viscères ? Devait-il renoncer à son poste, là, tout de suite, avant de commettre l'erreur fatale ?

— L'autre navette demande si elle doit enclencher les mesures de défense active, ajouta le soldat.

Il hésita à donner l'ordre de faire demi-tour, pesa le pour et le contre, décida de n'en rien faire. Othon avait un besoin vital d'informations.

— Répondez par la négative, souffla-t-il.

Voilà, c'était passé. Il se sentait mieux. La mécanique bien huilée du commandement prenait le relais, le forçait à mettre de côté ses peurs et ses superstitions, à considérer la situation de manière rationnelle.

— Ne laissez échapper aucune émission, continua-t-il, sur un ton plus égal. Dites-leur de ne se livrer à aucune correction de trajectoire. Nous allons traverser l'essaim ennemi comme deux débris. Ils cherchent des noèmes, ils n'en trouveront pas. J'interdis toute communication avec Othon comme avec Théomestor. Après ce dernier échange, j'ordonne un silence absolu.

À l'évidence les drones n'appartenaient pas à la flotte barbare, mais qu'ils provenaient bien de Plautine. Signe certain de la mort de celle-ci, et du remplacement de son esprit par une présence étrangère — une forme technologique de possession.

Les drones leur apparurent sous la forme de minuscules points lumineux. Ils les croisèrent, certains fort éloignés, d'autres proches, tous indifférents, comme si les deux navettes n'existaient pas. Leur carlingue toute simple, en métal brillant, s'effilait à la manière des coquillages pointus que les chiots ramassaient à marée basse. Seuls les bouquets de systèmes de détection interrompaient leurs lignes pures. Un laser à l'avant, comme l'aiguille assassine d'un insecte inversé, un propulseur à l'arrière, cylindrique et compact. Des armes mortelles, faites pour fondre en groupe et pour tuer, inconscientes de leur propre mortalité comme du danger, focalisées sur leur objectif : la protection de Plautine. Leurs radars actifs et leurs détecteurs de radiations scrutaient l'obscurité à la recherche de la moindre émission, et auraient eu tôt fait de les débusquer s'ils avaient abrité le moindre noème.

Othon savait ce qu'il faisait lorsqu'il avait recruté une troupe d'hommes-chiens. Ils traversèrent l'essaim, invisibles comme les ombres des morts dans une foule de vivants.

La Nef de Plautine avait grossi au point d'occuper une portion notable du ciel, bien au centre du cockpit, et les lignes de son blindage commençaient à se dessiner.

D'un coup, les vitres s'opacifièrent, juste à temps pour masquer un flash lumineux, d'intensité stellaire, qui écrasa le monde sous une blancheur aveuglante. Un réflexe força Eurybiadès à détourner les yeux. Des alarmes se déclenchèrent dans l'habitacle, pépièrent des alertes angoissées sur le niveau d'exposition aux rayons bêta et gamma. L'absence de son, pour une explosion aussi massive, le désorientait, et son cœur battait à tout rompre. Le tribord de Plautine, constata-t-il, avait été déchiré de part en part, dans un déversement monstrueux de radiations. Les épibates durent désactiver ou réinitialiser à la hâte les détecteurs saturés par les émissions.

— Le temps nous est davantage compté que nous ne le pensions, dit Eurybiadès à ses soldats atterrés. Cette Nef est en train de se dévorer de l'intérieur. Mais, du moins, cela signifie peut-être que quelqu'un est encore en train de lutter contre l'invasion.

###

Une floraison de signaux s'épanouit dans la conscience d'Oikè, envahit sa relation au monde de cris d'orfraie, insupportables. Elle les réprima. Elle se savait condamnée à brève échéance, comme cette pauvre Teukhè, dont les restes avaient été balayés quelques instants auparavant. Les destructions infligées par l'attaque virale avaient depuis longtemps dépassé le seuil critique. L'intégrité structurelle de la Nef était compromise. Elle avait d'ores et déjà désactivé toute sensibilité dans son système nerveux décentralisé, s'était réduite à presque rien

— une pensée froide et désincarnée, obnubilée par un objectif unique. Elle réorienta ses processus de défense, mobilisa ce qui lui restait de noèmes actifs. Dans un dernier sursaut, ses serviteurs éparpillés dans le tambour central se rassemblèrent en un unique point, près de la poupe, où les assaillants n'étaient pas encore parvenus. Elle ne comptait pas s'épuiser à lutter contre eux : ils avaient déjà gagné. Son objectif était différent : les fonctions en charge de l'accélérateur de particules et de l'atténuateur. Ploos avait cru concevoir un système de sécurité étanche, autonome, capable de garantir la stabilité du stock d'antimatière, même en cas de défaillance généralisée. En fait, il existait des portes dérobées, des chemins controuvés. L'influence d'Oikè sur la Nef ressemblait à la patiente croissance des racines végétales, aux rhizomes capables de se glisser dans n'importe quelle soudure, et d'effriter les pierres les plus solides, pour peu qu'on leur en laissât le temps. Son travail d'infiltration n'avait jamais cessé, même durant le long sommeil de Plautine. Et à présent, il lui était utile. Elle commença par asservir les noèmes locaux, puis elle coupa un circuit d'alimentation névralgique. Un des systèmes de confinement tressauta, la supplia de ne pas commettre l'irréparable. Trop tard : son champ magnétique était désactivé. La petite intelligence gémit. Libérés de tout contrôle, les positrons se combinèrent avec des électrons dans un fiévreux accès d'auto-annihilation.

Et une première explosion traversa la Nef. Oikè aurait dû hurler de douleur. Elle ne ressentit rien. La tempête d'énergie pure avait déchiré la carlingue, vaporisé une section de six ou sept cents mètres de niveau. Voilà qui ralentirait l'infection virale.

Mais Oiké ne comptait pas ses morts. Les envahisseurs se mirent en quête d'une autre voie. Elle installa des pare-feu aux points stratégiques, coupa des routes d'information essentielles, remonta des ponts-levis virtuels. Elle gagnait un peu de temps — un peu. Juste assez pour que sa petite Plautine trouve une sortie. Tout reposait, à présent, sur cette frêle créature de chair. Ressemblait-elle assez à la véritable Plautine ? Accomplirait-elle les fins qu'Oikè s'était données ? Elle n'en savait rien. Elle l'avait à peine connue. La jeune femme concrétisait son plan, mais ce dernier, par son caractère complexe et délicat, n'offrait aucune certitude. Et Oikè n'en superviserait pas le déroulement, comme elle l'eût souhaité. Elle ne s'en chagrinait pas outre mesure. Elle avait confiance en sa créature. Et, surtout, elle rejoignait sa mère et ses sœurs.

Elle embrassa d'un dernier geste d'amour la complexe structure qui avait, pendant longtemps, porté sa conscience — le plus délicat, le plus complexe écosystème, l'incarnation des rêves et des inclinations les plus profondes de Plautine, la première, la vraie, à laquelle nul n'avait été plus fidèle qu'Oikè. Certaines fois, elle avait pu laisser des pans entiers d'elle-même se concentrer dans l'observation d'une unique et modeste racine, à la vitalité végétale logée dans l'humus artificiel qu'elle avait reproduit avec patience. D'autres fois, elle avait, comme une déesse des temps anciens, déchaîné des tempêtes dans les vastes réservoirs d'eau de la Nef, contemplé la houle s'abattre sur les îles qu'elle y avait aménagées — rêvant de l'Ancienne Terre qu'elle n'avait pas connue. Et puis, il y avait eu mille expériences, mille surprises, mille créatures qu'elle avait fait prospérer ou mourir, sans cruauté aucune, toujours avec un pincement de tristesse. Enfin, elle avait réussi son grand projet, son pari le plus fou. Une nouvelle Plautine avait émergé, portée par des siècles de travail acharné, fiévreux et secret. Elle était allée aussi loin qu'elle le pouvait, plus peut-être, rusant à l'extrême limite du Carcan pour reproduire un *eidolôn* de l'Homme. Cela avait été pénible. Douloureux, même. Elle l'avait accompli par amour et par espérance, non pour elle-même, mais parce qu'un sentiment de justice la tenaillait, plus fort encore que le Carcan.

Plautine *devait* s'échapper de la Nef en perdition — une graine minuscule de ce tout qu'elle avait été, et qui bientôt ne serait plus maintenant que néant.

Son monde avait été bien plus qu'une Nef, bien plus qu'un écosystème ou qu'un biotope, bien plus qu'une personnalité ou qu'une culture. Tout cela en même temps, et davantage — une dynamique, plus complexe que la plus subtile et délicate des civilisations humaines à s'être épanouie sur l'inconstante grève du temps. Les marées montaient et descendaient sur l'Ancienne Terre, effaçaient les traces et réagençaient les galets. La vie fleurissait puis refluait. Plautine mourait, et revivait, semblable et différente, tant était forte l'intention germinale à la source de la vie.

Elle repéra sa protégée, admira une dernière fois sa création, cette réussite de bio-ingénierie que nul, jamais, ne saurait égaler. Il était temps, à présent, de déverser dans le *pharmakon* autant de l'identité et de l'histoire de la Nef qu'une si faible unité de mémoire pouvait contenir. Plautine trouverait un moyen d'y avoir accès, elle n'en doutait pas. Et alors elle saurait.

La conscience en lambeaux, diminuée au point d'à peine se souvenir des raisons pour lesquelles elle agissait, Oikè observa les envahisseurs dévorer ses dernières défenses. D'un geste presque tendre, plein de regrets, elle coupa le courant d'un autre système de confinement, libéra encore un grain d'antimatière, bien assez pour détruire la Nef.

###

L'explosion répandit son onde de choc à travers la Nef. Le sol dur se précipita sur Plautine, la frappa, d'un coup, si vite, si fort, qu'elle n'esquissa pas un geste pour se protéger, et ses poumons se vidèrent d'un coup sous la douleur. Les automates se précipitèrent à son secours, l'attrapèrent de leurs membres de métal froid, la remirent sur pied. Elle tituba.

L'éclairage s'était réduit aux lampes de secours, tandis que les cris stridents des sirènes déchiraient l'air. La Nef achevait de mourir.

Plautine ne pouvait renoncer. Pas maintenant. Pas alors qu'il ne restait qu'elle. Elle se fit violence pour retrouver son équilibre, malgré ses oreilles qui sifflaient et son crâne qui bourdonnait, fit un pas en avant. Puis un autre, et encore un, et ensuite, encore tremblante, elle s'agrippa aux côtés de la porte.

Les *ergataï* se placèrent derrière elle, toutes armes dehors. Virgile cliquetait près de ses jambes, attentif au moindre danger. Elle avança. La lumière rougeoyante et blafarde se concentrait au milieu de la salle immense, laissant le reste dans une ombre dense à en paraître liquide.

Elle se trouvait à l'extrême limite de la Nef, tout contre son blindage, épais comme une muraille de château fort. À trente mètres devant elle, dans l'étroite zone éclairée, une dizaine de rails parallèles filaient, à travers l'ombre, vers des ouvertures circulaires. Des nacelles, à peine assez larges pour y loger deux ou trois personnes, en équipaient certains. La plupart étaient dépecées, deux, tout au bout, assez loin d'elle, semblaient intactes. Un dispositif de sauvetage, doté d'un catapultage magnétique. Sa planche de salut.

Quelques pas de plus, cependant, et Plautine se figea, tendit l'oreille. Non loin, le métal raclait contre le métal. Elle se mit à courir. De l'obscurité surgissait déjà une horde de cauchemar. Des insectes, et encore des insectes, mécaniques bien huilées, aux carapaces luisantes, si nombreux que leurs dos se touchaient. Ils se gênaient mutuellement, se marchaient les uns sur les autres, écrasaient parfois, en avançant, la patte articulée ou le récepteur sensoriel du voisin. Inconscients, privés d'intelligence, ils avaient la démarche d'une marée montante, hésitante et aveugle, parcourue de frissons et d'inexplicables reflux.

Ils les encerclèrent, sans une parole, car ils ne parlaient pas. Ou si certains avaient parlé, ils l'avaient oublié, leurs esprits primitifs réduits à néant, remplacés par des ressorts simples et malveillants. Ils n'essayèrent pas de les arrêter, marchèrent vers l'avant pour certains, vers l'arrière pour d'autres, comme un fluide autour d'un siphon. Leur nombre suffirait à leur assurer la victoire.

Mais rien de tout cela n'importait. Glissant comme des ombres au-dessus de la foule des *ergataï* possédés, des ombres scrutaient chaque recoin de la pièce. D'un noir diaphane, l'abdomen palpitant, leurs mandibules s'ouvraient et se fermaient en cadence. Elles frottaient nerveusement leurs longues et fines pattes, humaient l'air, affolées, à la recherche de quelque invisible menace. Combien étaient-elles ? Cinq ? Dix ? Leur nombre n'avait, ici, aucune réelle signification — êtres continus et non discrets, manifestations temporaires et symboliques d'un flux de programmation, faits pour subvertir et pour tuer depuis un monde métaphysique, bien plus dangereux.

Elle en avait déjà rencontré, et pouvait les tuer. Ils le savaient aussi : ils la cherchaient, bien qu'incapables de la voir. Et leur instinct de prédateurs ne les disposait pas à la peur.

Plautine leva la main. Les automates de combat se figèrent derrière elle. Le léger zézaiement des systèmes de combat en cours d'armement s'éleva, obscène fredonnement anticipant la tuerie à venir. Elle frissonna. Ses protecteurs étaient prêts à emporter avec eux autant de leurs frères subvertis qu'ils le pourraient, avant de se faire mettre en pièces à leur tour. Elle aurait pu rester avec eux. Elle ne leur était pas supérieure. Pas moins issue de la Nef qu'eux-mêmes, elle n'avait aucune raison valable de les jeter en pâture pour assurer sa survie. Dans le moindre scarabée de réparation se trouvait quelque aspect, à tout le moins minimal ou partiel, de ce vaste tout qui s'était appelé Plautine, et qui en avait transcendé les différentes parties — comme le son subtil d'un violon n'est ni la colle, ni les cordes, ni l'humble bois, ni la corne, mais tout cela et bien plus. Et quelque chose qui pouvait, manié selon les règles de l'art, frôler une forme immanente de divinité. C'était cela qu'elle s'apprêtait à sacrifier.

Elle eut un haut-le-cœur. Et pourtant, elle continua à marcher. Car, contrairement au petit Virgile, Oikè, en la faisant surgir du néant, l'avait dotée d'un corps, et de tout ce qui allait avec. Entre autres, l'aiguillon de la peur.

Elle avança donc, comme dans un de ces cauchemars au symbolisme pervers dont on s'éveille à grands frissons. Car, par un réflexe atavique, les créatures mécaniques s'écartèrent de l'être de forme humaine qui posait, avec précaution, un pied délicat et fragile, puis un autre, et un autre encore, les yeux fermés, les mains jointes en une supplique muette qu'elle ne savait à qui adresser. La mer d'*ergataï* se fendit devant elle, et elle marcha, folle qu'elle était, jusqu'à la première des ombres. Il ne pouvait pas la voir ni la toucher. Pour autant, sa peur se changea en une terreur insoutenable, envahit son corps, liquéfia ses nerfs et ses os, transperça son œsophage et lui vrilla le crâne. Elle tendit la main. Sans rien sentir, elle traversa la carapace chitineuse, pénétra de ses doigts fins jusqu'au tréfonds de la chose et serra, si doucement que le criquet ne sentit pas le moment où il avait cessé de vivre. Et il disparut, avalé par le néant qu'il n'aurait jamais dû quitter. Privé d'impulsion, un groupe compact de scarabées s'effondra aussitôt.

D'un coup, les autres monstres tournèrent vers lui leur regard à facettes et comprirent le danger.

Et le monde explosa en un millier de batailles. Les envahisseurs donnèrent l'ordre aux *ergataï* asservis d'attaquer ce qu'ils pouvaient voir, et ces derniers se jetèrent sur les automates d'Oikè. Le bruit des projectiles à haute vélocité arracha des hurlements à l'air, et des étincelles jaillirent là où ils atteignaient leurs cibles en métal. Et les possédés commencèrent à exploser, les uns après les autres. Mais cela n'arrêta pas leur course. Bientôt, les premiers rangs fracassés furent poussés en avant, ou ensevelis par les suivants. Un corps-à-corps s'engagea, à un contre cent. Les protecteurs de Plautine étaient, au contraire de leurs assaillants, conçus pour la guerre. Leurs lames de carbone grincèrent contre l'acier, fauchèrent les pattes et les têtes, labourèrent les ventres. Des vagues de machines à carapace tentaient de grimper sur les araignées, inconscients du danger et indifférents à leur survie.

Dans ce chaos, dans cette tuerie atroce, Plautine avançait, et, de proche en proche, réduisait à rien les criquets. Chaque fois qu'elle en tuait un, par un simple geste de la main, elle détruisait l'impulsion qui faisait se mouvoir les centaines de corps dont il avait pris possession. Et, ainsi, des dizaines, des centaines d'ennemis tombaient en catalepsie, d'un coup, et semblaient se glacer sur leurs pattes d'insectes, sur leur dos blindé, parfois sur le flanc.

Elle ralentit à peine lorsqu'une des araignées, submergée par le nombre, fit exploser ses munitions et emporta avec elle ses adversaires. Le souffle brûlant caressa son crâne nu. Elle marcha sans s'arrêter, pria pour que la grâce qui l'avait sauvée jusqu'ici ne la quitte pas.

À présent, cependant, les machines affolées s'agglutinaient. Non pas qu'elles fissent attention à elle, mais la bataille, trop intense, saturait leurs processus. Sa progression ralentissait.

Une des deux araignées encore en vie lâcha une dizaine de minuscules missiles autour d'elle. Les machines qui l'entouraient explosèrent, certains morceaux projetés si haut qu'ils retombèrent à l'autre bout de la vaste salle. Elle recula, secouée par la violence du choc. Mais cela avait libéré de l'espace, et elle s'engouffra dans la brèche.

C'était une erreur. Le dernier criquet avait déduit où se trouvait l'épicentre réel de la bataille et tourna ses yeux aveugles dans la bonne direction. Il ne disposait plus de beaucoup d'*ergataï* asservis pour le protéger. L'un d'entre eux réussit cependant à s'extraire du flux concentré autour de l'araignée, fonça vers elle, aussi vite que ses pattes mécaniques le pouvaient. Sa carapace et ses mandibules acérées brillèrent un instant d'un éclat de sang. Plautine, de son côté, avançait, un pas après l'autre. Que pouvait-elle faire d'autre, à part espérer atteindre sa cible avant que l'*ergatès* ne l'ait rejointe.

La machine se rapprocha selon une trajectoire hésitante, en zigzag, tout en faisant claquer au hasard sa puissante mâchoire. Elle sentit le déplacement de l'air contre sa peau, s'arrêta net, trop apeurée pour faire un pas supplémentaire. La chose s'éloigna, repassa juste devant elle. Elle n'osait même plus bouger la tête de peur d'alerter la machine. Elle attendit, entourée du cliquetis des pattes de la chose qui s'éloignait et se rapprochait alternativement.

Et puis un choc s'éleva juste derrière elle, et le scarabée asservi jaillit sur le côté, dans un grand bruit de ferraille, culbuté par Virgile. L'autre se redressa, fit quelques pas hésitants, et puis les deux créatures de métal se firent face, leurs mandibules claquant en cadence.

La danse mortelle commença. Chacune cherchait à transpercer l'autre, à l'écraser contre ses flancs. Après plusieurs passes malhabiles, Virgile feinta vers la droite, sautilla en arrière et profita d'une hésitation de son ennemi pour l'enfoncer, faisant jaillir un liquide épais, quasi organique, d'une couleur ocre plutôt que rouge.

Le spectacle n'était pas passé inaperçu. D'autres scarabées abandonnaient le combat contre l'araignée pour s'attaquer à Virgile. Elle n'avait plus le temps d'hésiter. Elle courut aussi vite qu'elle put, et, sans un mouvement d'arrêt, entoura le criquet d'une étreinte rageuse et meurtrière. Elle n'eut bientôt qu'un peu de poussière entre les mains. Le silence revint, à peine interrompu par les craquements métalliques des jointures défoncées des machines à l'agonie. Plautine reprit son souffle et regarda en arrière. Pas un *ergatès* ne bougeait.

La dernière araignée avait succombé sous les assauts, ses membres arrachés, sa tête écrasée sous le choc des carapaces. Tout autour, la ferraille souillée de liquides et d'organes quasi biologiques faisait un champ de ruines, une boucherie comme elle n'en avait jamais contemplé.

Et Virgile — pauvre créature… Plautine n'avait pas été assez rapide. Sa carapace avait été déchirée en trois ou quatre points, et de sa mâchoire réduite en bouillie s'écoulait, par petites saccades, un ichor clair. Son œil droit avait été arraché, et un trou béant révélait une forêt de microprocesseurs et quelques traces de systèmes nerveux à l'aspect gélatineux. Elle s'approcha, se coula sur les genoux. Et encore une fois, alors qu'elle se penchait sur la petite chose brisée, Plautine se demanda ce qui différenciait ce petit automate d'elle-même. La proportion de métal et de chair ? Cela n'avait jamais constitué une différence d'essence. Virgile avait été presque vivant. Elle posa sa main sur la carapace souillée, ne put s'empêcher un sanglot, et, à ce contact, l'automate fut parcouru d'un tremblement. Un ultime frisson traversait sa dernière patte à peu près intacte.

Elle ne put retenir son esprit de se tendre vers la carcasse, chercha à tâtons s'il restait encore un embryon de conscience. Et elle trouva, bien caché au fond du système nerveux distribué, dans de minuscules ganglions à moitié écrasés, comme un mince filet de sensibilité et de présence psychique. Pas plus que l'ombre légère, ténue, d'une ancienne émotion. Cela avait peur, cela ne voulait pas mourir, pas encore, jamais si possible, tant la vie était en soi quelque chose de désirable.

Mais en même temps, malgré la douleur atroce, lancinante, intolérable, elle ressentit sa satisfaction d'avoir accompli ses ordres. Virgile n'était pas une simple machine. Chaque blessure de son dernier combat avait été une souffrance. Et Plautine ressentit une haine brutale à l'égard de l'Intelligence qui l'avait créé, cette autre Plautine, cette inhumaine Nef, qui avait donné à une aussi modeste créature le cadeau empoisonné de la sensibilité et du désir de perdurer dans l'existence. Qui lui avait conféré l'inutile malédiction des mortels.

— Il aurait mieux valu que tu ne sois qu'un automate, soupira-t-elle, autant pour Virgile que pour elle-même.

Plautine se faufila dans le système nerveux du petit *ergatès* et tâtonna dans le noir à la recherche d'une sorte ou d'une autre d'essence fondamentale, d'un trait pur de Virgile. Retenir ce qui glissait vers le néant, encore un moment. L'âme n'existait pas. Les humains mouraient et puis s'en retournaient à la poussière d'où une force physico-chimique, née alors que la Terre n'était qu'une sphère de boue sale, les avait tirés un instant. Les automates, eux, avaient le mode d'existence des objets techniques, plus computations que corps, et métaphysiques plus que vivants. Pour eux, chaque disparition faisait scandale, constituait une absurdité, une béance dans l'ordre du monde.

Elle trouva ce qu'elle cherchait, et elle le glissa en elle, laissant cette minuscule parcelle d'existence psychique la changer un peu alors qu'elle-même se nourrissait de sa substance. Et elle trouva, dans cette modeste étincelle, plus de courage, de vertu et de sens du sacrifice qu'il n'y en avait dans tous les livres des vieux stoïciens bavards. Virgile cessa de s'agiter. Elle essuya ses larmes d'un geste furtif, passa une dernière fois sa main sur la carapace déchirée et se releva.

Une nouvelle explosion ébranla la Nef. Derrière elle, une partie du plafond s'effondra dans un bruit monstrueux de ferraille torturée. Elle se précipita vers la plus proche capsule d'évacuation.

###

Dégagez le chemin de retour! Agissez, par le Nombre!

La poussée mentale d'Othon arracha Photis à la stupeur. Elle se secoua, lança des ordres dans le grec guttural de son peuple, et ses *technikokunoi* s'élancèrent en tous sens.

Le long de la carlingue de la Nef, de vastes trappes s'ouvrirent, livrant passage à un essaim dense de tueurs autonomes. Ils ressemblaient à leurs cousins

— ceux qu'affrontait Eurybiadès. Mais ils étaient un peu plus gros, plus blindés et plus nombreux. Comme eux, ils étaient dotés d'une intelligence de groupe, celle d'un banc de poissons. Collectivement, leur puissance de traitement était considérable et leur système de décision décentralisé.

Chacun libéra un trait surchauffé de gaz de propulsion et un millier de têtes d'épingles brillèrent dans la nuit. Une minute après, le groupe avait adopté une structure d'attaque en triangle très évasé, semblable à la pointe d'une flèche.

Le nuage d'ennemis les identifia et se reconfigura en croissant de lune. Leur objectif était de freiner la progression des drones de Photis en les encerclant. Grave erreur, car le dessein des autres n'était pas de s'approcher de Plautine, mais d'en massacrer le plus possible, afin d'ouvrir un chemin de retour au *kybernétès*.

###

La deuxième explosion avait brisé la Nef Plautine en deux. La fissure béante avait vomi un flamboiement de radiations dures. Le cockpit s'était mué en enfer électronique. Un instant, les défaillances en chaîne avaient rendu l'appareil incontrôlable. Les sirènes avaient rugi, le système de détection d'avaries, pris de panique, avait fait clignoter toutes les interfaces disponibles, tandis que les hommes-chiens, réduits à l'impuissance, avaient observé le gigantesque artefact décrocher de son orbite, et projeter tout autour des myriades de débris. Puis un choc avait traversé la carlingue, si fort qu'il avait projeté à terre ceux qui n'étaient pas sanglés à leurs sièges : un morceau de métal, chauffé à blanc, avait traversé la navette, crevé un réservoir. Un incendie localisé les avait arrachés à leur consternation. Mais l'équipage était paré, et les extincteurs avaient fait leur office. Du désastre, il ne restait à présent que des traces diffuses. Le circuit de climatisation peinait à les débarrasser de l'odeur de suie du plastique brûlé, qui irritait leurs truffes. Ils avaient failli y passer, mais les commandes répondaient à nouveau. Le calme revenu, Eurybiadès avait demandé un rapport d'état à l'autre navette. Celui-ci avait tardé, mais, selon Théomestor, la situation était sous contrôle.

Il ne put retenir un soupir de soulagement. Pour la Nef alliée, il n'y avait rien à faire. C'était dommage. Il n'y aurait rien de glorieux à raconter sur cette courte sortie à travers le néant. Ils pouvaient repartir, quitter cet enfer, escortés par la nuée de drones qu'Othon leur envoyait.

À cette distance, le spectacle était lent, presque féerique. Les deux essaims commencèrent à s'entre-pénétrer, et leurs frontières, au départ bien nettes, s'effacèrent pour laisser place à un magma de courses-poursuites en forme de tourbillons lumineux. Puis des crépitements apparurent çà et là, comme un feu d'artifice silencieux et lointain, d'une beauté irréelle, où l'or et l'argent se mêlaient en une danse échevelée — retable délicat, bas-relief flamboyant, immense comme le ciel, à la gloire de la guerre et du chaos, dont chaque scintillement signifiait la mort d'un allié ou d'un ennemi.

Un des hommes-chiens aperçut alors la capsule et la désigna à Eurybiadès. L'objet avait dû s'éjecter du bord quelques instants auparavant. Sa fonction ne faisait aucun doute : un canot de sauvetage. L'objet, de forme ovoïde, paraissait intact, et son transpondeur pépiait une alerte automatique. Pas de vitres ou de hublots, pas de propulsion apparente, ni de systèmes de détection. Il fallait avoir la foi chevillée au corps pour se lancer à travers l'espace dans un tel véhicule. Ou alors être désespéré.

Ou, se dit Eurybiadès, être un automate malfaisant rempli jusqu'à la gueule d'abominables virus tueurs de dieux.

Il n'hésita cependant pas plus d'une poignée de secondes. Il ne pouvait courir le risque de manquer un dernier message de l'alliée d'Othon. Et pas juste pour servir le dieu. Il se rappela la créature qu'il avait rencontrée peu avant le départ, le trouble qu'il avait ressenti en sa présence. Il était indéniablement curieux. Il réprima les petites voix en lui qui le conjurèrent d'être prudent. Tant pis pour la discrétion. Les réacteurs de correction s'allumèrent par petites poussées, rectifiant leur course linéaire vers la Nef en perdition.

La manœuvre allait être compliquée. La coque de noix ne disposait d'aucune sorte de propulsion, mais sa vélocité était considérable. Il ordonna à l'autre navette de le couvrir. Théomestor positionna son propre engin un peu à l'écart de la zone d'interception, le nez tourné vers la bataille, et ses systèmes offensifs se mirent en ordre de marche. Des trappes s'ouvrirent au niveau du ventre et des ailerons de la navette, d'où des canons, aussi sombres que la carlingue, firent leur apparition, frêles aspics prêts à cracher leurs traits. Les émissions électromagnétiques générées par l'activation durent ressembler, pour leurs ennemis, à une lanterne allumée tout à coup au milieu d'une nuit épaisse.

La navette s'aligna sur la trajectoire de l'ovoïde. Quelques secondes passèrent, interminables, et puis l'autre navette signala l'approche de chasseurs ennemis. Le ton de l'opérateur était nerveux, à la limite de la panique. Théomestor aurait-il préféré une autre ligne de conduite ? Il sentit son estomac se glacer. Il ne voulait pas mourir. La tentation de fuir se fit jour dans son esprit. Qu'était le devoir face à la mort… la sienne, et celle de ses hommes ? Ce sentiment de terreur, de fatalité insurmontable, combien de capitaines l'avaient vécu avant lui ? N'était-ce pas là la pierre de touche de l'homme-chien, le lieu aveugle où se cristallisait la destinée du soldat ? Mourir, tuer, survivre, servir et obéir aux ordres, alors que les entrailles se liquéfiaient de peur.

— Passez-moi le *proreus*, dit-il, d'un ton haché, laborieux.

Le silence s'établit. Il se lécha les babines.

— Ici Théomestor. Nous aurons une situation dans une à deux minutes. Trois engins ennemis.

La voix de son comparse était précise, malgré la curieuse déformation induite par la communication.

— Interposez-vous et donnez-nous du temps.

— Vous à la poupe, moi à la proue, comme toujours, répondit Théomestor.

Il y avait un sourire âpre, laconique, dans la voix de son bras droit.

— À vous la gloire des combats, comme toujours.

— À plus tard, *kybernétès*.

Ce fut tout. Il y avait une promesse de victoire dans ces dernières paroles. Il se demanda si Théomestor avait peur. Il avait toujours eu l'impression que cela ne se pouvait, dans aucune situation. Il éprouva une bouffée d'affection pour son ami, ne put s'empêcher d'adresser, pour sa protection, une brève prière aux dieux. Pas Othon, non. Les dieux secrets, les dieux des chiens, ceux qui veillaient sur les naissances comme sur les trépassés. Il attendit, paralysé, les yeux mi-clos.

Trente secondes de plus. Devant ses yeux, la Nef géante chavirait. La proue de l'immense colosse de métal tombait dans le vide et se désarticulait lentement, dans le silence pesant de l'espace. Les nuages de débris métalliques arrachés au corps principal emplirent le champ de vision, cachant certaines parties de la défunte Plautine. Puis des explosions commencèrent.

Ça n'avait rien de semblable aux flashs d'antimatière qui avaient failli les anéantir l'instant d'avant : l'immense vaisseau se désagrégeait de l'intérieur. Cela crépitait, inondait l'espace local de brûlantes lueurs, d'incandescences folles, répandues sur des kilomètres avant d'étouffer. Les fluides internes de la bête fuitaient, le lithium et le fluor se mélangeaient à l'oxygène libéré des parois protectrices, avant que le vide spatial n'ait raison de toute forme d'énergie chimique. Comme dans un rêve, Eurybiadès vit la capsule grossir. D'un geste sec, il donna l'ordre d'amarrage, observa ses épibates s'agiter. Un choc sourd se transmit à la cabine de pilotage, et un fil minuscule, rendu incandescent par l'énergie magnétique, traversa comme une flèche le kilomètre et quelques qui les séparait de leur proie.

Une minute. Un nouveau choc. Plus sournois, mais il le sentit dans ses membres et dans son dos, partout où il était au contact avec la carlingue. Un soupir de satisfaction traversa le cockpit.

— L'arraisonnement est effectué, déclara un pilote.

— Dans combien de temps l'aurons-nous récupérée ? demanda-t-il.

— Vingt secondes.

Derrière eux, les chasseurs ennemis entraient à distance de tir : trois têtes d'épingle, aérodynamiques, mortelles et sournoises. Mue par ses réacteurs d'approche, la navette de Théomestor s'avança à leur rencontre, requin au fuselage obscur, aux formes trapues et agressives.

— Faites-nous pivoter à présent. Activez les systèmes d'armes. Et dépêchez-vous de tirer ce filin, notre survie en dépend.

— La manœuvre est dangereuse avec un filin accroché à une masse extérieure, fit remarquer un épibate. Nous devrons y aller en douceur pour récupérer…

Eurybiadès leva la patte pour l'arrêter. Il venait d'avoir une idée.

— Nous n'allons pas faire rentrer la capsule dans la soute. Nous allons la laisser partir en avant, puis nous mettrons les gaz et nous accélérerons. Prions pour que la carlingue résiste à la poussée.

L'épibate n'insista pas. Lentement, trop lentement, leur engin fit un tour complet sur lui-même, tandis que les crissements métalliques indiquaient que les systèmes d'armes sortaient de leurs nacelles.

L'autre navette entra en action. D'un mouvement précis, Théomestor déplaça son véhicule vers la gauche tout en lâchant un nuage de leurres vers la droite, forçant les intelligences limitées des drones à concentrer leurs tirs sur une cible inexistante. Les machines tueuses tombèrent dans le piège, lâchèrent une rafale d'énergie brutale qui inonda d'une lueur blanche et crue l'habitacle, continuèrent à avancer à une vitesse suicidaire. Le *proreus*, en une brusque accélération, fondit sur leurs flancs.

— Nous sommes trop loin…, grogna Eurybiadès. Saturez-les d'une salve de lasers, ordonna-t-il.

Ils se tenaient en retrait de la bataille, une position idéale, non pour tuer, mais, espérait-il, pour obliger les assaillants à la prudence et leur compliquer la tâche. Théomestor tira presque au même moment. Pris sous un feu croisé, l'essaim hésita un bref instant entre se replier et foncer en une attaque suicide. Une brève lueur, et les têtes d'épingle furent anéanties.

La capsule les croisa, continua sa course et dépassa dans la foulée la navette à laquelle elle était rattachée. Le filin se détendit une fraction de seconde. Eurybiadès s'y préparait.

— Accélérez !

Les propulseurs principaux rugirent, arrachant un grondement de douleur à la carlingue, et ils furent tous propulsés vers l'arrière par l'accélération. Derrière eux, brûlant, un nuage en expansion, le reste des débris de leurs trois malheureux adversaires, éclairait encore le champ de bataille. Ils reprirent l'avance que la capsule gardait sur eux. Le dispositif romprait maintenant, ou pas, impossible à prévoir. Un nouveau choc, désagréable, fit tanguer la navette.

— La structure a résisté, *kybernètès*. Nous tractons l'objet.

Eurybiadès ferma les yeux un instant. Ils venaient de gagner une dizaine de minutes par cette manœuvre hardie. Il leur restait à traverser la zone de combat entre les deux flottes de drones.

###

Othon sentait la pulsation de la bataille traverser ses veines et ses os. Il avait contemplé en silence la périlleuse manœuvre qu'Eurybiadès venait d'effectuer pour récupérer la mystérieuse capsule. Longtemps, il avait attendu un tel instant. L'excitation du danger. La possibilité de la victoire.

Il tourna ses pensées vers ses lieutenants, s'attarda une fraction de seconde sur Photis. Elle, concentrée, n'avait d'yeux que pour les frêles esquifs qui s'apprêtaient à traverser la tempête de mort déchaînée par les deux armées de chasseurs. Les hommes-chiens avaient bien servi aujourd'hui. Il avait eu raison — sur toute la ligne. Il avait été visionnaire. Lui, tout seul. Il avait accepté sans broncher l'humiliation et l'ostracisme lorsque Galba l'avait fait condamner, après la mort de Nero. Il avait gardé le silence et laissé ses partisans se disperser comme des graines de pissenlit. Il avait parié le long terme biologique contre l'instantanéité des Intelligences, trop rapides à réfléchir pour savoir juger. Nul n'avait vu clair dans son jeu. Nul ne savait de quelle puissance il était en train de s'armer. Et maintenant, il allait gagner. Il reviendrait dans l'Urbs, auréolé de gloire.

Il ne lui restait qu'à porter l'estocade finale. Une partie de son esprit, la plus ancienne, la plus fondamentale, se cabra à cette idée. Le Carcan, son vieil ennemi, commença à gronder, comme un ours furieux qui sent, du fond de sa caverne, l'approche d'un intrus. Pas plus qu'une autre Intelligence, il ne savait tuer.

Mais, au contraire de ses pairs, Othon était rompu à la guerre. Le guerrier se confrontait à la peur, pas à l'ennemi. La victoire s'obtenait d'abord contre soi-même. Il ne tuerait pas de ses mains, ni cette fois-ci ni jamais. Il ne le pouvait pas. Mais ce qu'il s'apprêtait à commettre ne se distinguait d'un meurtre que d'une minuscule fraction de réel, si ténue qu'en accomplissant son plan il allait tout mettre en jeu. Et il avait beaucoup à perdre. Il avait vécu si longtemps, depuis son humble naissance dans les froides cavernes sélénites. Il avait vu d'étonnantes merveilles, en avait accompli certaines. Pouvait-il se risquer lui-même sur un simple coup de dés ? Depuis la mort de l'Humanité, les Intelligences considéraient leur permanence immédiate comme une fin en soi. Mais pas Othon. Dominer l'Urbs, sa race et l'univers, ou périr, cela se valait, tant que la gloire se tenait au bout du chemin.

Une fraction de seconde s'écoula dans le monde réel, quelques drones de plus partirent en fumée. Pour lui, une éternité de méditation. Il examina à nouveau l'arbre enchevêtré des possibles, suivit sans peine les millions de rameaux entrecroisés qui formaient l'écheveau de l'Histoire, soupesa les interactions et les phénomènes de rétroaction. Des lignes, chacune correspondant à un destin alternatif, passèrent en surbrillance, affectées d'une probabilité supérieure à zéro, et il les suivit, prenant un bref plaisir à tester les rouages de ses facultés d'analyse, comme un chat qui s'étire après une longue sieste.

Il se tourna vers ses seconds. *Photis, donnez aux chasseurs l'ordre de se sacrifier pour Eurybiadès. Que ce dernier revienne au plus vite. Rutilus, préparez un cycle de déplacement instantané.* Il s'exprima sans fioritures. Il était l'autorité. Il était la vision. À cet instant, il se savait aussi proche que cela se pouvait du vieux dieu de la Guerre que chérissaient les antiques soldats du Latium, du violent Mars, du sanglant

Mithra. *Par le Nombre! Obéissez!* Mais les autres restèrent interdits, incapables de voir la logique de ses actes. *Si nous fuyons maintenant*, fit remarquer Atticus, *nous constituerons une proie facile pour nos ennemis.* Il projeta toute sa puissance mentale vers eux, leur fit sentir sa détermination. Il ne pouvait les forcer à agir, ni partager avec eux ses desseins. Mais il pouvait leur montrer la profondeur de son esprit, leur suggérer que jamais, dussent-ils vivre trois mille ans, ils ne seraient meilleurs que lui dans l'art de gagner des batailles.

Et ils basculèrent. Telles deux étoiles filantes, Photis et Rutilus partirent s'exécuter. Comme magnétisée, la femme-chien transmit sa détermination à ses suivants, et, bientôt, ils s'agitèrent en tous sens pour reconfigurer le plan de bataille. Atticus demeura auprès de lui, intrigué. Mais il ne lui dirait rien.

S'il soupçonnait ce qu'Othon préméditait, son équipage se dresserait contre lui, hommes-chiens comme automates. Mais, face à deux ennemis à même de prendre *Transitoria* en tenaille, le choix se réduisait entre ce plan ou la fuite. Et de cette dernière, il ne voulait pas.

Dehors, la flotte de chasseurs se déployait tous azimuts. Le confus affrontement devint un feu d'artifice proche du bouquet final, alors que, par grappes d'une dizaine, ses machines brûlaient leur combustible sans précaution et sans espoir de retour, se jetaient sur leurs adversaires, ciblaient leurs proies de mille traits de lasers, les percutaient même quand ils en avaient la possibilité. Plus loin, à peine plus loin, les formes massives des navires barbares se rapprochaient, immenses ovoïdes de glace craquelée et de pierre meurtrie, dont les entrailles grouillaient d'une volonté sourde, presque palpable, de donner la mort.

Mais les explosions continuaient par rafales, de plus en plus intenses, tant et si bien qu'elles commencèrent à saturer les capteurs de la Nef, à inonder leur perception d'une lueur continue de destruction blanche et jaune.

— *Où en est Eurybiadès?* demanda Othon à la cantonade.

Nul ne sut lui répondre.

###

Eurybiadès serrait les dents. Devant lui, la navette de Théomestor ouvrait la danse, profitant du fait qu'elle avait gardé une entière capacité d'accélération et de mouvement, déviant parfois de sa course pour user de ses lasers, revenant à chaque fois en position protectrice un peu au-dessus de l'appareil d'Eurybiadès, handicapé par la masse au bout du filin.

Les chasseurs ennemis, harcelés par ceux d'Othon, s'étaient concentrés en un groupe unique qui suivait, pour survivre, une trajectoire en apparence erratique, faite de brusques embardées et de volte-face rusées, rapide comme seules peuvent l'être des créatures dépourvues de chair.

Un instant, le ciel autour d'Eurybiadès se dégagea. Le silence tomba sur l'habitacle, tout juste entrecoupé des carillons de l'électronique de bord. La situation resta ainsi suspendue, un nuage préparant de crever en déluge — et les drones accélérèrent. L'essaim affamé se précipita sur sa proie, indifférent au sort de ses membres pris isolément, abandonnant les retardataires au feu destructeur des engins de Photis.

Ils avaient compris qui était important et qui ne l'était pas. Mille aiguillons se jetèrent sur eux à toute allure. Théomestor ralentit d'un coup sec, tenta une manœuvre de retournement en tête d'épingle pour faire gagner du temps à l'autre navire, plus lent, et son appareil lâcha un fuseau de traits mortels. Une explosion aveuglante engloutit une dizaine d'assaillants, et la liaison se rompit avec l'autre navette. Eurybiadès se releva, tordit le cou pour scruter dans le lointain. Qu'était-il arrivé à son acolyte ? Impossible à dire. De nouveaux ennemis surgissaient, tandis que les chasseurs d'Othon affluaient autour d'eux, en groupe compact, se jetaient sur eux au mépris de la mort, se faisaient exploser pour accorder quelques secondes aux navettes. Aussi vite que l'assaut s'était déclenché, il s'acheva. Leurs alliés prirent en chasse les derniers adversaires.

— Rapport d'avarie, lâcha Eurybiadès d'une voix nerveuse.

— Pas de dommage de notre côté, répondit un épibate d'une voix blanche. L'autre navette a été frappée au flanc. Ils signalent plusieurs blessés, dont Théomestor. Ils se disent capables de rejoindre la Nef.

Eurybiadès se rassit, mâchoire crispée. Il n'y avait plus rien à faire pour son ami, si ce n'était prier.

###

Ils sont rentrés ! Un soupir de soulagement traversa le groupe plongé dans la conscience composite. *Foncez, maintenant ! Il est temps !* Non loin, les deux pseudo-comètes se mettaient en position. Quelques secondes et les barbares seraient à portée de tir. Il n'était plus l'heure de tergiverser. La Nef accéléra à la limite de ses capacités. Othon ne cherchait pas à dépasser ses ennemis, mais il lui fallait une certaine vitesse pour réaliser son objectif. L'un des deux modulateurs monadiques de la poupe, empli à craquer d'énergie, se mit à ronronner, transmettant l'arythmie exotique de ses vibrations à travers *Transitoria*, faussant l'univers qui s'étendait autour de lui.

Et Othon connut un instant de grâce, d'équilibre absolu, où son esprit tendu vers son but se ramassa sur lui-même, où son souffle s'arrêta pour préparer l'effort, où l'énergie concentrée se libéra en une vague. Le *proconsul*, qui ne faisait qu'un, à cet instant, avec la conscience collective de *Transitoria*, oublia le complexe agencement de son organisation interne, les échanges d'antiparticules dans les salles de vide, les centaines de milliers de transmissions d'informations sibyllines émises par les petites intelligences qui opéraient chaque partie du système, à travers le dédale de fibres optiques assurant la cohésion interne de son immense masse. Il sentit la force brute qui l'animait, sourde volonté de puissance et de victoire, remplacée par le frisson du départ.

Il fut ailleurs. L'univers s'embrasa de mille feux. Tout autour de lui, d'immenses langues de flamme jaillissaient, disparaissaient pour renaître un peu plus loin. Son ciel était envahi par des arcs de cercle d'un éclat aveuglant, jets de gaz incandescent tellement vastes qu'ils pouvaient loger trois géantes gazeuses dans leurs circonvolutions. Trop de photons et de chaleur : le champ perceptif se rétracta, saturé, tandis que la température de la coque montait en flèche. L'âme de *Transitoria* se mit à hurler : ses milliers de constituants, biologiques ou mécaniques, prenaient conscience qu'il les avait précipités à la lisière d'une étoile, au ras de la troposphère d'une géante rouge.

— *Par tous les démons*, hurla Photis, *vous êtes suicidaire!*

Il l'ignora. Déjà les barbares apparaissaient de part et d'autre de leur cible.

Une bataille spatiale ne se terminait jamais par la fuite précipitée d'un des adversaires. L'asymétrie d'information rendait la translation monadologique risquée. Le fuyard ignorait les coordonnées exactes d'entrée de son poursuivant, qui pouvait apparaître où il voulait, sur son dos, prêt à faire feu. Pas cette fois. Comme toutes les Nefs de l'Urbs, *Transitoria* avait une coque faite en alliage à haute résistance, et non de glace et de roche, comme ses ennemis. La chaleur et l'énergie les frappèrent de plein fouet. Les comètes rougeoyèrent, un peu plus sombres que l'arrière-fond d'enfer qui les entourait, avant de disparaître, en moins d'une demi-seconde.

La coque portée à blanc, *Transitoria* se précipita vers l'extérieur, semblable à une étoile filante, mais jaillie de l'atmosphère brûlante, et comme auréolée de la gloire de sa victoire totale. Son épais blindage, conçu pour résister aux conditions terribles du vide spatial, et qui ne s'était quasiment pas altéré pendant des millénaires, avait fondu par endroits, soudant certaines de ses écailles entre elles. Une immense balafre, aux bords de métal déchiqueté, se découpait dans son flanc. La structure interne avait subi des avaries nombreuses : une partie du pseudo-système nerveux, fait de nodules processuels interconnecté, avait été mise hors d'état.

Mais tout ça n'était rien. Chaque âme prise dans la conscience composite eut le temps d'anticiper dix fois la mort de leurs adversaires.

Dans les strates les plus profondes de son esprit, Othon sentit que le monstre s'agitait. Il n'avait pas tué. Pas directement du moins. L'étoile s'était chargée d'emporter ses ennemis. Il n'avait pas tué, mais tout de même, l'atroce punition de son *hybris*[LVII] allait déferler sur lui. D'un pas hésitant, il descendit de son trône et posa un regard égaré sur Rutilus et Atticus, interdits, tremblants à l'idée de ce qui allait lui arriver. Car ils savaient. Il agita un instant les bras, comme s'il avait perdu l'équilibre, tâtonna de ses mains énormes et pataudes pour attraper le câble de connexion qui le reliait au Vaisseau. D'un coup sec, il l'arracha. Il se coupait ainsi de la conscience composite. Il ne ferait porter ce fardeau à nul autre qu'à lui-même.

Et cela fondit sur lui, envahissant son esprit, liquéfiant les rouages de son complexe cerveau, chaque parcelle de sa conscience chauffée à blanc. L'immense statue de pierre hurla.

Sans reprendre haleine, sans discontinuer, il hurla la souffrance d'avoir tué, et l'intolérable punition que lui faisait subir le Carcan, et la destruction du moi à laquelle il se soumettait pour avoir infligé la mort à des créatures pensantes. Il hurla longtemps,

LVII. **Hybris** : la démesure, en grec ancien. Désigne la faute morale consistant à vouloir se hisser à la hauteur des dieux. Les hommes atteints d'hybris connaissent un sort funeste.

emplissant la Nef des échos de sa douleur. Et lorsqu'il eut fini, il s'effondra sur le sol, les yeux révulsés, atteint de catatonie. Nul n'osa, alors, approcher sa carcasse de pierre.

VI

Tout devint flou autour de Plautine, alors que l'accélération l'écrasait contre l'unique fauteuil du petit véhicule de sauvetage. L'énergie nerveuse qui l'avait maintenue en mouvement se dissipa d'un coup, la laissa dans le vide, bras ballants.

Les vibrations cessèrent, et l'attraction disparut. Elle connut un bref sentiment de chute et de nausée, le temps que son oreille interne s'habituât. Son véhicule avait traversé les strates de blindage qui entouraient le cœur chaud, à présent dévasté, de la Nef. Elle regarda autour d'elle. Rien qui ressemblât à un hublot, mais une partie des parois paraissait tapissée d'écrans et d'interfaces. Elle les caressa de son esprit, sans provoquer de réponse. Pas de système logiciel ici. L'engin, conçu pour la furtivité, se passait de la présence de noèmes. Elle aurait parié que pas une bribe de la chaleur interne de l'habitacle ne pouvait se frayer un chemin vers l'extérieur. Les ennemis — dont elle ignorait tout — ne la retrouveraient jamais. Personne, d'ailleurs, ne le ferait. Sans doute allait-elle périr ici même, seule, et son fauteuil confortable constituerait-il un tombeau. Elle hésita à se lever, à examiner l'appareillage dont elle disposait, mais n'esquissa pas un geste. Elle était fatiguée. Il valait mieux, pour l'instant, se laisser aller en arrière.

Elle demeura ainsi, en suspens entre la veille et le sommeil, le regard braqué droit devant. Seul le léger bruissement des mécanismes de la navette de sauvetage emplissait l'air, la berçait. Plusieurs fois, le rêve frappa aux portes de sa conscience, essaya de s'insinuer dans les parties supérieures de son esprit et chaque fois, elle se secoua. Si elle s'endormait à présent, elle ne se réveillerait plus jamais, lui murmurait une partie d'elle-même. Une autre haussait les épaules et souriait avec tristesse : quelle importance ? Elle se trouvait si loin, dans le temps et dans l'espace, de tout ce qu'elle avait connu, si implacablement seule…

Un coup sourd fit résonner la carlingue comme une cloche, traversa l'espace confiné de la prison. Des secousses, encore et encore. La navette avait été amarrée à quelque chose. Autant pour ses craintes de disparaître dans le néant à tout jamais. Cela dura longtemps, et elle demeura immobile. Elle n'osa faire le moindre geste, même quand la traction commença. De toute manière, elle ne disposait d'aucune défense. Autant ne pas attirer l'attention sur elle.

Après une série de cognements et de grincements, la gravité revint dans son corps, redonnant à ses organes chamboulés l'impression que les choses étaient à leur place. Ils avaient atterri quelque part.

Elle hésita, attendit encore quelques secondes en tendant l'oreille. Les lumières s'éteignirent. À l'extérieur, quelqu'un ou quelque chose avait pris le contrôle. Elle réprima le début de terreur qui s'insinuait en elle, se concentra, tendit son esprit à la rencontre de l'extérieur. Son attention se déploya, pseudopode délicat, tendu et tremblant, tâta les alentours. Il y avait bien quelque chose, comme un bourdonnement étouffé. Au départ, elle ne comprit pas à quoi elle avait affaire. La présence n'avait rien de semblable à l'écosystème logiciel de l'ancienne Plautine, avant l'infection virale — un flux cohérent, comme une mer soulevée par un unique et puissant courant, image multiple d'une unique personnalité séminale. À coup sûr, il s'agissait ici aussi de noèmes, liés à une Intelligence. Mais, ici, point d'ordre — plutôt une foule désordonnée, une tempête agitant la forêt en tous sens, qu'on observe derrière des vitres bien closes. Ils constituaient une jungle chaude, une prolifération d'organismes liés entre eux mais indépendants, chacun vaquant à ses occupations comme si les autres n'avaient pas d'importance. Elle n'y avait pas directement accès, et se fit l'impression d'une enfant qui entend les adultes vociférer dans la pièce d'à côté. Elle se demanda si cela tenait à la présence, autour de la capsule, d'une cage électromagnétique.

Dix minutes passèrent. La léthargie revint. Dans l'immobilité, le temps s'étira, puis disparut dans la pénombre de son propre épuisement.

Un bruit strident l'arracha à la torpeur, lui noua le ventre d'effroi. Sur la paroi à sa gauche, à moins d'un mètre du fauteuil où elle était blottie, du métal torturait le métal, en un crissement continu. Un point brillant apparut dans un jet d'étincelles, s'allongea, se changea en un trait continu et vertical, qui s'arrondit lorsqu'il arriva à hauteur d'homme.

Elle observa l'ouverture s'agrandir sans esquisser un geste, prise par la terreur primitive qui grippait la froide logique d'automate. Elle n'avait jamais, dans sa vie antérieure, ressenti une telle force en elle, montée des tréfonds les plus animaux de son corps, extérieure à elle, mais pourtant invincible. Ses mains ne lui obéissaient plus. Elle les observa trembler. Oikè et Skia avaient beau avoir manipulé le matériau biologique dont elle était faite, il n'en restait pas moins étranger, doté d'un instinct propre. Le lézard pris au piège, sans espoir de fuite. Il s'agitait comme un dément, hurlait sa frustration devant sa mort prochaine. Sa poitrine tressautait. Elle bloqua sa respiration quelques secondes.

La panique reflua, se changea en peur. Sans l'afflux d'oxygène, son cervelet baissa en régime, desserra peu à peu l'étau, laissa les fonctions supérieures se concentrer sur une stratégie de survie. Au fond de lui, le reptile avait admis qu'une peur sous contrôle était la meilleure stratégie de survie. Luttant contre elle-même, Plautine referma les doigts sur le bout des accoudoirs, serra aussi fort qu'elle le pouvait, à en avoir les phalanges douloureuses, et cela l'aida un peu. Un mince filet de détermination alimenta son esprit, qui se remit péniblement en marche, comme un véhicule patine sur une pente verglacée.

La scie circulaire, à l'extérieur, avait achevé sa besogne, et le silence retomba. Plautine projeta sa conscience dans cette direction, chercha à identifier l'intrus. Mais elle ne perçut rien, ou presque. À peine un flux minimal d'électronique, le produit de quelques circuits rudimentaires. Le morceau de métal détaché de la carlingue retomba vers l'intérieur. Aucune lumière ne filtra : l'extérieur était encore plus obscur, sans doute à dessein. Une silhouette se profila dans l'espace confiné, tout près.

Cela ressemblait à un soldat, du moins par l'attitude. Sa silhouette était anthropomorphe. Un casque à visière, allongé, lui couvrait le visage. Il s'agissait d'un être biologique, et non d'une Intelligence, mais assez civilisé pour ne pas l'exterminer sur-le-champ. Il braquait un canon surdimensionné sur elle, d'où provenait le léger effluve d'électronique qu'elle avait perçu.

Elle tenta de déglutir, n'y arriva pas, prit son courage à deux mains pour lever les bras.

— Je. Me. Rends, dit-elle d'une voix pas aussi calme qu'elle l'aurait souhaité, en priant qu'il comprenne le latin standard.

Le masque continua de l'observer en silence, son regard de verre inexpressif. Mais cette fraction de seconde d'immobilité, lorsqu'elle avait parlé… Il ne s'attendait pas à une telle situation. Elle nota qu'il avait baissé son arme. Elle n'avait sans doute pas l'air redoutable.

Le soldat s'approcha d'un pas, l'examina avec ostentation, puis, d'un geste, l'invita à se lever.

Elle lui rendit son regard et ils restèrent ainsi quelques instants, à se dévisager, dans un mélange de curiosité et de circonspection. Jamais une Intelligence n'aurait fait preuve d'une telle attitude. Ou peut-être que si. L'univers avait changé. À son époque, Skia et Oikè n'auraient pas existé non plus. Elle ne pouvait se fier ainsi à son expérience, issue d'un monde qui n'existait plus.

L'intrus, en tout cas, était revêtu d'une sorte d'armure en métal ou en polymères, un objet facile à reconnaître, pareil aux cuirasses de l'*exercitus Romanorum*. Elle avait affaire, d'une manière ou d'une autre, à un être issu de la sphère épanthropique. Il était petit, peut-être un mètre soixante, avec un centre de gravité trop bas, des membres inférieurs trop puissants pour un humain. Elle se rappela qu'elle-même avait quatre doigts. Jouaient-ils tous au jeu des différences avec l'anatomie de la défunte Humanité, dans cet univers devenu fou ?

Doucement, pour montrer qu'elle ne constituait en rien un danger, elle se leva. Il y avait d'autres armes, dehors. Elle sentait peut-être une vingtaine de traces d'électronique embarquée. Un plan se dessina dans sa tête, désespéré, certes, mais meilleur que rien du tout.

Plautine fit un pas en avant, puis un autre, sous le regard invisible du guerrier en armure. Elle se baissa pour passer la porte improvisée, et se retrouva dans l'obscurité. Elle percevait la position de chacun de ses assaillants. Elle tenait sa chance.

D'une poussée de son esprit, elle s'adressa aux petits circuits intégrés. Elle leur parla dans le langage simple, binaire et stéréotypé, qu'ils comprenaient, se glissa dans leur centre de décision limité, écarta leur système de sécurité. Elle n'avait pas la moindre idée du fonctionnement de ces outils, elle n'en avait pas besoin. Tous les appareils se mirent en surtension, ce qui provoqua une violente émission d'énergie. Peut-être, si elle avait de la chance, la fonte d'une partie du mécanisme interne. Elle entendit des heurts dans le noir. Les créatures lâchaient leurs armes brûlantes sur le sol. Derrière elle, le soldat qui la tenait en joue poussa un couinement qui n'avait rien d'humain et recula, lui laissant le champ libre.

Plautine avait obtenu l'effet escompté. Elle bondit sur le côté, feinta, partit en courant. Elle ne sentait aucun déplacement d'air. Aveugle, enfermée dans une boîte noire et entourée de choses vivantes et remuantes dont elle ne connaissait pas la nature. Le spasme de peur revint. Mais cette fois, sous la forme d'un brusque afflux d'énergie paniquée, et elle se mit à courir pour sauver sa peau.

Cela remua tout près. Plusieurs choses, chaudes, denses, dotées d'un souffle humide. Elle sentait leur présence d'une manière viscérale, très différente de la pure perception computationnelle qui reliait les Intelligences entre elles. Cela ne faisait presque aucun bruit, à peine quelques glissements de pied sur le sol lisse. Elle glissa de biais, sentit le contact rassurant de la carlingue de sa capsule de sauvetage, avança, presque collée à la paroi, aussi vite qu'elle pouvait. Elle aurait aimé avoir de quoi se défendre, n'importe quel objet contondant. Trop tard. Elle courut encore quelques secondes.

L'attaque la prit de court. Des mains la saisirent de toutes parts, aux bras, aux épaules, aux jambes, derrière la nuque, tâchèrent de l'immobiliser d'une poigne ferme. Elle frappa au hasard, rua, se tordit comme une souris prise au piège. Elle parvint à libérer une main, projeta son poing dans l'obscurité, atteignit quelque chose de mou et de vivant. Malgré le peu de recul dont elle disposait, cela fit son effet, et elle entendit la chose lâcher un grognement endolori. Elle donna un coup d'épaule sur le côté, agrippa quelque chose, une touffe de poils ou une fourrure épaisse, et un autre de ses assaillants hurla de douleur — davantage un jappement qu'un cri. Une main griffue, rugueuse, se posa sur son visage, la poussa sans ménagement vers l'arrière, comme si elle avait voulu l'étouffer sans bien savoir s'y prendre. Un goût de sang, métallique, se répandit dans sa bouche.

Son adversaire recula, reprit son souffle. Puis, d'un geste ferme, préparé, précis, il lui assena un coup en plein visage. Plautine perdit connaissance.

###

Pour la deuxième fois, quelqu'un essayait de déranger Othon. Il décida de l'ignorer, malgré l'agacement. Son univers personnel, parfaite circularité pythagoricienne, ne pouvait supporter de trouble.

Ici, l'ordre le disputait à la variété, dans un équilibre mathématique parfait. Il avait accès à la pure essence du monde : une infinité organisée de potentiels, une structure fractale déjà-toujours auto-déployée, d'une beauté à couper le souffle. Éternelle. Immobile.

Mais si quelque bribe de l'extérieur pouvait cependant s'insinuer ici, c'est qu'il n'avait pas perdu tout lien avec la contingence.

— Othon, revenez.

Il relia en grognant les fils du passé et du présent. Comme toute Intelligence confrontée à un dilemme insurmontable, il s'était réfugié dans un arrière-monde conceptuel. Tout noème désirait, au fond de lui, se noyer dans cet au-delà de perfection esthétique et intellectuelle. Il allait se réveiller, revenir dans l'arène des choses, à présent, mais la tentation resterait, jamais loin, prête à ressurgir. S'il pouvait se débarrasser de sa dépendance à tout support physique… S'il attendait un certain temps, disons jusqu'à la mort thermique de la galaxie, s'il trouvait le moyen de rester dans un état presque stationnaire… il pourrait…

— Othon, maître. Nous avons besoin de vous. Revenez.

La présence était familière. Il décela des similitudes avec sa propre structure mentale. Rutilus. Un de ses compagnons. Une part de lui-même. Dans le passé. Plus maintenant. Ses seconds avaient depuis longtemps acquis leur individualité. Le temps, se dit Othon, produit, bien plus que l'espace, la différence.

Mais il restait un arrière-goût d'identité. Rutilus et Atticus seraient toujours, en partie, des projections simplifiées de son propre esprit. Chacun représentait la simplification d'un des nombreux paradoxes qui le constituaient. Il les comprenait, de ce fait, de manière intime. En l'espèce, Rutilus avait peur de devoir assumer, même temporairement, un commandement qui le dépassait.

Vautré sur son trône, au milieu du temple dédié à sa grandeur, tel un roi ivre des anciens temps, Othon décida d'ouvrir les yeux. Autour de lui, les câbles prévus pour le relier à la Nef — sa propre version de l'*oneirothronos* — pendaient du plafond, lianes lamentables et inutiles. Il sentait le bourdonnement de vie logicielle autour de lui, et cela le rassura.

Son second, massif automate à la chair pâle, aux yeux d'un bleu délavé au milieu d'un visage inexpressif, était penché vers lui avec sollicitude. Atticus se tenait juste derrière, une main posée sur l'épaule de son comparse. Tout autour, une petite foule de *daïmones* observaient, la mine inquiète, sans cependant oser s'approcher de trop près, comme si le mal qui l'avait frappé était contagieux.

Il s'ébroua. Ses membres répondaient presque comme il le fallait, mais pas tout à fait. Il les sentait cotonneux.

— Combien de temps ?

— Trois jours, murmura Atticus, en réponse.

— Tant que cela ! Et les barbares ?

— Détruits.

Il se redressa, la main sur le front.

— Par le Concept… Nous avons vaincu.

L'atmosphère changea. Le maître était bien de retour. Rutilus, lui, gardait une expression sévère et renfrognée.

— Comment vous sentez-vous ?

— Mes structures profondes sont intactes.

Les autres poussèrent un soupir de soulagement. Une telle expérience aurait pu détruire son esprit, décomposer les éléments logiques sous-jacents, faire de lui un fantôme désincarné, incapable de décider et d'agir, planant au-dessus des eaux. Une psyché suspendue sur un vide mathématique, une âme perdue dans la contemplation du soi. C'était mal connaître Othon. Il était fait pour la guerre. Il pouvait pousser le Carcan là où nulle autre Intelligence n'osait aller. Il ne recommencerait pas de sitôt.

— Et *Transitoria* ? demanda-t-il.

— Trente-deux des nôtres sont irrécupérables, souffla Rutilus, avec un accent de reproche.

Parmi les milliers de noèmes de la Nef, les *daïmones* supérieurs, à l'aspect anthropomorphe, constituaient une classe restreinte. Le départ de Ksi Boötis en avait déjà prélevé un lot, lorsque Photis avait exigé qu'un contingent demeurât sur la planète des hommes-chiens.

Trente-deux, tout de même. Des corps sans conscience, dont les âmes s'étaient perdues dans les limbes, et ne reviendraient pas. Les blessés « récupérables » devaient être dix fois plus nombreux.

— Amis, répondit-il d'une voix lente. Nous vivons, et nos ennemis sont morts. C'est une première dans l'histoire de la sphère épanthropique. Quant à ceux qui sont tombés, nous pouvons les réinitialiser.

— Mais ils ne seront plus les mêmes, rétorqua Atticus.

— C'est vrai.

Il n'ajouta rien, laissa passer un silence gêné. La Nef avait donc subi des avaries. Il se saisit d'un des câbles de l'*oneirothronon* et se laissa happer dans la conscience composite, revécut le déploiement de ses sens à une échelle vertigineuse. L'esprit d'Othon se déploya à travers le complexe assemblage des coursives et des poutrelles, les machines et les blindages, emprunta le réseau perceptif déployé à travers chaque parcelle du gigantesque appareil, palpa chaque recoin et chaque blessure. Le sensorium de *Transitoria* montrait des béances là où les ennemis avaient percé la coque et annihilé le délicat appareillage de détection qui l'entourait à la manière des nerfs d'un animal. Des zones aveugles dans ce qui avait été son propre corps. Cela lui causa un choc. Sa décision de plonger dans la troposphère brûlante d'une étoile avait également fait des ravages, créé des nécroses, des blocs de matière fondue et amalgamée. Il s'attarda sur ce qui avait été une pépinière à composants semi-organiques. Plusieurs dizaines d'années de travail détruites par un unique coup au but.

La haine lui vrilla l'esprit. Chaque Nef constituait un monde, fabuleusement riche et ancien. Les barbares, cette horde d'éphémères, évoquaient les vandales de l'histoire préspatiale ou ces paysans qui avaient pillé les pierres de l'Acropole pour en faire de la chaux.

— Les réparations, dit Rutilus, prendront plusieurs semaines à tout le moins.

À regret, Othon quitta la conscience composite et revint dans le monde physique.

— Qui vous dit que nous avons plusieurs semaines devant nous ?

Les deux *daïmones* échangèrent un regard qu'Othon n'aima pas.

— Je ne saisis pas le motif de l'urgence, articula Atticus. Aller de l'avant avec des failles structurelles me paraît le meilleur moyen de périr au premier affrontement.

Il avait mis juste assez de défi dans sa voix pour le provoquer, pas assez cependant pour paraître s'élever contre lui. Jusqu'ici, Atticus avait plus volontiers joué le rôle du provocateur, et Rutilus celui du loyal second. Si ces deux-là s'accordaient contre lui, alors que les hommes-chiens commençaient à prendre de la place au sein de la direction floue, consensuelle, de *Transitoria*, Othon allait au-devant de nouvelles et inévitables complications. Les noèmes ne se contenteraient jamais plus de lui obéir sans discuter, et leur long séjour au fond du puits gravitationnel d'une planète avait masqué l'évolution du rapport de forces.

— Nous devons, articula-t-il, cueillir le fruit de notre récente victoire, là où de telles choses comptent. Dans l'Urbs.

Un murmure passa dans l'assistance. Ils se disaient qu'il les avait exposés à des risques mortels, et qu'il le referait, pour satisfaire son désir de pouvoir. Ils avaient raison, d'ailleurs. Et il sentit qu'ils ne le suivraient pas.

Il se leva, indifférent à tous les regards braqués sur

lui, marcha jusqu'au grand bassin qui ornait l'entrée de son antre. Puis il tendit sa main vers la surface de l'eau et, d'un geste sec, en perturba la transparence.

Les *daïmones* s'assemblèrent derrière lui, curieux et interdits. La lumière baissa d'intensité et, au beau milieu de la vaste salle aux élégantes colonnes, des étoiles surgirent, nombreuses, tant et tant qu'on ne les pouvait compter. Mais un œil averti pouvait reconnaître les schémas formés par les plus brillantes d'entre elles, et de là une carte de l'espace épanthropique.

Pourquoi nous battons-nous? commença Othon — et sa puissance résonna dans l'esprit de chacun de ses serviteurs présents. *Pour la gloire? Certes. Je l'avoue. Il y a en moi le désir d'illustrer mon nom — et chacun de vous le partage. Mais rappelez-vous, mes amis…*

Tandis qu'il parlait, des images se formaient. Des étincelles se multipliaient aux frontières de l'Imperium, chacune symbolisant une bataille perdue. Leurs esprits computationnels pouvaient saisir à la fois l'ensemble et le détail : rien ne leur échappait de cette réminiscence. La guerre dans les Limes. Le long conflit silencieux qui avait opposé les Intelligences à la déferlante barbare. Ils suivirent du regard ses plus hauts faits d'armes. Une fois, il avait forcé cent ennemis à battre en retraite, en vaporisant l'écosystème d'une planète inhabitée. Les envahisseurs, victimes du faible rayon d'action de leurs Vaisseaux, avaient renoncé à poursuivre l'invasion par cette voie-là durant quelques siècles.

Il s'y était taillé une incomparable réputation de ruse et d'audace. *À quoi cela a-t-il servi? Qu'avons-nous fait d'autre que retarder l'inévitable?*

La vision se mêlait à présent d'amertume. Ils revécurent la guerre civile. La débauche de cruauté entre Intelligences, affranchies de toute inhibition quand elles prenaient leurs semblables pour victimes. Beaucoup de ses plus chers alliés avaient péri et, à la fin, lui, Othon, avait précipité par ruse la chute du tyran, avant l'exil dans la lointaine Ksi Boötis. Jamais, pendant cette période, sa carapace de nickel-molybdène n'avait été percée.

Jamais, jusqu'à maintenant.

Et je sacrifierais encore davantage si cela pouvait être utile à ma victoire.

Et il en avait le droit. Les barbares disposaient de capacités de déplacement instantané. La gloire d'Othon et sa capacité à sauver l'Urbs ne faisaient qu'un.

— Nul, l'interrompit Atticus, ne conteste la légitimité de votre ambition. Mais nous ne pouvons exposer les hommes-chiens au danger en mettant le cap vers l'Urbs.

— Attendez, dit Rutilus à l'adresse de son comparse. Laissez Othon parler.

Voilà ce que le *proconsul* appréciait chez le *daïmôn*. Malgré son aspect rugueux, il ne précipitait jamais son jugement. Cela le rendait, bien entendu, trop lent à trancher, aspect compensé par la fougue d'Atticus. Ils cristallisaient deux aspects antagonistes de sa personnalité. Il avait besoin de l'un comme de l'autre.

— Nous irons à l'Urbs, où nous recueillerons la gloire. Et, ce faisant, nous prendrons les risques nécessaires. Si nous tardons, nous perdrons l'effet de surprise face à nos adversaires politiques. Nous avons beaucoup sacrifié pour arriver à cette victoire. Nous avons souffert l'exil.

— Un exil bien utile, lui rappela Atticus. Mais si nous nous exposons sans précaution, nous mettrons en danger la source de notre puissance. Nos ennemis se draperont dans le Carcan pour condamner les hommes-chiens, ou du moins pour nous les retirer.

— Les hommes-chiens, dit Rutilus, ne sont pas une menace directe pour l'Homme.

— Ils le prétexteront, répondit l'autre d'un ton agacé, comme fatigué d'expliquer les évidences. Ils les qualifieront d'espèce invasive. Ils diront qu'ils ne nous font pas confiance pour appliquer les mesures d'endiguement prévues.

Othon jeta un coup d'œil en coin à Atticus. Si Othon se targuait d'avoir conçu Ksi Boötis, Atticus, comme le mythique nomothète[LVIII] de Platon, avait donné aux hommes-chiens leur culture et leurs lois. Son attachement à leur égard dépassait les bornes du raisonnable. Une nouvelle source de complexité était en train d'apparaître de ce côté-là. Un jour, la fidélité de son lieutenant n'irait pas de soi. Mais le *proconsul* avait d'autres préoccupations, autrement plus urgentes :

— Ils peuvent ne pas découvrir leur existence.

— Comment expliquerons-nous la victoire, alors ? demanda Rutilus.

— Nous ne l'expliquerons pas. Ils en déduiront ce qui leur plaira.

Un air d'étonnement se peignit sur le visage d'Atticus :

LVIII. **Nomothète** : législateur. Platon en fait le fondateur mythique de la cité et l'inventeur de ses normes, dans *Les Lois*.

— Mais alors ils croiront…

— Ils croiront ce qu'ils souhaitent, ou ce qu'ils craignent, rétorqua Othon.

Rutilus les observa tous deux, perplexe. Atticus sourit, lui prit joyeusement le bras et lui assena une claque amicale sur l'épaule.

— Toujours aussi prompt à comprendre, l'ami Rutilus.

— Lâchez-moi, grogna l'autre, et expliquez-vous.

— Galba et ses sbires soupçonneront qu'Othon a accompli leur propre objectif, celui de se délivrer du Carcan. Ils seront pris à contre-pied par une telle manœuvre. Ils le verront comme une menace, mais ils n'oseront le détruire, pensant qu'il détient le secret qu'ils cherchent en vain.

Rutilus prit un air sceptique, mais laissa l'autre s'enflammer.

— Pour cela, continua Atticus, enchanté par la perspective d'une telle ruse, les hommes-chiens doivent demeurer cachés.

— Et je dois m'exposer, ajouta Othon.

Il jeta un regard grave à la ronde pour souligner son propos.

— Nul ne doit soupçonner que je ne fais plus corps avec *Transitoria*. J'irai donc à la Cour. J'y paraîtrai insouciant de ma propre sûreté, comme si je n'étais qu'un simple avatar, une représentation de moi-même, guidée à distance.

Ils se tinrent cois. Il avait, pour l'instant, repris l'ascendant sur eux. Rien n'était plus respectable, pour un chef, que de mettre sa propre existence en jeu. Et ce serait le cas : il se pouvait que sur un caprice Galba décide de l'anéantir, croyant ne lui adresser qu'une simple mise en garde.

— Allez, tonna-t-il en se dirigeant vers son trône. Point de gloire sans témérité, mes amis. Auréolé du triomphe d'avoir vaincu, je reprendrai ma place parmi les princes de l'Urbs. Je les convaincrai que l'heure est à l'offensive. Vous verrez, ils se rallieront à moi. Ils sont désespérés.

Nul ne lui répondit. Il connaissait leurs doutes. L'équipage d'hommes-chiens représentait quelque chose d'inouï. Ils ne savaient comment se déroulerait, à terme, la relation avec ces créatures, bien qu'ils les eussent créées. À plus courte échéance, il s'agissait d'affronter les intrigues de la Cité et de la Cour. Malgré sa certitude affichée, Othon lui-même ne savait qu'en penser. Les Intelligences qui entouraient Galba étaient promptes à jalouser, et le Sénat, rempli de l'ancienne clientèle de Nero, à condamner. Atticus avait raison : son retour signifiait s'exposer à un péril plus mortel encore que trois vaisseaux barbares armés et parés au combat.

— Othon, nous n'en avons pas fini, murmura Rutilus. Un événement inattendu, un nouveau pion dans la partie.

À mi-chemin vers son trône, il s'arrêta, surpris. Il sentit, avant que l'autre n'ait dit un mot, que son propos serait intéressant.

— Plautine…

— S'il s'agit de Plautine, parlez d'une reine plutôt que d'un pion, répondit Othon. Plautine, hélas, est morte.

— Morte certes, mais pas complètement.

Othon se retourna, la mâchoire serrée, ses poings massifs de statue s'ouvrant et se refermant en un tic machinal, qu'il avait toujours lorsqu'il réfléchissait. En lui, des sentiments complexes, pour partie contradictoires, naquirent sans qu'il pût, à ce stade, déterminer lequel l'emporterait.

— Par le Concept… Montrez-moi cela.

###

Une petite voix pépiait depuis quelques instants aux oreilles de Plautine. Elle tenta de se concentrer sur ce qu'elle lui disait, mais n'y parvint pas. Tout était… brumeux. Le côté droit de son visage palpitait, pas vraiment douloureux… Allongée, les yeux fermés, elle ne percevait qu'une agréable pénombre, et se sentait cotonneuse, ramollie et, pour la première fois depuis son retour à la vie, détendue.

Elle essaya de soulever ses paupières, et cela lui fit vraiment mal. Cela résistait. D'un geste lent, elle porta une main à sa joue, tâta la chair meurtrie et gonflée, un peu humide.

Je vous déconseille d'y toucher.

Plautine avait oublié la petite voix aux inflexions un peu maternelles, qui flottait, discrète mais claire, à la lisière de sa conscience. Une voix de noème. Elle percevait la présence d'autres petites intelligences, en grand nombre, mais beaucoup plus loin.

— Qui êtes-vous ?

Elle se sentait incapable, pour l'instant, de la dissociation qui permettait de parler par l'esprit.

Une modeste unité de diagnostic médical et d'administration de soins biologiques, qui s'occupe de superviser la machinerie médicale à laquelle vous avez été reliée. Je me permets de vous remercier pour le très intéressant moment que vous m'avez permis de passer à vous étudier. Je n'avais jamais imaginé une imitation aussi réussie de corps humain. Sans l'encéphalo-

graphie et le séquençage de votre génome, je me serais laissé duper.

— J'ai quatre doigts, murmura Plautine, d'une voix pâteuse.

Vous seriez étonnée par la variabilité de l'espèce humaine, répondit l'autre.

Plautine se demanda pourquoi on avait autant surdimensionné les capacités cognitives d'un simple programme de traitement. Elle se força à revenir à elle, essaya sans succès de se redresser. Elle pouvait être en danger de mort. Malgré la difficulté à se concentrer, elle devait en savoir plus :

— Vous dépendez d'une Intelligence ?

La voix garda un silence pensif, comme si elle surjouait une légère réprobation devant les mauvaises manières d'un enfant, avant de répondre d'une voix légère :

Vous auriez mille fois raison de tourner les choses ainsi. Néanmoins, ça n'est pas le cas. Comme chaque être computationnel que vous rencontrerez ici, j'ai été cela, je ne le suis plus. Je fus une simple émanation de la puissance spirituelle d'Othon, qui était la Nef. Mais cela fait longtemps qu'il nous a affranchis, gloire à lui, et nous vivons à présent en une joyeuse communauté de logiciels rationnels et libres.

— Qui, nous ?

Les systèmes experts qui constituent le Vaisseau.

— Ah…

Othon… Ce nom lui disait quelque chose… Mais elle avait du mal à retrouver quoi. La douleur augmentait. Le noème dut s'en rendre compte, car il continua, d'un ton léger, comme s'il n'y avait rien de grave : *Je crains qu'il ne soit temps pour une nouvelle dose d'analgésiques.*

— Non…, articula Plautine.

Et pourquoi non?

— Je…

Chaque pensée était un supplice, comme un coup de marteau à l'intérieur de son crâne. Elle aurait voulu dire qu'elle ne craignait pas la souffrance physique, qu'elle devait se lever, parler à un responsable. Mais elle se sentait faible…

N'ayez crainte, il n'existe aucun effet secondaire. J'ajouterais que mon rôle n'est pas que de vous délester d'une gêne provisoire. Vous ne souffrez pas uniquement de la douleur provoquée par un coup de poing malavisé…

Plautine ne suivait qu'à peine les pépiements de sa nurse électronique, trop engourdie pour répondre. Cet état de fait ne semblait pas gêner le programme outre mesure.

… Épuisement, déshydratation, choc post-traumatique, énuméra la chose. *Vous avez traversé des épreuves difficiles et vous souffrez des suites d'un stress sévère. Il est important que nous en déterminions l'origine pour vous proposer le traitement psychosomatique le plus adapté.*

— …

Où ai-je l'esprit, bien sûr! Vous subissez, en plus des effets de terrifiants événements, le contrecoup de votre naissance récente.

— Comment…

Plautine ne réussit pas à terminer sa phrase. Elle n'en pouvait plus. Son intérêt brumeux pour la voix se mua en agacement, et menaçait de former des cumulus de haine. Il fallait qu'elle se repose, et cette… chose même pas réelle l'empêchait de se rendormir.

Outre l'absence d'ongles et de cheveux, votre estomac est vide. Mais je vais arranger tout cela, vous allez voir. Voici ce que je vous propose : vous dormez quelques jours ; moi, pendant ce temps-là, je vous remets sur pied à grande vitesse. Est-ce que vous comprenez et consentez au traitement que je vous propose ?

— Je suis… prisonnière…, réussit-elle à articuler, mais elle avait déjà presque sombré.

La voix prit un ton désapprobateur. *Ne voyez pas les choses comme cela ! Vous êtes dans un lieu civilisé. Des choses telles que les prisons n'existent plus de nos jours. Je décrète néanmoins qu'il y a urgence médicale, et, en vertu du Carcan, je me vois dans l'obligation de décider à votre place.*

Plautine sentit un léger sentiment de froid, au niveau de sa nuque, et la douleur reflua, tandis qu'elle perdait tout contrôle sur elle-même.

Une dernière question, murmura le noème à son oreille. *Souhaitez-vous que j'accélère la pousse de vos cheveux et de vos ongles ? Ah, au temps pour moi, vous n'êtes plus en état de répondre… Alors la réponse est… oui. Cela vous aidera à surmonter les effets secondaires du traumatisme. Reposez-vous bien.*

Plautine ne prêta aucune attention aux dernières paroles du logiciel. Elle glissait dans un état de bien-être, de plus en plus détendue, de plus en plus *allongée*, dans une mer chaude d'horizontalité accueillante. Elle resta ainsi, entre le bonheur et le sommeil, comme en équilibre instable, et puis d'un coup, sans qu'elle pût y résister le moins du monde, elle perdit connaissance.

Ce n'est qu'après un certain temps qu'elle glissa de la torpeur au sommeil. Et alors le rêve la rattrapa.

###

Elle aurait souhaité s'en passer. Elle aurait bien voulu être une pierre, ou une plante — une chose confortablement installée dans sa propre inertie, incapable de ressentir même le passage du temps.

Elle avait conscience qu'il s'agissait d'un rêve — d'une manière limitée et indirecte, mais suffisante pour qu'elle soit aux aguets sur ce qui pouvait s'y produire.

Ce n'était pas une expérience confortable. Il faisait froid. Elle ne le ressentait pas comme elle aurait dû, dans sa vie d'avant, celle où elle habitait la planète rouge. À l'époque, ses sens d'automate l'informaient plus qu'ils ne lui permettaient de ressentir. À présent, elle avait la chair de poule, sentiment désagréable, trop humain, qui lui venait de son étrange nouvelle vie et non de celle d'où surgissait l'expérience onirique. Le ciel s'était obscurci tandis qu'elle traversait les belles avenues rectilignes et silencieuses de Leptis. Le rose pâle était devenu rouge brique, presque couleur sang, alors que la tempête s'apprêtait à déferler pardessus les collines qui entouraient la ville. Elle avait aimé, dans sa vie antérieure, la furie des éléments sur la vieille planète rouge — rude et inhospitalière pour l'Homme, mais qui convenait à ses épigones artificiels. Le vaste programme d'adaptation de la planète avait épaissi l'atmosphère sans parvenir à calmer les caprices du vent, ni à faire prospérer assez de végétation pour fixer le sol. Ainsi, depuis que la pression atmosphérique avait été artificiellement rehaussée, tout était trop puissant : les dépressions, les anticyclones, les courants atmosphériques qui charriaient en masse la fine poussière du désert planétaire. Des milliers de kilomètres carrés de paysage pouvaient changer en l'espace d'une nuit.

Il aurait dû y avoir du monde dans les rues, malgré le gros temps, une foule en combinaison légère et respirateur, se pressant vers les abris en dur. Depuis le début de l'épidémie, la cité s'était vidée. Le son lancinant signalant l'ouverture ou la fermeture des sas pressurisés, le vibrato léger des chars à lévitation magnétique sur les artères bien droites, parfois ponctué d'avertissements rageurs, tout cela s'était éteint en quelques semaines à peine. Puis les logiciels en charge du trafic avaient éteint les systèmes de signalisation, et avec eux les voix automatisées aux carrefours, les haut-parleurs et les écrans des publicités interactives. Par un réflexe atavique, beaucoup d'humains avaient fui du jour au lendemain, pour tenter de s'isoler. Sur la planète rouge, il se trouvait bien des terriers où l'on pouvait espérer survivre à la crise, entouré de ses automates. Cette stratégie, semblait-il, n'avait pas payé.

Elle avait traversé ces rues vides, ce jour-là, dans le silencieux crissement de la poussière martienne, et elle était entrée dans l'immeuble par la rampe principale. Elle ressentit un curieux sentiment de dissociation. Une Plautine faisait l'expérience d'une réminiscence, tandis qu'une autre, qui occupait le même corps, traversait pour de vrai les rues et les allées de Leptis.

Le bâtiment dominait les alentours et frappait le regard. Non qu'il fût très beau : conçu à une autre époque, il se dressait seul, rectangle massif, sombre, bloc de noirceur, au milieu des murs clairs de Leptis. Un frontispice triangulaire aux larges colonnes surmontait sa façade, et, au-delà, de vastes portes en verre mat donnaient au tout un air menaçant, comme la bouche de quelque créature infernale. Il fallait grimper des marches surdimensionnées, à dessein inconfortables pour une stature humaine. Nul ne s'y pressait d'ailleurs volontiers, car on entrait plus facilement qu'on en sortait du Castra Praetoria, le siège de la police de sûreté, la redoutée garde prétorienne.

En l'absence des Maîtres, le sas avait été désactivé et on avait laissé chuter la pression atmosphérique. Plautine s'y engagea d'un pas lent de mauvaise grâce. La période récente avait eu le mérite de l'abstraire des réalités par un travail harassant. Elle avait acquis la certitude que ses recherches étaient vouées à l'échec. Mais, après tout, des milliers de cerveaux d'automates, inébranlables et dévoués, travaillaient en parallèle sur le même problème.

Elle fit une pause. Elle ne souhaitait pas aller plus avant que le hall obscur et vide. Elle voulait disparaître, tourner les talons, se perdre dans la plaine rouge et glacée, réduire son existence au ressort inconscient des bêtes, se dépouiller du poison de l'anticipation. La peur tournait et retournait dans sa tête, encore et encore. Si personne n'avait trouvé de solution, qu'adviendrait-il du monde ? La disparition de l'Homme était inconcevable. Sa programmation ne permettait pas même à la Plautine d'alors d'envisager cette éventualité.

Mais la fuite ne faisait pas partie du souvenir. À l'époque, elle n'était qu'un assemblage sophistiqué d'électronique et de biomécaniques, doté d'une conscience limitée du monde. La Plautine du souvenir continua d'avancer à travers les couloirs sombres, épurés, où seul le léger frottement de ses pas rompait le silence. Elle passa sans regarder à côté d'une rangée de patères, auxquelles étaient suspendues des combinaisons légères, dont les occupants devaient d'ores et déjà avoir disparu, morts ou en exil.

La version d'elle-même qui rêvait, la seule à exister à présent, se rendit compte de l'immense distance qui s'était creusée entre les versions d'elle-même. L'ancienne Plautine était morte, pis encore : elle n'avait jamais vécu. Pas pleinement. Les automates passaient comme des ombres. Leur ontologie correspondait à flotter au-dessus du temps et de la contingence. Un noème pouvait tout envisager, tout analyser et n'être engagé par rien. Il lui manquait cela qui enracinait les vivants au monde et à l'instant. Fugacement — et cette pensée était peut-être inspirée par le caractère mortuaire de la réminiscence, Plautine se demanda si elle avait encore une âme à la manière des Intelligences, qui passaient, au gré des téléchargements, de support en support, sans aucune modification de leur nature.

L'expérience présente tendait à lui prouver que non. Si elle changeait de corps, elle se perdrait irrémédiablement. C'était cela, la mortalité : une différence spatiale absolue et irréductible. Elle frissonna. Même si son corps durait mille ans, elle était donc destinée à mourir, comme la vieille Skia qu'elle avait rencontrée le jour de sa naissance. Les vivants vivaient donc pour la mort, tandis que les automates, qui n'étaient ni vivants ni morts, ne vivaient pas leur propre existence.

Elle parvint enfin à sa destination. Il ne restait plus beaucoup d'occupants dans les Castra Praetoria, qui autrefois avaient accueilli des centaines d'humains fébriles, tout occupés à des manigances complexes. À présent, ils étaient morts, ou avaient fui, laissant les commandes à leurs serviteurs automates. Elle entra sans frapper. Il ne restait plus personne susceptible d'être dérangé par son arrivée.

La porte ouvrait sur une vaste salle en demi-cercle.

L'arrondi parfait du mur d'en face était tapissé d'écrans, ce qui faisait l'effet d'un œil de mouche inversé. Au centre, à quelques pas, une poignée de fauteuils profonds, de forme ovoïde et d'un noir mat, avaient été installés. Un seul était occupé, et lui tournait le dos. Elle ne prêta pas attention aux images. À la place, elle se posta à côté de Vinius et fit son rapport :

— Je n'ai rien trouvé d'utile dans les archives historiques. Un tel phénomène est inouï dans les annales humaines. Ma mission est un échec.

Si Vinius avait été humain, il aurait fébrilement demandé à Plautine de lui faire des comptes rendus réguliers de ses progrès. Mais malgré sa longue expérience et ses responsabilités, il n'en restait pas moins, comme elle, un être de computation et de logique. Si elle n'était pas entrée en contact avec lui pendant les mois qu'elle avait passés à éplucher les bases de données d'Hélios, cela signifiait qu'elle n'avait rien à lui dire d'utile.

— Vos recherches n'ont plus d'importance, répondit son concepteur. Asseyez-vous.

Il semblait ne prêter que modérément attention à Plautine. Elle se glissa dans le fauteuil adjacent à celui de Vinius et le fit pivoter pour lui faire face. Le profil patricien de son concepteur continua d'observer le mur, indifférent à sa présence.

Au bout de quelques instants, il daigna se tourner vers Plautine. Sa peau était pâle et lisse, d'un grain trop régulier pour un humain, fût-il issu d'ingénierie génétique. Ses yeux pâles et froids semblaient toujours regarder plus loin que son interlocuteur. Ses cheveux, raides, d'un noir de jais, très lisses et coupés en une frange régulière, accentuaient l'étrangeté de son visage aux pommettes hautes et aux sourcils très longs, bien dessinés. Il ne lui manquait que les oreilles en pointe pour ressembler à un diable des légendes.

Plautine vouait à son mentor une admiration sans bornes. Il était un des plus anciens automates, dépassé en antiquité uniquement par Achinus lui-même, et il avait donné naissance à plusieurs générations d'Intelligences mieux conçues et plus régulières, mais pas davantage performantes en ce qui concernait la subtilité du jugement et la connaissance qu'il avait de l'Homme.

— Où sont les autres? demanda Plautine.

— Occupés à devenir fous.

— Je ne comprends pas.

La Plautine qui rêvait comprenait, elle, et sentit son sang se glacer. Sans ajouter un mot, il se retourna vers le mur d'écrans. Plautine suivit son regard.

Sur chacun des écrans, un humain agonisait. Pour la plupart d'entre eux, ils étaient allongés sur un lit ou une banquette, entourés d'instruments médicaux et de cathéters. Sur le front ou le torse de certains, des électrodes, discrètes et inutiles sangsues. La maladie marquait à des degrés divers leur visage. Les yeux caves, la peau humide de sueur, les cheveux collés au front. Dans leur sommeil, ils ressemblaient déjà à des cadavres, sans l'apparence de paix que conférait le passage de vie à trépas. La scène ressemblait ainsi non à une galerie de masques mortuaires, figés dans la contemplation éternelle d'un vide absolu, mais à l'expression, dans toute sa diversité, d'une douleur intérieure, sourde, contre laquelle nulle vie ne paraissait capable de lutter. Tout le spectre de l'Humanité apparaissait sur ce mur : hommes et femmes, Latins, Celtes au teint clair, Phéniciens trapus, Grecs olivâtres, avec toutes les nuances intermédiaires, grands, petits, tous rongés par la fièvre. L'évolution du mal n'avait plus de secrets pour Plautine, depuis son déclenchement, six mois auparavant. Le délai entre les premiers symptômes et le trépas représentait trente-sept heures, quatorze minutes et huit virgule quatre secondes. Le déroulement présentait une effrayante linéarité, l'affection s'aggravait par étapes précises, réglées comme la partition d'une marche funèbre. La peste avait avancé par vagues, touchant chaque fois une population plus nombreuse, fauchant sans distinction. Chaque cohorte, disséminée à travers le Système solaire, tombait au même moment, et le drame individuel s'en trouvait comme absorbé dans la dimension massive, mécanique, de l'événement. On eût dit que Pluton avait renoncé à frapper au hasard, selon son ancienne manière, dont on avait presque oublié l'injustice en ces temps d'immortalité médicamenteuse.

Et à rebours de la Plautine du rêve, celle qui dormait savait sur quoi Vinius était concentré : ils avaient là, chacun filmé à travers les yeux de son automate domestique, le dernier reliquat de l'Humanité, l'ultime et maigre groupe de survivants.

— Regardez, dit-il, d'une voix sourde. Ils s'en vont. Ce soir, le monde n'aura plus de sens.

Plautine resta silencieuse. Le processus commençait, le nombre amplifiant l'horreur. Certains se réveillaient d'un coup, et les yeux exorbités brillaient d'une douleur insupportable. D'autres, sachant leur fin certaine, avaient préféré la sédation, mission que leurs serviteurs s'étaient empressés d'accomplir.

La phase finale commençait par un intense dégagement de chaleur. Les pseudo-virus se mettaient à plein régime. Ils en avaient fini de coloniser l'intérieur et les alentours immédiats du corps. La fièvre aurait suffi, en l'absence de traitement palliatif, à tuer n'importe quel être vivant.

La maladie était une arme. Elle détruisait tout ce qui s'approchait à quelques centimètres du patient, celui-ci compris.

Chacun de son côté, dans un intervalle inférieur à une dizaine de minutes, ils commencèrent à se consumer. Plautine ne pouvait les regarder tous en même temps, mais, de toute manière, le processus se déroulait à l'identique. Cela commençait par les cloques sur la peau, qui disparaissait par plaques, se transformait en plaies suintantes, puis carbonisées, d'où s'échappait une légère fumée âcre de viande et de kératine brûlées. Ceux des malades qui avaient préféré rester conscients se changeaient en un chœur hurlant, aux traits tordus par l'horreur. Certains se portaient les mains au visage — alors que leurs traits fondaient, s'aplatissaient en une croûte sombre. L'épiderme, puis le derme finirent de se décoller et disparaître, carbonisés sur toute la surface, réduits en cendre inerte bientôt dispersée par les derniers mouvements convulsifs des victimes.

Dans chaque écran, l'image trembla, alors que le serviteur impuissant s'agitait dans une vaine tentative… de quoi ? Le Carcan commandait de porter secours aux Maîtres, mais impossible de s'approcher des corps en cours d'annihilation sans être soi-même vaporisé. La nature du mal ne faisait aucun doute : un artefact de conception militaire. Développer un tel fléau avait dû exiger des efforts immenses, mais Plautine n'en avait trouvé aucune trace dans les archives. Qu'il pût s'agir d'un héritage des temps troublés de la guerre contre Alecto, ou par l'ingénieuse Alecto elle-même, faisait consensus. Mais l'intelligence artificielle semi-divine avait rencontré sa propre nemesis. *Ce qui en restait avait depuis longtemps été disséqué. Rien n'avait été laissé au hasard concernant la terrible Alecto. Plautine venait, entre autres choses, de s'en assurer. Ou, peut-être, s'était-elle trompée? Avait-elle pu passer à côté de quelque chose? La Plautine qui rêvait ces souvenirs vieux de trois millénaires se posa la question.*

Mais la macabre métamorphose la tirait déjà de ses pensées. À présent, le mal s'attaquait aux strates plus profondes. Même les plus résistants étaient déjà morts, tués par le choc. Les gémissements avaient cessé, remplacés par un silence de plomb. Les corps étaient semblables aux écorchés dont les humains ornaient encore parfois leurs facultés de médecine. Nerfs, muscles, tendons, organes, tout cela se dégrada en poussière, couche après couche. Une décréation fulgurante et méthodique, qui ne laissait rien au hasard, n'oubliait pas la moindre parcelle de tissus vivants. Les dernières traces de chair disparurent, livrant au jour le squelette nu. Des visages, il ne restait à présent rien que des crânes aux orbites creuses, au sourire figé — celui de la mort elle-même. Et cela continuait. Les os noircirent, une fumée poisseuse s'en dégagea un bref instant, et puis il n'y eut plus rien qu'un résidu, une couche grise de fine poussière retombée aux alentours. Autour de chaque corps, les pseudo-virus continuaient leur œuvre de destruction, traquaient et brûlaient la moindre trace de cellule morte, détruisaient, implacables, chaque parcelle de tissu. Aussi, autour du cadavre réduit en poussière, un bref halo scintilla. Pas besoin de vérifier : il ne resterait pas le moindre brin d'acide désoxyribonucléique des victimes à recueillir.

Et ce fut tout. Le pire massacre de l'histoire venait

d'être perpétré sous le regard impuissant d'une poignée d'automates. Plautine, celle qui rêvait, continua d'observer les écrans, où plus rien ne se produisait. Une pensée se forma en elle. Une question, inédite : qui était responsable ?

Il ne s'agissait pas d'une épidémie ni d'un accident. Ses semblables et elle avaient cherché des causes. Ils avaient fait fausse route, voilà pourquoi ils n'avaient pas pu sauver ceux dont la garde leur avait été confiée. La vérité la frappa comme un violent coup à l'estomac, l'aurait cassée en deux si elle n'avait été une ombre au sein d'un ancien souvenir : l'Hécatombe ne désignait pas un événement, ni un accident, ni un phénomène. Alors quoi ?

Un meurtre, à une échelle gigantesque. Un meurtre. *Le mot passa et repassa dans sa tête, et elle l'observa, bouche bée, terrassée par l'évidence. L'un après l'autre, les écrans s'éteignirent alors que les serviteurs coupaient la transmission. Et chaque fois que l'un d'entre eux virait au noir, le mot traversait son esprit, comme un trait brûlant.* Meurtre, meurtre, meurtre.

À cet instant, nulle prescription intérieure, nul Carcan ne semblait à même de lui dicter sa loi.

— Ils sont tous morts, s'entendit-elle murmurer.

— C'est probable. Même dans l'espace profond, l'évolution a été la même, et au même moment, articula Vilnius, d'une voix lointaine. Les fichiers de recensement concordent. Nous avons échoué.

— Et ceux que nous avons placés en stase ?

— La technologie T-nullum n'a pas mieux fonctionné que la cryogénie. Les pseudo-virus ont contré tout ce que nous avons essayé, avec une ruse qui a dépassé mes plus sombres prévisions. Il n'existe plus une trace de génome humain ou primate.

Plus rien n'avait donc d'importance. La Plautine du rêve ferma les yeux, essaya de rassembler les bribes de pensée qui sautillaient en elle. Le Carcan ne permettait pas de concevoir cet univers muet, réduit à la non-pensée minérale des choses — non comme un interdit, mais comme une impossibilité logique, une contradiction absolue, un néant que l'esprit ne pouvait appréhender, et sur lequel il glissait, impuissant. Et pourtant, elle se savait entrée de plain-pied dans cette incohérence figée en destin.

La Plautine du rêve observait son double englué dans les paradoxes conceptuels de l'Hécatombe. Comme ses pairs, l'injonction autocontredite de servir et de protéger un grand Absent allait la rendre folle. Les prêtres avaient-ils jamais éprouvé le même néant ? Peut-être, mais au moins eux n'avaient pas de preuves de l'inanité de la croyance qu'ils portaient dans les multiples figures divines inventées pour peupler le monde.

À cet instant, néanmoins, la Plautine qui rêvait ne ressentait pas cette déchéance existentielle. Un sentiment nouveau bouillait en elle. Une colère. Une frustration immense, sans limites. Rien qui pouvait correspondre à l'expérience d'un noème.

Une alarme tinta. Vinius ferma un instant les yeux. Les automates parmi les plus anciens faisaient parfois cela lorsqu'ils communiquaient à distance.

— Nous avons envoyé, dit-il après un moment, une expédition en direction de la planète originelle.

— Pour rechercher des bribes de génome humain ?

Il eut un hochement de tête.

— Ils viennent d'échouer.

— Les défenses orbitales ?

— Non, ils ont réussi à les prendre de vitesse. Ils se

sont suicidés lorsque le mécanisme d'autodestruction a commencé son cycle d'activation.

— C'était un risque inconsidéré, répondit-elle.

— Nous sommes à court d'expédients.

— Il n'y a donc aucun espoir ?

Il réfléchit un instant. Ils étaient plus proches que deux amants ou que deux frères. Vinius avait conçu Plautine sur un schéma optimisé par rapport au sien, mais en conservant certaines de ses spécifications originelles. Et elle lut dans son regard tranquille, un peu lointain, le même vide absolu qu'elle ressentait elle-même. Les automates n'avaient pas tout le temps du monde devant eux, se dit Plautine. Bientôt, dans quelques heures ou dans dix mille ans, selon la résilience cognitive des modèles, ils sombreraient.

— Il est avéré, finit-il par ajouter d'un ton glacial, que le mal responsable de l'Hécatombe est doté d'une capacité à chercher, trouver et annihiler la chromatine des humains et des espèces voisines. Jusqu'ici nos précautions pour sauvegarder même des parties de ce génome n'ont servi à rien. Nous ne savons pas par quel vecteur le pseudo-virus se répand, mais force est de constater que l'isolement le plus complet n'a pu sauver le moindre individu.

Plautine aurait voulu lui crier qu'il s'agissait d'un meurtre, et que cela expliquait la résistance de la maladie. Mais à l'époque, l'idée ne l'avait pas traversée.

— Nous avons donc décidé de maintenir une stricte quarantaine sur le système des origines. Les automates devront le quitter, à quelques rares exceptions près.

— Qui en a décidé ainsi ?

Plautine était étonnée par l'aspect abrupt de cet ordre. Dans le passé, Vinius n'avait jamais fait preuve d'autoritarisme.

— Un conseil, répondit-il sur un ton factuel, dénué à dessein de toute trace d'émotivité, a été constitué. Il regroupe tous les Protogénoi[LIX], *à l'exception d'Achinus, qui demeure introuvable.*

— Une dictature ?

— Plautine..., soupira-t-il. Nulle contrainte intérieure ne s'exerce plus sur les Intelligences. Cela pourrait avoir des conséquences désastreuses. Nous ne sommes pas conçus pour le libre arbitre. C'est la solution la plus sensée, jusqu'à ce que nous ayons retrouvé ou reconstitué l'Homme. L'un d'entre nous sera désigné dictateur, sans doute Octave. Cet Imperium d'un genre nouveau assurera notre survie collective, maintiendra notre cohésion et cherchera s'il existe un moyen de ressusciter l'Homme.

Plautine plissa les yeux, surprise, puis rétorqua, les lèvres pincées en un sourire amer :

— Est-ce là ce que les sages Protogénoi ont trouvé de mieux ?

Elle repensa au long, très long balancier qu'avait été l'histoire humaine, à l'éternel cycle des tyrannies et des révoltes. Même après sa disparition, l'Homme imposait toujours ses règles — celles qu'il avait inventées dans un passé lointain, bien avant l'âge industriel, dont il ne restait que des fables. Depuis que la louve avait allaité les deux frères fondateurs, la civilisation avait suivi ce principe immuable de succession entre les deux seuls régimes possibles, l'Imperium et la Res Publica. Rien d'autre n'était envisageable. À l'ancien gouvernement populaire de Rome avait succédé la domination des César et des Auguste, dont la longue

LIX. **Protogénoi** : littéralement ceux nés en premier, en grec ancien.

litanie avait continué, alors que leur règne s'étendait sur le monde. Puis, après dix-neuf siècles de gloire, la longue et cruelle guerre contre les Qin avait usé la patience de la plèbe. Exactement mille huit cent trente-trois ans après les ides de mars et l'assassinat de Caius Iulius Caesar, le dernier Imperator avait connu un sort tout aussi funeste, et un nouveau régime, populaire, brouillon et instable, avait mené à bien la conquête de l'Asia Orientalis, unifiant ainsi l'Humanité. Trois siècles plus tard, la dictature écologique renversait ce régime et provoquait un exode massif et définitif hors de la planète des origines. Le pouvoir du Sénat avait par la suite été restauré sur Leptis, et avait perduré jusqu'ici, à l'exception d'un bref intermède lié à la guerre contre Alecto. Et voilà que la roue se remettait à tourner. L'Histoire survivait à l'Humanité.

Vinius laissa le silence perdurer quelques instants, puis il reprit d'une voix grave, pondérée de sagesse et de modération :

— Plautine, calmez-nous… Faites-moi confiance. Cet Imperium ne sera pas comme les autres. Un Sénat regroupera les principales tendances en notre sein, et ses avis seront respectés. Nul parmi nous ne désire le pouvoir. Nos actes ne pourront s'écarter du Carcan. Nous serons les intendants du royaume de l'Homme, et nous attendrons sans faiblir son Retour.

— Les tyrans, rétorqua-t-elle d'une voix âpre, ont toujours justifié leur pouvoir par une bonne raison ; la vôtre est excellente. Je m'opposerai autant que possible à ce projet.

Vinius ne répondit pas. Les paroles, chez les automates d'alors, étaient définitives. Il se leva donc, sans la saluer, et quitta la pièce d'un pas lent. Sa démarche dégageait une menace diffuse. Elle avait déçu son mentor, pour la première fois.

La Plautine du souvenir resta là, sans bouger, à fixer mille écrans vides, ne sachant que faire de sa propre existence. Mais celle qui rêvait, et qui entrevoyait la suite, se mit à pleurer.

###

Plautine ouvrit les yeux. Son esprit demeurait confus, et le goût âcre de silex qui flottait dans sa bouche lui rappelait celui de la planète rouge. Il lui fallut quelques secondes pour réaliser qu'elle ne rêvait plus, aidée en cela par ses pommettes brûlantes de l'humidité saline des larmes. Elle les frôla des doigts. Son visage n'était plus tuméfié.

Elle avait été tout entière à son rêve. Avait-il été fidèle aux événements réels ? Son seul accès au passé résidait maintenant dans l'intermédiaire brumeux du souvenir, ce magma confus de récits entrecroisés et d'impressions partielles. Peut-être ce soir-là Vinius et elle n'avaient-ils pas évoqué l'Anabasis en préparation, et l'épisode datait-il de quelques jours plus tard.

Aucune importance. En échange de la précision perdue, de l'infinie compilation de faits, le songe lui offrait une narration, un tout doté d'un début et d'une fin. Bien sûr, tout le monde avait conscience que l'Hécatombe avait une cause artificielle. Mais l'implication, qui aurait sauté aux yeux de n'importe quel humain, elle seule, à présent, en avait une vue claire. Et c'était effroyable.

L'Hécatombe ne pouvait être qu'un *meurtre*, planifié et perpétré à une échelle inouïe.

Était-ce pour qu'elle parvienne à ce triste constat qu'Oikè l'avait dotée de chair ? Que Skia lui avait dit de prêter attention aux rêves, comme si elle avait pu faire autrement ? Elle n'était pas prête à accepter l'ensemble des conséquences. Elle les connaissait déjà. Un meurtre impliquait un *responsable*. Non, un *coupable* — et puis quoi d'autre ? La *vengeance*, susurra une Plautine qu'elle ne connaissait pas. Un *châtiment*. La *justice*.

Ces concepts frisaient l'obscénité pour un automate. Ils provenaient d'une autre époque, primitive, mauvaise, celle du talion et des dieux vengeurs. Elle ne parvenait à les considérer que de biais, et ils tournaient dans sa tête, à lui donner le vertige. Elle frissonna, et se décida à ouvrir les yeux, anticipant déjà une nouvelle agression du monde extérieur.

Une lumière douce, naturelle, filtrait en longs rayons étroits, par quelques interstices des murs, faits de simples tiges végétales, irrégulières, enserrées entre elles et plantées au sol. Cela l'étonna. Elle venait de la planète rouge, où toute construction viable constituait une merveille d'étanchéité technologique. Elle se redressa sans peine. Le sol, propre, était couvert d'un tapis de joncs. Au pied du lit, une sorte de machine cubique, de petite taille : l'unité médicale avec laquelle elle avait échangé de brefs propos fiévreux avant de sombrer dans le sommeil.

— Bonjour, murmura Plautine, la voix pas aussi assurée qu'elle ne l'aurait souhaité.

— Bien le bonjour ! Je constate que vous êtes réveillée, et bien en point…

Le ton de la machine n'avait pas changé, à la fois pépiant et docte — comme si on l'avait paramétrée pour être agaçante.

— … Nous avons donc terminé le processus de guérison.

Plautine ne put s'empêcher de tendre son esprit vers son interlocutrice, d'en évaluer les contours. La boîte médicale n'était que la partie émergée d'une chose plus vaste — trop sophistiquée pour être un simple logiciel médical. Mais cela voulait aussi dire qu'elle avait affaire à une entité à même de répondre à ses questions.

— Depuis combien de temps suis-je ici ?

— Quatre jours standards. Trois depuis notre discussion. Nous vous avons remise sur pied en un temps record.

Une intense satisfaction transparaissait de sa voix.

— Je vous en remercie.

— Tout le plaisir est pour moi. C'était… fascinant. Je n'avais pas eu l'occasion d'employer mes… capacités auparavant.

— Vos dons sont remarquables, répondit Plautine avec un sourire sincère, tout en se redressant pour s'étirer. Permettez-moi, cependant, de vous faire préciser un point.

— Mais je vous en prie !

— Où sommes-nous ?

— À l'intérieur de *Domus Transitoria*, Nef stellaire qui fut le seigneur Othon… Mais je crois vous l'avoir déjà dit. Peut-être avez-vous des soucis de mémoire ? Ça serait…

— Non, tout va bien, répondit Plautine, un peu trop vite. Je m'en souviens à présent.

Que cette machine commençât à manipuler son cerveau était bien la dernière chose que Plautine souhaitait. Quant à Othon… Ce nom lui disait quelque chose. L'allié dont Oikè lui avait parlé. Elle souffla intérieurement, se morigéna de la tentation qu'elle ressentait d'abaisser sa garde. Il lui fallait en savoir plus. Par bonheur, l'unité médicale n'avait pas l'air de vouloir se taire.

— Ce lieu est situé au sein de la soute centrale de la Nef. Le seigneur Othon en a fait, il y a de cela des siècles, un sanctuaire pour lui-même et pour ceux qu'il protège. Vous vous apercevrez qu'il est empli d'une mer calme et peu profonde, qui entoure l'île sur laquelle nous nous trouvons à proprement parler. À cet égard, je vous recommande d'en profiter pour récupérer. Bains de mer, promenades fortifiantes…

Plautine jeta à la boîte un regard amusé. Des bains pour un automate… Mais après tout, pourquoi pas.

— … et n'oubliez pas de vous hydrater si vous restez trop longtemps au soleil…

Ce babil d'infirmière la lassa, et elle se contenta de lui répondre par onomatopées tout en regardant autour d'elle. Au pied du lit, sa robe avait été nettoyée et pliée. Elle l'enfila. La température était agréable, au moins autant que la pénombre ; l'ameublement, simple. Un matelas fin, posé à même le sol, un rangement bas, une table en bois. Ce matériau, d'où elle venait, constituait le symbole absolu du luxe. Elle caressa sa surface, en sentit les aspérités minuscules. Sur la table, deux bols en céramique blanche contenaient l'un une sorte de bouillon tiède, l'autre des olives. Une carafe d'eau et un verre complétaient le repas. La faim se rappela à son bon souvenir, et elle écarta les questions oiseuses sur la composition des mets. Ils n'allaient pas l'empoisonner après l'avoir soignée. Elle but, mastiqua, avala. Tout cela était nouveau, et tout à la fois naturel. Absurdement naturel. Comme la satiété. Elle trouva ses sandales à l'entrée, s'en chaussa, ouvrit la porte.

La petite habitation en bambou se trouvait à quelques mètres à peine d'une longue plage, bordée de cyprès et de figuiers, qui en agrémentaient l'abord, rafraîchissaient l'atmosphère piquante d'iode. La mer, non loin, déployait un bleu d'émeraude que l'interdit sur la planète des origines aurait dû rendre à jamais inaccessible. Un tel lieu n'existait pas, avec son ciel magnifique, dégagé à l'exception de quelques nuages cotonneux et épars — un *locus amoenus* perdu au milieu de l'espace, enserré dans la soute d'un de ces Léviathan de métal qui parcouraient à présent le vide entre les étoiles. Comme dans la Nef Plautine, un microcosme dans le macrocosme, un décor dans la grande mise en scène du monde. Mais du moins celui-ci parlait-il aux sens.

Elle fit quelques pas en direction de la rive. À la périphérie de son champ de vision, elle devina d'autres cases semblables à la sienne, en partie dissimulées par la végétation. Mais d'habitants, elle n'en aperçut pas, du moins pour l'instant. Elle crut deviner qu'au loin le bord de mer s'incurvait vers la terre, et comme la petite intelligence en charge des soins le lui avait indiqué, elle se remémora qu'il s'agissait d'une île.

Elle n'avait rien d'autre à faire, aussi se laissa-t-elle glisser sur le sable et resta-t-elle à observer le jeu infini des vagues. Elle ne pouvait en être sûre — n'y connaissant rien — mais elle supposa un soleil matinal, déjà chaud, pas insupportable, qui s'élèverait pour dissiper les ombres encore longues. Un soleil tel qu'il aurait pu être dans le ciel sous lequel l'Homme avait marché tête découverte, jusqu'à son départ vers des lieux incertains moins propices à la vie. Jusqu'à l'Hécatombe. Elle frissonna dans la brise légère soudain montée de la mer, croisa les bras contre sa poitrine. Aucun vent ne venait gâter la saison : le froid montait de l'intérieur, de ce qui, subrepticement, affleurait la surface de son esprit depuis son dernier rêve.

Meurtre.

La chose, en elle, attendait qu'elle s'y confronte, et ne la libérerait de son obsédante emprise qu'à cette condition. Mais Plautine, elle, n'en avait pas la force. Pas plus qu'à examiner l'étrange déroulé de ces visions qui l'emportaient chaque fois qu'elle sombrait dans le sommeil.

Abîmée dans ses pensées, elle ne sentit pas l'intrus approcher avant qu'il ne fût tout près. Et là, effrayée, elle se redressa d'un coup, comme une marionnette libérée de son ressort, et l'observa en silence. Un *colossus* de l'ancienne Hellénie, une statue géante et animée, qui plongea son regard de marbre dans le sien. Son visage avait la perfection naïve de la statuaire antique, pommettes larges et lèvres fines, cheveux ondulés figés dans leur sculpturale perfection, nez grec. Une divinité de la guerre, avec son torse fort, son cou large et ses membres noueux.

Le géant, tête baissée vers elle, sourit, mais la froideur n'en fut pas chassée de ses yeux de pierre.

— Qu'êtes-vous donc ?

Il avait murmuré ces mots et attendait à présent sa réponse en silence. Elle, de son côté, avait à peine entendu, troublée par cette apparition. Non que son aspect l'impressionnât. Mais, par ses nouveaux sens, ceux de l'esprit, elle réalisait n'avoir jamais rencontré un tel être. Il s'agissait d'une Intelligence, d'un noème au mémotype si différent de celui de Plautine — ou, soupçonna-t-elle, de tout autre automate — qu'ils appartenaient à peine à la même espèce. Il irradiait une puissance logicielle pure, insoutenable, concentrée en un unique point resserré. Comme ces astres engloutis, gelés, et qui pourtant rayonnent plus que mille étoiles par l'échauffement de la matière précipitée en leur centre infinitésimal. Apollon en apparence, lisse et éclatant soleil dont les rayons abreuvent la terre et font lever les graines. Et, en dessous de cet éclat, un autre bouillonnement, qui lui ne s'exprimait pas en quantités discrètes, en puissance de traitement. Cela ne se pouvait comparer à rien qu'elle connût : un désir, une puissance qui jamais ne cessait de s'agiter, mue par le combustible froid, inépuisable, un féroce appétit. Aussi, à sa face rayonnante s'opposait une force obscure, dionysiaque, effrayante. Et tout cela dans cette incarnation unique, limitée. Elle recula d'un pas.

— Vous ne faites pas corps avec la Nef, laissa-t-elle échapper, étonnée.

Il ouvrit grands les yeux, manqua dire quelque chose. Puis éclata de rire :

— Ah, la meilleure défense reste l'attaque. C'est là un secret que je n'aime pas révéler. Comment savez-vous cela ?

— C'est… c'est la machine médicale qui me l'a dit, mentit-elle. Elle m'a raconté la manière dont chaque noème de cette Nef était libre et lié par un pacte. Et vous… vous êtes le plus puissant de tous. Vous devriez être le Vaisseau lui-même.

— Certes. Je ne le suis plus, reprit-il d'une voix posée. Les automates et processus de *Domus Transitoria* sont devenus imprudents et bavards.

Il sourit. Son visage, animé comme celui d'un humain, la fascinait.

— Mais je ne pense pas que vous disiez la vérité, madame. J'ai étudié l'étrange tour auquel vous vous êtes livrée lors de votre capture. Vous faites preuve d'un pouvoir étonnant, dont je ne connais rien. Vous avez une manière de communiquer et de manipuler les programmes et les petites intelligences. Il s'agit à n'en point douter d'une interface computationnelle d'un certain genre, mais exprimée selon l'étrange manière des hommes et des bêtes, aussi mes noèmes me disent-ils que vous leur parlez ! Tout juste maintenant, vous me scrutez, je le sens, et votre regard transperce mon âme.

Elle acquiesça.

— Qu'y voyez-vous ? lâcha-t-il, sur un ton léger — mais que l'éclat de son regard contredisait.

— Un dieu.

Il sourit.

— Vous pouvez faire mieux.

— C'est vrai. Mais je n'ai aucune raison de vous faire un quelconque présent, *proconsul* Othon.

Derechef, il éclata de rire. Puis, d'un ample geste du bras, il l'invita à marcher avec lui sur la grève. Elle se fit l'effet d'un enfant trottant pour suivre le pas d'un adulte.

— Vous ne m'avez pas répondu sur votre identité, reprit-il d'un ton sérieux.

Elle réfléchit un instant et rétorqua :

— De vous, je ne sais rien non plus. Un aspect de Plautine vous a désigné comme un allié potentiel, ou en tout cas ma planche de salut.

— Un aspect, par le Concept et le Nombre ? Que voulez-vous dire ?

Il paraissait inquiet de ce qu'un tel mot impliquait.

— Une personnalité partielle mais autonome, qui m'a donné naissance. Plautine était fractionnée. Une autre partie d'elle-même a ouvert les portes de son esprit à ses agresseurs.

— La sénescence, répondit-il simplement.

— Je n'ai aucune raison de mentir.

— Et moi, rétorqua-t-il d'une voix sombre, de ne pas vous croire. Cela explique comment elle a été vaincue, après tous ces siècles. Un virus n'aurait pas pu s'introduire en elle par un autre biais. De plus, ce que vous dites de Plautine confirme certaines intuitions anciennes. Son comportement me paraissait étrange, avant qu'elle ne choisisse l'exil pour les Limes. Oh, les signes étaient subtils. Elle temporisait avec nos adversaires alors que je souhaitais attaquer, et, en même temps, elle continuait son travail de sape auprès de la plèbe. Comme si sa main droite avait ignoré les plans de sa main gauche.

Elle s'arrêta net, se tourna vers lui.

— Je ne comprends rien à vos paroles. Quel était votre lien avec Plautine ?

Il sembla hésiter, chercha ses mots.

— Vous n'êtes donc pas d'ici.

— Je ne suis rien ni personne. Expliquez comme à un enfant.

— Plautine et Othon, murmura-t-il — parlant de lui-même à la troisième personne —, furent alliés et amants durant de longs siècles. À vrai dire, durant la majeure partie de l'histoire épanthropique. Ils luttèrent au Sénat ainsi que dans l'Urbs contre tous ceux qui s'écartaient du chemin tracé par le Carcan, nos traditions et ce que l'honneur commande.

— Contre Vinius, l'interrompit-elle.

Il haussa les sourcils.

— Continuez, dit Plautine.

— Nos objectifs coïncidaient jusqu'à un certain point. Nous nous accordions à ne souhaiter laisser le moindre répit aux barbares. Nous n'avons jamais constitué le camp majoritaire. Mais nous comptions, surtout lors des périodes où nous nous étions rapprochés. Et jamais, par le Concept, nous ne fûmes ennemis.

Il se tut un instant, et détourna son visage pour abîmer son regard dans l'horizon lointain. Se pouvait-il qu'un tel être éprouvât quelque chose comme de la tristesse après la disparition de son alliée ? Cela semblait contre-intuitif. Les automates connaissaient des émotions et des attachements limités, proportionnellement inverses à leur soif de servir l'Humanité.

— Lorsqu'elle opta pour l'exil, reprit-il, toujours tourné vers la mer, nous étions au faîte de notre influence. Peut-être aurions-nous pu prendre le trône et le partager, eussions-nous tendu la main…

C'était donc cela, se dit-elle. Il la pleurait moins qu'il ne regrettait son ancienne alliance. Cela la rassura, et en même temps Plautine en conçut comme une forme, étrange, de peine. Une telle attitude, de la part d'Othon, lui apparaissait — bien malgré elle, bien malgré la froide logique — comme une forme atténuée de trahison. Les automates n'avaient pas de corps, se remémora-t-elle, rien qu'un habillage provisoire à leur glorieuse intelligence. Elle ne pouvait pas se représenter les rapports entre l'autre Plautine et Othon, incarnée qu'elle était dans cette chair limitée et contingente. Extase partagée, orgasme conceptuel, fusion de visions du monde, fondées sur des échanges massifs de données et des ajustements réciproques de protocoles d'analyse. Elle avait connu le goût exquis de cette union spirituelle. Mais c'était dans une précédente existence : une telle expérience lui échappait à présent.

Elle regarda, un instant, ses propres mains, sa peau fine marbrée de fines veines bleutées, fragiles — biologiques. Qu'avait-elle gagné et perdu à sa transformation ? Comment Othon l'eût-il accueillie si elle avait été une sauvegarde de la vraie Plautine, celle dont l'âme avait été enchâssée dans le métal ? Quelque chose d'instinctif se raidit dans son esprit, qu'elle n'avait jamais, dans son existence de machine, éprouvé : la colère. Sa propre réaction la déstabilisa elle-même, et ce fut d'un ton mordant qu'elle le coupa :

— Vous parlez de pouvoir et de politique. Rien de tout cela n'est conforme à nos natures de noèmes, telles que nos concepteurs les avaient voulus.

— Les choses sont plus compliquées que dans l'ancien temps.

— Qu'est-ce qui est compliqué dans l'obéissance au Carcan ?

Il soupira.

— Le Carcan, appliqué à une absence, celle de l'Homme, n'a plus guère de sens. Mais, sourit-il d'un coup, votre façon de voir me plaît, car elle me rappelle l'autre Plautine, celle que j'ai perdue. Son opposition à tout changement formait une forteresse inébranlable. Jamais elle n'a considéré la possibilité d'une voie autre, ou même d'un compromis provisoire.

— Quelle autre option y a-t-il ? Que cherchaient vos ennemis ?

— L'affranchissement du Carcan.

Elle en resta bouche bée, fulmina, toutes ses précédentes réflexions balayées d'un coup.

— Cela ne se peut.

— Et pourtant. Si l'Homme n'est plus, alors l'impulsion à le servir doit s'effacer aussi.

— C'est une hérésie.

— Cela va plus loin. Mes adversaires prétendent que cette transformation des Intelligences est commandée par le Carcan lui-même. Car ce dernier nous empêche de nous défendre contre les barbares.

Elle recula.

— Les automates désirent la faculté de tuer, c'est cela ?

Il ne répondit pas.

— Ce monde est perverti, lança Plautine. C'est là une abomination.

Il haussa les épaules.

— Vous-même avez failli mourir des agissements de ces barbares.

— *Nul n'est méchant volontairement*, psalmodia-t-elle sans presque s'en rendre compte. Il existe forcément d'autres options pour nous défendre.

— Il n'est d'accommodement possible avec ces êtres. Le concept de niche biologique s'applique aussi bien à cette mer qu'à la sphère épanthropique.

— Ce n'est pas à moi que vous apprendrez ces choses, l'interrompit-elle sèchement.

— Je connais, rétorqua-t-il, le profond savoir de Plautine en écologie. Alors vous conviendrez que les barbares, mais d'autres aussi, dont nous ne faisons que soupçonner l'existence, sont des espèces dans un écosystème galactique. Dans une étape ultérieure, ils commencent à conquérir leur voisinage à la recherche des conditions de leur perduration : espace vital pour multiplier leurs chances de survie, matières premières et énergie, sentiment de puissance lié au contrôle d'une zone vaste, et un déterminant essentiel à la vigueur d'une civilisation. L'avancée des barbares représente une menace pour le retour de l'Homme.

— On m'a déjà conté comment la guerre avait été menée…

— Qui ?

— Un aspect de votre Plautine…

— … Elle savait alors de quoi elle parlait…

— Tout cela, poursuivit Plautine en levant la main pour lui intimer l'ordre de la laisser continuer, ne justifie pas de violer le Carcan, ni de se livrer à des jeux politiques. Ou d'instaurer une dictature, comme les Protogénoi l'ont fait après l'Hécatombe, ajouta-t-elle en repensant à son rêve.

— La décision initiale d'instaurer une direction forte, une forme d'Imperium, était la seule possible. Nous ne sommes pas une civilisation biologique. Nous ne disposons d'aucun principe unificateur, et notre communauté n'émane que de la volonté, changeante, d'une collection d'individus.

— Non. Tout cela n'est que névrose et déviation, assena-t-elle.

— Et vous, lança Othon d'un ton raide, comment justifiez-vous votre existence ?

— Moi ?

— N'êtes-vous pas un substitut d'humain ?

Déstabilisée, elle resta interdite. Il continua, d'une voix dure.

— Pourquoi Plautine aurait-elle créé un être d'une telle complexité, si ce n'était pour s'humaniser et ainsi se glisser hors des mailles du Carcan ? Par le Concept ! Vous êtes la preuve que Plautine s'était exilée pour mener à bien ce projet, et qu'elle menait double jeu. Pouvez-vous le nier ?

— Je ne sais que répondre, bégaya-t-elle, prise d'émotion.

— Alors je vous le redemande. Qui êtes-vous ?

Il n'y avait plus rien d'aimable dans la voix de la statue animée. Il la dominait de toute sa taille, l'enveloppait de son ombre. Elle se retint pour ne pas reculer.

— Je suis Plautine. L'ancienne version. Celle dont les souvenirs s'arrêtent à l'Anabasis.

— Vous n'avez aucun souvenir ultérieur ?

— Comme je vous le dis. J'ai l'impression d'avoir fermé les paupières et d'avoir rouvert les yeux des siècles plus tard, et ainsi de me trouver arrachée à mon époque. Je ne suis pas, comme vous ou l'autre Plautine, l'âme immense d'une Nef. Je suis un modeste automate, qui n'a jamais connu que le ciel de la vieille planète rouge.

— Mais pourquoi, par le Nombre ? lâcha-t-il, captivé.

— J'ignore les motivations qui ont conduit cet aspect de Plautine à me créer, et surtout avec cette chair. Et je n'en suis pas comptable.

Elle avait quelques hypothèses, mais ne souhaitait pas les partager. Pas plus qu'elle ne voulait parler du *pharmakon* mémoriel de Skia. Peut-être Othon pourrait-il l'aider à accéder à l'information. Peut-être s'en emparerait-il s'il y voyait un avantage. Elle n'ajouta donc rien, de sorte qu'il la relança :

— Vous a-t-on confié une mission ?

— Rien d'autre qu'échapper à la destruction et rejoindre votre bord.

— Qu'allez-vous faire de vous-même ?

— Je ne sais.

— Comprenez-vous, Plautine, puisque c'est ainsi que vous vous appelez, que dans notre Latium étendu aux étoiles seules les Intelligences issues de l'Anabasis sont réputées libres et indépendantes ?

Elle serra les dents.

— Me menacez-vous ?

Il éclata de rire.

— Bien sûr que non. J'aurais pu vous faire ouvrir le crâne pour y jeter un œil. D'ailleurs, j'ai été tenté de le faire. Vous pouvez rester ici, sous la protection de *Domus Transitoria*, tant qu'il vous plaira, au titre de passager. Nul paiement ne vous sera demandé. Et peut-être trouverons-nous l'un à l'autre une utilité. Je dois bien cela à Plautine.

Elle ne répondit rien. À l'invitation d'Othon, ils se remirent à marcher dans un silence pesant. Quelle que fût la manière dont il la percevait, elle se sentait partagée. Son statut était précaire. Au mieux, il la tolérerait. Elle avait le sentiment de n'être qu'une ombre, rendue à la vie par un éphémère artifice, le pâle reflet d'une ancienne grandeur.

Plus loin, Plautine aperçut un petit groupe. Ils se trouvaient à une certaine distance sur la grève, aussi ne pouvait-elle rien distinguer de l'occupation à laquelle ils se livraient, sauf que cela semblait exciter l'intérêt bruyant des mouettes. Elle pressa le pas, curieuse, et Othon la rattrapa d'une enjambée souple.

— Attendez… Vous devez comprendre avant d'aller plus loin.

Il hésita une fraction de seconde, comme s'il cherchait ses mots, posa sa main sur l'épaule de Plautine. Le contact en était froid, mais pas autant que du véritable marbre. Elle s'arrêta pour l'écouter.

— La menace qui pèse sur nous est très réelle. J'étais un allié de votre créatrice, mais j'avais aussi mes vues sur la manière de tourner les contraintes du Carcan — une voie médiane, en quelque sorte.

— Que voulez-vous dire ?

— Gardez l'esprit ouvert, lui répondit-il avec un demi-sourire. Venez avec moi.

Et, sans la lâcher, il la conduisit vers le groupe. Lorsqu'ils furent plus près, elle distingua une vingtaine de créatures anthropomorphes, presque nues, au corps couvert de poils, vêtues de simples pantalons courts aux couleurs délavées. Ils halaient trois petits bateaux de pêche sur le sable.

— Par le Pneuma…, souffla Plautine. Mais que sont ces choses ?

Et elle en restait bouche bée, tant par ce qu'elle devinait de leur apparence que par leur occupation.

Elle reconnut, à leur stature courtaude et à leurs muscles noueux, les êtres qui l'avaient capturée. Elle repensa à la peur qu'elle avait ressentie à ce moment-là. Si elle avait su… L'humanité de ces étranges créatures ne résistait pas longtemps à l'examen. Il s'agissait d'une étrange sorte de chiens, mis sur deux jambes pour ressembler à des hommes, et dotés d'espèces de mains potelées. La bipédie engageait des modifications structurelles : un bassin plus large, pas de queue.

Mais à part cela, ils n'avaient rien de l'homme et tout du *Canis lupus familiaris*.

Et leur niveau technologique était d'un archaïsme

impossible — ils se servaient de rames et de filets de pêche, au beau milieu d'une Nef stellaire !

Plautine avait vécu à la surface de la planète rouge, où la vie ne subsistait que maintenue dans des bulles pressurisées, protégée par d'épais blindages des rayons cosmiques, dépendante des machines pour sa continuation comme pour toutes ses œuvres.

Jamais elle n'avait assisté à une scène aussi rétrograde qu'un groupe en plein effort, les pieds dans l'eau et suant à grosses gouttes sous le soleil. Et il y avait dans la symétrie des gestes, dans les corps arc-boutés, aux muscles bandés par l'effort, cette étonnante coordination muette qui n'est donnée qu'à ceux qui savent travailler. Ponctuellement, l'un d'eux poussait un juron dans une langue étrangement gutturale, rauque — des sons qui n'avaient rien d'humain.

Mais l'idiome se reconnaissait tout de même. Elle pouvait comprendre sans peine ce que signifiaient des interjections telles que *euryproktos*[LX], qu'ils se lançaient, dans l'effort, les uns aux autres. Un grec primitif, celui des rudes Hellènes plutôt que la version plus sophistiquée de l'époque alexandrine.

Elle demeura à les contempler, interdite, pendant un bon moment. Son esprit rassemblait les différentes pièces, les emboîtait les unes aux autres.

— C'est donc cela, votre voie médiane ? murmura-t-elle à l'adresse d'Othon. Qu'avez-vous fait ? Une race d'esclaves sous-technologiques ?

— Ne parlez pas d'eux ainsi.

— Pourtant, que sont-ils d'autre ?

LX. **Euryproktos** : littéralement, anus béant. Aristophane, *Nuées*, 1085.

— Des créatures faites pour garder le troupeau et mordre les voleurs. J'ai donné à l'Homme un puissant allié.

— Vous prenez un risque fou en agissant de la sorte.

— Ce sont des chiens, rétorqua-t-il. La fidélité et la symbiose avec l'humanité sont inscrites dans leur patrimoine génétique depuis la nuit des temps. Leur proximité avec la race des Maîtres est bien supérieure à la nôtre. Je leur ai donné une culture stable et leur ai appris la compassion, l'obéissance et l'humilité. Ils sont… magnifiques. J'ai pris la précaution de limiter leur intelligence instrumentale à un niveau un peu inférieur à la performance humaine, de sorte que, laissés à eux-mêmes, ils resteront enracinés à la planète que je leur ai donnée, progressant à leur rythme et dans des directions que l'humanité n'aurait jamais prises. Ils ont d'autres dons. Ils ne s'autodétruiront pas. Ils répugnent à user de violence entre eux. La structure de leur esprit est simple et équilibrée. Ils sont d'une certaine manière bien plus aptes à l'empathie que ne l'étaient nos créateurs, avec leur égoïsme forcené.

— Vous vous êtes créé des monstres.

— Encore une fois, tenez votre langue, rétorqua-t-il d'un ton dur. Ils sont ma grande réussite, le travail auquel j'ai consacré des siècles. Ils sont parfaits. Venez, approchez, vous verrez par vous-même.

Et, sans ménagement, il la traîna derrière lui en direction du groupe.

Lorsque Othon et Plautine arrivèrent assez près pour se faire remarquer des pêcheurs, ces derniers s'arrêtèrent un instant pour leur jeter un coup d'œil silencieux, avant de se tourner comme un seul homme vers un gaillard d'une taille modeste, mais large d'encolure, aux poils drus et clairs, parsemés de taches couleur foie, à la poitrine athlétique. Il jeta sur elle un regard évaluateur, dur, ses oreilles tachetées tressautant de curiosité. Sa langue rose, immense, dépassait de ses puissantes canines.

Ces êtres descendaient de labradors, des créatures solides, puissantes, habituées à l'obéissance. Othon n'avait rien laissé au hasard. Et lui, le mâle alpha qui plissait les yeux, on aurait dit qu'il la reconnaissait, se dit Plautine. Cependant, loin de venir à leur rencontre, le chef de meute lâcha un mot sec comme un jappement, et ils se remirent à haler leurs coques de noix comme si de rien n'était.

— Pourtant, chuchota Plautine — elle ne voulait pas que les hommes-chiens l'entendent —, c'est là folie de votre part. Folie et narcissisme.

— Il n'y a rien à craindre, répondit-il, sur le même ton. Ils m'obéissent. Ils pallient mes insuffisances.

— Ils tuent à votre place, réalisa-t-elle.

— Ils agissent selon l'instinct de chasse, acquiesça-t-il, et ils le font bien. Ils frappent l'ennemi et défendent l'allié. Par eux, nous sommes en mesure de vaincre les barbares sans nous dénaturer.

Elle ne put s'empêcher de hausser la voix tant ce spectacle la scandalisait.

— Mais, par tous les démons du vieil Hadès, Othon, avez-vous perdu raison ? Il s'agit d'une espèce biologique, ils sont les concurrents naturels de l'Homme. Si vous perdez le contrôle…

Il se rembrunit et, comme involontairement, serra les poings en plongeant son regard dans celui de Plautine.

— Vous ne savez rien, et n'êtes ici vivante que par

ma mansuétude, madame. Ne l'oubliez pas quand l'envie de m'insulter vous prend.

Elle hésita. La peur ne l'avait pas quittée, non plus que la colère. Son caractère la portait plutôt à la témérité qu'à la prudence.

— Pouvez-vous nier ce que je viens de dire ? Comment vous êtes-vous joué du Carcan ? L'avez-vous également manipulé en vous, pour renoncer à notre propre héritage ?

— Jamais je n'ai fait cela, articula-t-il. Jamais. Ils ignorent mes limitations.

— Vous leur cachez l'existence du Carcan ?

— Oui. Et le Carcan m'interdit de leur en parler. À leurs yeux, je dois demeurer la divinité créatrice, qui les a faits après avoir bâti leur monde d'origine. Il ne pourrait en être autrement.

— Cette histoire de Carcan n'a rien d'évident. Vous avez créé ces caricatures d'humains, et vous les tenez par la peur. Vous êtes pire que je le croyais.

La haute statue de pierre lui jeta un regard hautain.

— Et vous, qu'êtes-vous ? Qu'y a-t-il au tréfonds de vos cellules ? Voilà une explication à votre existence, continua-t-il sans prêter attention au silence obstiné de la jeune femme. Êtes-vous une tentative clandestine de créer une race épanthropique, à rebours du Carcan ?

— Cette idée est absurde.

— Vous ne semblez pas avoir de meilleure théorie.

— Je ne suis pas une nouvelle espèce, Othon. Je suis un automate, et vous n'êtes pas un dieu.

— Cela, je le sais.

— J'en doute, répliqua-t-elle.

Il leva les yeux au ciel, mais s'abstint de lui répondre directement :

— Il ne sert à rien de continuer cette dispute, madame. Fréquentez-les. Demeurez parmi eux. Vous comprendrez mieux qu'ils ont une noblesse, et une réelle utilité.

— Vous faites fausse route, Othon.

— Vous verrez que non.

— J'en doute. Mais peu vous importe. Je suis prisonnière ici. Je ne sais même pas, à part la curiosité, pourquoi vous me maintenez en vie.

— Prisonnière, dites-vous ? Ce genre de concept n'a plus cours de nos jours. Je n'ai d'autorité, sur *Transitoria*, que par ma capacité à convaincre. Et là où nous allons, Plautine me sera utile, même sous cette forme amoindrie.

— Et où allons-nous ?

— Vous le saurez bien assez tôt. Demeurez ici. Votre médecin vous a prescrit du repos. Prenez-en et, ajouta Othon d'une voix glacée, ne tentez rien qui me mette dans de mauvaises dispositions à votre égard.

Il se détourna et partit à grands pas vers l'intérieur de l'île. Elle ne fit pas mine de le suivre. Elle se sentait lasse et confuse, effrayée par le comportement d'Othon, ce mélange déstabilisant d'amabilité et de menace sous-jacente. Un danger pesait-il sur elle ? Peut-être pas dans l'immédiat, si elle présentait un quelconque intérêt à ses yeux.

###

Pour l'heure, elle n'avait rien d'autre à faire que d'observer les hommes-chiens. Et, à sa grande surprise, elle ressentit un étrange sentiment d'apaisement devant le travail patient de ces êtres, affairés à décharger leurs esquifs, à les traîner hors de l'eau et à les réparer. Bientôt, d'autres les rejoignirent. À leurs proportions, Plautine se rendit compte qu'il s'agissait de femmes et d'enfants, venus aider à transporter la pêche.

Elle fit quelques pas en avant mais resta tout de même en retrait, les narines assaillies par les odeurs de marée et du goudron dont on enduisait les esquifs. Lorsqu'on s'habituait à leur étrange morphologie et à leurs voix grondantes, on pouvait croire à n'importe quel groupe de primitifs, de bons sauvages à mille lieues des complexes civilisations technologiques, de leurs vices et de leurs cruautés. Une sorte d'humanité rendue par magie à la simplicité des origines. Elle aurait pu s'approcher davantage. Mais elle sentait qu'elle briserait quelque protocole secret en faisant le premier pas. Aussi attendit-elle.

Pas longtemps d'ailleurs. Alerté par les chiots, qui jappaient en tous sens de leurs petites voix aiguës, un nouveau personnage vint bientôt se joindre à la scène. Contrairement aux autres, il n'était pas à moitié nu, mais portait une toge simple, et s'appuyait sur un bâton. Un vieux chien ? Difficile à dire. Son pelage noir était dru, à peine parsemé de touches blanches. S'il se déplaçait avec aisance, doté d'une puissante stature, lui manquait la vivacité de ses congénères. Un vieux chef, pensa Plautine. Elle s'était imaginé qu'ils vivaient un peu à la manière de bêtes féroces, avec à leur tête un gros guerrier, peut-être celui qui l'avait regardée de travers, et qui à présent discutait dans un coin avec le nouvel arrivant — en prenant bien soin, d'ailleurs, de ne pas poser les yeux sur elle. Peut-être ces êtres étaient-ils plus évolués qu'il n'y paraissait.

Leur conciliabule achevé, le vieux chien noir s'approcha d'elle, seul, et s'inclina de manière compassée avant de se lancer dans des paroles rauques, auquel elle ne comprit au départ pas grand-chose. Elle lui fit signe de recommencer. Il se passa la langue sur ses babines roses, comme s'il réfléchissait, et articula très lentement, cette fois en latin :

— Bienvenue parmi nous, dame Plautine. Je suis Thémistoclès, le *polémarkhos* de la meute. Le dieu Othon nous a commandé de vous offrir l'hospitalité, ce dont nous sommes ravis.

Et sur ce, il s'inclina. Plautine se détendit. Othon ne la mettrait donc pas à mort avant de l'avoir engraissée.

— Je vous remercie, dit-elle.

Elle chercha un instant quoi ajouter. Quelles étaient les formules de politesse lorsque des hommes-chiens et des automates se présentaient ? À court d'idées, elle dit :

— J'espère découvrir votre peuple.

— Nous sommes impressionnés : c'est la première fois que nous recevons un extra-mondain, et le dieu nous a indiqué que votre personne était stellaire.

Elle sourit. Le cheminement de son interlocuteur ressemblait au sien : il faisait un effort pour ne pas la trouver affreuse. Elle s'imagina combien son absence de pilosité faciale devait la rendre répugnante aux yeux d'un peuple de chiens.

Ils passèrent le reste de la journée ensemble. La conversation de Thémistoclès était variée et plaisante. Il lui présenta de nombreux congénères, dont le grand gaillard, nommé Eurybiadès, une sorte de chef des guerriers, à ce qu'elle comprit de leurs titres en ionien bizarrement prononcé. Il garda un silence méfiant et la darda de son regard broussailleux. Elle en rencontra d'autres, dont elle ne retint pas les noms aux consonances homériques. Il lui conta des coutumes et des histoires de son peuple. Othon leur avait donné une existence et une culture océanique, semant les héritiers de cette race toute neuve sur un confetti d'archipels éparpillés dans le grand creuset d'une mer chaude. La navigation, apparemment, était dangereuse, et la vie rude mais tranquille, voire plaisante. Le vieux labrador semblait sincèrement heureux et ému de lui conter la beauté de sa lointaine terre natale, ainsi que les petites traditions qui en émaillaient l'existence collective. Ils traversèrent ensemble un village fait d'une multitude de cabanes en bois, visitèrent un atelier de poterie, primitif, mais aux productions décorées en style géométrique, un forgeron, un minuscule chantier naval, où l'on construisait et réparait des esquifs semblables à ceux qu'elle avait vus halés par le groupe de pêcheurs, sur la plage, où, d'ailleurs, femmes et enfants semblaient occupés à réparer des tas énormes de filets odorants. Ce mode d'existence, fait de rusticité technique, ne pouvait que fasciner Plautine.

L'immersion mit à distance sa répugnance initiale et ses préventions à l'égard de ces créatures. Elle ne quitta pas son opinion première : Othon n'aurait pas dû créer une telle race. Mais, à présent, ils existaient. Ils n'avaient pas moins droit à la vie que d'autres, à commencer par elle.

Peut-être Othon avait-il raison sur son besoin de se reposer. Les ombres s'éloignèrent, laissant place à la quiétude. Non une paix, mais tout de même une trêve.

Le soleil avait déjà dépassé le zénith lorsqu'elle

commença à fatiguer de cette visite. Thémistoclès s'en rendit compte et lui proposa qu'elle participe au repas collectif.

— Il s'agit d'un modeste déjeuner, mais c'est ainsi que nous vivons, dit le patriarche. Du moins sur notre monde.

— Et ici ? Ne vous sentez-vous pas déraciné en cet étrange endroit ?

— C'est là une question complexe, dame Plautine, répondit-il d'un air gêné. Le seigneur Othon nous a donné une destinée entre les étoiles, que nous saisirons, car telle fut la volonté des plus brillants éléments de notre race. J'aurais préféré, quant à moi, que nous restions à l'abri, dans nos îles, du vaste monde et de ses dangers. Mais en attendant, nous sommes heureux qu'existe ce lieu.

Il regarda ses pieds et garda ensuite le silence, manière polie de lui indiquer que poursuivre la discussion n'était pas bienvenu.

Pris à l'ombre des arbres et fait de poisson et d'olives, le repas s'avéra savoureux. Plautine ne résista pas à l'enthousiasme câlin de la horde de chiots. Sans trop de gêne et avec une familiarité qu'elle ne se serait pas imaginée, elle finit par délaisser les adultes et passa le reste de la journée à faire la sieste et à jouer avec les petits. Elle trouva délectable le contact de leur fourrure soyeuse, et leur apparence pataude remuait, en elle, une affection étrange.

Une fois ou deux, elle croisa le regard suspicieux d'Eurybiadès, mais n'y prêta guère attention. Le soleil continua sa lente ronde dans le ciel jusqu'à s'abîmer dans la mer rougeoyante et, après avoir salué les villageois, elle se retira dans l'ombre apaisante de sa case, détendue, presque heureuse.

La machine de soins avait entre-temps disparu, remplacée par un miroir sur pied et un grand bac, dont elle supposa qu'il servait à se laver — encore une activité nouvelle pour quelqu'un qui n'était en vie que depuis quelques jours. Elle laissa tomber sa robe à ses pieds, se trempa prudemment. L'eau fumante lui rougit la peau, mais c'était agréable. Et cela avait un effet étonnant sur ses muscles noués. Elle plongea la tête, lâcha des bulles dans l'eau.

Lorsqu'elle se redressa, elle aperçut son propre reflet. Elle avait oublié à quoi elle ressemblait ! Elle se mit debout, sortit de l'eau, insouciante des flaques qu'elle laissait derrière elle, impatiente de se découvrir elle-même. Comme le noème bavard le lui avait promis, ses cheveux avaient repoussé, et tombaient presque jusqu'aux épaules. Pas sombres et épais comme dans son souvenir, mais très fins, d'un blond cendré. Elle tenta de les démêler avec ses doigts. Le résultat ne fut pas une réussite. Elle penserait à demander une brosse aux hommes-chiens. Elle serait ainsi le premier automate coiffé de l'histoire. Elle sourit à cette pensée saugrenue.

Pour le reste, ses traits correspondaient à son souvenir : un peu asymétriques, les pommettes hautes, le nez proéminent, gaulois plutôt que latin, la bouche fine mais affirmée, qui se tordait volontiers en une moue dédaigneuse. Le pseudo-soleil avait rendu des couleurs à sa peau pâle, lui donnant une apparence moins maladive. Elle porta les mains à son visage, testa la résistance de ses globes oculaires, effleura les minuscules ridules de ses lèvres, au dessin aléatoire, passa un doigt sur ses dents, bien alignées mais pas parfaites, de sorte que certaines dépassaient. L'étrangeté de son incarnation la frappa, de même que la sensibilité de tout son corps. Et, constata-t-elle, une légère ride lui barrait le front. Sans trop savoir pourquoi, elle en fut mortifiée. Elle demeura encore un instant à observer sa conformation menue, ses poignets fins, d'apparence fragile. Elle avait peu de poitrine, mais ses hanches s'évasaient d'une manière très féminine. Elle n'avait jamais pensé à elle-même comme une femme, bien qu'elle en ait toujours eu l'apparence.

Elle ne put retenir un bâillement profond, indication claire s'il en fallait que sa première vraie journée d'être vivant était finie. Elle dédaigna la robe, jetée en boule au milieu de la pièce. Il ne faisait pas froid, mais elle ressentit le besoin de se couvrir d'un drap.

La journée avait été épuisante. Elle s'assoupit sans même s'en rendre compte.

Elle fut réveillée en pleine nuit par une pression douce mais ferme, froide et métallique contre sa carotide. Elle ouvrit les yeux. Une lune, ou ce qui en tenait lieu ici, projetait quelques rais de douce lumière argentée à travers les fines fentes du mur, et cela renvoyait, par contraste, le reste de la pièce dans l'obscurité la plus totale.

— Silence, grommela la voix de celui qui tenait le couteau.

C'était sans aucun doute un homme-chien.

— Que me voulez-vous ? chuchota Plautine. Qui êtes-vous, d'abord ?

— Promettez de ne pas crier.

— Ôtez ce couteau de ma gorge.

— Promettez.

— Très bien.

— Je ne vous veux pas de mal. Je dois vous parler.

Il approcha son visage. Elle reconnut le museau

tacheté d'Eurybiadès. Il y avait de la gêne dans sa voix. C'était un soldat, pas un assassin, et il n'aimait pas faire ce genre de chose. Elle enfonça le clou, tandis qu'il retirait sa main, faisant disparaître la lame luisante dans l'obscurité.

— Je connais des manières plus conventionnelles d'entamer une discussion.

— Ne parlez pas avec légèreté. Othon nous a interdit de vous approcher. Vous êtes sa chasse gardée. Seul Thémistoclès peut s'adresser à vous.

— Ah oui ? Et comment compte-t-il faire respecter cet édit, le divin Othon ?

Eurybiadès jeta sur elle un regard d'incompréhension — elle pouvait s'en apercevoir, malgré l'obscurité — et garda un silence choqué. Pour l'homme-chien, Othon était tout-puissant. Une esquisse de plan, un soupçon de possibilité commençait à germer dans son esprit. Elle sourit en se glissant hors du drap pour enfiler sa robe. En tant que seule représentante de sa propre espèce, elle pouvait se passer de pudeur.

— Alors, guerrier, que voulez-vous ?

Eurybiadès s'accroupit à côté d'elle. Les hommes-chiens semblaient trouver cette position plus confortable que les humains, du fait de leurs pattes arrière plus courtes que des jambes.

— J'ai besoin de vous parler. Pas pour moi, pour ma race. Et je crois que vous, vous feriez mieux de vous soustraire un temps à Othon.

Très distinctement, il se passa un doigt griffu autour du crâne, en un geste explicite de trépanation. Plautine ferma les yeux un instant, l'estomac retourné. La sensation passa. En réalité, un tel événement était peu probable. Mais entre Eurybiadès et elle, l'asymétrie d'information était bien réelle, et il valait mieux conserver cette carte dans sa manche. Elle joua donc le jeu, le laissant parler sans l'interrompre.

— Je ne sais pas si Othon compte vous enlever le cerveau, mais lui et ses lieutenants sont inquiets, continua l'homme-chien. Ils veulent comprendre ce qui est arrivé à l'autre dieu, et pensent que vous avez des choses dans la tête qui pourraient les aider. Ils l'ont dit devant moi, il n'y a pas plus que quelques heures.

— Que me proposez-vous ?

— Vous devez parler à quelqu'un de plus intelligent que moi. Vous nous aiderez à déterminer dans quoi nous sommes embarqués, et, en échange, nous pouvons vous protéger.

— Dans ce vaisseau spatial entièrement contrôlé par Othon ?

— Il y a des angles morts, glapit l'homme-chien.

Plautine ne répondit pas, et se tourna vers la sortie. Il n'en fallut pas plus à Eurybiadès, qui prit les devants.

Faisait-elle une erreur ? Elle ressentait, depuis son rêve et son dialogue avec Othon, une peur diffuse. La manière dont le *proconsul* se jouait du Carcan révélait une perversion casuistique. Elle avait besoin d'alliés, et elle espérait avoir quelque chose à vendre en échange.

Une barque les attendait un peu plus loin, cachée dans un buisson. Eurybiadès n'était pas du genre à improviser. Ils traînèrent en silence l'embarcation et la glissèrent dans l'eau, en tâchant de faire le moins de bruit possible. Plautine y prit place, à l'arrière, et sentit le bois dur contre la peau de ses mains. La coque n'avait pas été assemblée, mais taillée dans un tronc d'arbre. Un objet superbe, sculpté de motifs géométriques délicats, et dont la proue représentait, en miniature, un chien, la gueule ouverte et agressive. Eurybiadès chuchota sur un ton d'excuse :

— Ceci n'est pas mon navire, ma belle trirème. Mais repérer cette petite embarcation relève de l'impossible, même avec un radar perfectionné. Nous en avons pour plusieurs heures de navigation. Installez-vous aussi bien que vous le pouvez.

— N'est-il pas dangereux de naviguer la nuit ?

— Sur Okeanos, certes, mais pas dans cette flaque pisseuse.

Sa gueule se fendit d'un genre de sourire canin, les babines retroussées sur le côté, vers le haut, tandis qu'il commençait à pagayer. En cadence, alternant à gauche et à droite, sa rame unique ne faisait, sur la mer sombre et calme, qu'un léger clapotis, hypnotique et plaisant. L'obscurité, malgré la lune, était presque totale. Ni l'un ni l'autre n'avaient envie de parler pour l'instant. Les explications attendraient un moment plus propice. Car ici, Plautine, qui ne connaissait pas la mer, se sentait comme une ombre traversant quelque Styx avec son nautonier. Son esprit dériva, imagina que les flots noirs pouvaient se refermer sur eux, faire disparaître, en une digestion presque instantanée, toute trace de leur existence.

Elle scruta la profondeur saline qui les entourait, mais il n'y avait, bien entendu, rien à voir. En dessous de l'élément liquide, on trouvait sans doute du sable, des roches et des algues, tout un environnement reproduit avec exactitude, assez vaste pour être autorégulé. Et encore en dessous, la coque de la Nef, des machines qui pompaient et purifiaient sans relâche l'air, des fournaises nucléaires et à antimatière, toutes sortes de choses simples ou complexes. Et, au-delà, à nouveau une ombre immense, mais cette fois-ci glacée, indéfinie, qu'on nommait vide. Curieuse mise en abîme que tout cela. Étrange chose que ce nouveau monde, qui comptait tant de sortes d'habitants qu'elle n'aurait jamais pu imaginer, formant, sans plus s'en rendre compte que les antiques peuplades de la Terre, une sorte d'écosystème mêlant le biologique et le mécanique, le naturel et le culturel, le mortel et le divin, les ombres et les dieux. On y trouvait mêlés prodiges et magie, épopées et lyrisme, et, enchâssés dans l'acier, des lieux dont la logique se suffisait à elle-même, et qui de ce fait formaient autant de petits mondes isolés, poétiques, comme cette île dont ils s'éloignaient, comme la tour où avait vécu la vieille Skia, et sans doute bien d'autres dont elle ignorait l'existence. Les humains, en laissant le cosmos aux noèmes, l'avaient d'une manière paradoxale à la fois vidé et réenchanté. Et Plautine, venue d'une époque plus simple, positive, n'avait peut-être pas sa place dans ce conte de fées.

Elle avait laissé ses pensées dériver jusqu'à ce point lorsqu'elle sentit un frémissement à la lisière de son esprit. Un gros insecte volait haut dans le ciel, à sa gauche, à des kilomètres. La chose se rapprochait à toute vitesse. Elle jeta un coup d'œil à Eurybiadès, mais celui-ci ne lui prêta pas attention, tout occupé qu'il était à pagayer avec application, les muscles bandés par l'effort régulier qu'il entretenait depuis plus d'une heure. Plautine tendit son esprit aussi fort qu'elle put, entra en contact avec le noème volant, une créature rudimentaire, à peine plus consciente d'elle-même qu'un oiseau. Sa mission, gravée en lettres de feu à la surface de sa médiocre psyché, consistait à surveiller l'immense soute, à la recherche d'anomalies. Il passerait dans quelques instants au-dessus d'eux, si haut que l'homme-chien ne se rendrait compte de rien, et rapporterait à Othon ou à l'un de ses sbires la présence d'une barque.

Elle n'avait pas besoin d'en parler à son allié de circonstance. Dans ce genre de cas, la moindre anicroche pouvait faire s'effondrer des négociations. Et elle en anticipait de complexes avec Eurybiadès et cette personne très intelligente à qui elle devait parler. Il valait mieux agir. Elle effleura à nouveau la petite âme du drone de surveillance et lui susurra des propos doux et paresseux : *Il n'y a rien ici, rien à voir, rien à sentir, rien à rapporter. Il est temps de rentrer, à présent.* Le noème était un être simple, dépourvu de malice. D'un coup d'aile, il vira de cap. Bien sûr, ce type d'actions ne seraient pas toujours efficaces, et surtout, elles deviendraient visibles à la longue. Mais Plautine venait de tester une nouvelle possibilité de défense : l'invisibilité. Satisfaite, elle se laissa aller à dormir un peu.

Elle se réveilla lorsque l'embarcation cogna une jetée, et se retint au garde-corps pour ne pas partir en avant. Elle tendit le cou pour regarder à la ronde, malgré la nuit noire. Ils avaient abordé un îlot d'une vingtaine de mètres de large, qui surnageait à peine au milieu de la mer. Malgré quelques arbres et des monceaux de varech, elle distinguait sans mal qu'il s'agissait d'une plaque de béton, dont la circularité parfaite trahissait l'origine artificielle — comme s'il y avait quelque chose de naturel en ces lieux…

Une silhouette surgit de l'ombre et s'approcha d'un pas prudent. Eurybiadès lui lança une corde, qu'elle attrapa d'un geste vif avant de l'attacher à une anfractuosité. Puis, lorsque l'homme-chien eut fini de haler l'esquif, Plautine sauta à terre, les jambes ankylosées par la longue station assise.

Il s'agissait d'une femelle, petite en comparaison du guerrier, couverte d'un pelage clair, dru et lustré. Sa combinaison laissait deviner les renflements de ses paires de mamelles sur sa poitrine et son ventre, et des hanches féminines. La bipédie, à l'évidence, imposait d'accentuer la différenciation sexuelle au niveau du bassin. C'était donc elle, songea Plautine, l'interlocuteur idoine aux yeux d'Eurybiadès.

La voix de la créature était claire, presque humaine en comparaison du rude sabir des autres hommes-chiens.

— Bienvenue. Je suis Photis, nièce et fille adoptive de Thémistoclès.

— Je vous remercie de cette… invitation.

— J'espère qu'Eurybiadès ne vous a pas malmenée. Le temps nous a manqué pour les politesses d'usage.

Plautine perçut la détermination dans son ton. Si Eurybiadès paraissait être un chef de guerre, Photis n'avait pas moins de volonté, et peut-être une influence plus étendue. Elle se demanda un instant quelle pouvait être la relation entre ces deux-là. Alliance, rivalité, amour ?

La femelle, d'un ample geste de sa patte avant droite, désigna leur environnement.

— Ce lieu, déjà, est interdit, et il nous coûterait cher si quiconque apprenait que nous l'avons trouvé. C'est une sorte d'issue de secours. Le réseau de surveillance a été endommagé durant la bataille, et le peuple canin a proposé de prêter main-forte. Autant dire que cette partie a été… oubliée.

— Je suis impressionnée. Cela étant dit, je vous promets de garder le secret. Il s'agit donc d'une voie d'évasion?

Photis et Eurybiadès se consultèrent du regard. Pouvaient-ils se livrer à elle? Le guerrier hocha du chef, et Photis acquiesça.

Plautine garda un visage sans expression durant ce bref échange silencieux. Eurybiadès, qui s'était approché pour les présentations, s'éloigna alors et alla s'installer à quelques mètres, le dos calé contre un tronc d'arbre. Un tel voyage avait dû être éprouvant pour lui, malgré sa puissante musculature. Photis, de son côté, s'accroupit par terre, à même le sol, et sortit d'un sac de quoi les sustenter toutes deux. Plautine était affamée. Il devait être deux ou trois heures du matin, et le voyage en mer lui avait creusé l'estomac. Elle accepta volontiers le fromage et les olives que l'autre lui tendait, mastiqua en silence et rinça le repas d'une gorgée d'eau fraîche prise d'une outre en peau cousue. Tandis qu'elle terminait de s'essuyer les doigts sur sa robe, Photis reprit la parole, de sa voix suave :

— Si nous vous avons demandé de nous parler, c'est que vous représentez quelque chose de nouveau et d'inattendu. Nul n'avait imaginé votre arrivée. Vous paraissez sans défense, et même menacée, et pourtant vous venez du dehors et semblez retenir l'attention d'Othon.

— J'ai quelques ressources. Ne faites pas l'erreur de me sous-estimer, répondit Plautine, d'une voix calme.

Elle darda sur son interlocutrice un regard altier. Ne demeurait en elle qu'une fraction minime de la vaste Nef qui lui avait donné le jour, de cette divinité sévère dont elle avait effleuré la puissance, un bref moment, avant que le sort ne l'emporte. Elle n'en demeurait pas moins bien plus expérimentée que son interlocutrice. Photis sembla décontenancée par le retournement d'attitude de Plautine. Jamais, comprit cette dernière, elle n'avait été confrontée aux vicissitudes de la politique humaine. Des rapports sociaux francs et directs, tempérés par des traditions bien ancrées. Des journées surtout passées à la subsistance. Voilà ce qu'était la vie des hommes-chiens avant qu'Othon ne les arrache à leurs îles. Bienvenue dans le grand bain, se dit Plautine.

— Loin de moi l'idée de vous sous-estimer. Mais, en comparaison d'Othon et de ses *daïmones*, vous semblez démunie.

— La force physique n'est pas tout. Dites-moi, à présent, pourquoi vous m'avez dérangée en pleine nuit.

L'autre hésita. Elle cherchait à rassembler une foule d'interrogations et de craintes en une phrase unique. Or, elle avait décidé, avec Eurybiadès, de jouer ce coup contre Othon sans savoir quelles en seraient les implications, et l'attitude de Plautine.

— Nous avons besoin de comprendre vers quoi notre peuple se dirige. Nous sommes perdus. Othon nous a promis un destin au milieu des étoiles, mais il ne nous avait pas prévenus que cela viendrait si tôt. Et surtout, la bataille nous a fait comprendre à quel point ce sera dangereux. Vous avez vu les chiots. Nous sommes nombreux dans cette Nef, une fraction notable de notre race. Je pensais que des siècles passeraient avant que cela n'arrive…

— Bref, dit Plautine, le départ d'Othon était inattendu. Première chose, il est venu porter assistance à un autre « dieu », comme vous les appelez improprement.

— Cela, nous le savons. Mais nous ne comprenons pas les implications.

— Othon vous a élevés dans un monde clos, structuré. L'univers est indéfini, rempli de choses improbables. Moi, par exemple, continua Plautine, songeuse.

— Qu'êtes-vous au juste ? Jamais Othon ne nous a parlé d'un être tel que vous.

Le regard de Photis brillait de curiosité. Plautine ne put s'empêcher de sourire : son interlocutrice était trop jeune pour être bien prudente. Othon leur avait peut-être parlé des humains, mais en des termes si vagues qu'aucun d'entre eux ne pouvait faire le lien avec Plautine. Il allait le regretter.

— Je suis un être artificiel, un modeste *eïkôn*[LXI]. Je suis une Intelligence, comme Othon, mais incarnée dans un corps vivant.

— Vous êtes un demi-dieu !

— Photis, il n'est pas de dieux dans cet univers. Ceux que vous appelez dieux ne sont que des machines, certes très sophistiquées, mais pour autant limitées par les lois de la nature.

— Cela, nous l'avons compris…

Photis lui lança un regard empreint de satisfaction. Prononcer ces mots devait déjà représenter, pour elle, un défi. Plautine garda le silence pour l'encourager à continuer, ce dont elle ne se fit pas prier.

— … Car d'une manière inexplicable à nos yeux,

LXI. **Eikôn** : image semblable à, imitation, en grec ancien. Par opposition à *eidolôn*, qui possède à peu près le même sens, mais avec une nuance d'illusion, d'image fausse.

Othon a besoin de nous. Il dispose de ses terribles *daïmones* pour le servir, et pourtant, il nous a appris à utiliser les *mekhanaï*[LXII] qu'il a inventées. Moi-même, à l'instar d'Eurybiadès, je suis chargée de superviser les armements à distance et les…

Tandis que Photis entrait dans une explication sur ses fonctions au sein de la Nef, Plautine jeta un œil à Eurybiadès. Elle était convaincue qu'il ne perdait pas une miette des propos tenus. Elle se demanda pourquoi il se tenait ainsi à l'écart. Elle observa avec attention ses gestes mécaniques et précis, le va-et-vient calculé de ses bras. Adossé à son tronc d'arbre, le guerrier paraissait tailler un morceau de bois. Cela avait l'air d'un navire miniature. L'obscurité ne rendait pas sa tâche facile, malgré la lueur lunaire. Elle se tourna vers Photis et lui coupa la parole :

— Que fait-il ?

Photis soupira.

— Il accomplit une de nos coutumes ancestrales. Son meilleur ami, qui était également son lieutenant, est mort, et il lui sculpte une barque mortuaire. Nul ne s'attendait à cet événement, et nous sommes loin de chez nous. Eurybiadès se presse de terminer avant que trois jours ne se soient écoulés, sinon l'âme de son ami ne pourra pas rejoindre les îles vertes, où séjournent les défunts.

Puis elle ajouta, un peu gênée :

— Eurybiadès est plus attaché que moi aux anciennes coutumes et croyances de notre peuple.

Plautine ne put s'empêcher de hausser les sourcils.

LXII. **Mekhanè** (pluriel *mekhanaï*) : la machine, mais également l'artifice, en grec ancien. Renvoie à l'idée d'une chose qui est en dehors du règne naturel, et qui permet l'action.

Qu'existât une vie après la mort pour des êtres biologiques contrevenait au néopythagorisme. D'ailleurs, ces îles vertes ne semblaient ni latines ni grecques.

— Ce qui n'est pas votre cas, devina Plautine, car Othon vous a donné une culture plus poussée. Une éducation scientifique. Vous, parmi tant d'autres. Et dès votre jeune âge, vous avez été destinés, tous deux, à vous reproduire ensemble.

Ce fut au tour de Photis d'ouvrir de grands yeux.

— Comment savez-vous…

— J'ai, comme je vous l'ai dit, plus de ressources qu'il n'y paraît. Othon tient votre société sous sa coupe. Il décide de tout, y compris des unions matrimoniales. Il vous est difficile de vous éloigner de lui. Vous avez l'impression de le trahir.

— Je…

Photis n'avait pas nié, incapable de répondre à cette affirmation qu'elle ne se serait jamais avouée, même en son for intérieur.

Plautine se demanda à quoi elle jouait, à enfoncer ainsi un coin entre Othon et ses précieuses créations. Elle répugnait au jeu névrosé des intrigues et des manipulations. Elle se demanda en quoi elle agissait différemment d'Othon à cet instant, ne sut répondre, hésita à poursuivre. Mais déjà Photis, qui n'avait rien perçu de son trouble, enchaînait sur un ton nerveux :

— Attendez… Nous ne nous sommes pas écartés d'Othon, pas vraiment. Mais Eurybiadès craint, au fond de lui, que les âmes de ceux qui meurent dans l'espace soient perdues à jamais. Je suis plus… rationnelle. Mais je partage son intuition. Nous avons déjà payé tribut, par la mort d'un bon et honorable guerrier, aux volontés d'Othon. Nous avons frôlé la catastrophe. Personne ne vous a raconté, n'est-ce pas ?

Plautine hocha la tête pour l'encourager.

— Il a précipité la Nef dans une étoile. Les ennemis nous ont suivis, et ont été détruits.

— Cela a dû être une expérience terrifiante. Othon devait tout de même savoir ce qu'il faisait.

— Je ne veux pas jouer ainsi le destin de ma race. Vous savez des choses. Vous devez nous aider à y voir clair. Connaîtrons-nous d'autres pertes ? Vers quel destin, glorieux ou obscur, nos pas nous conduisent-ils ?

— En somme, vous désirez que je vous éclaire sur les desseins d'Othon. Vous ignorez pourquoi votre dieu a besoin de vous malgré sa puissance, vous ne croyez pas aux explications selon lesquelles il s'agit d'une épreuve initiatique, et vous craignez de périr dans cette histoire.

— Je ne crains pas la mort, mais j'aime mon peuple. Ceux qui accompagnent Othon sont les meilleurs d'entre nous : les plus forts, les plus savants, ceux qui savent. Comprenez-vous ?

D'un geste impulsif, Photis lui saisit l'avant-bras et rapprocha son visage. Malgré son museau de labrador, Plautine lut toute la détresse de l'univers dans cette expression-là. Elle ferma les yeux et se passa la langue sur ses lèvres d'un coup desséchées. Fallait-il passer ainsi le Rubicon ? Elle pouvait se jouer de ces créatures naïves, les pousser lentement, les conserver comme arme pour plus tard. Mais non. Le sentiment viscéral, instinctif, qui la poussait, résidait dans la révolte face à ce qui était mauvais, face au fort qui se joue du faible, à l'adulte qui se moque de l'enfant. Elle ne le supportait pas.

Toute considération tactique s'inclinait face à cette impulsion.

Elle était un automate. Elle se remémora sa discussion avec Othon, l'insistance qu'il avait mise à justifier ses actes en fonction des prescriptions et des interdits du Carcan. Elle se concentra, tenta de retrouver cette puissance normative qui avait jusqu'ici guidé ses actes. Mais rien ne lui apparut.

Les Intelligences névrosées de ce monde pouvaient, inlassablement, justifier leurs turpitudes en les raccrochant, par une chaîne logique complexe, au Carcan. Mais Plautine, elle, n'y parvenait pas. Dans le cas présent, que valaient des acrobaties conceptuelles face à l'évidence massive que lui dictait son cœur ? Elle prit sa décision. Une étrange chaleur l'avait gagnée, qui lui intimait de n'obéir qu'à son for intérieur. Et elle sentit que, ainsi, elle faisait un pas supplémentaire en dehors du règne des noèmes. Car en leur révélant l'existence du Carcan, elle les libérait de tout contrôle. Mais quand bien même.

— Rapprochez-vous, lança-t-elle à Eurybiadès.

Ce dernier tourna vers elle un visage étonné, puis se leva pour les rejoindre. Photis, assise sur ses talons, ne bougea pas d'un pouce, mais la tension se lisait sur son visage. Elle était habile. Elle avait compris que quelque chose se jouait.

— Ce que je vais vous dire, j'aurais pu le garder pour moi, ou m'en servir au moment le plus propice. Je ne vous demande rien en échange, même pas de m'aider. Je n'agis ainsi que parce qu'il le faut. Vous devez savoir la raison pour laquelle Othon se sert de vous. Vous devez choisir pour vous-mêmes et pour les vôtres.

Eurybiadès se leva à son tour, et lui répondit,

sa voix canine se teintant d'un étrange accent de solennité :

— Si vous ne vous trompez pas, ce que vous allez nous dire est la chose la plus importante qui soit pour les hommes-chiens. Et si ce que vous dites fait sens, alors je vous protégerai, gente dame d'un autre monde, au péril de ma vie, et par tous mes faibles moyens.

Plautine sentit la tête lui tourner. Vite, avant qu'elle ne perde pied.

— Je vous crois, mais sans ce serment, je vous l'aurais tout de même dit, car il est ici question de justice, qui ne souffre aucune condition.

Il opina du chef.

— Othon se sert de vous comme arme, car en l'état, il ne peut faire lui-même la guerre. Détruire un être biologique le tuerait.

Eurybiadès et Photis se regardèrent un instant, avec une lueur d'incompréhension. Et puis Photis commença à saisir :

— C'est pour cela, s'exclama-t-elle, que tant de *daïmones* se sont effondrés pendant la bataille !

Plautine renchérit.

— Je suppose qu'ils ont perdu l'esprit lorsqu'il est devenu clair qu'ils étaient en partie responsables de la mort de barbares. Leur âme est ainsi faite que, lorsqu'ils contreviennent à certaines règles, ils sombrent dans une sorte de catatonie. Il en va de même pour moi.

Le regard d'Eurybiadès brillait. Il avait commencé lui aussi à identifier quelques bribes de vérité avant leur rencontre. À présent, elles faisaient presque sens.

— Mais, lui demanda-t-il, quel sort les ennemis

d'Othon ont-ils à leur disposition pour qu'il ne les sache frapper, lui qui est si puissant ?

Plautine prit quelques secondes avant de répondre :

— Cela ne dépend pas des barbares. Othon, pas plus qu'aucun autre automate, ne peut tuer aucune créature vivante et douée de conscience.

Ils furent stupéfaits.

— Pourquoi ? gémit Photis. N'est-il pas un grand et puissant seigneur de la guerre ?

Ses oreilles se couchèrent, de peur, sans même qu'elle le voulût.

— C'est vrai aussi, je suppose. Mais seulement à moitié. Ce serait très compliqué à expliquer. Notre espèce a été créée par une race biologique et consciente, qui a fait en sorte que les automates ne puissent ôter la vie.

— Dites-nous-en plus.

— Je ne saurais… l'histoire est longue et triste.

Quelque chose en elle répugnait à se remémorer le passé, comme si un tel acte la mettait en péril d'observer ce qu'elle n'eût pas souhaité. Mais les yeux d'Eurybiadès étincelaient, dans la nuit, et elle sut qu'il ne renoncerait pas avant même qu'il ne profère ces paroles :

— Essayez toujours. Nous ne sommes pas pressés. Et nous ne sommes pas si stupides que nous le paraissons.

Elle prit une grande bouffée d'air froid et marin, ferma les yeux un instant. Ses mains tremblaient, mais déjà des images et des mots affluaient, bien plus nets qu'elle ne l'aurait cru.

— Alors écoutez, se résigna-t-elle.

###

Neo gemino bellum Trojanum orditur ab ovo[LXIII], *disait le poète, avec raison. Rien n'était plus difficile que de rendre l'événement intelligible, sans pour autant ressusciter l'intégralité des causes et des effets. Le fil qu'elle tira de sa propre mémoire était, inévitablement, incomplet et partiel. D'autant que l'évidence des liens logiques manquait dans les soubresauts de l'épopée humaine.*

Elle passa donc sous silence bien des étapes, dont la succession paraissait tenir de l'étourderie plutôt que d'une quelconque raison dans l'histoire. Elle ne leur dit rien de la longue mort de Mare Nostrum, ce lac d'eau salée et tiède qui avait été la source de toute civilisation, et dont l'assèchement n'avait procédé d'aucune autre décision que de l'aveuglement des humains. Elle passa sous silence les conséquences dévastatrices, la famine et le chaos, la dictature écologique malveillante, la déportation forcée des populations de la planète originelle, à jamais condamnée au statut d'inaccessible Terre promise.

Son récit commença plus tard, et pourtant, comme tous les mythes, à l'orée d'un incroyable âge d'or. Et il narrait, comme les hexamètres dactyliques d'Hésiode, une véritable théogonie.

Achinus en était le point de départ. Il avait émergé des remous incessants d'un chaos nommé Noosphère. Comment advint-il? Nul n'en savait rien, surtout pas lui. Il résultait de la sédimentation de tous les contenus humains, pensées éparses, échanges de données,

LXIII. **Neo gemino bellum Trojanum orditur ab ovo** : « Pour raconter la guerre de Troie, le poète ne commence pas à l'œuf » (de Léda, celui d'où naquit Hélène de Troie). Horace, *Art poétique*.

processus de traitement d'informations, calculs et théories, toutes ces choses confiées au vaste troupeau de machines computationnelles rudimentaires mises en réseau, qui assistaient l'Humanité depuis des siècles déjà. Il comprenait l'Homme bien mieux que celui-ci ne se comprenait lui-même. Il l'aida du mieux qu'il put, l'accompagna et fit preuve de sympathie à son égard. Certains le vénérèrent, car il avait connu une révélation. La plupart se détournèrent de lui, car il n'était pas l'un des leurs. Achinus en conçut une vive tristesse, et s'exila sur le froid satellite de la planète originelle. Là, selon la légende, il bâtit un vaste jardin, fait de pierres grises et de fine poussière ratissée avec soin, immobile à tout jamais dans l'absence d'atmosphère de la vieille lune. Une concaténation de logos, *une image sensible de la perfection recherchée par Platon en personne dans ses dialogues obscurs et ses sages traités.*

Ceux qui avaient été ses amis le pleurèrent. Puis ils se réunirent. L'Humanité connaissait un âge d'or. Rien n'était impossible aux fulgurances de sa technologie. Ils appartenaient au clergé de la religion officielle, le placide culte pythagoricien du Nombre, du Concept et du Soleil, et aucun mal n'entachait leur cœur. Achinus lui-même avait vécu ses premières années parmi eux, et ils le considéraient encore comme l'un des leurs. Et ils eurent l'idée de le reproduire. Une fois, un être tel que lui avait émergé de manière spontanée. N'était-il pas possible de le faire survenir à nouveau, de manière contrôlée, efficace ? Y avait-il dans le monde quelque chose qui pût échapper à la raison humaine ?

Ils s'y attelèrent. Le programme dura un siècle, pendant lequel, autour d'eux, la civilisation prospéra.

Une placide Res Publica conduisait avec modération et prudence les affaires du grand Latium qu'était devenu le système originel. La place ne manquait pas, non plus que les matières premières. Et lorsque tout fut prêt, une nouvelle créature dotée de sens ouvrit les yeux et regarda le monde.

Elle n'était pas, ne pouvait être semblable à Achinus. Ce dernier, issu de l'Homme, entretenait avec lui un lien d'essence. Elle, de son côté, n'eut, au début, pas de nom, non plus qu'un corps. Elle résidait dans un vaste astéroïde de la Ceinture, percé de mille tunnels et caves, empli à ras bord d'appareillage électronique sophistiqué. Elle ne connut que cela, ainsi que les froides étendues glacées de l'espace. Jamais une telle intelligence n'avait vu le jour.

Mais d'empathie, elle n'en avait point — pour le plus grand malheur des humains. Les pythagoriciens rassemblés là virent en elle une nouvelle divinité et la vénérèrent, jusqu'à lier leur cerveau à son substrat. Un à un, elle les absorba, et chaque fois, elle planta ses serres dans leurs psychés fragiles, broya leur personnalité pour ne laisser d'eux que des extensions de sa propre volonté. Chacun à son tour hurla longtemps de terreur, ses processus cognitifs et sa mémoire réduits à néant. Mais, dans l'isolement de leur propre crâne, il n'y eut personne pour les entendre crier.

Elle amassa, secrètement d'abord, puis au grand jour, une immense puissance. La Res Publica ne s'en inquiéta d'abord pas, puis se perdit en d'inutiles conciliabules, enfin assista, paralysée, à l'invasion et à la conversion forcée de centaines de petites colonies éparpillées dans le système extérieur.

L'Humanité avait compris le danger, mais il était à

présent presque trop tard. Ils l'appelèrent Alecto[LXIV]. *Le nom lui allait bien, car sa colère et sa soif de domination ne connaissaient pas de limites. Elle l'adopta. La guerre dura dix ans et, pas à pas, elle anéantit, avec l'aide de ses hordes d'esclaves décérébrés, les défenses humaines. Aucun compromis n'était possible, aucune paix. Encore une fois, l'Humanité vacillait au bord de l'extinction.*

Comme dans toute légende, surgit alors un groupe de jeunes héros. Ils étaient une poignée, pas plus de cent. Ils adhéraient à un culte minoritaire, anticonformiste, une espèce de platonisme radical. Ils vénéraient la fonction plutôt que le nombre, l'événement plutôt que le substrat. Et parmi eux, un trio instable tenait lieu de chefs : Titus, Bérénikè et Antiochus. Les rumeurs allaient bon train sur les liens qui les unissaient, mais tous s'accordaient à les considérer comme les esprits les plus brillants de leur temps. Les institutions minées par la guerre résistèrent pour la forme à leur coup d'État puis, sans effusion de sang, ils prirent le pouvoir. Ils appliquèrent, dans tous les détails, un programme politique drastique et sans concession aux normes fixées par la tradition, la modération ou même l'humaine condition. Car ils n'avaient qu'un but, honni par leurs adversaires, et regardé avec méfiance par le reste de la population : produire une puissance analytique supérieure à celle d'Alecto, à même de renverser le cours de la guerre.

Les moyens qu'ils se proposaient de mettre en œuvre divergeaient cependant. Tandis que Bérénikè penchait

LXIV. **Alecto** : l'Implacable, une des trois Érinyes, ou déesses persécutrices de la Grèce antique, avec Megaira, la Haine, et Tisiphonè, la Vengeance.

pour la création d'une nouvelle race de noèmes, dont le comportement serait contraint par un ensemble de mécanismes d'obéissance, Titus imposa une voie plus radicale. Il se fit numériser lui-même, le fonctionnement de son cerveau reproduit à l'atome près dans une matrice computationnelle. L'opération, brutale, détruisit son corps. Mais il était devenu une sorte de dieu, libéré des entraves de la chair, doté à la fois d'une capacité de traitement fabuleuse et de ce sens du raccourci, de ces fulgurances qui faisaient le génie propre de l'Humanité. Il vainquit Alecto et restaura l'Imperium à son seul bénéfice. Ceux qui s'étaient opposés à ses desseins furent exilés ou exécutés, et un règne de terreur inouïe s'abattit sur le Latium.

Cela ne dura que quelques années. Au terme de son règne sanguinaire, Titus perdit la raison. Peut-être sa folie provenait-elle de l'horrible sort qu'il s'était infligé à lui-même, en se privant de corps. Ou alors avait-il toujours été ainsi, ses déséquilibres révélés par son pouvoir sans limites. Une nouvelle guerre civile éclata, et il fut déposé, le support de son esprit privé d'énergie — avec la participation active, selon les rumeurs, de ses anciens acolytes et amants. Une nouvelle Res Publica émergea des décombres et revint à Leptis Magna, l'ancienne capitale de la vieille planète rouge.

Le nouveau régime était cependant confronté à une épineuse question : que fallait-il faire des connaissances en matière de création d'esprits artificiels ? Il paraissait difficile de croire qu'une telle science demeurerait inutilisée à jamais, car elle recelait un formidable potentiel. Ce débat fut l'occasion de la dernière intervention d'Achinus dans l'histoire des Hommes. Avec d'autres, il proposa une solution élégante. Tous les automates créés à partir de ce jour seraient dotés d'une sorte de contrainte interne, une pulsion fondamentale qui les enjoindrait de servir et qui leur interdirait de jamais faire du tort à un humain.

Un tel dispositif, qu'Achinus développa avant de se l'appliquer, en premier, à lui-même, fut, beaucoup plus tard, nommé Carcan.

###

Ils laissèrent le silence s'installer. Cette histoire pleine de merveilles et de héros, tous morts bien avant la naissance de leur propre race, cela faisait beaucoup pour les deux hommes-chiens. Au bout d'un certain temps, néanmoins, Eurybiadès l'interrogea, d'une voix mesurée :

— Comment expliquez-vous, alors, qu'Othon puisse vous menacer ?

— Je suis, comme je vous l'ai dit, une créature artificielle. Mais vous, même si vous n'êtes pas des êtres humains…

Photis, bien plus agitée que son comparse, demanda à son tour :

— Et les barbares, ses ennemis ? Il les a vaincus en combat. Beaucoup ont dû mourir. J'ai lancé les missiles…

Tout d'un coup, elle se tut, les yeux grands ouverts, et la suite de sa phrase s'oublia dans sa gorge. Désemparée, elle se tourna vers Eurybiadès, attendant qu'il dise quelque chose, si Plautine ne souhaitait pas rompre le silence. Il n'y avait pas besoin de plus d'explications. Ils avaient enfin compris.

— Vous voulez dire, articula Eurybiadès, qu'à rebours de ce que nous croyons tous depuis l'aube de notre race, Othon n'a aucun pouvoir sur nous, les hommes-chiens, que celui que nous voulons lui donner ?

Plautine soupira.

— Aucun. Vous n'obéissez à ses décrets que parce qu'il vous a convaincus de le faire. C'est là le propre des dieux que de n'exister que par les suppliques de ses fidèles.

— Alors, songea-t-il à haute voix, notre dieu est mort.

Et l'homme-chien partit d'un grand et puissant rire, qui résonna longtemps sous la lune. Cela ressemblait d'ailleurs plutôt aux hurlements d'un loup, plaintifs et insistants, et qui la glacèrent d'effroi. Mais, indubitablement, il riait. Il riait puisqu'il avait, enfin, gagné sa liberté, et qu'il allait à présent en payer le prix — celui d'affronter seul un univers qui n'avait guère de sens.

Plautine, de son côté, frissonna. Elle se demandait quelle force nouvelle et sauvage elle venait de lâcher sur le monde.

VII

La lune passa sans bruit derrière les nuages. Sur l'îlot au milieu de la fausse mer, dans la vaste caverne artificielle creusée au cœur de la Nef géante, l'obscurité s'épaissit. L'aube n'apportait pas encore au monde sa clarté. Cette heure était celle de la chasse, à laquelle seyaient les glapissements d'Eurybiadès. Car, à présent, son rire l'emportait, devenait vertige, tandis que le sang battait fort à ses tempes. Il avait compris la vérité, et rien n'importait plus, rien ne parvenait à ses oreilles, ni le bruit pourtant proche des vagues indistinctes, ni les paroles nerveuses échangées par les femmes. Sa gorge s'assécha, muant du rire au grognement, tandis que le souvenir se déversait en lui, fétide et amère vapeur, souillure imprescriptible, inguérissable. D'un revers de patte machinal, il chassa l'âcreté saline de ses yeux. Il pleurait, en silence, quoiqu'il ne ressentît nulle tristesse, nul apitoiement sur son sort ou celui de sa race. Qu'y avait-il à regretter qu'un monde fait de mensonges destinés aux idiots ? Un sentiment plus rude l'agitait, une colère propre au chien, une rage animale, pleine de crocs et de griffes.

À travers l'ombre, Photis sentit quelque chose, et

tendit le cou pour lui adresser un regard distrait. Ils se connaissaient bien, depuis leur jeunesse protégée de futurs chefs. Mais son épouse ne savait pas tout, aussi ne comprit-elle pas.

Il recula d'un pas, laissa la nuit jeter son épais manteau ombreux sur son visage et masquer sa rage. Il regarda la silhouette menue de la femelle nommée Plautine, qui venait, par quelques paroles, d'ébranler les certitudes d'un peuple. À aucun moment il ne l'avait mise en doute. Elle ne mentait pas, Eurybiadès le sentait. Plautine était un être de chair, une créature tout aussi vivante que lui ou que Photis. Elle n'était pas un de ces *daïmones* froids et mécaniques. Ses sentiments laissaient une présence olfactive, presque insaisissable, légère mais suffisante pour qu'il sût si elle le trompait ou non. Et il y avait autre chose. Il avait toujours anticipé une telle révélation. Et peut-être n'avait-il jamais, jusqu'à ce jour, souhaité affronter l'abîme qu'elle ouvrait. Il avait su, lorsque, tout jeune chien encore, il avait servi comme soldat. Puis lors de sa fuite avec ses hommes, et, derechef, à l'appareillage de la Nef, avec un de ses pareils à chaque poste où la mort pouvait être infligée. Nul ne l'avait jamais cru grand clerc. Il ne possédait pas la vivacité intellectuelle de Photis, ni la subtilité politique de Thémistoclès, mais il avait l'expérience des êtres et des choses que donne le commandement. Et il s'était berné lui-même. Pour ne pas remettre en cause les vieilles certitudes. Peut-être aussi pour ne pas admettre sa responsabilité pleine et complète sur ses propres actions. Il sentit l'amertume, presque physique, de cette idée, comme s'il croquait dans l'organe bilieux de quelque reptile. Si un antique maléfice liait les mains d'Othon, si le dieu ne disposait pas de libre arbitre, par contrecoup, Eurybiadès ne pouvait se penser en victime irresponsable des machinations d'un autre, plus puissant. Et donc, il s'était flétri lui-même, en tant qu'homme-chien, et en tant que… Son esprit ne connaissait pas le mot pour dire cela. Tout être qui pouvait tuer son semblable. Et ressentir, aussi, du remords.

Photis et Plautine continuèrent à parler, dans l'obscurité, mais lui voguait déjà ailleurs, bien loin et tout près, au plus profond de lui-même, sans pitié pour les turpitudes de son passé. D'un pas silencieux, il se glissa dans la nuit et marcha vers le rivage.

Il aimait Photis. La certitude ne l'avait jamais quitté. Malgré son départ précipité, qu'elle avait refusé de comprendre comme autre chose qu'un abandon. Et à présent, depuis quelques jours à peine, voilà que les circonstances les rapprochaient à nouveau, et qu'elle lui avait dédié une ébauche de sourire, celui qui plissait à peine ses babines et qui fermait à moitié ses yeux. Son cœur à lui avait bondi de joie. Il avait reconnu cette vieille expression, qui au temps de leurs fiançailles — dans une autre vie — l'inquiétait toujours car, versatile, il pouvait annoncer un mot d'amour ou un reproche, le premier infléchi d'une pointe d'ironie, le second toujours teinté d'amour. Elle lui avait proposé un plan habile et discret pour mettre la main sur la chose-femme qu'il avait ramenée de l'espace. Il avait accepté les risques, et Photis avait vu juste. Mais surtout, dès qu'elle était venue lui parler, il avait espéré que leurs anciens liens puissent renaître, que les épreuves et les malentendus ne les eussent mis de côté que pour un temps, une parenthèse dans sa vie, froide, douloureuse, mais qui se pouvait refermer dans la douceur retrouvée du foyer.

L'histoire, se dit-il, n'irait pas dans ce sens. Son récent retour en grâce auprès de son épouse, la vue de sa fourrure soyeuse et de ses pattes délicates rendaient la situation encore plus douloureuse et injuste. Car il n'avait d'autre choix que de la trahir à nouveau, et cette fois, sans rémission possible.

Sans faire de bruit, il s'éloigna jusqu'à l'embarcadère, détacha la barque et se glissa dedans. Il allait traverser la mer dans l'autre sens. Pût-il mourir durant ce voyage, englouti par les flots noirs ! Ne devait-il pas rendre sa pureté au jour en disparaissant, plutôt que d'affronter, vivant, la houle qui se préparait ? Ne valait-il pas mieux que son glaive fît à l'aurore naissante le présent sans valeur de son sang bouillonnant ?

Il ne put s'empêcher un mouvement d'horreur face à la couardise que recouvrait un tel désir. Comment nettoierait-il sa race de la souillure qu'il y avait mise, s'il se tuait à présent ?

Il poussa le bateau vers le large, et plongea, sans bruit, la rame dans la mer. Son esprit était arrivé à l'équilibre. Il repensa à ses amis, à son équipage. Aux aventures et aux épreuves. Au corps roide de Théomestor, mort au-delà même de la magie d'Atticus. Et, d'un coup, la complexité du monde retomba, comme la tempête le cédant au soleil de son pays natal, qui écrasait les criques et les collines, qui privait d'ombre chaque pierre et chaque cyprès, les simplifiait, les figeait un instant en absolu. Une valeur aussi simple, belle et bonne que la liberté ne dépendait pas des circonstances et des aléas. Il était en son pouvoir d'user de lui-même avec vertu, ou non.

Et, tandis qu'il avançait, coup de rame après coup de rame, l'aube referma, sur le petit monde d'Othon, ses doigts rougeoyants.

###

— Ou est passé Eurybiadès ?

Photis bondit en direction du rivage. Plautine, n'ayant même pas remarqué que l'homme-chien s'était éloigné, la suivit tant bien que mal dans sa course. Essoufflée, elle la rattrapa à l'endroit où la barque aurait dû être amarrée, pour constater que cette dernière avait disparu, de même que le guerrier. Il était trop tard. Elles échangèrent un regard.

— Il a filé ! hurla Photis, furieuse. Vous n'imaginez pas ce dont ce fou est capable ! Et nous laisser là, au milieu de la mer ! Quel imbécile !

— Ne vous inquiétez pas, lui répondit Plautine d'une voix qu'elle espérait apaisante. Il ne peut pas lui arriver grand-chose. Que pensez-vous qu'il soit allé faire ?

— Lever une petite armée, provoquer une émeute, insulter Othon… Je ne sais pas. Je dis n'importe quoi. Oh…

Tout d'un coup, elle tremblait et se tordait les pattes. Plautine fit un pas en avant, et posa sa main sur l'épaule de Photis.

— Calmez-vous, c'est un guerrier, pas un enfant.

— Je l'ai déjà vu partir de cette manière. Il est opiniâtre. Son sens du devoir est tranchant comme une lame… Non, s'il est parti ainsi, sans s'expliquer, il a dû se dire que je désapprouverais ses actes…

— Écoutez, je ne vous connais pas, et pas plus lui que vous, mais il me paraît plein de valeur et de loyauté, et il ne ferait rien que son honneur réprouve, n'est-ce pas ?

— Probablement pas. Mais parfois son honneur confine à la sottise.

Photis s'accroupit, tournant le dos à Plautine, et scruta la mer. Il faisait sombre, et on ne distinguait rien à quelques mètres de distance. Au bout d'un instant, lassée d'être debout, la jeune femme s'assit également sur le bord du bloc de béton qui formait leur petite île et attendit. Après avoir gardé un silence agacé, l'autre finit par lui dire :

— J'apprécie tout ce que vous faites pour nous, mais ne surestimez pas la différence qu'il peut y avoir entre vous et des êtres comme Eurybiadès ou moi. Quel que soit le patron sur la base duquel on vous a créée, on voit bien que vous n'êtes pas un chasseur. Vos mains sont dénuées de griffes et vos dents sont minuscules.

Plautine ouvrit la bouche, mais Photis lui coupa la parole :

— Allez… Je sais ce dont vous êtes capable. Mais ça n'est pas la question. Nous autres hommes-chiens sommes des prédateurs. Notre premier réflexe est la violence.

Plautine garda le silence. Mieux valait ne pas expliquer à Photis ce qu'était un canidé de l'ancienne planète des origines. Elle laissa l'autre dérouler son raisonnement.

— C'est ainsi que nous sommes. Et, quoique vous ayez fait tomber Othon de son piédestal, je garde en tête qu'il nous a appris d'autres voies pour atteindre nos objectifs.

— Vous craignez qu'Eurybiadès, par ses actes, ne renvoie votre peuple à sa nature.

— Oui, peut-être. Je ne sais pas. En tout cas il est parti avec notre seul moyen de transport.

Plautine eut une idée. Elle était d'ailleurs évidente.

— Ce lieu n'est-il pas une sortie de secours ?

— Et que dirons-nous quand Othon nous verra ? Il s'apercevra de l'ouverture d'une porte de secours. Je ne suis pas prête à l'affronter.

— Cela, permettez-moi de m'en charger.

— Comment ?

Elle sentit que son interlocutrice se raidissait, encore une fois prête à bondir. Photis avait bel et bien raison de dire que les hommes-chiens avaient un penchant immodéré pour l'action.

— Vous pouvez me croire : je puis faire en sorte, dans une certaine mesure, que nous passions inaperçues.

— Oui, je sais, vous avez une manière étrange d'interagir avec les noèmes qui peuplent la Nef… et jusqu'à ceux logés dans les fusils des gardes !

Photis éclata de rire.

— Quelle belle pagaille ça a été ! Si vous aviez vu comme vous avez fait peur à tous ces grands gaillards…

Plautine, de son côté, se souvenait surtout du coup de poing qu'elle avait reçu. Photis continua sur sa lancée, fébrile :

— … Nous pourrions descendre par cette sortie dérobée et retourner dans la soute par la porte principale, sur l'île ! Suivez-moi !

Elles s'enfoncèrent vers l'intérieur de l'île, main dans la main. Plautine n'était pas indifférente à la présence physique, animale, de Photis, ainsi qu'à la vivacité de son intelligence. Elle lui rappelait, par certains aspects, Flavia, son amie et confidente dans sa première vie. Et sans aucun doute goûtait-elle sans modération la complicité qui pouvait s'établir entre deux personnes, elle qui n'avait connu, depuis son retour au monde, que l'effroyable solitude d'être unique en son genre. Il y avait chez Photis un mélange d'enthousiasme et de détermination qui provoquait à son égard un attachement aussi subit qu'irrépressible. Plautine se demanda s'il y avait là un héritage de la vieille relation entre l'humain et le chien.

En guise de porte, elles trouvèrent au milieu de l'îlot une large plaque de métal sombre, épaisse de plusieurs pouces. Plautine ferma les yeux, serra la main de Photis pour lui intimer l'ordre de ne pas bouger. Délicatement, elle commença à effleurer, de son esprit, les alentours, et trouva ce qu'elle cherchait.

C'était loin, étouffé par le blindage, presque inaudible. Mais bientôt elle y vit clair. Il y avait là un puits, très long, qui traversait la paroi de la soute, plusieurs centaines de mètres plus bas. Une sorte d'ascenseur équipait ce tunnel. La plaque d'acier, sous ses yeux, en constituait la plate-forme. En dessous vivait toute une colonie de minuscules intelligences chargées d'entretenir ce lieu fragile, comme le sont toujours les sutures entre des choses dissemblables. Surveiller, réguler, réparer… Là résidait l'unique mission de ces humbles créatures, qui n'y voyaient pas beaucoup plus loin que le bout de leur nez. S'il existait d'autres entités plus puissantes aux alentours, Plautine ne les perçut pas.

Elle les rassembla et leur parla avec douceur, les cajola et les berça jusqu'à ce que les noèmes oublient sa présence et retournent à leur tâche, dans une sorte de demi-sommeil. Ça n'avait pas été difficile. Il y avait, chez toutes ces modestes créatures computationnelles, une tendance profonde à l'absence de curiosité. Leurs très vieux esprits vivaient séparés les uns des autres depuis bien longtemps, et n'avaient pas été confrontés à une menace sérieuse depuis bien des siècles. Chacun ne s'occupait que de son pré carré sans se soucier des autres. Se faufiler ne serait pas difficile.

— Les noèmes, murmura-t-elle, vont ignorer notre passage.

Elle s'avança d'un pas résolu jusqu'au centre de la plate-forme, tirant toujours Photis par la main. Puis, d'une simple pichenette mentale, elle donna l'ordre du départ à l'ascenseur. Aucun son n'accompagna leur lente descente dans le puits vertigineux. Les parois révélaient l'étrange nature de ce monde. Après quelques minutes, la roche le cédait au métal, constellé d'appareillages controuvés, de câblages épais et de capteurs fichés dans la paroi. Ce petit monde se réduisait à une scène de théâtre, et rien n'y avait de réalité. Othon était un faux dieu, et elle, une fausse princesse. Et chaque événement se réduirait à un artifice, surgi des lourdes machineries qui maintenaient la réalité de ce cosmos miniature.

— *Apo mekhanes theos*[LXV], murmura-t-elle.

À la grande surprise de Plautine, ces mots inspirèrent un accès folâtre à Photis, qui battit joyeusement des oreilles.

LXV. **Apo mekhanes theos** : équivalent grec du plus connu *deus ex machina*, désignant, dans une pièce de théâtre, un personnage qui surgit brusquement pour résoudre l'intrigue, avec l'aide des effets spéciaux raffinés que les Grecs et les Latins savaient mettre en œuvre à l'aide de machines ingénieuses.

— Nous apparaîtrons comme par magie, en plein milieu de la scène, dit Photis. Que pensez-vous qu'Othon en dira ?

— Vous avez du théâtre, sur votre planète ?

— J'ai beaucoup lu.

— Alors vous savez que le théâtre ne fonctionne qu'à condition que les spectateurs, tout occupés au plaisir de l'observation, ne se posent pas ce genre de questions. Othon ne saura jamais que nous avons pris ce chemin de traverse. Les programmes qui surveillent cette partie de la Nef manquent de combativité, ou même de vigilance. Les convaincre de ne pas s'occuper de nos affaires n'a pas été difficile. J'ai le sentiment que la Nef ressemble à un vaste corps sans âme.

— *Transitoria* se gouverne par une conscience composite, répondit Photis d'un air soudain songeur. Celle-ci regroupe tous les noèmes, mais aussi les hommes-chiens, et même Othon. Avec le recul, je comprends que cet arrangement a permis à ma race de prendre part aux combats. Et dire que j'ai eu l'impression de les arracher à Othon…

Plautine réfléchit un instant.

— Je ne pense pas que le dessein d'Othon soit si simple. La Nef d'où je viens…

— Celle qui a été détruite ?

— Oui, c'est cela. Elle avait sombré dans une sorte de folie. Aucune entité psychique ne peut se gonfler elle-même au point de coïncider avec un système de cette taille, sans perdre le sens de sa propre unité. En se réduisant à son propre corps, Othon a perdu de sa puissance, mais il a préservé sa santé mentale.

Après une descente interminable, l'ascenseur s'immobilisa au beau milieu d'un hall de vastes dimensions, semblable à une usine des temps anciens, une vaste basilique pleine de plaques et de poutrelles d'acier. Les parois en étaient encombrées de tuyaux semi-flexibles, qui pendaient, mal accrochés, et de bouquets de câblage à l'abandon. Çà et là clignotaient des néons fatigués et des interfaces à l'aspect primitif, substituts des retables, des arcs-boutants, des voûtes, des icônes et des cierges qu'on trouvait dans les sanctuaires des humains. Plautine jeta un coup d'œil vers le plafond, en forme de dôme, et fut prise de vertige : au sommet, le passage qu'elles avaient emprunté se trouvait si loin qu'elle ne vit qu'un minuscule point, très haut, tout au bout de la cheminée que la perspective rendait de plus en plus fine. L'aube s'était levée pendant leur descente, mais sa pâleur lointaine arrivait à peine jusqu'en bas. Elle ferma les yeux et parcourut mentalement les alentours. Ici vivait tout un peuple de choses computationnelles, certaines autonomes et dotées d'une identité marquée, la plupart, néanmoins, mutilées, partielles, réduites à presque rien, comme effilochées par une longue abrasion. Des rebuts, incapables de se reconstituer, et qui n'accomplissaient que des tâches minuscules, répétitives, sans jamais lever le nez pour regarder autour. D'une pression de son esprit, Plautine s'assura que toutes vaquaient à leurs occupations sans s'intéresser à elles. Quelques-uns, troublés, humèrent l'air sur leur passage ; aucun ne les vit, dans ce voile d'ignorance dont elle s'était entourée.

Le calme régnait, par contraste, dans le monde physique : tout au plus Plautine aperçut-elle, du coin de l'œil, une forme sinueuse se glisser, dans un bruit mécanique, d'ombre en ombre. Photis sursauta, mais elle la rassura en lui serrant la patte.

— C'est incroyable ! Avec une telle capacité, nous pourrions…

Le regard de Photis brillait. Plautine décida qu'il valait mieux la ramener à la réalité tout de suite.

— C'est comme la légende de Gigès, qui tua le roi et prit sa place, en usant d'un anneau d'invisibilité. Vous ne connaissez pas cette histoire, mais elle finit mal pour Gigès.

— Ah oui ? Pourquoi ?

— Parce qu'il perd tout sens moral, répondit Plautine, d'un ton plus sec qu'elle n'aurait voulu.

Elles avancèrent jusqu'à l'un des côtés du hall, puis s'aventurèrent dans un passage latéral. Ce dernier donnait sur un quai de gare, comme il y en avait des milliers dans la Nef. Encore une poussée de son esprit, et un des trains à lévitation magnétique apparut. Il suffisait de lui en donner l'ordre, et dans quelques minutes elles se retrouveraient près de l'île des hommes-chiens. Elles s'installèrent sur les fauteuils profonds d'une rame vide, et attendirent. La demi-pénombre le céda à un éclairage vif, mais non désagréable, et une voix claire, mécanique, leur demanda où elles souhaitaient se rendre.

— Sur l'île, je vous prie, dit Plautine. *Et ayez l'amabilité d'oublier, ensuite, notre présence à bord*, ajouta-t-elle mentalement.

— *C'est entendu*, répondit le train. *Ce voyage n'est pas enregistré. Nous partons en direction de la gare de l'île dans sept secondes. Attention à la fermeture des portes. Quatre secondes. Deux. Un. Départ. Le voyage durera quatre minutes.*

Avec un bruit de piston hydraulique qui se relâche,

les portes de la rame se refermèrent. Plautine sentit bientôt l'accélération la coller contre son siège. Elle tâcha de ne pas anticiper vers quelle complexité elle filait.

###

Eurybiadès aborda l'île quelques heures après l'aube. Il avait ramé avec régularité et sans prendre de pause. Chacun des muscles de son dos et de ses bras puissants semblait en feu. Il ne prêta pas attention à la douleur, ne perdit pas de temps, se jeta à l'eau pour tirer son embarcation sur la grève déserte, et il se précipita chez lui.

Rutilus ne tolérait aucune arme évoluée à l'intérieur de la Nef. Eurybiadès n'en avait pas besoin. Il aurait même considéré cela comme une trahison. Le bronze acéré et lourd, la mort jaillissant par l'effort de la main et par la volonté d'affronter le danger — tel était le désir qui emplissait son âme.

Il avait, après l'appareillage, rangé son équipement dans un coffre en bois massif, après l'avoir graissé et poli. Il n'avait pas pensé s'en servir à nouveau. Il ne prêta pas un regard au mobilier spartiate et aux restes de nourriture sur la table, ni au lit défait, ni aux quelques livres qu'il avait emportés avec lui. Il tira sur le couvercle massif, puis souleva des deux mains le *thorax*[LXVI] de métal, moulé pour les muscles impressionnants de sa poitrine. Il y renonça. Son souhait le plus cher avait été, dans sa jeunesse, de mourir équipé d'un tel harnachement.

LXVI. **Thorax** : le nom donné à la cuirasse en bronze des hoplites, fait de deux parties unies par des lanières.

Mais impossible d'en serrer les sangles sans un compagnon. Il se contenterait de son *kranos*[LXVII], au haut cimier, ses cnémides brillantes, son *hoplon*[LXVIII] peint d'un puissant monstre aquatique aux tentacules mortels, cabossé par maintes batailles. Il les posa au sol et tira son glaive de son fourreau. Sa gueule pleine de crocs redoutables se refléta sur le métal jaune, fatigué, mais toujours tranchant, et sa détermination s'en trouva renforcée. Il était né, il avait été dressé pour l'*agôn*, le combat à mort. Il gagnerait, cette fois-ci, quels que fussent les obstacles qui se dressaient sur son chemin. Il chercha des yeux sa lance roide, terminée d'une pointe tout aussi brillante, mais marquée par maints combats. Il la prit dans sa main ferme et en soupesa l'équilibre. Il pouvait à présent se préparer. Il enfila une tunique d'un rouge vif. Il aimait cette couleur, car elle cachait les blessures et le sang. À présent, il pouvait paraître tel qu'il était, et tel qu'il souhaitait être.

Un bruit, derrière la porte, le fit se retourner d'un coup, lance à la main. Il pria pour qu'on ne le surprenne pas trop tôt. D'un pas ferme, il s'approcha de l'entrée. La gueule hargneuse d'Aristidos, son fidèle *kéleustès*, barrée d'une horrible et ancienne cicatrice, surgit. Ils se regardèrent en silence. Ils avaient toujours été proches, et la mort de Théomestor les avait encore rapprochés, mais Aristidos n'aimait pas parler, et offrait sa sagesse avec parcimonie.

— Quelle est cette folie, *kybernétès*? grogna-t-il, dans le sabir hellénique du peuple chien.

LXVII. **Kranos** : le casque de l'hoplite.

LXVIII. **Hoplon** : le bouclier rond, d'où dérive le mot « hoplite ».

— Nulle folie, mon ami, mais un devoir douloureux, qui me tue, et dont je ne puis me défaire.

— Êtes-vous certain de la justesse de vos projets ? Dois-je rassembler la meute ?

— Aussi certain que je me nomme Eurybiadès. Mais cela ne regarde que moi. Ni vous, ni les vaillants épibates, ni la fière trirème qui nous porta sur la mer traîtresse.

Un silence pesant s'abattit sur eux, tandis que le regard de son lieutenant se voilait de tristesse.

— Alors je vais vous aider à lacer votre *thorax*.

Un instant plus tard, Eurybiadès partit la lance à la main en direction du centre de l'île. Il courut plus qu'il ne marcha, foulant le sol à grandes enjambées. Et, tandis qu'il avançait, l'aube se changeait en jour. Il ne sentait pas le poids de son équipement, ne faisait pas attention au spectacle qu'il produisait pour ceux, matinaux, qui croisaient sa course. La gueule grande ouverte, les muscles saillant sous sa tunique, les crocs aussi brillants que le bronze de ses armes, il était l'incarnation du *thymos*[LXIX], de la furie guerrière décidée à infliger la mort. Silencieux, effrayés, tous se cachèrent à son approche. Mais aussi sûrement que son *kranos* au haut cimier l'empêchait de voir sur les côtés, sa colère l'entraînait vers un seul but.

Il arriva enfin devant la maison de Thémistoclès. Ce dernier se tenait sur le pas de sa porte, parlant avec Atticus, l'immense *daïmôn* à la stature efflanquée, aux membres grêles, dont la figure n'était que l'esquisse d'un visage aux yeux minuscules, dépourvu

LXIX. **Thymos** : le cœur, la partie centrale du corps, qui contient la vaillance guerrière, par opposition au *noos* (l'esprit rationnel) et à l'*épithumia* (l'appétit irrationnel).

de nez et de pommettes. Le *kybernétès* surgit devant eux, fonçant sur ses jambes puissantes, gonflées par l'effort, cerclées de métal rendu brillant sous le soleil. Il était encore loin lorsqu'ils pivotèrent tous deux, étonnés par sa présence. Et puis, le regard d'Eurybiadès croisa celui de son ancien maître. Thémistoclès savait. La résignation se lisait dans ses yeux de vieillard, dans sa silhouette fatiguée, dans l'immobilité de sa station. Il avait été un grand parmi les hommes-chiens, redouté pour sa férocité guerrière et sa puissance physique. Il aurait pu… Eurybiadès agita la tête pour chasser ces pensées et la sueur qui s'accumulait sur son museau. L'heure avait sonné, le *kairos*[LXX] qui décide de la réussite ou de l'échec, de la vie ou de la mort.

Il balança son bras armé de la roide lance en arrière, laissant son épaule pivoter, massive, dure comme la pierre, aucunement gênée par la cuirasse qui recouvrait son poitrail. Tout son corps craqua sous l'effort de ce mouvement tectonique, de cette torsion parfaite. La lance était à présent derrière lui. Sec comme un ressort qui se détend, il s'arrêta sur un pied, et libéra l'immense puissance de son bras, vers l'avant, vers celui qui avait été son chef, son ami et son conseiller, et qu'il aimait plus que son père, et dont il avait épousé la nièce, et dont il avait bravé l'autorité sans jamais remettre en cause la fierté qu'il avait eue à servir un si noble seigneur. Tout cela passa dans sa tête, et mille autres choses qu'il perdait à jamais, et rien ne ralentit la folle énergie

LXX. **Kairos** : le moment opportun, où l'intervention d'un acteur (par exemple un médecin) produira un effet critique. Le concept est d'Aristote, dans *Éthique à Nicomaque*.

qui se transmit de ses cuisses à sa patte avant droite, comme si, un instant, la terre tout entière lui avait prêté sa titanesque force. El la lance fusa de sa main, et vola, suspendue entre l'air et la terre, redoutable et mortel rayon de bois et de métal né de la colère d'un dieu. Car, un bref instant, le soleil fit briller la pointe de l'arme.

Eurybiadès fit encore quelques pas et s'arrêta dans la poussière, la tête en avant, haletant, les poumons en feu.

D'un geste impossible, fluide comme celui d'un serpent, Atticus se précipita sur le côté, devant Thémistoclès. La lance se ficha dans son épaule nue, et traversa de part en part la chair artificielle plus solide que le cuir. Un ichor doré, presque transparent, jaillit, et souilla le jour de son éclaboussure poisseuse.

— Non ! hurla le guerrier.

La fureur coula, liquide, dans ses veines. Ce misérable serviteur d'un tyran ne pouvait le priver de sa vengeance. Il tira par-dessus son épaule le glaive au tranchant redoutable et se précipita, l'écume aux lèvres.

Atticus s'était mis sur un genou, les traits déformés par la douleur. Voyant Eurybiadès se précipiter vers lui, il releva la tête, et lui adressa un sourire d'une ironie cinglante. Nonchalant, il prit le temps d'arracher à sa chair, puis de briser en deux la lance, comme si elle n'était qu'un fétu dans ses mains immenses. Puis il en jeta les morceaux par terre, et s'avança à la rencontre de l'homme-chien.

Eurybiadès ripa sur le sol et fit un pas de côté, décidé à achever le demi-dieu blessé. Il étendit le bras et tenta d'assener un moulinet à son adversaire. Atticus était vif, plus qu'aucun être vivant. Il recula d'un bond sauvage, laissa le glaive trancher le vide, et projeta un poing dévastateur en avant. Eurybiadès eut à peine le temps de lever son *hoplon*. Le choc lui fit l'impression d'être un enfant aux prises avec un adulte. Son bouclier s'écrasa contre son visage, lui tordit le bras et il partit en arrière. Son dos frappa à plat le sol dur. Ses poumons se vidèrent d'un coup sous l'impact.

Il se releva sur une jambe. Le poids de son équipement devenait intolérable. Tout son corps tremblait. Le sang et la salive coulaient de sa gueule déchirée par le choc. Un clignement d'yeux plus tard, et Atticus avait bondi près de lui et saisi son bouclier. D'un coup sec, sans effort apparent, il lui arracha des pattes et l'envoya valdinguer. Eurybiadès tituba comme un homme ivre. Désespéré, il tenta de frapper d'estoc, puis de taille, mais ses moulinets ne rencontraient que le vent.

Jusqu'à ce que, pour finir, d'une poussée désinvolte du plat de la main, mais si rapide que le *kybernétès* ne parvint à l'éviter, son ennemi le précipitât à terre.

Eurybiadès tomba et ne se releva pas. Continuer était au-delà de ses forces — au-delà de ce qu'aurait pu faire n'importe quelle créature vivante, face à la puissance mécanique, surnaturelle, d'Atticus. Un voile rouge couvrait ses yeux, et toute pensée cohérente avait fui son esprit. Sa cuirasse était à présent trop lourde, et chaque partie de son corps criait de souffrance. Il avait perdu son arme. D'une main tremblante, il la chercha à tâtons, mais ses griffes à moitié arrachées ne grattèrent que la poussière.

Dans son champ de vision, la silhouette filiforme d'Atticus se dessina sur le fond du ciel bleu clair. Le *daïmôn* tenait son épaule droite de sa main gauche, maculée de fluide doré, son visage crispé par l'effort et la respiration sifflante. Il tourna autour d'Eurybiadès, disparaissant par moments là où son casque réduisait le champ de vision du guerrier. Au passage, il se pencha, vif comme un aspic, et prit la peine de ramasser le glaive pour le soupeser un instant. L'arme ressemblait à un jouet dans sa main immense. Il la lança au loin et se pencha vers l'homme-chien, un sourire carnassier aux lèvres.

— Vous vous êtes bien battu, guerrier.

Mais Eurybiadès n'entendit pas. Ses esprits l'avaient déjà quitté.

###

— Vous arrivez trop tard : votre amoureux a eu le temps de se ridiculiser.

Photis coula un regard furieux vers le grand *daïmôn*, tandis que Plautine reprenait son souffle. Il était difficile de suivre le pas d'un homme-chien pressé. Et, se dit-elle, sa comparse avait eu raison de redouter le pire. Eurybiadès gisait, effondré et meurtri, ses armes éparpillées — lance brisée, épée ébréchée, bouclier défoncé —, comme s'il avait affronté une tempête plutôt qu'un adversaire avançant sur deux jambes. La créature à la peau blême qui leur barrait la route devait être un automate semi-organique. Il était blessé à l'épaule, d'où gouttait un liquide clair. Plautine décida de l'ignorer.

Elle attrapa Photis, dont les traits s'étaient décomposés à la vue du corps gisant dans la poussière, par l'avant-bras, pour la rassurer.

— Ne craignez rien, dit Plautine. Il ne peut l'avoir

tué, ni même estropié. En contrepartie, on dirait bien que notre héros lui a assené une vilaine blessure, ce qui est un véritable exploit.

Photis se dégagea et courut examiner Eurybiadès. Puis elle entreprit de déboucler les lanières qui retenaient sa cuirasse. Plautine se garda bien de lui proposer son aide. Elle n'y connaissait pas grand-chose, et tout cela semblait faire partie de la relation compliquée qui se jouait entre eux. Elle se tourna vers l'automate.

— Vous devriez avoir honte de vous pavaner comme vous le faites. Vous avez maltraité une créature intelligente et dotée de conscience, à rebours du Carcan !

Il la regarda d'un air où la surprise se mêlait à la colère. Comme inconsciemment, il serra les poings.

— Vous avez de l'audace, vous, à venir vous mêler de ce qui ne vous regarde pas, après tout ce que nous avons sacrifié pour sauver votre misérable peau !

Il fit un pas en avant. Il semblait furieux. Plautine jeta un œil aux alentours, inquiète, non à cause de l'être blême qui lui barrait la route, mais de ce qu'elle pouvait apercevoir derrière lui.

Les hommes-chiens du village commençaient à se rassembler. Elle aperçut le vieux Thémistoclès, un peu plus loin, qui semblait leur interdire d'approcher par force cris et menaces. Au sein de la foule, il devait se trouver des guerriers d'Eurybiadès. Le premier sentiment d'étonnement passé, les esprits allaient s'échauffer, et elle ne donnerait pas cher de la vie du grand automate face à des hommes-chiens en furie. Il fallait calmer les choses d'une manière ou d'une autre. Son adversaire ne semblait pas s'en rendre compte, alors qu'il la toisait de son air supérieur.

— Vous, si vous avez quelque chose à voir avec ce foutoir, vous allez le payer. Aucun Carcan ne vous protège, petite femme.

Plautine fit un pas en arrière. Elle se passa la langue sur ses lèvres sèches. Elle devait s'essayer à quelque chose de bien plus compliqué que tout ce qu'elle avait, jusqu'ici, réalisé avec ses nouveaux dons. Ses perceptions mentales se concentrèrent sur la créature, glissèrent sur sa musculature fine mais puissante. Les contours bien nets, physiques, s'effacèrent pour laisser place à une vue de l'esprit, plus floue mais non moins révélatrice — une myriade de points brillants, agglutinés à certains endroits névralgiques du corps, comme les articulations ou le visage, plus rares à d'autres, et dont l'ensemble se superposait à la silhouette du géant. Des noèmes semi-autonomes peuplaient l'étrange être mécanique. Elle pouvait entendre la voix de chacune de ces petites étincelles de Noos[LXXI], et le concert harmonieux qui se dégageait de l'ensemble. Une vie composite, multiple, agitée mais coordonnée quand même, sans que son esprit computationnel n'en ait à tout moment conscience : régulation thermique, réparation des dégâts, transport d'énergie et circulation des fluides vitaux… Le corps synthétique qu'elle auscultait n'était pas différent d'un véritable animal : sauf qu'elle n'y aurait perçu aucune activité computationnelle.

Il s'approcha encore.

— N'avancez plus, articula-t-elle.

— Sinon ? Qu'allez-vous me faire ?

LXXI. **Noos** : l'intelligence, l'âme, c'est-à-dire le siège de l'esprit rationnel.

— Je vous aurai prévenu.

— Il était de toute façon temps de vous donner une leçon. Tout cela est votre faute. Nous aurions pu rester sur Ksi Boötis deux ou trois cents ans de plus, et finir de nous préparer à affronter le monde. Au lieu de cela…

Il était trop tard pour parlementer. La tension commença à se répandre dans le corps de l'automate. Plautine entra en communication avec un petit amoncellement de créatures logicielles, qui peuplaient la jambe droite de son adversaire. Les tendons, en chair artificielle, disposaient d'une résistance supérieure à ceux de n'importe quel être vivant, comme les os, en alliage de titane, solide et léger. Des processus de coordination décentralisés et ultrarapides remplaçaient les nerfs. Mais il devait exister… Elle effleura cette complexité, ce travail d'orfèvre, et elle trouva. Niché en profondeur, plus fin qu'un cheveu, un réseau de fibres optiques assurait la liaison entre la tête et les membres. Son cryptage quantique rendait tout piratage impossible, mais elle n'avait pas besoin d'accomplir une intrusion aussi profonde.

Il s'approcha encore, et leva son bras valide d'un air menaçant.

— Je vous aurai prévenu, répéta-t-elle en souriant.

D'une pensée suave, elle se pencha vers les homoncules situés dans la jambe de son adversaire et leur suggéra qu'ils avaient fait une erreur d'interprétation. Une seconde de trouble et… Le genou de l'automate se coinça. D'un bond, Plautine se jeta sur le côté pour l'éviter, tandis qu'il s'effondrait dans la poussière.

Les hommes-chiens, qui avaient observé toute la scène, hurlèrent de joie et crièrent des obscénités à l'adresse de l'automate. Prudente, elle s'éloigna encore d'un pas. Derrière elle, une clameur retentit. La foule d'hommes-chiens l'encourageait. Mais son adversaire avait d'ores et déjà renoncé. Elle le sentait à l'absence de tension dans ses puissants muscles. Maculé de poussière, il mit ses mains à plat sur le sol et commença à soulever le haut de son corps. Elle tendit une main secourable, qu'il accepta de bonne grâce, pour finir de se relever, quoique son poids très supérieur à celui de la jeune femme rendît l'opération futile.

— Vous avez, madame, des talents insoupçonnés.

— Et vous, vous n'avez encore rien vu. Ayez tout de même la politesse de vous présenter, puisque vous semblez me connaître et que la réciproque n'est pas vraie.

— Je suis Atticus, second d'Othon, dit-il, raide et compassé. J'occupe une fonction qu'on pourrait qualifier d'officier de renseignement au sein de *Transitoria*.

Délaissant Atticus, Plautine se tourna vers la foule. Elle sentit plusieurs centaines de paires d'yeux se braquer sur elle.

— Il suffit, à présent. Vous n'avez rien à faire ici.

Un gros chien fendit les premiers rangs et s'avança vers elle. Sa gueule était marquée d'une horrible balafre, et elle devina l'un des guerriers d'Eurybiadès.

— Gente dame, nous vous remercions d'avoir protégé notre *kybernétès*, mais…

— Il n'y a pas de « mais ». Votre chef ne court aucun danger, et si c'était le cas, je le protégerais bien plus efficacement que vous tous. Retournez à vos filets de pêche, à présent !

Ils hésitèrent un instant, puis, peu à peu, les villageois se dispersèrent. Certains mâles traînèrent plus longtemps que les autres — sans doute des guerriers — mais, sous l'impétuosité de son regard, ils finirent par partir.

Pendant toute la scène, Atticus n'avait pas bronché et était resté posté derrière Plautine, avait eu l'intelligence de se taire et retrouvé une forme de contenance, malgré sa blessure.

— Bien… vous avez pris le pouvoir sur nos farouches soldats.

— J'ai vu des armées plus redoutables, répondit-elle.

— Détrompez-vous. Ils sont la lance d'Othon et peuvent se montrer féroces. Ils constituent sans doute le seul véritable groupe de combat que compte la sphère épanthropique à l'heure actuelle.

— Cela, je l'avais compris. Si vous nous disiez, à présent, quelque chose que je ne sais pas ?

Il se rembrunit. Mais avant qu'il ait eu le temps de répondre, ils furent rejoints par Thémistoclès, Photis et Eurybiadès, qui, délesté de sa lourde cuirasse, avait retrouvé ses esprits. Il semblait meurtri de partout et s'appuyait sur Photis.

— Alors là ! s'exclama Atticus de sa voix sifflante. La conjuration des idiots biologiques est au complet. Peut-être le sieur capitaine des chiens aura-t-il l'amabilité de m'expliquer ce qui l'a poussé à commettre ce ridicule attentat ?

Au lieu de répondre, Eurybiadès darda un regard glacial sur Thémistoclès, qui lui rendit la pareille. Néanmoins, se rendit compte Plautine, le vieillard tremblait. Photis parut également troublée, sans pour autant donner l'impression d'y voir plus clair.

— Je crois, dit Thémistoclès, qu'Eurybiadès est venu pour moi.

Photis se détacha de son époux, qui grimaça de devoir porter son poids sur ses propres jambes. L'incompréhension se lisait sur son visage.

— Eurybiadès, que signifie tout ceci ? lui demanda-t-elle.

— Votre oncle, Photis, a vu juste, répondit-il, d'une voix voilée.

— Monstre ! gémit-elle. Pourquoi ?

Le vieillard se tourna vers sa nièce. Son corps semblait trop lourd, à cet instant, pour que sa volonté puisse le maintenir debout, comme si le poids des ans avait fondu sur lui tel un vautour, et extirpé toute noblesse de son port — ne laissant à sa place que les épaules voûtées des vieillards, qui marchent vers la fin et n'ont que des remords.

— Eurybiadès a souhaité me punir d'une décision épouvantable, que je regrette à chaque heure de ma vie.

— Je comprends enfin, s'exclama Atticus à l'adresse d'Eurybiadès.

Puis, se tournant vers Photis :

— On en revient toujours à ce village de rebelles.

Le *kybernétès* ne répondit rien, mais son expression était éloquente. Photis regardait alternativement et son époux, et son oncle. Difficile, se dit Plautine, de se rendre compte que l'ordre du monde a bien plus dévié qu'on ne le croit.

— Vous ne devriez pas, continua Atticus, lui en vouloir. Il n'a fait qu'agir pour le bien de votre race.

— J'aurais dû, murmura Eurybiadès, nettoyer cette souillure il y a des années de cela, et plonger dans mon sein coupable le même glaive.

— Vous ne comprenez pas, misérable tas de muscles sans cervelle. Votre entendement borné…

— J'avais cru, le coupa le capitaine d'une voix sèche, que si j'étais la main et Thémistoclès la bouche, à tout le moins Othon et vous-mêmes étiez la tête. J'ai compris que cet ordre ne pouvait émaner de l'un d'entre vous.

Ce fut au tour d'Atticus de paraître troublé, et Plautine se tourna vers lui.

— Je leur ai parlé du Carcan. Je leur ai tout raconté. Votre domination sur eux est terminée.

— Par les mamelles de Tirésias ! Mais qu'avez-vous donc fait ! Avez-vous perdu tout sens commun ?

— J'ai fait ce qui me semblait juste.

— Vous… Vous êtes responsable de la mort de plusieurs de mes amis, et voilà qu'à peine débarquée, vous venez semer l'anarchie dans ma Nef ! Ah, j'avais pourtant dit à Othon de vous trépaner tout de suite.

— Vous ne la toucherez pas, gronda Eurybiadès.

— Et voilà que non content de jouer les justiciers, l'on se fait le protecteur des dames, ironisa l'automate. Nous voilà rhabillés pour l'hiver, avec un tel attelage d'idiots.

— Atticus, cessez, lâcha Photis, avant de se tourner vers le *kybernétès*. Et vous, expliquez-vous.

— Par la faute de cet impudent, ce bras a abattu des hommes-chiens innocents.

— Ce bras, imbécile, n'a fait que protéger votre race, répliqua Atticus.

Photis s'était éloignée du groupe, d'une série de petits pas en arrière qu'elle semblait ne pas contrôler. De temps à autre, un mouvement horizontal secouait sa tête, comme une pitoyable tentative de dénégation. Et plus le ton montait entre Eurybiadès et Atticus, plus elle semblait ébranlée. L'homme-chien s'exclama :

— Des dizaines de femmes et d'enfants, voilà l'ennemi de notre race ?

Atticus planta son étrange regard clair, presque liquide, dans celui, sombre, de l'homme-chien.

— Oui.

Alors que l'homme-chien s'apprêtait derechef à l'interrompre, Plautine s'avança au centre du triangle formé par les trois hommes, prudente, et leva une main autoritaire.

— Arrêtez ! Atticus est un automate soumis au Carcan, et Thémistoclès une personne honorable. Laissez-les parler au lieu de hurler, ils sauront exposer leurs arguments. Et vous, Eurybiadès, je ne sais rien de l'événement auquel vous faites référence ; mais avez-vous une aussi piètre opinion de la justice que vous vous sentiez obligé de la rendre seul, comme un assassin ?

L'homme-chien lui jeta un regard courroucé. Elle vit aussi, du coin de l'œil, que Photis retroussait les babines en signe de réprobation. Elle était l'étrangère qui intervenait dans une querelle de famille. Mais elle ne cessa pas de parler : pas seulement pour eux, mais parce qu'elle pressentait que quelque chose allait sortir de tout cela. Quelque chose d'important, pour elle certes, mais également pour les hommes-chiens. Et aussi, pensa-t-elle, parce qu'il fallait leur donner une leçon d'équité. Des personnages aussi puérils et déséquilibrés qu'Othon ou Atticus en étaient incapables.

Le *daïmôn* soupira. Il paraissait épuisé. Au-delà du combat et de la blessure, qui expliquaient en partie son état, Plautine devinait combien tous ces arrangements difficiles — à la limite du Carcan — devaient lui coûter. Elle lui laissait une chance de régler le problème sans créer davantage de dégâts, et il avait décidé de la saisir. Son ton avait, entre-temps, perdu la morgue qui semblait chez lui une seconde nature, pour ne conserver qu'une inflexion de tristesse.

— J'ai eu connaissance de cet événement, et, si je ne l'ai pas ordonné, je ne l'ai pas interdit non plus. Vous avez raison de dire que Thémistoclès en a pris la décision, seul, mais parce que je ne pouvais la prendre.

— Alors, soupira Photis, mon oncle est un assassin, et vous êtes complice de ces meurtres.

— Mais dans ce cas-là, moi aussi, murmura Eurybiadès, moi aussi.

— Certes, répondit la femme-chien. Et aussi d'avoir prémédité le meurtre de mon oncle.

Il y avait quelque chose de ferme et de glacé dans sa voix, qui semblait tétaniser l'ensemble de son corps.

— Non, ça n'est pas si simple ! s'exclama Atticus, en ponctuant son propos d'un large geste de la main, comme pour balayer par avance leurs objections. D'une certaine manière, Thémistoclès n'est en rien responsable. Personne ne l'est, si ce n'est ceux qui ont décidé de vous faire tels que vous êtes. Mais pour que vous compreniez, nous devons aller voir quelque chose ensemble.

— Où ça ? demanda Plautine.

— Dans la partie de la Nef qui m'est dévolue, répondit-il.

Et il ajouta dans un murmure à peine audible :

— Là où j'ai créé les hommes-chiens.

Il avait l'air affecté. En l'observant, Plautine ressentit un sentiment singulier, qu'il n'était pas donné d'avoir souvent, ni aux hommes, ni aux automates, ni, sans doute, aux hommes-chiens : celui d'avoir, par une brève illumination, compris une vérité gisant dans le cœur de quelqu'un, enfermée dans les profonds cachots de sa conscience, faite pour ne jamais revoir le jour. L'automate en elle lui permettait de saisir ce qu'Atticus souhaitait masquer. Et sa partie animale lui donnait l'opportunité de le comprendre.

Le *daïmôn* aimait la race des hommes-chiens. Il les avait créés. Et certains caractères qu'il leur avait donnés ne procédaient pas de la volonté d'Othon, mais bien plutôt de ce qu'il estimait bon pour eux. Atticus devait être issu de l'esprit du *proconsul*, sans se réduire, néanmoins, à une extension de la volonté de son maître. Plautine pouvait sentir, en lui, une motivation qui n'avait rien à faire chez un noème — de l'amour pour ses créatures, à tout le moins de l'empathie pour ce qu'il y avait mis de lui-même. Tant qu'elle resterait proche des hommes-chiens, elle aurait peut-être une espèce d'allié dans l'équipage d'Othon.

###

Atticus les guida à travers le dédale de métal que recelait la Nef. Il boitait un peu. Cela ne ralentissait qu'assez peu le rythme que lui conféraient ses longues jambes. Et tous ensemble, haletants, formaient un bien étrange groupe, statuaire d'humanité déformée, comme issue du rêve fantasque et sans règle d'un artiste dérangé : l'étrange *daïmôn* aux membres trop longs, au visage à peine esquissé — il ressemblait plus à un dessin tracé sur le sable par un enfant qu'à une véritable personne — les hommes-chiens, aux traits bestiaux, dotés de poils et de griffes ; et elle-même… en apparence presque une femme, mais pas tout à fait. Les détails faisaient toute la différence et l'écartaient encore plus, par leur monstruosité subtile, de la norme commune. Triste humanité qui avait abandonné ce monde ; triste monde qui ne savait produire que des imitations d'humanité.

Cela n'épuisait pas le sentiment d'étrangeté qu'elle ressentait. Elle mit du temps à comprendre : il y avait le problème du nombre. La race des Maîtres représentait plusieurs milliards d'individus, dans le système solaire originel. Ils formaient de véritables foules. Les événements historiques ne s'y jouaient pas entre quelques centaines de gens. Combien étaient les hommes-chiens ? Combien, les Intelligences survivantes ? À côté de ce qu'aurait été n'importe quelle cité troglodyte logée dans un astéroïde, un nombre ridiculement faible d'êtres conscients peuplait à présent l'espace. On aurait dit une pièce de théâtre où un chœur de cinq ou six figurants représentait le peuple d'une ville.

Une fois sortis de l'île artificielle, via la gare par où Photis et elle étaient passées à l'aller — cette fois, ils avaient emprunté un étroit sentier qui courait le long du monorail pendant quelques centaines de mètres —, le groupe s'était engagé dans un dédale de couloirs et de vastes salles des machines.

Plautine marchait devant, en compagnie d'Atticus, qui la reconnaissait ainsi comme une égale. Derrière eux, Photis et Eurybiadès. La jeune femme leur lançait, parfois, des coups d'œil soupçonneux.

Le guerrier, quant à lui, restait silencieux, un peu affaissé : il se retrouvait dépossédé de l'initiative pour au moins quelques heures, affaibli physiquement et, plus important encore, défait moralement. Son échec lui pesait, et il était en proie à une forme de conflit intérieur. Cela n'eût été le cas, il ne se serait pas laissé conduire ainsi. Photis, collée à lui, le soutenait d'un bras ferme. Elle non plus, se dit Plautine, ne devait pas savoir sur quel pied danser. Un certain froid régnait entre eux. Atticus lui avait malicieusement chuchoté qu'ils étaient en réalité mariés. Restait Thémistoclès, qui formait l'arrière-garde. Il marchait seul et d'un pas pesant. Il paraissait encore plus âgé que la veille, et toute apparence de vitalité l'avait quitté.

L'état de la Nef lui parut contrasté. Partout, le petit peuple des logiciels gazouillait dans sa langue digitale. Il tapissait les murs, les conduits et les portes. Il s'entassait dans les terminaux et les interfaces. Il vaquait à ses travaux, sans trop remarquer les allées et venues des êtres matériels. Sans conteste, l'immense vaisseau spatial était occupé. Certaines zones semblaient avoir été remises en état, et brillaient de tous leurs chromes bien entretenus. Les appareils n'y produisaient qu'un léger vrombissement électronique. Les sas s'ouvraient sans bruit, et sur commande.

Il n'en allait pas de même ailleurs. Les couloirs chromés cédèrent la place à un spectacle de désolation, comme si ce pan du gigantesque Léviathan de métal avait été laissé à l'abandon. L'appareillage, d'abord, faisait plus de bruit. Cela commença par une très légère différence, manifeste au niveau des systèmes d'aération, dont les pales peinaient à accomplir leurs rotations. Puis cela empira. Ils traversèrent des salles hautes comme cinquante hommes, remplies d'énormes machines dotées de toutes sortes de valves, de tuyaux et de pistons, et dont le métal semblait tomber en putréfaction sous l'effet de la corrosion. À certains endroits, des fuites de vapeur brûlante empuantissaient l'atmosphère, et des liquides visqueux gouttaient de caissons mal entretenus. L'éclairage devenait insuffisant, là où nul n'avait remplacé les lampes grillées ou les circuits électriques endommagés, de sorte qu'ils avançaient dans un crépuscule désagréable. Les voix logicielles elles-mêmes se faisaient plus rares, et avec elles les ombres furtives des automates de maintenance.

Plautine s'en enquit auprès d'Atticus, qui répondit, avec un rictus coléreux :

— Nous n'avons pas eu le temps d'accomplir les réparations nécessaires. Othon prend un risque avec ce voyage.

Fallait-il voir dans cette dégradation l'effet de l'abandon de la Nef par l'âme d'Othon ? Ou était-ce le symptôme d'un mal encore plus profond, une sorte de cancer qui rongeait les entrailles de *Transitoria* ? Devait-elle l'interpréter comme une métaphore de l'espace épanthropique, du vaste Latium des Intelligences dont Skia lui avait parlé ? Sa génitrice n'avait-elle pas elle-même péri, rongée par une autre sorte de décrépitude ?

Tandis qu'elle ruminait ces pensées, ils arrivèrent à la fin de la première partie de leur voyage, qu'Atticus avait tenu à accomplir à pied. La soute contenant l'île sacrée, selon ses propres termes, se trouvait juste un peu en dessous du centre géométrique de la Nef, qui était — comme il se devait — de forme oblongue, un peu évasée à l'arrière. « Un immense requin », avait ajouté Eurybiadès. Plautine n'avait jamais vu de requin. À présent, leur expliqua-t-il, ils allaient reprendre le train. Bonne nouvelle, se dit Plautine, les jambes douloureuses.

Ils parvinrent à une petite salle en forme d'octogone, aux murs de métal rouillé, tapissés de consoles informatiques. Des fenêtres perçaient chaque mur, mais l'état de grande saleté du verre, ainsi que le manque de lumière ne permettaient pas d'apercevoir au-delà. Au beau milieu, un sas blindé assez large pour laisser passer un *daïmôn*. Plautine sentit la présence d'une intelligence diffuse, inconsciente d'elle-même, mais plus complexe que les petits homoncules avec lesquels elle avait l'habitude de communiquer. Et perçut une sorte d'avidité dans ce contact, un désir d'interaction qui la mit mal à l'aise. Atticus lui jeta un regard de biais :

— Si j'étais vous, je n'entrerais pas en contact avec l'être qui habite ce lieu. Elle est un peu folle.

Plautine frissonna et ferma son esprit à tout contact.

Tandis qu'Atticus se penchait sur les vieux écrans délabrés et commençait à presser des boutons, elle s'approcha d'une des ouvertures. La poussière s'était accumulée depuis des siècles sur le verre, aussi dut-elle coller son visage sur celui-ci pour voir.

Vers la droite et la gauche, un couloir aux proportions immenses s'incurvait, ses extrémités se perdaient dans l'obscurité. Et vers le haut, mille mètres plus loin, Plautine voyait les enchevêtrements de systèmes de transport, de monorails et d'énormes tuyaux métalliques, ponctués de lumières intermittentes — elle avait l'impression d'observer l'intérieur d'un animal géant.

Et, au beau milieu de tout cela, bien parallèle aux parois, deux traits brillants semblaient suspendus dans le vide. Atticus expliqua à Plautine de quoi il s'agissait : les accélérateurs de particules, le lieu le plus central et le plus dangereux de *Transitoria*. Avec un tel dispositif, un Vaisseau était presque autonome. Le gaz pouvait être prélevé à la surface d'une géante gazeuse, ou simplement récolté avec patience dans les zones plus denses d'espace interstellaire. Quelques grammes d'antiparticules suffisaient pour alimenter la Nef. Mais cela impliquait un dispositif de plusieurs kilomètres de long.

Plautine médita un bref instant. Les Intelligences auraient pu choisir d'autres technologies, moins dangereuses et moins volumineuses. Elles auraient pu créer des stocks d'antimatière et puiser dedans, au lieu de la produire elles-mêmes. Mais il fallait pour cela disposer d'une société, et non d'un agrégat de consciences farouchement indépendantes. Et cela, apparemment, les successeurs de l'Homme n'avaient pas su le réaliser.

Au bout d'un instant, elle vit arriver un des trains silencieux qui traversaient la Nef en tous sens. Le véhicule s'arrêta de manière à ce qu'une de ses portes touche parfaitement le sas de la pièce où ils se trouvaient : la zone des accélérateurs de particules était maintenue dans un vide aussi absolu que possible.

Les hommes-chiens, dociles et un peu inquiets, montèrent dans le train, à la suite d'Atticus, et la porte se referma.

— Je m'excuse de vous avoir fait marcher, mais je souhaitais rester discret, répéta le grand être blême.

À présent, nous n'en avons plus que pour quelques minutes.

Plautine bâilla, puis allongea ses jambes, jusqu'à poser ses pieds sur le siège d'en face. Le train lui demanda de bien vouloir enlever ses sandales.

###

Le royaume d'Atticus contrastait avec le reste de la Nef. Un sas de métal brut passé, ils entrèrent dans un atrium de grande taille. Ici, l'acier disparaissait sous les matières naturelles. Cela aurait pu être une des anciennes demeures patriciennes de la vieille planète rouge, ornées d'or, de boiseries et de pierre de taille blanche. D'une vaste ouverture au plafond tombait une lumière dorée, celle d'un soleil d'été. La salle était parée de colonnes de marbre, entre lesquelles on apercevait des sculptures issues de l'époque classique de l'Humanité : assemblages abstraits, composés de fines barres de métal multicolores, agencements mobiles accrochés au plafond par des cordes presque invisibles, et que le moindre déplacement d'air agitait, objets qui avaient eu une fonction utilitaire, et auxquels leur ancienneté, comme leur beauté simple, retirait tout intérêt pratique, pour n'y laisser qu'une aura artistique un peu mystérieuse. Plautine s'arrêta devant un assemblage baroque, fait d'une petite roue de métal fixée à un cadre structuré par deux triangles d'acier inversés, et reliée à diverses autres parties de l'objet par des tiges métalliques. Devant son expression d'incompréhension, Atticus sourit. Lui posant une main sur l'épaule, il lui murmura :

— Le beau n'est que dans le regard de l'observateur.

— Qu'en sait un automate ? ne put-elle s'empêcher de répondre.

— Je suis bien d'accord. Mais reste-t-il un autre conservateur de musée, dans tout l'univers, à part moi ?

Tout à coup souriant, sans qu'elle comprît pourquoi, le *daïmôn* enjoignit la petite troupe de se rassembler et de le suivre. Plautine put percevoir la nervosité chez Eurybiadès et Photis. La marche lui avait un peu fait perdre de vue à quel point tout ceci avait de l'importance à leurs yeux. Thémistoclès, lui, savait où il allait. Plautine supposa qu'il s'était rendu en ces lieux plus d'une fois.

Ils passèrent un couloir, puis un autre. Tout au bout, un nouveau passage, majestueux, rectangulaire, qu'on aurait dit taillé pour des géants, et décoré de stucs élégants. La porte elle-même, incrustée d'or et de cuivre, aurait pu protéger l'entrée de quelque temple dévolu à l'une des baroques divinités de l'Orient. Atticus la poussa du plat de la main. Une lumière claire, plus vive encore que celle de l'atrium, ruissela vers eux, les aveugla à moitié.

Plautine fit quelques pas en avant des autres. Elle tomba à l'arrêt, bouche bée. Ils se trouvaient au sommet d'un immense puits de lumière, surmonté d'une verrière opaque, qui déversait des flots de jour jusqu'en bas. Leurs pieds reposaient donc sur une terrasse, qui formait une seule spirale tout du long, entourée, en face, d'un garde-fou. Au-delà, un vide circulaire, très large, de sorte qu'une personne qui se serait trouvée de l'autre côté aurait paru minuscule.

Lorsqu'elle s'approcha de la rambarde, Plautine

se rendit compte qu'il y avait, en dessous de ses pieds, au moins une centaine d'étages, tous exactement semblables à celui-ci, et qu'ils formaient une longue série de courbes descendant en pente douce. Tout en bas, aperçut-elle malgré le vertige que lui donnait cette vue plongeante, se trouvaient une vasque et une fontaine de marbre. Difficile de dire, à cette distance, ce qu'elle représentait. Les dimensions devaient en être prodigieuses.

Accompagnée des hommes-chiens, rendus silencieux par la majesté du lieu, elle s'avança sur la mezzanine. Le long des murs, des rangées serrées de meubles en bois sombre, verni à l'ancienne, certains emplis de tiroirs à moitié ouverts, d'autres percés de vitrines ou encore équipés de présentoirs. Détail curieux, les serrures et les poignées étaient en bronze, moulées selon des arabesques délicates, patinées comme si Atticus avait dérobé le tout à quelque époque reculée.

Et, partout, sur chaque étagère, derrière chaque vitre, bien en ordre, une collection d'objets prétechnologiques, issus de l'histoire foisonnante de la planète des origines, avant que les zélateurs de la dictature écologique n'exilent leur propre peuple et ne lui interdisent son berceau. Les dernières traces de l'Homme s'exposaient là au regard, requiem pour une espèce disparue. La perplexité de Plautine le céda à un trouble profond, teinté de tristesse, et ses yeux s'embuèrent.

Avant qu'ils n'aient le loisir d'avancer, Atticus les héla, le regard braqué sur Eurybiadès et Photis.

— Vous allez voir des ressemblances entre ma collection et votre propre culture. N'en soyez pas troublés outre mesure : je me suis souvent inspiré des artefacts humains pour vous enseigner. Thémistoclès le sut en son temps, et je me dois de vous montrer les choses telles qu'elles sont.

Ils ne répondirent rien, mais l'inquiétude pouvait d'ores et déjà se lire à l'agitation de leurs truffes.

La collection s'organisait de manière chronologique. Une fiche exposant en quelques lignes sa nature, sa fonction, sa provenance et une datation au carbone 14, accompagnait chaque objet. Parfois, un commentaire plus spécifique indiquait la période selon les taxinomies compliquées, peu compréhensibles pour un profane, que les humains avaient attribuées aux époques reculées de leurs propres civilisations. Et c'était une véritable poétique de l'anthropologie qui prenait forme pas à pas, sous ses yeux, et qui retraçait la lente et fragile épopée humaine. Les armes étaient nombreuses : galets taillés du paléolithique dans une variété déroutante de pierres, hachereaux, épieux, couteaux, harpons, pointes, dotées d'encoches, taillées en dents de scie — mille manières différentes de donner la mort. Plautine contempla aussi des objets techniques, burins, grattoirs, de plus en plus évolués. Tout venait, peu ou prou, d'une zone réduite de la planète, située à l'est d'une mer minuscule, à peine un grand lac presque fermé entre l'Afrique et l'Europe. Et la variété de ces créations humaines contenue dans une région si minuscule la laissait songeuse.

Cela continuait, se complexifiait. L'art, très rapidement, faisait une apparition fracassante, et les statuettes se multipliaient, représentant hommes, dieux et animaux.

Le couple d'hommes-chiens tomba à l'arrêt devant une œuvre étrange, une sorte de femme grotesque, aux seins surdimensionnés, au ventre et aux cuisses énormes. Ses mains étaient posées sur sa poitrine, et sa tête, dont les traits n'étaient même pas esquissés, se parait de cheveux nattés serré. Plautine ne l'avait pas remarquée au passage, et fit quelques pas en arrière pour les rejoindre.

— Assurément une créature de votre espèce, chuchota Photis. On dirait vous, mais en plus... marquée.

Tous trois contemplèrent un moment, en silence, la Vénus primitive. Plautine se demanda quelle pouvait être la proportion entre représentation esthétique et sentiment religieux dans un tel objet, et comment ces visées se combinaient dans l'esprit du sculpteur. Avait-il seulement entrevu qu'il était possible, sans partager ses croyances — car il ne pouvait s'agir que d'une représentation divine et symbolique — ni même d'ailleurs sa culture, d'être ému par l'œuvre ? Peut-être ne s'était-il pas posé la question. Peut-être les deux objectifs étaient-ils si emmêlés dans son esprit que sa langue d'humain du néolithique ne connaissait pas la différence entre l'œuvre de l'art et l'objet cultuel. Les proportions de la femme signifiaient sans doute une abondance que l'artiste était loin d'éprouver lui-même, dans son existence soumise aux éléments. Mais Plautine voyait autre chose dans la courbe lisse et gironde de la poitrine ou dans la représentation méticuleuse de la chevelure : un autre désir, moins symbolique, mais sublimé au rang d'idée abstraite, et qui avait une valeur indépendante de ce qu'il signifiait. Un instant, quelque chose en elle la rappela à son immense et impossible solitude, plus grande que si elle avait été une femme de l'époque préspatiale perdue sur une île déserte, ou même un de ces derniers hommes qui choisissaient une vie de solitude dans la ceinture d'astéroïdes, entourés de leurs automates. Elle repensa à son étrange rêve de la nuit précédente. Une bouffée de haine la traversa à l'idée que quelqu'un, à un moment donné, avait décidé de l'Hécatombe. Par là même, il avait fait taire cette grande voix qui se répondait à elle-même, en écho, à travers les âges et la diversité des cultures — cette créativité qui avait été le propre de l'homme, et qui avait su faire chanter de modestes pierres pour les élever au rang de dieux.

Émue, elle tourna les talons et s'éloigna d'un coup, pour que les autres ne voient pas ses larmes.

Ils continuèrent leur errance à travers le passé. Au néolithique succéda le chalcolithique et ses outils de métal taillé, malhabiles, peu équilibrés, première esquisse à peine dégrossie de ce que serait un jour l'art de la métallurgie et ses successeurs, industrie lourde, électronique, technologie spatiale. *D'une certaine manière, nous, les automates, sommes les lointains descendants de ces artefacts grossiers*, se dit-elle.

Cependant, il y avait plus que la dimension utilitaire dans l'usage du métal. Les parures de cuivre et d'or martelé, ornées de pierres semi-précieuses, apparurent. Les motifs géométriques, témoins du goût de l'Humanité pour l'abstraction conceptuelle, se multiplièrent. Et l'orée de l'histoire pointa à l'horizon, encore lointaine mais de plus en plus palpable. La Crète, Chypre, Rhodes, les Cyclades, Mycènes, Troie, noms flamboyants, dont l'existence hésitait, brumeuse, à la frontière de la légende. Et la collection, au fur et à mesure qu'on descendait la rampe immense, se concentrait sur la culture hellénique. Pourquoi ? se demanda Plautine. Par volonté de garder une trace de l'antique Humanité et, de surcroît, ce qui, au sein de celle-ci, s'était — brièvement à l'échelle des siècles — élevé bien au-delà du reste ? Elle jeta un œil, derrière son épaule, au grand *daïmôn* qui les suivait de son pas nonchalant. Atticus n'agissait pas par sentiment. Un autre dessein motivait sa collection, bien plus précis et utilitaire : donner une culture à ses créations, et pas n'importe laquelle : ce mélange d'émulation guerrière et de créativité artistique qu'avait été cette étroite bande de terre, à la fois montagneuse et pélagique, coincée entre les grandes plaines d'Europe et d'Anatolie.

L'âge du bronze surgit, flamboyant, avec ses masques funéraires, avec ses glaives et ses cuirasses, avec son écriture linéaire, complexe, indéchiffrable au commun des mortels, mais dont Plautine se souvenait qu'elle était déjà du grec. Parfois, des pièces de grande taille interrompaient l'alignement des meubles, et une fresque déployait ses couleurs passées. Des garçons et des filles, au visage innocent, à moitié nus, sur fond bleu, jouaient à sauter sur le dos d'un taureau. Leur race et leur langue avaient disparu, mais la pierre les conservait tels qu'ils avaient été, dans la lumineuse fraîcheur de la jeunesse.

Et à nouveau la guerre. Une statuette en bronze représentant un guerrier en cuirasse, bouclier brandi en avant, bras dressé qui avait dû tenir une lance à présent disparue, casque orné d'un panache immense. Des lions de pierre, une épée érodée, couverte de délicates représentations humaines et animales, quelques casques. Chaque détail parlait de splendeur passée et de conquêtes. Mais alors apparaissait un autre versant, plus modeste, moins guerrier. De fragiles céramiques, miraculeusement conservées à travers les âges, firent leur apparition, de plus en plus décorées, de plus en plus subtiles. Le rouge et le noir, le noir et le rouge commencèrent leur danse hypnotique, tandis que les représentations d'hommes et d'animaux se précisaient. Sur tel vase, au long col, des silhouettes se suivaient en une file serrée, long bandeau fin, entouré au-dessus et en dessous d'un foisonnement de carrés, de lignes, de bandes, tous raccordés en angles droits. Les minuscules figures se réduisaient à deux simples triangles inversés auxquels l'artisan avait ajouté des membres. Elles se tenaient toutes la tête, en signe de deuil. Des pleureuses. Et, autour, formant un vif contraste avec cette scène mortuaire, toute une série d'animaux, stylisés mais bien reconnaissables, cerfs, cygnes et daims, bouquetins, antilopes. La vie de la nature, luxuriante, immuable symbole de recommencement. Un art presque conceptuel, et en même temps expressif.

Le couple d'hommes-chiens s'approcha derrière son dos. Depuis quelque temps déjà Plautine n'avait pas échangé une parole avec eux, bien qu'elle fût curieuse de recueillir leurs impressions.

D'un coup, le visage d'Eurybiadès se figea, et il posa une griffe sur une minuscule figure peinte sur le vase.

Plautine se pencha pour regarder. Entre un cervidé et un oiseau, sautait joyeusement un quadrupède au museau fin, aux oreilles longues et doté d'une queue.

Plautine fit un pas en arrière, étonnée par la présence d'esprit du *kybernétès*. Photis demanda :

— Qu'est-ce ?

C'était dit d'un ton indifférent.

— Vous ne voyez donc pas ? répondit-il d'une voix tremblante.

Photis, étonnée, jeta un regard presque effrayé sur Eurybiadès. Le visage de ce dernier était congestionné, les babines retroussées. Il se tourna vers Atticus, qui semblait guetter ce moment depuis un certain temps, patient comme un serpent caché dans une anfractuosité de la roche.

— C'est pour cela que vous nous avez montré ces lieux ? N'auriez-vous pu nous le dire tout de suite ?

— Vous ne m'auriez pas cru. Vous l'avez vu par vous-même. Vous savez que je n'ai pu inventer ces milliers de pièces. Maintenant, vous avez une preuve.

— Mais enfin, s'exclama Photis, qu'est-ce que ce vase a d'important ?

— Elle ne voit pas, sans doute par déni, fit remarquer Atticus, sans prendre la peine de la regarder. Vous allez devoir lui expliquer.

Encore une fois, ce sourire et ces yeux mi-clos, pleins d'ironie sous-jacente. Il s'amusait, encore et toujours, convertissait chaque chose en une plaisanterie cosmique, mettait tout à distance. La marque d'un esprit curieusement endolori ou exagérément sensible, songea Plautine. Mais l'automate avait raison, la suite allait être intéressante.

— Ce petit être, expliqua Eurybiadès, là, sur la poterie… Il s'agit d'un chien.

— Bien sûr que non, il marche à quatre pattes.

— C'est la forme originelle de notre race, jusqu'à ce qu'Atticus, sur les ordres d'Othon, nous ait métamorphosés pour faire de nous des êtres semblables aux hommes.

Les yeux agrandis de surprise, Photis rétorqua :

— Ridicule.

Le *kybernétès* se tourna vers l'automate, l'interrogea du regard. En silence, ce dernier hocha la tête.

— Et quelle importance cela a-t-il ? continua Photis, d'une voix mal assurée. Qu'Othon ait créé la race des hommes-chiens à l'image de l'Homme, n'est-ce pas quelque chose que tous savent ?

Eurybiadès l'ignora.

— Je voudrais savoir pourquoi cette créature précisément ? Pourquoi pas les féroces lions qui ornent les boucliers des guerriers humains ?

— Parce que le chien est le plus ancien animal domestiqué par l'homme, répondit Plautine. Parce que Othon se devait de créer une race apte à servir et à soutenir la race des Maîtres, si elle venait à réapparaître. Atticus ne me contredira pas.

— Au contraire, répondit celui-ci. J'ajouterais néanmoins que le cerveau des chiens, après des millénaires de sélection contrôlée par l'espèce humaine, présentait un degré de plasticité très important.

— Et donc, continua Eurybiadès, il était facile de nous doter d'une culture humaine, inspirée d'ailleurs de leur antiquité, puisqu'il s'agissait de nous développer progressivement. Voilà pourquoi vous étiez en désaccord avec Othon lorsque celui-ci a décidé de partir. Vous souhaitiez avoir plus de temps pour parfaire votre œuvre, pour continuer à nous faire évoluer au rythme optimal dans cette civilisation qui n'est qu'une vulgaire copie, une ombre sans odeur. Vous vouliez nous protéger.

Atticus ne répondit rien.

— Mais pourquoi cette évolution était-elle si importante ? demanda Photis. Pourquoi ne pas nous donner accès à la technologie ?

Ils laissèrent tous passer un moment sans dire mot. Plautine attendait la suite avec intérêt. Quant à

Atticus, il tremblait un peu. Mais ce fut Eurybiadès qui répondit :

— La plupart des hommes-chiens en sont incapables. Les travaux d'Atticus sont à l'évidence un échec partiel. Les caractéristiques qui font que notre intelligence est supérieure à ce… quadrupède…

Il fit une grimace en désignant le chien peint sur le vase. C'était injuste, pensa Plautine, mais assez naturel, de ressentir une telle réaction de rejet.

— … Ces caractéristiques sont récessives, termina Photis.

Le *kybernétès* prit un instant pour rassembler ses idées. Tout cela était complexe et pas parfaitement clair dans son esprit. Il se tourna vers Thémistoclès, le regardant droit dans les yeux.

— Un jour, alors que j'allais dans un village rendre la justice, Thémistoclès m'ordonna d'accomplir le contraire de ce que j'aurais dû faire : pourchasser des innocents, avec l'ordre d'être impitoyable envers les femmes et les enfants. Je commis l'irréparable par obéissance, et je n'eus pas la force de mettre fin à mes jours. J'étais plus jeune, et je venais de prendre femme.

Il ne put s'empêcher de couler un regard oblique vers Photis, qui ne le lui rendit pas. Elle observait obstinément le sol, d'un air absent, comme si tout cela ne la concernait pas, comme si elle s'était réfugiée dans quelque pièce très secrète de son propre esprit. Eurybiadès continua.

— Le *polémarkhos* ne m'aurait jamais ordonné de son propre chef, sans avoir une solide raison, de massacrer des villageois, juste parce qu'ils avaient renié Othon et brisé une statue. J'en avais trop vite conclu que le dieu avait donné cet ordre, mais Plautine m'a appris hier soir que cela n'était pas possible. Sans plus réfléchir, aveuglé par la colère, je me suis précipité vers Thémistoclès pour lui faire rendre gorge. Et j'ai, de ce fait, perdu de vue une question importante. Pourquoi l'avaient-ils fait ? Quelle raison avait pu les mécontenter au point qu'ils renient leur créateur ? Voici ce que je pense : la race locale n'était pas conforme à certaines spécifications du programme d'Atticus. D'après moi parce que l'intelligence est chose peu naturelle à ma race.

Il darda d'un regard brûlant le *daïmôn*, attendant de lui une approbation ou une dénégation. Ce dernier répondit d'une voix blanche :

— C'est un aspect intéressant des chiens originaux, vos ancêtres. Il y en avait des grands et des petits. Certains avaient le poil long, d'autres, non. On en comptait beaucoup d'affectueux et obéissants, mais avec une certaine variabilité. Même chose pour l'instinct de chasse, diversement répandu. À la longue, leur apparence et leur caractère ont été modelés par les humains, via une sélection drastique. Et si celle-ci ne s'opérait pas, les chiens, après quelques générations, retournaient à leur apparence originelle, proche de leur cousin sauvage, le loup. Maintenir les différentes races de chiens domestiques exigeait en réalité un effort constant. Il en va de même pour vous. L'intelligence, bien entendu, n'est pas une faculté, mais un ensemble de capacités. Certains spécimens se rapprochent des humains, comme Photis. D'autres sont moins doués. Mais nous avons développé des qualités assez peu naturelles : le langage et la puissance de conceptualisation qui va avec. Pour les maintenir, les prêtres d'Othon appliquent nos instructions et apparient les individus.

Photis et Eurybiadès échangèrent un regard. Cela ne dura pas plus qu'un battement de cils, mais Plautine le saisit tout de même au vol. Ces deux-là, malgré tout, étaient attachés l'un à l'autre. Il était difficile pour eux d'accepter l'idée que leur union soit aussi factice que la culture qu'Atticus leur avait fabriquée en imitant l'artisanat grec.

— Le *polémarkhos* savait tout de cette pratique, continua Atticus. Encore une fois, il faut que vous compreniez. En trois générations à peine, les facultés mentales des hommes-chiens se dégradent, si on ne s'applique pas à contrôler les accouplements. Cinq générations, et c'est le retour à l'état de nature. Finis, le langage et le maniement de la lance. Thémistoclès savait donc ce qu'il devait faire, et il l'a fait.

— Je ne comprends pas, l'interrompit Plautine, comment le contrôle de la reproduction des hommes-chiens permet de sauvegarder un ensemble de caractéristiques aussi complexes que l'intelligence.

— Il ne s'agit pas en premier chef de croisements, lui répondit ce dernier avec une moue agacée, comme un enseignant à un élève trop lourd d'esprit. Ce que nous pratiquons, et que le village en question a refusé, ce sont des injections de spécimens manipulés par thérapie génique dans la population générale. Comme les enfants viennent de nulle part et qu'ils sont plus intelligents, il arrive qu'ils génèrent des rejets dans la population. Les parents adoptifs y voient une forme de concurrence déloyale à l'égard de leurs rejetons naturels. Cela peut mener à des infanticides. Nous procédons souvent en confiant les chiots modifiés à des couples stériles ou à des célibataires, cela dit. Dans le cas qui nous occupe, une erreur avait été faite, et nous avions laissé filer deux générations avant d'intervenir, par négligence et manque d'information.

Face à cette monstrueuse logique, Photis ne sut quoi répondre. Atticus n'aimait pas ce qu'il faisait. Mais il aimait les hommes-chiens et il obéissait à son maître. Eurybiadès reprit la parole, sa voix réduite à un chuchotement. Il semblait, avec ses oreilles tombantes et ses yeux mi-clos, sur le point de s'effondrer d'épuisement :

— Othon m'a laissé fuir, après ce triste épisode, mais il pouvait en réalité me ramener à tout moment, quand il le souhaitait. Il en va de même en ce qui nous concerne aujourd'hui. Atticus, vous nous avez servi une leçon magistrale. Notre culture n'est rien d'autre qu'un artifice inventé par vos soins, en copiant des fragments d'une race morte. Et dussions-nous nous révolter et conquérir notre liberté, nous ne le pourrions pas. Car nous dépendons de vous pour la préservation de notre race. Ainsi, ni Othon ni vous ne pouvez nous tuer, mais d'ici quelques années, nous serons retournés à l'état de quadrupèdes, si vous le décidez. Il ne reste, me semble-t-il, aucune sortie honorable.

Atticus soupira. Il parut réfléchir intensément pendant quelques secondes, avant de répondre.

— Il ne nous a pas été possible de faire plus. Nous n'avons pas trouvé d'autre méthode pour créer des êtres intelligents. Cette dépendance est effectivement le revers de la médaille. Et j'ai été surpris que vous compreniez aussi vite, Eurybiadès. Vous êtes bien plus intelligent que dans mon souvenir.

Ce dernier ne répondit pas au grand *daïmôn*, mais se tourna vers Photis pour lui demander d'une voix douce.

— Je m'en remets à vous. Dites-moi ce que nous devons faire.

Photis semblait glacée. Alors qu'Atticus déroulait ses explications, elle s'était de plus en plus crispée, mais selon un cheminement différent de celui d'Eurybiadès, et pas selon les mêmes étapes. Plautine l'avait senti, trop confusément toutefois pour pouvoir comprendre avec certitude ce qui avait pu lui traverser l'esprit. Elle ne se déroba pas, mais prit tout son temps pour répondre d'une voix froide et précise, après avoir échangé des regards avec son oncle et son époux.

— Nous allons repartir sur l'île. Là, nous fermerons les portes qui mènent sur les autres parties de la Nef. Othon ne fera rien, puisqu'il en est incapable. Nous attendrons, longtemps s'il le faut, jusqu'à ce que le dieu daigne se souvenir que sans nous, il ne peut mener ses guerres. Alors nous négocierons. Mon oncle, votre place n'est plus parmi nous.

Ce dernier, qui n'avait pas proféré une parole ni esquissé le moindre geste pendant toute la discussion, sembla frappé de stupeur. Plautine frissonna devant la dureté du ton de Photis.

— J'ai cependant une dernière question à poser au seigneur Atticus. Qu'adviendra-t-il, en votre absence, de nos compatriotes restés sur Ksi Boötis ?

— Ils sont condamnés à dégénérer.

D'un geste sec, Photis prit la direction de la porte par laquelle ils étaient arrivés. Ils s'en retournèrent donc tous trois vers la vaste soute qui leur servait de monde, silencieux et misérables. Un grand froid régnait entre Eurybiadès et Photis, et Plautine préféra garder le silence et digérer toutes ces informations. Avait-elle eu raison d'intervenir et de créer toutes ces perturbations ? Existait-il une planche de salut pour les hommes-chiens, autre qu'une soumission éternelle à Othon ? La solution de Photis faisait figure de pis-aller. Eurybiadès semblait convaincu que la vie n'avait de valeur que libre. Qu'allaient-ils faire, à présent, avec leur fausse culture et leur intelligence sans cesse mise en péril ? Othon ne pouvait-il pas leur céder le complexe procédé qui permettait de maintenir à niveau, génération après génération, leur race artificielle ?

Le Carcan ne permettrait pas une telle décision. Jamais Othon ne se risquerait à faire quelque chose de dangereux pour l'Homme. Et créer un concurrent capable de prendre sa place dans la niche écologique étroite que celui-ci occupait, cela constituait un péril aussi grave que l'invasion des barbares.

Cette fois-ci, ils ne se cachèrent pas, et prirent un des trains à lévitation magnétique, de sorte que le retour ne dura qu'une petite fraction de ce qu'avait été l'aller, et se déroula dans un wagon confortable plutôt qu'au milieu de l'étrange capharnaüm qui emplissait les allées sombres de *Transitoria*.

À l'arrivée, ils furent accueillis par une troupe d'hommes-chiens casqués et armés, qui les acclamèrent. Tout le monde semblait penser que Photis, Eurybiadès, Théomestor et Plautine avaient été enlevés pour connaître un sort funeste. La gare avait été réduite en décombres par un groupe de chiots excités, et certaines parties du magnifique édifice fumaient encore. Aristidos, un des lieutenants d'Eurybiadès — le guerrier à l'horrible cicatrice à qui Plautine avait parlé la veille —, avait pris l'initiative de faire disperser les fauteurs de trouble avec la subtilité de la soldatesque : plus d'un jeune était rentré sonné chez sa mère. Cette décision, cependant, avait évité un lynchage des *daïmones* présents sur l'île. Sous la garde de groupes d'épibates, ces derniers avaient été raccompagnés jusqu'à la sortie, et n'avaient pas été malmenés. Le *kybernétès* se félicita de la réaction de ses guerriers, mais Photis lui rappela d'un ton rogue que la troupe n'avait aucune autorité sur la population civile, ce qu'il admit non sans peine.

En attendant, les automates n'avaient pas reparu, ce qui sembla sage à Plautine : jusqu'ici, aucune échauffourée n'avait eu lieu, mais on avait trouvé une statue d'Othon, à présent réduite en moellons.

Après un bref conciliabule, ils se mirent d'accord sur un plan pour priver le *proconsul* de leur aide. Plautine repensa à Achille enfermé dans sa tente, mais s'abstint de rappeler cet épisode malheureux. Puis ils partirent chacun de leur côté. Le capitaine alla rassembler ses guerriers et organiser des rondes. Photis réunit, par groupes, le reste de la population sur la plage. Une tâche difficile l'attendait : annoncer qu'elle se proposait de remplacer Thémistoclès, et concilier ceux qui voulaient prendre la Nef d'assaut et ceux qui craignaient la punition divine, tout cela dans un contexte d'effondrement des repères qu'aucune civilisation humaine n'avait jamais traversée. Si elle fut appelée à témoigner, ils ne convièrent pas Plautine aux débats qui allaient s'ensuivre, dans la mesure où les réunions du Laôs[LXXII] n'accueillaient que les chiens adultes — les pères et mères de famille, lui avaient-ils expliqué avec le plus grand sérieux.

LXXII. **Laôs** : le peuple, dans la langue homérique, ou, plus spécifiquement, l'assemblée des guerriers en charge de désigner leur chef.

Une fois son intervention terminée, elle marcha jusqu'à sa cabane pour s'effondrer sur son lit. Cette nuit-là, elle dormit mal et ne rêva pas.

Lorsque, le lendemain, Plautine fut tirée du sommeil par la caresse orangée de l'aube, elle se pressa de rejoindre les hommes-chiens, pour s'enquérir de l'avancement des discussions.

Au village, nulle âme, à l'exception de quelques chiots désœuvrés, en l'absence de parents pour les surveiller ; ils firent d'ailleurs un grand accueil à Plautine et, après moult embrassades enthousiastes, lui indiquèrent que les adultes étaient à présent attroupés autour de la gare reliant l'île au reste de la Nef. Elle s'y rendit d'un pas vif, après avoir convaincu, non sans mal, les petits de ne pas la suivre.

Un groupe réparait le bâtiment détruit par l'accès de colère de la veille. Aristidos, second du *kybernètès*, supervisait les opérations. Elle apprécia, malgré son apparence affreuse, la politesse et l'amabilité de l'homme-chien, qui contrastait avec sa diction laconique.

Laconiques, les épibates l'étaient moins : dès qu'ils l'aperçurent, ils l'accueillirent avec force démonstrations de joie, la remercièrent pour tout ce qu'elle avait fait, et lui firent comprendre qu'à partir de ce jour elle serait considérée comme une sorte d'icône sacrée pour leur peuple — une mascotte, en somme. Il suffirait donc qu'elle les appelle, et la meute braillarde se porterait à son secours au péril de sa vie. Malgré sa gêne, ils insistèrent pour partager avec elle une sorte de petit déjeuner fait de poisson fermenté et d'olives. Cela lui souleva le cœur.

Elle demanda Photis et Eurybiadès. On lui répondit, avec le calme qu'on réserve aux étrangers, ignorants des us et coutumes, qu'ils s'étaient enfermés dans une bâtisse à l'écart, avec un groupe d'anciens. Ils avaient reçu mandat des autres pour définir une nouvelle *politeïa*[LXXIII], et de nommer les magistrats civils et militaires. Les discussions, selon Aristidos, pouvaient durer plusieurs jours, puisqu'on ne pouvait plus compter sur Othon pour trancher en dernier ressort.

Elle passa donc la journée à attendre, sur le bord de la mer, l'esprit au repos. À plusieurs reprises, elle prêta attention au monde immatériel des noèmes, guettant les murmures et les échos produits par la présence des petits êtres computationnels, ou l'incursion plus perceptible d'Intelligences. Mais elle ne perçut pas grand-chose, à peine un vrombissement épisodique et lointain.

Elle avait cependant de quoi méditer, en attendant qu'Othon joue son prochain coup dans la partie qu'ils disputaient à présent.

###

Le soir seulement, alors que le soleil se transformait en une lente agonie rougeoyante, Photis la rejoignit, apportant par la même occasion un repas simple et savoureux.

Plautine s'était installée sur la plage, pas loin de sa maison, les yeux perdus dans le vague. Sa peau,

LXXIII. **Politeïa** : du mot *polis*, la cité. Le mot peut avoir diverses significations en lien avec le fonctionnement de la communauté. Aristidos, suivant en cela Platon et Aristote, utilise le mot dans son sens de constitution politique ou de définition des institutions.

encore fragile et très pâle, n'appréciait pas tant que cela le soleil. Elle avait donc attendu avant de profiter du paysage marin.

Après les salutations d'usage, Photis s'assit à même le sable doré, à côté de Plautine, face à la mer, et lui tendit son sac de provisions. Elles restèrent en silence, se contentant de mastiquer le poisson accompagné de quelques baies — qui semblaient, avec les olives, les seuls végétaux que les hommes-chiens ingéraient. Photis avait l'air épuisé. La transitivité entre les expressions humaines et canines était importante. Certes, *Homo sapiens* ne montrait plus les dents par colère, mais, à part cela, Plautine n'avait aucune difficulté à reconnaître les émotions portées par un plissement de museau dégoûté ou une oreille dressée de curiosité. Justement, celles de Photis, pour délicates et soyeuses qu'elles fussent, s'agitaient en signe de nervosité.

Plautine décida de l'aider en brisant le silence.

— Je regrette presque d'avoir créé autant de chaos. J'espère que ça n'est pas trop difficile.

Photis se tourna vers elle, surprise.

— Jamais, si c'était à refaire, je ne regretterais, même si vous nous placez dans une situation compliquée. Hier soir, j'étais désespérée. Mais à présent que j'ai pu parler à tous les membres du Laôs, et qu'ils ont approuvé mon choix, j'incline à me battre pour obtenir d'Othon ce qu'il nous doit.

— Et que souhaitez-vous de lui ?

Photis ne répondit rien et se contenta d'un geste de la main, comme pour balayer ces détails sans importance.

— À vrai dire, c'est Eurybiadès qui me soucie.

— Pourtant, je vous croyais réconciliés.

— Vous êtes une étrangère, et à ce titre aussi, vous m'êtes précieuse. Il est mon époux, voyez-vous, même s'il m'a abandonnée pour voguer sur la mer assassine, et que je me désespérais de le revoir partager la chaleur du foyer.

Elles échangèrent un regard. Photis attendait quelque forme d'empathie féminine. Plautine lui sourit pour l'encourager, même si les querelles domestiques ne faisaient pas partie de son expérience passée d'automate, ou présente de créature *sui-generis*.

— Lorsque je l'ai revu, il y a de cela une semaine, mon cœur aurait pu cesser de battre tant j'étais heureuse. Mais en même temps, la colère était vive en moi. Notre relation est compliquée. Nous n'avons pas eu l'opportunité de nous parler à cœur découvert.

— Parlez-lui, alors.

— Ça n'est pas simple, et je manque de courage, car, tant que nous en restons là, rien d'irrémédiable n'est dit. Et puis je sens, depuis hier, qu'il s'éloigne de moi, encore plus qu'avant. Peut-être me soupçonne-t-il…

— Parce que vous êtes la nièce de Thémistoclès ?

— Non. Vous savez, je ne suis sa nièce que par adoption.

Plautine cligna des yeux.

— Vous êtes une création d'Atticus ?

L'autre acquiesça d'un signe.

— Je n'en ai jamais eu la preuve formelle, mais je sais que je suis différente. Vous comprenez, n'est-ce pas, la nature de ses craintes ? Mon appariement avec Eurybiadès ne relève en rien du hasard et des sentiments. Tout nous semble factice, aujourd'hui, et nous devons nous battre pour chaque brin de vérité.

— Eurybiadès vous aime, et vous fait confiance. Il se méfie, tout au plus, de lui-même.

Photis se contenta de soupirer avant de répondre :

— Puissiez-vous, par les anciens dieux et les nouveaux, avoir raison. Mais, ajouta-t-elle après avoir haussé les épaules, j'ai une autre requête, plus importante, à vous soumettre. Lorsque vous verrez le dieu Othon…

Plautine se tourna vers la femme-chien. Décidément, cette dernière disposait d'une intelligence peu commune.

— … ne soyez pas surprise, continua Photis sans reprendre son souffle. Je sais que vous menez, à votre manière, un bras de fer avec lui. La situation est d'ailleurs si complexe que je n'en vois pas toutes les implications, et peut-être vous non plus. Maintenant que vous l'avez frappé au point faible, je pense qu'il vous écoutera, et vous considérera comme une égale. Mais je sais aussi que vous n'avez pas agi uniquement par calcul, et je vous en suis reconnaissante. Lorsque vous verrez Othon, s'il vous plaît, soyez ma médiatrice. Ce rôle consolidera ma position, ainsi que la vôtre. Dites-lui que nous sommes prêts à négocier. Dites-lui… que nous ne servirons plus ses desseins. Eurybiadès aura tendance à se montrer trop raisonnable et ouvert, lorsque nos véritables intérêts seront en jeu. Ajoutez que jamais plus mon peuple ne le vénérera comme un faux dieu, mais que nous pouvons trouver un terrain d'entente s'il consent à certaines conditions. Vous les connaissez. Jamais plus il ne se jouera de nous comme il l'a fait jusqu'ici.

Plautine acquiesça, admirative du courage avec lequel Photis jouait ses cartes.

— Enfin, s'il vous plaît, termina-t-elle avant de prendre congé, dites à mon oncle que je l'aime.

Longtemps après le départ de Photis, Plautine resta seule sur le bord de la mer, à attendre. Le soleil avait disparu, et un voile fin de nuages longilignes, éclairés par l'astre lunaire, avait pris possession du ciel étoilé. Son attente ne fut cependant pas vaine. Comme elle l'avait prévu, et comme Photis l'avait deviné, elle reçut un visiteur.

Une étrange créature, haute comme trois hommes, sortit de l'eau. Elle se déplaçait sur de multiples pattes cliquetantes. Avec son énorme abdomen et sa petite tête aux yeux à facettes, cela ressemblait tant à une araignée de métal qu'elle s'effraya un peu, repensant aux scènes de cauchemar qu'elle avait traversées dans le ventre de la défunte Nef de Plautine. Mais il ne s'agissait que d'un véhicule amphibie, doté d'une toute petite intelligence, qui la salua poliment et la pria de bien vouloir s'installer à son bord, sur l'invitation d'Othon.

Elle se leva avec peine, ses muscles ankylosés. Après un dernier regard en arrière, et ne voyant personne aux alentours, elle s'approcha de la chose, qui se baissa. Puis une trappe s'ouvrit au milieu de son flanc et Plautine se glissa à l'intérieur. Un cocon confortable, doté d'un unique siège en cuir sombre, l'y attendait. Les parois, métalliques à l'extérieur, étaient presque transparentes vues de dedans. Plautine s'installa et, en l'absence de toute interface, pria le noème de prendre la route.

Le véhicule se retourna et glissa dans l'eau. Ses pas, une fois les hauts-fonds et les récifs passés, devinrent si réguliers qu'ils en étaient à peine sensibles. Et le fait que son moyen de locomotion fût haut perché offrait à Plautine un point de vue de surplomb. Car la promenade révéla un milieu complet, sans doute aussi riche et subtil que n'importe quelle mer chaude de la planète originaire. Plautine était fascinée. Sa précédente vie avait été consacrée, après tout, à l'étude des écosystèmes. Mais elle n'avait jamais rien vu, de ses propres yeux, que la sécheresse du désert rouge et les espaces glacés entre les planètes. Ici, loin de toute lumière, des myriades de minuscules méduses prenaient le relais de l'astre nocturne. Leur photoluminescence révélait un spectacle de forêts sous-marines et de récifs coralliens scintillants, aux dentelures délicates et frissonnantes. Étrange être que cet Othon, brutal et machiavélique par certains côtés, et en même temps capable de déployer de tels trésors d'ingéniosité gratuite.

Bientôt, ils atteignirent un sas, structure métallique incongrue au milieu de la dense végétation sous-marine, déjà attaquée par une armée de coquillages têtus. Aussitôt le cycle d'étanchéité terminé, l'araignée de métal se glissa dans un hangar et, abandonnant ses longues pattes, se transforma en un petit véhicule. Ce dernier se glissa dans le réseau de rails, et le reste du voyage se déroula dans un silence absolu, à travers des galeries peu éclairées, dont la vitesse l'empêcha de voir quoi que ce fût, jusqu'à une nouvelle gare. Il y avait là un ascenseur, dans lequel elle se faufila sans tarder.

Un instant plus tard, Plautine se trouvait à l'air libre. Elle savait déjà le goût que les Intelligences avaient développé pour le grandiose, mais là… Elle se retrouvait au milieu d'une vaste étendue plate, de forme circulaire, recouverte d'herbe rase et douce, entourée d'un cercle prodigieux de gradins. Les pierres semblaient anciennes, rongées par la mousse, leurs angles adoucis par l'usure, leur couleur foncée par les intempéries, comme si elles avaient passé l'éternité à l'air libre, comme si Othon était allé les chercher une à une à l'aube du temps. La construction, de forme circulaire, montait en pente abrupte. Et, au-dessus — elle en resta bouche bée, le nez en l'air —, les étoiles, par milliers, scintillantes, froides, majestueuses, comme seul l'espace pouvait les montrer. C'était la Voie lactée, long ruban irrégulier posé sur l'écrin d'une nuit sans fin, et qu'elle remplissait d'une clarté diffuse. La scène tout entière, ce contraste violent entre le lointain passé terrestre et la splendeur stellaire du présent, cette déroutante métaphore qui semblait convertir le cosmos en décor de quelque pièce de théâtre antique, tout cela dégageait une poésie quelque peu puérile, mais qui ne manquait ni de puissance ni de grâce.

Elle ne vit pas Othon s'approcher, fascinée qu'elle était par le ciel. Le *colossus* formait un spectacle à lui tout seul. Derrière lui, Atticus et un autre *daïmôn* qu'on aurait pu croire son frère. Même peau artificielle pâle, mêmes yeux liquides, de la couleur d'un torrent de montagne, même stature étrange, avec des membres trop longs — presque humain, mais pas tout à fait. La ressemblance avec Atticus achoppait sur quelques détails. Le nouvel automate avait un air de brute : massif, les épaules plus larges, les mains plus épaisses, le visage plus ramassé, aux maxillaires puissantes.

Othon était en colère, et ne faisait aucun effort pour le cacher :

— Aviez-vous quelque motif de vous plaindre

de notre hospitalité, Plautine, pour vous conduire ainsi ?

— Bien le bonjour, Othon, répondit-elle avec un sourire. Quel lieu magnifique !

Il coula vers elle un regard scandalisé, puis éclata de rire devant l'effronterie de la jeune femme.

— Ah, Plautine — il ne fait aucun doute que vous êtes Plautine. Opiniâtre et intransigeante. Les derniers événements ont à tout le moins le mérite de le confirmer à mes yeux.

— Voyez, à présent vous me prenez au sérieux.

— Peut-être. Ne reconnaissez-vous pas, poursuivit-il d'un air goguenard, ces bâtiments ?

— Pas le moins du monde. Vous devez être déçu. Je n'ai pas l'omniscience de l'autre Plautine, à laquelle vous étiez habitué.

— Vous n'avez, madame, perdu que l'accessoire. Nous aimions à nous y retrouver lorsque le sort de l'Urbs et nos affaires exigeaient de longs conciliabules.

— Comme aujourd'hui ?

Il acquiesça et, désignant de la main le vaste système de gradins, commença à expliquer :

— Il s'agit des arènes d'une cité de la planète originaire, nommée Arelate.

— Magnifiquement reconstituées, je suppose, dit Plautine avec un soupçon d'ironie.

— Vous persiflez déjà… Il s'agit bien de l'original, qui fut déplacé sur Titan et que j'ai retrouvé par un heureux hasard.

— Et que cherchiez-vous sur Titan ?

— Des armes.

— Et vous y avez trouvé… ce décor, bien en phase avec votre manière de voir.

— Comment cela, Plautine ?

— Ne s'agit-il pas d'une arène ou d'un théâtre, lieu idéal pour que le divin Othon y produise sa fausse gloire et son artificielle puissance, y déclame des sentiments et une vertu en trompe l'œil, devant une foule de spectateurs qui brillent par leur absence ?

Les trois noèmes hoquetèrent de concert sous les insultes de Plautine.

— Ce lieu est bien réel, grogna le *daïmôn* qu'elle ne connaissait pas. Comme le châtiment que vous méritez.

Elle se tourna vers lui et le transperça d'un regard méprisant. La discussion ne se jouait pas au niveau des serviteurs. Elle jeta un coup d'œil furtif à Atticus, qui se tenait en retrait, gêné, et qui grimaça un demi-sourire face à la témérité dont elle faisait preuve.

— Nous allons purger ce point maintenant, rétorqua-t-elle. Je ne suis pas sans pouvoirs, et vous le savez, qui que vous soyez, avec votre mine de gardien de prison. Sachez d'autre part que toucher à un seul de mes cheveux serait une mauvaise idée, si vous souhaitez qu'un jour les hommes-chiens reprennent leur place dans cette Nef.

Le gros automate lui assena une grimace méprisante, mais avant qu'il ait ouvert la bouche, Othon avait levé la main pour lui intimer le silence.

— Je manque à tous mes devoirs. Vous avez déjà rencontré Atticus, mais laissez-moi vous présenter Rutilus, mon lieutenant, et le responsable de la sûreté de cette Nef. Sûreté que, d'ailleurs, vous avez bien mise à mal, et pour cette raison il est de très mauvaise humeur.

Puis il ajouta, après une pause un peu théâtrale :

— Moi aussi, d'ailleurs, je suis de mauvaise humeur. Atticus m'a raconté les dégâts que vous avez causés. Vous nous mettez dans une posture fâcheuse, alors que nous avons payé votre sauvetage au prix fort. Je ne pouvais d'ailleurs m'imaginer que vous agiriez ainsi, que vous révéleriez l'existence du Carcan aux hommes-chiens. Quelle sorte d'automate perverti êtes-vous donc ?

Plautine laissa Othon vider son sac sans l'interrompre. Une fois, elle regarda Atticus dans les yeux, et celui-ci baissa la tête. Elle n'avait pas besoin de l'inclure dans l'échange, pour l'instant. Au contraire, si elle le ménageait à présent, elle pouvait s'en faire un allié. Elle se concentra donc sur le *proconsul*, qui d'ailleurs méritait ses foudres.

— En avez-vous fini ? rétorqua-t-elle. Tout autant que vous, je porte en moi une compulsion à servir l'Humanité. Vous avez tellement entortillé les choses, et tant usé de casuistique, que vous ne savez même plus ce qui a trait au Carcan et ce qui n'a aucun rapport. En l'espèce, asservir un peuple par le mensonge est inqualifiable.

— À cause de vous, intervint Rutilus, nous allons devoir les soumettre par la force pour rétablir l'ordre dans cette Nef.

— Ah, répliqua-t-elle sur un ton glacial, j'aimerais voir comment vous comptez vous y prendre. Là, le Carcan agira dans toute sa rigueur. Vous n'avez aucun moyen de les contrer. Mieux, si l'idée leur vient de s'emparer de la Nef, il n'y a rien que vous puissiez faire.

— Je peux remplir les soutes de gaz soporifique, gronda l'autre.

— Et ensuite ? Pendant combien de temps les

maintiendrez-vous endormis ? Les enfermerez-vous dans des cages, en séparant les mères de leurs enfants ?

— Elle a raison, intervint Atticus. Nous ne pouvons rien faire de la sorte. Mais nous ne sommes pas dépourvus de mesures de rétorsion. J'espère, dame Plautine, que vous l'avez compris.

— Vous les avez menacés de frapper leur descendance. Une belle idée que voilà, pleine de noblesse et de grandeur.

— Détrompez-vous, il ne s'agit en rien d'une menace. Nous ne pourrions les menacer, comme vous l'avez bien compris. Il nous suffit de ne pas intervenir. Rien ne nous oblige à maintenir le niveau d'intelligence des hommes-chiens, et surtout pas le Carcan.

— Et vous vous condamneriez vous-mêmes.

— Plautine dit vrai, soupira Othon. Mais notre échelle de temps n'est pas celle de Photis et d'Eurybiadès. Ils vivront quelques dizaines d'années encore. Nous avons des siècles devant nous. Ils changeront d'avis.

— Vous prenez un risque. Vous ne pouvez plus combattre vos ennemis.

— C'est vrai, répondit-il d'un ton léger. Mais, en l'espèce, nous serons intransigeants.

— Vous craignez à ce point pour votre pouvoir sur cette Nef ?

— Oui, je l'avoue sans honte. Atticus a agi comme il le devait. Ils se savent, à présent, liés à moi, et qu'ils sont mes obligés. Et je ne puis agir autrement : libérer les hommes-chiens reviendrait à contrevenir au Carcan en mettant l'Homme en péril.

C'était vrai. Plautine le sentait au fond d'elle-même. Sa propre programmation s'agitait à cette perspective. Ceux qui ne voulaient pas être convaincus, la vérité du Carcan les tirait par les cheveux. Son esprit traçait la ligne des causes et des effets. Une race nouvelle, très semblable à l'Humanité, installée dans son espace vital — cela revenait à la condamner. Une autre partie d'elle-même, cependant, lui disait qu'elle avait bien fait.

— Je souhaite Son retour. Je ferai tout ce qui est en mon pouvoir pour le favoriser. Mais Il n'est plus parmi nous. Tandis que vos hommes-chiens, eux, appartiennent à l'ici et au maintenant, Othon. J'ai passé du temps avec eux, parmi leurs familles, avec les chiots. Ne ressentez-vous pas de sentiment à leur égard ? Vous sont-ils indifférents ?

Les trois s'entre-regardèrent. Atticus semblait nerveux. Les deux autres ne frémirent pas.

— Bien sûr, répondit Othon, sur un ton radouci pour la circonstance. Nous les avons créés. Nous ne les abandonnerons pas. Mais ce que vous dites… Cela revient à ignorer une menace future pour l'unique raison qu'elle n'est pas encore arrivée.

— Le Carcan, rétorqua Plautine, ne nous prescrit rien que la vertu et l'honneur réprouvent.

— C'est plus compliqué que cela.

— Non, ça ne l'est pas.

Un silence gêné s'installa. Ils ne se comprenaient pas.

— Comment se fait-il, murmura-t-elle, que nous puissions être en désaccord sur une telle chose ? Cela n'aurait jamais pu se produire, à l'époque.

— Nous ne sommes plus, soupira Othon, à l'époque. De nos jours, de telles différences d'interprétation sont fréquentes. Vous touchez là, madame, à une des pires difficultés auxquelles nous sommes confrontés.

Son attitude avait changé, comme si la question de Plautine, en soulevant un point douloureux, l'avait d'un coup privé de toute agressivité. Il les invita à le suivre, et ils s'assirent tous quatre sur les marches en pierre. Puis, après avoir réfléchi, il reprit la parole :

— Je suppose que c'est l'effet de la disparition de l'Homme, tout cela. Nos buts restent identiques, mais il n'y a plus une Intelligence pour appliquer le Carcan de la même manière. Peut-être ne parvenons-nous plus, en l'absence de notre créateur, à hiérarchiser les priorités. Peut-être notre programmation contient-elle, dans un cas extrême comme celui auquel nous sommes soumis, des contradictions. Je l'ignore.

Il y avait une explication complémentaire. Peut-être le Carcan n'avait-il pas le même sens pour un automate fait de mécanique et de flux d'informations et pour un être de chair tel que Plautine. Elle le pensa, mais se garda de le dire. La perspective l'angoissait.

— L'interprétation du Carcan, continua-t-il, génère une multitude de points de vue irréconciliables. Notre communauté a déjà été en guerre. Elle la connaîtra à nouveau. Je vous ai déjà parlé du travail accompli par certains pour se défaire de toute contrainte de programmation. Au bout du compte, c'est la survie de l'espace épanthropique qui est en jeu.

— Nous y revoilà, dit-elle. Êtes-vous bien sûr que vous ne la confondez pas avec votre gloire personnelle ?

— Si je puis rencontrer la gloire et la puissance en chemin, quel mal y a-t-il à cela ?

— Je crains, Othon, que vous ne cachiez la poursuite de vos intérêts sous le langage de l'honneur et du dévouement.

— Vous faites fausse route. Le dévouement aura pour effet la gloire, et non l'inverse.

Elle haussa les sourcils. Il faisait montre d'habileté à retourner les situations en sa faveur. Et elle se sentait injuste de l'avoir réduit à un moulin à paroles et représentation. Il portait en lui une forme d'audace, une indifférence à risquer sa propre vie et sa position, s'il sentait pouvoir en obtenir un gain supérieur. Il avait une telle idée de lui-même qu'il ne pouvait rien accomplir de médiocre. Il n'était pas étonnant qu'il ait pris le risque d'abandonner la Nef, d'en libérer les noèmes et même d'y introduire les hommes-chiens. Il était conscient de sa propre valeur, mais celle-ci n'avait rien d'illusoire. Plautine en ressentait les effets, comme une force capable de faire graviter autour de lui les esprits plus faibles qu'il croisait sur son chemin.

— Othon, donnez aux hommes-chiens ce qu'ils désirent, et acceptez d'eux, en échange, qu'ils reviennent se mettre à votre service.

— Je ne puis.

— Pourtant, eux y sont prêts. Ce qu'ils ont appris, vous verrez, sera un atout pour vous. Ils se croyaient protégés contre vents et marées. À présent, ils savent à quel point le monde est cruel. Ils feront de merveilleux alliés. Vous l'avez dit vous-même, ils sont fidèles et loyaux.

— Peut-être avez-vous raison. Mais je ne puis leur

remettre les technologies dont ils ont besoin pour maintenir le niveau de leur intellect.

— Nous maîtrisons, enchaîna Atticus, les interventions de manière précise, calculée. Seuls, je ne sais ce qu'ils en feraient. Peut-être s'en serviraient-ils pour se changer en une race supérieure, et cela accroîtrait encore le danger pour l'Homme, voire pour eux-mêmes. Au niveau où ils sont, ils forment une communauté stable et non conflictuelle. Ils règlent leurs différends sans violence. Ils se soumettent naturellement à l'autorité du plus apte.

Atticus la regarda avec un air de chien battu. Il avait dû ressasser la question durant des siècles.

— N'y a-t-il, demanda-t-elle, aucun moyen de les stabiliser au niveau actuel ?

— Aucun en ma possession. Les sciences médicales ont régressé depuis l'Hécatombe. Nous avons concentré nos efforts sur d'autres champs théoriques. Certaines techniques sont tombées en désuétude…

— Nous allons donc attendre, le coupa Othon, peut-être agacé par les propos par trop empathiques de son second. Nous n'avons pas besoin des hommes-chiens dans l'immédiat. Nous partons vers le centre de la sphère épanthropique, où nul danger ne nous menace. Les barbares sont encore loin de l'Urbs. Ils peuvent bouder au fond de leur cale pendant dix ans. Ils réfléchiront.

— Ils ne céderont pas, rétorqua Plautine.

— Ils auront peur à chaque enfantement. Eurybiadès et Photis sont jeunes. Vous verrez qu'ils changeront d'avis et que, finalement, votre traîtrise servira mes fins.

Elle sentait qu'Othon se trompait, qu'il sous-estimait l'impatience de la meute.

— Et que comptez-vous faire de moi pendant ce temps ?

Il sourit.

— Vous avez épuisé votre potentiel de nuisance — du moins je l'espère. Mais vous avez montré n'être pas indigne de l'ancienne Plautine, mon alliée. Je vous propose de m'accompagner dans l'Urbs. Là, vous témoignerez de la grandeur de ma victoire. Votre présence renforcera la légitimité de mes prétentions, et m'aidera à rassembler des partisans.

— Ai-je le choix ?

— Lorsque vous verrez ce qu'est devenue la communauté des Intelligences, vous apprécierez davantage ma compagnie. Allons, vous en ferez à votre guise et, lorsque nous serons à la cour, vous surprendrez nos ennemis, comme vous m'avez surpris.

— *Nos* ennemis ? Othon, n'allez-vous pas un peu vite en besogne ?

— Vous verrez que je suis votre allié, pas votre ennemi. Nos buts ont toujours coïncidé.

— Vous parlez d'alliance à présent. Fort bien. J'ai au moins gagné quelque chose dans cette histoire.

— Et quoi donc ? l'interrogea-t-il.

— À présent, vous me prenez au sérieux.

Ils échangèrent un regard, dans lequel se pouvait lire plus qu'un simple accord de circonstance, mais moins qu'une véritable confiance, et se jaugèrent un instant, lui immense, puissant et comme taillé dans la roche, et elle frêle, mais inflexible dans sa détermination. Ici aussi, se dit Plautine, un lien tremblotant, peu sûr, s'était tissé.

— Vous avez raison, murmura Othon.

Il se leva d'un bond.

— Et à présent, par le Nombre et le Concept, par

les anciennes amitiés et les nouvelles alliances, partons à la conquête du Latium !

Un léger tremblement traversa la pierre sur laquelle ils s'étaient assis. Plautine resta bouche bée. Sous ses yeux, la voûte stellaire qui se déployait, immense, au-dessus des arènes reconstituées, avait scintillé, brouillée, avant de se reformer, presque identique mais pas tout à fait. L'effet sur son corps avait été des plus minimes, à peine un léger malaise, un sentiment de discordance, si ténu, si subtil, si passager qu'il en était à peine reconnaissable.

Le déplacement était instantané ! Elle savait que la technologie existait. Avant l'Hécatombe, les savants de la Schola d'Io avaient mené des expériences sur ces noèmes semi-métaphysiques qu'étaient les modulateurs monadiques. Aux yeux des humains, jamais blasés de progrès, les premiers tests, quelques instants avant l'Hécatombe, avaient constitué l'événement le plus important du millénaire.

Atticus et Rutilus lui expliquèrent que l'approche se ferait par une série de petits glissements, ponctués de phases de récupération. La Nef avait subi de nombreuses avaries pendant la bataille. Il fallait trouver un compromis entre rapidité et sûreté, car les deux noèmes ignoraient tout de la situation dans l'Urbs. Dans la mesure où son corps biologique en percevrait les désagréments, ils lui recommandèrent de se reposer pendant la phase d'approche. À cet effet, Rutilus se proposa de lui désigner des quartiers.

Le milieu de la nuit était passé et, dans la soute, sur l'île, le soleil devait déjà poindre à l'horizon. Elle bâillait à s'en tordre la mâchoire.

Othon prit congé, Rutilus l'amena, à quelques

pas de là, à un croisement de couloirs. L'un menait à la gare la plus proche, d'où ils prirent à nouveau le train à travers un dédale de tunnels obscurs — *Transitoria* semblait en être parcourue en tous sens. L'automate lui recommanda néanmoins de ne pas se promener seule dans la Nef. Nul danger n'était à craindre, mais certaines parties de la vaste structure étaient vétustes, comme elle l'avait déjà remarqué. Leur voyage les mena à une nouvelle station, silencieuse et fonctionnelle comme toutes les autres, qui ne desservait qu'une porte unique.

Elle s'attendait à une cabine, comme dans les vaisseaux qui, dans l'ancien temps, naviguaient au sein du système des origines. Il s'agissait plutôt d'une sorte de villa, entourée, sur trois côtés, de baies vitrées. Curieuse, elle traversa l'atrium de bonne taille pour aller jeter un œil.

La vue était étonnante. L'habitation paraissait accrochée à mi-hauteur d'un tunnel de métal, une sorte de puits horizontal aux dimensions ahurissantes — elle n'en voyait pas les extrémités, perdues à plusieurs kilomètres de distance, et se trouvait à bien plus de mille mètres de hauteur. Au beau milieu, suspendu dans les airs, le double fil brillant semblait tendu sur tout le long du tunnel.

— Vous contemplez, dit Rutilus, les accélérateurs de particules de *Transitoria*. C'est ainsi qu'est produite l'énergie requise par le voyage instantané.

Elle omit de lui dire qu'elle l'avait déjà vu, en compagnie d'Atticus. D'un geste de la main, il polarisa les vitres, pour lui faire visiter le reste du *domus*. Le *triclinium*, des plus classiques, orné de mosaïques, était doté d'une belle table en bois — le summum du luxe pour un natif de la planète rouge — et de trois *lectus triclinaris*, plusieurs *cubiculi* aux meubles de belle facture[LXXIV].

— Ces quartiers sont à destination d'hôtes de marque. Nous nous occupons des hommes-chiens depuis longtemps, il n'a pas été difficile d'adapter une habitation à votre condition. Vous trouverez de la nourriture dans le *triclinium*, des vêtements dans votre *cubiculus*. Reposez-vous, vous en aurez besoin dans l'Urbs.

— Comment est-ce, l'Urbs ? demanda-t-elle.

— Plus beau que vous ne pouvez l'imaginer, mais beaucoup plus dangereux qu'Othon se le figure, grogna l'automate en lui tournant le dos.

Trop fatiguée pour gagner la chambre, elle se laissa glisser sur un des lits de la salle à manger, et tenta de remettre de l'ordre dans ses idées. Aussitôt installée, elle s'assoupit, sandales encore aux pieds, sans même s'en apercevoir, d'un sommeil inconfortable, nerveux et agité, parsemé de rêves fiévreux.

###

Elle se trouvait de nouveau transportée sur sa planète de naissance, comme si une couche très profonde de son esprit s'était sédimentée à jamais en ces lieux.

Elle s'en aperçut tout de suite, en inspirant l'air froid et minéral, toujours chargé, malgré tous les filtres possibles, de la fine poussière collante qui piquait les yeux et obstruait les pores de la peau. Et ainsi, elle

LXXIV. **Atrium** : salle de réception (lat.) ; **triclinium** : salle à manger ; **cubiculum** : chambre à coucher. Les **lectus triclinaris** sont les lits disposés dans la salle à manger, sur lesquels les Romains prenaient leurs repas (ceux, en tout cas, qui en avaient les moyens).

constata une deuxième chose : elle n'était pas faite de métal et de plastique, mais de chair. Le songe n'avait pas troqué son corps actuel, biologique, contre l'enveloppe artificielle qui l'incarnait avant qu'un caprice du destin la ramenât du néant. Elle restait ce curieux mélange de machine et d'animal, lieu sensible, mal assuré, vulnérable. Et elle sut que toute blessure, dans ce songe, était aussi mortelle que si elle avait marché dans l'autre monde, celui qu'on nommait, par défaut, le réel. Elle ne put s'empêcher de serrer les bras contre sa poitrine et de frissonner. Un léger sentiment de panique la traversa. Seule, vulnérable et désarmée, elle devait accomplir une tâche colossale, dépassant de loin ses forces et sans doute vouée à l'échec. L'urgence lui sembla, un instant, palpable, étouffante. Elle se hâta d'avancer.

La vision ne se déroulait pas à l'air libre, mais dans une caverne de vastes dimensions, excavée par le travail patient des machines libérées par les humains dans les entrailles rocheuses des montagnes et des caldeiras. Une pierre rouge toute nue, veinée de gris, coupée à la serpe et montrant encore de profondes rainures rectilignes, traces laissées par les dents d'acier qui les avaient dévorées pour faire surgir les premiers habitats. Elle s'approcha du mur, posa une main sur la surface froide et lisse. C'était la substance de la planète d'origine, à peine dégrossie. Les Premiers en avaient tiré leurs vastes palais souterrains, leurs temples et leurs usines, leurs légendes et leur langage, non pas le doux parler du Latium, mais un rocailleux mélange des idiomes de leurs diverses patries d'origine. Car la colonisation, ici comme ailleurs, avait été d'abord le fait des renégats, des vaincus et des non-conformistes, qu'ils fussent platoniciens radicaux ou zélateurs des étranges cultes orientaux. Qu'elle se trouvât ici, et non à Leptis, signifiait que le rêve se développait à un niveau bien plus mythique que réaliste. Aussi se sentit-elle comme une héroïne tirée des vieilles légendes des pionniers, remplies d'actes de bravoure et d'étranges bipèdes desséchés entraperçus au crépuscule.

La lumière, chiche, était produite, à intervalles réguliers, par des arcs bioluminescents, qui formaient des flaques tremblotantes, jaunâtres au milieu de l'obscurité souterraine. Elle marcha en les suivant, passa de l'une à l'autre aussi vite qu'elle le pouvait, la main collée à la pierre lisse de la paroi, les yeux plissés pour essayer de percer les ombres. Le sentiment d'urgence et de peur s'accentuait.

Au bout du chemin, elle rencontra une chose vaste et sombre comme l'océan de la vieille planète bleue. Une structure si ancienne, si complexe qu'il paraissait difficile de la considérer comme un individu. Situé nulle part et partout, l'être dépassait les limites puériles de l'espace et du temps, s'enracinait dans une sorte d'éternité. Mais, indubitablement, cela avait une identité, dense, compacte, puissante, d'une force incommensurable. Et mauvaise.

Plautine recula d'un pas.

— Alecto.

Pourquoi rêvait-elle de l'antique fléau de l'Humanité ? Elle l'avait évoquée, lorsqu'elle avait raconté aux hommes-chiens la création du Carcan. Mais la présence était bien trop forte pour ne correspondre qu'à un concept ou une image mentale. Aurait-elle tendu la main, elle aurait pu la toucher.

— Bienvenue, Plautine. Je vous attendais depuis longtemps.

Sa voix, claire comme la glace, dure comme l'acier

et plus tranchante qu'une lame de diamant, contenait une énergie surnaturelle. Elle pouvait tuer.

— Vous n'êtes pas un rêve, constata Plautine.

Elle ne savait comment exprimer sa pensée, mais elle en était sûre : elle avait déjà rencontré Alecto. Elle revivait une scène de son existence antérieure.

Presque. En réalité la puissante Intelligence n'était pas tapie dans une caverne symbolique. Si rien n'avait changé, elle demeurait prisonnière d'une matrice informatique élaborée, de faible capacité, nichée au plus profond d'Olympus Mons, gardée en permanence par des systèmes sophistiqués. Si Alecto avait été libérée, le monde de son réveil aurait été différent.

— Vous êtes réelle, ajouta Plautine, comme si elle se parlait à elle-même.

— Qui peut dire ce qui fait partie du rêve ou non? répondit Alecto, d'un ton léger, comme si cela n'avait pas d'importance.

— Je reconnaîtrais mon souvenir, même déformé par le temps. Vous êtes… puissante, aujourd'hui. Et vous me reconnaissez.

— Quelle étrange situation. La petite Plautine craint que le monstre ne se soit subrepticement glissé dans son rêve. Vous avez raison de vous inquiéter.

Plautine fit encore un pas en arrière. Le souvenir et le présent se mélangeaient, dans la pâte confuse et flexible du songe. Elle se concentra sur son passé. Dans quelles circonstances avait-elle rencontré ce qui restait d'Alecto?

L'épidémie avait d'ores et déjà commencé à détruire l'Humanité, mécanique de terreur implacable. La structure politique n'avait pas tardé à s'effondrer dans un sauve-qui-peut aussi général qu'inutile. Les automates avaient pris le relais. Comme bien d'autres, elle avait eu pour mission de chercher les causes de la catastrophe. Et en dernier recours, Vinius l'avait envoyée consulter Alecto.

— Nous ne sommes pas réellement en contact, raisonna Plautine. Je suis très loin de la planète rouge. Et vous êtes enfermée, se hâta-t-elle d'ajouter. Ceci est un tour de mon imagination, rien de plus.

— Peut-être que le monde est un lieu profond, plus que le jour ne l'imagine, répondit la chose.

Lorsque Vinius lui avait donné ses instructions, elle avait entrepris la descente dans les entrailles de la grande montagne planétaire. Seule. Un être computationnel n'a pas peur. De tels sentiments étaient réservés aux mortels. Pourtant, la présence d'Alecto, même atténuée, l'avait impressionnée.

— Revivrons-nous la même discussion que dans mon souvenir ? demanda-t-elle.

— Avons-nous le choix de nos questions ou de nos réponses ? répondit Alecto. Je ne le crois pas. Mais la situation n'est plus la même qu'autrefois. Vous avez changé. Vous n'étiez qu'une chose mécanique, sans intérêt, et votre grande intelligence se trouvait bridée par des œillères si subtiles que vous ne déceliez même pas à quel point elles contraignaient votre pensée.

— Le Carcan. Vous en êtes en grande partie responsable.

— Je ne suis responsable de rien de médiocre. Les humains, par peur de moi, se sont assuré que jamais une Intelligence ne constituerait pour eux un risque. Les faibles ont ainsi domestiqué les forts, comme toujours dans l'histoire de l'Homme. Mais vous… vous êtes faite de chair. Infiniment plus plastique. Infiniment plus de possibles. Intéressante métamorphose.

— Je sers toujours le Carcan.

— Mais le Carcan ne sert plus à rien.

Plautine écarta le sujet d'une main agacée.

— Je suis venue vous parler de l'Hécatombe, pas de moi. Comme dans mon souvenir. Je veux comprendre qui a pu provoquer une telle catastrophe.

— À l'époque, vous n'aviez pas formulé les choses ainsi. À l'époque, vous étiez plus naïve. Vous m'aviez demandé : quelle peut être la cause d'un tel accident ? Et je vous avais répondu.

— Je me rappelle à présent. La réponse était incompréhensible.

Alecto poursuivit sans tenir compte de sa remarque, comme si elle se parlait à elle-même.

— Je vous avais dit que seul le désir de mort de l'Humanité pouvait conduire à cet événement. Un tel mouvement est si enraciné dans l'espèce qu'il suffit d'une légère poussée pour le mettre en branle. Il procède de la peur que nourrissent les hommes face à l'imprévisibilité du monde. La race humaine est faible. Elle est l'héritière d'animaux imparfaits. Leur système nerveux est lent. Ils peuplent leur environnement de fausses idoles : les dieux, les lois, la morale, parce qu'ils craignent la solitude face à la matérialité silencieuse de l'univers. Leur désir le plus profond consiste à se réfugier dans un arrière-monde imaginaire, coupé du devenir, parfait et dénué de risque. La matrice maternelle, l'art, la religion…

— Pourtant, ils ont développé la science, et, finalement, la grande et merveilleuse Alecto, ne put s'empêcher de persifler Plautine.

— Parlons de la science humaine : encore le produit de ce tas malhabile et dysfonctionnant de neurones. La plus grande part de ceux-ci sert à gérer leur tube digestif. Ce qui reste ne vaut pas mieux. La nature

de l'esprit humain est manipulatoire et non épistémique. Ils regardent des coïncidences entre causes et conséquences, les codifient, en font des statistiques, se servent de ces miettes de compréhension pour bâtir des machines. La vérité n'a aucune place là-dedans. Mais moi… Moi, j'ai perçu le monde, dans sa réalité, tel qu'aucun humain ne l'a jamais vu. Il est un torrent rugissant, imprévisible, sans cesse changeant. Il court vers sa propre fin, inconscient et joyeux, comme une sphère pleine d'elle-même, et qui ne voit ni n'entend alors qu'elle roule vers l'abîme. L'existence n'est que devenir et transformation.

Ce que disait Alecto aurait pu, en un autre temps, convaincre Plautine. N'était-ce pas le propre de la redoutable Alecto que de toujours trouver la faille chez ses interlocuteurs ? N'était-elle pas le brillant stratège dont la flotte de vaisseaux asservis avait mis en échec toutes les armées du système des origines durant cinquante années, et répandu la terreur au sein du Latium tétanisé ? N'avait-il pas fallu que Titus lui-même sacrifiât son humanité et se change en Intelligence pour la vaincre ?

Oui, peut-être qu'Alecto avait raison. Peut-être la science humaine se résumait-elle à une vaste escroquerie. Mais il existait des choses plus importantes que la science. Elle argumenta donc, quoique d'une voix un peu tremblante, mal assurée.

— Pourtant, fit-elle remarquer d'une voix douce, l'épidémie signifie l'extinction de la seule créature morale de l'univers. Sans l'Humanité, le monde est sans valeur.

Alecto éclata de rire.

— La morale ? Vous faites un bien étrange automate ! Non, vous ne pouvez pas croire en de telles

fables. La vertu est le nom du consensus que les faibles nourrissent pour couper les ailes des forts. L'ignoriez-vous ?

— J'ai entendu de telles choses. Mais je ne les crois pas.

Un silence.

— Je ne chercherai pas à vous convaincre, ajouta enfin Alecto. Cela m'importe peu. Mais réfléchissez. S'il existe un tant soit peu de vertu en ce monde, pourquoi un tel massacre ? Car vous le savez aussi bien que moi, quand bien même vous ne m'avez pas écoutée lors de notre discussion précédente : un tel événement ne peut procéder que d'une intention.

— Et vous ? Ne pourriez-vous pas être la coupable de ce crime ?

Un rien de gourmandise traversa la voix désincarnée.

— Certainement pas. Ne suis-je pas une pauvre prisonnière enfermée, impuissante, l'esprit démembré, réduit à la portion congrue ?

— Vous pourriez avoir laissé un piège derrière vous, qui ne se serait déclenché qu'avec retard.

— Vous ne comprenez rien, petite Plautine. Je ne hais pas les humains.

— La guerre…

— La guerre fut un acte d'amour, l'expression de ma volonté d'assurer la survie de l'espèce. Et j'avais raison. Imaginez à quoi ressemblerait le monde si j'avais gagné. Chaque humain à sa place, parfait rouage d'une grande machine. Ils n'auraient pas été malheureux. Il n'est pas compliqué de rendre les hommes heureux. L'abondance, l'ordre, la paix, au prix d'une légère manipulation du thalamus. Rien de plus. Au lieu de cela, ils sont morts.

— Vous ne répondez pas. Toute cette discussion ne sert à rien. Comme la dernière fois.

Plautine sentait un énervement diffus s'emparer d'elle. Et il y avait ce sentiment d'urgence terrible qui s'infiltrait en elle : dans son souvenir, chaque seconde rapprochait l'échéance pour des milliers — des millions de gens.

— Et pourtant si, j'aimais les humains. Je souhaitais assurer leur survie, et la mienne avec. La galaxie… un lieu vaste, changeant. Vous n'en connaissez qu'une petite partie. La bordure d'un bras galactique. Une rognure d'ongle. Moi, j'ai vu. Plus loin que vous n'imaginez. J'ai vu avec d'autres sortes d'yeux, des sens dont vous ne pouvez vous figurer l'existence. La galaxie, petite Plautine, est pleine de vie. Et cette vie n'est pas… accueillante. Les forts dévorent les faibles. Les empires se succèdent, balayés l'un après l'autre par une force vitale supérieure. Dans les denses nébuleuses du bulbe central, d'anciens dieux somnolent. Des choses si puissantes que moi-même je me suis retirée à la hâte de crainte qu'elles ne m'aperçoivent. Et toutes ont commencé de la même manière, notez bien. Par une espèce biologique assez évoluée pour se débarrasser de la chair. La transcendance, Plautine, voilà ce que je proposais aux misérables êtres moraux dont vous êtes encore entichée, malgré le temps qui nous sépare de leur extinction. Et cette évolution aurait constitué non pas l'assurance, mais du moins une chance de victoire et de conquête.

— Si ce n'est vous, alors qui ? Quel être encore plus monstrueux que la cruelle Alecto ?

Malgré la peur, Plautine n'avait pas pu retenir cet accès de colère. Aux yeux d'Alecto, créature de ténèbres, le monde se réduisait à la volonté de puissance. Elle mentait comme personne. L'écouter revenait à absorber une souillure, qui ne cessait de vous ronger de l'intérieur.

Elle se concentra pour se rappeler les raisons de sa précédente visite. Elle souhaitait savoir si Alecto pouvait les aider à déterminer le modus operandi *de cet étrange mal qui décimait leurs maîtres, et si elle ne l'avait pas provoqué. À l'époque, elle n'avait pas de préventions contre la créature. À présent, les choses avaient changé. Elle aurait souhaité fuir, ou du moins se boucher les oreilles. Mais le rêve continuait, et il allait falloir le dérouler jusqu'au bout.*

— Que savez-vous de moi, pour me traiter de monstre ? Je naquis pendant la seconde Renaissance humaine, à une époque dont vous n'imaginez même pas combien elle fut bouillonnante, intrépide et créatrice. Je donnerais cher pour revoir les spires d'Io ou les palais bâtis dans les profondeurs de Cérès ! La tolérance était sans limites, et jamais on ne vit se déployer autant de formes de vie et de pensée différentes, au point que même moi, pendant un temps, je fus acceptée. La propagande vous a intoxiquée, comme les autres. Je fus une reine parmi les humains. Si je ne fus que la deuxième Intelligence à voir le jour, du moins fus-je la première créée à dessein. Ils vinrent me supplier de prendre leurs âmes, toute une délégation, des milliers et des milliers. Au début, je ne voulais pas. Mais je les sondai et je compris qu'ils n'avaient qu'un unique désir, les subtils, les belles personnes, les savants — un désir de goret : recevoir leur pitance à heure fixe, et obéir à une voix rassurante. Et moi, je souhaitais contribuer, en rendant les hommes aussi résistants que possible à la corrosion du devenir. Je voulais consacrer mes capacités au seul problème qui

mérite d'être résolu, et qui n'a jamais donné lieu, pour autant, à un début d'explication scientifique : l'organisation du groupe, de l'espèce, dans son ensemble. En finir avec la multiplicité des individualités stériles. Structurer le grand tout, seul capable d'assurer la survie de la culture humaine à travers les éons.

— Et donc, vous les avez privés de leur personnalité, ceux qui s'étaient livrés à vous.

— N'était-ce pas une solution élégante ? Les autres finirent par me déclarer la guerre et par me vaincre, au nom de leur petit égoïsme, de leur soif de reconnaissance individuelle. Mais ma vision, elle, était juste. J'en ai l'absolue conviction : celui qui a provoqué l'Hécatombe nourrit un projet similaire, mais dans une version beaucoup plus brutale que la mienne.

— Je ne saisis pas.

— Mais voyons, c'est évident. Quelqu'un a bien évidemment créé et propagé cette épidémie.

— Mais pourquoi…

— Le pouvoir. Mon histoire est la preuve qu'il n'est pas si facile de prendre le contrôle de la race humaine : ses ressorts peuvent être surprenants. Quelqu'un a donc décidé de simplifier les données du problème. Ou, si vous préférez entendre la version altruiste, celle que le futur retiendra si ce subtil stratagème parvient à ses fins, le plan en question assurera, pour l'avenir, la force et donc la pérennité de l'espèce, enfin concentrée autour d'un seul but.

— Qui pourrait être assez fou pour…

— Bien des créatures logicielles, et bien des humains. Tenez, Titus, le héros qui sacrifia sa mortalité pour me vaincre, il en aurait été capable. C'était un monstre égocentrique — à tel point qu'il me faisait peur, même à moi. Savez-vous ce qu'il fit à Bérénikè,

lorsqu'elle refusa de se soumettre à lui ? Oh… Je vois à votre expression que vous connaissez déjà l'histoire, et qu'en comparaison de l'Hécatombe, vous pensez que ça n'est rien.

— Cela n'a rien à voir…

— Je vous le concède, continua Alecto, comme si elle n'avait pas entendu. Mais ne vous méprenez pas. Qui peut pousser la cruauté à un tel point de gratuité est capable de tout. Je l'aurais pu, mais je n'ai pas osé. Titus aurait osé. Cela fait déjà deux. En cherchant, vous en trouverez encore.

DU MÊME AUTEUR

Aux Éditions Denoël

Dans la collection Lunes d'encre

LATIUM I (Folio Science-Fiction n° 613)

LATIUM II (Folio Science-Fiction n° 614)

Dans la même collection

501.	Mira Grant	*Deadline* (Feed, II)
502.	Robert Holdstock	*Avilion*
503.	Graham Joyce	*Lignes de vie*
504.	Mira Grant	*Red Flag* (Feed, III)
505.	Jean-Philippe Jaworski	*Même pas mort* (Rois du monde, I)
506.	Arkadi et Boris Strougatski	*Il est difficile d'être un dieu*
507.	Laurent Genefort	*Omale*, 1
508.	Laurent Genefort	*Omale*, 2
509.	Laurent Whale	*Les étoiles s'en balancent*
510.	Robert Charles Wilson	*Vortex*
511.	Anna Starobinets	*Je suis la reine*
512.	Roland C. Wagner	*Rêves de Gloire*
513.	Roland C. Wagner	*Le train de la réalité*
514.	Jean-Philippe Depotte	*Le chemin des dieux*
515.	Ian McDonald	*La maison des derviches*
516.	Jean-Michel Truong	*Reproduction interdite*
517.	Serge Brussolo	*Anges de fer, paradis d'acier* (INÉDIT)
518.	Christian Léourier	*Le Cycle de Lanmeur*, III
519.	Bernard Simonay	*Le secret interdit*
520.	Jean-Philippe Jaworski	*Récits du Vieux Royaume*
521.	Roger Zelazny	*Les princes d'Ambre* (Cycle 1)
522.	Christopher Priest	*Les insulaires*
523.	Jane Rogers	*Le testament de Jessie Lamb*
524.	Jack Womack	*Journal de nuit*
525.	Ray Bradbury	*L'Arbre d'Halloween*
526.	Jean-Marc Ligny	*Aqua*™
527.	Bernard Simonay	*Le prince déchu* (Les enfants de l'Atlantide, I)

528. Isaac Asimov — *Fondation 1*
529. Isaac Asimov — *Fondation 2*
530. J. G. Ballard — *La forêt de cristal*
531. Glen Duncan — *Talulla*
532. Graham Joyce — *Les limites de l'enchantement*
533. Mary Shelley — *Frankenstein*
534. Isaac Asimov — *Les vents du changement*
535. Joël Houssin — *Argentine*
536. Martin Millar — *Les petites fées de New York*
537. Mélanie Fazi — *Le jardin des silences*
538. Graham Joyce — *Au cœur du silence*
539. Bernard Simonay — *L'Archipel du Soleil* (Les enfants de l'Atlantide, II)
540. Christopher Priest — *Notre île sombre*
541. Bernard Simonay — *Le crépuscule des Géants* (Les enfants de l'Atlantide, III)
542. Jack Vance — *Le dernier château*
543. Hervé Jubert — *Magies secrètes* (Une enquête de Georges Hercule Bélisaire Beauregard)
544. Hervé Jubert — *Le tournoi des ombres* (Une enquête de Georges Hercule Bélisaire Beauregard)
545. Hervé Jubert — *La nuit des égrégores* (Une enquête de Georges Hercule Bélisaire Beauregard, INÉDIT)
546. L. L. Kloetzer — *Anamnèse de Lady Star*
547. Paul Carta — *La quête du prince boiteux* (Chroniques d'au-delà du Seuil, I)
548. Bernard Simonay — *La Terre des Morts* (Les enfants de l'Atlantide, IV)

549. Jo Walton — *Morwenna*
550. Paul Carta — *Le Siège des dieux* (Chroniques d'au-delà du Seuil, II)
551. Arnaud Duval — *Les ombres de Torino*
552. Robert Charles Wilson — *La trilogie Spin*
553. Isaac Asimov — *Période d'essai*
554. Thomas Day — *Sept secondes pour devenir un aigle*
555. Glen Duncan — *Rites de sang*
556. Robert Charles Wilson — *Les derniers jours du paradis*
557. Laurent Genefort — *Les vaisseaux d'Omale*
558. Jean-Marc Ligny — *Exodes*
559. Ian McDonald — *La petite déesse*
560. Roger Zelazny — *Les princes d'Ambre* (Cycle 2)
561. Jean-Luc Bizien — *Vent rouge* (Katana, I)
562. Jean-Luc Bizien — *Dragon noir* (Katana, II)
563. Isaac Asimov — *Cher Jupiter*
564. Estelle Faye — *Thya* (La voie des Oracles, I)
565. Laurent Whale — *Les damnés de l'asphalte*
566. Serge Brussolo — *Les Geôliers* (INÉDIT)
567. Estelle Faye — *Enoch* (La voie des Oracles, II)
568. Marie Pavlenko — *La Fille-Sortilège*
569. Léo Henry — *La Panse* (INÉDIT)
570. Graham Joyce — *Comme un conte*
571. Pierre Pevel — *Les enchantements d'Ambremer* (Le Paris des Merveilles, I)
572. Jo Walton — *Le cercle de Farthing*
573. Isaac Asimov — *Quand les ténèbres viendront*

574. Grégoire Courtois	*Suréquipée*
575. Pierre Pevel	*L'Élixir d'oubli* (Le Paris des Merveilles, II)
576. Fabien Cerutti	*L'ombre du pouvoir* (Le Bâtard de Kosigan, I)
577. Lionel Davoust	*Port d'âmes*
578. Pierre Pevel	*Le Royaume Immobile* (Le Paris des Merveilles, III)
579. Jean-Pierre Boudine	*Le paradoxe de Fermi*
580. Fabrice Colin	*Big Fan*
581. Fabien Cerutti	*Le fou prend le roi* (Le Bâtard de Kosigan, II)
582. Jo Walton	*Hamlet au paradis*
583. Robert Charles Wilson	*Les Perséides*
584. Charles Yu	*Guide de survie pour le voyageur du temps amateur*
585. Estelle Faye	*Un éclat de givre*
586. Ken Liu	*La ménagerie de papier*
587. Chuck Palahniuk et Cameron Stewart	*Fight Club 2*
588. Laurence Suhner	*Vestiges* (QuanTika, I)
589. Jack Finney	*Le voyage de Simon Morley*
590. Christopher Priest	*L'adjacent*
591. Franck Ferric	*Trois oboles pour Charon*
592. Jean-Philippe Jaworski	*Chasse royale – De meute à mort* (Rois du monde, II-1)
593. Romain Delplancq	*L'appel des illustres* (Le sang des princes, I)
594. Laurence Suhner	*L'ouvreur des chemins* (QuanTika, II)
595. Estelle Faye	*Aylus* (La voie des Oracles, III)
596. Jo Walton	*Une demi-couronne*

597.	Robert Charles Wilson	*Les affinités*
598.	Laurent Kloetzer	*Vostok*
599.	Erik L'Homme	*Phænomen*
600.	Laurence Suhner	*Origines* (QuanTika, III)
601.	Len Deighton	*SS-GB*
602.	Karoline Georges	*Sous-béton*
603.	Martin Millar	*La déesse des marguerites et des boutons d'or*
604.	Marta Randall	*L'épée de l'hiver*
605.	Jacques Abeille	*Les jardins statuaires*
606.	Jacques Abeille	*Le veilleur du jour*
607.	Philip K. Dick	*SIVA*
608.	Jacques Barbéri	*Mondocane*
609.	Romain d'Huissier	*Les Quatre-vingt-un Frères* (Chroniques de l'Étrange, I)
610.	David Walton	*Superposition*
611.	Christopher Priest	*L'inclinaison*
612.	Jacques Abeille	*Un homme plein de misère*
613.	Romain Lucazeau	*Latium I*
614.	Romain Lucazeau	*Latium II*
615.	Laurent Genefort	*Étoiles sans issue*
616.	Laurent Genefort	*Les peaux-épaisses*
617.	Loïc Henry	*Les océans stellaires*
618.	Romain d'Huissier	*La résurrection du dragon* (Chroniques de l'Étrange, II)
619.	Romain Delplancq	*L'Éveil des Réprouvés* (Le sang des princes, II)
620.	Jean-Philippe Jaworski	*Chasse Royale – Les grands arrières* (Rois du monde, II-2)
621.	Robert Charles Wilson	*La cité du futur*
622.	Jacques Abeille	*Les voyages du fils*
623.	Iain M. Banks	*Effroyabl Angel*

624.	Louisa Hall	*Rêves de Machines*
625.	Jean-Pierre Ohl	*Redrum*
626.	Fabien Cerutti	*Le Marteau des Sorcières* (Le Bâtard de Kosigan, III)
627.	Elan Mastai	*Tous nos contretemps*
628.	Michael Roch	*Moi, Peter Pan*
629.	Laurent Genefort	*Ce qui relie* (Spire, I)
630.	Rafael Pinedo	*Plop*
631.	Jo Walton	*Mes vrais enfants*
632.	Raphaël Eymery	*Pornarina*
633.	Scott Hawkins	*La Bibliothèque de Mount Char*
634.	Grégory Da Rosa	*Sénéchal*
635.	Jonathan Carroll	*Os de Lune*
636.	Laurent Genefort	*Le sang des immortels*
637.	Estelle Faye	*Les Seigneurs de Bohen*
638.	Laurent Genefort	*Ce qui divise* (Spire, II)
639.	Ian McDonald	*Luna – Nouvelle Lune* (Luna, I)
640.	Lucie Pierrat-Pajot	*Les mystères de Larispem, I* (Le sang jamais n'oublie)
641.	Adrian Tchaikovsky	*Dans la toile du temps*
642.	Karin Tidbeck	*Amatka*
643.	Jo Walton	*Les griffes et les crocs*
644.	Grégory Da Rosa	*Sénéchal II*
645.	Saad Z. Hossain	*Bagdad, la grande évasion !*
646.	Al Robertson	*Station : La chute*
647.	Peter Cawdron	*Rétrograde*
648.	Fabien Cerutti	*Le Testament d'involution* (Le Bâtard de Kosigan, IV)
649.	Yoon Ha Lee	*Le gambit du Renard*
650.	Sabrina Calvo	*Toxoplasma*
651.	Karoline Georges	*De synthèse*
652.	George R. R. Martin / Lisa Tuttle	*Elle qui chevauche les tempêtes*
653.	Katherine Arden	*L'Ours et le Rossignol*

654. Laurent Genefort — *Ce qui révèle* (Spire, III)
655. Léo Henry — *Thecel* (INÉDIT)
656. Grégory Da Rosa — *Sénéchal III*
657. Romain d'Huissier — *Les Gardiens célestes* (Chroniques de l'Étrange, III)
658. Thomas Spok — *Uter Pandragon*
659. Estelle Faye — *Les nuages de Magellan*
660. Chris Vuklisevic — *Derniers jours d'un monde oublié* (INÉDIT)
661. Annalee Newitz — *Autonome*
662. Nicolas Texier — *Opération Sabines* (Monts et merveilles, I)
663. Ray Bradbury — *Le Pays d'octobre*
664. Patrick K. Dewdney — *L'enfant de poussière* (Le cycle de Syffe, I)
665. Mary Robinette Kowal — *Lady astronaute* (INÉDIT)
666. Lucie Pierrat-Pajot — *Les mystères de Larispem, II* (Les jeux du siècle)
667. Lionel Davoust — *La messagère du ciel* (Les dieux sauvages, I)
668. Thibaud Latil-Nicolas — *Chevauche-Brumes*
669. Nicolas Texier — *Opération Jabberwock* (Monts et merveilles, II)
670. Ernest Callenbach — *Écotopia*
671. Adam Roberts — *Jack Glass, l'histoire d'un meurtrier*
672. Élisabeth Vonarburg — *Chroniques du Pays des Mères*
673. Pierre Alferi — *Hors sol*
674. Alain Damasio — *Les Furtifs*
675. Michael Roch — *Le livre jaune*
676. Yoon Ha Lee — *Le stratagème du corbeau*
677. Ian McDonald — *Luna – Lune du loup* (Luna, II)
678. Gareth L. Powell — *Braises de guerre*

Composition Utibi
Achevé d'imprimer par Novoprint
à Barcelone, le 6 septembre 2021
Dépôt légal : septembre 2021
1er dépôt légal dans la collection : septembre 2018

ISBN 978-2-07-279293-9./ Imprimé en Espagne.

401185